U0110139

掌故（十二）

野史・佚聞・
人物・風土・

掌故

月刊 61

中華民國六十五年（一九七六）九月十日出版

掌故月刊 第61期 目錄

※每月逢十日出版※

掌故

第六十一期

每冊定價港幣二元正

全年訂費 港幣二十四元 台幣二百四十元 美金八元

出版兼發行者：掌故月刊社
地址：九龍旺角上海街六二三號地下
通信處：九龍旺角郵局信箱八五二一號
電話：K八〇八〇九一一

The Journal of Historical Records
P. O. Box No. 8521, Kowloon
Mongkok Post Office, Hong Kong.

督印人：鄧少卿
總編輯：岳騫
印刷者：和記印刷有限公司
新蒲崗景福街一一〇號超達工業大廈十樓
總代理：吳興記書報社
香港租庇利街十一號二樓
電話：H四五〇五六一 四五〇七六六
國內代理：何復國
台北郵政劃撥帳號：一〇七四三八
星馬代理：遠東文化事業有限公司
新加坡厦門街十九號 檳城沓田仔街一七一號
印尼總發行：集源公司 椰城旗桿街87號A
Dil Tiang Bendera No. 87A
Djakarta, Indonesia.

澳門：可大文具店　羅省：大元公司
亞庇：利民公司　新東方公司
斗湖：光明書局　三藩市：益智圖書公司
漢城：泛亞書籍公社　文化商店
倫敦：香港文化服務社　華盛頓：德昌公司
中藝公司　波斯頓：中西公司
東實公司　千里達：中華公司
紐約：友聯圖書公司　加拿大：香港商店
友誠公司　溫哥華：僑益書局
友方公司　滿地可：明星書局
菲律賓：華安書局　渥太華：民生書局
芝加哥：文華書店　巴西：興昌公司

抗戰史研究之構想

·王聿均·

有關抗戰史的研究問題，早已爲識者所關心，所重視。今天想就這個問題提供一得之愚，嚴格說來這不能算作專論，僅是一種構想，一種建議，藉以促起國人的注意與研究的興趣。

「抗戰史」一詞，通常是指我國對日本八年抗戰的歷史，所涵蓋的時間，自民國廿六年（一九三七）七月七日盧溝橋事變起，至民國卅四年（一九四五）八月十四日，日本無條件投降爲止，恰恰是九個年頭，八個整年。抗戰是在總統　蔣公領導下保衛國家領土主權、保衛民族文化的全民和全面的戰爭，也是我國現代史上劃時代的里程碑。在近代歷史上，中、日兩國發生過兩次大規模的戰爭，一次是甲午之戰，清廷海陸軍俱敗，割地賠欵，國際地位因之一落千丈。另一次就是抗戰，我國經歷八年的苦戰，蒙受無與倫比的生命財產的慘重損失，終賴　蔣公的英明領導，全國軍民的奮鬥犧牲，獲得最後勝利。有些史家稱之爲「第二次中日戰爭」。倘若把戰爭的開端推溯到民國二十年（一九三一）的九一八事變，到「七七事變」之間，一共又是六年。前後合計十四年之久，眞可以說是一次長期的戰爭了。

從抗戰勝利迄今，時間上說，已整整過了三十年又六個月，超過了四分之一世紀。抗戰時期的青年都已進入中年，壯年進入老年，今天新長成的一代青年，對當年抗戰的歷史所知不多，難有全盤的認識與瞭解，我們爲了將這一個偉大的時代，客觀而公正的紀錄下來，以供當代和後世知所借鑑，知所奮發，知所惕勵，實乃刻不容緩之事。

一、抗戰史研究的重要性

抗戰史研究的重要性，基於以下諸點，加以闡明。

第一、對日抗戰是中華民族爭民族生存，維護國家獨立，保衛歷史文化及世界和平的神聖戰爭，也是中華民族充滿了血和淚的一部偉大「史詩」，具有重大的歷史意義。其所發生的影響可說是空前廣泛而深遠的。不單在外交、軍事、政治方面，而社會、經濟、文化、思想、觀念亦都因而有了重大的變遷，形成一個多采多姿的大時代。希羅多德（Herodotus）撰述希臘波斯的戰史，爲希臘歷史文化的結晶，詹姆士羅得（James Ford Rhodes）寫美國的南北戰爭史，表現出美國政治社會的一個新紀元。我國抗戰的時代，較之更爲偉大，更具歷史價值與歷史地位，理應由我國的史家踵武中外賢哲，加以記述。可是抗戰勝利已逾三十年，尙無一部足資表現整個時代精神，描繪全部時代面影的抗戰史鉅著出現，誠恐年代隔的愈久遠，資料亦愈散佚，親身參與和身受目睹的人士，逐漸凋零，連記憶、口述都不易得，就更不容易寫了。欲求寫出完整的抗戰史，愈早愈好，不宜再行遲疑延誤。蓋一部民族偉大史篇的完成，發爲民族之聲音凝結爲民族之感情，陶鑄爲民族之生命，建立全民之信心，鞏固全民之團結，實爲歷史學者及我們大家義不容辭的責任和工作。

第二、自中共竊踞大陸以來，摧毀中國文化不遺餘力。外國學術界人士及設有漢學研究中心或亞洲研究中心的有關大學和社團，均爲共黨冀圖滲透的對象。美、日、英、法、德、荷各國大圖書館中蒐藏的共方書籍甚多，共黨的宣傳，無孔不入，久而久之，乃以訛傳訛，以假亂眞。就拿現代史而論，其顚倒是非的宣傳著作，汗牛充棟，而我們出版的現代史，不僅數量太少，而且記述論斷缺乏充分的原始資料爲根據，不易爲外人採信。中共近年大肆竄改史籍，曲解史實，揑造史實，種種伎倆，層出不窮。其目的不外抹煞我政府領導抗戰的豐功偉績，抹煞我全民浴血抗敵、奮鬥犧牲的悲壯史實，妄稱抗戰乃係共黨之力，其實他們不放一槍一彈，乘機坐大，竊取勝利成果。我們對全民神聖抗戰的史實被歪曲，被竄改，應該嚴肅的加以重視，而採取積極的對策。倘使不迅速從事抗戰史的研究，以宣揚我國抗日的歷史眞相，就現實利害說，何以正國際之視聽？就文化歷史、千秋大業來說，我們又何以向後世交代？所以抗戰史的研究應爲當務之急。

第三、抗戰初期，我國是單獨對日作戰，備極艱苦，及至珍珠港事件爆發後，我們的民族戰爭乃與世界民主國家反極權的戰爭結合在一起，而成爲同盟國中重要的一員，與美英併肩作戰。於是我國的抗日戰爭，也變成世界性的了。所以抗戰史的研究，只憑單方面的資料是不夠的，必須廣泛的利用各有關國家的資料，比照參考。而各國資料，具有其不同的角度，其可信的程度，亦自有別。近年來由於國際政治外交逆流的激盪，若干日本和美國年輕一代的學者，在有關中日戰爭的論文與專著中，依據美國或日本單面的資料所得的論斷，所持的觀點，已經表現出不客觀不公正的趨向。例如美人柯勞利(James B. Crowley)認爲盧溝橋事變並非由於日本軍閥的侵畧預謀，中日戰爭的責任在兩國政府，與日本軍方無關。他係用日本資料及日本軍人的口述爲依據，將事實加以歪曲，明明爲謊言，但一部分美國學者，却誤信爲眞。十多年或二十年以前，美國人偏重於十九世紀中國史的研究，現在則對二十世紀，尤其抗戰時代，極感興趣。因而有「現代中國研究聯合委員會」(The Joint Committee on Contemporary China)之成立，由密歇根大學歷史教授費惟愷（Albert Feuerwerker)擔任主席，並獲得「美國學會聯合會」(American Council of Learned Societies）的財力支持。這個學會簡稱 ACLS，在美國的學術界發生影响很大。哥倫比亞、哈佛、及伯克來（Berkeley）之加州大學等校的研究生，以抗戰史爲研究專題者，頗不乏人，或偏重軍事，或偏重政治，且有人研究「戰時西南聯大與政治文化的關係」，倘取材偏頗，則難免有所差誤。一九七三年十月十二日至十四日，在加州 Palo Alto舉行之中國史研討會，提供論文者有西雅圖華盛頓大學的柯白（Robert A. Kapp)，題目爲「戰時的四川」(Wartime Szechwan)，伊利諾大學的易勞逸(Iloyd E. Eastman)，題目爲「戰時中國的幾個論題」(Some themes on Wartime China)，巴黎大學文理學院之 Iucien Bianco，題目爲「一九三七至一九四九年之近村景况」(The Rural Scene between 1937 and 1949)，皆係屬於抗戰史的範圍。而所引用的我國資料，不夠充分，難免道聽途說，有失事實眞相。一位旅美學人從事中日戰史的研究，採用量化的方法，就兩方軍備、戰力、組織、訓練各方面，加以比較分析，他認爲缺乏國內原始資料的參考，只能依據美國的片面的資料，論斷方面就會有所出入，因爲研究須賴確實的根據，始可使人信服，這話也是不錯的。我們爲了正視聽，存信史，抗戰史的研究自非加强不可。

二、目前研究的成績及有關資料

近年來對抗戰史加以注意及研究的個人和機關很多，有些民間的期刊雜誌，也刊載了不少此類的文章。有關的各種資料之蒐集與整理，亦有相當成績。惟都是各自進行，彼此缺少合作連繫，沒有通盤的計劃。其次第一手的原始資料，多未經公布及出版，學者無法充分利用國家重要檔案，從事研究。我國的一手資料，分別存放於各有關單位，並無像英國公檔局（The Public Record Office）或美國國家檔案局（The National Archines and Records Service）一類的機構，統籌其事。他們規定超三十年或五十年的資料，可以無保留的公開，供學者複印或製成顯微膠片，作研究之用。我們則無類似的辦法，亦缺少一套聯合目錄，可資查考，欲求參閱，頗爲不易。此外，財力的不足，也影响到研究的成果。個人研究，單是蒐集資料一項，就非私人的經濟力量所能負擔。集體研究，用公家的人力財力，比較容易進行，可是各學術機構的經費有限，欲釐訂一完備周詳的長期計劃，亦非易事。

雖有上述的各種實際困難，現已出版有關抗戰的各種史書，成績仍是相當可觀。國防部史政局於五十一年首先編印「中日戰爭史畧」及「抗日戰史」，後者以各重要戰役爲單元（如七七事變與平津作戰、淞滬會戰、武漢會戰等），配以詳細的戰爭形勢挿圖。又於五十九年出版「第二次世界大戰中國戰區戰史」。這些書內容豐富而翔實，應屬於通史的性質，而偏重於軍事方面。此外如中華民國外交問題研究會編印的「中日外交史料叢編」，國防部印行的「何上將抗戰期間軍事報告」，陸軍總部印行的何應欽將軍著「八年抗戰的經過」（增訂本改爲「八年抗戰」），中山學術文化基金會印行的「八年抗戰與台灣光復」（何將軍講演集）等，這些書都各有其價值，而以資料性質居多。純粹的私人著述，廣泛徵引資料，而成爲研究的專書者，據個人所知，畧舉數例。一爲李雲漢先生所著「宋哲元與七七抗戰」，係傳記文學社出版。此書引用中、日、英文資料多種，從檔案文獻、會議紀錄、報紙期刊，到口述訪問，盡量採用。可說是記述抗戰序幕的一本學術著作。二爲吳相湘先生所著「第二次中日戰爭史」兩巨冊，從中日二十一條的交涉，九一八事變，是屬於背景的部分，已用了相當長的篇幅；從盧溝橋事變，到日本無條件投降、台灣光復，和中日兩國在台北簽訂和平條約（民國四十一年四月廿八日），是屬於本書的主題部分。可說是一部完整的「全史」。所引用的中、日、英文資料近三百種，此書爲吳先生對抗戰史研究不可磨滅的貢獻。著者所採用的撰述方式，是「供一般人閱讀，不用專題考據，將學術研究成果用平易的方式來表達。這次戰爭中的國內外各種關係都非常複雜，頭緒紛繁，今特注意執簡馭繁，避免枝蔓」。他用「第二次中日戰爭」爲書名，認爲對現實有啓示的作用，第一顯示日本侵畧中國的由來已久，結果是侵畧失敗。第二警醒中國和日本朝野努力做知己知彼的工夫，不要讓歷史重演。著者在這部鉅著上，花費的心血，所懷的抱負，實在值得欽佩。在抗戰史研究的園地中，他稱得上是一位拓荒者。假若求全責備的話，本書仍未能充分運用中外重要資料，作者力求客觀，偏重敷陳史實，避免加以論斷，而論斷實爲史學著作中的靈魂。但無論如何，著者以私家修史，有此成就，誠爲不易。三爲梁敬錞（和鈞）先生致力於抗戰外交史之研究，可說成績斐然。從「九一八事變史述」、「開羅會議」到「史廸威事件」，都是極爲謹嚴的學術著作。「開羅會議」旨在說明爲中美關係起落之分水嶺。「史廸威事件」一書，史實與論斷並重，不僅足爲國人之鑒戒，而且具有極高的學術價值。史廸威事件與我國近年遭遇之命運，關係密切，此書於當年中國政治、外交、軍事、中美關係等，抉歷史之眞相，爲深入之深討。頗引起國際學術之重視，英文版已在美銷售萬餘冊以上。現梁先生旅居紐約，從事「馬歇爾使華使命」之研究，歷時三載，撰成一章，首敘背景，次述經過，後論影響。傳記文學所發表之「赫爾利」（Patrick J. Hurley）調停國共之經過」及「中蘇友好同盟條約之簽訂與其影響」，即爲已完成之兩章。梁先生已逾八旬高齡，蒐集資料，經常僕僕於華府紐約之間，爲考訂論斷，每工作之深夜。此種誠敬治學之精神，令人欽佩無已。馬歇爾對國共調處，影響我國命運甚劇，此書出版後，眞相當可大白於世，足正國際視聽。抗戰期間，蘇俄駐延安的代表佛拉第米洛夫（Peter Vadimirov，其中文名爲宋平），寫有日記，即「延安日記」（The Vladimirov Diaries）。梁先生寫馬歇爾一書時，即細心將其所記，加以比照，宋平一方面扮演了中共幕後操縱者的角色，一方面也顯示了俄、毛之間早期的尖銳衝突，更暴露了美方外交之淺薄無知，以致墮入圈套。（此書現已由聯合報擇要節譯出版。）

至於報章雜誌方面，傳記文學經常刊載抗戰時期有間當事人的回憶文字，篇數甚夥，其貢獻是很突出的。這應該屬於「口述歷史」(Oral history）的範圍。日本「產經新聞」連載的古屋奎二編著之「蔣總統秘錄：中日關係八十年之證言」採用了很多極珍貴的原始資料，各方面都有極高的評價。

欲對抗戰史作全盤的深入的研究，資料最爲重要，而資料之發掘、鑑別、選擇與運用，尤應特別加以注意。一方面由於資料之浩繁龐雜，其正確可信的程度不同，各國史家所著的專書，亦各有其不同的角度、觀點與立場，運用起來，必須愼加選擇和取捨，否則就容易發生錯誤。另一方面却又感到資料的缺乏，因抗戰勝利不久，共黨即發動全面叛亂，官私資料，損毀散佚者，無從估計，而一般學者，輾轉播遷，席不暇暖，焉有餘力從事著述？所以抗戰這一偉大時代私家的記載和專著，反而顯得十分貧乏。所以從各方面發掘史料，也是很重要的工作。

資料的類別極多，粗畧分來，約可分爲五大類：一爲中外報章、期刊、雜誌。包括我國戰時各地的重要報紙和期刊，以及同盟國的，日本和軸心國的重要報紙雜誌。歷時既久，散佈又廣，蒐羅起來，實非一蹴可幾，所耗金錢尤多。像大英博物館附屬的Colingdal圖書館，即專門貯藏各國報紙，甚爲豐富，如擇要加以影印或製顯微膠片，極具參考價值。二爲當時人文書。包括抗戰時期有關之中外重要人物的報告、文書、回憶錄、通信和日記等。除了我國本身所有者（例如黃膺白專檔、閻錫山文書、朱家驊文書等）外，像美國的「魏德邁報告(Wedemeyer Reports)」、「史廸威文書 (Stilwells papers)」、「赫爾回憶錄」、(Hull Memoris) 等，都是很重要的。三爲中外學者的著述。包括專書和論文，以及私人的筆記和劄記。四爲傳記和口述資料。五爲官方檔案，即官文書（Official Documents)，這一類是最重要的資料，爲研究抗戰史所不可或缺者。

美國方面，有外交文書(Foreign Relations of the United States）之逐年出版，有國會紀錄 (Congressional Records)、羅斯福文書 (Roosevelt Papers) 杜魯門文書(Truman Papers)、國務院檔卷、國防部檔卷等，數量甚夥。例如國務院檔卷中，開羅會議、德黑蘭會議、雅爾達會議諸卷，與我國的關係，極爲密切。日本方面，日本外務省(Japanese Ministry of Foreign Affairs) 外交文書，已由美國製成顯微膠片，分爲「明治」、「昭和」及「傳記資料」三大部分。此外有樞密院重要議事覺書，大本營、陸軍部、海軍部文書，日本防衛研修所戰史室所藏之打字稿或手稿，及其出版之戰史叢（如河南之戰、華北治安戰、湖南會戰、廣西會戰等）。知己知彼，此俱爲研究抗戰史不可缺少之原始資料。英國方面，有已出版的「英國外交政策檔案」(Documents on British Foreign Policy 1919—1949），而最重要者仍爲英國公檔局的外交文書，其中自一九一七年至一九四五年有關英國遠東政策、中英關係及二次世界大戰，包括緬甸戰爭部分，俱編號爲 F. O. 371 共計二千六百餘卷，皆可公開供學者使用。德國方面，有德國外交部 (German Foreign Ministry) 之外交檔案 (Documents on German Foreign Policy 1918—1945)，雖不似美、日檔案與我國關係之密切，但也有值得我們參考之處。蘇俄方面，因鐵幕深垂，其有關檔案資料情形，無從得知，只有從英美方面的專書取材。例如一九五八年紐約出版的「史達林與邱吉爾、艾特里、羅斯福、杜魯門的通訊」(Stalin's Correspondence with Churchill, Attlee, Roosevelt and Truman 1941—1945, Dutton Co. New York 1958.），就是很重要的資料。

抗戰史的研究，外國的檔案資料，固然不可偏廢；而我國的官方檔案，包括各有關部會的文書，實爲最重要的基本資料，倘學者不能參考採用，欲求基於學術立場，將抗戰史實之因果與影響，予以眞實而客觀之推尋，確立完備之信史，戛乎其難。我國重要之原始檔案，論價值當推國府檔案爲第一。即總統府資料，亦稱大溪資料。其次爲外交部所藏抗戰期間之外交檔案，包括各駐外使領館之檔案。此外如黨史會資料及教育部保存之教育檔案，皆極爲完整。國史舘收藏有數量甚豐的政府各機關之檔案，以交通部檔案數量最多。中研院近史所收藏有經濟部及農林部之檔案。這些都是研究抗戰史的寶貴資料，若能充分利用，撰成專書，必可作爲使外國學者信服的最佳根據，而彼等道聽途說，穿鑿附會之論，必可予以糾正。

三、研究的重點

抗戰史的內容，牽涉的範圍極廣，可說經緯萬端，頭緒紛繁，必須擇其重點，方易着手。換句話說，先選出若干影響深遠的問題作爲取材的方向，再從蒐集資料的過程中，隨時發掘新問題，相互發明，相互參照，合之而成完整的史著。茲就下列諸方面加以論列：

①軍事：對戰爭的經過，不僅只是對每次戰役作平鋪直敘的記述，而應着重於抗戰軍事策畧之演進。包括戰術戰畧的變化，由陣地戰而機動戰；新軍之建立，武器裝備之改良，運輸與補給系統之完成等等，一言以蔽之，經過八年抗戰，我國軍隊成爲國家化的軍隊，並慢慢走向現代化的途徑。而役政的確立，尤爲劃時代的大事。環繞着上述的中心問題，又可列出若干子題，加以分析研討，如民團組訓，民防組織，抗戰期間的軍火問題，遠征軍的貢獻，敵後挺進軍的活動，抗戰勝利與受降軍事，與盟軍的並肩作戰，美國軍援問題，軍糈物資生產、征集和儲運，我國空軍和海軍發展等，均可成爲研究尋題。

②外交：抗戰期間的外交關係錯綜複雜，較之過去，其瞬息萬變的程度，何止倍蓰。抗戰前期及後期的國際形勢，又大小不相同。蔣永敬先生著「抗戰初期的外交與國聯及德使的調停」一文，曾對早期外交情勢作一分析，並述及德使陶德曼從中斡旋，傳遞日本停戰條件之事。但在後期，我國得道多助，與美國的邦交愈臻密切。此外與蘇俄的外交，早期與後期也大有不相同，其中可以尋繹出俄國侵畧野心的脈絡。所以在外交方面，應着重於中美、中英、中法、中德、中意、中俄之外交關係研究，以及日本的和平攻勢，戰事後期同盟國與軸心國戰力的消長演變，不平等條約的廢除，平等新約的簽訂，我國與國際聯盟，與聯合國的關係等。民國卅二年一月十一日，中美、中英等新約分別簽字，一世紀以來列強在華特權如領事裁判權、租界、內河航行權使館界及駐兵區域，英籍海關總稅務司之特權等，一律廢除。均爲我全民血汗得來的成果，實應大書特書。至於戰後的中美關係，尤爲重要，在這一方面，梁敬錞先生有其卓越的成績，已如前述。

③財經建設：幣制的統一爲抗戰勝利的重要關鍵。直接稅制的建立，亦爲創新之舉。政府對資源的開發，戰時實物徵發與配給制度，物價的平抑，頗收社會安定民生樂利之實效。各項的交通建設，鑛業開發，農林水利之振興，工業的急速成長，均加速了國家步向現代化的途徑發展。這一方面的研究，交通部和經濟部的檔案是最珍貴的資料。

④教育文化：這一方面的重要問題，應包括抗戰期間的高等教育，中等教育，初等教育，師範教育，教育政策，聯考及貸金制度，以及戰時的各種學術研究，中外文化交流，新聞傳播事業，文學藝術的發展等項。高等教育的內遷，其影響尤爲重大而深遠。這對我國西南、西北各省文化水準的提高，發生了極大的作用。中央大學內遷重慶，西南聯大在昆明，西北聯大在陝西城固，浙江大學遷貴州，武漢大學遷四川嘉定，另有國立臨時中學多所，分佈於大後方各地，都辦得相當成功。政府撥發大量經費，接濟淪陷區的青年到後方完成學業，造就的人才，不可勝計。戰時的大學，各有其不同的氣氛，各有其不同的學風，但學生都具有高度的愛國熱誠，懷抱着對知識和理想的狂熱，不受現實主義和功利主義所拘束，那是戰時教育所陶鑄出來的一代青年典型，有爲有守，有擔當和抱負，效果十分宏偉。鹿橋著「未央歌」，描寫那一代青年人的生活和心靈形態，尚依稀可見戰時青年的影子。英國退休的史學教授威爾斯（H. B. Wells）曾於抗戰期間訪問過重慶和昆明，見到大後方弦歌不輟的情形，深受感動。因

而肯定中國文化裡有着深厚而優美的人文精神。所以對教育方面的研究，不能僅着重表面的情形，而須觀察其內涵。

⑤政治：這一方面應當研究的主要課題，包括政府對抗戰的重要決策，戰時的中央和地方行政，國民參政會，地方參議會，邊疆、僑務，以及法律、制度、政黨和勝利復員之措施等項。

⑥其他：以上係就軍事、外交、財經建設、教育文化、政治五方面分別說明抗戰史研究的重點。此外尙有三項須加注意。一爲沿江沿海的居民相率內遷。抗戰軍興，除了公職人員及青年學生隨政府西遷外，淪陷區的百姓，不甘受敵僞的統治和壓迫，亦陸續向後方遷移，扶老携幼，相望於道，人數之衆多，尙無確實統計。這可以說是現代中國的一次大規模移民。在我國歷史上，晉室衣冠南渡，促成了江南的開發。這次由於抗戰的關係，大後方的人口驟增，不只提高了西南、西北各省的文化水準，而且打破了地域觀念。各省人民交互通婚，各方言互相混融，風俗習慣互相影響，形成民族文化的交流，促進民族情感的融洽，與全民族的大團結，其影響是深遠而重大。

二爲淪陷區及敵後情勢。日本妄圖「速戰速決」之迷夢，既告幻滅，乃施行「以華制華」的陰謀，勾結少數失敗主義者和不肖官僚政客，成立傀儡政權，榨取淪陷區的資源，「以戰養戰」。除卵翼僞滿洲國外，又成立華北僞組織及南京僞政權。而敵後的仁人志士，紛起抗敵，前仆後繼，游擊隊的組織，如雨後春筍，這些都有值得研究的必要。春秋之筆，在於別善惡，辨忠奸，敵後工作人員的功績，是應該特別加以表彰的。三爲抗戰期間的中共問題。抗戰之初，共黨本已窮蹙於陝北一隅，乘機發表宣言，願奉行三民主義，共赴國難，其軍隊亦願受政府統轄。詎料包藏禍心，口是心非，對日軍竟不發一槍一彈，而暗中擴張，以圖坐大。藉着抗日的口號作掩護，實際上奪取地盤，襲擊國軍，種種罪行罄竹難述。「新四軍事件」之發生，即其一例。這些史實眞相，尤應依據各項史料，公諸於世，以揭穿其謊言謬說。

四、研究的方法

本節所論，偏重於進行的步驟和方式，不擬就研究方法的細枝細節，多作解析。茲就下列四點分述之：

①資料編纂。研究抗戰史，首重原始資料，倘不能充分運用各項資料，則巧婦難爲無米之炊。所以國家檔案的整理、編纂和公佈，乃當務之急。例如前述大溪資料及抗戰期間的外交檔案，政府自可考慮將其中無機密部分，及早予以公布，最低限度亦可予學者參閱之方便，採取相當程度的開放辦法。如此，必可有助於抗戰史的研究。談到資料的編纂和出版，實在是一項規模龐大的工作，需要大量的人力和充分的財力，非由政府大力推動不易收效。如何請有經驗的專門人才，參加工作，如何指撥經費，責成各有關單位，分別進行，更需靠政府的規劃和贊助。對國家檔案，作通盤的整理，實際做起來，當然會有很多的困難，也不是短期間可以奏效。似可採用一項折衷辦法，先由保持原始檔案的機關，分別自行設法整理，人員與經費不足時，可向國科會申請支援協助，惟歷史資料的處理和範圍的分配，應採分工合作辦法，以免人力物力之浪費，彼此所整理之檔案，各有其重點，不以重複爲原則。至各機關之工作人員，亦應通力合作，如有必要時，可以互相借聘。第一步先將檔案加以排比、歸類和編目，無機密性部分，盡供學者研究參考。第二步由各機關規劃編印一套完整的「抗戰史料聯合目錄」，俾便利各界學人研究之用。第三步再求逐步編纂，陸續出版。

②專著與通史。有了資料，才能談到研究的進行。大體說來，似可採取雙軌的方式。一爲從事專題的研究，就上述政治、外交、國防、軍事、財經、社會、交通、教育文化及其他有關史實，分門別類，由學者們各就其興趣所近或了解較多的問題，作窄而深的研究。並將研究的成果，著成專書。這類專書，合起來便成爲一套或多套的「抗戰史叢書」。

二爲從事通史的著述，又可分爲短程的和長程的兩種。所謂「短程」，即在最近兩三年內，先寫出一部「中國抗戰史綱」，篇幅以三十餘萬字爲度，撰述的標準是基於學術研究立場，運用正確史料，深入淺出，內容則屬於綜合性的。章節安排，務求明晰，史實論斷，務求公正。用以宣揚我國八年抗戰的歷史眞相，關邪糾謬，以正國際視聽。此書完成後，在國內發行中文版，在國外發行英文版，一方面灌輸給青年以正確的認識，一方面改正外人錯誤的印象和觀念。我們不必標榜宣傳，而其發生的作用和效果，自可預期。所謂「長程」，即計劃着手修一部翔實而完整的「抗戰全史」，類似劍橋上古史、中古史和現代史的規模，期以十年，竟其全功。這樣的一部結構宏偉、內容豐富的大史書，如能完成，必可作爲時代的印記，作爲歷史的見證。對當代和後世都會有啓示和鼓舞的功用，也算得上我們這一代人對歷史有所交代。

③記述與論斷。專題的研究，着重於史實的分析、比較、綜合、歸納，並可借助於社會科學的方法。而通史的撰寫，則記述與論斷並重。記述不僅局限於流水帳式的平舖直叙，亦不僅達到詳盡、客觀的標準爲止。一部具有恒久價值的史書，須要史家運用其生花之筆，使之生動活潑，有氣韻，有生命。然後方能化平面爲立體，顯現因果線索相尋相繹之迹，而增强其感染力。記述之外，章節的安排，史實的比證，論斷和解釋都是十分重要的。孟子論春秋之作，謂「其事則齊桓晉文，其文則史，孔子曰，其義則丘竊取之矣」。司馬遷著史記，則以「究天人之際，通古今之變，成一家之言」懸爲鵠的。孔子之義爲「微言大義」之義，太史公之美爲歷史哲學之義。「抗戰全史」的撰寫，遇有須下論斷之處，應兼具此兩者之精神。倘使由於有關文獻不全若干事實原委難以深刻比證分析，或爲了避免解釋錯誤和偏見成見，而多於記述，少於解析，那是因噎廢食的辦法。失去了前面所說的「義」，則史著將失去靈魂。所以史實的論斷，絕不可偏廢。

④研究方式。現代的史料浩繁，各項問題息息相關，變化甚爲複雜，推尋史實之脈絡、倚伏與影響，至感不易。個人閉戶研究及私家修史，實在困難重重，無論功力、精力和財力，皆有未逮。欲求抗戰史研究之成效，必須採用集體研究的方式，一方面分工合作，一方面集體討論。專題方面，可由研究機構如中央研究院釐訂「抗戰史研究計劃」，以時間爲經，以專題爲緯，更附以若干之子目。參加之研究工作人員可依科際合作的方式，邀約各方面的專家學者，共同參加認題工作。題目認定後，即擬訂工作進度，在計劃進行期間，所有參加工作人員可隨時互相諮商討論，交換資料和心得，以資參證。並視研究需要情形，經常舉行抗戰史專題講演會或座談會。講演會似宜敦請抗戰期間之重要人士主講，各就其親身參與或經歷之事，作有系統之口述，以與文獻相對照。座談會則應廣約有關人士參加，集思廣益，互相發明，有裨於研究者甚大。通史方面，最好能設立一個「抗戰史編纂委員會」，由國史館或教育部主持，並邀請黨史會、外交部、史政局、編譯館各有關單位參加。遴聘編纂或撰述委員若干人，以學有專長者任之。然後釐訂詳細計劃，逐步實施。相信不久的將來，此一部抗戰通史的鉅著，必可問世。

五、結論

本文在一開始時，便已說明祇是一種構想和建議。因鑑於抗戰史研究的迫切需要，與這項工作所具有的現實和歷史兩方面之重大意義，所以不揣譾陋，提出一個研究抗戰史方案的粗淺輪廓。我們目前確實需要有一部完整的、翔實的、公正的抗戰史，將中華民族這一段光輝而充滿血淚的事蹟，使舉世各國都能獲得正確的認識和瞭解。藉着史籍的廣佈和流傳，更可凝結民族的感情，鍛鍊民族的意志，創造民族的前途，發揚民族的文化。謹將此一不成熟的構想，提供出來，以就正於高明。並且衷心盼望抗戰史的研究工作，能獲得政府和國人的重視。

台兒莊在怒吼

・黃介瑞・

一、弁言

民國二十六年七月七日在盧溝橋點燃了八年抗戰烽火的序幕。但在七七事變爆發之時，平津實已「勢無可爲」，故敵寇於不旋踵間得以下平津，逼滄（州）德（州），沿津浦鐵路，渡黃河，越泰岱，直向徐州撲來！在一九三八年（民國二十七年）的初春，當鮮花開遍了運河兩岸，麥苗覆蓋着魯南原野時，野獸似的敵寇，已兵臨滕嶧了適於此時，我軍主力也沿韓莊至台兒莊的運河一線展開，於是便爆發了神聖的、慘烈的台兒莊保衛戰！這一戰是自「七七」以來的中日兩國主力的眞正接觸！也是「甲午」（一八九四年）以來，中國對日抗戰，第一次偉大的勝利！這一戰役較之中國歷史上的「淝水之戰」「赤壁之戰」並無遜色（都是以劣勢勝優勢的最佳戰例）！更應與世界著名的「凡爾登之役」、「滑鐵盧之役」相媲美，這是一場民族生死存亡之戰！這是一場有血有淚、可歌可泣之戰！至今憶來，猶感熱血沸騰！怒髮衝冠！

筆者是台兒莊人；又是身歷此刼的孑遺，所見所聞，永銘肺腑，感受自比別人親切，心情也比別人沉痛！當年筆者是一個十八歲的青年，而今已是五旬開外的老人了！

今日神州淪亡，台兒莊陷於共黨魔掌之下，我們此時來寫台兒莊戰紀，心情固有無限的沉痛與哀傷，但願借此燃起巨焰，照亮心胸，鼓起勇氣，堅定信心，以光復我錦繡河山。

台兒莊——這座古城！是屹立於蘇北「湖沼地帶」與魯南「山岳地帶」的毗連點上！又當運河與臨趙鐵路（從魯南臨城到蘇北趙墩，是津浦與隴海兩大鐵路的補助線）的交會處。南望湖沼縱橫，北顧羣山糾紛（如蒙山、抱犢崮、嶧山，在台兒莊都能看到山峯聳立，高揷入雲）！而台兒莊迄嶧城之間；這一段約七十華里的地區，又是「湖」「山」之間的一片小平原，運河流經其南，泓水貫穿其中，台（莊）棗（莊）鐵路蜿蜒其上，每値春夏，柳蔭麥浪，綠野靑山，華實蔽野，黍稷盈疇，人行田野間，大有「夾路桑麻行不盡，始知身是太平人」的感覺！故鄉的山河眞美！故鄉的土壤好香！而且又是孔孟誕生之地，實爲我國文化之所肇始——我何幸而生於此地呢？

蘇北——那連綿的湖沼，與那肥厚的沃壤（盛產玉蜀黍）！是「九省的通衢」，也是「英雄的故鄉」（項羽誕生之地）。

這——蘇魯之交的一片淨土！有山、有河、有平原、有沃壤！是英雄的故鄉，又是文化之肇始的好地方，眞可謂山川鍾毓，得天獨原！在近代史上，也從未受過戰火的洗禮（朱元璋的北伐軍，從皖南直指豫東，太平天國的北伐軍，在魯南未遇抵抗，到臨清後，便轉攻開封，在山東均無大戰）、豈料民國二十七年（

一九三八）的春天，却遭到史無前例的浩刼大難了！

二、漁陽鼙鼓動地來

台兒莊之戰；敵人對徐州外圍（以台兒莊爲焦點）的攻略，是採取「分進合擊」的態勢的——津浦北段是正面進攻；南段則爲「輔助作戰」！青島諸城之線，是「外線側擊」，而濟寧歸德之線，就是「迂迴截擊」了！最後會攻徐州，打通東部中國南北交通的大動脈——津浦鐵路。這對抗戰的軍事、政治、經濟、交通，乃至民心士氣，都有其深鉅影響的！

民國二十七年春天；敵人已完全控制着津浦路的兩端，在軍事上造成南北夾擊徐州的優越態勢！蘇北湖沼綿亘，魯南山陵起伏！地形上雖各有其優越條件（便於游擊戰，而機械化部隊，不易展開，也不便運動），無如魯南僅有津浦路縱貫其間，平時一切物資運輸，都取給於三大鐵路（津浦、膠濟、隴海），及青島連雲兩大海港，戰時交通更覺重要，然而津浦路南、北既均被敵人扼制，而青島、連雲，又以我們海上沒有國防，均被敵人封鎖！因此；我們的軍事活動，和物資運轉，都大大的受到交通的限制，敵寇可以從海洋、陸、空，四面八方的交通網上，向我進攻！而我們却只能在這交通網的包圍圈內；以劣勢的裝備，對抗敵寇的立體進攻！所幸；連雲港形勢天成，敵人未敢在我俯瞰下登陸，減少了台兒莊作戰右翼的一大威脅！可是；青島則隨濟南之失陷，已爲敵人所奪據！這對會攻台兒莊的敵人，打開一條空隙！——由於青島的被佔，加以津浦路的南、北段，都在敵人的掌握中，牠不但得到津浦南北夾擊徐州的機會，而且更獲得從青島內侵魯南，而打擊側背的便利！所以台兒莊作戰，我們不管在軍事上、交通上、補給上、裝備上，都是處於劣勢的，被動的！因之；這次勝利，確是得來不易！

二十七年（一九三八）初春，正當物我還泰，萬象更新的時候，鄭、滕一帶的砲聲，日以繼夜，遠自數百里之外傳來，台兒莊一帶的人民，已像「熱鍋上的螞蟻」，惶惶不已！同時噩耗也不斷傳來，最驚人的是守滕縣城的王銘章全師（屬廿二集團軍四十一軍一二二師），壯烈殉難的消息（約在二十七年三月十七日前後）！

二十七年（一九三八）三月初旬，湯恩伯北上的部隊，剛到臨城（津浦、臨棗兩路的啣接點），列車還在進行中，便迎面遭遇大批南犯敵人的猛烈攻擊！退下來的部隊與新到的部隊，都紛紛在韓莊（徐州北面津浦路的一個車站）集結，胸間掛着五十二軍的番號（仍屬湯兵團），並沿韓莊迄台兒莊的運河一線佈防，構築工事，運儲給養，忙成一團，看樣子他們是要在運河北岸，鞏固一個大橋頭堡，以保衞我們的大徐州了！——這應該說是「正面」吧？而且距離徐州的直徑也近，更是一片平原，無險可守！若依戰爭常識，敵人似應由此進攻，最便捷，可是敵人却偏在津浦正面虛幌幾招之後，而以三四千人之衆及戰車十七輛，由滕縣斜刺裡向嶧縣後，就地積極構築工事，並將 城迤南三、四華里之村落丁家壩、紅樓等處分別佔領，向白山及獐山（均爲嶧縣城南之小山）出沒活動！孫連仲第二集團軍所轄卅一師池峯城部，遲至嶧縣（城）淪陷之日（廿日），方以急行軍趕至台兒莊，師部及九十一旅駐鎮內，命九十三旅跑步搶據南洛北洛（均爲台棗支路上的村落，距台兒莊約十二、三華里），對 縣城一帶之敵採取嚴密警戒，至此台兒莊大戰之態勢已成！雙方調兵遣將，傾力以赴，眞所謂「山雨欲來風滿樓」矣！

三、烽火連三月家書抵萬金

——敵人的攻略戰開始於三月二十六日——

津浦線正面（北段）的敵人，於奪據臨城後；好像只分出一小部份兵力南下，與我防守運河的部隊相峙於利國驛韓莊一帶，成膠着狀態。磯谷（廉介）的第十師團主力却轉鋒沿臨趙支線猛撲台兒莊，至（廿七年）三月二十二日已進至嶧縣城南白山獐山一帶，與我駐北洛南洛一帶之第二集團軍卅一師池峯城部，互相對抗！眞成「旗旌相望，刁斗互聞」之勢！當時孫連仲所轄卅一師池峯城部在南面；以是固定於台兒莊及其附近村落，好像是防守的主力。湯恩伯所轄的部隊「機動性」很大，好像是尋找機會對敵人「奇襲」「逆襲」；或截擊」「側擊」。湯集團軍的八十五軍王仲廉部，原分佈在臨棗支路上，但在二十二日（廿七年三月）一夜之間，却都轉移至嶧縣城北的「山區」（神山一帶，俗稱「山裡」）！湯部另一車（關麟徵的五十二軍）原担任「河防」（指運河）的任務，突然於（廿七年）三月二十二日自韓莊沿運河至台兒莊渡河（運河自韓莊至台莊間成東西橫亙，台兒莊以南，則爲南北縱貫），迂迴北上，至蘭陵洪山（均在臨沂縣境，戰國時屬楚，荀子曾任蘭陵令）一帶集結。至此湯集團軍的兩個軍（八十五軍與五十二軍）均已繞至台、棗路東北，對敵軍形成「外線威脅」，隨時可拊敵之背！湯部獨立騎兵旅，也在這幾天，遠自商邱開抵台兒莊之東，以保護台兒莊的左翼！——在三月二十二、二十三幾天之內，我軍已完成「外線攻擊」的有利態勢，正準備「攻守配合」，等待殲滅來犯之敵！而敵寇方挾其優勢裝備，及屢勝之餘威（敵人自天津南下，直至台莊始遇堅强抵抗），正想一舉吞噬我台兒莊，故一路猛撲而來，直視台兒莊如囊中物，毫未顧及「側背」之「暴露」，及「後路」之「脆弱」！孫子曰：「兵；驕必敗，哀必勝」！我守土衞國，有必死之志！寇恃勝而驕，存輕忽之心，此乃我致勝之道，亦敵受殲之因也！

台兒莊序戰揭開之前的態勢，主要的是：敵寇企圖據棗（莊）嶧（縣城）爲前進據點，以急犯台兒莊！我軍則控制棗嶧東北山地；以反攻棗嶧，因而演成慘烈的爭奪戰，敵寇在津浦線及台棗支路雖擁有優勢的兵力和裝備（步騎約兩萬人，坦克百輛）；瘋狂向台兒莊進犯！但因在棗莊遭受王仲廉部（八十五軍）；在嶧縣遭受關麟徵部（五十二軍）分區分段的攻擊，予敵寇側背以重創！而迎面又被池峯城所部（三十一師）拒阻於泥溝，北洛一帶！因此；急犯台兒莊之敵，受我攻、守配合所阻遏，便難於展開有力的攻勢了！

現在我們先敘五十二軍關麟徵部廿四日打嶧縣的情形吧！

關麟徵將軍的五十二軍，自集結於蘭陵、洪山一帶，就負起了「外線進攻」的任務！爲了減輕敵寇在正面對池(峯城)師的壓力，故於廿四日(廿七年三月)派張耀明二十五師乘夜向西進攻，以切斷台棗支路，阻敵增援！當我軍連夜强行軍至郭里集（在台棗路東側的一個大村落）時，已人困馬乏，便駐脚宿夜！見老百姓都已跑光，士兵們也倒頭便睡！有一位士兵忽覺「內急」，便走到莊頭「糞坑」去「解手」。在月色朦朧之下，看見遠處走來了兩個人，愈走愈近，聽到皮鞋「達達」的響，也看見了「黃呢制服」，更聽到「吉里瓜啦」的日語！但這兩位「皇軍」並未注意糞坑邊，小樹下有人在「大解」！這位士兵嚇的出了一身冷汗！來個緊急收縮，提着褲子，跑回「連部」報告經過，這才知道村內已有敵人住宿！這一連是張師七十三旅所轄，旅長張漢初將軍，驃悍善戰！他立即下令以全旅兵力，將該村嚴密包圍，說也奇怪！村外調兵遣將，人喊馬嘶！而村內的「鬼子」竟全無動靜，也許鬼子也是人困馬乏，好夢正酣了吧？一直等到我們完成了包圍網，掘好了機槍掩體，路口也設好了「伏擊」，村內仍是闃然無聲！這倒難爲了張漢初將軍！對村內鬼子的兵力、裝備，全然不知，怎敢貿然闖進村內去？焉知不是敵人設好的陷阱，等我們闖呢？於是先施行「火攻」，繼之以集中機槍猛射！敵人這才從夢中驚醒，鬼哭狼嗥！在烟焰瀰漫中，四散逃生！跑到村口，又遭我機槍陣地猛潑！敵人已十死八、九！在黎明的晨光照耀下，只見敵屍遍地，血染平川！從敵人遺棄的文件中，獲知這一支「二大隊」，駐郭里集的任務是：「保護台棗支路東翼」，以防我軍從外線進攻！張師既將這一大隊鬼子消滅，便輕而易舉的切斷了台棗路，進而擴大戰果！嶧縣城南山地，與敵展開慘烈的爭奪戰！使進攻台兒莊之敵後援斷絕，成了「孤軍」——進退維谷！

集結在神山（棗莊東北）的八十五軍王仲廉部，也在三月廿四日（廿七年）派第四師陳大慶所部猛攻棗莊，在嶧縣境內的「三莊」（韓莊、台莊、棗莊）中，棗莊因盛產煤礦，獨稱繁富，建築物都是近代化的！尤以「中興煤礦公司」的牆壁，全係鋼筋水泥構築！「辦公大樓」更高大堅固，易守難攻，這確實給予「鬼子」天大的便宜！我們既無坦克打「頭陣」，又無飛機凌空助戰！也缺少重砲摧堅陷陣！全憑肉彈猛衝！鬼子藏在鋼筋水泥的三層大樓內，以臼砲、野砲、輕重機槍，或高射、或平射，也可俯射，操縱自如！又在外牆上，挖了砲穴、鎗眼，交互射擊，組成火網！四角的碉樓，軍事價值更高，敵人的輕重機槍，與手砲的音響，並起交作！構成一部很規律的「交響樂章」！我們的士兵及人民，均耳熟能辨！——起初是驟風似的一陣重機槍聲，緊跟着幾十挺輕機槍一起張口，作扇面形的發射，清脆的響聲、直徹雲霄！其間每隔三、五秒鐘，再加雜兩聲手砲「鏗！鏗」的響聲！像這樣熾烈的火力；守在一座鋼鐵堡壘！馬其諾防線，也不過如此吧？這叫我們只有輕裝備的五十八軍士兵，如何進攻？但是我們畢竟攻下了它！吃掉了它，我們士兵堅毅的精神，衞國的決心！於此役始為世界人士所體認，所讚揚！

原來陳大慶的第四師是乘夜從東、西、北三面包圍棗莊的！敵人很刁頑，自知兵力不夠，便集中全力，堅守中興公司，我軍為減少犧牲，採用夜間攻擊！在夜幕低垂下，以重機槍掩護敢死隊，挖牆穿屋，逐步接近敵人！經一夜激戰，才奪得一座水塔，但天一亮，敵人的飛機來了！向我陣地猛炸狂射，大樓內的敵人，也出動戰車反攻！致使我晝間的攻擊，無法展開，在這樣的苦戰下，我們終於攻下了敵所據守的東、西、北三座碉樓，殘存於敵手者，僅餘南面一座碉樓而已！但我軍亦感犧牲太大，改取守勢，以一部兵力守住已得之碉樓，以主力改採「機動態勢」！而與守堡之敵寇對峙！到了廿六日（廿七年三月）敵人增援部隊開到，以戰車二十餘輛，步兵三、四千人，猛烈反攻棗莊，我第四師（陳大慶部）陷入苦戰中，在棗莊週圍與敵反復衝殺！目的在遲滯敵寇向台莊推進，爭取時間，以便友軍圍殲在台兒莊之敵人！

我五十二軍（關麟徵），猛攻嶧縣城，八十五軍（王仲廉）分兵（分出陳大慶的一個師）突擊棗莊，並鑽空襲擊臨城，其目的均在減輕台兒莊正面守軍——池峯城師所受的壓力！並借以測知敵寇主力所在！儘管敵寇在嶧、棗均受到猛力的攻擊，但其先遣部隊，仍未遲滯對台兒莊的攻勢！三月廿六日（廿七年）發生在台嶧之間，一片平野上的戰鬥！是「大戰爭」，使目睹者，永世難忘！台莊以北，五十華里內，沿台、棗鐵路兩側，全是一望無垠的平原，他們都在野外挖了一道一道戰壕和「掩體」，用交通溝連接起來！預設砲位、槍座、瞭望洞，把鐵路拆去，路基挖成深坑，鐵軌抬來作戰壕的支柱！再蓋上民屋的「門板」，蓋面以黃土掩蓋覆，插上柳條，或堆上「麥楷」（小麥的莖部），以免為敵機發現！這樣的「戰壕」橫亘在鐵路正面的，縱深有四、五條之多，條條設防，從村內到戰壕，循交通溝可以往返，不必露出地面，軍民合作，夜以繼日，日以繼夜的趕工！

果然！驚天動地的場面來啦！二十六日天未亮，早飯都未吃！所有的軍隊都奉令跑步進入戰壕，成高度戒備狀態，當朝露未乾，太陽從地平線上射出第一道光芒時，由嶧城南犯的强敵，便出現了！他們騎着高頭大馬（比蒙古馬更高更大），一律棗紅色（在作者的記憶中，很少雜色），千人萬馬，如潮而至，鮮紅的「膏藥」旗，在馬上飛動飄揚，「屎黃」的軍服，看在老百姓眼裡，如在荒野驀見猛虎似的，混身發毛！敵人的馬在戰場上，不但跑得快！而且擺出「低姿態」，肚皮離地不到一尺，同時動作一致，分散、集合都很快！眞有「來如驟雨，去如疾風」之勢！他們並不鳴槍，沿着已被破壞的鐵路線，直逼距台莊僅十五華里的北洛村，駐北洛的池師九十三旅的弟兄們，也眞能沉住氣！他們伏在預築的戰壕裡，緊握着機槍把，以憤怒的眼光注着敵人！但並未發槍，等到敵騎一步進入射程，槍砲齊鳴，手榴彈雨點般的擲出！打的鬼子哇哇大叫！中彈的馬，傾倒後還向前翻了好幾個跟斗！未中彈的馬，前蹄騰空，也把鬼子掀落蹄下，一時人仰馬翻，亂成一片！未死的鬼子撥轉馬頭，呼嘯了一聲，便絕塵而去！看他們逃走的速度，比進攻更快！轉眼的工夫，便無影無踪了！——頭一回合，我們是全勝了！

「難道鬼子的攻勢，這就算完了嗎？」

「怎麽會呢！好戲還在後面哩！」

年青的士兵們，在戰壕裡交談着。

剛到中午，我們的士兵還正在進餐，敵人的排砲，便連珠似的打過來！還是集中北洛一帶的九十三旅，砲彈落處，硝烟瀰漫，一片火海！我軍用「門板」搭建的工事，實在受不了！敵砲轟了約四十分鐘（老百姓稱之爲問路砲），砲聲甫停，正北方的地平線上，便出現了二十幾輛土黃色的鋼鐵怪物——坦克。仍沿鐵路兩側，向南疾駛！它們的火力都集中攻擊北洛（村）一帶的九十三旅，對兩側的守軍，看也不看一眼！敵機也及時飛臨助戰，也是對準九十三旅的陣地，猛炸狂射！九十三旅的弟兄們，只好伏在戰壕內，頭也抬不起來，工事塌了！死的便被埋在下面，活的自行扒開泥土，竄出戰溝攢到民房內，憑窗口與敵作逐屋戰！牆被轟倒了！屋頂被燒夷彈燃着了！壯士便葬身火窟！這時離鐵路較遠的守軍，都伏在戰壕內，眼看着北洛的九十三旅挨打、被轟、受包圍，只能枕戈待發，怒目以視，而無法助以一臂之力（這種把兵力釘死在一點、或一線，被動挨打，而無法主動打人的戰法，是否明智，作者至今仍然懷疑！果然，九十三旅傷亡慘重，垮下來啦！退到南洛（距台莊只有八華里）守「第二線」——正面的我軍雖向後撤，但駐守兩側的軍隊，仍然堅守未動！因之；廿七年三月廿六日的台棗線正面的戰線成「凹」字形，一直對峙到日落休戰！夜間；我軍整夜駐守陣地，目不交睫，向北看着，那敢睡覺，老百姓把「傷兵」用「門板」（担架太少）兩個抬一個，向後方運送！傷兵斷腿折臂，血肉模糊，有的呻吟！有的閉嘴蹙眉，一語不發，頭部受傷的，滿臉是血無人擦拭，都已凝結成黑紫色的乾血塊，面部表情更痛苦，輕傷的紮上紗布，拄着樹枝，蹣跚着自己行走！在夜幕掩護下，使我們的傷患始得安全南撤！

好奇怪！士兵們一夜睜大了眼向北監視！但一夜竟安靜的度過了！敵人沒來！初春的的破曉，大地佈滿了濃霧，能見度很低、，士兵走出戰壕，伸伸懶腰，揉揉惺忪的睏眼，打個哈欠！有的拿了盥洗具到「井台」或「河畔」去刷牙洗臉，事務員正忙着在村內民家做早炊！一片安詳和協的氣氛，想不到緊急情況，就發生在此時！原來在嶧縣城北有一座潭山，有一條河，名叫涇水，發源於山下，蜿蜒南流，在台棗鐵路之西，差不多與鐵路平行，最後注入運河！沿河垂柳成蔭，幽禽爭鳴，河水清澈，游魚可數，所謂「涇水環烟」，也被列爲嶧縣八大景之一！濱河都是深厚的黃土，肥沃異常，盛產麥棉！鬼子就選擇這條「河谷」爲掩蔽，半夜自嶧城出發，沿河谷南下，於廿七日（廿七年三月）晨霧未散之際，便摸到了傍河的賈家口村外，這村有家大戶，姓黃，爲魯省望族，家中高樓大厦，畫棟飛樑，尤以後宅的「三層大樓」，足與台北希爾頓飯店「比高」！鬼子在河堤上，架起手砲、機槍，一陣掃射，便掩入村內，我軍在村內，原未設防，又以措手不及，只有「跑」的份了！敵人以驚人的速度，登上大樓，爬上屋脊，架起大砲，不分青紅皂白的向南洛守軍（昨天由北洛退下來的）猛轟！賈家口距南洛僅三華里，又是居高臨下，所謂「高屋建瓴」之優勢！所以，能充分發揮了砲兵威力！老百姓看見鬼子站在高大的瓦屋脊上，用望遠鏡看了半天，一聲吆喝！揮臂舞拳，後面的砲，便一齊發火！每次十餘响，相隔「一袋烟」的工夫（約三分鐘），再來一次，南洛村成了一片火海！火頭高達數丈，烟柱直衝雲霄！而正北方敵人的坦克，又在地平線上緩緩出現了！也向南洛村衝來，這時不但步槍失其效用，連輕、重機槍也排不上用場！我軍又沒有「戰防砲」，若不撤退，只有「玉碎」之一途了！於是全線南撤，我軍一撤，敵寇跟進，坦克後面是步兵，步兵後面是騎兵，黃沙滾滾，殺氣騰騰，由北向南，捲地而來！敵人的先頭部隊，與我軍的殿後部隊，還在台兒莊附近進行着激烈的狙擊！而敵人的後續部隊，便毫無戒備的，衝入村莊，甚至丟下武器，挨門挨戶，去找「花姑娘」，敵寇殺人放火，姦淫擄掠！一切的罪行，都是在這一時朋做出的，這裡分不開閒筆去描寫，容另專章記叙！

敵人於廿七日衝到台兒莊附近，便碰上了第二集團軍（孫連仲）主力的堅強抵抗，但敵恃其砲兵威力，將台兒莊北垣轟倒一個缺口，衝到圩內三四百人，與我三十一師的健兒，展開「逐屋戰」！由嶧縣增援之敵，源源開到，先後計約三四千人，後面還繼續湧到，均為磯谷師團主力，但我三十一師的弟兄選拔敢死隊，發動「赤膊攻擊」！全憑血肉之軀，一鼓作氣，竟將衝入之敵，又行逐出，並堵塞缺口，敵察覺我守軍實力不弱！又變更戰略，不從北面攻台莊，而向東作「大迂迴」，欲渡過運河，繞至台兒莊之南，以全面包圍台兒莊，這一招，好厲害！使守在圩內的我軍（孫連仲部）着實發慌！若非我友軍（湯恩伯的八十五及五十二兩個軍）由北趕來，切斷了敵人的後路，並展開兩翼，與守圩的孫連仲部，協力同心，將攻台莊之敵包圍的話，那麽；戰局的發展，眞還未可逆料呢！

四、戰局的突變──我們的外線又發現了敵人

當磯谷（廉介）師團的主力，大批湧向台兒莊一帶時，仍留置「守備隊」堅守嶧、棗，及鐵路沿線（只是「點」與「線」的固守）。我軍為了包圍台兒莊附近之敵的主力（約五六千人），亦不得不將兵力「集中」而「機動」的運用，故王仲廉的八十五軍，只留少數部隊，監視嶧、棗之敵，主力與關麟徵的五十二軍並肩南下，在魯南平原上，展開了大軍團的運動，對台莊附近之敵，加以包圍，但是，敵人對鐵路的防守力，確也不弱！牠是用十幾輛坦克，列成縱隊，好像一堵能移動的鋼牆鐵壁！而且火力的熾盛，前所未見。以我輕裝備之士兵，面對此鋼壁鐵牆，與熾盛的火力，只有於夜間，選拔敢死隊，摸到坦克前，用強力炸藥，把它破壞，或掀開頂蓋，投入炸彈，或以手槍射殺駕駛員，以我們的「人力」，消耗敵人的「物力」！這就要以時間，來滴滴點點的換取代價了！

當我五十二軍進攻台、棗路之敵，急切難下，成膠着狀態之時，戰局又起了嚴重的變化！原來自青島登陸的敵第五師團坂垣（征四郎）的主力，雖仍被我龐炳勳張自忠兩將軍阻截於臨沂附近，日夜鏖戰，難分難解，但刁頑的敵人，却分出一部份兵力來，約五千之衆，鑽空竄至向城，這是一支由步、騎、砲組成的「混合部隊」，戰鬥力相當强大，當我軍主力，正猛攻台棗鐵路上的敵人，而行將合圍之時，突然在「外線」出現此一威脅，這是一件很嚴重的事！而且這「兩個外線」之間的距離，僅六十華里左右！如果東（青島來的）西（守台棗路）的兩面之敵，以野砲對射，那麽，只要一天的功夫，我們便會感受到「合圍」的威脅了。

為了在主力作戰展開之前，使敵主力（台莊附近之敵）與其外線之一部（自青島來援之敵），絕對不能會合，也就是要使兩面夾攻我的敵人，始終分離！以保持我們的行動自由，掌握主動與機動，就只好把我們的兵力，一律由內線轉為外線，使戰鬥位置，由不利變為有利的態勢，先集中兵力消滅由青島遠來之敵，然後再回頭包圍磯谷師團主力於台兒莊附近，由孫連仲部（池峯城師為主力）與湯恩伯部（王仲廉與關麟徵為主力）南北夾擊而將之聚殲！

我們為了對付由臨沂竄向城之敵，致使我們整個作戰態勢，被迫改變！本來是要向西切斷台棗支路，以包圍進犯台兒莊磯谷師團的主力，來一次「大殲滅戰」的，但現在却不得不轉頭捕捉竄來向城之敵，實行「掃蕩戰」與「追逐戰」了！首由八十五軍的八十九師張雪中部，對向城之敵，施以迎頭痛擊！敵寇便沿玉樓梧桐村退至郡家莊（均在臨沂縣境），我五十二軍關麟徵部，亦由腰裡徐柿樹園乘夜與守台棗支路的敵人脫離，急向右旋迴約二十公里，在四月一日（廿七年）拂曉抵達洪山蘭陵以東，即由南向北，再予邵家莊之敵以逆襲！在兩日夜的戰鬥中（四月二日至三日），由青島竄來的坂垣師團的分遣隊，被殲滅大半，殘餘的敵人，鑽隙南逃，竄到台兒莊，也陷入我們的包圍圈內！我們的主力粉碎了坂垣由「外線」援救磯谷的企圖後，立即再來一次大旋轉，又恢復了原來的作戰位置——面對台棗之路猛攻，並不計犧牲，要迅速將其切斷，對台兒莊附近之頑敵磯谷師團主力，形成新的「包圍網」！這一下子使鬼子匹馬不還，足使鬼子們的鮮血，流在我們這一片芳香的國土上！

五、熱辣辣的殲滅戰開始了

民國二十七年三月卅日至四月六日，當我們把由臨沂竄抵向城一帶的敵人（板垣師團之一部）消滅以後，我們的增援部隊——七十五軍（周碞所部）還有砲兵（第四、七兩個團），也適時的投入戰場！尤其砲兵趕到，使我們的攻擊力量增加，是一件錦上添花的大喜事！因為我們現在是要「攻」，不是要「守」，而且是「攻堅」！我們的殲滅戰，是要先把台棗支路切斷，把竄到台莊以東約三萬之衆的敵人（磯谷第十師團的主力）包圍在大、小良壁、鳳凰橋、甘露寺、南、北洛與台兒莊之間；包括大、小村砦百十個署呈橢圓形的小圈圈內，然後由堅守台兒莊的池師與在北面的五十二軍關麟徵部，八十五軍王仲廉部，及在東面的新到增援部隊周碞部，分進合擊，將頑敵消滅！

我們的進攻序幕，是先由五十二軍關麟徵將軍於四月四日（廿七年）首先揭開的，他的全軍由蘭陵洪山一線向台棗支路掩殺！在鐵路以東，敵人只作「機動應戰」（可能因為人數少），故輕而易舉的進展至甘露寺亘楊樓、陶墩之線，但再向西到了鐵路線時，便碰上了堅強的抵抗！經激烈戰鬥後，始將台、棗支路切斷！使敵人援軍及補給完全斷絕！

由洪山向南進擊的八十五軍王仲廉部，在小良壁、大顧珊一帶，也碰上了敵人的堅強抵抗！戰鬥之烈，前所未見！我們由「逐村戰」，變為「逐屋戰」！由「陣地戰」，變為「混戰」！僅大顧珊一個村莊，得而復失，失而復得，拉鋸了好多次，高級軍官均親冒矢石，反復衝殺，受傷不退，終於戰死的，以及連、排長死難的，更不知多少了！但在四月四日的竟日激戰後，我們仍然克復了大顧珊（村），用我們志士一滴一滴的鮮血，來換取我們一寸一寸的芳香國土！

敵人在三月底挾其洶洶之勢，沿台棗支路，自北而南，向台兒莊鍥入，但我卅一師池峯城部却拚死守住台兒莊圩寨，敵人幾度衝入，都被逐回！於是敵人向東迂迴，想攻台兒莊之側翼，但不料被我新到的援軍七十五軍周碞部堵住！我關（麟徵）軍及時切斷台棗支路，自鐵路西側收縮了「袋口」，王（仲廉）軍又傾力南下，拊敵之背，池師又衝出台兒莊；沿台、棗支路北進，於是三四萬日軍（磯谷主力）全納入此一袋形包圍網內！大顧珊村適當此一包圍網之北側，我王仲廉軍欲由大顧珊攻入此一包圍網，直指台兒莊，將此一包圍網再切成兩半，如此，則敵寇更易殲滅！此即所謂「中央突破，分別包圍」的戰略，為敵寇所慣用者，敵人焉有不知之理？所以牠在四月四日失掉大顧珊之後，於翌日（四月五日）即自郁莊、譚莊、鸞墩（均為台兒莊東北方之小村，當年亦可稱為「戰略村」矣）三方面夾攻，把大顧珊變為一片火海！守大顧珊的是八十五軍五二九團第三營，營長重傷！該營兵力損失三分之二，實在撐不住了！幸而五三〇團及時搶救，才守住這一殘破的村莊——大顧珊！但狡計百出的敵人，竟又以砲兵五百餘人，携砲十餘門，欲繞出我軍後方，以砲兵猛轟大顧珊，但當敵人架砲未穩，我新增援的砲兵（第四團和第七團），即佔敵先機，敵砲反遭受了我砲兵殲滅性的轟擊！造成了劣勢砲兵制壓優勢砲兵的奇跡，這是值得大書而特書的！

此後敵人在四月五日對大顧珊村的反攻失敗後，便呈不支之勢，只有個別的應戰、掙扎，而沒有有計劃的反擊了！我軍乘此良機，分區、分段圍殲殘敵，到了四月六日（廿七年）敵陣已全部混亂！我軍復集中兵力，向敵後縱深突入，並為防敵乘夜脫逃，一面由正面迫敵，使之不及脫離，一面又鑽隙擾敵後方，使之無法立足！但磯谷師團究不失為「精銳之旅」，雖在我軍的四面包圍下，已瀕於崩潰的邊緣；然其「後備戰」，抵抗仍極强烈，企圖借此掩護主力逃脫！

至四月七日，台兒莊的殲滅戰，已近尾聲！台兒莊附近，經湯、孫兩軍團擊潰之敵，狼奔豕突，向嶧縣城方面逃命，湯恩伯部主力（關、王兩軍）一面清理戰場，一面在台棗支路以東，向北追擊潰敵，孫連仲部（池師為主力）在台棗支路以西向北擊潰敵，孫震軍沿津浦路，由韓莊向北追擊潰敵，而曹福林軍（原韓復榘部）却繞至嶧縣以北地區，截擊敵人！只留下新增援的周碞軍，仍控置於台兒莊以東，以作「總預備隊」！所以竄抵台兒莊附近的磯谷第十師團主力約三四萬人，經我一星期的殲滅戰後，確實是所餘無幾了，所謂「但使龍城飛將在，不使胡兒匹馬還！」這正是台兒莊大捷的寫照！

六、結論

（台兒莊戰役估計）

台兒莊之戰；確是甲午戰後，中、日實力第一次眞正的接觸也是抗戰期中多數勝利的開始！我們在一星期內，不折不扣的殲滅了磯谷第十師團的主力三萬人以上！國際視聽為之改觀，敵人心理（輕視華軍的心理）為之轉變！日本史學家伊藤正德稱湯恩伯為「抗戰虎將」（見日軍決戰篇第四二九頁），即因台兒莊作戰而得名，提到台兒莊作戰，伊藤正德雖然忸怩的說：「台兒莊作戰，不過是局部的小戰鬥」！但如再細看他的「作戰敘述」仍然幾乎完全為日軍佔領（「幾乎」為日本人的遁詞），可是周圍的華軍，不但並未退却，反而在反覆不斷的發動逆襲！並形成反包圍台兒莊的態勢！尤其在側、背面佔領陣地的中國砲兵（顯係指關麟徵與王仲廉部），質與量均較日軍為優越，一向被輕視的中國軍，在這個戰線上，初次顯出强大的戰力」！——這是敵人對我們的估評，總不會是誇大吧！

後來；直到敵寇由魯西的濟寧，出偏師襲取歸德，切斷了隴海路，在津浦南段，也渡過了淮河，青島的敵人，亦大批登陸！津浦北段的敵人，更抽調了進攻山西的兵力，前來助戰！一時大有「八方風雨會中州」之勢！當徐州陷入於四面包圍之時，我們也已討得了戰略上的代價！為了保持「機動」與「主動」，保存「實力」與「活力」，遂自行作有計劃的轉進，這不是「敗北」，是「全師而還」！移轉我們的主力到更寬廣的地區，待機向敵人展開更大規模的決戰！從此，敵人陷入我們的抗戰泥沼！愈陷愈深，卒致不能自拔！而我們抗戰的原則，就是以「廣大的空間」，換取「無限時間」。

台兒莊之役，我們雖然付出了不少的代價，但是這空前的大捷，不僅震撼了全球，也為我們奠定了抗戰必勝的無比信心。

抗日戰爭中

湖北陽新戰役親歷記

·尹華英·

保衛武漢戰陽新，三迤健兒輸赤忱。
可惜戎機失調度，湯公泉下泣忠魂。

對日抗戰，我中華男兒在各戰場，拋頭顱、灑鮮血、前仆後繼、壯烈犧牲，可歌可泣之事蹟，到處可見祇以戰區遼闊，或部份情況特殊，每多湮沒無聞。本文所述，即係湮沒無聞之戰役，久欲走筆爲記未果。今垂老矣，每憶該役同胞死事之慘烈，輒惻然不甯，如任其長此湮沒，不惟英靈難於瞑目，且亦後死有愧。謹於農作之餘，畧述囘憶，但以日記失落，日期地名，均未能詳列爲憾！

官兵扶病上疆場

民國二十七年夏，雲南部隊一八四師自徐州突圍至鄂北整訓後，調鄂南咸寧待命。五五一團駐馬橋，因氣候影響，官兵多患熱病，數日即形銷骨立，艱於行動。是時突聞日寇已破馬當，下九江，直趨德安。師長張雲鵬奉命率部赴陽新抗敵，以保衛武漢外圍。出發令下，病患皆起，除重病後送外，輕病及小癒者均力疾行軍，士氣高昂。

九月中旬抵排市，畧事休息，即受領任務。本營四、五兩連防守湯公泉高地，第六連担任預備隊，警戒東南隅。機槍二連除派出一挺配屬第五連外，餘均隨營部駐朱家。是役陣地遼闊，每兵防禦正面凡二、三十公尺。進入陣地後，奉令凡擅自撤退失守陣地者，一律處死。官兵爲之凛然。

受命敵前去支援

曙色方現，連長召余謂：「前線已與敵接觸頃奉令派重機槍一挺配屬第四連。」當即命余以第二排長身份率第三槍前往，限十分鐘內出發。余受命後，未進早餐，即率人槍向陣地前進。

抵湯公祠時，天已大明。遇副營長，指示速往左翼高地第四連王連長處報到。余等正行進中，朝旭湧現，敵機已飛臨上空反復掃射。余命槍兵散開隱蔽。但旋以任務不容遲滯，復命擴大散兵行，各個利用地物前進。余將行囊解除藏置草中（隨身一切證件自此遺失），以便利匍匐行進。是時槍聲密如爆竹，砲彈亂飛。遙見王連長右手綁裹綳帶血流不止，至余面前曰：「我受重傷須下陣地，你快與代連長潘排長連絡，協力防守陣地。」余急前行，遇潘廷鑣排長連呼余：「老弟快來，敵已進至山腹。我防地稜線盡是大石，工事無法掘深，且斜面死角甚大，欲發揮火力，勢必全身暴露以行立射。但敵砲所至，破片夾雜碎石齊飛，增加殺傷威力，現已傷亡人員不少，請你盡力相助。」余答曰：「此為共同責任，願服從指揮。」

余就近偵選陣地，果然無一工事可隱蔽身體。余匆忙中跨出鞍部，在俯視中，忽然發現敵散兵正向我方躍進中。乃急命架機槍施行掃射。敵雖因此停止前進，但瞬間砲火驟至，烟霧籠罩，碎片如雨。余乃命拆除機槍移回反斜面。潘代連長忽匆匆來告：「與第五連啣接之一帶陣地，萬分吃緊，請速往支撐。」余立即前往偵查射擊陣地，不料其困難更勝於左翼。因叢莽密佈，展望不易，無法射擊。正往返偵尋間，忽見第五連魏連長亦負傷而來，並告以營長正患高熱，副營長現在湯公祠內。余暗忖營長患病，兩連主官又已下陣地，今日戰況必然艱苦。

機槍單發力制敵

余久偵覓適宜陣地不得，正焦灼間，忽見有一帶高可蔽人的班茅，由稜線蔓延至山腹，乃扶草下降至一百五十公尺處，覩一席凹地懸垂岩際，儼如壁上掛燈，四周班茅圍繞，下臨絕壑。試向右側撥草展望，則陣地前兩支山脈呈現眼前，兩條樵徑清晰可見，而敵兵正伏行蠕動，時隱時現，近者距二百公尺左右，遠者約三四百公尺，皆在我側射斜射有效控制範圍中。乃急令將槍兵成散兵行，拉長距離，由稜線伸展至山腰，僅由槍長槍兵二人架槍，余自任射擊。余使用單發獨放，先將較近之敵逐一射殺，再射殺遠者。然後瞄準靠近山脈小徑出入口，定好固定栓，俟敵人伏行至瞄準點，立即扣扳機，予以消滅。尚有兩着褐色呢服之散兵，戴鋼盔手套，利用死角，攀登斜面，矯健敏捷有如猿猴，自以為可隱蔽待機，稜線守兵無如之何。豈知我機槍口正對準其側背，生死早操余之掌握，殺之易如反掌。最初余頗有殺人不還手，視人命如草芥之感。旋思敵寇南京之大屠殺與各處之獸行，不禁怒火中燒，恨不盡殲為快，終於扳機扣動，兩敵兵遂跌入深壑。

余方大開殺戒之時，槍長岳炳清見獵心喜，頻頻請任射手，且提異議曰：「重機槍之威力全在掃射快放，今排長僅用單放，等於使用步槍，豈非大才小用，抹殺它的效能？」余曰：「你言雖有理。但用槍如用兵，必須視敵情而運用。你看敵兵現處複雜地形中，各自前進，隱現無定，如用橫掃或縱射，不僅無濟於事，而且暴露陣地位置，有被敵砲消滅之危險。今晨對敵掃射，立即被敵砲火壓制，即為明證。何況重機槍對中遠距離射擊之準確，遠非步槍可比，而且機栓固定後，更可增强射擊之準確性。現在我機槍位置隱秘，制敵而不為敵所覺，殺敵而敵不能還手，此即單放原因」。彼雖唯唯連聲，我看未必傾服，更不敢讓其担任射擊。

逞性掃射遭炮擊

午間敵砲稍停。余派連絡兵向潘代連長請詢全般戰況，均不得要領。欲親去探問，又恐離開後發生意外。此時忽發現敵人蠢動，判斷似為佯攻，虛張聲勢而已。正忖度間，忽聞山下有粗獷之吆喝聲，撥草下窺，則見山麓大樹下，數人隱約行動，其中一人手比足畫，大聲講話，餘人或去或來。即取望遠鏡測視，發現一敵軍穿長大衣、鈕光閃爍，兩肘時而平抬，手中持物接近面部，似為一軍官正用望遠鏡觀測我方陣地。其左右往來者，似為傳令。度其使用兵力，當為中隊長以上人物。遂決心消滅此一寇首，暗喜憑余射擊成績及此哈乞開斯重機槍之效能，獵之當不為難。乃移足架，擺槍口，向之瞄準。初定距離為一千公尺，發射後，敵屹立不動。遞減為八百公尺，而彈落敵前約百公尺。於是改定為九百公尺。槍聲響時，敵即倒地不起。

自此，當面之敵，頓趨沉寂。余乃乘機趨後溲便。不料突聞本槍咚咚之聲大作，知已僨事。急詰問何以快放？槍長答稱：「左前山谷死角內聚集敵兵十餘名，機不可失，是以施行掃射。預料敵之傷亡當不在少。」余斥之曰：「先已分析目前形勢，不利快放，你如此任性，毫不體會，眼看此處馬上不能立足，何處再有如此良好陣地！」言未畢，敵砲火已密集呼嘯而來，山搖地動，石舞灰揚，草木亦局部燃燒。敵砲反覆轟擊，凡一刻鐘始息。正欲起身檢查人員武器，忽聞槍長低喚曰：「我左足掌已被破片洞穿矣！」散兵線上連絡兵亦來報，上等兵黃光祿左腕亦重傷，血流如注。余乃命彼二人相扶回連裹創。猶幸本槍確實位置，未被發現，尚可暫為利用。但附近時有落彈，且常有敵在山麓隱現，似欲誘知我機槍正確位置者。

友軍薄暮來換防

午後三時，後方尚未送來飯食，諒為敵機所擾。蓋敵機自九江起飛，輪番至陣地炸射，及為敵砲指示目標。此時敵機更頻頻低飛，而敵砲又瘋狂轟擊，似為攻擊開路。連絡兵又來報，山上步兵工事，大都毀於砲火，傷亡甚衆。一弟兄方起立射擊，即被砲彈直接命中，齊腰斬斷，飛起丈許。聞之惻然。默念守兵如長此擺在稜線，必被敵砲打光。而四、五兩連間似欠聯繫，本槍陣地已半暴露，僅可臨時使用，亦非持久之計。思慮入夜敵兵當更活躍，未知指揮官如何應付？

正欲往尋潘代連長，建議天黑速派兵掩護，清除視線及射界之障碍，加强工事之配置與構築等。忽見一友軍穿林拂草而來，腰懸廿響。接談之下，知為湖南部隊廿三師某團直屬連長。據稱係準備換防，先來接洽偵查陣地。並云接防部隊，薄暮可達。因潘代連長正忙於督戰，故派傳令引彼到各排陣地觀看。余即告以此係臨時陣地，並無工事，敵人如由別路登山，此地即陷於絕境。且待入夜，此地即完全失去射擊效用。並告以守軍陣地種種缺點，極待修改補救。彼深表贊同。聞該師武器雖舊，但人數較足，若時機許可，重新佈置，必能彌補闕失，鞏固陣地。中心甚慰。

傷亡慘重失陣地

夕陽西下，敵陸空步砲協同發動全線攻擊，戰况異常慘烈。惟在我機槍陣地當前之敵，集結山下鼓噪，殺聲振耳，而又徘徊不進。正全神戒備中，忽聞左翼高地鞍部附近有敵輕機槍聲，知少數之敵已近稜線。方欲傳詢，連絡兵已奔告，鞍部附近工事全毀，守兵無人塡防，敵人已逐漸接近稜線。俄頃，正偵查陣地之友軍連長，右腕已被砲彈破片擊斷。

此時潘代連長沉痛來告余：「無法再守下去了，請老弟自作主張，相機行事。」余聞之大驚，自忖若非萬不得已，潘必不敢以身試法。但余等與其撤守而受軍法處分，不如與陣地共存亡，來得光榮。正擬勸阻，一彈藥兵喘息奔告：「四連殘存部隊已完全退走，右翼第五連情況不明，該處敵已登山，正向此間抄來。排長快打主意，遲則無及！」余思左右陣地全失，重武器逗留山腹，無異甕中之鱉，犧牲毫無意義。乃下令折槍登山。

抵稜線後，度其地形，蔭蔽滿目，左右皆無法射擊，而槍聲甚急，右翼之敵已逼近。乃指令各槍兵迅向東方高地聚集，選擇陣地，架槍待命。余自率步槍兵二名，斷後掩護。經過後面，但見遍地殘屍破衣，血肉狼籍，彈痕遍佈，土焦草黃，景象淒涼，不禁心傷淚落。憶弔古戰場文有謂：「天地為愁，草木淒悲。」殆如是矣！是時鞍部僅有少數敵人進入，向余射擊。余且戰且走。

迨達目的地時，不見槍兵。正驚疑間，遙見有人招手，轉過山灣，始見人槍俱在。詰以何不依令行事。槍兵皆答，大石矗立，無法攀登架槍。余就近連登數處高地，亦怪石嵯峨，荆棘密佈，跬步不容。原有一線希望，欲在後面高地架槍潛伏，俟敵衝鋒上山，集結整頓時，然後用二百五十發之鍊形彈帶，施以狂風驟雨之奇襲，予以重創，以待後援反攻。殊不知勢與願違，理想成空，只得長嘆一聲，下令撤走。

歸途忖度，依時間形勢論，失守後，敵早當已進入鞍部，何以僅用火力威脅，而人員不遽行衝入？可能因彼午前已知我有重機槍，自後未聞槍聲，爲慮遭奇襲，行動特別謹愼，故而我等乃得從容撤出。

營長反攻中瓦斯

暮色蒼茫，寒風砭骨，可惡敵機仍低飛窮追。余即借用步兵輕機槍向之射擊，敵機始昇高逸去。行數武，道旁憩坐者赫然副營長在焉。余向之報告陣地已完全失守。彼凄然以雲南話答曰：「你們都情有可原，而且聽說你已盡了最大努力。惟我指揮無方，調度不當，傷亡官兵衆多，失去陣地，既愧對家鄉子弟，更對不起委員長和國家，一切罪過當由我一人承當，回去請求從重處分便了。」余深爲其勇於担過的磊落態度所感動。

天晚回到營部，始知營長已扶病先於一時偕團附率援隊及預備隊由別途迂迴反攻，余頗以未能會合爲憾。移時，營長受挫而回。彼已被瓦斯彈命中，目不能睜。士兵亦傷亡多人。此時，團長與友軍高級官長至，共同計議翌晨奪回湯公泉之策。令本營暫時休整待命。余乃抽暇清點人員武器：計失踪彈藥兵一名，彈藥一箱外，當天消耗强力機槍彈一百一十三發。除兩次掃射共四十三發，其他七十發單放，似乎彈無虛發，中心甚慰。頗有請纓萬里，不虛此行之感。

男兒磨血滿山崗

余疲憊已極，以背包全失，乃於寒風中，抱膝假寐山石間。忽聞車聲轔轔，及人馬嘈雜聲，知係友軍砲兵及攻擊部隊正各就準備位置。默察湯公泉反斜面地勢，利守而不利攻，經敵今夜之部署，預料明日反攻必更艱苦。

天剛拂曉，即聞槍砲聲不絕於耳。但敵之輕重機槍，似始終控制正面，毫不減退。自晨迄午，我友軍攻擊部隊，未獲進展乃轉攻爲守。是時，本團奉調他往，遂離開預備隊位置。

余等所經之處，但見山石殷血斑斑，道路亦鮮血淋漓，綿延不絕，知友軍犧牲慘重，爲之心傷難已。「相看白刃血紛紛，死節從來豈顧勳」，不禁令後死者腸斷心碎。此後一八四師奉命遲滯敵人行動，達半月之久。兩次補充，傷亡甚大。迨武漢撤守，復調瀏陽整訓。

民國六十二年八月
記於台北縣草山山莊

立法委員胡淳本年初曾在立法院提出質詢，指出當前國營事業有許多弊端，並且還有部分政府官員和民意代表插手其間，這項轟動立法院和政壇的胡淳質詢案，照目前的情形來看，似乎已隨著胡委員的逝世而暫時平息。然而這件掀起政壇風波的質詢，是否就此消跡了？眞是件耐人尋味的問題。

就胡淳本人的性格來說，不像是愛出風頭的人，但是他這次質詢却令人留下極爲深刻的印象。

在談到胡淳質詢的內容之前，讓我們先了解他本人的背景：胡淳，號人沛，湖北省孝感縣人，武昌中華大學畢業，早年參加革命，曾擔任中央陸軍軍官學校政治教官，陸軍步校政治部主任，三民主義青年團中央團部宣傳處副處長，中國童子軍總會秘書處長等要職，民國三十七年行憲當選爲湖北省第三區立法委員。

從胡淳的經歷看來，他的一生可以說爲黨國貢獻不少，在立法院有許多同仁是他多年的老同學，他們都曉得胡淳平時很少說話，尤其近兩三個月來，顯得有些反常，提出這樣一個質詢更是出人意料之外。

胡委員前後兩次質詢紀錄如下：

第一次質詢內容：

主席：請胡委員淳發言。

胡委員淳：主席、孫部長、各位同仁。經濟部主管的是農、工、商行政的工作，本席的質詢是對經濟部農、工、商行政整個的質詢，並不是單指一兩個問題，也就是說自從孫部長到任以來對農、工、商行政的利弊得失以及外人投資與十大建設中有關經濟部主管的四項建設作一個總檢討，總的質詢，并揭發貪汚，不過在總檢討以前，我先要說明幾點：

一、本席認識孫部長很久，當他作臺電公司總經理時我們就認識，彼此交誼甚厚，但是自從他當了經濟部長以後，除了他因公請我們全體委員時，本席到過經濟部以外，從未以任何事情拜托過孫部長，也從未單獨一個人到過經濟部，今天的質詢完全對事不對人，不對任何人加以攻擊，祇是說明事實的眞像。

二、本席到立法院以後，除了以前每個人可以參加兩個委員會或三個委員會外，我從未參加其他委員會，僅參加經濟委員會，廿多年以來，對於歷任經濟部長的作風都領教過，經濟部在楊繼曾以前，歷任部長的任期都比較短，現在的嚴總統也做過經濟部長，不過時間甚短，其他如鄭道儒、江杓、張茲闓、尹仲容等都作過，鄭道儒不懂經濟，江杓完全是個老粗，本席曾問過他，你經濟部主管什麽，他說我經濟部主管登記，他說的也是老實話，那時候的經濟部除了登記以外，沒有作什麽事，其後張茲闓、尹仲容當經濟部長時與本席比較接近，張茲闓是學銀行的，是銀行專家，他作財政部長或者比較有所貢獻，當經濟部長也沒有什麽建樹，尹仲容到是雄才大略，很有事業心，有抱負，也作了一些事，今日臺灣經濟之所以繁榮，尹仲容的功勞不小。我舉一個例子來證明我的觀點：例如王永慶是目前臺灣最大的一個財閥，王永慶當時搞林班賺了一兩百萬元新台幣，就請教尹仲容作什麽生意比較好，尹仲容就告訴他要投資塑膠事業，並幫助他，扶持他，王永慶以塑膠事業起家，就成了目前最大的財閥，不過尹仲容祇注意事業，祇注意發展經濟，不善應付人事，後以楊子公司的事情，被立法院逼迫辭職，並且吃了官司，訴訟了結以後，政府仍然重用他，他當時是美援會秘會長，外貿會主任委員，臺灣銀行董事長，一身兼三要職，他不獨有計劃有抱負，而且求才若渴，延攬了不少人才，如過去的經濟部長李國鼎、陶聲洋、現在經濟部次長劉師誠、工業局長韋永寧、國貿局長汪彝定等都是他發掘出來而延攬的人才，他不獨才具好，品德尤其高超，非他人所能及，他兼那麽多的財經要職，去世以後，家無餘財，他的太太無法生活，就開鮮花店賣花度日，可以證明他的廉潔。其他楊繼曾當了七年經濟部長，時間最長，他本來是學兵工的，當過兵工署長，不懂什麽經濟，當經濟部長以前曾當臺糖公司總經理，自從到任總經理以後，花兩個星期的時間跑遍所屬各糖廠，了解情況，然後提出了一個整理方案，裁撤了一兩千人，歸併了幾個糖廠，很有功勞。當時本席是經濟委員會召集委員，組織了一個糖業考察團，由本席領隊考察臺糖公司各糖廠，花了一個星期的時間，發現了不少缺點，本席與他會談時，曾與他發生衝突過，當時國家外滙收入來源，主要靠臺糖公司，楊繼曾的運氣很好，當時國際糖價高漲，糖的價錢很高，國家的外滙收入也增多了，因爲有此功績就升了經濟部長。當時的政務次長是王撫洲，王次長是懂經濟的，幫了他不少忙，楊繼曾當了經濟部長以後，就積極整頓國營事業，將他在臺糖公司所發現的人才派到各國營事業當總經理，當時的機械公司、肥料公司的總經理出缺，就派人去接充，現在臺肥公司總經理陳宗仁就是當時臺糖公司臺中總廠廠長。楊繼曾是相當跋扈的，臺肥公司的董事長湯元吉，資格很老，學識很不錯，著了很多書，自從政府光復臺灣，就來接收臺肥公司，初期的臺肥公司他的貢獻很大，因爲與楊繼曾意見不合，楊繼曾就將湯元吉免職，毫不留情，所以當時各國營公司的負責人都很怕他，國營事業的風氣也比現在好得多。楊繼曾去後，李國鼎接充，李部長任用私人的辦法是很有名的，他有經合會尹仲容所延攬的班底，他又引用親戚故舊，現在經濟部的各重要幹部，如政務次長張光世、工業局長韋永寧、國貿局長汪彝定，甚至經濟部美國紐約投資業務服務處主任吳梅村都是他培植的人。李國鼎留學英國，學的是物理，並不是財經專家，初來臺灣的時候，祇是臺船公司的協理，我們經濟委員會去基隆考察臺船公司時，他已升了總經理了，其後被尹仲容所賞識，加入美援會，於是步步高升，而有今日的地位。李國鼎在現內閣中是比較能幹的一員，他的辦法很多，但是毛病就出在他的太能幹辦法太多，他在經濟部長任內，因各級幹部都是他的人，他的命令貫澈，又常常跑外國，曾得菲律賓總統墨克瑟瑟獎金，獲得國際方面的榮譽，可謂名利雙收。至於你孫部長是一個工程專家，不要錢，很廉潔，奉公守法，品德很好，對母親又很講孝心，做事又誠誠懇懇，可算得是一個標準的公務人員。你到任的時候僅僅帶了一個主任秘書宋家治，其他的幹部都是李國鼎做部長時原班人馬，壞就壞在你的幹部太少。你要知道，你這種做法，固然是表現你不任用私人，表示清高，但中國不比外國，各先進國家文官制度很健全，事務官永遠是事務官，政務官決定政策，事務官遵照政策行事，毫不走樣，中國則不同，當主管一定要有幹部，才能貫徹命令，所謂一朝天子一朝臣，是有相當道理的，尤其是像經濟部這種機關，事事與財務有關，更需要健全廉潔的幹部。你原是台電公司總經理，台電公司是一個大機構，有很多的人才，你爲什麼不多用幾個台電的人才，政務官不必事事躬親，祇要知人善任就行了，因爲你的幹部太少，所以你的命令不出經濟部的大門，對各國營事業，你的命令，不及你的政務次長張光世的一個電話，你的命令不能貫徹執行的事，張光世一個電話就解決了，你大權旁落，完全是一個傀儡，你在某種場合自稱是公子部長，我實在爲你悲哀，這是第二點。

三、在國家目前局勢之下，你的責任太重要了，我們與中共比較，中共霸佔大陸，幅員大，人口衆多，兵力强大，外交形勢也比我們强，我們唯一能勝過中共的，就是經濟，我們的出口貿易較中共多，品質也較中共好，在經濟方面，可算得遠東一强者，若經濟方面失敗了，國家也就完了，你應深切了解你的責任的重大。可以說一身繫國家之安危，祇許成功，不許失敗，你這種祇當傀儡，不能統率部下的作風，我實在不敢領教，這是第三點。

四、當你擔任經濟部長不久，你很謙恭，就陪我們經濟委員會的委員去台北縣蘆洲鄉一帶視察水災，台北縣蘆洲一帶因爲海水倒灌發生水災，你和我們同車並和我同坐一排，我問你對經濟部的工作如何做法，你說你還沒有進入情況，你現在做了四年的經濟部長，不知道你是否進入情況？據我看你還是沒有進入情況，你所知道的，恐怕還沒有我多，所謂旁觀者清，或者你已經知道了，爲了愛面子無法解決，不肯說出來，所謂啞子吃黃蓮，有苦說不出，祇有自己知道，這是第四點。

五、中華民國憲法規定，行政院對立法院負責，依此推論，經濟部也應該對經濟委員會負責，立法委員的質詢，是憲法授予的職權，所有問題你應該切實答復，不可避而不答或者答非所問。上一會期，本席因爲出國考察了一次，跑遍了美國、加拿大與日本三個國家，回來以後曾提出了一個質詢，有兩個問題，你是一個避而不答，一個是答非所問。例如要推展國際貿易必須要在海外建立經濟機構，建立據點，本席曾問你海外有多少經濟據點？建立在什麼地方？你就避而不答。又如行政院力行小組兪國華所領導的海外商業機構，你就答非所問。力行小組所領導的商業機構如加拿大的遠東貿易公司，香港的港臺公司以及新加坡有的機構等等，這些機構，是負責對匪經濟作戰的，對匪經濟作戰應該是經濟部的責任，兪國華以中央銀行總裁的身份，爲什麼要越俎代庖，兼任這個工作？你當時答非所問，支吾其詞。後來我又在財政委員會兪國華作施政報告時，我又問過兪國華，他當時答復說是他曾將這個工作移交過經濟部，而經濟部不肯接收，你爲什麼不接收？你爲什麼放棄職責？是不是因爲沒有預算？沒有預算可以編預算，若是這些機構虧本太大你不敢負責乾脆將它裁撤，你的答復我很不滿意，本來準備再提質詢，因爲顧及顏面沒有再提，這一次我準備不提質詢的，因爲我們國家的形勢危如累卵，全世界和解妥協的空氣，又非常瀰漫，共產集團的兇燄又異常囂張，所謂「天下興亡匹夫有責」，現在到了亡天下的時候，我身爲立法委員，不得不提出質詢，以盡言責。我這次提出的質詢，希望你一一切實答復，如再含混其詞或者避而不答，本席會繼續提出質詢，追問到底的，你口頭不能答復的以書面答復。本席再次聲明，本席這次質詢決無任何要求，任何目的，完全是出於爲國家，愛政府，愛你經濟部，維護我立法院的榮譽，揭發貪污，我掌握你的部屬及本院委員貪污的證據很多，我鄭重聲明我決不以此作要挾，達到任何目的，決不到你經濟部去直接談判，暗盤交易，你們找我談也沒有用，我會拒絕接見。我這次揭發貪污，祇是遵照蔣院長肅清貪污的政策貫徹國策，爲國家除害，爲政府除害，爲你經濟部除害，爲我立法院除害，拯救國家，整頓風氣，我提出的問題希望你切實答復，這是第五點。……

主席：時間已到，胡委員淳發言未完畢，下次會議接續質詢。散會。

散會

第二次質詢內容：

主席：請胡委員淳發言。

胡委員淳：主席、孫部長、各位同仁。本席現就上次質詢未完部分繼續質詢。

上次質詢未完部分繼續質詢。

現在開始檢討你經濟部這幾年來的農、工、商行政工作，以及外人投資與經濟部主管十大建設中的四項建設：

一、關於農業方面

經濟部這幾年最成功最有績效的是農業，過去政府因爲太注重工業發展，疏忽了農業，我們知道，臺灣的農業還是很落後的，生產技術多數仍由人工操作，幷沒有全面機械化，因爲工業發展，農民紛紛離開鄉村，到都市去謀生，因此農村勞力缺乏，農村的工資因此提高，又因控制糧價穀賤傷農，農民生產品不夠成本，因此發生廢耕、罷耕的情事，田園荒蕪，一片荒涼的景象，自現內閣就職以後，蔣院長洞燭機先，提出農村復興方案，撥出專欵成立特別預算，致力復興農村工作，由經濟部與農復會互相配合，共同推進，成效大著，這幾年經濟不景氣，臺灣不發生失業問題，完全是復興農村的功效，因農村復興，可以容納失業人口，同時建立各種公共設施，提高糧價，賤價供應肥料，便利運銷，凡此種種，均足以增加農民收益，最近工廠找不到工人，都是農民收益增加，不願外出就業的關係。又如農產品或農產加工品出口，所得外滙乃是眞正爲國家賺的外滙，因工業產品出口，多半是進口原料加工出品，賺一點勞務費用，因爲進口原料要花一筆外滙，出口所得扣除進口原料所花外滙以外，所剩無幾，農業產品賺的外滙乃是眞正的外滙，這些功績完全是主管農業的次長楊基銓努力的結果，楊氏爲人忠厚老成，不善言詞，默默耕耘，埋頭苦幹，孫部長你要論功行賞，應以楊氏爲第一。

二、關於商業方面

經濟部的商業行政是由劉次長師誠主管，劉次長與本席廿多年前同在革命實踐研究院聯合作戰訓練班第三期受訓的，我們同屬經濟組，與劉次長共同研究經濟問題已有三個月之久，當時還有貴部統計長高德超與現任行政院設計考核會主任委員楊家麟，審計長張導民也同屬經濟組，因此本席對劉次長的歷史相當了解，他是中央政校畢業的，初來臺灣時曾充任臺灣省菸酒公賣局嘉義分局局長，後因案遭受挫折並有牢獄之災，乾脆說就是因貪污案坐牢，此案結束後他發奮讀書，對於經濟問題稍有研究，不過知道的也有限得很，惟口才很好，他的湖南官話說來娓娓動聽，尹仲容得勢時，他曾寫文章在報紙上力捧尹氏，因此得尹氏知遇，引入當時的外貿會工作，擔任中級職務，尹氏去世後，外貿會由徐柏園接充，劉次長善於逢迎，頗得徐氏歡心，拔擢爲主任秘書副主任委員，從此一帆風順，得任經濟部次長。經濟部的商業行政分爲國內與國際兩方面，國內方面由商業司主管，多屬登記工作，國際方面，又另有國貿局主持其事，劉次長職務較閒，經濟部物價會報成立，乃兼任物價會報執行秘書，劉次長的工作乃以物價會報爲中心，劉次長管理物價之成效如下：

（一）臺灣省過去物價，是全亞洲最低，也是全世界最低的地區，因爲物價低廉，工人的工資也低，國外廠商因臺灣工價低廉，多將半製成產品運來臺灣加工，因此外滙收入增加，經濟繁榮，但近兩年來，臺灣物價指數已提高至全亞洲第二位，僅次於日本，因爲工價上漲，產品成本增加，外銷停滯無法與其他國家競爭，韓國已較我國超前甚多，外商亦紛紛離去，這是劉次長管理的結果，因物價管理不善，影響經濟的復甦與成長，實爲經濟發展之罪人。

（二）開放澳洲與紐西蘭牛肉大量進口，平抑牛肉價格是劉次長得意之作，但因進口牛肉的售價過低，打擊了國內的畜牧事業，國內畜牧事業因摧殘過甚，無法生存，乃紛紛請願，閱三月八日中國時報所載最近臺灣省政府已提出六點建議貢獻中央，希望提高進口牛肉售價與猪肉價格水準相等，足資證明。物價會報又命令養牛業者購買國外肉牛與乳牛，以貸欵方式分配各酪農購買，其中有五分之一是病牛，使酪農蒙受很大損失，怨氣冲天，這是劉次長管理物價的結果。當澳洲與紐西蘭牛肉進口時，外間傳說紛紜，說此項牛肉之獲得進口，牛肉進口貿易商花了很多錢買得牛肉開放進口，雖此項傳說尚未獲得證實，但空谷來風不爲無因，希望孫部長嚴密查究劉次長是否仍有烟酒公賣局嘉義分局時期之作風，切實糾正，以免將來受累。并將物價會報這幾年管理的成果，予以切實答復。

（三）國際貿易局長汪彝定是西南聯大畢業，頗有幹才，係科班出身，初來臺灣時曾任臺電公司董事長楊家瑜主持臺灣省政府建設廳時之小職員，職務逐步高升後爲李國鼎賞識，派充爲經濟部次長兼國際貿易局長，因爲應付人事較差，被迫辭去次長兼職，專任國際貿易局長，國貿局年來工作，尚差强人意，除紡織方面稍有問題外，尚未聞有其他問題發生，汪局長處理屬員貪污的辦法較孫部長高明，如發現屬員有貪污情事即請調查局調查，如查明屬實，即繩之以法，決不隱飾，所以政府機關與民意代表，不怕有貪污而不能辦，如發現貪污而不能辦，那才眞是無能的政府呢！

三、關於工業方面

經濟部最成問題的就在工業方面，主管工業的是政務次長張光世，係李國鼎私人，原任中油公司協理，由協理調爲經濟部常務次長，後升爲政務次長，工業方面分爲兩方面，一爲工業局，工業局係韋永寧主持，主管民間一般工業，工業局自成立以來，策劃經濟發展與對中小型工業積極扶持輔導，頗有績效，亦未聞有不法情事發生，値得稱道。二爲國營事業，本席廿年前在聯戰班與劉次長同學時，所寫論文即爲「如何改進國營事業」，因此對國營事業頗有研究，國營事業所根據的法令有二：一爲公司法，二爲國營事業管理法。公司法第一條謂公司以營利爲目的。而國營事業管理法第二條規定：「國營事業以發展國家資本，促進經濟建設，便利人民生活爲目的」，在法令的根據上根本衝突，使各國營事業負責人無所適從，政府在經濟蕭條，能源發生問題以前，完全走公司法的路線，要求各公司盡量爭取盈餘，在能源恐荒經濟不景氣以後，始一部份採取便利人民生活的方法，如減低石油售價，減低電力售價等，又爲復興農業減低肥料售價，廢除肥料換穀制度等。經濟部領導各國營事業，又採雙重領導方式，一方面指導各公司董事會，一方面又直接指揮各國營事業總經理，各公司董監事與董事長多爲酬庸性質，多不懂業務，且與事業爲外行，又因經濟部直接指揮總經理，因此公司大權自然落在總經理手裏，目前能直接指揮公司業務的董事長僅臺鋁公司之孫景華，在李國鼎任部長前，臺電公司董事長楊家瑜尚能指揮公司業務，自李國鼎任職後，即直接指揮臺電公司總經理陳蘭皐，將楊氏的權力剝奪，目前各國營事業總經理大部爲李國鼎所任命，中磷公司成立之後，總經理孫立衛雖與你孫部長姓名相差不遠，但他並非你所選拔，也非你直接任命，而係由張光世所保薦，目前你在經濟部對各國營事業命令不能出經濟部的大門，而張光世能指揮一切，形成尾大不掉者其原因即在此。李國鼎在經濟部任內，創造了一套政策性貪污的辦法，目前各國營事業風氣之所以敗壞，大貪污案之所以形成，民意代表之所以能插手其間，共同貪污，完全由李國鼎一手所造成（本席掌握有重要證據）。在前內閣民國五十八年期間，李國鼎部長建議行政院，謂：國營事業採購重要建設器材情形特殊，不能照一般辦法招標比價，應授權外國設計工程公司，并將重要器材採購權，授予外國設計工程公司，其目的無非逃避審計部之監督，可以上下其手從中取利。此辦法經行政院核准，不知何故審計部亦對此項重要器材之採購，不加以監督，祇採事後審計辦法（本席亦握有重要資料）敷衍了事，這一點本席對審計部非常失望，張審計長與本席既屬同鄉又屬兩度同學這種作法本席實難贊同，李國鼎所創造之貪污辦法，因經行政院核准，審計部之配合，遂使非法變爲合法。此法之頒行，實獎勵了各國營事業之違法舞弊，試想以外國工程設計公司，其任務僅爲設計，爲何要授予採購之權，李氏之意，不過要假手外國工程設計公司採購，逃避審計部之監督，可以從中取利，因爲外國工程設計公司，採購器材完全聽命於主管公司，而主管公司採購器材并不根據器材價格之高低品質之優劣，完全取決於佣金之多少，各國營事業購買重要器材原所顧慮者爲審計部事前監督之招標比價。審計部暨放棄事前招標之比價之監督，僅採事後審計，聽由主管公司報核了事，即等於放棄審計權，各公營事業機關，得此合法保障，於是盡情貪污，如石油公司北部煉油廠設計及購料開標事，已由本院委員徐中嶽於六十二年五月十六日提出質詢，其案由爲「本院委員徐中嶽爲發展石油化學工業向行政院質詢」，（詳五一會期第二二次會議議案關係文書）。本院委員魏惜言等近年來亦向石油公司連續提出質詢四次（詳本院歷次會議關係文書），足徵其中大有問題。物必先腐而後蟲生，徐委員等提出此種質詢有無目的、有無作用，本席不得而知，本席是毫無目的，毫無作用，已在前面聲明不再贅叙，本席所要提出的問題如下：希望孫部長切實具體答復。

（一）石油公司協理張慕林（叛逆翁文灝之女婿）多年來專門負責國外原油採購，即以去年（64年）而論，石油公司採購原油即多達八億八千零六百七十七萬美元，除少數外，多向美國油商採購，而訂約採購又多以秘密方式進行，既不經過審計部，又不經過中信局，僅由胡總經理派協理張慕林一人代表全權處理？爲何不照日本與美國的方式公開採購？張慕林有此權限是否經過孫部長你的授權？或僅由總經理胡新南一人直接派遣？又爲何每年都派張慕林一人而不改派他人？其中有無佣金問題在內？聞印尼石油由國際經營，品質又較中東國家爲優，無有佣金，爲何不向印尼採購？以上諸問題請孫部長一一詳予答覆。

（二）目前政府外貿政策是彌補對日貿易差額，但經濟部所屬各國營事業投標採購，完全有利於日本，使歐美廠商裹足不前，不敢前來投標，例如台電公司成立發電廠必須具有發電機、高壓水管、變壓器、斷路器等，因全世界無一家廠商能全部製造此整個全套設備，必須分項招標採購，但台電公司將所有全廠機器設備招一個總標，歐美有名廠商，因投標人工設計費太高，又因品質好（如鋼鐵設備較日本鋼鐵使用年限最少長三分之一），價錢貴，運費又高，無法與日本競爭，於是歐美有名廠商多不敢前來投標，因此完全由日貨來承辦，如發電廠之高壓水管，中油公司所用之油槽油管，全部由日本劣質鋼鐵產品所包辦。經濟部所屬各國營事業每年採購日貨究有多少？此項措施是否與彌補對日貿易差額之外貿政策有違？亦請孫部長詳予答覆。

（三）經濟部各國營事業總經理，每年有一半時間在國外活動是否有此必要？甚至有總經理如胡新南者將全部家眷寄居國外？僅胡氏一人留在台灣，人謂胡氏貪污贓欵已足，如遇時局緊張，一走了之？今後各國營事業總經理出國是否須經濟部查明原因，核准後始能成行？聞胡新南又出國去了，不知是何原因？亦請孫部長詳爲答覆。

（四）台灣肥料公司尿素廠建廠設備係美國克洛克（KELLDGG）總公司議價得標，石油公司第三輕油裂解工廠設備係由法國克洛克分公司，於去年元月議價成交，爲什麼兩廠建廠設備均由一家公司議價得標？又中油公司二甲苯工廠由法國福斯特惠勒(Sociote Foster Wheeler Fnon-caire)公司得標。以上三廠得標比價表送本席參閱。

（五）台肥公司尿素廠建廠設備係美國克洛克公司得標，聞原價爲三千餘萬美元，決標後又追加一千餘萬美元，中磷公司建廠設備，係由法國柯塞爾(COCEL)公司得標，聞決標之採購貸欵原爲八千零五十萬法朗，決標後又追加預算，增加貸欵七千萬法朗，以上兩公司決標後又追加原底價二分之一以上是何原因？亦請詳細解答。并請將中磷公司得標比價表送本席參閱。

（六）經濟部所屬各國營事業，須經中信局採購器材之各國營公司，往往將標單印有指定廠商目錄形號（每一廠商各有目錄形號，各守秘密爲外人所不知），作爲招標規格，無形中等於指定廠商，違反公開招標意義，不如與指定之廠商議價來得實際，何必假中信局採購之名，多一個招標手續，是否有此情形？亦請孫部長查明予以答覆。

這是關於國營事業的六點質詢，請孫部長切實具體答覆，本席所要的資料亦請送本席參閱。

四、關於審核華僑與外人投資方面

貴部審核外人及華僑投資委員會之組織，如何組成，本席不甚了解，本席認爲此項組織，不僅以有各機關代表參加爲已足，必須遴選專家學者如貴部顧問王作榮等參加此項組織，方能勝任愉快，對於每一技術合作與外人投資案件，必須詳審其利害得失始作決定，不可盲目接受，我們工業之所以落後，與對日貿易之逆差之不能平衡，完全是接受日本技術合作與日人投資之結果，因爲日本工業落歐美甚遠，與日本技術合作、工業始終不能進步，接受日人投資，日貨即源源而來，貿易始終不能平衡，本席建議完全斷絕與日本之技術合作與拒絕日人之來臺投資，改與歐美先進國家合作不知孫部長以爲如何？

五、關於十項建設者

經濟部主管之十項建設共有四項，即一、石油化學工業。二、電力工業。三、中國造船公司。四、中國鋼鐵公司，前兩項之利弊得失已詳前述，不復贅，後兩項之意見如左：

（一）中國造船公司

日本之造船技術之較歐美落後十年，我國與外人合作應迎頭趕上，中船公司與日本公司合作，不推銷其劣質鋼材且其落後之技術亦難獲得，且目前航運之不景氣，大型油輪甚難推銷，不如改製小型者，不知孫部長以爲如何？

（二）中國鋼鐵公司

中國鋼鐵公司，早在五年前即計劃設廠，韓國在三年前始計劃設廠，韓國目前設廠工作，已完成百分之八十，中國鋼鐵公司建廠工作完成了多少？原因何在？中國鋼鐵公司總經理趙耀東，係李國鼎之親信，購買設廠器材雖臺灣有全世界著名之代理商，但趙於并不經過臺灣貿易商公開比價採購，而趙氏一人親自住在國外兩年餘，直接採購，一不經過審計部，二不經過中信局，所採購之器材，品質既差、價格又高，因此呆料甚多，現在均存於煉鋼廠內？趙氏之作爲是否孫部長你所授之特權？浪費時間既久，國家損失又大，究應由誰負責？請孫部長賜予答覆。

以上所提諸問題，本席在院內發言雖受憲法之保障，但難免有不週之處，請孫部長賜予指教。

主席：胡委員淳的質詢，請孫部長答覆。

孫部長運璿：主席、各位委員先生。胡委員的質詢。

一方面是關於人事，另一方面是關於工作，現在分別答復於下：

壹、人事方面

一、首先要說的，就是運璿才疏學淺，勉肩重任，無時不抱臨深淵履薄冰的心情，胡委員對運璿的許多批評，運璿非常感謝。對於胡委員的指正，今後自當有則改之，無則以此自勉。

二、本部三位次長，襄助本人大家合作無間，對於三位次長之品德、學識、及治事精神，運璿甚爲敬重。數年來爲運璿分勞、分憂、分怨，運璿甚爲倚重，亦自爲感激。

三、本部掌理全國經濟事務，工作範圍甚廣，絕非一人所能獨攬一切，必須推行分層負責制度，並訂定詳細分層負責辦法，不僅部次長與公司、處、室、會、局之間，部與所屬各事業機構之間，即各事業董事會與總管理處之間，亦皆逐層授權分工。各級人員在分層負責之原則下，守法守分，竭忠盡智，蓋惟有如此，各級主管，方能縮小管理幅度，迅赴事功。

四、胡委員在質詢中，曾提及本部劉次長師誠過去工作的經歷，經查劉次長從未擔任台灣省菸酒公賣局嘉義分局長，彼曾於二十九歲至三十歲時，擔任台灣省專賣局（後改公賣局）台南分局局長，曾以應酬費用問題被控，但旋爲司法機關予以公正澄清，從未坐牢。

貳、業務方面

一、現在海外與本部有關的經濟機構共有六十二個，分佈如下：

有邦交國家駐外經濟商務單位十一個。

無邦交地區駐外商務單位八個。（借用遠東貿易服務中心或其他民間機構名義設立單位）

無邦交地區外交部駐外單位本部派員參加工作九個。

中華民國對外貿易發展協會駐外單位或通訊員十二個。

遠東貿易服務中心駐外單位或通訊員二十二個。

合計六十二個。

二、物價問題—最近主計處發表之本年二月份物價動態速報中，曾提及我國都市消費者物價較上年同期上漲三・一四％，美國上升六・九六％、日本六・九八％、韓國二五・八九％、英國則爲二六・五三％。足證我國政策與各項措施，已達成預期穩定中求發展之目標。

三、進口冷凍牛肉—牛肉原爲准許進口類物品，無所謂開放，至進口牛肉價格過低問題，本部一方面顧到消費者的利益，一方面不使養牛戶太受損失使能繼續飼養，已在去年年底決定由進口牛肉業者捐助基金，補助養牛農戶。

四、石油採購問題—在能源危機發生以前，各國原油用戶都是向在產油國家經濟石油業的西方石油公司購油，由於供油的公司家數不多（能在沙地阿拉伯祇有四家美國公司，在科威特祇有美國、英國公司各一家），每一產地原油性質各異，以及購戶和售戶各有其立場和需要，所以一般多用磋商方式辦理，中油公司在二十幾年以前就開始購用原油，當時也是仿照國際上的成例進行，而與貸款、技術訓練等併案洽辦，當時我國外滙短缺，而中油煉油廠設備亟待擴建更新，遂與美商公司洽訂十年購油及貸款合約，藉以獲得低利外幣貸款，達成建廠目的，同時由對方代訓技術人員，提高煉油人才素質，全案辦理過程極其審慎，合約係經層報部、院並奉總統批准，其後各購油及貸款合約之修訂即循此方式辦理，並分別呈奉部院核准，現有各合約最後一次修訂至今最少都在五年以上，最近大部分將屆期滿，中油與各油公司所訂購油及貸款合約所有油價、貸款數額及利率等取予條件均明訂於合約內，照約執行，另無佣金之支付。

能源危機之後，原油供應情況發生巨大變化，各用油國家爭相搶購，我國幸賴有長期合約，供應未曾中斷，近二年來產油國政府開始直接售油，中油亦立即派員分赴各國洽購，各產油國政府售油也是全採分別磋商方式，目前中油已與沙地阿拉伯、科威特、印尼等國政府或其國營石油公司直接訂約購油，購油況量逐漸增加。

中油公司採購原油係由業務單位按規定程序辦理，張慕林現職爲業務協理，督辦採購原油是其主要職責之一，至於赴國外購油，張員在能源危機之前並未爲採購原油出國，至能源危機發生後，世界各石油消費國發生斷油恐慌，紛紛奔向中東產油國家求供石油，張員亦奉派多次前往爭取油源，過去二、三年來出國目的地多爲中東及印尼等產油國，直接向產油國家政府洽購原油。

印尼每日生產原油一百多萬桶，約爲中東地區產量百分之六左右，所產原油品質因含硫量低而價高，中油對爭取印尼供油迄未稍懈，已自去年起購提原油，現有每年購油七百三十萬桶之五年購油合約。

五、向日採購問題—在與日斷交時各國營事業會將原擬向日本採購之各項重要設備，如台電核能二廠之兩套九八〇MW汽輪發電機、協和火力之第二套鍋爐及五〇〇MW汽輪發電機、三四五KV超高壓輸電線等，又中油公司之煉油廠、輕油裂解廠及若干石油化學計劃，中磷公司之全套設備等，皆改向美國或歐洲採購。又台電公司截至目前爲止，其主要整廠發電設備皆採分項招標採購辦法。

六、各國營事業總經理因接洽貸款或業務關係，經常須出國，惟每次出國皆經本人核准。

七、台肥公司正在興建中之苗栗第二液氨尿素廠係由美國克洛克 Kellogg 工程顧問公司代辦工程設計及委託採購服務，至中油公司之第三輕油裂解廠則係由美國史偉勃斯特 Stone Wedster 顧問工程公司辦理工程設計，兩者並非一家。

八、台肥公司苗栗第二液氨尿素廠計劃之設備價格原估計爲三千一百餘萬美元，嗣後能源危機後國際物價上漲，同時該廠尿素生產能力原訂爲每日三三〇噸後因本省農工需要增加，故將尿素生產能力提高爲每日六〇〇噸，因此設備價格共增加一千餘萬美元。又中磷公司之硫酸、磷酸及磷酸二鈣三工場係由法可賽益 cocei 得標，設備總價款爲八〇、五〇〇、〇〇〇法朗，其中七〇、八四〇、〇〇〇法朗係由法國銀行長期貸款予中磷，作爲支付八五%設備價款及保險費之用，該三工場不久即可開工生產，其總價款八〇、五〇〇、〇〇〇法郎並未增加。

九、各國營公司重要設備之招標單原則上皆備有詳細規格，其中偶有少數儀器或配件因不易詳述性能，故附註其一廠商目錄型號，僅供參考之用。

十、年來對與日本之技術合作及日人來臺投資已有加強審核中，今後當就整個國家經濟觀點，予以審慎處理。

十一、中船頭兩艘超型油輪係應船東 Oswego 要求，採用日本設計。政府現正支持中船、臺船及臺大成立船舶設計中心，以求船舶設計能逐漸獨立，胡委員認爲目前油運不景氣，中船應改製中型油輪之意見，甚爲正確，中船目前正照此一方向延攬業務中。

十二、我國籌辦鋼廠較遲之原因，乃係政府希望該廠能在經濟可行（即不靠政府補貼）之條件下生產經營，故其年生產量（國內需要量）必須合乎經濟規模，方開始籌辦，現該廠工程已完成四一%，預計明年年底可開始試車。

中鋼採購主要設備時，正值石油危機，物價飛漲，幸賴趙總經理會同美國鋼鐵工程公司，把握時機，迅速以固定價格直接與製造廠訂約採購，使該計劃得能如期進行，其所採購設備因多係固定價格，故較爲便宜，該公司目前雖係以民營型態經營，其外購器材皆經由監標委員會會同顧問工程公司詳愼審核後，再報由董事會決定。

目前該廠進口設備器材逾十七萬噸，改爲建廠所需，尙無呆料情事。

胡氏質詢、朝野震動

當胡淳質詢之後，政壇頓時引起激盪，依質詢的內容來分析，確實是件不得了的大事，不但政府官員參與不法之情事，同時還有民意代表插手其間……胡委員並強調他已掌握許多證據資料，準備舉發這些醜惡的內幕等等。

事情發生後，有關人員並沒有公開地將胡淳質詢的問題加以澄清，以致引起各界的猜疑，儘管經濟部長孫運璿會概括地回答了一下，但是回答得不具體，不能令人滿意。

一些好事者，替胡淳質詢的內容算了算，涉及官員、民意代表和其他相關的人超過了一百名，因而有關方面覺得面子不好看，於是透過各種關係，指示不要渲染這項新聞，因此新聞機構，對於質詢內容幾乎隻字未提。

站在客觀的立場，胡淳質詢定有其動機，究竟如何不得而知。

有些人認為，胡淳可能本身也涉及官員、民意代表合作撈錢的旋渦裏，結果錢沒有拿到，於是老羞成怒而抖出內情。

另外有一部分的人則認為，胡淳可能因調解秦開誠與立委徐中嶽間的財務糾紛沒有成功，而爆發了這項揭露醜幕的問題，到底是什麼原因，誰也不知道。

談到胡淳調解秦、徐之間的問題，另有一段精彩的故事，這個故事跟前面的質詢有直接密切的關係。

胡淳與秦故委員祖培係同鄉同學，私交甚篤，其子秦開誠與徐中嶽發生財務糾紛，交涉多次未成，乃由秦託胡向徐交涉和解，其中就關係到國營事業向國外採購物資，部分關係人從中拉線抽取鉅額佣金的問題，為國營事業經營中的一大黑幕。

關於此事，有胡委員向有關當局提出之報告，茲錄如下：

立法委員黨部黨員胡淳，與秦故委員祖培原係同鄉同學，又係同事與同志，私交甚篤，其子秦開誠因與徐中嶽委員發生財務糾紛案，交涉多次。在交涉進行中，秦開誠復委託淳請代向徐委員交涉和解，淳當即聲明，無論和說成立與否，本人概不接受任何酬勞。（詳附件委託書）淳因此案關係重大，不為所動，後因調解多次，均無結果，勢將進行訴訟，秦君將請朱律師代理刊登啓事廣告，警告徐中嶽委員，在廣告稿中，並述陳顧遠委員曾代徐中嶽撐腰。以及陳子大為（現為大華晚報記者）邀集各報司法採訪記者，在天福樓請客等情事。淳因遵重陳顧遠委員為法學專家，且與淳亦有私交，特於去年十二月廿八日親至陳委員家中說明此事，徐中嶽委員亦適時到達陳家，當面談及此事，徐即央求本人從中和解，淳曾因調解此事甚為困難，予以拒絕。後經徐委員一再懇求，復念徐委員與淳既屬同學又屬同志，在立法院共事以來，又多承相互幫助，復顧慮此事如公開後，不僅有損徐、陳兩委員顏面，且對國家利益有損，本院榮譽攸關。復與現行國策違背，乃極允所請於同日在陳府當場約定於十二月卅日由徐邀約蔣肇周、陳顧遠及淳等共四人在中央飯店三樓見面，洽商調處辦法。十二月廿九日徐委員又至淳家中力請調處，並告淳「你可全權代我作主，你的主張就是我的主張」等語。淳以其情詞懇切，深信不疑，且此類「佣金」問題，深恐引起立法院提出質詢，迫使國營事業機構主管接受條件等關係，一旦洩漏，影響至鉅，乃應徐委員之邀於十二月卅日至中央飯店赴約，洽商此事，但當時陳顧遠委員未到場，遂由徐委員授權蔣肇周委員與淳二人約定秦開誠君於一月二日在淳家詳談，屆時蔣肇周委員邀秦君到淳家，由秦君將全部經過詳為陳述，淳為明瞭事實眞像，曾嚴予查詢均由秦開誠一一答覆，並要求徐委員履約付給秦君新台幣貳佰餘萬元（折合美金柒萬元）。因徐委員已得電力公司，中燐公司等佣金達美金百餘萬元，照與秦君約定需付秦君美金十分之一，有徐委員親筆字據為憑，但徐委員只允半數，以致相距甚遠無法達成協議。嗣經蔣委員、秦君及本人共商定決議兩點：一、由蔣委員負責勸徐讓步。二、並推淳向陳委員以電話報告談判經過，并請其轉達徐委員予以讓步。一月三日徐委員至淳家中表示一定接受，並告目下正湊錢中，請改在六日再行商談，詎至一月六日徐委員忽將前議全部推翻，淳受雙方委託負責談判，原為國家利益與本院名譽著想，今徐中嶽委員既出爾反爾，談判不成立，淳即向雙方表示，今後絕不參加協調談判，為顧及此事關係國家體面與政府決心肅清貪污之政策相違背，乃暗中進行和解又無結果，淳以接受委託參與此事，既不為利又不為名，將來無論雙方登報或上法庭均與淳無關。爲表明立場，不得不向　鈞部報告，庶免以誤傳誤，涉及無辜，鈞部如開會討論此事，淳請求列席，當場報告詳細經過。至祈　垂察幸甚、

秦開誠憤而招待記者

其後，秦開誠又特爲此事，擬招待記者，公開解釋。秦所擬就之招待記者講稿如下：

諸位記者先生：

今天承蒙　諸位撥冗光臨，謹先向諸位申致衷心的謝意，夙稔諸位乃我復興基地—台灣省各大報社資深正義之士，輿論權威，日常對于復國建國大業以及應興應革事項，莫不殫精竭慮，宜揚匡正，委實令人敬佩！

當茲全民愛戴的　蔣院長，勵精圖治，倡導全面革新，而各級政府，無不懍于職責重大，全心全力，精誠一致，向復國建國之共同目標邁進。惟竟有立法委員徐中嶽其人，輒于立法院召開大會期間，而以質詢爲手段，挾制列席備詢之有關政府官員及國營事業機構負責人，以遂其變象敲詐勒索之私慾，據悉近數年以還，有關國營事業機構，懾于其質詢權威，避免其無謂困擾，不能不給予徐委員所安排之貿易商巨額外購生意，是則徐委員先後已獲得不法利益達數仟萬元之鉅。茲將經過事實列舉於后：

例如：六十二年四月，徐委員以經濟部即將成立中燐公司，生產燐酸、硫酸、飼料及燐酸鈣等產品，乃要開誠設法推荐有能力之國內代理商轉洽國外廠商承辦，言明事成，決以所得（介紹費）每萬元撥付壹仟元作爲酬勞（附親筆書立承諾字據影本可資證明），當時開誠以徐委員言詞懇切，經多方奔走，覓致第一人壽財團所經營之吉順昌公司副總經理徐正觀（現爲擎亞工程公司總經理）逕與接洽，嗣悉徐委員竟向徐副總經理剴切申稱：「一、我爲立法院本會期（62年51會期）經濟委員會召集人，而且掌握有國營事業機構不合理之採購案件資料，屆時提出質詢，有關政府官員及國營事業機構負責人，勢必有所顧慮，適時向其介紹幾筆生意，絕無問題。二、承辦國營事業機構之工程或採購機器設備案件，必須具備貸欵條件之國際馳名廠商。三、介紹費應爲機器設備總金額2%—3%」徐副總經理答稱：「本公司所代理之美國及歐洲廠商，均符合條件，惟介紹費2%—3%太高，不無困難」徐委員繼則坦率表示：「羊毛出在羊身上，有何困難可言。」徐副總經理以：「此一特殊情形，未便以函電與廠商說明，容後親赴美國或歐洲廠商面洽爲妥。」同年五月上旬，徐委員以時機成熟，乃促請徐副總經理即時出國兩次接洽有關中燐公司之設廠事宜，徐副總經理即時出國兩次接洽有關中燐公司之設廠事宜，徐副總經理並在國外數度以電話報告接洽情形（電信局可以查證）。又徐委員于同年七月爲其太太申請赴美，以探望其次子爲名，實則于美國銀行開立帳戶，以備將介紹費逕自國外撥存美國（發證機關自亦有案可查）。及至六十二年五月十八日立法院召開經濟委員會時，徐委員則按其預謀提出質詢（附質詢資料影本），並一面向有關從中協調人士出示其所蒐集之國營事業機構所謂不合理之採購案件資料相威脅，而有關中燐公司設廠案，最終則經吉順昌公司洽由法國柯塞爾（COCEL）公司以議價方式承辦，總金額三千萬美元（由法國東方滙理銀行貸欵壹億五仟餘萬法朗供在法國採購機器設備），徐委員按總金額2.5%索取介紹費七十五萬美元。上項介紹費已撥付一部份，其餘待于明（六十五）年六月完工後全部付清。至徐委員原許于事成之後，以所得十分之一給我作爲酬勞一節，嗣以種種藉口分文未給，由此可見其卑鄙齷齪之一般。此外，徐委員尚以此種不法手段，介紹電力公司向吉門公司代理之英國法蘭第廠FERRANTA購買變壓器十二台，總金額爲六百萬美元，徐委員按總金額1.5%索取介紹費九萬美元，六十三年七月廿六日親赴香港收取五分之一，尚有部份餘欵于本年12月底裝設完工後付清。又台肥尿素廠，經徐委員聯合其他委員介紹，由美國克洛克公司(KELLOGG)承辦，總金額

三千餘萬美元，徐委員等按總金額 2.5% 索取介紹費七十餘萬美元。又中油公司二甲苯工場，亦經徐委員聯合其他委員介紹，由法國福斯特惠勒 (SOCIOTE FOSTER WHEELER FRONCAISE) 公司承辦，總金額三仟一百餘萬美元，徐委員按總金額 2.5% 索取介紹費七十餘萬美元。上述各案，多以議價方式決定，據云其中尙有總金額超出底價達三〇%以上而追加預算者。一如徐委員所云：「羊毛出在羊身上」，致令國家蒙受損失，如不及時揭發，則食髓知味，後患無窮，爰請 諸位將上情予以披露，以戢貪風，國家幸甚！

招待記者不成，轉而登報警告

秦開誠將招待記者文稿擬就之後，原來計劃於一九七五年十月十八日印妥；十九日（星期日）招待記者，即席派發。恰有一黃姓立委聞知此事，認爲適值補選立委期間，恐怕影响民心與立院名譽，阻止該文稿印刷，招待記者會也未開成。秦開誠在寃無可訴之情形下，又曾委托朱垣章律師代表，刋登向徐中嶽委員警告之啓事。啓事內容如下：

朱垣章律師代表秦開誠警告立法委員徐中嶽啓事

頃據秦開誠先生委稱：「立法委員徐中嶽央求本人代其介紹有關人士轉爲介紹國外廠商向公營事業機構取得承建或添置機械設備等之權利，始可從中不勞而獲大量佣金，並約定任何收入，分配本人各該原幣十分之一酬勞，立有親筆字據可查。先後介紹成功者，有中燐公司電力公司中油公司等，徐之所以能如願以償，乃利用立法委員經濟委員會召集委員之質詢特權，使各該主管不勝其煩而就範，亦有質詢筆錄談話錄音帶等可稽。詎事成之後，忽食前言，竟將全部佣金吞沒，本人從未分得分文，與其理論，竟置不理。並有其他委員代爲撐腰，如大華晚報記者陳大爲（某委員之子）代徐邀請各報記者在天福樓請客，使本人沉寃莫白。似此貪瀆成性之最高民意代表，罔顧信義，一至於此，與政府官吏相互勾結，禍國殃民，可以想見。除向有關當局檢舉並訴訟外，爲特委請貴律師代爲登報警告，俾世人共睹，筆誅言伐，滅此敗類，以肅官箴。」等語，合代啓事如上。

但由於徐中嶽委員神通廣大，又利用其本人與報館關係，使此警告啓事，不能在報章刋出。於是徐乃將上述擬就之記者招待會文稿及警告啓事，托由胡淳委員在立法院派發。並聲明「本稿僅供黨內同志參閱，所有民青兩黨及社會賢達之立法委員均來寄發。」

從以上的情形來看，或許胡淳質詢有其他的因素，但調解秦、徐糾紛很可能就是主要原因之一也說不定。

在胡淳質詢經濟部長不久後，他又針對國營事業、政府官員之間的問題寫下萬餘言質詢準備向行政院提出，胡淳這一手正說明了他揭發這項貪污案的決心，許多人爲他這種勇往直前的作風揑一把冷汗。

胡淳質詢文件遭遇擱置

這個質詢送到立法院印刷所，印刷所不敢排印，並請胡委員從秘書處轉交較宜做爲推辭的理由。後來胡委員的質詢送到秘書室的時候，剛好快下班，公文往返一耽擱，結果沒有排上院會的議程，胡委員因而大爲光火，特爲此事罵了許多人。

在這段質詢遞送之間另有一段挿曲：因胡委員的質詢內容火藥味太重，少數幾位先看到內容的人，就很快地向有關方面反應，有關方面的代表與胡委員有同學之誼，乃出面與胡委員商量，不要以質詢的方式處理，他負責要求有關人員與調查單位商議，把這件事情解決，很圓滿地向胡委員作個交待。

據說，當時胡委員已同意將質詢取回，但也有人表示，當時胡委員沒有同意撤回質詢，事後質詢並沒有排上議程，胡委員怪罪立法院秘書處長擅自扣印質詢文件。接著不久立法院舉行院會，審查一項二讀中的法案，在接近十二點的時候，胡委員要求發言，倪院長眼看法案審議已告一段落，時間也快到十二點，於是宣布散會，轉身而去。

胡委員當盛怒之下，奔上發言台，大罵院長，因散會宣布得太快，委員們尚未離座，擴音器也沒來得及關掉，胡委員的罵聲不絕，後來還是幾個相好的委員上前把胡淳勸下來。

下午院會進行不到一個小時就結束了，胡委員午睡之後，趕到立法院議塲已是人去樓空悻悻然離開。

從此，胡委員身邊有許多人經常勸他以健康爲重，不必招惹是非。胡委員亦以揭發貪污黑幕爲由不爲所勸。自從胡淳嘗試循正當途經請求程序委員會將質詢文件排上議程遭拒之後，更加深了他揭發黑幕的決心。

官非糾絆、含恨以終

事隔二週，胡委員突然接到法院訴狀，內容爲徐中嶽向台北地方法院刑庭，以自訴方式，控告胡淳妨害名譽，定五月十二日開庭，胡淳在致函立委黨部的函件中，會表示除聘請律師外，將準時前往應訊。

不料胡委員在五月十日凌晨三時左右心臟病發作，逝世於台北市羅斯福路寓內，當然這塲官司胡淳根本無法出庭。

開庭當天，原、被告雙方都是律師出庭，推事問了問，覺得需要求證的地方仍多，乃決定另定時間開庭審查，一般預料這塲官司將不了了之。

胡淳死後，有人認爲他的質詢風波可能就此平息下來；批評他的人不少，但讚揚他的人也相當多。

五月二十五日台北市立殯儀館景行廳的兩側有幾幅懸掛的輓聯，確實值得弔念者再思、三思的：

立委鄧翔宇的輓聯是：

大德不踰閑，公餘儘可評風月。

浮生眞若夢，身後何從論是非。

立委徐漢豪寫得更妙：

侃論震議垣，竟有吞舟魚漏網。

埋輪悲叔世，更誰執義肅官方。

可見立委中同情胡淳的人尚多；惜乎敢言之士太少，致令吞舟之魚漏網，良可慨也！

卜道明先生的生平與事功

——方雪純——

受業先生門下的淵源

民國四十年秋季，我正在陸軍裝甲兵旅第一總隊服役，旅長蔣緯國少將感到抗俄須從了解蘇俄入手，要了解蘇俄則必須通曉蘇俄的語文，於是在台北市愛國東路旅司令部辦俄文專修班，以志願方式徵求旅內軍官、士官參加學習。俄文班每週授課三次，每次二小時，蔣少將爲鼓勵學員專心攻讀，除了書籍和教官的束脩由公家負担外，並且還允許學員每日有半天時間溫習功課，不必辦公或操課，可謂十分優待。當時所聘請的教官，便是國內首屈一指的蘇俄問題導家卜道明先生，我因報名參加學習俄文，乃有三年的時光得列道師門牆，親炙教誨；又因與道師同爲湖南益陽籍貫，生共里干，師弟間的關係更進了一層，而導致以後追隨道師工作，決定了我二十年來的命運，由於這一因緣際會，我纔認識到道師在各方面的卓越成就。道師的生平行誼，他的蘇俄東方大學同學關素質先生，在本年一月出版的東亞季刊（政大東亞研究所出版）第七卷三期「莫斯科東方大學中國班的學生」一文中曾有過簡畧的介紹，但祇是學經歷的概述，對於事功的成就則不夠詳盡。

青年期的苦學與左傾

先生又名士琦，民前十年生於益陽縣洞山鄉之彭家灣，家境清寒，初從彭雲章先生讀家塾，習四書，民四獲得家族獎學金之助考入長沙船山中學，民國七年畢業，任小學教員一年，以所得束脩爲旅費，於民國八年赴滬，考入復旦大學，因無力繳納學費，經陳獨秀、邵力子介紹爲同校旁聽生，同時並加入陳及戴季陶先生所辦之「滬濱工讀互助團」，充國民日報副刊「覺悟」校對，半工半讀。斯時正値馬克斯共產主義學說甫行傳入我國，陳獨秀又爲始作俑者，該團團員思想之左傾自在意料之中；該團員十餘人中，包括以後成爲中共首要之劉少奇、任弼時、蕭勁光等，多無職業，經濟困難，年餘即告瓦解。民國九年初，陳獨秀以工讀團團員爲基幹，成立「社會主義青年團（CY）」，並設一外國語學校於法租界漁陽里，爲團員補習俄、英、法文，以楊明齋爲講師，先生自此開始學習俄文。

兩次留俄

民國十年初，先生登記赴法勤工儉學，旋以學生額滿未果。

同年秋，陳獨秀商得共產國際代表伏丁斯基 Voitinsky G. N. 之同意將先生及劉少奇、任弼時等十餘人送往莫斯科東方大學受訓，爲中國班第一期，十一年冬返國，曾任上海大學俄文講師一學期。十二年秋，選爲社青團中央幹事，與鄧中夏主辦「中國青年」雜誌。民國十三年夏，經陳獨秀、邵力子介紹赴粵，任黃埔軍校校長之俄文翻譯（此時俄加侖將軍爲總顧問），在第一次國共合作之背景下，首次追隨總統 蔣公工作，並隨軍參加兩次東征及蕩平楊希閔、劉震寰之役。民十五年秋， 蔣公派邵力子使俄，命先生隨同前往，一面任邵氏之翻譯，一面就讀於莫斯科中山大學高級班；邵氏於十七年回國，先生仍留該校任編譯及政治經濟學講師，乃於翌（十九）年考入蘇俄科學院世界經濟研究院深造（俗稱紅色教授學院如俄酋蘇斯洛夫即出身該院），同時担任列寧學院中國班日治經濟學講師，至二十二年冬始獲准回國。先生兩次留俄，爲時將近九年，不獨俄語文造詣精湛，且深究政治經濟學及以最高資兼任留俄學生講師，故先後留俄者無不識卜士琦其人，聲望之隆可以想見。

轉變反共

先生幼年接受儒家傳統教育，其後又身受領袖訓誨，反共意識早已潛滋心底，乃毅然轉變反共。初在中央組織部所屬機構担任國際問題編審，嗣任中央軍校俄文教官，航空委員會秘書（管理蘇俄志願軍）。民二十七年秋任軍委會辦公廳顧問事務處長。三十三年任外亦部亞西司司長，爲磋商簽訂中蘇友好條約，兩度隨王雪艇、蔣經國赴俄京與史達林當面談判，備極折衝之勞。

來台後的事功

三十九年大陸陷共後，先生違難來台，乃致力於敵情研究，多年碩學以致其用，對黨國之貢獻尤稱宏偉，初與少數志同道合人士共創圓山遠廬研究室，從事共情、國際問題之研究，先生主持俄情部門之研究，繼又綜理全般研究工作，籌設國際關係研究會，先生爲理事長；民國五十年，改向教育部立案，創立國際關係研究所，擴大規模，發行書刊，羅致人才，並將研究所移至台北市中心中央日報社大廈辦公，與國外學術機構合作，數年之間蔚爲舉世聞名之國際關係研究機構。

在此一時期內，先生復發揮其長才，從事各方面之反共工作：

其一，民國四十年初，先生應邀爲新生報主編認識敵人專欄，有關蘇俄部份並親自執筆，其時前新疆省政府主席盛主才在台，深恐其任時與俄帝勾結賣國之醜行白於國人，或親自到報館找先生，或以電話見求，免予刊出此段情節，頗盡威脅利誘之能事，先生不予置理，據實逐日刊佈，使俄帝侵華眞面目呈於世，漢奸賣國之行無以掩飾，大快人心。

其二，民四十年秋先生並任裝甲兵旅俄文專修班教官三年，雖本身忙碌不堪，而教誨後學孜孜不倦，其於俄文修辭學之講解精妙，終能在俄文人材缺少之際作育弟子五、六人，勉能担任基本的俄文工作。其後，先生復建議國防部在軍官外語學校設立俄文班，培養人材尤衆。

其三，協助國軍處理闖關俄輪「陶甫斯」號事件。

其四，民國四十年四月任革命實踐研究院講座及教育委員，四十八年始，並任國防研究院敵情組首席講座，負責敵情課程之安排及講述，黨、政、軍高級幹部親承教範者甚多。

其五，創辦多種重要書刊，爲國際關係研究所確立其學術地位。先生遠廬研究室始，即對此努力不懈，經營頗爲慘澹，其成就爲世人所知者有如下數端：

（一）創辦共情月報：於民四十七年三月發刊，爲研究大陸共情之學術刊物；先生爲開展創刊工作，特命筆者自軍中退伍，着參與創辦及編務。本刊目前仍由政大國際關係研究中心繼續發行，已達十八卷九期。

（二）出版「蘇俄在中國」俄文版：總統 蔣公此一總結反

共經驗之鉅著，久為各方所矚目；已有各種外交版本發行，先生為加強對鐵幕內影響，乃建議當局發行俄文本，由先生親主其事。聘反共俄人拉爾博士執譯，朱士熊先生校訂，譯事既成，蒙總統　蔣公親賜序文，本書國內出版業務由筆者担任，督印工作由鍾振宏先生在東京就近辦理。此書在歐洲及中南美銷行甚廣；在國內則提供政大、文化學院、政戰學校學生學習俄文之需。

（三）發行「問題與研究」月刊；本刊創刊於五十年十月份，為研究國際關係之權威刊物，國內行銷量達三千餘冊，目前仍由政大國際關係研究中心繼續發行，已達十五卷六期。

（四）出版「蘇俄簡明百科全書」：此書為先生主持國防研究敵情組時所編纂，內容充實而簡明，為研究蘇俄問題之必備工具書。

知人善任，培植後進

一項事業成功，有賴於集中人才。先生善於知人，長於用人，實有助於事業之開創，國研所自圓山迄中央日報，無時不留心人才之物色，以研究俄情言，出身於莫斯科東大、孫大之資深專家達四、五人之多；又為吾湘國際法名家雷崧生白韋、鄧公玄太初、吳俊才叔心等悉來相助。而先生於年輕而富潛力之吳叔心先生，更悉力培植，使之繼長研究所，實奠該所近十五年來對國家重大貢獻之基礎。吳先生為吾湘沅江人，出身國立政治大學，留學英國劍橋，專治史學，器識宏遠，思考細密，復嫻於言辭，長於寫作；於五十三年接長該所後，大展經綸，多度主辦國際學術會議，使該所蜚聲國際。當局鑑於吳先生非凡之才識，於民國六十年擢主中央文化工作會，綰領指導全國文化工作。先生之賞識吳先生，重用吳先生，實為國家得人。

長才未展哭吾師

民國五十三年初，當局擬借重先生長才於外交，行將出使反共戰爭前線之越南，遽以歷年辛勞，竟罹腦癌絕症不起，延於五十三年五月廿四日駕返道山，開弔之日總統　蔣公親臨致祭，賢才殞落，誠邦國之損失，而吾湘失一鄉賢，後進失其師保，更是同聲一哭，筆者當時曾撰輓聯以誌哀思：

十年絳帳，長沐春風，駑劣負師恩，才具自慚轅下駒；
一脈河西，羣欽山斗，勳華垂史籍，景行常望梓鄉雲。

洪憲本末（九）

·鐵嶺遺民·

籌安會宣言

古德諾博士「共和與君主論」，一文發表後，馬上報紙刊出籌安會宣言稱：「我國辛亥革命之時，國中人民激於情感，但除種族之障碍，未計政治之進行，倉卒之中，制定共和國體，於國情之適否，未及三思，一議既倡，莫敢非難。深識之士，雖明知隱患方長，而不得不委屈附從，以免一時危亡之禍。故自清室遜位，民國創始，絕續之際，以至臨時政府正式政府遞嬗之交，國家所歷之危險，人民所感之痛苦，舉國上下，皆能言之，長此不圖，禍將無已。……美國者，世界共和之先進也，各國明達之士，論者已多。而古博士以共和政治之得失，自爲深切著明，乃亦謂中美情殊，不可强爲移植。彼外人之軫念吾國者，且不惜大聲疾呼，以爲我民忠告，而我國人士乃反委心任運，不思爲根本解決之謀。甚或明知國勢之危，而以一身毀譽利害所關，瞻顧徘徊，憚於發議，將愛國之謂何？國民義務之謂何？我等身爲中國人民，國家之存亡，即爲身家之生死，豈忍苟安默視，坐待其亡？用特糾集同志，組成此會，以籌一國之治安，將於國勢之前途，及共和之利害，各據所見，以盡切磋之義，並以貢獻於國民，國中遠識之士，鑒其愚誠，惠然肯來，共相商榷，中國幸甚！」發起人順序是楊度、孫毓筠、嚴復、劉師培、李燮和、胡瑛。

這篇宣言祇是一篇文章，在報紙發表時尙無籌安會的組織，目的在於邀集「國中有識之士」，「共相商榷」，商榷的內容，第一步應當是籌安會的名稱、組織、宗旨及如何展開工作，發展業務。

可是宣言剛發表之後，接着籌安會就宣告成立，就當時情形看內部似有矛盾，可能有人迫不及待，急於提前組成籌安會，因爲若按原定計劃進行，恐怕半年也未必能成立，自然要推遲了皇帝登極的日期，至於誰迫不及待，估計不出三人，即袁世凱、袁克定與楊度是也。

籌安會成立

民國四年八月二十三日籌安會正式宣告成立，在報紙刊出啓事稱：「本會自發起後，所有與各界接洽商辦之事，至爲繁重，幾於目不暇給，欲照尋常黨會手續，俟會員人數衆多，再行宣告成立，實有迫不及待之勢。現由本會同人先行擬訂簡章，並照章推定理事長，副理事長，暫時處理會務，以便進行。經推定楊度爲理事長，孫毓筠爲副理事長，嚴復、劉師培、李燮和、胡瑛爲理事」。當日通告各會員，畧謂：「本會宗旨，原以研究君主、民主國體二者以何適於中國？專以學理之是非，與事實之利害，為討論之範圍。例如中國數千年，何以有君主而無民主？又如清末革命之結果，何以不成君主而成民主，又如共和實行以後，究竟利害孰多，又如世界共和國家何以有治有亂？諸如此類，皆在應行討論之列。然討論範圍，亦僅以此類為限。至此範圍以外各事，本會概不涉及，以此為至嚴之界限。同日通電各省將軍、巡按使，都統、護軍使、各省商會、上海、漢口商會云云……本會之成立，特以籌一國之治安，研究君主民主國體二者以何適於中國。專以學理是非，事實，利害為討論之範圍。至範圍以外各事，本會概不涉及，以此為至嚴之界限，將以討論所得，貢之國民。」

籌安會的成立，應當先有會員，召開會員大會，推定負責人，向內務部及警察廳進行備案。但楊度却諉之於「迫不及待」，竟然先成立團體再吸收會員，然後再進行備案手續，撇開政治因素不談，即純以法律手續而言，也是違法的。但楊度竟然為之，警察廳也不敢干涉，若非有大力支持，怎麽可以，此中有人，也呼之欲出了。

不過，楊度若眞的限於籌安會宣言及啓事所定範圍，純作學理之探討，還可得到社會曲諒，但事實並非如此，一開始就聲明要擁袁世凱為皇帝，楊度發表的「君憲救國論」更明白說出，於是反對之聲四起，籌安會一時陷於四面楚歌中。

袁世凱論籌安會

當籌安會宣言發表，尚未正式成立時，八月十七日申報發表北京電：「有人謁袁總統，問應否干涉籌安會。袁答近數年來，此項言論，耳聞已熟，久不措意，自因歐戰及墨西哥屢次政變，遂激觸中外，注意新造民國利害。予所居地位，祇知民主政體之組織，不應別有主張。且帝王總統，均非所願意，汝上秋水，無暇去懷，無論研究者作何主張，與余個人固無嫌疑可慮。余及國人均有身家產業子孫親族，人情切己，自當研究所以永保安全之法，予既受國民負託，何敢以非所願非所惡二者之嫌疑，而強加干涉？又另一方面人士云：袁意謂此日如不任令學者輿論自由研究此項問題，則有一部份人主張頗力，搖撼甚力，不如以此緩和其空氣。」

申報所報導有人謁袁總統，此人為誰，以後始終未見披露，當時就袁世凱左右人士來說，反對帝制最力的是機要局長張一麐。張一麐因地位重要，每日要同袁世凱見面，如果詢問此事，自較他人方便，但張一麐以後記載中未提過此事。至於朝野名流，有資格與袁世凱談此事的，應推李經義為首，此時李經義正在北京，擔任政治會議議長，很可能與袁見面時提出詢問，袁世凱作了一項不着邊際的答覆。袁世凱此時言論，與宋育仁呈請復辟時所下斬釘截鐵的命令就完全不同了。

今天來平章這塲公案，袁世凱的話並非完全沒有理由，籌安會如果從學理上討論，在共和國家來說，也並不如當時一般人指叛國行動。義大利廢君主改共和已經二十多年，到今天還有保皇黨存在，不但是合法政黨，在國會且擁有議席，義大利政府並未指控保皇黨叛國，假如有一天保皇黨在國會取得控制權，也可以通過改行君主制請薩伏衣王朝復辟，今天看來也是合理合法的事。但世人所以至今不能原諒袁世凱的，是他不該以金錢、武力，嗾使少數人出面作帝制運動。因為此舉發之於現任總統已不可，而目的在推總統作皇帝，就是百份之百叛國了。

汪鳳瀛致楊度書

籌安會宣言發表後，舉國嘩然，朝野羣起反對，其中最有價值的兩篇文章，一是梁啓超之「異哉所謂國體問題者」，一是汪鳳瀛「致楊度書」，梁文知者已多，飲冰室全集隨時可查，先談汪鳳瀛的文章。

汪文可分為兩段，前段是說無此必要，如以共和政體動輒掣肘，政府無權處理國事，則實行新約法之後，大權已悉集於總統一人，不必再實行君主。接着指出楊度所以必須實行君主者，不過爲了一個繼承問題，但目前大總統繼承人選，已由現任總統提名三人藏之金匱石室中，繼承問題也可以得到解決，若顧慮三人之間仍有爭執，則問題就不決定於政制而決定於道德，否則就是實行君主，王位依然有爭奪。特別舉出明朝爲例，明太祖立嗣立長，皇太子死立皇太孫，確立守長之制，於法並無絲毫可議處，但卒召靖難之變。可知君主並不能絕對解決繼承問題。

後段提出七不可，大總統就任之時，信誓旦旦決不使帝制復活，勢乃宣提倡復辟，又爲舉國共討，大總統又特申禁令，凡有議及帝制者無罪赦，舉國共聞，如果此時出現君主政制，失信於天下，一不可也；民國元二年，孫黃反對政府，即指大總統有稱帝企圖，國人皆不之信，如果此時出現帝制，將坐實孫黃二人先見之明，增其聲望，二不可也。華僑旅居外國皆醉心共和，故在過去努力贊助革命，如果此時爲改帝制，一定失華僑之心，轉而支持孫黃，增加其資本，三不可也。民國成立，仍保存清室帝號，兩不相犯，一旦改爲帝制，國中不能有二帝，勢必要削清帝帝號，如此寒滿族人心，迫其受奸人利用，四不可也。近年百姓負擔苛捐雜稅，仍擁護政府，因爲確信自己是民國主人，一旦改爲帝制，將失去人民擁護，今後征收賦稅均感困難，五不可也。清室遺臣入仕民國，若改爲新朝，恐將望望然而去，留者皆貪鄙小人，安能治國，六不可也。中國是弱國，處強隣環伺之下，我無事彼尚謀我，一旦變更國體，正給予機會，一定要求重大權利，否則以兵臨我，更難應付，七不可也。

汪鳳瀛料事如神

汪鳳瀛致楊度這封信所提出的七不可，其中有幾案對於後來局勢演變完全符合，直比劉伯溫的「燒餅歌」還靈。民國初年士大夫對於國家的熱誠，立論的寫實，均非現在一味唱高調的人可及。

「七不可」中，尤其是第四、第六與第七三條。第四指袁世凱一旦稱帝，「勢必要削清帝之尊號，寒滿族之人心。且清皇室近居宮禁，即不免傴處之大嫌，逸出範圍，慮爲奸人所利用，設有僉壬從而間之，爲德不卒，勢非獲已，而予人口實，恐天下從此多事矣。」袁世凱稱帝未成而死，對清室尚無影響，倒是後來馮玉祥首都革命，強逼溥儀出宮，避居天津，終爲日本所利用鬧出了一個滿洲國。第六不可稱：「今日在朝諸彥，罔非清室遺臣。正以國民爲國，出而爲國服務，初無更事二姓之嫌，屈節稱臣之病，故一經勸駕，相率來歸耳，設改爲君主政體，稍知自愛者，名節所關，天良難昧，勢必潔身引退，相與遯荒；其留而不去者，貪榮嗜利，寡廉鮮耻之徒，必居多數，此曹心理，視仕宦爲投機事業，勢盛則爭先推戴，勢衰則出力擠排，彼且不愛其身，尙何愛於國？更何愛於君？使當國者但與此輩爲緣，共圖治理，不獨久安無望，抑且危險實多。」這段話後來完全應驗了，因爲稱帝，使袁世凱生平最親信之僚友徐世昌。段祺瑞相率掛冠，而極力擁戴的如陳宧湯薌銘最後又都反噬——硬把袁世凱氣死。第七指「中國積弱，對外無絲毫能力……上次日本對我破壞中立，橫肆要求，我惟屏息吞聲，不敢稍與抵抗，情見勢絀，無可諱言；今我忽無事自擾，變更國體……不先與謀，事必無幸，苟欲求其同意，非以重大權利相酬，足饜彼欲，殆不可得。」這段話後來也完全應驗了。當汪鳳瀛寫好這封信，先繕一份交張一麐，請他轉呈袁世凱，張一麐看了笑道：「荃老，不畏禍嗎？」汪鳳瀛夷然笑道：「余作此文，即準備至軍政執法處矣。」大義凜然，尤不可及，以見解而論，此文亦勝過梁任公。

梁啓超之文

梁啓超「異哉所謂國體問題者」一文出，籌安會理論完全破產，當時梁啓超住在天津租界，正患痢疾，臥床不起，但北京方面進步黨人仍然隨時將京中消息見告，因此，梁啓超雖在天津，對北京事情固了若指掌，袁世凱有意稱帝，梁啓超似乎比別人發覺得早，民國四年春天袁克定在湯山邀宴，已經露出了意向，因此梁啓超先將家眷送回南方，又邀馮國璋入京相勸，這已經是民國四年六月間的事，到了此時，梁啓超對袁世凱尚未絕望，仍然希望與之爲善，此點也是進步黨與國民黨作風不同之處。

及至楊度籌安會成立，袁氏推動帝制已經明朗化，已無規勸餘地，梁啓超仍奮起寫了此文，文成之後，傳示友好，其中有些過份激烈的文句已應友朋之勸而刪去，例如其中有一段：「由此行之，就令全國四萬萬人中三萬九千九百九十九人皆贊成，而梁某一人斷不能贊成。」以後即未見之於報。在發表前已刪去。

到了九月四日，英文京報記者特就此事去天津租界訪問梁啓超，詢問對籌安會之意見，梁啓超所談各點與後來發表之「異哉所謂國體問題者」內容相同，但在語句方面更爲婉轉，梁文及談話重點在於國體不可隨時變動，在辛亥年不贊成共和，今日則不贊成帝制，就因爲國體變動一次，國家元氣就受損一分，不能不引以爲戒，其次指出袁世凱決不可能作皇帝，因爲袁世凱兩次宣誓就職，均信誓旦旦不容帝制再見於民國，他人稱帝尚不能容，自己安能稱帝，並舉馮國璋爲證，指袁世凱親告馮國璋，如國人一定相逼，則亡命英倫。就文章而論，梁文氣勢如長江大河，莫之能禦，但對問題分析得透闢，確不如汪鳳瀛一文，但梁啓超平日以文名，又筆帶感情，袁世凱得此消息，大爲吃驚，急派楊度持二十萬支票一張去天津面見梁啓超，求買此文，被梁啓超面拒，並將此文寄袁世凱，當時楊度又以恐嚇語調說：「君亡命十餘年，辛苦備嘗，何苦再亡命。」梁啓超答：……「我是老經驗之亡命家，雖不願亡命，但有時環境所迫亦不得不爾。」楊度走後，梁文就交上海報紙發表。

梁啓超筆掃千軍

梁啓超「異哉所謂國體問題者」一文，就其立論之精闢，眼光之銳利而言，確不逮汪鳳瀛，但梁啓超爲文有一個人所不及之處，即筆帶感情，讀他文章之後，恩想很容易受其控制，有如催眠術，此種能耐，民國政論家實無幾人。

梁文最有趣一段是：「主張變更國體最有力之論據，則爲當選總統時易生變亂，此誠有然，吾十年來不敢輕於附和共和，則以亦此。……若謂此爲唯一之原因，吾有以明其不然矣。若葡萄牙改共和後，不免於亂，斯固然也，然彼非因亂，又何以成共和，前此亂時，其國體非言君主耶？土耳其非君主國耶？俄羅斯非君主國耶？試一翻其近數年之歷史，不亂者能有幾稔？彼曾無選舉總統之事，而亦如此，則何說耶？？我國五胡十六國，五代十國之時，亦曾無選舉總統之事，而喪亂慘酷，一如墨、美，則又何說也」此段文字，已使楊度全部理論破產。

以下又說明君主制不可恢復：「夫共和國體之難以圖大，公等優能言之矣。吾又謂君主國體之難以規復者，則又何也？蓋君主之爲物，原賴歷史習俗上一種似魔非魔的觀念，以保其尊嚴，此種尊嚴乃能於無形中發生一種效力，直接間接以鎮福此國，君主之可貴，其必在此。雖然，尊嚴者，不可褻者也。一度褻焉，而遂將不復能維持，譬諸範雕土木偶，名之曰神聖，舁諸閟殿，供諸華龕，羣相禮拜，靈應如響，忽有狂生，拽倒而踐踏之，投諸溷檢，經旬無朕，雖復舁取，以重入殿龕，而其靈則已渺矣。」這個比仿既適當又風趣。

梁文最尖刻之處，在於最後一段指出袁世凱信誓旦旦不願作皇帝，而楊度等偏要逼他作皇帝：「……公等以小人之腹，度君子之心，私謂大總統居常所談說，或非其本意，不過如孔子所云：「舍曰欲之，而必爲之辭」，吾姑一嘗試焉，而知其必不吾訶也，君如是也，則公等將視我大總統爲何如人？食言而肥，匹夫賤之，設念及此，則侮辱大總統人格之罪，又豈擢髮可數，此亦四萬萬人所宜共誅也。」這段話眞比掌摑袁世凱還重了。

汪梁文之比較

汪鳳瀛「與楊度書」、梁啓超「異哉所謂國體問題者」是最初反對帝制兩篇重要方獻，兩文皆充滿正義感。汪文對後來事實判斷如見，使人佩服，但其本意仍然希望袁世凱毅然放棄此種幻想，以免陷國家於危難，陷自己於不義，不但爲國家打算，也還有爲袁打算之意；至於梁啓超的文章表面雖然也保持對總統尊敬，但骨子裏却充滿了冷嘲熱諷。這是因爲兩人所知所見者不同，汪鳳瀛仍然希望袁世凱可以爲善，所以信中仍作敦勸之辭，梁啓超剛自戊戌政變時對袁已不信任，入了民國後，爲了國家姑且試試的心理，作第二次的合作，誰知又上了當。尤其袁世凱在六月底尚告訴馮國璋，決不稱帝，如果有人逼他稱帝，他就自動流亡英倫。話說得如此決絕，中間不到兩月，八月十四日籌安會出籠了。梁啓超認爲袁世凱簡直沒有半點信用，當面就可以騙人。因此，在文章中也不留餘地，尤其是最後一段特別舉出袁世凱告馮國璋之言爲證，指楊度等以小人之心度君子之腹，等於指明罵袁世凱是小人，此種文章，其犀利處雖寶劍亦所不及。

不過，梁文所舉者就事實與法理而言，至於稱帝後果並未提及，不似汪文四、六、七之三不可所舉例證鮮明，不過，此等處並非梁啓超看不到，尤其是日本人的個性，日本政府的對華政策，梁啓超更比汪鳳瀛清楚得多，所以隱而不提，是恐怕教猱升木，日本人也許還未萌此意，我們怎好先說出來。

袁世凱對汪、梁兩文的感受也不同，對於汪鳳瀛，雖不接納其意見，却也未加以迫害，仍然任由其在北京居住，對梁啓超就不同了，如果梁啓超當時不住天津租界，必難幸免，雖然住在租界，也是多日不敢出門，最後秘密離開天津去了上海，若是被發現踪跡，斷難活命。

汪、梁兩先生已作古多年，今天重讀其文，仍覺凜凜如生，民國初年的知識分子，今日已很難看到。

賀振雄請誅楊度

汪鳳瀛、梁啓超反對帝制之文雖然詞鋒凌厲，但在表面上還留一分客氣，而且兩人所發表的也屬私函，是以國民一分子對國事表示意見，尚不是正式公文。在汪、梁兩文發表後，第一個出來對楊度等人提出彈劾的是肅政使賀振雄，民國初年的肅政使，是相當於清代的御史，目前的監察委員。肅政使上面還有一個都肅政使，相等於監察院長，當時的都肅政使是莊思緘，肅政使有賀振雄、夏壽康，皆是風骨稜稜之士，賀振雄之文是肅政使提出彈劾的第一篇，也是重要文獻。

賀振雄之文是上肅政廳，請都肅政使提出，呈文一開始就說，「爲擾亂國政，亡滅中華，流毒蒼生，遺禍元首，懇請肅政廳代呈大總統嚴拿正法，以救滅亡而謝天下事。」語氣眞如疾風驟雨，又是一種格調。全文內容大體有三段，第一段是敍述中國歷史上變亂皆由帝制而起，如果要說帝制可以導致昇平，則中國歷史上就不當有動亂。第二段是說中國由袁世凱執政，不出十年定成强國，要說非用君主政體不能强國，「眞狗彘之不若也。」最後一段請求拿楊度等六人，沉痛說道：振雄生長中華，傷心大局，明知若輩勢毒迷霾，言出禍至，竊恐覆巢之下，完卵俱無。與其爲亡國之奴，曷若爲共和之鬼。故敢以頭顱相誓，腦血相披，懇請肅政廳長代呈我大總統，立飭軍政執法處嚴拿楊度等一干禍國賊，明正典刑，以正國是，以救滅亡。以謝天下人民，以釋友邦疑義，元首幸甚，國民幸甚。」

若就文字而論，賀文自不能與汪、梁相比，但其氣之壯，也不可及，尤其是身爲政府官吏，明顯擊中當政者要害，其後果是難以想像的，賀振雄草此文時，眞的把性命置之度外，故無絲毫顧忌。

賀振雄一文發表，與汪、梁不同，汪、梁之文，袁世凱還可以不理，賀振雄是呈文，非答覆不可，一時就顯得十分狼狽了。

雖然汪鳳瀛、梁啓超相繼爲文駁斥籌安會理論，賀振雄更上呈文要求殺楊度等以謝天下，但楊度却不在乎，依然我行我素，好事自爲。在籌安會成立之初，楊度本來計劃要各省推選代表向代行立法院參政院請願變更國體，但籌安會成立在八月二十三日，參政院開會在九月一日，無論如何加工製造，也不能把全國代表在一周之內齊集北京。楊度經過一番思考，忽然想起可以代行，既然參政院可以代行立法院職權，爲甚麽不可以找出一批各省旅京代表組成一個各省公民團，向參政院請願，計議一定，馬上進行，好在各省均有旅京代表，楊度派人去疏通，誘之以名，動之以利，很容易談得攏，到了九月一日參政院開會時，竟然有山東、江蘇、甘肅、雲南，廣西、湖南、新疆，綏遠等省的公民團，到參政院請願。

參政院的參政共計七十三人，個個與袁世凱有直接關係，在立場上說都是親袁的，但要擁袁作皇帝，則大部份皆反對，一時全院鼎沸，楊度本身也是參政，但是站在他這一方面的畢竟太少，無法左右全院的意志。

袁世凱得到公民團請願鬧僵的消息，暗暗埋怨楊度沒有用處，一出手就引起麻煩，但事情既已如此，也非要挽救不可。

民國四年九月七日參政院又開會，袁世凱派政事堂左丞楊士琦出席，宣讀袁世凱的宣言稱：「……近見各省國民，紛紛向代行立法院請願變更國體，於本大總統現居之地位甚難相容，然大總統之地位，本爲國民所公舉，自應仍聽之國民。且代行立法院爲獨立機關，向不受外界之牽制；……以本大總統所見，改革國體，經緯萬端，如急劇輕舉，恐多窒礙。大總統有保持大局之責，認爲不合事宜！至國民請願，要不外乎鞏固國基，振興國勢，如徵求多數國民之公意，自必有安善之上法，且民國憲法正在起草，如衡量國情，詳所討論，亦當有適用之良規……。」

（未完・待續）

金門憶舊（五）

·關西人·

怒潮學校・戰地政務

民國卅八年，國軍爲了避免「刺激」毛共，以便利「李宗仁政府」的對共和談，乃以充實整備的軍隊命名曰：「編練」其部隊長亦被任命爲編練司令，當時的概署數約爲十五、六個。編練兩字的涵意一方面是編組，一方面是訓練，所以國防部頒佈下來的司令部下，除了有兩至三個軍之外，還有兩個龐大的訓練機構，一是軍官訓練總隊，一是軍士教導總隊，兩個總隊的人數大概是一萬多，軍官總隊三千，軍士總隊八千。由於被整訓的軍師，多數是長江以北失敗之後的番號，因此一萬多人的幹部確實是需要的。但第二編練司令部情況稍爲特殊，以第十、第十八兩軍來說，都是革命軍最基本的軍隊，有光榮傳統。一時挫折，反而使得突圍而出及住醫院療養的傷患官兵，更加奮勵，紛紛歸隊。十八軍的十一師，在失敗後兩月內便編裝完成，立即開到麗水松陽，執行地方綏靖任務。其他如十八師、七十五師、一一八師，都有三千人以上，幹部大致齊全。僅僅第十四師及一一四師基礎太差，需要幹部充實。因此上述的那兩個總隊，反變成了亟待充實。却並不迫切需要的機構。

江北陷共，不願受奴役的人羣，大量渡江南遷。其中尤以學生爲多，而許多學校是由國民黨忠貞人士所領導，便形成了舉校而來。筆者在民國卅六、七年中予役魯中豫南，認了不少中原豪俠之士，其中若干便是領導學校的校長。此時異地相逢，又値喪亂，情感倍增。相與討論爾後形勢，逐漸獲得結論，學生們若希望一段抗日戰事時期，獲得安定的後方，繼續讀書，前方打仗的事，交由軍方負担，在此後歲月中，絕無可能，除非江南半壁還可雄峙不搖。但大勢是江南站不住，其他各地也在崩潰中。學生們、難民們，勢須投身軍伍參加戰鬥，然後國家可保，個人也有前途。在江西的有志之士，也認識了當時情况的嚴重，紛紛連絡同志，希望對大局有所補益。筆者恰巧駐軍南城，進行編練工作。乃決定以編練司令部所轄兩個總隊（即上述之軍官軍士總隊），收容渡江南遷的學生及江西各地的忠貞青年，以便訓練成爲軍中幹部及以後的戰地政務幹部。河南學生決定由前許昌行政督察專員范任同志及西平中學校長趙漢章先生分別負責處理。江西方面，則由贛北師管區司令唐三山將軍及江西省黨部副書記長李清廉同志連絡召集。四月底以前在南城縣株良鎭正式成立，並開始訓練。四月廿二日共軍渡江南犯，京滬混亂，江西境內迅即被共軍攻入，五月中旬且陷南城。上述在株良鎭甫經成立的軍官及軍士兩總隊，適時遷至贛南瑞金會昌。第二編練司令部奉命改爲第十二兵團，規模龐大的兩個總隊，按規定不能存在。幾經請求祇准改設幹部訓練班，員額也減少了許多。時値亂離，人心萎靡，爲了振奮士氣。固結軍魂，乃由兵團命名該訓練班代字曰「怒潮學校」，以唐三山將軍爲校長，范任專員爲黨代表，李清廉同志為副黨代表兼政治部主任。不久，贛南、閩西及粵東，亦有不少青年學生，紛紛考入，學校氣勢大增，規模亦隨之具備。是年秋，兵團蕩平閩西粵東牠方叛變團隊，該校由蕉嶺之新埔鎮移至汕頭。後又以兵團增援舟山、金門，該校再移台灣新竹新埔，最後移於金門，以迄被解散為止。

「怒潮」是黃埔校歌的第一句兩個字。在大局十分混亂，匪焰極端猖獗之際，國民黨的忠貞份子，黃埔出身的堅強將領，一方面被共黨宣佈為戰犯，一方面又被李宗仁政府目之為驕悍。一般自命為「民主」「進步」的人士，紛紛向共黨靠攏，投降唯恐後人。國民黨黃埔軍變成了墻倒衆人掀的對象！緬懷 國父孫中山先生之偉大人格，領袖 蔣總裁之光明志節，以及先賢先烈們轟轟烈烈的輝煌成就。我們這些黃埔子弟，總然才能不足，但却不能使國民黨的榮譽受損，黃埔軍的功績蒙羞，幾經長嘯高歌之後，乃以「粵華」為兵團代字，兵團發行的軍報名曰「無邪」（後改為正氣中華報）把這一羣青年學子所糾集而成的學校命名曰：「怒潮」。這是一股衝勁，也是一種抗力，更是雖敗不餒的戰鬥精神。該校曾經駐留兩種新埔鎮，有時也用新埔作暗號。後來有人為「怒潮」及「新埔」兩個名字下過不妥當的的詮釋，那眞是「吹毛求疵」，不了解當年的情形及本來用意！筆者出身黃埔，所率領的軍隊是黃埔軍創建人 蔣公所賦予的指揮統率權。歷經大戰，身在行間，「黃埔嫡系之一」，不容置疑。在艱難時期，為黃埔軍伸正氣，為黃埔精神謀光大，確無其他任何意念，「責人斯無難，惟受責俾如流，是惟艱哉」。走筆至此，不禁想起「氣魄」兩個字來。民國十五年，黃埔軍校聽說楊虎城在陝西耀州辦了一個三民軍官學校，立刻便去連絡，那是何等大的胸襟。

遠在民國廿二年夏，國民革命軍最高統帥 蔣公，駐節南昌，督勦「朱毛」的時候，就昭示了打敗共黨的密訣：「三分軍事，七分政治」。不到一年「朱毛」落荒而逃，幾至覆沒。抗日勝利後，政府的大政方針是戡亂，但却忘記了江西勦共時代的成功措施，反而重蹈江西勦共時代的初期老路。所以用純武力戰的結果，打勝了仗，摧不破共區的政治組織。國軍轉移，共區的人力物力，依然為共軍所利用以壯大它們的武力。打敗了仗，便土崩瓦解，河山變色。中國國民黨和國民革命軍退踞台澎金馬基牠，整軍經武，富國裕民，終極目標，當然是滅共復國。領袖 蔣公於「三分軍事七分政治」之外，又增加了「三分敵前七分敵後」的一個戰法。當然是鑑於當年失敗時慘痛教訓，痛定思痛，而作的金科玉律。但「戰地政務」一辭，却是為有識之士所深喻。共黨以「人民戰爭」為武器，不但竊踞中國大陸，而且恐嚇了世人。越南高棉以及阿爾及利亞的戰爭，困擾了法美軍隊。於是，一般缺乏戰鬥精神的國家，都不約而同的向毛共低頭。實則根據江西勦共及抗日戰爭中我敵後政權與共鬥爭的經驗，「戰地政務」乃是打敗「人民戰爭」的有效對策。誠如領袖 蔣公所指示「以組織對抗組織」，則殘酷暴虐，寡信鮮仁的共產邪說，必然失敗。

江西勦共時代，我們的戰地政務幹部是別動隊，在碉堡線及正規軍的保護下，別動隊員們的工作簡單，進行容易。厥後共軍流竄川陝甘晉，別動隊在追勦軍之後，肅清遺留共幹，使其無暇而且無法造成共區。抗日作戰時我敵後政權對共軍造成共區的作戰，便十分艱難。筆者於民國卅六年春任整編十一師師長，進軍曲阜泗水，曾聽到曲阜縣長王震宇及泗水縣長劉昭賡談及對共鬥爭情形。他們為了避免遭匪襲擊，一日數次遷移。為了襲擊共軍的地方部隊，一日夜也可能數地追踪。行動十分詭密，生活格外機警，情報佈署週到，衣食儲存分散。此種緊張激烈之生死奮鬥，夾雜於日、偽、共我四個方面之中。七八年間，未嘗稍懈，回憶往事，辛酸至多。筆者轉戰魯西南時，得悉各縣縣長對共軍苦鬥，率多如是。所不同者，魯西南共軍楊勇部實力頗強，我縣長亦因可得國軍間接支援，較魯中為易。筆者由於担任進勦前鋒，地方政權便對筆者有切身利害關係，曾對「戰地政務」多加體察研究。縣長如王震宇、劉昭賡等，原都是國民黨的忠實優秀份子。日軍攻佔縣城，原來以八行書介紹而來的士大夫型縣長，爲逃避危險，紛紛奔走到安全地區去坐太平官。此時，如上述之王震宇，劉昭賡等同一類型的當地人物，便起而率衆抗日，建立政權，而由我上級委爲縣長，他們在地方上有其一定的號召力及影響力。及其立足已穩，共黨乃以滲透方式，逐漸侵入，幾經戰鬥，終能堅守其地，乃其長處。但因各個存在，極少橫的連繫。又因上級人事不夠健全，領導上難期統一。而鬥爭技術，亦是各自揣摩，並無普遍而深刻的經驗。故一與林彪率其一一五師進入山東後的百凡統一領導，分層負責，訓練幹部，研究技術等等比擬，雖然我們的幹部素質優秀，又得地利人和之利，但因各自爲政，力量分散，終於無法控制全局，各個爲共翦除。山東如此，蘇北淮上，河北山西，想都彷彿。筆者此言的用意，蓋欲我軍再度步入大陸，正規軍比智鬥力，殺敵求勝之同時，必須有完密的戰地政務之準備。而此之所謂戰地政務，首先是戰鬥姿態，必須一如正規軍之比智鬥力，肅清盤踞地方控制民衆之共幹，然後始可談法令規章，樹立我完整之政權。故此種幹部之訓練，較之軍事幹部尤須繁複精密，而對其升遷黜陟，亦應嚴正適切，庶乎可以免除我正規軍「孤軍求勝」之妄，及「武裝遊行」之譏。陸軍第十二兵團的怒潮學校的教學課程，便是以此爲其最高理想，希望畢業的學生們，既能殺賊，又可治民，在兵團的作戰範圍中，能担負戰地政務的責任。該校由汕移台之同時，以兵團副司令柯遠芬中將繼任校長，也是因爲柯對面形作戰不但有認識而且有方法的原故。

怒潮學校的開始設立，是兵團接受領袖　蔣公指示：「準備保衛台灣」的任務之時。當時的大局，尚有可爲，兵團擬在贛粵閩邊區，與廈漳友軍廿二兵團連繫，建立一個面的地區，與共軍作戰，以間接掩護台灣安全。後因漳州淪陷迅速，廈門形勢危急，同時舟山需要援軍，十二兵團奉命增援上述各地（後節述及），故怒潮學校之設立，事與願違。該校第二期學生繼續招集，正值筆者受命爲福建省主席。其時西南各省淪陷不久，而韓戰正在爆發，我國軍甫從海南舟山集台完畢，反攻之舉呼之欲出。福建近水樓台，反攻之初，即須踏進此省，身爲省府主席，又具「戰地政務」深切需要之經驗，安可不未雨綢繆。乃差遣人員，進入內地，吸收福建青年來校受訓，爲數亦在兩千以上，仍由柯遠芬中將在金門水頭嚴格訓練。但形勢變化，未如所料，韓戰雖在激烈進行，我之反攻，却受國際牽掣，未能實施。此批學生，在嚴格整軍的大命下，改爲鳳山軍校練習營。學生們的曩昔熱望，無法實現，乃紛紛改投考軍校及政工幹校，廿六年後之今日，國軍若干中堅幹部漸由此輩接捧，實非始料所及。

「戰地政務」乃革命北伐時之機構，初由蔣作賓先生任主任。國軍在台準備反攻時，以此四字代替美軍之軍政府，現已成爲公定名辭。故筆者爲此文時，借用其名，實則當時所未有也。

陣亡將士墓・無愧亭

金門防衛軍迭經古寧頭，大二擔，南日島三次戰役。及多次對大陸沿岸共軍之突擊，雖屬每戰均捷，然我將士殉國於陣前者，爲數亦頗多。益以沙塲久戍，死於公務及疾病者，亦不在少。新坟舊塚，散佈全區，緬懷忠烈，情在袍澤，理應妥爲安葬，以慰英魂。民國四十一年秋，國際形勢頗有否極泰來之象。爲了未來一種理想的可能實現，將校門一致同意建築金門區陣、公亡將士公墓。乃以副司令官蘇時將軍主其事，其張子英處長輔佐之，由工兵廿團第三營、四十五師、七十五師、十四師等工兵營負責施工。經過詳細勘察，與精密設計，最後決定建築在太武山西麓谷地中。鍾靈毓秀，氣聚風藏，面對大陸，遙望漳廈，有代馬悲風，狐正首邱的意義。同時溝通公路，培植林園，八個月始完成之。

民國四十二年二月底，開始進行移靈安厝。戰士以紅綾裹骨，白絹爲袋，外型雖僅三塚，內則層架數重，每骨書名繫牌，冀垂永久。軍官則分葬塚前，各植樹一株，共計四千五百餘員名。墓前祭堂，內有石碑，鐫刻各員階級、姓名、隊別。祭堂前園林花木水池拱橋，頗爲莊嚴。環墓大道，集於牌坊，直出十字路而通至無愧亭，南折入於中央公路。十字路中恭立國父孫公遺像，乃名畫家劉獅先生所建塑。

移靈安厝完畢，三月廿九日青年節之晨，金門軍民舉行大會，公祭哀悼其昔日戰友，默祝其安息於此。之前，各部隊都列隊來祭以示告別。在大會典禮中，筆者以戰地主帥身份，曾向與會軍民致詞曰：「人活百歲，終有一死。惟可爭者乃臨死之際，心無愧怍，情有安泰，能以極完整之人格，還諸天地父母，則雖死猶生也」。又强調：「爲了共同生存而犧牲了個人生命，則此犧牲將屬無限之光榮及無量之價值」。最後說了「爲完成中國革命而殺身成仁的黃花崗烈士，及爲實行三民主義而捨生取義的太武山陣亡將士，正如上述，人格極爲完整，犧牲殊有價值」。祭禮完成，與祭者環墓徐行，多數人臨風淚落，筆者至爲感動！李存勗還矢告廟，在中國歷史上寫下了光輝的一頁。黃埔建軍，以親愛精誠爲校訓，先烈們已完成了歷史的使命。從今而後，國民革命軍重光大陸，再一度的還矢告廟之重責，負在我們的肩膀。吾人縱愚昧不才，亦應接下火炬，努力向前，以善盡後死者的莊嚴責任。

公墓完成，忠骨安葬，筆者心情激動，不能自已。每當夕陽晚風，輒繞墓深思，固然「人生自古誰無死」，但貪生怕死，卻是人之常情，「千古艱難惟一死」，正不獨匹夫匹婦爲然。古往今來，達官貴人，帝王將相，每每在生死關頭，看不透義利之辨而忍辱偷生。我已故諸將士，何以竟能在毛共匪兵豕突狼奔之時，挺身而鬥，浩然捐生？三戰三捷，振我軍威。展望復國前途，尚須雄鬥不輟，若不在心理建設上奠立根基，則戰場上之前仆後繼勇往邁進，殆屬極不可能。蓋古今中外之政治家、兵略家，都無法否認人是戰爭勝敗的主要因素，士氣是軍隊的存亡關鍵。所以作爲一個前線指揮官的將軍，「効死弗去」「視死如歸」的旺盛士氣，理應視爲無價之寶。珍重而培養之「王者有征無戰」，「道者令民與上意同也」等等，那是聖君賢相的事，不在將軍們考慮之列。

近代中國最大偉人　國父孫中山先生，以三民主義爲號召，發動了中國的國民革命運動。而且肯定的說明了「應乎天，順乎人，合乎世界潮流，而爲人羣所需要」的原因。鼓動風潮，造成時勢，仁人志士，爭爲先驅。革命黨人血，造成了革命軍人魂，在過去在將來乃至於永久永久，這種繼承中華文化傳統的革命運動，都將被中華兒女所歌頌。胡林翼所謂：「吾人任事，與正人同死，死亦附於正氣之列，是爲正命。附非其人，而得不死，亦爲千古之玷，況又不能無死耶……」。故爲國民革命運動而死，可追隨　國父孫中山先生在天之靈，萬代馨香，正不獨人格完整，光榮無限已也。言念及此，乃商諸於各高級幹部，在陣亡將士墓前，敬塑　國父（本黨總理）孫公遺像，以說明已故各將士之光榮犧牲，乃是上對億萬世之祖宗，下爲億萬世之後代，中對全國國民與世界人類之幸福、榮譽，追隨　國父孫中山先生之英靈而埋骨於此。

四月中，賡續上述之概念，乃在　國父像前數百公尺，公路南折之崖岸，修建一亭，紅柱綠瓦，旁樹欄杆，中豎大理石碑，兩面鐫刻：（一）國父遺著軍人精神教育中一段：「吾人何爲而革命？務在造成安樂之新世界，期其成功。不成功，毋寧死，死即成仁之謂。成功則造出莊嚴華麗之國家，共享幸福。不成功，則同拚一死，以殉吾黨之光輝主義，亦不失爲殺身成仁之志士」。（二）文天祥衣帶贊：「孔曰成仁，孟曰取義，惟其義盡，所以仁至，讀聖賢書，所學何事，而今而後，庶幾無媿」。其（一）如上節所云，我已故諸將士，已稟承我　國父之訓示，已「同拚一死，以殉吾黨之光輝主義」。可與斯巴達武士所立之「路行人碑」中「路行人兮路行人，轉告祖國之鄉親，不勝即死武士魂，埋骨異域英雄身」英烈雄風相輝映。其(二)乃中國文化道統之結晶，元人作宋史亦不敢不尊敬文信國公「一身殉道不苟生」的精神，而贊之曰：「從容伏鑕就死如歸，是其所欲，有甚於生者，可不謂之仁哉……」。亭成之日，各將校齊集亭前，各獻亭名，筆者最後決定副總指揮柯遠芬中將所擬者「無愧亭」

無愧亭之地點選擇及命亭意義，實甚深遠。除表明已故各將士之哀榮外，將屯戍官兵及往來行人，亦有一種精神啓示。例如「毀譽之遭，不能剖白」時，走到亭內，對碑朗誦，果眞神明毫不內疚，便會心安理得怡然而退。又如工作艱難，心情頹喪時，面對此亭，「自反而縮」，則憂慮頓失。神采奕奕矣。尤其對新來的人們，果能默誦數回，聚神凝思，將會有一種「生命誠可貴，榮譽更無價」之觀念產生。筆者曾多次到亭內徘徊誦維，每每獲得至大之慰安！「我的品格完整無闕」！

本文上節所云國際形勢頗有否極泰來之象，乃係民國四十二年的歲尾年頭，民國四十二年初艾森豪將軍競選及當選爲美國總統前後，一則曰：「解放鐵幕」。再則曰「取消台灣海峽的中立化」。而韓戰激烈進行，毛共區內險象叢生。我久經戰陣之六十萬大軍，經過三年來的整訓，已極熟練。一旦進軍，金門不但是我大軍的前進基地，亦必成爲陣前起義，重生軍力的場所。筆者主兵前線有預爲籌備的責任。尤其萬一筆者被任爲反攻先期指揮官時，則早先之成就，將大有助於未來之需要。吾人閉目試思，登陸漳泉，俘匪數萬，運回台澎，訓練成軍，再行運轉戰地，何如利用戰地建立基地之爲佳。抑且，我們陸續動員而來之軍師，未入戰場之前，先到金門待機，接受作戰教訓，亦是十分必需。所以金門在此兩年間，建造營房，興築醫院，整理港灣，開闢交通，積極訓練游擊部隊之外，爲了充實資料，振奮士氣，不特安葬了陣亡將士，並且要建造英雄館式的莒光樓及豎立起無名英雄像以「毋忘在莒」的訓示爲中心，想把金門同時也塑造成爲一座精神堡壘。凡此，將在下章敍述，關連之處頗多。

民國十六年武漢清黨後

湖北共軍實力消長記

羅森林

民國十六年七月武漢清黨以後，寧漢復合，其時鄂中共軍尚爲烏合階段，談不上什麽實力。

中央調第四集團軍所屬十八、十九兩個軍駐防湖北。十八軍軍長陶鈞兼湖北清鄉督辦，十九軍軍長胡宗鐸兼清鄉會辦，在武漢成立「湖北省清鄉督辦公署」。當時所清勦的匪徒實際有三種，即共匪、土匪、佛匪（大刀會、紅槍會等）。張知本先生十七年元旦接任湖北省主席後，在各縣設清鄉委員會，以縣長兼委員長。各區設保衛團，由團董維持區治安。由於地方清鄉機構和駐防國軍通力合作，僅在半年之內，即將全省各類匪徒，一律肅清，致有夜不閉戶的太平景象，爲本省治安空前所未有。

不料好景不常，十八年春，突傳寧漢再度分裂，四集團軍有背叛中央之意，中央政府乃興師討逆。十八、十九兩軍，下令將分駐各重鎮的兵力集中武漢，準備作戰。各縣清鄉機構頓失武力憑藉，遂使共軍得以死灰復燃。潛伏份子首先組織「摸瓜」暗殺隊。黑夜暗殺各地清鄉人員暨富戶士紳等，實行恐怖政策。繼則組織游擊隊，搶奪保衛團的槍彈。時筆者任張金河團董，率團前往沙崗一帶清勦時，見到附近墻壁上一張佈告，全銜爲「工農革命軍湘鄂聯軍鄂西遊擊隊第一大隊」，大隊長署名爲何英。該隊自組成後，即以沙崗附近東嶽廟爲巢穴，出沒於江陵縣境內白鷺湖沿湖一帶，以打倒土豪劣紳爲口號，到處打家劫舍，殺人放火，無所不用其極。

筆者乃與龍灣市、龍東、龍南徐李場、龍南老新口、董北洪家場諸團董，開緊急會議於龍灣（龍中）集源當舖，決議集合各區常練隊予以清勦。計算當時武力，除徐李場步槍十二支已於前兩日被搶去外，各區尚共有槍兵一百三十餘名超出共黨武力三倍。不料我隊因指揮不統一，隊士缺乏訓練，一上戰場就潰不成軍了。從此祇有聽其囂張，眼看赤禍燎原，不可收拾。

十八年四月，胡、陶部隊由武漢撤出，退至鄂西，合各種武力全部十多萬人槍，散駐於荊宜十餘縣，一個多月，未等討逆部隊到達，團長以上的軍官，大多脫離部隊逃走。當時軍中盛傳中央決定派賀國光將軍到來招撫，官兵皆喜形於色，靜候整編。不料後來竟派劉峙將軍爲編遣特派員。劉將軍到達荊宜後，將原十八、十九兩軍，祇編爲獨立十二、獨立十四兩個旅。其餘衆多官兵，全被遣散。被遣官兵持有的槍枝子彈，除少數由連排長送給地方保衛團，換取地方紳商送贈微薄川資外，大部份，都於一夜之間，棄街頭巷尾，田園曠野間，無人照管。地方機關和保長，指揮民衆將其收集，堆積如山。共黨見此大好擴充武力機會，即一面以金錢向官兵購買，一面搶劫；又一面花言巧語，歡迎官兵攜械參加共軍。在短時間內，共黨就擴編成了鄺繼勛的紅二軍，和段德昌的紅六軍，盤據於湖北沔陽縣境內的洪湖，並組織湘鄂西蘇維埃政府。從此，共軍即蔓延於江、公、石、監、沔、天、潛、荊、諸縣。而後其與江西共軍合流，則為餘事矣！

十八年討逆時期進駐沙市的，是張發奎第四軍。後將防務移交獨立十四旅，旅長彭啟彪。是時白鷺湖尚為共軍湘鄂西游擊司令陳香波所盤據，時而竄擾湘鄂邊區。彭旅長兼鄂中綏靖主任，指派張仲範營長兼江陵縣剿共指揮官，率全營進駐白鷺湖西邊高家口，進剿陳香波部。陳部不支，潛逃於湖南省華容縣屬桃花山區。陳香波則化名馬範之潛伏本縣熊家河附近之香草湖，進行地下活動，企圖死灰復燃。後被熊家河保衛團清鄉時捕獲槍決。因而本縣得到了六個多月的短暫太平時間，民眾過了一個平安的農曆年。

十八年冬季，閻、馮聯合背叛中央，政府又再度興師討伐，十四旅奉令調往參加，由雲南部隊軍風紀甚差的第五師石交生接防。三個月後，再由原駐宜昌的十二旅調來一團駐守沙市。其餘鄉鎮，也就無軍隊防守了。

十九年元月間，共軍趁內戰再起，各處防務空虛，段德昌之紅六軍，與鄺繼勛的紅二軍，遂由洪湖出巢。此後鄂中的江、監、沔、潛、石、公等縣，或時被竄擾，或久被盤據，到處組織區鄉蘇維埃政府、農民協會、婦女協會、貧民團，兒童團、少年先鋒隊、赤衛隊。天天開會遊行，打土豪、殺劣紳、鬥富農、懲奸商、拉經濟。天天殺人、放火、打家劫舍、綁票勒索。實行當時所謂的「立三」路線。

十九年五月，十二旅又他調了。由收編河南唐河一帶土匪組成的新編第三師師長李雲龍接防。第三師人槍不足，軍風紀更壞。由沙市逃來的地方團隊槍枝，時遭搶奪。並由士兵換穿便衣，在郊外攔劫沙市難民的衣物金錢。某旅長甚至與賀龍勾結，談妥條件，企圖出賣沙市。當時約定先由共軍在沙市工事外佯攻，該旅在工事內向天開槍還擊，佯為應戰。實則乘此機會縱其部隊在市內搶劫各大商店。俟將金銀錢財洗劫一空後，再偽裝戰敗，退出沙市，讓共軍進佔。所幸沙市不該遭此浩劫。賀龍等於六月十九日，將紅軍及各鄉赤衛隊數萬人，調集沙市附近鄉村，同日夜九時許，派共軍送密信至旅司令部，告以信號，請照約定計劃進行。不料共軍竟將此信誤投於師司令部。副官將該信送往商會正在打麻將的李師長。李師長拆閱後，不動聲色，回到師部召某旅長至，立即將其扣押。並臨時調換太師淵、青龍觀、踏石橋的守軍。佈署甫畢，已至十二時，共軍開始如約發信號槍。李師長令照約定信號還槍，共軍以為得計，於是開始衝鋒佯攻，不料竟遭守軍用機關槍猛烈掃射，使共軍傷亡慘重，不支而退。沙市因而未遭浩劫。事後，李師長將密函交商會徐鶴松會長看。徐知此事後，即刻召開緊急會議，籌措大洋數萬元勞軍。又在太師淵章華古寺大殿內設一國民革命軍新編第三師師長李雲龍長生牌位，以供市民禮拜。這個牌位，迄三十四年復員後，筆者重遊章華寺，尚得一見

新三師於十九年九月調走後，由川軍二十一軍佟、楊兩個獨立團接防。楊團駐沙市防守，分派一個營駐荊州城內，佟團則駐沙市外圍。這兩個團以善戰著稱。當時江陵縣境，只有荊州城沙市鎮尚保治安，其餘各鄉鎮均已遭共軍蹂躪。佟團先將城西北鄉的萬城，馬山、八嶺山一帶共軍肅清，再清剿沙市下岑河口，長江邊的觀音寺等處共軍。後將距沙市九十里久遭共軍盤據郝穴鎮及附近各鄉收復。廿一年五月，二十一軍增調第四師范紹增師長率三個團至沙市協剿。范師長由沙市出發，想直搗洪湖共軍老巢，經張金河、龍灣市、趙家腦、荻湖，進駐老新口，已進剿到達監利邊界伍家塲（伍子胥故里）。不意遭賀龍包圍在饒家橋。三個團也傷亡過半，范師長率部突圍，身負重傷，終於衝出重

園，由熊口經浩子口，退回沙市。川軍此役失敗後，劉軍長再調王陵基師長東下沙市，並兼剿共總指揮官，同時在荊州城內（東城）滿清屯兵旗營廢墟闢建飛機場，調來飛機三架助剿。另置小型炮艇二艘於沙市內河，備清剿長湖共黨。此後剿共戰事，雖無奈兵力不繼，以致未能節節勝利長趨直入，達到進剿洪湖共軍老巢之目的。

二十一年冬，三省剿匪總司令部調第十軍徐源泉軍長兼任徐親率四十一師、四十四師、四十八師、獨立卅八旅、新三旅、暨幾個補充團、浩浩蕩蕩由漢口出發，直逼洪湖，採包圍戰術清剿，方將鄺、段、賀等軍敉平。（共軍向洪湖潰退時，其團政委及連指導員，在途中曾將共軍中官兵八百餘人，指「改組派」，三人一捆五人一綁押至洪湖邊小沙口，在黑夜中，將每人腹部刺戳數刀，然後推於急流中淹死）。徐軍長將部隊以營為單位分駐收復區域，協助區鄉鎮地方機構，普遍組織民衆，成立剷共義勇隊，督造戶口清冊，重新編組保甲，實行五家聯坐法，終將殘共肅清。徐將軍係於二十一年十二月抵沙市，接替川軍防務。軍部暨剿匪總司令部設沙市童家園。鄂中鄂西共軍賴其剿滅，一直到抗戰軍興，荊宜陷寇時，鄂中鄂西人民都在徐源泉將軍保護下，過著安居樂業的日子。

香港脚

—李樂俅—

一、症狀：香港脚，瑞金土語，謂之「沙蟲脚趾」。多生於趾罅間，未破，若小水泡，既破，則歷歷如針孔。或滋長於足掌之四周，纍纍如貫珠。奇癢，切莫搔破；搔破，則紅腫，長膿，傷口難合。常穿襪履，或天氣驟熱，霪雨將至，最易發作，雖非絕症，然在此百忙之工業社會中，人人皆不堪受其擾也。

二、治法：備濯足盆一，注入暖壺所儲之開水，約四、五磅。晾涼至不燙傷之頃，即將兩足浸入水中，一小時後，潑舊換新，周而復始。一日連泡四、五盆，紅腫者，漸消，滲膿者，漸翳，初發奇癢，未經搔破，隆起如豆者，則不復猖獗，自然乾癟而平復矣。春夏浴後，如能再泡一小時左右，必可預防香港脚之發生也。

三、說明：此法係台大同仁粵籍陳榮先生十餘年前所口授者也。緣六十五年四月之杪，台北天氣驟熱，易香港衫，汗猶淋漓。愚足掌四周，突起水泡，奇癢，劇痛，搔破則化膿，紅腫，步履艱難。適同舍服務公保楊景陞夫人，見愚狀狼狽，承提示曰：「此香港脚也，公保製有特效藥，一擦即癒。」愚連聲致謝，但頓念香港脚多生於趾罅之間，長於足掌四周者，亦香港脚耶？回憶曩陳所授之方，當即依法泡之。第一日泡五盆，果腫消，癢退，第二日再泡五盆，健步如常矣。公保制度，法良意美，固樞府德政之一也。所配傷風咳嗽等藥，每服輒效，令人沒齒難忘。雖然，抑尚有進者，愚生平尊敬西醫，同時亦欽重中醫；醫之有中西，殆猶日月之並行而不悖也。不寧惟是，即民間單方，個人經驗，又豈容漠視，而任其湮沒哉？故陳一法之美，亦不惜縷述，俾供參考。而陳三年前，以患高血壓，一日倒地溘逝。善言孔彰，墓草已宿，悲夫！

道長伍伯高曰：「此治標而已，泡水之後，俟其半乾，即以硫磺細末輕輕揉之，使入肌裡；再發再揉，約四、五次，則根治矣。」其自療經驗，彌足珍貴，因並書之。

人世滄桑七十年（中）

鄒瀾清

改參戎幕，入死出生

日本軍閥，進據我東北，引起七七盧溝事變，揭開抗戰序幕，此民國二十六年事也，余於二十七年丙寅，決意入川，遇機謀職，適抗戰失利，政府西遷，有志青年，義憤塡膺，余亦抱再度投筆從軍報國之願，到達重慶之時，資斧將罄，適晤高小同班同學劉功立兄，現易名作美，曾追隨余念善將軍，任顧祝同麾下科長，現職爲一補訓處上校經理組長，作美頗念舊，每於公畢下班時，即來旅館，和我抵足談心，恒深夜始回，並多次資助旅中費用，時日既久，則無事不談，一日談及其組中有一少尉軍需缺，担任收發工作，因爲職位太低，未敢相邀，余聞之，堅欲往，彼亦不便固辭，乃往担任斯職，在重慶行營內辦公，並將該組出納連鼎元少校之房間，供我住宿，在行營餐廳搭伙，工作食宿，完全解決，而作美猶恐我薪金所入，不敷應用，常在公文卷內附以法幣，其待友之誠，實非語言所能盡述，該組經理業務甚繁，有補充兵團十二，所有新兵分送補充全國如戰區缺額，週而復始，余于本身工作之餘，見其屬下文件積壓不清，自動欲助其幫忙試辦，頗獲同事佳評，同仁相處，極爲歡洽，未幾，中央陸軍官校，遷往成都，在渝成立運輸處，由駐重慶辦事處長金振偉上校兼任處長，另設上尉軍需一人，專負各項運輸費用之支付報銷，時駐川軍需局長爲余念善將軍，囑作美物色人選，乃屬意於余，遇此良機，欣然拜命，金處長爲江西蓮花人，係第三師老幹部，爲人忠厚老成，一文不苟，處中同事多爲軍校出身，相處極爲融洽，精神亦至爲振奮，事事精心研學，因此認識許多軍校出身之將領，校長爲委員長蔣公兼任，教育長陳繼承將軍，溫文儒雅，有良將風，風雲際會，從此開始，翌年已卯，遷校事畢，原調校服務，曾有赴西康購馬之命，適教育處副處長胡素白凡將軍，榮膺二十五補訓處長，需人孔急，堅邀入幕，並許以軍需主任之職，而余現階爲上尉，豈可一跳而爲上校，事不可能，因胡將軍爲吾贛清江人，一見如故，乃由我推介熊仲韜副署長之堂弟光計兄任主任，余任少校課長，胡將軍欣然接納，民二九余入軍需學校第四期受訓，光計兄任事少經驗，而胡將軍前第三師團長任內之老人紛紛前來投効，熊即無法留任，自動去職，由黃光兄接任主任，謝鍾英兄任會計課長，而余則改任糧服課長，兼辦重慶領欵領物工作，胡將軍人頗精明，待部屬有時也能接納忠言，惟耳軟多疑，少決斷，自前第三師幹部來者日衆，勾心鬥角之事漸行畢露，處處顯示排擠之狀，我亦不欲久留，乃於三十年辛已，應新編三十九師師長成剛應時中將之邀，担任該師中校軍需主任，當時胡將軍欲留我而不可得，而我離二十五補訓處不久，黃光主任因押運私貨被青木關檢查站發現，定罪入獄，此後余即隨軍向貴州雲南移動，先駐盤縣，繼駐霑益，三十一年壬午，成剛中將調任六十軍副軍長，未就任，而往任十一集團軍總司令宋希濂之參謀長，繼任三十九師師長爲官全斌將軍，堅留我繼續担任軍需主任之職，余亦堅辭未就，又調爲六十六軍軍需處總務課長，亦未赴任，旋應七十一軍軍長鍾彬將軍電邀赴昆明，就任該軍軍需處上校會計課長，鍾彬將軍原爲中央陸軍官校軍官教育隊隊長，余在軍校服務時，原缺爲該隊上尉隊員，鍾將軍先調漢中分校主任，繼升調軍長，可算舊時長官，但從未謀面，余履任之初，處長王垦迄未到任，副處長邵雲從上校，又急赴後方整理倉庫，滇西戰事日緊，余以上校會計課長奉命兼代處長職務，隨軍星夜馳赴保山，由先頭部隊軍轄三十六師師長李志鵬將軍截擊日軍於怒江西岸，軍轄七八、八八兩師相繼而至，在怒江沿岸佈防，守戍三年，日寇未敢越雷池一步，而余則代理處長職務，達四年之久，運籌帷幄，軍需從無匱乏，並組織監護隊，親率軍需人員，按時在陣地發餉，官兵奮勵，殺敵致果，部隊主官多能與全軍需人員，和衷共濟，達成任務，渡江之後，余乃率同全體軍需同仁，進駐鎮安街，當時腹背受敵，毫無畏縮，在蠻烟瘴雨之中，熱戰方殷之際，躬冒矢石，隨軍前進，爲軍服務，水乳交融，軍心益奮，自三十四年初起，配合盟軍，全面反攻，一舉而克騰衝、遮放、芒市、拔地、宛町、會師芒友，打通滇緬公路，

此時中樞號召十萬青年十萬軍，鍾彬將軍奉調青年軍二〇三師師長，由副軍長陳明仁升任軍長。宋希濂總司令亦調往新疆，黃杰升任總司令，三十六師亦改爲獨立師，調防大理，另以新編二十八師撥歸七十一軍建制，師長一職，由副參謀長劉又軍升任，調兵換將，恰在勝利之時，而余則代理處長職務，竟達四年之久，陳明仁將軍眞除軍長時，欲以軍需處長一職，屬意於余，因和陳將軍相處四年，深知其個性倔强，不知替鍾彬將軍間做了多少橋樑，遇事總以滿足陳將軍意願爲止，如欲爲其管家，恐不易和協，當以應替鍾前軍長清理未了業務爲由，斷言婉謝，時廣西戰况緊急，日寇逼近獨山，七十一軍奉令調往增援，余既未允陳所徵召，即調爲軍中上校附員，余亦未予接受，後陳終於在湖南省政府主席任內宣佈投共，六十三秋余遊美時，閱報載陳已病死魔都，年已七十餘矣，當時我既未受陳命，乃依例前往中國陸軍總司令部報到，任爲上校附員，派經理處服務，處長爲何偉業將軍，繼爲劉生將軍，而我到陸總未匝月，又由總司令何應欽上將報請中央任爲第八軍上校軍需處長，乃將全眷移居重慶，八月十五日，日本宣佈無條件投降，委員長發表勝利廣播，勉國人以怨報德，不念舊惡，不對日本採報復政策，並遊行市區，鞭炮之聲，不絕於耳，萬衆歡騰，競相走告，此時

余正護送全眷在渝，並向中央主管官署請示機宜，定期赴八軍任所，時值勝利之初，亟須分赴各地接收人員，均需各種交通工具，擁擠不堪，一日赴軍需署洽取部令，適遇署長陳良中將，乃大聲相詢，爲何尚未離渝赴任，並告以八軍正由滇南經桂粵去港，海運青島云云，當時余不便說尚未收到部令，祇答以正在洽辦機位馬上就飛雲南，追趕部隊，嗣晤人事科長馬宗驥兄，以部令正在會稿，囑先行離渝，部令將航寄昆明，我即往重慶警備司令部，調官全斌參謀長，央其介紹購得中央航空公司機票，直飛昆明，謁八軍軍長李彌將軍於其辦事處，握手歡迎，倍感親切，驟見之下，却知爲忠厚良將，異日相處，定必歡洽，當却蒙李將軍面囑副官處長劉君立兄，即派定專用吉普一輛，由我專用，部隊原駐陸良，已於數日前開始運行，先頭部隊，早過興義，向南寧進發中，我携衞士一人，自陸良出發，甫過興義不遠，司機不愼，將車輪輪陷入泥濘中，久久不能行動，適一〇三師師長王伯勳將軍，乘吉普後至，無法通行，大發雷霆，說他要追趕部隊，因我到任伊始，與王將軍尚未謀面，彼此相見不相識，他自稱我是師長，我說車陷泥濘中，您是師長，我也無法讓您通行，希望他飭衞士幫忙一推，則兩車皆可行矣，他又問我，您是什麽人，我說我是新到之八軍軍需處長，彼此相

與一笑，握手言歡，協力將車從泥濘中推出，一路結爲好友，誤會釋然，此君後任何紹周兵團參謀長，貴陽陷共變節，聞以民革身份，担任共方貴州省政府交通廳長，王爲貴州興義人，諢號土包子，有一次我在濟南洽辦軍中補給事宜，王亦因公在濟，天甫明，王即到我房門前，大聲叫喊，處座有無艷遇，我在夢中驚醒，應聲相答，艷遇是有，可惜驚鴻一瞥，於此可見其諢號土包子，信不誣也，軍自南寧至梧州，改由他運廣州，時值初冬，北地天寒，軍赴青島登陸，冬令被服補給，必需在廣州裝備完成，方可行動，於是等候冬服到齊，配發各部隊後，方可心安，故軍需處多數同仁，皆已乘火車先行，而余則原定乘當晚海珠輪去港，因余一生作事，無論責任大小，事必躬親，迨冬服到齊，即赴廣州火車站，監視分發，適晤王伯勳師長之列車升火待發，王見余未定，問何故，我答以等您你們的冬服分配，晚間乘海珠輪離穗，而王極爲熱心，亟忙中囑其副官主任，速將余吉普車和拖斗，勻出平車裝好，邀我同乘火車而行，竟免了一場災難，因是晚海珠輪行至虎門，轟然一聲，爆炸爲兩段，死傷枕籍，慘不忍睹，迄今思之猶有餘悸。十一月初全軍在九龍集結，登美艦渡海北上，經六晝夜航行，於十一月十四日，在青島登陸，進入膠濟，時魯難未已，共軍陰謀阻撓，進駐濰縣時，在藍村與共軍相遇，被共軍解放第五師全力圍攻，我先頭部隊一〇三師一個營，與之激戰徹夜，斃共軍數百，此役並俘共軍五十餘人，虜獲步槍三十餘枝，於此已知共軍叛跡昭著，無可狡賴，經國防部發佈戰報，全國各報，競相轉載，一致聲討，此爲戡亂之先兆。三十五年二月全軍進駐濰縣，接受日軍長野混成旅之投降，並協助政府遣送戰俘，順利完成任務，余亦乘赴京給辦補給之便，及赴穗處理後方留守官兵眷屬事務後，飛渝迎接全眷居於南京高安里二號，事畢遄歸濰縣防次，籌劃全軍補給，心力交瘁，蓋因陸上交通時常中斷，糧食補給，祇得改由就地採購，總算未使全軍袍澤斷一日之糧，聊以此自慰。又乘後方輜重海黃輪過滬時，由賴化成先送妻兒居於青島陽信路二十二號，岳父張策三公及三兒安遠，仍留京寓，光遠靜遠兩兒即分別進入教會小學及幼稚園，是年七月，軍繼續西進，連克益都、淄川、博山、臨淄、壽光、昌邑、掖縣，余隨軍前進，駐於虎頭岩、時永翔、永續等艦，在渤海灣協助作戰，余以補給要務，洽乘永翔艦往青島，在日落黃昏時，携帶衛士唐芳一人僱一舢出海，當時天朗氣清，風平浪靜，未幾，突然狂風怒號，波濤萬頃，進退不得，在狂風怒濤駭浪中，飄流達八小時之久，而駕舢板者，又爲久留共區之人，忠奸草辨，心中雖極恐懼，亦莫可如何，惟有默祝上蒼，佑我平安登上永翔艦，延至深夜二時許，始行攀登艦上，這條生命，險些沉於渤海，驚魂未定，久久無法平靜，經由朱艦長力勸進食牛奶水菓後，才安然入睡，所謂死生有命，於茲益信，越二日抵青，與家人相見，恍如隔世，李彌將軍待人甚厚，臨陣則不稍寬假，賞罰嚴明，部屬無不信服，行軍之際，其所穿加克口袋中，經常盛花生板栗，有時余與他乘馬相近時，問我要不要吃，當然答以要吃，爲接應方便，我以軍帽去接，而他笑曰，您雄心萬丈，要得太多，余則曰是取其方便，並非要多也，乃相與一笑，於此可見李將軍胸懷豁達，待人之誠耳，晚間宿營，常囑我與其共居一處，在警衛方面，當較安全，還可與之共餐，不必另行開伙，惟曾有一次，深夜發生情況，指揮所和某部電話中斷，飭通訊營長樓鯨中校，趕速派兵查線接通，經過二三小時，仍未接通，李將軍在電話中厲聲責罵樓鯨營長，說您才是飯桶，我才不是飯桶，僅這兩句話，竟罵了一小時之久，弄得我也無法入睡，爾後行軍宿營，總想和軍長避免同住一起，樓鯨營長爲貴州人，嗣于除蚌會戰時，晉升團長，因固守陣地不力，爲李將軍下令就地槍決，我追隨李將軍五年，槍斃部屬還是首次，李將軍每天睡眠時間甚晚，恒在深夜以電話召我前往共同策劃補給諸務，經常談到凌晨一二時，方行回處就寢，膠東地形複雜，民風强悍，抗戰軍興，地方豪俊，以保衞鄉土相號召，揭竿而起，聚衆成旅，各自爲政，其中固不乏愛國之士，大都戰力薄弱，軍紀廢弛，而共黨在農村中潛滋暗長，一面以欺騙手段，引誘人民入其陷阱，一面對游擊部隊，實行分化，進而蠶食鯨吞，以是日益坐大，迄三十五年春，裹脅人數在十萬人以上，李彌將軍面臨此一複雜情勢，殫精竭慮，日夜籌維，號召忠貞之士，策反來歸，並擴編部隊，成立獨立旅團，收容來歸者日衆，而中樞未明李將軍當時處境，以有限之固定數量，應付突增之人員，補給至感棘手，而余盡其全力，分配被服糧秣給予地方團隊，以壯聲威，余負統籌全盤補給任務，不能不仰體李將軍意願，以公款公用，公物公用之原則，盡其全力，以滿足其願望。於是軍民合作，聲望日隆，軍以西征之銳，先聲奪人，終在濰縣創成小康之局軍行所至，共軍望而逃竄，共黨印專書，指李軍爲頑敵，並刊印我之畫像，欲行活捉，對我軍作戰，宜如何審愼，而李將軍任事之勇，宅心之仁，謀國之忠，不避嫌咎，貫徹始終，官兵感奮，誓死圖報，此爲余獻身軍旅以來，最敬佩之長官之一，七十一軍軍長鍾彬將軍，亦有儒將風，惜其師長某，爲人跋扈，在進攻龍陵日軍時，當血戰方殷之際，竟在樓梅山前方指揮所，肆意謾罵，以其由陣地補兵數百名，分配各團，要求補給未遂，因在前方陣地何來新兵，故余堅持不能給予糧餉，其屬下之團長，也對我申訴，不宜接受補兵之事，因有多少兵，就要打多少仗，明明無中生有，而鍾將軍一言不發，其容忍之度，殊屬難能可貴，而余身任補給重責，亦不能任意支付國家財物，因此和某師長弄得頗爲不快，惜鍾將軍後任某兵團司令時，在川黔邊區被俘，至今生死未卜，而某師長三十五年在滬駐防，余經滬囘魯時，還在麗都花園盛晏欵余，不念舊惡，深感袍澤厚誼，三十九年在港亦曾兩度過從，今聞已在港病歸道山，故人寥落，言之悵惘！三十六年夏，國軍大舉進攻沂蒙山區共軍，期收犂庭掃穴之功，共軍採用內線作戰，企圖各個擊破我軍，七月中，乘國軍兵力分離之際，以强大兵力圍攻胡璉兵團於南麻，激戰多日，極峰及國防部函電交加，催我八軍輕裝急進，鑽隙馳援，軍以破釜沉舟之決心，僅留置最小部隊，保衞昌濰，集中全部可用兵力六個團，除彈藥外，行李輜重，一律不顧，兼程前進，七月二十五日攻佔臨朐，得悉南麻之共軍，已棄圍東竄，上令截擊，是夜共酋羅桓榮率六個縱隊，以迅雷不及掩耳之勢，直薄臨朐，四面環攻，激戰於焉展開，城垣多處，屢被擊破，官兵奮勇，逐屋格鬥，寸土必爭，余亦身陷賊圍，七晝八夜，臨難不死，轉危爲安，此役斃匪兩萬餘人，我官兵傷亡者，亦有三千餘人，入死出生僅一髮間耳。九月揮軍西進，次第收復龍口、蓬萊、黃縣，接防烟台，當時余自用吉普，留在青島，致在龍口未隨軍行動，原欲等候招商局之補給船到龍口時，再去烟台，豈意李將軍於接防烟台之日，數次以無線電話催余無論坐何船隻趕往烟台，迨副官處找獲機帆船一艘，已將行李等件，由衞士唐芳共搬入船內，定時啓碇，因余事無鉅細，必須親自觀察，甫至碼頭，即見棉花、小麥、龍口粉絲，裝滿一船，這些東西皆係部隊中發洋財而來的，余因而氣憤，飭衞士迅將余之行李搬回，並囑軍需劉學精黃萼樓兩君先行，余則另覓船前往，豈意該船竟爲共軍刼往大連，抑已沉於海底，終無消息，此又爲一次未死於渤海，或刼往共區遭受淩辱，而劉黃兩君皆新婚未久，終無歸來之望，有爲青年生死未卜，使余心緒難安，至今尤系念不忘，船中尙有副官處副處長廖彩衡兄，爲吾贛萍鄉人氏，迨後軍長又多次來無線電話，以部隊奉上令擴編，囑我趕速找船去烟，商談軍需人事安排，乃另覓一小舟，在狂風巨浪中，行走一夜，甫到烟台，以感受風寒，竟臥病月餘，由軍醫處長黃乃蘇兄精心療治始愈，大難未死，大病一場，總算上蒼佑我，原蒙先德，獲保殘生，是年仲冬，爲余四十生日，吾妻率領諸兒乘永翔艦自青島來烟台，蒙朱艦長將其寢室空出，給妻兒居住，故人情重，沒齒難忘，來台以後，屢欲找朱君，總無音訊，永翔艦下落如何，亦無由打聽，世變滄桑，引爲憾事。三十七年三月，軍再度擴編，以整八軍改編爲十三兵團，其編組爲第八軍，轄四十二師及第三師，第九軍轄四十三師及一六六師，第三十九軍轄一三師及一四七師，合支援部隊爲十餘萬人，第八軍由司令李彌將軍兼領，第九軍爲黃淑將軍，第三十九軍爲王伯勳將軍，師長以下不錄，余則由兵團部、預算、財務、經理三組，合編爲經理處，任我爲處長，仍兼第八軍軍需處長，另保邑人熊劍鳴兄爲八軍增設副處長代行處長職務，而我則追隨李彌將軍在兵團部主持經理業務，軍自烟台移駐蚌埠，編組完成，八九兩軍即投入徐蚌中原會戰，三十九軍則甫自錦西回師，留滬待命，憶駐蚌埠時，仲秋之夜，軍醫處長黃乃蘇兄酒醉發瘋，在李將軍面前大發牢騷，邀我同爭兵團部少將特業參謀之缺，我一笑而已，並未發言，因我一生對高官厚祿，素不强求，進退付諸命運，况出身微賤，才力有限，全靠忠誠自勉，得佔一席，已覺心滿意足，而李彌將軍聽黃言後，不但面無厲色，反而温言安慰，謂將來定有機會，希稍安毋燥，儒將之度，待部屬之誠，於此可以概見，由十三兵團蚌埠移駐徐州，在大會戰前夕，李彌將軍建議，李延年兵團，宜固守海州，不宜西移，以致黃百韜兵團受其影响，李黃兩部過不老河後，已極度混亂，而馮治安所屬之張克俠軍，又在棗莊投共，終至全軍盡墨，李彌將軍以其機智敏捷，智勇雙全，突出重圍，虎口餘生，顧念昔日袍澤，造次流離，而余則因會戰前夕，以洽轉重要補給任務，進京請示，陸空交通中斷，未在包圍圈中，當度天寒地凍之苦難，雖云幸運，但同甘共苦，共患難之誼，未嘗不耿耿於懷，但共時留京官兵眷屬數千人，生活無着，經我多次晉謁國防部次長林蔚將軍及郭聯勤總司令，列册點名，始獲補給，而留守官兵紛紛責難，尤以政工人員爲甚，弄得心力交瘁，無理謾罵，並在救國日報全版登載，而中央則以爲軍在前方作戰，爲何留有數千人在京，故遷延不予補給，余于氣憤之餘，並在辦理補給手續完成後，急電李彌司令官告假養病，奉復以軍爲重，病痊應早日回京，返抵南昌家中甫三日，而徐蚌之戰，完全崩潰，接三十九軍軍長王伯勳兄急電促回上海，收拾殘局，誰知李彌將軍突圍後，先我一日到達滬寓，時總統蔣公下野，居於溪口，李彌將軍到滬，喘息未定，即在溪口召見，令飭收容舊部，重練新軍，被任爲第十三編練司令官之職，繼改爲第六編練司令官，在滬編組成立，任余爲第三處長，下轄預算、財務、經理、軍械、衛生五科，並任前八軍軍醫處長蘇兄爲少將副處長，當時因李彌將軍身陷重圍中，我在京受盡困窘逼迫，體力大不如前，乃向李將軍固辭新命，而未被其接納，祇好勉承艱鉅，時中樞危急，補給機構，疏散各地，洽辦補給諸務，日夜奔馳，金錢、糧秣、被服、武器械彈，衛生器材等等，無一不發生困難，上下互推，終難滿足部隊要求，形成破落戶，而全軍初飭向潮汕移動，繼改自滬經湘黔入滇，而黔主席谷正倫又不知爲何，突阻我軍進入黔疆，後由中央協調，改由四川瀘縣經湘西至晃縣，再經黔西畢節進入滇省之宣威，進駐霑益、曲靖，一波三折，可能加速共軍赤化西南行動，大勢早去，夫復何言。當部隊經湖南芷江時，力向中央領得銀元數萬，專機空運芷江，以爲軍行數月，官兵每人可分得一份餉銀，孰知李將軍在渝，余在筑，由某副軍長把持，竟掃數購買棉紗運筑圖利，究竟爲公抑爲私，既未事前向李將軍報告，又未明以告我，迨棉紗被貴州綏署檢查站扣留後，始以李將軍名義電我前往交涉，當時我亦極爲氣憤，終因此而專程自筑赴渝，面向李將軍堅辭補給處長一職，在渝勾留多日，始蒙允准，調爲辦公廳少將主任，奉李將軍命趕回貴陽，向綏署交涉領回被扣棉紗，由我接收在筑拍賣，幸綏署參謀長爲前十一集團軍總部副參謀車蕃如兄，賴車兄鼎力爲助，順利領回棉紗，未少絲毫。

（未完待續）

西廂記之研究

—張永明—

一、作者問題

西廂記，即北曲西廂雜劇。關於作者問題，自明清以來，雖有數說，却是大同小異。惟近數年前，蔡丹冶先生在報章發表「西廂記作者是誰」一文，謂「原著作者是誰？至今猶無定論，仍爲文學史上的疑案。向以王實甫作西廂記，關漢卿作續西廂之說最爲流行。此說源自清人梁廷相曲話。他說：『西廂作自元人，董解元（即董君璋）作絃索西廂，王實甫作西廂記，關漢卿作續西廂。』但根據若干文獻、遺跡，與西廂記故事互相印證，則此說值得懷疑之處甚多。故有人認爲西廂是元代大曲家關漢卿所作。由其門生董君璋續成」等語。其提出四點理由，可駁之處甚微，特爲摘錄如下：

一、根據河北省安國縣志載：「漢卿元初伍仁村人，高才博學而艱於遇。因取會眞記作西廂以寄憤。稿未完而死。棺中每作啼哭聲。狀元董君璋往弔，異之，乃檢視遺稿，得西廂記十六齣，曰所以哭者此耳，吾爲子續作之。携去而哭聲遂息。後爲續四齣而行世。」此雖神話，則可爲西廂記爲關漢卿作之力證。董君璋是元至治辛酉科狀元。他是關的同鄉，又是門生，前往祭弔，取閱老師遺稿，並爲續成，合情合理。

二、近人有曾到過關漢卿的故鄉實地研究查證，查得他的家宅是在伍仁村之西，村裡有興雲寺，遺址仍依稀可辨。而西廂記中之普救寺，據說即爲伍仁村中興雲寺的古名。

三、元人小曲掛眞兒：「一家兒埋怨着這一本西廂記，恨只恨關漢卿狼心的賊，將沒做有編成戲。張生乃是讀書客，紅娘怎敢亂傳書，奴是崔相國家鶯鶯也，怎敢辱沒先君的體。」此雖小曲，內容不必處處求眞。但曲中直指關漢卿作西廂記，且係譴責之詞，衡之常理，如果西廂記不是關作，同時代作家沒有指名責斥的道理。

四、從西廂記中的地名研究，同樣可獲得關漢卿作西廂的證明。如「可正是人值殘春蒲郡東」，蒲郡即安國縣宋時之稱。又如「盼不到博陵舊塚，血淚洒杜鵑紅。」博陵即安平縣古名。據說關氏最後一次考試失敗，主考官崔某，是安平人，崔氏歷代居官，西廂記中稱博陵崔氏，顯然影射沒有賞識關氏的主考官崔某。

如上蔡先生之說，似覺新奇，惟恐使衆人疑惑，故不可不辨：蔡先生所謂文獻，只有河北省安國縣志一小段神話與元人小曲掛眞兒。所謂遺跡，不過引用一二地名與西廂記曲中之辭句來牽强附會而已。又誤認絃索西廂作者董解元，爲元代至治辛酉科狀元董君璋。據陶宗儀輟耕錄明謂董解元爲金章宗時人。決不能與王實甫、關漢卿輩相及。竟然喧賓奪主，以關漢卿代替作西廂記之主角王實甫。而以董君瑋補關漢卿之配角，眞是捉影捕風，顛倒錯亂矣。

蔡先生又謂「王實甫作西廂，關漢卿作續西廂之說，源自清人梁廷相曲話。」不知明人王世貞及清代乾隆時王文暘皆有此說，又皆在梁廷枏以前之人。可見其只翻閱辭源之外，並未看其他有關西廂記之典籍。（因其所引述，全係辭源所載「西廂記」一條之語）即「曲話」一書，或未見原本，因萬有文庫所收及其他書局翻版「曲話」，作者皆爲梁廷枏，而非梁廷相。辭源以「枏」誤作「相」，蔡先生亦隨之誤矣。總之蔡先生未從大處着眼，多方觀察；祇憑區區之安國縣志，與小曲掛眞兒，而推翻前人定案，實有欠妥當。

西廂記中之蒲郡實爲今山西之永濟縣，於北周時置郡。唐時稱河中府。明清改蒲州府。蔡先生謂「蒲郡爲安國縣宋時之舊稱」，實爲不合。蓋安國縣，在宋時稱爲蒲陰，屬祁州治，非蒲郡也。據大清一統志：「永濟縣東五里有普救寺，唐釋道積修建，高爽華博，東臨郡治，南望河山，像設三層，岩廊四合。明初併廣儀、旌勛、藏海、乾明四寺入焉。」蔡先生謂「安國縣伍仁村之西有興雲寺，即西廂記中之普救寺。」更是扯不上。至於元人小曲掛眞兒，乃市井流俗之人所唱，尚不如稗官野史之可採。更何足引爲文章之典實耶？又西廂第一卷第一折曲中所云「盼不到博陵舊塚」，蔡先生以「博陵崔氏，影射沒有賞識關氏（漢卿）的主考官崔某」云云，亦屬臆斷。因漢魏六朝至唐以來，崔氏爲博陵望族（如東漢崔駰、崔瑗，三國時崔鈞、崔州平，唐之崔玄暐、崔弘禮、崔琯、崔護，皆博陵人）故凡崔姓之人多以博陵擬之。其實崔鶯鶯與張生（即元稹之化身）皆河南人，且爲中表之親，據宋王銍考證，確鑿如此。

北曲西廂雜劇，爲元人王實甫所作。（結尾一小部份係關漢卿續成）早已成爲定案。蓋據太和正音譜之記載如此。現代曲學專家盧元駿教授重印太和正音譜序云：「太和正音譜，爲明太祖第十六子寧獻王朱權之所作也。權號臞仙，涵虛子、丹丘先生均其別署。此譜盛傳後世，爲研究元明北曲之要籍。著錄元明羣英所編雜劇目，至爲完備。誠爲現存最古之北曲譜。」又聞曲學專家汪經昌教授爲言：「太和正音譜之認定西廂記爲王實甫所作，確有根據，當年寧獻王曾遣人訪察王實甫後嗣，得王氏家譜，有記述實甫作西廂事蹟。並睹其西廂遺稿。非道聽塗說之類也。」考王實甫爲元代至元間人，（至元爲元末順帝年號）至明初寧獻王時，僅數十年，時代之相去若此其未遠，故寧獻王所採資料，宜可徵信。今再引各家之說加以證之：

據元至順間鍾嗣成錄鬼簿，謂「前輩名公才人，有所編傳奇行世者，五十六人。」所舉「王實甫，有西廂記等十三種，附嬌紅怨一種。」惟關漢卿之哭香囊等六十六本中，却無西廂記。

又據明正德間都穆南濠詩話云：「北詞以西廂記爲首，俗傳作於關漢卿，王實甫足之。予閱錄鬼簿，乃王實甫作，非漢卿也。實甫元大都人，所編傳奇，有芙蓉亭、雙蕖怨等與西廂記凡十種，惟西廂盛行於時。」

又據明嘉靖間王世貞曲藻，對西廂作者，亦嘗著論辨之云：「西廂記有傳爲關漢卿撰，邇來乃有以爲王實甫者，謂郵亭夢而止。又云至碧雲天，黃花地而止。此後乃漢卿所補也。初以爲好事者相傳之妄。及閱太和正音譜，王實甫十三本以西廂爲首。關漢卿六十一本，不載西廂，則可據。」

又據明萬曆間臧晉叔元曲選卷首元曲論，謂「元羣英所撰雜劇共五百四十九本。」所舉「王實甫十三種，共二十二本。」內有西廂記五本。關漢卿六十二本中，未載西廂記。

又據清聖祖敕撰古今圖書集成文學典第二百四十八卷，嘯餘譜載：「羣英所編雜劇共五百六十六本。曲五百三十五本。王實甫十三本，以西廂記爲首。」關漢卿六十一本，亦未載西廂記。

又據清人梁廷枬藤花曲話云：「王實甫撰西廂，見太和正音譜。王弇州曲藻謂實甫原本至碧雲天，黃花地而止。後所續爲關漢卿筆。世謂止於草橋驚夢者非也。余按漢卿所撰曲多至六十餘本，其目不載西廂，且續本多鄙陋不倫之句，尤可疑也。」

又據清末王國維宋元戲曲考，謂「今日確存元雜劇，而爲吾輩所能見者，實得一百十六種。王實甫二本中有西廂記一本，麗春堂一本，關漢卿十三本中有西廂記第五劇。」

又據近人傳大興元雜劇考云：「王德信字實甫，大都人，生平事蹟不可考，其雜劇作品，現流傳於世者二種，尤以西廂記一劇爲代表作。此劇凡五本。每本四折，共二十折，純爲北曲。此劇作者，明清以來傳說不一，然前四本，出王德信手，殆無疑義。至於第五本作者問題，今從明人王世貞藝苑卮言及起鳳館、香雪居、彙錦堂諸明刻本署題，姑認爲關漢卿續作：……。」

又據廣文書局近年翻版之中國文學史云：「王實甫與關漢卿同時，以西廂記一劇享盛名。相傳西廂記爲王作而關續成。或者爲關作而王續成。其實西廂記，本緣董解元之諸宮調。或者二人同有此作亦未可知。不過現存西廂記文字，似與王實甫相近。因王的作品近於詩，關的作品近於劇。西廂記正是近於前者。」

綜觀上述各書及考證，皆謂西廂記爲王實甫所作或關漢卿續成，大致相同。却未閱董君瑋續成之說。余曾檢閱現存之明弘治十一年金臺之岳家刻本（世界書局影印）其卷首題署爲「元王德信撰」。又明萬曆間余瀘東校香山堂刻本，謂「元本題評音釋西廂記，第五本傳爲關漢卿續。」又清康熙五十四年豐溪呂氏刻本（文光圖書公司影印）卷首金聖嘆讀西廂記法有一則云：「想來姓王字實甫此人，安能造西廂記，他只是平心歛氣向天下人心裡偷取出來。」又同刻本有金聖嘆眉批云：「續編是關漢卿撰，蓋亦祖董解元原本也。」由此西廂記作者問題，可獲定論。蔡先生所謂「西廂記原著作者是誰，至今猶無定論，仍爲文學史上的疑案。」殊屬不解。

二、本書之內容發凡

西廂記雖屬一種傳奇，而內容所述，確有其人與實情實事存焉。非其他虛構空中樓閣一類之傳奇小說可比。且以曠代逸才，詞林高手之筆出之，故能使後來讀者感念之深，欣慕之甚。書中之人爲誰，張生（君瑞）、崔鶯鶯是也。張生即元稹之化名，昔人言之已詳，不必贅述。王實甫根據元稹會眞記張生與鶯鶯之戀愛故事，加以探賾索隱，推陳出新，演繹而成北曲西廂。其書明刻本分四卷，每卷四折，第一卷，焚香抹月。題目正名：老夫人開春院，崔鶯鶯燒夜香，俏紅娘傳好事，張君瑞鬧道場。第二卷，冰絃寫恨。題目正名：張君瑞破賊計，莽和尚生殺心，小紅娘晝請客，崔鶯鶯夜聽琴。第三卷，詩句傳情。題目正名：老夫人命醫士，崔鶯鶯寫情詩，小紅娘問湯藥，張君瑞害相思。第四卷，雲雨幽會。題目正名：小紅娘成好事，老夫人問由情，短長亭斟別酒，草橋店夢鶯鶯。又清人金聖嘆校改本，亦分四卷，每卷四章：一之一驚艷，一之二借廂，一之三酹韻，一之四鬧齋。二之一寺警，二之二請宴，二之三賴婚，二之四琴心。三之一前候，三之二鬧簡，三之三賴簡，三之四後候。四之一酹簡，四之二拷艷，四之三哭宴，四之四驚夢。共十六章。二種刻本段落相同，其內容事迹，多合會眞記。全書精華盡在其中。西廂記於是告一結束，至爲妥適。

惟王作西廂，相傳止於驚夢一章。而有人則謂「至碧雲天，黃花地，西風緊，北雁南飛……構思甚苦，思竭仆地遂死。」接碧雲天，黃花地，爲四之三「哭宴」一章中之句。由此以觀，連「哭宴」以下之「驚夢」一章，亦他人足成也。以愚所見：王作西廂以止於「驚夢」一章爲是。因碧雲天以下各首詞句，清麗委婉，較之前十四章，毫無遜色，且如出一人之手筆。茲舉哭宴、驚夢兩章之最後數首爲例：如「淋漓襟袖啼紅淚，比司馬青衫更濕。伯勞東去，燕西飛，未登程先問歸期。雖然眼底人千里，且盡生前酒一盃。未飲心先醉，眼中流血，心內成灰。」又如「到京師服水土，趁程途，節飲食，順時自保千金體。荒村雨露宜眠早，野店風霜要起遲。鞍馬秋風裡，最難調護，最要扶持。」又如「憂愁訴與誰，相思只自知。老天不管人憔悴。淚添九曲黃河溢，恨壓三峯華嶽低。到晚來悶把西樓倚，看那夕陽古道，衰柳長堤。」又如「四圍山色中，一鞭殘照裡。遍人間煩惱塡胸臆，量這些大小車兒，如何載得起。」又如「想人生最苦是離別，可憐千里關山，獨自跋涉。似這般掛腸牽肚，倒不如義斷恩絕。這一番花殘月缺，怕便是瓶墜簪折。你不戀豪傑，不羡驕奢，祗要生則同衾，死則同穴。」又如「綠依依牆高柳半遮，靜悄悄門掩清秋夜。疏剌剌林梢落葉風，慘離離雲際穿窗月。顫巍巍竹影走龍蛇，虛飄飄莊生夢蝶。絮叨叨促織兒無休歇，韻悠悠砧聲兒不斷絕。痛煞煞傷別。急煎煎好夢兒應難捨，冷清清咨嗟，嬌滴滴玉人兒何處也。」

請將以上數首與西廂記前十四章之各首，比照讀之，即知其故。惟前十四章之辭句繁多，不能一一舉出。余今獨摘其較警策者：如「向詩書經傳，蠹魚似不出費鑽研。將棘圍守暖，鐵硯磨穿。投至得雲路鵬程九萬里，先受了雪窗螢火十餘年。才高難入俗人機，時乖不遂男兒願。空雕蟲篆刻，綴斷簡殘篇。」又如「玉宇無塵，銀河瀉影，月色橫空，花陰滿庭。羅袂生寒，芳心自警。側着耳朵兒聽，躡着脚步兒行。悄悄冥冥，潛潛等等。等我那齊齊整整，嫋嫋婷婷，姐姐鶯鶯。」又如「我只道玉天仙離碧霄，原來是可意種來清醮。我是箇多愁多病身，怎當他傾國傾城貌。你看檀口點櫻桃。粉鼻倚瓊瑤。淡白梨花面，輕盈楊柳腰。妖嬈滿面兒堆着俏，苗條一團兒眞是嬌。」又如「人間玉容，深鎖綉幃中，是怕人搬弄。想嫦娥西沒東生有誰共，怨天公裴航不作遊仙夢。勞你羅幃數重，愁他心動，圍在廣寒宮。」又如「憔悴潘郎鬢有絲，杜韋娘不似舊時，帶圍寬過了瘦腰肢。一箇睡昏昏不待觀經史。一箇意懸懸懶去拈針黹，一箇絲桐上調弄出離恨譜，一箇花牋上並刪抹成斷腸詩。一個筆下寫幽情，一箇絃上傳心事，兩下裡都一樣害相思。」又如「他眉是遠山浮翠，眼是秋水無塵。膚若凝酥，腰如弱柳。俊的是龐兒，俏的是心。體態溫柔性格兒沈。雖不會法灸神鍼，猶勝這救苦難觀世音。」又如「成就了今宵歡愛，魂飛在九霄雲外。投至得見你多情小奶奶，憔悴形骸，瘦似麻稭。今夜和諧，猶是疑猜。露滴香埃，風靜閑堦，月射書齋。雲鎖陽臺。我審視明白，難道是昨夜夢中來。」又如「多手韵，忒稔色，乍時相見教人害，霎時不見教人怪，些時得見教人愛。今宵同會碧紗櫥，何時重解香羅帶。」

更有明人王世貞曲藻一書所擷西廂記前十四章之曲中佳句，幷錄於此，俾作讀者參考：「北曲故當以西廂壓卷。如曲中語：雪浪拍長空，天際秋雲捲，竹索纜浮橋，水上蒼龍偃。滋河陽千種花，潤梁園萬頃田。東風搖曳垂楊線，游絲牽惹桃花片，珠簾掩映芙蓉面。法鼓金鐸，二月春雷響殿角，鐘聲佛號，半天風雨灑松梢。不近喧嘩，嫩綠池塘藏睡鴨，自然幽雅，淡黃楊柳帶栖鴉。是駢儷中景語。手掌兒裡奇擎，心坎兒裡溫存，眼皮兒上供養，哭聲兒似鶯囀喬林，淚珠兒似露滴花梢。繫春心，情短柳絲長，隔花陰，人遠天涯近。香消了六朝金粉，瘦減了三楚精神。玉容寂寞梨花朵，胭脂淺淡櫻桃顆。是駢儷中情語。他做了影兒裡情郎，我做了畫兒裡愛寵。拄着拐，幫閑鑽懶，縫合唇，送暖偸寒。昨夜箇熱臉兒對面搶白，今日箇冷句兒將人厮侵。半推半就，又驚又愛。是駢儷中諢語。只此數條，他傳奇不能及。」

由以上余所舉前十四章及王世貞擷出之曲中語，再以十五六「哭宴」、「驚夢」兩章之各首，同時省覽，可知王作西廂，曲中辭句，喜用駢儷，喜用叠字叠韻，是其特徵。所謂「王的作品近於詩，關的作品近於劇」是也。

至於關漢卿續作第五卷，天賜團圓，其中捷報，猜寄，爭艷，荣歸四齣。詞句鄙俚，意義淺近，隨手雜湊，敷衍成篇。且不合張崔當日事實。可謂畫蛇添足，狗尾續貂矣。故明人徐復祚三家村老委談云：「西廂記後四齣，定爲關漢卿所補，其筆力迥出二手。且雜語，俗語，措大語，白撰語，層見叠出，至於馬戶尸巾云云，則眞馬戶尸巾矣。且西廂之妙，正在草橋一夢，似假疑眞，乍離仍合，情盡而意無窮。何必金榜題名，洞房花燭，而後愉快也。丹丘先生評漢卿曰：觀其詞語，乃在可上可下之間，蓋所以取者，初爲雜劇之始，故卓以前列。則王、關之聲價，在當時已有低昂。」又金聖嘆批曰：「此續西廂之篇，不知出何人之手，聖嘆本不欲更錄，特恐海邊逐臭之夫，不忘羶鄉，猶混絃管。因與明白指出，且使天下後世學者睹之，而益悟前十六篇之獨天仙化人，永非螺獅蚌蛤之所得而暫近者也。我不知續作者，其未落筆前，如何發想欲續此四篇？我又不知其脫稿後，如何放胆，便敢舉以示人？我又不知當時是有人喪心病狂，大讚譽之，因而遂娛之……」

三、本書之男女主角

關於西廂記之男女主角——張生（即元稹）、鶯鶯。以現代一般人之觀感，大致畧同：如鶯鶯之驚才絕艷，遇人不淑，而被遺棄，表示同情與惋惜。如元稹品性之凉薄，行徑之勢利，表示厭惡，甚至於醜詆。茲畧舉一二，以概其餘：

彭國棟教授所著藝文掌故續談（四十七年台灣正中書局出版）有「元微之與崔鶯鶯」一文，繁徵博引，長達萬言。特爲節錄要義於此：「元微之作會眞記，嫁名張生，而實爲自身之寫照。唐韋穀才調集所載微之諸艷詩，亦皆爲鶯鶯而作。元氏長慶集多不載艷詩，幸有才調集在，後人得見其艷情。而鶯鶯之遇人不淑，與微之之薄倖，亦於書中見其概焉。諸詩中或嵌鶯字，或稱雙文，雙文即二鶯字也。會眞詩叙其與鶯鶯幽會情景，言之歷歷，栩栩如生。微之爲身歷其境者，自能繪影繪聲。其夢遊春七十韻，前段寫崔鶯鶯，後段寫韋蕙叢。而微之薄倖與勢利，亦可於詩中見之。微之之亂鶯鶯爲好色，而棄之則爲崔氏門祚已衰，寡婦孤兒，無可攀援。蕙叢爲韋僕射之季女，時方貴盛。即詩中所謂「韋門正全盛，出入多歡裕」也。棄崔而娶韋，正小人勢利之行徑，固無所謂愛憎於其間。且微之以二十二歲亂崔，二十四歲娶韋，其間非有形格勢禁，不能娶崔之處。則爲存心遺棄無疑。微之一生以勢利得官，固不獨於鶯鶯爲然也。其夢遊春七十韻，不外文過飾非，暴露鶯鶯之邪行於世。世間未有淫人妻女，而嫁其名於他人，自身能得善果者。微之絕祀，固無論矣。即其死後卜葬之夕，爲火所焚，以煨燼之餘瘞之，亦可謂天施報應。其古決絕詞三首，玩此詞語意，則元之棄崔，蓋疑其別後或爲他人所有，如云「矧桃李之當春，競衆人而攀折，我自顧悠悠而若雲，又安能保君皚皚之如雪。幸他人之旣不我先，又安能使他人之終不我奪。已焉哉，織女別黃姑。一年一度暫相見，彼此隔河何事無。」正一片小人之心顯然爲遺棄之又一因素。」

林語堂博士，五十四年間，在中央日報副刊發表「元稹的酸腐」一文，其大意畧曰：「西廂記的事，大家知道本於元稹的會眞記。是記元稹身歷之事。經宋王銍指出，張生即元稹，其所作續會眞詩三十韻，古決絕詞，夢遊春詞等等，皆與會眞記所言，若合符節。這是古今人考據確鑿無疑的結論。西廂待月，是中國文學第一艷事艷文。所以無人不知。……會眞記中張生自辯之辭，腐氣觸鼻，酸味冲天。古人男女不平等，讀之若無其事，茫然不覺爲怪。只有金聖嘆西廂記眉批，斥之曰：『爾自薄倖，忍爲此腐語耶？』因爲張生旣與鶯鶯山盟海誓，相悅定情，而張生棄之，竟謂『大凡天之所命，尤物也，不妖其身，必妖於人。予之德不足勝妖孽，是用忍情。』其後又謂『時人多許張爲善補過者。』大凡男人變節，女子改志，是常有的事，始亂終棄好了，不必罵情人爲妖孽。也不必補過。內心有疚，不提罷了。張生這種悖德忘恩者之所爲，若以此等文字譯爲英文，稱鶯鶯爲 Siron 爲 Yamkirc 讀者必却而反走。西廂記止於『驚夢』，即因此等醜語，決無法上台，一上台必爲觀衆唾罵，離座而去。其次鶯鶯私札，文字自可媲美左史莊騷。金聖嘆眉批，至謂『女子才華古今推李清照，崔氏此札，有過之無不及。』的是確論。但以現代倫理而論，元稹不應將此札示人。更不可發閨房女子之私。元稹逢人便說，其人品不高可見。自謂『張生發其書於所知，由是時人聞知。』元稹所行，爲登徒子，爲薄倖郎，爲輕薄兒。與長安尋花問柳少年所行無異。在英文爲『一隻狗，一個屁，一名跖。』再其次，更不堪的，他的古決絕詞，疑鶯鶯之不貞，竟謂『矧桃李之當春，競衆人之攀折。我自顧悠悠而若雲，又安能保君皚皚之如雪。感破鏡之分明，睹淚痕之餘血。幸他人之不我先，又安能使他人之不我奪。』辱沒情人，無有如此之毒者。」

上文二篇，皆以元稹對鶯鶯之負信背義，始亂終棄之行爲痛加貶抑，實屬大快人心。窃嘗平情論之：元稹始以千方百計，引誘鶯鶯而成奸。竟以弱女之可欺，忽又棄之而娶韋。謂「予之德不足勝妖孽，是用忍情。」後官成都，媚一妓薛濤。及歸，寄以詩曰：「錦江滑膩蛾眉秀，化出文君與薛濤。言語巧偷鸚鵡舌，文章分得鳳凰毛。紛紛詞客皆停筆，箇箇君侯欲夢刀。別後相思隔烟水，菖蒲花發五雲高。」其傾倒之誠可知。洎廉訪浙東，方擬馳使往蜀取濤，乃有歌妓劉采春自淮甸來，聲色俱佳，非濤可比。元則忘薛濤，而迷戀采春。故贈采春詩曰：「新妝巧樣畫雙蛾，幔裡恒州透額羅。正面偷輪光滑笏，緩行輕踏皺紋靴。言詞雅措風流足，舉止低迴秀媚多。更有惱人腸斷處，選詞能唱望夫歌。」觀其前後意志言行，反覆狡獪如此。何異朝秦暮楚，獵艷偷香之輕薄小人。正是明人何孟春所謂「詩名不足美其人」也。至於鶯鶯負詠絮之才華，兼羞花之容貌，妙解音律，尤工詩文。金聖嘆以比李清照有過之無不及。可爲崔氏千載知音。不幸所遇非人，忍辱銜恨以終。其所作報元稹一箋，哀音怨詞，纏綿悽楚，讀之不勝「恨望千秋一洒淚」之感。昔人有「紅顏薄命」，「造物忌才」之說，今於崔氏觀之，益足徵信矣。

四、本書之文學價值

論到西廂記之文學價值，可謂高出一切傳奇、小說之上。如寧獻王太和正音譜，評論王實甫所作西廂記等劇曰：「鋪叙委婉，深得騷人之趣，極有佳句。若玉環之出浴華清，綠珠之採蓮洛浦。」而喻其格勢爲「花間美人」。按玉環、綠珠，絕代之美女，於出浴、採蓮之際觀之，曲線畢露，其艷麗尤爲動人。以此形容西廂詞藻之美，已臻極致。故其雍容華貴，千載無匹也。

又如明胡應麟少室山房曲考云：「近時左袒琵琶者，或至品王關上，余以琵琶雖極天工人巧，終是傳奇一家語，當今家喻戶習，故易於動人。異時俗尙懸殊，戲劇一變，後世徒據紙上，以文義摸索之，不幾於齊東、下里乎。西廂既饒本色，然才情逸發，自是盧駱艷歌，温李麗句，恐將來永傳，竟在西廂，不在琵琶。金董解元世幾不聞，而花間草堂，人口膾炙，是其驗也。」

又如明李卓吾有雜說一篇，專評西廂作品，意謂高明琵琶記，蓋以工爲工者有盡，西廂以無工爲工者無窮。其文畧曰：「拜月西廂化工也，琵琶畫工也，畫工雖巧，已落第二義矣。是因語盡而意亦盡，詞竭而味索然亦隨以竭。所以入人之心者不深。其氣力限量，只可達於皮膚之間。西廂乃不知其意者，宇宙之內本有如此可喜之人，如化工之於物，其工巧自不可思議……」

又如清初金聖嘆以西廂記比莊子、離騷、史記、杜詩，並列爲才子書之目。其卷首讀西廂記法第一則曰：「西廂記不同小可，乃是天地妙文，自從有天地，他中間定然有此妙文，不是何人做得出來，是天地直會自己劈空而出。若要說是一個人做出來，聖嘆便說此人即是天地現身。」

又如清末王國維錄曲餘談云：「戲曲之存於今者，以西廂爲最古，亦以西廂爲最富。金則有董解元之絃索西廂，元則有王實甫、關漢卿之北西廂，明則陸天池、李日華均有南西廂，周公望有翻西廂，國朝則查伊璜有續西廂、周果庵有錦西廂。疊床架屋，殊不可解。」按董解元之名字州里，皆無可考。所作絃索西廂，雖在王實甫之前，而傳習者少，亦不爲世人所重視。

又如近代曲學大師吳梅霜厓曲跋云：「余嘗謂張（生）崔（鶯鶯）事，作者至多，要以王（實甫）關（漢卿）爲最。其後有崔時佩、李日華、陸天池之南西廂。卓珂月之新西廂。時佩疾王西廂原文不便於吳騷清唱，因將王詞改作南曲，時人未之知也。同時李日華好塡詞，展轉得崔作，竄易己名，付之管絃，於是人知日華有南西廂，時佩轉湮沒無稱，梁伯龍云崔割王腴，李奪崔席，俱堪齒冷，蓋即指此。天池又以李作爲非，因取張崔傳作之，不襲實甫原文一句，頗自矜許。此皆元明之作也。清則有查伊璜之續西廂。研雪子之翻西廂。碧蕉軒主人之不了緣。盱江韻客之昇仙記。其間有未盡見者，要非妙文也。中惟卓之新西廂，較得體。雖不能與王關爭衡，亦可致蹈襲諸家牙慧。」按自元人王關北西廂風行一世後，明清以來摹仿其體例而續作者之多，可知羣倫嚮慕如此其甚也。

又如近人任中敏曲海揚波引張行小說閒話云：「西廂記一字不苟，而一字不俗。意極褻，而字面却極雅。此其佳處，非傖父所知，此西廂一書，聖嘆之所以不許傖父讀也。」

又如近人顧實教授中國文學史大綱云：「更別出而成本書之西廂，從而刻之批之者，無慮數十人，如徐文長、汪然明、李卓吾、李日華、湯若士、陳眉公、孫月峯、徐士範、王伯良、邱瓊山、唐伯虎、蕭孟昉、董華亭、金庭衡、梁伯龍、焦漪園、邁軸碩人、何元朗、黃嘉惠、劉麗華、李笠翁、尤展成、金聖嘆、毛西河、錢西山、沈君徵諸家，幾於更僕難數。由此觀之，則西廂記爲一代傑作，經歷代才子輩之愛賞也明矣。」

又如近人傅大興元雜劇考云：「西廂記現傳明刻本，計有三十二種。編者未見之明刻本，尚有九種。此劇流傳至清代之明刻本，計三十八種。今人校輯註釋此劇之鉛印本，又有八種。此劇之日本文譯本，亦有五種。」

愚按：從來傳奇小說，刻本之多無以過此。余曾核對明清刻本數種，其內容情節，雖無大差別，而科白、篇目、繪圖、批註、式樣等，各不相同。甚至曲中句子，因金聖嘆竄改數處，明清刻本，亦有互異。故梁廷枏謂「金聖嘆强作解事，取西廂記而割裂之。其以文律曲，每於襯字刪繁就簡，而不知腔拍之不協。」平心論之，竄改處，詞意雖間有妥適之處，而其聲調實不如原句。

由上述各節觀之，西廂記一書，自元時迄今，六百年來，刻本如此之多，風行如此之廣大而久遠。且研究欣賞之人，又如此之盛——或顯宦、或文豪、或經師、或理學，大抵爲明清二代特出人物，而人同此心，心同此理，一致推崇。可謂空前絕後，難能可貴。其價値亦可知矣。

湖南菜與譚厨

·唐魯孫·

有句老話「民以食爲天」，上古時代人們穴居野處，能夠茹毛飲血塡飽肚子，也就算啦。等到有了宮城之美，輶馹之盛，黼黻之舉，飲食割烹之道，當然也跟着水陸雜陳，日新月異，烹飪雖然是餔餟小事，可是却跟一國的文化息息相關。中國在世界上以文明來說，是淵遠流長，博大精深的最古老的國家，所以中國飲饌烹調，也是馳名於全世界的。

聽老一輩傳說，清代食譜，順着河流的繁衍縈迴，可以區分爲三大類派，嶺南派珠江流域，以廣州爲中心，廣州開埠最早舟舶如雲，豪商萃集，對於吃喝玩樂，當然是窮奢極慾。南派長江流域，以揚州爲中心，因爲鹽務衙門設在揚州，引渠食岸各類鹽商，也都以揚州爲集散地，官商仕宦，都是富而多金，交往酬酢，對於飲食自然精益求精，甚且炫奇誇異爭强鬥勝。北派黃河流域，以開封爲中心，因爲河督在清代是有數的肥缺，河督衙門設在開封，冠蓋雲集，酬酢殷繁，大家對於飲食徵逐也就珍錯畢備，令人爲之咋舌了。

湖南菜講究大盤大碗長筷子雙拼桌面，一桌可以坐上十七八個人，雖然因爲風土氣候關係，偏重辣味，可是一般菜肴也都是肥厚濃腴仍然本着長江一帶烹調的本色。湖南菜應當以長江菜做代表，著名飯館有醉白樓、奇珍閣、玉樓東、健樂園、徐長興、馬上侯、薇廬、曲園。另外帥玉、劉洪、彭厨、柳厨也都是個中翹楚。在長沙還是一樣挺特別的，是幾位著名的老饕，大家公認的美食專家，凡是他們小酌大宴，所開的菜單，酒肆菜飯都視同瑰寶把他抄存起來。當時在長沙最叫得響的木客（大木材商）是劉一平，他最擅長點菜，一桌酒席他能配合得濃淡適宜，葷素並陳，時鮮悉備，令人爽口充腸，絕不厭膩，他的菜單一般吃客都像寶貝似的收藏起來，叫做劉單。還有一位蕭石朋先生也是長沙的聞人，三五人小酌，他點幾個菜，那都是淸鮮適口，而且價錢廉宜，所以他的菜大家稱之爲蕭單。長沙吃客有句話是「大宴遵劉」「小酌從蕭」，足證長沙人對劉蕭菜單的推崇傾倒。筆者知好劉孟白，是劉一平的胞侄，在長沙任中國農民銀行經理，我們同學知好一共五人，曾經做過一次長沙平原十日飲，所以對於湖南的名肴名厨，雖不能說全都遍嘗，可也吃了十之八九。可惜當時蕭單劉單都沒抄下來，否則現在如果進到此間的湘館點菜，豈不可以混充湖南大老足唬一氣了嗎。

說到譚厨，其實並不完全是譚組庵先生調教出來的名庖，而是他老太爺譚文勤公的老厨師，調和鼎鼐本已醇孕宏深，不過再由畏公精研入趣，佚出恤蹊而已。譚厨行四叫曹藎臣是長沙人，最初是湖南布政史武進莊賡年的厨師，莊平素對服飾飲食非常講究，曹四受莊的薰陶指點，烹調治饌日新又新。自莊心安去世之後，曹四才到譚府主厨的。譚文勤在廣東多年，口味多少受點粵菜的影響，所以曹厨的菜是淮揚菜的底子，嶺南菜的手法，如果說他做的是湖南菜，還不如說他是集中國菜之精英。而不是囿於那一省那一個地方的，呂蘧生世丈（苾籌）是先伯祖文貞公的門生，當呂任浙江民政廳長的時候到上海來洽公，剛巧江西李木齋也來上海，彼此同僚知好，蘧生先生一方面要約大家聚一聚，同時也含有要把自己厨子顯派一番，呂的厨師曹華臣行九，大家都說曹九，是曹四的兄弟，雖然聲名不及曹四，可也算是響噹噹的名厨。李木老精於飲饌，也是出了名的，曹九知道這一席請的全是赫赫有名的吃客，等閒大意不得，曹四彼時正在杭州，曹九爲了刻意求精，特地把四哥從杭州約來主厨。譚組庵先生是吃魚翅專家，譚厨當然以魚翅做得最拿手啦。廣州是全國最考究吃魚翅的地方，據冠生園老板張澤民說：翅身是按魚的大小、部位，來分好壞，大致可以分爲尾翅、翼翅、（又叫裙翅臀翅）划水翅（又叫勾翅）脊翅，荷包翅幾種。大魚胸脊部份，翅絲特別長，所以又叫排翅。一般人祇知道短而疏的叫散翅，茸而密的叫荷包翅而已。張是名庖兼吃客，因此才能分析的那麼週全。話越扯越遠，咱們還是拉回來談譚廚的魚翅吧。

譚廚的紅燜大裙翅是他的主菜，有人說，畏公一生尊榮富貴，絕不會用不起上品魚翅，而用竹篾做板，夾成排翅，若知道眞正紅燜魚翅雖然是少不了火腿鷄塊鮑魚一類東西助味，可是整盤魚翅，講究滿幫滿底完全是魚翅，不見其他助味的材料，才算珍品，所以什麼火腿鷄塊鮑魚跟魚翅一樣都是竹篾夾起來燒，等到了火候，所有火腿鷄塊鮑魚等等夾出全不上盤。有人說譚府的下飯菜有了火腿鷄塊，那準是畏公大宴賓客了。

譚文勤公宦遊粵南多年，曹廚魚翅做法是以嶺南焗燜爲經淮揚煨燉爲緯，再摻揉譚氏兩代熟爛惟上，助味無雜，無上的心法，因此譚廚的紅燜大裙翅，除了深秋宴客改用蟹粉魚翅外，魚翅端上桌來，祇見針長唇厚，滿滿一盤魚翅，別無雜菜，等魚翅入口，那眞是味厚汁濃，稱得上甘肥膏腴，穠郁淋漓，唇舌膠結，座上賓客，無不交相讚譽，誇爲神品。

大家都知道譚畏公是吃魚翅專家，譚府曹蓋臣是做魚翅大行家，那知曹廚在廣東時候有一個糖心鯉魚更是一絕。當初因爲粵漢路還沒通車，儘多的是魚蛤蝦蟹，等到曹四來到浙江魚米之鄉，於是用譚廚宴客又多了一隻名菜，就是糖心鯉魚，據說鯉魚一定要用土種大鯉魚，去頭尾整塊用文火煨燉，因爲魚肉未用刀划，不經鐵器，火工到家，吃的時候魚肉穠郁柔嫩，如果不說是鯉魚，凡是沒有吃過這道菜的人，誰也不相信溫如羊脂潤如蛋白的是魚肉呢。把魚翅煨爛不算奇，能把鯉魚肉煨成糖心，除譚府曹四外，恐怕還沒有第二份呢。

民國十幾年小四行（大陸鹽業金城中南叫小四行，中中交農叫大四行）在上海開會，大陸銀行的譚丹崖金城銀行的周作民鹽業銀行的岳乾齋都到上海來開會，身爲地主中南銀行的胡筆江自然要好好招待一番，以盡地主之誼。譚周岳在銀行界人稱美食三劍客，現在滙萃一堂，胡筆江祇有情商譚廚曹蓋臣來撐撐場面了。

這一桌酒席，除了紅燜大裙翅，糖心鯉魚，是必備的主菜外，因爲客人都是五旬以上的老人（在當年一過五十就算老人了）所以譚廚特地燒了一隻蟫螯燉鹿筋，蟫螯是一種蛤介類食物，跟台灣的西施舌彷彿，可是鮮美過之，鹿筋對老人健步很有助益，可是微嫌躁熱，蟫螯涼性，兩者相輔相承，就成了溫補的神品，曹四的菜以熟爛黏稱拿手，這道當然是食盡其器，皆大歡喜。岳乾齋生平最愛吃豆腐，每日三餐總有一味豆腐，所以畏公豆腐本來是家常飯菜，那天也上了酒席。據說畏公豆腐雖然是一隻飯菜，可是在豆腐上所下的工夫，並不少於一隻紅燜魚翅。據說豆腐先用吊好的黃豆芽湯先燙，等豆腐生滿了蜂窩眼，再用清鷄湯燉，吃的時候再配料下鍋燒，所以豆腐絕對沒有豆腥味，鷄湯灌注馬蜂眼，炒菜的油，不能摻入，豆腐入口腴潤，柔而不膩。普通菜館雖然也賣畏公豆腐，其功候滋味，那就不能同日而語了。

竹節鷄盅，也是譚廚一道名菜。譚廚所用竹節全是新竹，取其竹茹清香，每節祇有幾粒鷄，三五片竹蓀，湯則澄明瑩澈，醉飽之餘啜飲數口，不但却膩，而且醒酒，可以算是席上逸品了。聽說那一席酒，曹四分文不收，祇求筆江先生把他一位復旦大學剛畢業的內親用進中南銀行就感謝不盡了。筆江先生欠了曹蓋臣這份大人情，他又是言必信，行必果的君子，曹四那位令親自然是如願以償，到中南銀行上班啦。曹四的後人，後來都改行從商，倒是曹九的兒子，叫曹健和也是調烹能手，一直跟着宋子文司庖，宋去世後，曹健和在華盛頓開了一家北京樓，也算譚廚海外嫡系，不過海外眞正會吃的嘴巴不多，曹也不屑於切剁配料，親自動手。可是碰到眞正吃客，海外逢知己，曹一高興，挽挽袖子炒上一兩個敬菜，那倒是不同凡響別有一番滋味呢。

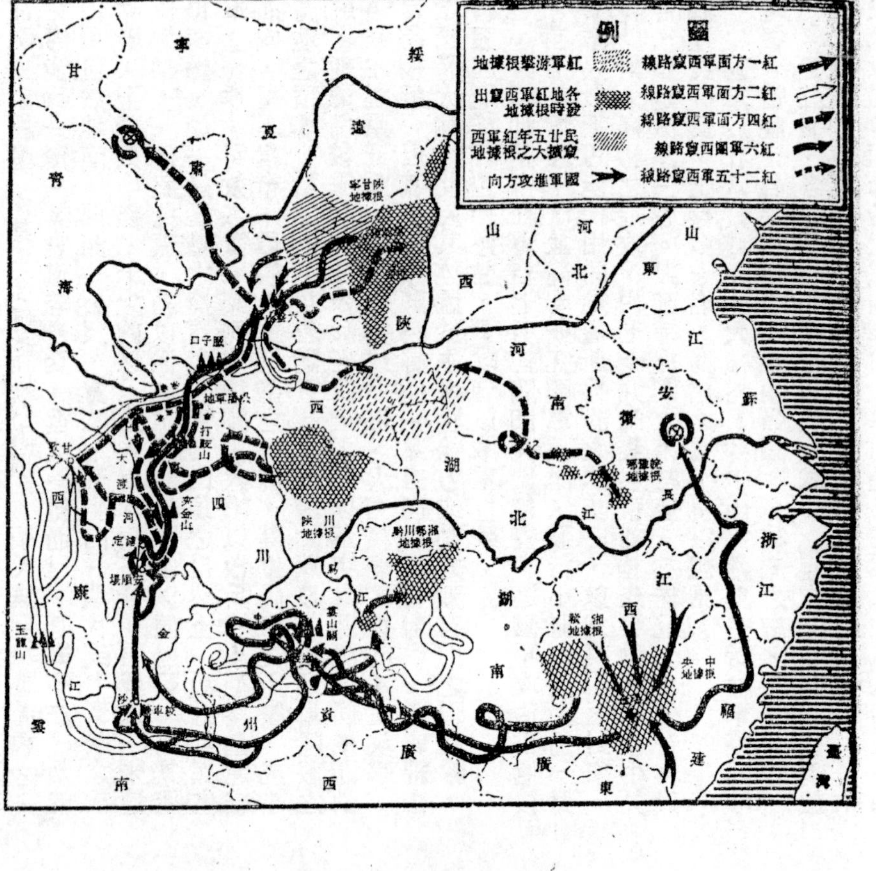

紅軍各部「長征」路線圖

細說「長征」【十二】

□龍吟□

紅軍在廣昌被國軍克服後，決定扼守石城一線，由廣昌到石城之間，關隘重重，最重要據點爲驛前，國軍向前推進時，便與紅軍展開驛前大戰。

在廣昌驛前之間第一次最重要戰事發生在貫橋，是湯恩伯指揮的八十九師王仲廉，八十八師孫元良，以八十九師主攻，雖然攻下貫橋，但八十九師傷兩團長楊再華，賴汝雄，傷三營長，陣亡三營長，傷連長十三，陣亡連長七，傷排長四十四，陣亡排長十四。在一個師而言，傷亡之大，實屬少見。

驛前是石城屏障，大嶺格則是驛前前衛，大嶺格在驛前北約二十里，形勢雄偉，洛寨、豹子山在其東，牛矢臺、劉季尖在其西，儼然輔辟，山陵綿亘，傾斜峻急，易守而難攻，乃天然之防禦陣地。

自戰術上觀察，驛前因大嶺格之險要，屹然爲石城之屏藩，驛前不守，則石城不足攻。七月杪，彭德懷在莊下紅軍營長以上幹部檢閱中，報告說：

「驛前是石城、寧都的主要門戶，即基本蘇區之重要地區，斷不容輕易放棄，但又爲『白軍』必爭之地，故非誓死保衞不可，即剩一兵一卒，亦必作殊死戰。」

自五次圍剿以來，紅軍與國軍接戰，大抵採用游擊戰、運動戰、或取積極攻擊手段，但歷次戰果，均遭慘敗，自廣昌戰役以後，紅軍不再專用其流竄戰術，而採用堡壘戰術（陣地戰術），改攻爲守。

大嶺格、驛前紅軍陣地帶之編成，大致以主堡及輔堡互爲犄角，比鄰堡壘之距離，多以交通壕連鎖之，橫廣縱長，約廿里左右，陣地帶之構築，頗爲堅固，側重側防機關（輔堡壘），而不注重主要堡壘，其主要堡壘位於山頂，碩大無朋，表面觀之，可容步兵一營，其實僅容步兵一連或一排而已，其構築法，乃就山頂自然地面，掘深一公尺，寬八十五生的一環狀或半環狀之散兵壕，上蓋以中徑三十生的以上之大樹木兩三層，再覆以一米達厚之積土，作爲掩蓋，施以僞裝，旁開槍眼，以便射擊，而其堡頂高聳，如一般堡壘之掩蓋者，實乃山頂之自然土，故砲兵與空軍之轟炸，奏效甚微。其側防機關，大率以散兵壕小型堡壘連結而成，星羅棋布，環繞於主堡壘之四周，其位置多在山腹，或小高地之頂端，及主堡壘鹿砦附近，有其深林茂草，及邱阜隱蔽之處，則配備較重兵力及步兵輕重火力，以爲突擊部隊，伺機而動。其主堡壘守兵，每堡一排或一班，火力較弱，如向主堡攻擊，自易接近，但其側防機關（輔堡）處處向攻擊者射擊，形成綿密之交叉火網，此時其控置於主堡壘後方或側方強有力之預備隊，乃突起而施行包抄逆襲，予攻者以嚴重打擊。

該陣地帶，紅軍自七月初間即開始經營，迄國軍攻佔貫橋後，在補苴增强中，並同時研究國軍兵器，發行小冊，題名爲「對於敵人最近可能使用的幾種新兵器之預防」，以爲築工之對象。

對大嶺格之進攻，由七十九師樊崧甫部首先發動。進攻牛矢台，亦是激烈一戰。樊師補充團之第三營，首先登上牛矢台，只餘連長一員，士兵數十名，傷亡之重，可以想見。

國軍於廿八日晨攻佔大嶺格、豹子山、洛寨一帶紅軍堅固陣地後，當晚，各部繼續進展至南嶺腦、金鷄寨之線。

廿九日，各部照總指揮部儉戌戰電令之規定，右翼隊以翁旅向南嶺腦、驛前西側高地進展，以樊師四七三團進佔劉季尖，中央隊以霍傅兩師沿大道向驛前攻擊前進，左翼隊之八八師派一部向驛前東北高地攻擊前進，掩護我中央隊左側之安全。

廿九日，傅師沿大道右側，霍師沿大道左側，上午五時開始向驛前攻擊前進，七時進至驛前東北之觀音咀附近高地，紅軍之大部，退據驛前北端陣地，死力抵抗。十一時，孫元良師二六四旅之五二七團進至吳村，旋即攻佔下沙灣，與霍師取得連絡，傅師即以三九九團掩護四〇二團向驛前進迫。下午一時，紅軍向驛前村落撤退，國軍右翼因情報關係，進展遲滯。傅、霍、孫各師遂就觀音咀、下沙灣一帶既佔領陣地，築工警戒，俟右翼齊頭後，再行攻擊。

國軍爲鞏固既佔領陣地，以利爾後向南進展起見，決於三十日開始築碉。廿九日夜，以艷酉戰電令規定各部隊三十日築碉部署如次：

一、第十縱隊開始構築由老窠以南經冰山、洛寨至金鷄寨之碉樓，爾後向驛前東部伸築。

二、第三縱隊開始構築由香爐臺以南經劉季尖迤南至南嶺腦西端之線碉樓，爾後向驛前西部伸築。

三、各縱隊碉樓，統限五日完成。

四、第五縱隊先鞏固驛前北端一帶工事及村落防禦，爾後逐步推進驛前以南，完成驛前村落之封鎖，並須與湯、樊兩縱隊互取連絡。

三十日晨，第三縱隊以樊師之一部攻佔劉季尖西南之榮華峯，與第十縱隊各照艷酉戰電規定，開始築碉。

八月三十一日拂曉，國軍總指揮所已到達三仙廟，卜福斯山砲亦進入三仙廟陣地，準備完畢，六時，卜福斯山砲第一砲彈發出，各部隊即照各指定目標開始攻擊前進。紅軍經廿八日之痛擊，已成强弩之末，不堪再戰，卜福斯山砲，彈無虛發，紅軍雖欲憑藉村落防禦蘇區重要門戶之驛前亦不可能。國軍攻擊開始後，進展甚利，無甚激戰。

（未完待續）

北望樓雜記 (12)

·適然·

茲錄張宸之「長平公主誄」，以殿本文。

長平公主者，明崇禎皇帝女，周皇后產也。甲申之歲，淑齡一十有五，皇帝命掌禮之臣，詔司儀之監，妙選良家，議將降主。時有太僕公子，都尉周君，名世顯者，將築平陽以館之，開沁水以宅之，貳室天家，行有日矣，夫何蛾賊鴟張，逆臣不誠，天子志殉宗社，國母嬪嬙慷慨而死焉。公主時在稺齡，御劍親揮，傷頰斷腕，頹然玉折，雲矣蘭摧。賊以貴主既殞，授屍國戚，覆以錦茵，載歸椒里，越五宵且，宛轉復生。泉途已宮，龍髯脫而劍遠，蘭薰罷殿，蕙性折而神枯。順治二年，上書今皇帝，九死臣妾，跼蹐高天，願髡緇空門，庶申罔極。上不許，詔求元配，命吾周君，故劍是合，土田邸第，金錢牛車，錫予有加，稱備物焉。嗟夫，乘凰扇引，定情於改朔之朝，金犢車來，降禮於故侯之第，人非鶴市，慨紫玉之重生，鏡異鸞臺，看樂昌之再合。金枝秀發，玉質含章，逢德曜于皇家，迓桓君於帝女。然而心戀宮闈，神傷輦路，重雲畢陌，何心金傍之門，飛霜穀林，無意玉簫之館。弱不勝悲，溘焉夢逝，當扶桑上仙之日，距穠李下嫁之年，星燧初周，芳華未歇。嗚呼！悲哉都尉君，悼去鳳之不留，嗟沉珠之在殯，銀臺竊藥，想奔月以何年，金殿煎香，思返魂而無術。越明年三月之吉，葬於彰義門之賜莊，禮也。宸薄遊京輦，式覩儀容，京兆雖闕，誰披柘舘，祁連像塚，祇叩松關。擬傷逝於子荊，朗香空設，代悼亡於潘岳，遺桂猶存。敢再拜爲之誄云。

「檀青引」本事

「檀青引」成於光緒二十三年，雲史時二十三歲。迨刊詩集時，蚤作刪去頗多，據其自云：「二十以後，百存其十。」可知刪去者達十分之九。「檀青引」獨得存，且列之卷首，亦可見雲史對此篇有偏愛矣。

「檀青引」者，爲蔣檀青作也，檀青本京師伶工，擅崑曲，咸豐中，供奉內廷，屢蒙賞賜。咸豐十年八月，清文宗方與所寵漢女美人，避暑圓明園，盪舟福海，聞天津失守，英法聯軍將攻北京，倉猝率妃奔熱河。英法聯軍入宮大焚圓明園，蔣檀青初留京師，議和後，赴熱河行在，不久文宗崩於避暑山莊，檀青返京師，再入圓明園，則處處皆斷瓦頹垣，昔年盛況已不可復睹。朝局已變。同治帝尚在髫齡，兩宮太后垂簾聽政，舉凡咸豐帝時之伶工，皆遣去。檀青南下，歸揚州，貧不能自給，鬻歌爲生。雲史遇之揚州，與談咸豐朝舊事，頗爲外間所不及知者。如咸豐帝私選漢女入圓明園事，以後爲滬上文人演成小說，民初固流行一時，最初透露此項秘聞者，恐即蔣檀青也。

雲史少年時意氣昂揚，慨然有澄清天

下之志，藉「檀青引」述咸豐帝之失政，自比於長恨歌之譏明皇。此詩爲雲史少年時作，去長恨歌自遠甚，但哀感頑艷，絕代風華，出於二十三歲少年之手，尤不可多得，茲錄於後：

江都三月看瓊花，寶馬香輪十萬家，
一代興亡天寶曲，三分春色玉鉤斜。
玉鉤斜畔春色去，滿川烟草飛花絮，
都是尋常百姓家，欲問迷樓誰知處。
高台置酒雨溟溟，賀老彈詞不忍聽，
二十五絃無限恨，白頭猶見蔣檀青。
雕欄風暖凝絲竹，筵上驚聞朝元曲，
其時雨脚帶春潮，江南江北千山綠，
朱絃斷續怨滄桑，望帝春心暗斷腸，
欲說先皇先墜淚，千言萬語總心傷。
坐客相看共嗚咽，金徽彈罷愁難絕，
同時傷春事不同，飄零身世何堪說。
家在京師海岱門，少年往事不堪論，
旗亭舊日多名士，北海當年侍至尊。
太行北盡仙園起，靈臺縹渺五雲裡，
年年豹尾幸離宮，百官扈從六宮徙。
萬戶千門魚鑰開，柳烟深處見蓬萊，
妝樓明鏡雲中落，別殿笙歌畫裡來。
祖宗旰食勤朝政，百年文物乾坤定，
萬方鐘鼓與民同，九重樂事怡天聽。
建康殺氣下江東，百二關河戰火紅，
猿鶴山中啼夜月，漁樵江上哭秋風。
軍書旁午入青銷，從此先皇近醇酒，
花萼樓前春晝長，芙蓉帳裡清宵久。
三山清月照瑤台，夾道珠燈擁夜來，
一曲吳歌調鳳琯，後庭玉樹報花間。
臨春結綺新承寵，玉骨輕盈珍珠重，
避面寧教妒尹邢，當筵未許憐張孔。
太液春寒召管絃，官家小宴杏花天，
昭陽宮裡春如海，五鼓初傳燕子箋。
殘紅照睡繁華重，絕代佳人花扶擁，
南府新聲妒野狐，昇平獨賜龜年俸。
夜半青娥掃落花，深宮月色照羊車，
庸知銅雀春深事，留與詞人賦館娃。
當時海內勤王事，慷慨誓師有曾李，
未見江頭捷騎來，忽聞海畔夷歌起。
避暑溫泉夜氣清，宮花露冷月華明，
驚心一曲長生殿，直是漁陽鼙鼓聲，
延秋門外黃昏路，城闕生塵妃嬪去，
穆王從此不重來，馬上天顏頻回顧。
來朝胡騎繞宮牆，凝碧池頭踞御牀，
昨夜採蓮新製曲，月明多處舞衣涼。
太白炎炎攙槍吐，雲房水殿都淒楚，
咸陽不見阿房宮，可憐一炬成焦土。
和戎留守有賢王，八駿西行入大荒，
重粟堆空啼杜宇，蒼梧雲冷泣英皇。
居庸日落離宮暮，北望幽州空烟樹，
初聞哀詔在沙邱，已報新君歸靈武。
鼎湖龍靜使人愁，福海悠悠春水流，
山蝶亂飛芳樹外，野鶯啼滿殿西頭。
梨園寂寞閉烟雨，百草千花愁無主，
漢家仙掌下民間，秦宮寶鏡知何處。
玉泉山下少人行，瓊島春陰水木清，
獨有漁翁斜月裡，隔牆吹笛到天明。
繁華事散堪悲慟，玉輦清遊憶陪從，
明年重過德功坊，梨花落盡柳如夢。
小臣掩面過宮門，犬馬難忘故主恩，
檀板紅牙今落魄，尋常風月最銷魂。
十年血戰動天地，金陵再見眞王氣，
南部烟花北地人，天涯那免傷心淚。
武帝旌旗滿九州，湘淮諸將盡封侯，
兩宮日月扶雙輦，萬國車書拜五州。
獨有開元伶人老，飄泊秦淮鬢霜早，
夜夢簾間唱謝恩，玉階叩首依宮草。
糊口江淮四十年，清明寒食飛花天，
春江酒店青山路，一曲霓裳賣一錢。
君問飄零感君意，含情彈出宮中事，
亂後相逢話太平，咸豐舊恨今猶記。
憐爾依稀事兩朝，千秋萬歲恨迢迢，
至今烟月千門鎖，天上人間兩寂寥。

讀者來函希就圓圓曲畧作探討，茲將原文刋出，並述己見。

圓圓曲

鼎湖當日棄人間，破敵收京下玉關，
慟哭六軍皆縞素，衝冠一怒爲紅顏。
紅顏流落非吾戀，逆賊天亡自荒讌，
電掃黃巾定黑山，哭罷君親再相見。
相見初經田竇家，侯門歌舞出如花，
許將戚里箜篌妓，等取將軍油壁車，

家本姑蘇浣花里，圓圓小字嬌羅綺，
夢向夫差苑裡游，宮娥擁入君王起，
前身合是採蓮人，門前一片橫塘水。
橫塘雙槳去如飛。何處豪家強載歸，
此際豈知非薄命，豈時祇有淚沾衣，
薰天意氣連宮掖，明眸皓齒無人惜，
奪歸永巷閉良家，教就新聲傾坐客。
坐客飛觴紅日暮，一曲哀絃向誰訴？
白皙通侯最少年，揀取花枝盈回顧，
早攜嬌鳥出樊籠，待得銀河幾時渡？
恨殺軍書抵死催，苦留後約將人誤。
相約恩深相見難，一朝蟻賊滿長安。
可憐思婦樓頭柳，誤作天邊粉絮看。
徧索綠珠圍內第，強呼絳樹出雕欄。
若非壯士全師勝，爭得娥眉匹馬還。
娥眉馬上傳呼進，雲鬟不整驚魂定，
蠟炬迎來在戰場，啼妝滿面殘紅印。
專征簫鼓向秦川，金牛道上車千乘。
斜谷雲深起畫樓，散關月落開妝鏡。
傳來消息滿江鄉，烏桕紅經十度霜。
教曲妓師憐尚在，浣紗女伴憶同行；
舊巢共是銜泥燕，飛上枝頭變鳳凰；
長向尊前悲老大，有人夫婿擅侯王。
當時祇受聲名累，貴戚名豪競延致，
一斛名珠萬斛愁，關山飄泊腰枝細。
錯怨狂風颺落花，無邊春色來天地。
嘗聞傾國與傾城，翻使周郎受重名。
妻子豈應關大計？英雄無奈是多情。
全家白骨成灰土，一代紅妝照汗青。
君不見：館娃初起鴛鴦宿，越女如花看不足。香徑塵生鳥自啼，屧廊人去苔空綠。換羽移宮萬里愁，珠歌翠舞古梁州。為君別唱吳宮曲，漢水東南日夜流。

圓圓曲所以為千古艷稱，歌行體中，二百年來無可及者，不在於其文體艷麗，而由於所述皆眞實歷史，此點非長恨歌可及。長恨歌成時，去明皇貴妃已數十年，樂天所知皆得自傳聞，梅村所述皆親見親聞。梅村與冒辟疆為至交，陳圓圓原已與辟疆有白首之約，未及迎娶，為周奎家人取去，辟疆失去圓圓，乃改討小宛。梅村當不識吳三桂，亦未必得見陳圓圓，但與辟疆，小宛則交往甚久，小宛歿後，梅村且有悼詩，圓圓情況，梅村定得之於辟疆口中，故史料翔實，通篇無一言附會。此其一。

吳三桂當日聲勢重大，西南半壁官吏可逕行派任，不須經過禮部，名曰「西選」，若以藩鎮權力之大，古今所無。梅村獨敢秉筆直書，不留餘地。三桂得悉會派輦金至京師晤梅村，願以重金易其稿，為梅村所拒。其胆識，其操守均非其同輩可及，此其二。

此外尚有兩事須補述者。

一、吳三桂由山海關回京師勤王，中途知李自成已入北京，莊烈帝殉國，復接其父手書，已決計降賊，師經永平曾張貼佈告聲言「本鎮歸朝新主」。適接次信知圓圓已落賊手，乃幡然變計。圓圓曲：「衝冠一怒為紅顏」，七字有千鈞之重，雖馬班亦不能增減一字。

二、圓圓對三桂行為，當不謂然，故三桂開府雲南時，堅拒正位。三桂另立張氏為王妃，圓圓仍為側室，晚年入道，及三桂叛清，圓圓似已早故。

啓者：本刊因香港海外郵費漲價幾及一倍，迫不得已，自本年起，海外訂費一律增至美金八元，凡在元月一日後所收到訂單，寄來美金六元者，均作為九期訂費，情非得已，敬希鑒諒。

經理部白

橫貫公路名勝對聯

—劉　太　希—

前數年暢流社長招集遨遊橫貫公路，我因胃病未能應約，殊失良機，但那次易君左曾往，歸來雖告知一路名勝地區的對聯很多並且佳妙，曾抄示若干，茲特錄出，以為未游人士，聊當臥游。

梨山行館三聯：

梨花淡白，楊柳深青，迎來歐美人豪，玉宇瓊樓開境界。

山月清輝，海濤澎湃，陶鑄炎黃兒女，南張北溥寫山河。

其二

顛沛上雲程，應打開利鎖名韁，到此一榻雲眠，涵濡聖學。

鴻濛開境界，莫辜負海雲山月，準備三年燕息，重整乾坤。

其三

梨花肝膽共冰心，攬景莫辭春去也，且看他浩浩巍峨，放懷天下。

山日乾坤敷玉鏡，照人無寐夜何其，儘容我茫茫空濶，望眼神州。

上右三聯皆空靈淡遠，似不沾人間烟火氣，惟南張北溥之學，若指當代畫人，則北方之强，似風格尤高也。

太魯閣聯

從茫茫綠浪中，矗起萬壑千岩，量衡山徑，則長江失其汪洋，匡廬失其奇突，巫峽失其幽深，幾千年霧鎖雲封，渾然淋漓眞宰。

向煜煜烟霞外，竟來鬼斧神工，表揚禹蹟，似賁育為之効力，五丁為之驅馳，共工為之役使，數萬人幽鎚險鑿，作成坦蕩康莊。

「附註」，閣在橫貫公路南段入峽谷谷口，從此到關源一帶，沿途海拔，逐漸升高到二千六百餘公尺，危險幽深，奇麗無比，長春祠、靳珩橋、燕子口等名勝，均在其附近為修路員工殉職之所也。

右聯氣局奔湊，蔚成壯觀。

長春祠聯云：

崎嶇世路頓天衢，逢逢傳社教之音，萬古長春人宛在。

浩蕩雲程拚血肉，冉冉下桂旗之影，九歌作頌燕飛來。

「附註」祠內供奉工程師與殉職榮民之靈位，平均每公里死二人，傷殘尚不在內，骨碎魂縈，使觀者無任崇敬，因想到曾國荃破太平天國的南京天保城，用地雷炸開，曾文正後來在天保城立碑云「窮天下力，復此金湯，苦哉將士，來者勿忘」，此四句亦可用之於橫貫公路也。

此聯於莊嚴中寫清淑之氣，感悼外有浩渺之音，知作者頗費心機也。

天祥聯云：

浩氣滿乾坤，天留汗漫晴嵐，遙盼阿里烟雲，南湖霽雪，更溶溶玉鏡涵波，堪迓衣冠來萬國。

龍湖懸日月，祥啓風流宋瑞，曾教靳珩殉職，羅裕盡忠，且煌煌延平創格，要憑肝膽復中華。

「附註」天祥原名大北投，文山溫泉，原名深水溫泉，峯巒環列，氣象開張，計劃開爲天祥風景區，此聯上片寫景，如置身畫圖中。且嵌天祥等字，結構殊不易也。

合歡山口二聯云：其一

一隧涵兩個乾坤，雲霖迷濛，暗無日天，酷似父老中原，宛轉在人間地獄。

三年開九霄雲路，艷陽高照，輝生瀛海，且看炎黃兒女，追遙於海外仙源。

其二

山以合歡名，東北西三面開張，玉嵌銀雕，合歡世界。

地因人傑著，退除役齊頭並進，幽鎚險鑿，人傑精神。

「附註」合歡海拔二千五百餘公尺，爲橫貫公路之最高點，冬天積雪，一片銀海，極爲壯觀。

靳珩橋聯云：

忠烈過王尊，以死勤事。

大勳留馬祖，用血銘功。

「附註」靳爲河北人，爲工程師，實橫貫公路殉職第一人，殘骸碧血，照耀山河，可以千秋不朽也。

豁然亭聯云：

迷惘幾經春，到此豁然，聖城賢關由我去。

鴻濛纔革面，殊堪莞爾，光山雲影拂天來。

「附註」亭在洛韶東五公里，登亭仰望，可使曲折升降，如神龍夭矯，在萬山中翻騰穿越之公路，盡收眼前。

右二聯，一出語悲壯，而又極工，一出語悠閑，而又蘊藉，寫情寫景，各如其分，綜錄易君左兄所抄示之十聯以觀，文藻紛披，江山震盪，爲橫貫公路名勝生色不少，我三十年前，于役河南陝西，由洛陽經函谷、潼關諸勝，以到華陰，萬山奇崛，黃河輔之，當時公路新開，亦一艱巨工程，有鎮守使某君，特擇二山之頭，遙遙相對，一山頭題三字曰，「通不通」，對一山也題三字曰，「平不平」，通其不通，平其不平，實爲妙語，亦傑構也。

去秋曾至基隆，友人偕游中正公園，見有對聯二付，亦極雄渾，並錄存之。

其一云：

雄據北門，看萬頃烟波，都羅胸宇。

朝宗東海，會八方風雨，重整河山。

其二云：

名園擅四序芳菲，把酒臨風，憂樂每追千載上。

此地控三台形勝，揮戈橫海，馳驅當駕萬夫前。

又曾記碧潭空軍墓聯云：

好男兒誓不生還，看鷹擊鵬搏，共向雲霄爭萬古。

大丈夫寧爲玉碎，想忠魂雄鬼，定逐風雷下九天。

其二云：

九萬仞直上扶搖，壯志翻嫌天地窄，

數千里縱橫掃蕩，浩氣長輝日月光。

此二聯眞可驚天地而泣鬼神也。

本刊通信地址畧有更動，各方賜函、惠稿、訂閱、請逕寄香港九龍旺角郵局信箱八五二一號，較爲快捷。

（附英文）

P. O. BOX 8521
KOWLOON MOGNKOK
POST OFFICE,
KLN., H. K.

編餘漫筆

編者

到了本期出版，掌故已過了五年。掌故能辦五年，不但出乎外人意料之外，即編者也想不到、尤其是五年中可說迭遭大變。重要者有三：一、能源危機，二、去台灣內銷失敗，三、越南變色，西貢失陷，少了一處重要市場。雖受重重打擊，掌故畢竟撐持下來，如果不受更大影响，仍要盡力支持下去，此乃基於一種責任感，再加上個人對此興趣始終不衰。

本期有幾篇份量相當重的文章，首先要推荐王聿均先生「抗戰史研究之構想」，王先生現任中央研究院近代史研究所所長，所見史料較一般人爲多，所舉研究方法也非常平實。有許多問題，編者以前也曾寫過，只是沒有王先生大文詳盡，有志於近代史研究的朋友，應當集結一起，共同着力。掌故月刊創辦宗旨也就在此。過去五年來搜羅野史，也費了一些心力，其中有些史料，相信可以供給修現代史的學人作參考。

黃介瑞先生「台兒莊在怒吼」一文，內容相當眞實，本刊五十六期已發表「台兒莊會戰實錄」，作者侯象麟先生是當時守台兒莊旅長，所記述皆親身經歷之第一手史料，最爲可貴，但侯旅長所見者以所屬之三十軍爲限，本篇黃先生所見者乃整個台兒莊全局，兩文對着，更可了解當時戰况。

「湖北陽新戰役親歷記」，也是一篇抗戰史料，作者尹華英先生當時只是一個少尉排長，但所述皆親身經歷，無絲毫誇張，對敵我情况有忠實敘述。作者雖然是一個排長，但所親手殺死的日本人，可能較一個團長還多，抗戰期間此種無名英雄不知有多少，本刊最樂意刊載此類文章。

金門憶舊乃當代名將胡璉將軍執筆撰寫，以關西人筆名發表，讀者當已知關西人爲誰，更會覺得此文可貴，胡璉將軍是名將，也是書生，只看他的文字簡潔流利，論事曉暢明白，雖職業作家亦不及，胡將軍目前正在台大歷史研究所專攻宋史，名將卸甲，折節讀書，亦歷史佳話。

最後要說到一篇最重要的文獻，「立委胡淳以身相詢」，此是立法院一項檔案，所牽連之廣，爲台北政壇所罕見。台北報紙皆不肯刊登，本刊特予刊出，並不是對任何人過不去，而是覺得此乃重要現代史料。本刊過去所刊史料皆是已過去之事，對現在發生的事很少刊載，實則今日發生之事，明日便成歷史，與其將來搜集史料，何如今日刊出。至於該文中有關人士部份是熟朋友，知我罪我，也只有聽之了。

本刊創刊五周年，蒙各方友好惠予致賀，有所餽贈，無任感謝，當在下期刊出。

俊人書店遷址啓事

本店已於一九七六年八月二十日遷往九龍旺角上海街623號地下（亞皆老街口）自置新舖營業（電話K九六一九四四・九四四五一二）總代理下列各書

東方時裝（一—三）　每册港幣七元

服裝裁剪講座選集（一—三）　每册港幣七元

東方時裝紙樣（No.65—72）　每份港幣1.2元

錦繡中華巨型彩色畫册　特價每册港幣150元

畢卡索精品畫集（彩色）　每册港幣25元

憶祖國河山　每册港幣14元

謙廬隨筆　矢原謙吉遺著　平裝港幣陸元・精裝港幣拾元

胡政之與大公報　陳紀瀅著　平裝港幣拾元・精裝港幣拾伍元

李嘯風先生詩文集　李夢彪著　平裝港幣拾元

楚辭探賾　文疊山著　平裝港幣拾元

談蟻錄　方劍雲著　平裝港幣伍元

妖姬恨上册　岳騫著　平裝港幣陸元

各地讀者函購另加郵費二成（限平郵掛號）欵到即奉寄

俊人書店（九龍）一九七六年九月十日

月刊

62

野史·佚聞·

人物·風土·

中華民國六十五年（一九七六）十月十日出版

掌故月刊 第62期 目錄

※每月逢十日出版※

掌故

第六十二期

每册定價港幣二元正

全年訂費 港幣二十四元 台幣二百四十元 美金八元

出版兼發行者：掌故月刊社

地址：九龍旺角上海街六二三號地下

通信處：九龍旺角郵局信箱八五二一號

電話：K八〇八〇九一

The Journal of Historical Records
P. O. Box No. 8521, Kowloon
Mongkok Post Office, Hong Kong.

督印人：鄧少卿

總編輯：岳騫

印刷者：和記印刷有限公司 新蒲崗景福街一一〇號超達工業大廈十樓

總代理：吳興記書報社 香港租庇利街十一號二樓 電話：H四五〇五六一 四五〇七六六

國內代理：何復國 台北郵政劃撥帳號：一〇七四三八

星馬代理：遠東文化事業有限公司 新加坡厦門街十九號 檳城香田仔街一七一號

印尼總發行：集源公司 椰城旗桿街87號A Dil Tiang Bendera No. 87A Djakarta, Indonesia.

澳門：大文具店　羅省：大元公司
亞庇：利民公司　新東方公司
斗湖：光明書局　三藩市：益智圖書公司
漢城：泛亞書籍公社　文化商店
倫敦：香港文化服務社　華盛頓：德昌公司
中藝公司　波斯頓：中西公司
東寶公司　千里達：中華公司
紐約：友聯圖書公司　加拿大：香港商店
友誠公司　溫哥華：僑益書局
友方公司　滿地可：明星書局
菲律賓：華安書局　渥太華：民生書局
芝加哥：文華書店　巴西：興昌公司

四海一家在印度洋

曾憲光

分佈海外各地的華僑，據統計達一千五百多萬，更因近年移居國外的人越來越多，數目日益增加，筆者旅遊各地，到處碰見我們的同胞，好些地區都保持一個小型的華人社會。

從前英國自誇爲日不沒大不列顛，表示他們的屬土遍及全球，每天二十四小時都有太陽照耀他們的土地；今天，我們可說日不沒華僑，太陽照耀的土地，都有中國人。

不過，海外華僑雖然衆多，一向以來，彼此極少聯繫，固然這是由於彼此忙於生活，無暇及之；更重要是沒有担負聯繫工作的組織和人。

國父當年奔走革命，海外華僑是一股強大力量，如能團結海外華僑，在政治上、經濟上及文化上，都會發揮無比的影响力。

由歐、澳、美、非、東南亞各地僑領，及香港新聞、文化、旅遊界知名人士聯合發起組織，並於一九七五年七月十五日，在香港高士打道二七五號二樓B座成立的全球聯誼性「四海一家」社，就爲了担負這項聯誼工作而組成。

我們組織「四海一家」的另一原因，是寄身海外的我們一致體感到，在世態炎凉，人情冷暖的今日社會，朋友，志同道合或者說志趣相投的朋友，是一個人的寶貴財富之一，因世界上有很多問題，並不是只憑金錢、地位或運氣可以圓滿解決的。反之，一位眞正朋友滿天下的人，他不僅凡事均可獲得多助，且也如處身於充滿友愛、温暖、歡樂的大家庭中。

同時，鑑於我們今天生活在現代商業社會，所以，「四海一家」，除了全面實徹社的宗旨——大力加强全球華僑聯繫，和有效地促進彼此間的友誼外，還要把我們的社，變成爲分佈於世界各地社員、商業方面的協調和服務中心。

「四海一家」成立一年多來，在海外各地僑領的不斷鼓勵和

指導下；在各位發起人、各位社委的通力合作下；在全體社員的鼎力支持下，社務蒸蒸日上。

為了加强與各國分社（成分社籌委會）聯繫，及探訪海外社員，「四海一家」香港總社於本年七月組織了探親考察團，由筆者及總社副社長黃虞興兄率領，一行二十餘人，赴毛里求斯、法國留尼旺、泰國、印度、塞舌爾、南非等地，作為期一個多月的親善訪問。

在親善探訪的整個過程中，一直受到各地華僑的熱烈歡迎和盛情款待，最令我們感到滿意和快慰者，在印度洋上的一對姊妹島——素有世外桃源之稱的法國海外省留尼旺，及歷享「印度洋之珠」美譽的毛里求斯，在我們到達之日，分別成立了「四海一家」分社，並選出了分社及各部負責人。

「四海一家」社海外第一分社——留尼旺分社，成立於中華民國六十五年八月二日。

社長：曾廣烈
副社長：陳煥章、吳宙仁
財務：曾昭特、曾昭誼
秘書：吳鐸文
公共關係主任：陳造麟
顧問：侯經始、侯興長、鍾國光、張釗元、林蔚成、陳安祥、陳慶祥
委員：曾廣烈、陳煥章、吳宙仁、吳鐸文、曾昭特、曾昭誼、謝達壽、陳造麟、李碧廉、楊運祥、鄧煌昌、吳瑞仁、陳漢祥、陳國祥、葉廣廸、李敦芳、曾昭謙（以上兼任常務委員）、李槐元、陳安祥、徐祿昌、古繼謀、李思訓、侯泮長、陳德輝、侯良創、曾昭訪、鍾海祥、曾敬生、溫公萊、曾憲鑫、曾昭謀、林裕長、陳雄麟、曾昭登、謝達賢、張台祥、李正岳、鍾聰章。
總社名譽社長：侯經始、侯興長、曾廣烈、陳造麟、謝達壽

陳漫天、曾昭特、陳安祥（皆在分社成立前敦聘者）

「四海一家」社海外第二分社——毛里求斯分社，成立於中華民國六十五年八月十二日。

監督：黃振中

社長：曾木昌

副社長：温培光、羅新昌

財務：李錦岳

秘書：楊尊成

公共關係主任：曾孟橋、吳玉華

委員：鍾壽昌、曾木昌、陳　捷、吳玉華、李錦岳、曾孟橋、黃振中、廖顯然、楊尊成、曾懋清、羅新昌、温培光、田歆芳、楊文達、楊秋南、楊活犇、呂達三、古顯祥

總社名譽社長：朱梅麟（現任毛國地方行政部長、國會議員）、鍾壽昌、陳捷、李錦岳、楊尊成

由於「四海一家」社立場鮮明，所以，在此，值得特別強調指出的一點是：不論留尼旺分社或毛里求斯分社的負責人，全是清一色忠貞愛國的僑領和硬骨頭，且分社成立時，雖面對中共駐當地的「大使」，仍公開採用向敵人表明立場，對敵人顯示力量的羣衆大會方式舉行慶典的，而這也是我們爲他們的藐視敵人，勇於鬥爭，敢於勝利之精神、情操……感到驕傲者。

但願我們的分社能加快脚步，在各國各地成立，到時，除了可以進一步團結全球華僑，作爲我政府的有力後盾外，在個人方面，凡因事出國的我社社員，每到一地，都將得到分社同人的熱情接待和照顧，眞正做到四海之內都有我們自己的家，都有我們自己的人，進而實現我們的目標——四海一家親。

最後，讓筆者代表「四海一家」總社及全體社員，遙祝尼留旺、毛里求斯分社社務興隆，遙祝兩分社全體同人，身體健康，萬事如意。

前司法行政部部長

王任遠被控案

——王柳敏——

呼冤書

——司法部部長公報私仇記

民婦之夫周賢敏是一個臺灣籍的青年，出生於臺北縣三峽鎮的農村家庭，自幼受黨國教育薰陶，深知愛國亦曉義理，先翁周淡生從光復時起就做廢鐵買賣生意，憑着克勤克儉和堅苦奮鬥的意志，逐漸由小而大建立了事業基礎，三十年來先後創設周氏鋼鐵公司、廣益企業公司、中泉金屬工業公司、周氏貿易公司、國華木業公司，就業員工兩千餘人，每年外銷金額達一千五百萬美元，每年繳付政府各項稅捐在新台幣一億元以上，對國家經濟財政均有相當貢獻。

民國六十年間，政府為鼓勵外銷，實施簡化退稅手續，對於若干國內並無生產的稀有原料加工品出口退稅准予免驗進口憑證，中泉公司於是援例向財政部提出申請，同年四月廿九日財政部頒佈命令：對於鉛、錫、鎳三種原料退稅准予免驗進口憑證，這是一件通案，並非專對中泉公司而發，從該時起，中泉公司因獲得政府支持，外銷業務遂蒸蒸日上。詎至六十二年二月十三日財政部又收回前令，恢復查驗進口憑證，但對於中泉公司在二月十三日以前的出口，根據法律不溯既往的原則仍准免驗憑證退稅結案，這本是一件合法合理的事情，想不到竟因此而造成周氏家破人亡的結果。

民國六十二年九月有人向財政部密告中泉公司與財政部官員某某勾結舞弊冒退關稅，財政部不加深察即交調查局徹查，經該局派員至中泉公司搜查并扣押全部帳冊，一面又由台北關通知中泉公司及周氏貿易公司將過去所退稅欵共計新台幣伍千柒百多萬元全部繳還國庫，中泉公司以退稅是依照部令規定辦理，何能出爾反爾，當即去函依法力爭，財政部乃進一步行動於十月八日下令台北、高雄海關將所有周氏關係企業的進出口貨物加以扣留，民夫也於十月三日被調查局傳訊移送法院羈押，先翁見事態嚴重，乃委託律師向財政部次長王紹堉陳情，王說：「此事關係國庫收入，財政部對此事處理不管適當與否，一定要先收回稅欵，否則不能放人放貨」，先翁痛心兒子被押，同時又因貨物被扣，資金週轉失靈，隨時有倒閉可能，影響兩千餘員工生活，迫不得已祇有忍痛接受王次長要求，將全部稅欵分期開立本票，由周氏各關係企業背書擔保，一次繳清，希望能將民夫釋放，以後可以安居樂業了，那知道反而發生相反的效果。

民夫有一名叫邱聰龍的朋友（以下稱小邱）；國民小學畢業，本省籍客家人，以前在台北中華路販賣古董，後來發了財就在重慶南路一段五十四號創立國華堂古董店，司法行政部王部長原任中央黨部政策委員會秘書長，因喜愛古董而認識小邱，後來小邱因共諜嫌疑被警備總部禁止出入境，由於王部長的從中奔走活動而澄清嫌疑，因此與王部長成為朋友，等到王調任司法行政部部長後，小邱拼命巴結遂成為王的密友，常在小邱家玩樂，民夫與一羣台灣籍青年朋友因此也認識了王部長，王見都是生意人，沒有政治色彩，所以不加避諱，我們也因他貴為部長，樂得捧場，偶而一起在邱家吃酒打牌玩樂，記得王搬到貴陽街二三七號官邸時，小邱教我們合送冰箱、電視機表示敬意，王也坦然接受。

當調查局扣押中泉公司帳簿以後，民

夫因不明案情深淺即於九月廿六日面告小邱轉託王部長幫忙，經小邱與王連絡後要我對王部長表示意思，即可將帳簿發還結案，民夫問數目多少，邱說要等晚間八時王來電話決定，當晚民夫到邱家坐候，王果然來了電話，開價是壹百萬元，民夫爲免除麻煩就答應下來，但講明要等帳簿取回後再付，並於翌日將調查局扣帳簿之收據影印由小邱轉交王部長查辦，那知等了三天沒有消息，民夫乃向小邱催問，邱說王向調查局查不到此案，可能是在調查局派駐海關人員的手裡，要等報到局內才好處理，民夫將此事告訴先翁，先翁懷疑小邱居中行騙，並認爲我們既未犯法何必拿錢疏通，堅不同意如此辦理，民夫因父命難違，祇好告訴小邱將前議取消，小邱當時很不滿意地說：「我已答應王部長壹百萬元的事，你現在中途變卦要我怎麽辦，萬一將來發生大麻煩我概不負責，」過了三天調查局突然傳先翁到局裡應訊，民夫認爲身爲人子應替父分勞，乃挺身而出代替先翁應訊，旋即被移送法院羈押，至此民夫方知道已經得罪了王部長，大禍就要臨頭了。

湊巧先翁又認識中央銀行國庫局長錢龍韜，他是正直熱心之士，對民夫一向器重，聽到民夫被押消息就向先翁詢問經過，先翁因積憤在胸就將王索賄經過說出，錢局長可能疑信參半，竟向王坦率求證，王以爲秘密洩露，對民夫更加痛恨，所以中泉公司雖然繳還全部稅欵，財政部也將結案情形通知法院，但王部長仍示意法院從重量刑，以逞其報復之心。

民夫的罪名是詐欺和僞造文書罪，一審判了六年，比條文所定最重本刑還加重，先翁知道是出於王的報復，爲求繫鈴解鈴，乃懇求立法委員陸京士先生向王部長善言求懇，陸委員於研究案情後也認爲事屬冤屈，乃數度對王仗義執言，王部長始准將民夫保釋，但私怨並未平息。在民夫保釋之後，王部長囑陸委員轉告民夫，於六十二年十一月廿二日至仁愛路調查局招待所談話，在坐的王、陸及調查局沈局長，王先問民夫：「你認識我嗎？」民夫因害怕祇好回答：「不認識」又問：「你叫邱聰龍向我行賄壹百萬元有此事嗎？」民夫回答：「沒有」，王說：「怎麽沒有，小邱送來調查局扣押帳簿的收據影本還在我家裡，你這孩子不說老實話」王隨即親自打電話叫小邱到塲將質，小邱說：「有此事，我向部長說過，但部長大發脾氣，把我痛駡一頓」，如此做作，故意將「索賄不遂」變成「行賄不遂」目的在對陸、沈兩人的一種掩飾手段，因爲以堂堂部長之尊有人向他行賄，何以不加追究祇是發一頓脾氣了事。

一審宣判後民夫聲明不服上訴，二審王仍堅持要判罪，並爲操縱審判方便起見，在審判進行中臨時更換審判長，結果仍然判了四年（減掉二年）算是對陸委員賣了一點人情，詐欺罪規定不能上訴第三審，判決遂告決定，於是寃沉海底。按本案退稅是依照當時的法令規定辦理，怎可說是詐欺呢？其後法令雖有變更，但不能將以前的合法行爲變爲犯罪行爲。

先翁身體一向健康，平日操勞公司業務，雖卜晝卜夜亦無倦容，自退稅案發生後，終日憂煩，體力逐漸減退，及至民夫被羈押，海關又扣留貨物，公司週轉失靈幾瀕倒閉，所受刺激甚深，尤以王部長挾恨報復一事，先翁總認爲自己處置不當使民夫身陷囹圄，因此悔恨交併，形神具瘁，六十三年七月十一日突發腦溢血逝世。民夫念及身爲人子未能克盡孝道，替父分憂，反因所交非人禍延老父，以至家破人亡，無處呼冤，乃將經過情形呈遞嚴總統、蔣院長。因此更加痛恨民婦全家。

王部長與小邱前次壹百萬元雖未拿到，但仍未死心，知道民家並無達官貴人之親友，可以任意擺佈，在二審宣判前七天左右，小邱到我們公司來對民夫說：「王部長已告訴我法院決定判你肆年有期徒刑了，沒有他幫忙你現在還有什麽辦法呢？」於是民夫就對他說：「以前的誤會已過去了，希望不要再記在心裡，最好還是請你與王部長再幫我的忙。」邱說：「本來就是你們自已不好，才會變成這樣麽！不然早就辦好了，現在你已得罪了王部長，雖然可以設法挽回，但事情已到這個地步，代價要很高的。」民夫問：「很高是多少呢？」邱說：「我看你最好送伍百萬給王部長，那就可以給你辦到無罪。」民夫問：「那錢要怎麽個付法呢？」邱說：「王部長現在在花園新城蓋了一棟別墅（百齡一路十一號）正需用錢，你先拿叁百萬來由我轉交給他，剩下弍百萬元等辦妥時再付好了。」民夫說：「那錢什麽時候付呢？」邱說：「那等法院判決時，看我說的有沒有錯你才付好了。」我說：「好吧！那我們就這樣一言爲定。」六十三年四月十七日法院果如小邱所言判刑四年，至此民夫已知非滿足王部長的要求不可了，留日下午小邱又來我們公司對民夫說：「我說的沒錯吧！」同時又說：「我已與王部長講好了，他已同意再幫你的忙，但要我轉告你不要再像上次那樣不懂事，也不要再另託他人幫忙活動，以免礙事，你一定要切實遵守，等過一段時間風聲平靜後，王自會替你翻案解決的，至於服刑的問題可以暫緩執行，直到案子解決爲止。」因此民夫於四月十七日先由華銀建成分行甲種活期第九一一〇號帳戶內領出現欵叁百萬元，再於次（十八）日中午自己駕車帶了叁百萬現欵到北投火車站，由小邱帶民夫至附近公館一路他預先停車的巷內—奇岩新村公館路館一巷五號（據小邱說，五號房屋原屬王部長所有，其後賣給小邱，現由小邱的親戚居住）交談。這叁百萬元送去後果然發生效果，本來檢察官通知應於五月十五日報到送監執行，旋由小邱代辦以中泉公司總經理職務交代需時爲理由，申請延緩執行兩個月（63、5、15—63、7、15）檢察官果然准了，（台北地方法院檢察處北檢西字九三三九函影本附呈）。七月間先翁不幸逝世，又以料理喪事爲理由再申請延期三個月（63、7、15—63、10、15）檢察官也准了（准予延期公函遺失），十月份快要滿期時，又以家事尚未料理完畢爲理由再申請延期三個月（63、10、15—64、1、15）檢察官仍然核准，（北檢菁西字一九八一 函影本附呈）。每次申請前均先由小邱轉徵王部長同意後再遞送請狀，法院亦如嚮斯應，照准不誤。據熟習法律的人士說：「判決確定後而能三次申請延緩執行，時間拖上八個月，這是空前所未有的事，因爲法律沒有這條規定，法院如此做就是違法。」由於王部長以上的表現使民夫對他增加信心，而願意死心塌地聽他擺佈。他在花園新城的別墅民夫和小邱也去了幾次幫他佈置，連他的一幅畫像也是由民夫和小邱用汽車從貴陽街搬到花園新城的。

等到十月間海關通知罰欵玖千餘萬時，民夫非常着急，就對小邱說如果刑事部份不能翻案，海關罰欵一定不能避免，公司就要破產，請他轉求王部長立即採取行動，小邱雖然答應幫忙，但無具體結果，拖到十一月小邱對民夫說王部長意思外面風聲尚未平息，暫時尚不能提出再審，要民夫忍耐，至於執行問題仍可以申請延期，而且下次申請延期一次可延六個月，不必着急。十二間小邱又要民夫對王部長表示意思，民夫因手頭無現欵，願意將白沙灣農場的土地劃一塊給王，在新年元旦中午由小邱夫婦駕自用紫色280朋馳車子陪王到白沙灣看地，民夫在海防部隊營舍裏沒有露面，由當地海防部隊張副班長及農場職員陳有信兩人出面接待，事後據小邱說，王表示滿意，但後來因爲土地原業主的產權證明不全，暫時不能分割過戶，所以沒有即時辦理過戶，所以沒有即時辦理過戶手續。

約在六十三年五月間，小邱對我說王部長想玩女人，而且要處女，叫我代爲設法，我想討王部長歡心，就找到一個名字叫黃金丹的女孩，於六十三年五月十七日，送到華國飯店五樓供他蹂躪，三日後（二十日）由民夫付了該女孩十二萬元，代他在南京東路彰化銀行城東分行開了乙種帳號八七五九號存戶，這個女孩後來到五月花當酒女花名叫香兒，後來又有一次是小邱至桃園安排，但事後小邱向民夫要了拾萬元。

王與小邱關係密切可說已到水乳交融

的程度，據聞邱替王出面張羅索賄朋友賄欵，彼此互爲利用，新竹市長陳玉錕與中壢市長林煥夫貪汚案，亦被小邱與王部長分別勒索肆百萬元與弍百伍拾萬元。又小邱家中（國華堂五樓）經常有法官來訪，對小邱都是卑躬屈膝，極力巴結，目的爲了升官發財，據聞，法官如想當庭長，要伍拾萬元，調職一事大約要弍拾至叁拾萬元，均由小邱轉知王部長辦理，故民間稱小邱爲「地下部長」。

民夫在六十三年十月台北關通知罰欵以後，因花了三百萬元請求王部長雪冤未得結果，深覺山窮水盡，無路可走，不得已瞞着小邱親自至監察院陳情請求伸冤，希望監察院出面主持正義能對財政部及法院提糾正案，使我有脫罪免除罰欵的機會。監察院司法委員會受理陳情書後，即向一、二審法院調卷審查，因此驚動了王部長，據小邱轉告說，王非常震怒，認爲我不守信用，又在外面在數說他以前索賄未遂之前事，所以在一月八日延緩執行尚未期滿（一月十五日滿期）以前即命法警至我們家拘提，將過去對我們的諾言完全推翻，我們揣度王的心裏，他怕民夫在外面生事，甚至將他的醜事告訴監察院，認爲祇有將民夫送進監獄才能安心，民夫爲反抗他的迫害，決不甘心束手就擒，因爲以前得罪了他在審判中不能得到公平的待遇（可能爲了滅口而秘密加害）因此民夫在外逃避，過了一段逃亡的生活，後來他命令刑警到民夫的親戚朋友各處去騷擾，如將天母蘭雅里十六街七五巷五號呂炳男捕去關起來，又將民生東路七八一巷七弄一號何利彥每天上午叫到刑警隊至天黑了才放回家，連續多天都是如此，害得他們都無法做生意，民夫被迫無奈，祇好出來投案，隨即送到龜山監獄執行，現在被獨禁一室，既不派到工廠工作，也沒有放到室外運動，整天自早到晚，獨處斗室，給予精神上的虐待，果然在執行中沒有得到犯人應得的公平待遇，眞是不幸而言中了。現在我們最躭心的，就是怕在獄中對民夫暗中加害，譬如在每天飲食中加入慢性毒藥，或唆使獄中重刑流氓將民夫殺害等等。

在民夫逃亡期中，因花了叁百萬元全無效果，氣憤難平，於是寫了一封信罵王部長，王乃囑小邱將錢退還，其後小邱於六十四年四月廿七日上午九時左右與他太太二人親將現欵叁百萬元送到台北市中山北路二段二十巷十四號周家客廳中，當時祇有民婦與婆婆周李秀英在塲，小邱夫婦二人先入客廳察看確無外人在塲，再返身到外面汽車內提出兩隻紙箱放在桌上，然後囑我們點點數目，掉頭就走了，小邱夫婦二人去後，民婦婆媳二人乃將紙箱及箱內現欵叁百萬照相爲證後，再將縛鈔棉紙逐條卸下留存，於廿八日存入華銀建成分行新開周林良如帳戶內。

公公已死，丈夫被關，現在周家祇有婆媳及幼兒三人，數千萬元了稅金罰欵案，仍是沒法解決，我們的處境，已到十分悽慘的地步了，可是王、邱二人仍不放手，竟於六十五年元月十一日僞造「台北市忠孝東路一段五二號孫瑜雯」（按既無五二號房屋，也沒有孫瑜雯這個人。）的名義向法院告發民婦周林良如僞造文書，（附呈告發狀及信封影本），嗣經王部長命令法院迅速嚴辦，於六十五年二月廿五日提起公訴（六十五年偵字第一七二九號），同年三月十七日第一審判處民婦周林良如法定最高刑有期徒刑三年（六十五年度易字第一二七六號，起訴書及判決書抄件附呈）。上訴後高等法院定於六十五年四月十六日第一次開庭就要辯論，民婦當天生病住在鐵路醫院不能出庭，乃由鐵路醫院出具住院診斷書聲請法院改期，高院法官當天下午即通知辯護律師於次（十七）日上午九時出庭調查，律師於十七日到庭後，法官馬上命律師帶往鐵路醫院查看病歷紀錄（六十五年上晚字第八五四號十六日出庭傳票及通知律師十七日出庭通知書影本附呈），按民婦被指控的犯罪最高法定刑爲三年以下有期徒刑，並非殺人放火或搶劫銀行的重大案件，法院如此急如星火的作風，其爲遵照王部長的指令辦理，應該可以想到，在王部長的想法，趕快將民婦判刑關入監獄，以免在外到處呼冤陳情，而影響他的寶座。

按政府於六十二年九月間公布的農業發展條例第二十條第二項規定：「其委託他人以人力、畜力或農用機械代耕而自行經營農業生產者，以自耕論。」故農場投資人或主持人參與農場之經營而從事生產者，應該算爲自耕農，民婦於民國六十二年華農企業有限公司成立時投資爲股東，並實際參加經營從事農業生產，至六十四年五月變更爲華農公司負責人繼續經營生產，依農業發展條例之規定，應該算爲「自耕農」，法院竟不分皂白謂民婦非自耕農而聲請變更戶籍登記爲「自耕農」爲僞造文書，請問如此認定，則農業發展條例第二十條第二項所謂「以自耕論。」又將如何解釋呢？此眞是「欲加之罪，何患無詞」了，何況民婦變更爲「自耕農」之戶籍登記，一切手續均係按照法令之規定辦理，既有從事農業生產之事實，也有經營農場之熱忱（省農林廳派員檢查，認爲台北縣所有十六家農場中僅有四家經營正常，華農企業公司爲四家中之一家），乃將戶籍登記的職業登記依法申請變更爲「自耕農」，以便辦理農地過戶登記。請問這些行爲，對國家社會有何損害，乃王部長硬要判處民婦三年徒刑，非挾嫌誣陷爲何？

據小邱說：「你們周家得罪了王部長，要將你們一個個關起來，非要弄到你們家破人亡，家產蕩然，點滴不存不可。」

關於民婦周林良如變更職業欄之登記是否構成犯罪，明眼人詳細看看判決內容即可明白，在此不必多辯，因此詳述事實經過，請賜同情弱小，伸張正義，不因位尊而投鼠忌器，不以人微而漠不關心，務使含冤的使他昭雪沉冤，狡猾的使他原形畢露，則感激不盡也。

呼冤人：周 林 良 如

住　址：台北縣石門鄉德茂村下員坑卅一四號

台北連絡處：台北市中山北路二段二十巷十四號

電話：五七一三六三二

中華民國六十五年四月二十日

對於周林良如所謂「呼冤書」的說明

王任遠

周林良如係詐欺犯周賢敏之妻，周賢敏因詐欺案件，騙取國庫稅款新台幣五千七百餘萬元，經台灣高等法院判決有期徒刑四年，於六十三年四月十六日確定。因周賢敏在案件進行期間，一再請託陸委員京士向任遠洽詢，任遠鑒於該案係詐欺國庫鉅款，罪證明確，且不願干涉審判，未予置理。詎周賢敏及其妻周林良如，竟於六十四年七月十一日上書　嚴總統，誣指任遠向其索賄，任遠曾於六十四年七月二十四日行政院院會席上請求澄清，否則無法執行職務。嗣由國家安全局飭令刑事警察局等單位經數月之詳細求證，證明周賢敏等所指述者，均係捏造事實，毫無根據，經簽報有案。現正由檢察官追訴其誣告罪嫌之中。周林良如恐懼其誣告罪即將進行追訴，且又另犯僞造文書罪，經台北地方法院判處徒刑，意圖解免刑責，乃復將業經查證不實之事項，亦即前向　嚴總統陳訴之同一內容，重加繕印，分送立法委員及其他單位，淆惑聽聞。就其所謂「呼冤書」之內容以觀，一望而知其係虛僞，原不值予以駁斥，唯恐萬一以訛傳訛，則不僅涉及任遠個人名譽，且將影響政府威信。特就其所謂「呼冤書」之內容，依實際情形，並照安全局等單位查證結果，分別說明如左：

一、周賢敏詐退稅款案件，法院判決並無不當

政府爲獎勵外銷，對於從外國進口的金屬原料經加工製成產品外銷者，一律退還其進口時所繳的稅捐，因金屬原料進口來源不同，納稅標準有異，所以退稅標準也有不同。其中鎳的部分，照規定如係原料進口者，每公斤可退稅二百元零九角二分，如係由廢船解體所得的鎳，每公斤僅得退稅一元八角二分。周賢敏並未進口鎳的原料，其加工產品外銷原料鎳，均係拆解廢船所得，爲周賢敏承認的事實，乃周

賢敏竟利用政府免驗進口憑證的機會，將廢船解體的鎳冒充進口原料的鎳，使國庫陷於錯誤，詐得不法利益五千餘萬元。按會經納稅始有退稅可言，退稅的金額，當然與納稅的金額相等，始能稱之為「退稅」。周賢敏明知所納者僅為每公斤八角二分的稅，而請退的則冒為每公斤二百零七元九角二分的稅，同時周賢敏已承認鎳的來源，是廢船解體所得，並非進口原料，而竟以原料標準，以少退多，詐欺國庫鉅額公帑，不論如何強辯，均無解於詐欺罪責，法院據以判處徒刑，自無不當。（附件一，高院判決）

在本案進行期間，任遠本於維護審判獨立之一貫原則，從未對承辦人員表示任何意見，事後查悉該案始終由台灣高等法院刑事第二庭審判，審判長推事為周宗頤，並無更換情事，有原卷可稽。第二審法院因認定詐欺之金額與第一審判決不同，又因財政部已准被告分期繳還（兩年內分八期）故將原判決撤銷，由原處有期徒刑六年，改為四年。所謂「更換審判長，便於操縱」等語，與事實完全不符。

抑有進者，自周賢敏六十年五月起以上述手段詐領國庫鉅欵後，六十一年十月十四日起高雄中成銅鐵公司亦仿周之同一手法詐退稅欵四百餘萬元，亦經本部調查局查獲，將其負責人林琴亮移送法院，判處有期徒刑二年確定在案（附件二，林案判決）。尤見法院係就事論事，公平辦理，並非對周賢敏特別苛求。

周案於判決確定後，曾向監察院陳訴，經調查亦認為原確定判決並無不合。

二、所謂在邱家打牌，並合送冰箱、電視，經刑事警察局查詢有關人證，並無其事

「呼冤書」中涉及之邱聰龍，因任遠性喜鑑賞古玩字畫，邱即經營此業，確曾與之相識多年，但無深厚交誼，更無一起吃酒打牌玩樂之事。關於此點，前經刑事警察局追詢周賢敏，周曾信口指出有賴進旺等多人曾與任遠在邱家打牌，但經該局逐一傳訊，均矢口否認其事。任遠不會打牌，為戚友皆知之事實，其故意誣陷，即此一端已足概其餘。

「呼冤書」所謂周與小邱等合送冰箱、電視，據周在刑事警察局陳述，係與稣日升等多人共送，每人兩千元，但經該局向稣日升等查證，又均否認其事，且有從未認識任遠者，其說不攻自破。

三、所謂由邱某索賄一百萬元之事，純屬無稽

周賢敏退稅案的發生，是六十二年十月初由調查局沈局長報告而知悉，因係詐欺國庫鉅欵，當即指示應妥慎辦理，並非如「呼冤書」所謂係由於邱聰龍告知。依周賢敏的誣控，說是「調查局扣押賬簿後，即託小邱轉請王部長幫忙，王開價一百萬元，那知等了三天沒有消息，邱說王向調查局查不到此案等語。」此項誣控，完全與情理不合。按如已向人具體索賄，必已瞭解該案件之內容，豈有尚未查到有無此項案件，更不知其內容，就開口要錢之理，其係揑造事實，顯而易見，惟其時周家已傳出行賄之說，又適中央銀行錢局長龍韜向任遠查詢周之詐欺案件情形，任遠乃約略告知周有行賄之說，錢局長曾經追詢周家父子，均否認其事，有錢局長來函可證，（附件三，錢局長來函），並非如「呼冤書」所述係錢局長向任遠坦率求證。

為再度澄清此項事實，任遠曾要求陸委員京士兄於六十二年十一月二十二日偕周賢敏赴仁愛路調查局招待所，請周在調查局沈局長前說明此事，任遠亦在座，邱亦隨即前來。周當場自認與任遠並不相識，且為解免其行賄刑責，並否認曾意圖行賄。因周否認其事，又無其他具體行賄證據，故未深究。詎周賢敏竟混淆為「索賄不遂」，其心莫測。

四、陸委員京士洽詢周案經過

周案於第一審判決後，陸委員京士兄先後多次，或以言詞或以書面認為周案不應判罪，在書面中更以「對本案始終認為冤獄，當此世亂日亟，如無良知，則國家前途危矣」為詞（附件四，陸之便條），任遠均以個人不能干涉審判，且周詐領國庫鉅欵，情節重大，第一審判決認定周有

詐欺罪行，依其判決理由記載，均有確實根據作答。因京士兄仍一再認爲周係無辜，乃復於六十三年二月二十日左右上午八時許，由陸約請財政部李部長國鼎及任遠同往中央政策委員會其副秘書長辦公室面談，爲便於說明法律上意見，在座者尙有財政部主任秘書李模、本部刑事司長楊建華，任遠仍就不能干涉審判之原則，與該案第一審判決在法律上之依據詳爲說明。如果任遠有意「索賄幫忙」，豈有如此說法。

五、所謂索賄五百萬元或已交付三百萬元，經刑事警察局之調查均屬無稽

依所謂「呼寃書」的記載，是「在第二審尙未判決之前，小邱就告訴他已改判四年，等到法院判決以後，又經小邱與王部長講妥再幫忙，並交付小邱現欵三百萬元」等語。按周的詐欺案件，係不得上訴第三審，一經二審判決即已確定，如果有意索賄幫忙，應該在判決未確定以前加以維護，絕無在判決確定前一再向洽詢本案之陸委員京士說明第一審判決有其堅強根據，而於判決確定後，反索取鉅額賄欵之理，對於訴訟程序略有瞭解者，均能洞悉其係揑詞誣控。本案判決確定後，鋼鐵業某君曾於六十三年十月一日致函任遠，爲周求情，任遠當即函復「個人不能干涉審判，如其合於再審或非常上訴條件，可逕向法院申請」（附件五）。

周賢敏於詐欺案判決確定後，曾於六十三年五月十五日向高院聲請再審，經高院於六十三年五月卅一日裁定駁回（附件六，高院駁回再審裁定）。依周之指訴，係六十三年四月十八日由邱收受其賄欵三百萬元，直至六十四年四月二十七日送還，並以再審或非常上訴程序爲索賄之手段。但上述再審程序均係在其所謂賄欵未退回期間內依法迅予駁回，其不近情理，亦可概見。

至關於延緩執行，事後向台北地檢處查悉，乃係周賢敏初以公司業務有待清理，嗣又因父喪料理後事，數度具狀請求，地檢處以上述情形，屬情理之常，故予准許。

關於周在「呼寃書」中所敍交付三百萬元以及邱退回三百萬元之經過，曾經刑事警察局詳爲調查，就交付三百萬元部分，毫無證據可查，就退回三百萬元部分，周林良如提出三百萬元照片一張及隨處可得之細縛鈔票棉紙三百張，三百萬元照片隨時可以攝製，毫無證據價值，三百張細縛鈔票之棉紙，經刑事警察局向有關行社詳爲查證，並傳詢該日期前後在各該行社領欵較多之人，均不能爲具體證明。此三百萬元之照片及三百張細縛鈔票之棉紙，顯係周家故爲佈置，以爲誣陷之張本。

本案判決確定後，因調查局主辦人員不眠不休，殊堪嘉許，經本部報院議奬。奉行政院六十三年三月三十一日台（六三）忠授二字第六五五一號函核復由本部依法核奬（附件七，調查局函及行政院復函）。如果任遠在本案判決確定以後，有意索賄翻案，豈非自相矛盾，於此更足證明周某指述任遠於判決確定後索賄之事爲揑造事實。

關於所謂三百萬元賄欵，尙涉及任遠花園新城的房屋。任遠在未任司法行政部長以前，居住北投奇岩新村，嗣遷居台北市貴陽街宿舍，乃將北投房屋以一百萬元出售蔡姓且已過戶，地政事務所有案可查，嗣以此資金，於六十二年四月在花園新城另行興建，全部造價亦僅一百餘萬元，分五期繳欵，六十三年已近完成階段，「呼寃書」所謂六十三年四月花園新城建屋需欵，完全無稽。

六、所謂擬以白沙灣土地行賄，乃係憑空杜撰

依「呼寃書」的敍述，擬以白沙灣土地行賄，是在收到三百萬元之賄欵以後，也就是判決確定待執行的期間，「因無現欵，所以準備將白沙灣的土地劃一塊給王部長，且王部長曾至白沙灣看地，經海防部隊副班長等接待，事後並表示滿意」等語。按任遠從未去過白沙灣，且經刑事警察局向海防部隊姚班長及張副班長查證結果，均不能證明曾接待任遠看地，其係憑

空杜撰，顯而易見。且按行賄受賄乃屬隱秘之事，唯恐人知，豈有願意收受土地之賄賂，而於土地登記簿上留下永不磨滅證據之理，人雖至愚，亦不出此。

七、酒女黃金丹事乃移花接木之惡毒計謀

依「呼冤書」之記載「周於六十三年五月十七日曾找得女子黃金丹，送到華國飯店五樓，並由其付了十二萬元等語」。經刑事警察局傳訊黃金丹到場，據稱其確於六十三年五月間在華國飯店與人同宿，惟對象乃一楊姓華僑，年約四十餘歲。警察局乃將楊某照片混入其他照片之中，命黃金丹指認，黃金丹隨即指出與其同宿之楊姓華僑照片。乃周賢敏竟將之移花接木，嫁禍任遠之身。

又據黃金丹在刑事警察局之陳述，六十四年四五月間，有一位自稱姓蔡為周賢敏的會計，曾願給付其新台幣四十萬元，並持照片囑其指認在華國飯店第一次與其同宿之人即為照片之人，因其不願賺此昧心錢，予以拒絕，並報知酒家總經理余瑞成等語。經該局訊問余瑞成亦證實確有此事，周賢敏因所求不遂而設計誣陷之惡毒陰謀，於此更為顯然。

「呼冤書」又說「後來又有一次是小邱至桃園安排，但事後小邱向民夫（周林良如自稱）要了十萬元」，經刑事警察局查證結果，周林良如確開了十萬元支票給其夫周賢敏，但這張十萬元支票，是由周賢敏交付其在逃亡期間陪宿之酒女王碧玉，目前王碧玉仍與在監執行之周賢敏不時通信，台北監獄亦有案可查（附件八，函件影本）乃周賢敏竟與其妻謂與任遠有關，居心險惡，可以想見。

八、陳玉錕、林煥夫案行賄，亦全屬子虛

「呼冤書」涉及新竹市長陳玉錕、中壢市長林煥夫部分，亦經警局傳訊陳玉錕等訊問，均矢口否認其事。足見其任意捕風捉影。

九、所謂法官調動，均須送賄，完全無的放矢

任遠自到司法行政部，即主張人事公開，在就職時，即指示所屬法院人事，應成立人事評審會，中央各部之有人事評審會，本部首開其端。該會由政務次長主持，常務次長及有關單位主管均出席，人事調遷，均由該會依據各項資料審慎評定，由任遠核定發表，依評審會五年餘紀錄薄之記載，人評會之決議，由任遠於核定時更改者，百不得一。所謂調動送賄，完全為無的放矢，惡意中傷。

十、周賢敏在監執行處遇，完全依照規定辦理

周賢敏於台北監獄執行後，台北監獄完全依照規定處遇，絕無所謂精神虐待之事，「呼冤書」中除對獨居不當外，其餘並未提出任何具體虐待之事，其家屬每週接見，送入物品，一如其他監犯均有紀錄可查，乃在所謂「呼冤書」中竟以「怕在獄中暗中加害，譬如在每天飲食中加入慢性毒藥，或唆使獄中重刑流氓將民夫殺害」等語，意皆在聳人聽聞。至獨居一節，因依監獄行刑法規定，受刑人初入監者，均應獨居監禁，其犯他罪在審理中亦應儘先獨居監禁，非獨周賢敏為然，故其於入獄之初，獨居監禁，乃係依法辦理，嗣因周又涉及聯勤總部軍法處另一案件，該處經洽台北地檢處借訊（附件九，聯勤函件），又與犯他罪在審理中應獨居之規定相合，且周之顧問律師吳智，亦因周不願與其他人犯雜居，面請典獄長准其獨居，其他處遇均與一般人犯相同，有何不公平待遇可言。

十一、周林良如涉嫌之偽造文書案件，任遠事先並無所悉，且仍在上訴中未經確定

司法行政部係主管司法行政，對於法院具體案件向不過問，事實上法院受理千百萬件訴訟案件，司法行政部亦無從過問，任遠更無從得悉法院何項案件係如何處理，本年三月十六日接友人來函（附件十，復函稿影本），始向台北地院查得有此案繫屬，經檢同判決函復。至該案內容及進行情形，因判決尚未確定，為尊重審判獨立，任遠不顧置評，相信法院必有公正之判決，周林良如如有意見，儘可依法定

程序向法院陳明，茲以散佈謠言之方法，希望影響審判心理，殊非正途。

十二、結　語

任遠自接任司法行政部以來，即本諸政府既定政策整飭吏治，以肅貪污為首要，對貪瀆之徒深惡痛絕，時時以昔人所言「世間最寶貴而又無價之財產者為人格，一個人如果無視於此，則其結果一定沒有好下場，歷史上許多貪官污吏後代永遠不能對他們饒恕，甚至使他們子孫蒙羞。」的格言自惕，五年餘來，兢兢業業，自問無負黨國所寄。茲遭宵小誣陷，思之痛心，為維護司法威信及個人名譽，不得不陳明如上。

監察院調查報告

本院（六五）監臺院調字第一二二七號等函，囑會調查，據周林良如陳訴：其夫周賢敏經營之中泉公司，涉及出口退稅事件，司法行政部長王任遠，對其索賄未遂，故挾嫌報復一案，經簽調梅專門委員綬蓀協助，業經會同調查完畢。茲將調查情形及調查意見，分陳如左：

甲、調查情形

一、本案起因：緣陳訴人周林良如之夫周賢敏，因詐欺退稅事件，經台北地方法院判處有期徒刑六年。上訴後，台灣高等法院改判為四年，（嗣依六十四年減刑條例減為有期徒刑二年，正在桃園龜山監獄執行中。）周賢敏指述該案判決不公曾於六十三年十一月，向本院陳訴。經財政、司法兩委員。認為法院就該案所為的判決，認事用法，均無不合。報經本院財政、司法兩委員會第三十三次聯席會議決議：照調查意見存查在卷。周賢敏及其妻周林良如，又於六十四年七月，上書嚴總統，除仍指述該詐欺案刑決不公外，並指控司法行政部長王任遠，有索賄等情事。經層發交國家安全局，令由內政部警政署刑事警察局等單位徹查。該局等就其所控內容，逐項查證；並訊問各關係人結果，認控訴各節，均非事實，簽報在案。本（六五）年三月，周林良如又因其偽造文書罪，經台北地方法院判處罪刑，在上訴期間，復將向嚴總統控訴之內容，作成「呼冤書」，四處散發；並向本院投遞，此為調查本案之由來。

二、調查時，曾調閱內政部警政署刑事警察局、司法行政部、台灣高等法院、台北地方法院檢察處等機關有關卷；並訪晤國家安全局王局長等機關首長，及辦案人員，復約晤司法行政部王部長任遠及其他關係人等談話。又馳赴桃園龜山監獄，與周賢敏、周林良如晤談，詳加查證。茲將所查結果，分述如次：

壹、關於周賢敏因退稅案判處罪刑部分：政府為獎勵進口原料，製成品外銷，訂有外銷品冲退稅辦法，亦即對於原料進口時所繳之稅捐，在製成品外銷時，如數退還。關於金屬鎳，如為原料進口者，其完稅價，為每公斤新台幣二百零七元九角二分。其非原料進口而拆解廢船所得鎳者，其完稅價格，為每公斤新台幣一元八角二分。兩者相差甚鉅。周賢敏為中泉金屬公司總經理及周氏貿易公司負責人，該公司加工出口之鎳，均為拆解廢船所得者，並未進口原料鎳，為周賢敏及其父周淡生在司法行政部調查局所承認，檢察官偵查時，亦供同前情；經本院調閱周賢敏詐欺案卷核閱無異。乃周賢敏竟利用政府免驗進口憑證之便民措施，將每公斤應退稅一元八角二分廢船解體之鎳，冒充為每公斤應退稅二百零七元九角二分原料進口之鎳，自六十年五月六日起，至六十二年二月二十三日止，連續向財政部台北關退得稅欵新台幣五千七百餘萬元。此項行為，與刑法第三百卅九條第一項以詐術使人交付財物罪相當，法院據以判處罪刑，應無不合。

周賢敏指摘該案判決不公，無非以中泉公司係依財政部規定退稅，財政部既准免驗進口憑證於先，依法律不溯既往之原則，何能出爾反爾認其有詐欺罪責？云云。惟查政府規定免驗進口憑證，僅在簡化退稅手續，既未進口原料完稅，即無退稅之可言，如有完稅，其退稅之金額，自應以完稅之金額為準，不能以免驗進口憑證，即認為可概按最高完稅額退稅，否則即與退稅之規定不合。周賢敏既承認加工出口之鎳為拆船所得之鎳，而又不能證明另有進口原料之鎳，空言主張，殊無可採；且台灣高等法院對另一林琴亮詐欺案件，被告林某，以同一手法詐退稅欵，亦經判處罪刑確定在案。周賢敏詐欺案係，法院依法科處，尚難指為不公，本院王委員文光、黃委員尊秋前調查意見，應予維持。

貳：關於周賢敏指述王部長任遠與邱聽龍交往情形，及合送王部長電冰箱電視機部分：據周賢敏指述，畧以：王部長與國華堂古董店主人邱聽龍相識，關係密切，王部長經常在邱家吃酒打牌玩樂。王部長由北投遷居貴陽街宿舍時，邱聽龍曾命周賢敏及一羣台籍青年朋友，合送電冰箱、電視機，表示敬意云云。經訪晤王部長任遠，據稱：因性喜鑑賞古玩字畫，偶至邱聽龍經營之國華堂書畫店瀏覽，因而與之相識，但亦僅止於鑑賞古玩字畫而已，並無深厚交誼，亦從未在邱家吃酒打牌，更無收受他人合送電冰箱、電視機等語。查周賢敏指述王部長與邱聽龍交往，乃屬私人行為，如與公務無涉，原毋庸予以置議，惟為求慎重，並作為其他部分之參考，故仍內入調查範圍之內。依周賢敏在刑事警察局之供述，王部長曾於五十九年或六十年間，與陳振聲夫婦，蘇日昇夫婦，及賴進旺等，在邱家打麻將牌玩樂；並由彼等合送電冰箱、電視機，但經刑事警察局傳訊陳振聲夫婦、蘇日昇夫婦及賴進旺等，均一致否認曾與王部長在邱家打牌吃酒玩樂，亦無合送電冰箱、電視機之事，陳振聲等，更否認有在邱家與王部長相識，均有偵訊筆錄，存刑事警察局案卷可稽。本院調查時，曾約陳振聲及其妻陳韻光、蘇日昇、周模岳、賴進旺等，分別談話。所言與刑事警察局偵訊情形相符，均有談話紀錄可考。

叁、關於周賢敏指述案賄一百萬元部分：據周賢敏夫婦指述，畧以：中泉公司因退稅案，經調查局扣押帳簿後，即託邱聽龍請王部長幫忙。由邱在電話中與王部長約定，為一百萬元，言明取回帳簿後付欵。等了三天，沒有消息，邱說：王向調查局查不到此案，要等報到局內才好處理。嗣因其父周淡生懷疑小邱居中行騙，不願拿錢，遂通知邱將前議取銷，因此得罪了王部長。繼經中央銀行錢局長龍韜，再向王部長求證，更引起王部長痛恨，乃示意法院，從重判刑。在審判進行中，並更換審判長云云。惟據王部長任遠說明，渠知悉周賢敏詐欺國庫鉅額稅欵案，乃係由於調查局沈局長所報告；並非邱聽龍之告知。邱因曾受周之託，洽詢案情，經面斥其不要多管閒事，絕無在電話中與邱談過周案，更無所謂約定一百萬元之事，事後，邱始告知周家曾表示願以一百萬元為酬，仍斥邱不要多管閒事等語。查周賢敏退稅案係，係由司法行政部調查局偵辦，如果有人意圖索賄，勢必對案情有相當瞭解，然後始能有所謂「幫忙」。依周賢敏之指述，王部長係在尚未查到其案件以前，於案情毫不知情而言，如對該詐欺案言賄受賄，應在第二審尚未判決以前，因詐欺罪依法不得上訴，隨即被檢察官收押，與所謂約定賄賂之事，尤見矛盾。何況關係人邱聽龍，於刑事警察局偵訊時，堅決否認有以電話約定一百萬元賄欵之事。周賢敏就此又完全空言主張，殊不足採信。又依周賢敏陳述中央銀行錢局長龍韜曾向王部長洽詢案情，但依錢局長致王部長之函件內容觀之，周氏父子，均否認有一百萬元賄欵之事，有原函影本可考。參酌周賢敏在調查局沈局長前，否認有此事實各情，綜合以觀，所謂王部長曾經由邱聽龍向之索欵一百萬元，並無佐證。至邱聽龍是否從中招搖一節，非本院職權調查之範圍。

次查周賢敏詐欺案件進行中，在第二審法院，始終由刑事第二庭審判，審判長推事為周宗頤，並無更換審判長情事。經調閱原卷，查核屬實。周賢敏指訴王部長為便其操縱審判，臨時更換審判長，顯與事實不符。

肆、關於周賢敏指訴王部長於判決確定後，曾經由邱聽龍向之索賄五百萬元；並已交付三百萬元部分：據周賢敏夫婦指述，略以：詐欺案件，在第二審法院宣判前，邱聰龍即告知其判處徒刑四年；並謂仍可設法挽回，最好給五百萬元，可以辦到無罪。現在王部長在花園新城蓋了一棟房屋，正需用錢等法院判決時，先給三百萬元，餘於辦妥時再付，該案於六十三年四月十七日宣判，果如邱所言判刑四年，不得已乃於四月十八日中午，將三百萬元，交付與邱，希望再審判決無罪，嗣果一再准予延緩執行，惟案件本身，則無具體結果。上述三百萬元，直至六十四年四月廿七日，始由邱聰龍夫婦退回，當將現欵三百萬元，攝影存證；並將縛鈔棉紙留下云云。經詢據王部長任遠說明：周賢敏詐欺案件，在法院審判程序中，爲尊重審判獨立，從未過問。有人洽詢，均以不能干涉審判作答。第二審判決結果，乃事後得悉，所謂邱聰龍預先告以判決四年，乃事實上不可能之事。至花園新城房屋，係六十二年四月興建，其資金係出賣北投奇巖新邨二號之九房屋所得，六十三年四月間，已近完成階段，又關於延緩執行，均係周賢敏自行向台北地檢處以公司業務有待清理；並籌繳囘已詐欺之欵，或父喪有待料理後事爲由，請求延緩執行，任遠事先均無所悉等語。按依常情而言，如對該詐欺案行賄受賄，應在第二審尚未判決之前，因詐欺罪法不得上訴第三審，一經第二審法院宣示判決，即告確定，惟依周賢敏之指述索取五百萬元賄賂，係在該案宣判以前約定，交付三百萬元賄賂時間，則在該案判處有期徒刑四年以後，其目的乃在另行設法使已判決確定之案係改判無罪。查經判決確定之條件，必須具有非常上訴或再審之原因，始得變更確定判決。而非常上訴或再審之條件，極爲嚴格，人所共知，如確有行賄受賄之意圖，絕無任該案判決有罪確定，而於確定後，刻設法翻案之理。其所言行賄受賄動機，顯與情理不合，頗難置信。事實上周賢敏於六十三年五月十五日向台灣高等法院聲請再審，同月卅一日，即經該院裁定駁回，如果周已交付賄欵三百萬元，何以刻審案件，半月之內，迅即駁回？周賢敏於再被駁回後，亦絕無不向邱聰龍還賄欵之理，何以一年之後，至六十四年四月，始由邱退回？關於再審被駁回之經過，周賢敏夫婦，在「呼寃書」及上書嚴總統時，隻字未提，是否因與其指述行賄受賄之事相互矛盾，而故意省略？値得推敲。且周賢敏於六十三年十一月向本院陳訴時，亦經指摘法院判決不公，毫未涉及有此三百萬元賄欵之事；況查司法行政部於該案判決確定後，認爲調查局對該案之破獲，殊堪嘉許，乃於六十三年九月二日，以台(六三)函人字第七六五〇號函請行政院議獎。如果王部長任遠在先已受賄三百萬元，準備幫忙，再審翻案，議獎之舉，豈非自相矛盾？於此種種，均足說明交付三百萬元賄欵之事不無虛構。周賢敏之妻周林良如，雖又主張邱聰龍退回之三百萬元，有照片及細鈔票之棉紙條爲證，但查三百萬元現鈔照片，並不能具體證明係退回之欵。棉紙條三百張，刑事警察局會深入調查，對各紙條向有關行庫查對；並查詢該期間領欵較多之客戶，均無所獲。嗣又移請司法行政部調查局繼續調查，亦不能爲具體證明。所謂邱聰龍於六十四年四月廿七日退回三百萬元之事，亦乏確證。

至周賢敏聲請延緩執行，經詢據台北地檢處首席檢察官羅萃儒略以：周賢敏於六十三年五月中旬七月十五日及十月二日，先後三次具狀，以公司業務籌措繳還稅金及辦理父喪爲由，聲請暫緩執行。本處以其所持理由，尚屬正當，均經核准。惟其於第三次聲請時，因尚未見其陳報已將稅金繳清。故此復暫緩執行，而未定時日，俾發現其無繳清稅欵誠意時，隨時予以拘捕執行。故當其第四次再請暫緩執行時，非惟未予批准，且已簽發拘票拘提。該延緩執行案，從無上級人員作某種指示情事，核與原執行卷所載，尚屬相符。自不能以周賢敏有延緩執行之聲請，即推定有交付賄賂之行爲。又王部長任遠，雖在花園新城建有房屋，但其興建時間，係在六十二年四月，且係出賣北投房屋價欵作爲資金，與周賢敏主張交付賄欵之時間，相差一年，亦無從以此推定有交付賄欵三百萬元之事實。

伍、關於周賢敏指述會期約以白沙灣土地行賄部份：

依周賢敏夫婦指述在交付三百萬元後，六十三年十二月間，邱聰龍又要其向王部長意思。因無現欵乃願將白沙灣土地劃一塊給王。在六十四年新年元旦中午，由賄駕車，陪同王部長到白沙灣看地，由海防部隊張副班長等接待，事後王部長表示滿意云云。經詢據王部長任遠稱：從未去過白沙灣，更無對白沙灣土地表示滿意之事等語。按依周賢敏夫婦之指訴，係在六十三年四月十八日交付賄欵三百萬元，其目的在使該詐欺案係於判決確定後設法再審無罪，但事實上該詐欺案再審，已於六十三年五月三十一日裁定駁回確定。周賢敏此時不向邱聰龍索回三百萬元，而仍願繼續行賄，已與情理不合；且不動產之移轉，必須登記，始生效力，以土地行賄，等於在地政機關公文書上，留下受賄之紀錄，亦為不可想像之事。況所謂王部長曾與邱聰龍至現場看地，不僅為邱聰龍所否認，刑事警察局訊問海防部隊班長姚萬青，副班長張寶林，亦不能證明曾接待王部長看地，有詢問筆錄存卷可查。本院調查時，復函國防部約該二員來院談話，亦不能確證有見王部長之事，有談話筆錄可考，此部分亦無從認為眞實。

陸、關於周賢敏夫婦指訴酒女黃金丹開彩部分：依周賢敏夫婦指訴，曾於六十三年五月十七日，找得女子黃金丹，送至華國飯店五樓，供王部長蹂躪，由其付了十二萬元等語。經詢王部長任遠，否認有在華國飯店住宿，更無所謂女子黃金丹陪宿之事。查刑事警察局曾訊該黃金丹（即酒女香兒）據稱：六十三年五月十七日，在華國飯店與之同宿者，乃一年約四十餘歲之楊姓華僑，刑事警察局並覓得華僑照片，混入他人照片中，命黃金丹指認，亦認明無異，均有該局偵訊筆錄存卷可稽。復據黃金丹陳訴，在六十四年四、五月間，有人願以新台幣四十萬元，囑其任意指認同宿之人，為其所拒絕；並告知其五月花酒家經理余瑞成。亦經刑事警察局訊問屬實。本院調查時，曾約黃金丹、余瑞成談話，所述太與刑事警察局訊問情形無異，有談話筆錄可查。周賢敏將黃金丹與人同宿事，牽扯與王部長任遠有關，顯有張冠李戴不無意圖嫁禍之嫌。

又周賢敏之妻周林良如，在「呼冤書」中，尚指述另一次由邱聰龍至桃園安排，由周賢敏向周林良如取去十萬元支票等語。事實上該支票係周賢敏交付其姘居女友王碧玉化用，不獨刑事警察局查證屬實，本院調查時，周賢敏本人及王碧玉分別承認授受無訛。均有談話筆錄可考。可見所控不盡不實。

陸、關於周賢敏指訴陳玉錕、林煥夫行賄部分：周賢敏夫婦指述，前新竹市市長陳玉錕與前中壢市市長林煥夫，因案亦經邱聰龍之手，分別取得新台幣四百萬元及二百五十萬元云云。按此項事實，不獨為邱聰龍所否認，刑事警察局傳訊陳玉錕等，亦均否認其事，有偵訊筆錄，存該局卷可稽。本院調查時，曾約陳玉錕談話，矢口加以否認，亦有談話筆錄可考。至林煥夫事，據周賢敏在刑事警察局供係得之聽聞（見刑警局卷三〇頁），自無約談之價值，未予約談。周賢敏此一部分之指述，毫無事實根據。

捌、關於周賢敏在監執行受虐待部分：查周賢敏因詐欺案，現在台北監獄執行，其就此部分之指訴，除對獨居監部分認有不當外；其餘所謂精神虐待，怕人暗中加害，均係推測之語，毫無具體事證提出。關於獨居監問題，經詢據王部長說明：周賢敏入監之初，係依監獄行刑法第十五條規定辦理，嗣因其涉及另一案件，在聯勤總部軍法處訊辦中，依同法第十六條規定，亦應儘先獨居。本院調查時，經向台北監獄張典獄長及台北地檢處羅首席查證屬實；並在監接見周賢敏本人，詢其在監有無遭虐待；據答：沒有？當初我進來時，叫我獨居，我害怕他們害我。現在看來，不會的。我已經不是獨居，可以出來活動了。在獨居時，每星期六，可以接見家屬一次等語。是周賢敏之指訴當屬誤會。

玖、關於周賢敏指訴法院人事資遷，均須送賄部分：周賢敏此部分之指訴，全為泛泛之詞，究竟何人調遷，曾經送賄，並未具體指出，已無從信為真實。事實上，司法行政部所屬法院人事調遷，自五十九年王部長到任後，即設有人事評審會，由政務次長主持，常務次長及有關單位主管出席。五年餘來，已開會一百六十次，評審人員二千一百三十六人次，有司法行政部人事評審會紀錄簿八本可查，空言指訴，無可採信。

拾、關於周林良如偽造文書部分：依周林良如其婆婆周李季英先後陳訴，略以：良如為華農企業公司負責人，實際參加經營農業生產，依農業發展條例第二十條第二項「其委託他人以人力畜力或農用機械代耕，而自行經營農業生產者，以自耕論」之規定，良如應算自耕農。法院竟不分皂白，謂良如非自耕農，而聲請變更戶籍登記為自耕農，為偽造文書。本案檢舉人孫瑜雯，查無其人，檢察官李雪，不傳檢舉人對質，即行起訴。台北地院推事楊照男，竟判處法定最高刑期徒刑三年，台灣高等法院審判長推事周叔厚推事盧仁發、田正恒，雖改判有期徒刑一年八月，亦不詳查事實，盧推事仁發，在良如住院期間，兩度蒞院查看病歷，急如星火，其為遵照王部長之指令辦理，可以想像得到。在王部長的想法，趕快將良如判罪入獄，以免在外到處呼冤，請查究司法人員，枉法訴追裁判之責，並將禍首罪魁之邱聰龍，移送法辦云云各等語。經分別詢據台北地方法院檢察官李雪，同院刑庭推事楊照男，台灣高等法院刑庭審判長推事周叔厚，受命推事盧仁發等，僉稱：本案之偵審，悉依法定程序辦理，在偵審過程中，絕無任何非偵審人員或長官干預。並據檢察官李雪稱：本案檢舉人，署名孫瑜雯，檢舉周林良如並非農民，為達到買賣農地圖利起見，竟矇將身份證之職業欄，改為自耕農後，行使偽造後之戶籍謄本，據以買受白沙灣農地九甲餘，違反土地法第卅條，實施耕者有其田條例第二十八條之規定，妨害國家農業政策。經查檢舉人孫瑜雯，並無其人，但其檢舉者，非告訴乃論之罪，而為關係國家土地政策之偽造文書事件，先即秘密調查證據，未即傳訊被告。迨握得確實證據後，始傳訴偵查，結果，認周林良如涉有偽造文書之嫌，予以起訴，其犯罪事實證據，及所犯法條，均詳載於起訴書，第一審推事楊照男並稱：查農業發展條例第二十條之規定，係以農民為主體，周林良如原係周氏鋼鐵股份有限公司業務經理，非直接從事農業生產者，應無該法條之適用；且其事實上，仍居台北市，距石門鄉超過十公里以上，與內政部規定申請自耕能力證明書之應具條件不合。經查證結果，被告周林良如所為，其虛設戶籍，偽裝耕作，使公務員發給不實自耕能力證明書；並變更職業為自耕農，特以辦理農地所有權移轉登記，圖一己之私利，不惜破壞政府土地改良政策及優良之農業措施。觸犯刑法第二百十四條之使公務員登載不實罪，及同法第二百十六條之行使罪，且係連續犯，加重其刑二分之一後，處以有期徒刑三年，一切詳載於判決書請查參。第二審審判長推事周叔厚，受命推事盧仁發、田正恒並稱：第一審判決，對被告周林良如偽造文書之犯行，因罪證明確，據以論罪科刑，難謂無見。惟被告連續犯行為，至六十四年四月十六日以後，固無中華民國六十四年罪犯減刑條例之適用，但被告連續犯行為，大部分在六十四年四月十六日以前，斟酌該減刑條例寬典精神，並衡量犯罪情節，乃將原判決撤銷改判，酌處有期徒刑一年八月。一切詳載判決書，受命推事盧仁發又稱：本院定期審理周林良如兩次以生病住院，傳未到案。為明瞭其是否藉病避不到案。曾親臨鐵路醫院及三軍醫院查看病歷，訊問主治醫師，以便定期續行審理。並未將周林良如拘提到院，均有審判及勘驗筆錄可考。至周林良如後來被羈押因另案檢察官所為，與本審無涉云云各等語。

經查周林良如為普通高中畢業，任周氏鋼鐵公司業務經理，尚未從事農業作，政府為維護耕者有其田政策，對於買受耕地者，規定須有自耕能力，何種情形，始有自耕能力？內政部亦訂有認定標準，乃周林良如明知其自己不能從事耕作，竟虛設戶籍，矇請石門鄉公所發給自耕能力證明書，將身份證職業欄，變更為自耕農，向黃德義等買受農地九甲餘，使淡水地政事務所在土地登記簿上，為不實之記載，經檢察官偵查起訴，第一審因其係連續犯，依法加重後之法定刑為四年六個月，酌處有期徒刑三年，第二審則以其最後一次犯行，固在中華民國六十四年罪犯減刑條例施行後，但大部分犯罪行為，則在該條例施行以前，斟酌該條例之寬典精神，改處有期徒刑一年八月，尚難謂有何不合。在審理中傳訊被告不到，據稱因病住院。受命推事親赴醫院查看病歷，訊問主治醫師，均記明於勘驗筆錄，亦無不當。陳訴人等謂係遵照王部長任遠指示辦理，頗嫌無據。至周林良如之羈押查係另案檢察官所為，該案現未終結。未便置評，但非推事盧仁發所為，則屬事實。

乙、調查意見

一、本件陳訴人周賢敏、周林良如夫婦，及其母周李秀英，指訴司法行政部王前部長索欵未遂，挾嫌報復，干預審判各節，或查非事實，或者無確證，或係推定之詞，或屬誤會，均無確切證據。

二、陳訴人等指訴台北地方法院檢察官李雪，同院刑推事楊照男，台灣高等法院刑庭審判長推事周叔厚，推事盧仁發等，枉法訴追及枉法審判各節，查非事實。周林良如偽造文書一案，判處有期徒刑一年八月確定，查無不合。陳訴人等指其枉法，無從證明。該員等查無違法失職之處，應予免議。陳訴人等如認確定判決有何違法或採證不當之處，應依法申請非常上訴或再審以資救濟。

三、陳訴人等指訴邱聰龍各節，查邱非公務人員，不在本院調查糾彈對象之內。

四、本案擬予存查。

謝晉元與八百壯士

·劉棨琮·

尚有孤軍，留最後鮮血一滴，準備着，頭顱相抵，以吾易敵。蘊藻濱前鉦鼓動，蘇州河上旌旗色，看青天白日正飛揚，君應識。

衆口誦，征寇檄，望閘北，兒童泣，問橋頭大厦，近來消息，萬國衣冠都下拜，千秋付與如椽筆，記張巡許遠守睢陽，今猶昔。

「滿江紅」盧前（冀野）作

抗日英烈像郵票中之謝晉元

謝晉元紀念郵票

謝晉元在困守四行倉庫時之遺照

八年抗戰，有如一夢，星移物換，歲月悠悠，勝利結束，轉眼將二十又六年矣。中日兩邦同爲東亞大國，果能推誠，敦睦邦交，非但爲兩個人民之福，即對世界和平，亦必有其重大之貢獻。當日本戰勝帝俄，躋身列强之林的時候，中山先生應北方政府臨時執政段祺瑞之邀請北上，謀求統一共商和平大計，路經日本，對神戶五團體講述大亞洲主義，除對日本維新發奮爲雄，備致喜悅讚仰之忱外，並提醒其今後政治應走的路線，預防日本陷入於盲目的衝動，造成東亞不可想像之禍害。

不幸，日本政治家眼光短淺，胸襟窄狹，竟不願做東方王道的干城，而寧願做西方霸道的鷹犬，萁豆燃萁，相煎日急，妄想吞併中國，征服世界。自從一九三一年九月十八日，佔領我瀋陽掀起了戰爭的兇焰後，算算這四十年中的往事，中華民族固是痛深創鉅，但大和民族最後還是屈膝於原子彈之下。雖然戰後接受盟軍的扶助支援，重建了國家，工業飛躍進步，而導致共產集團的跋扈滋長，不僅今日整個亞洲地區赤焰囂張，即扶桑三島內部的動亂不安，未嘗不是引狼入室的後果。這裡，我們對於過去的血腥事實，不僅是歷史重溫，而且要告訴下一代：以抗戰局面之艱鉅，和戰後我們以德報怨政策的偉大。

歷史是一面鏡子，也可以說是「前事不忘，後事之師」，爲了使年青一輩的黃帝子孫，對於這一筆血債，能有一些鮮明和系統性的瞭解。事隔三十餘年，重溫日軍侵華的往事，眞是瘡痛猶深！勝利的果實，却不知蘊藏着多少可歌可泣的史蹟。

當抗戰初起時，日本軍閥侵畧的炮火，在盧溝橋響起第一槍聲，我全國男女老幼掀起了保家衞國的神聖任務；緊接着八

上官志標遺像

一三淞滬展開了爲期三個多月的浴血保衞戰，我八百壯士孤軍，在謝晉元團長領導下，死守上海四行倉庫，人人以必死的決心，誓與陣地共存亡。尤其年僅雙十年華的女童軍楊惠敏，冒生命的危險，在敵人密織的火網中，泅水越過蘇州河，獻上一面象徵中華民族凜然正氣的鮮艷國旗，飄揚於倉庫的頂端迎風招展，壯士們不由得感動而落淚，因此，「八百壯士」之英名，名揚遐邇。

於是，「中國不會亡，中國不會亡！你看那八百壯士孤軍奮守東戰場。四方都是炮火，四方都是豺狼；寧願死，不投降！寧願亡，不投降！我們的國旗，在重圍中飄蕩！飄蕩！飄蕩！……」的歌聲，傳播世界每一角落，而使國際人士對我抗戰的士氣與決心，有了正確的認識和同情，我全國上下，由於這一羣難以忘懷的孤軍，贏得舉世讚揚與歌頌，更是人心鼓舞，堅信全民力量足以打敗日本軍閥而爭取最後的勝利。

民國二十六年七月下旬，傳出日本水兵宮崎貞雄，在上海四川路口「被綁失蹤」的謠言，可是事隔僅兩天，這水兵因冶遊潛逃，却在鎭江一艘輪船上，躍跳長江企圖自殺時，被當地一名船夫救起，經獲送至京，派員交還日本駐京總領事。

據宮崎水兵供稱：「七月二十四日的晚上，在上海北四川路的一家娼館裡，被另外一名日本水兵看到，因爲這家娼館，並沒有經過日本海軍陸戰隊所指定招待，爲了這一觸犯軍紀的理由，所以棄職潛逃。」日本步「藏本事件」之後，導演這次失蹤醜劇的陰謀，那套西洋鏡被拆穿了，江南人民預料事態之嚴重。果然不到兩星期，日政府下令撤退在華僑民，長江一帶的日艦，也全部集中上海，戰雲密佈，大戰一觸即發。

八月九日午後五時許，日海軍陸戰隊中尉大山勇夫與水兵齋藤要藏，武裝駕着汽車，經徐家滙虹橋，企圖衝入我軍用機場，被衞兵發現阻止，齋藤要藏竟兇橫無理，不服制止，開槍打死了機場衞兵；我保安部隊聞聲出巡，予以還擊，兩名日軍俱死於亂槍之中，戰火因而燃起。

事情發生後，我政府以國防建設未臻完善，寗願委曲求全，由上海市長俞鴻鈞與日駐滬總領事岡本再三交涉，希望以外交正當途徑，謀求妥善解決，勿使事態擴大。日本明則允以談判、調查，暗則軍事部署。八月十一日，日方突然向我提出要求：撤退駐滬之保安隊，其所有之防禦工事一律撤除；同時却以軍艦廿餘艘，護送運輸艦五艘向上海開駛；另又在這十里洋場的國際都市，動員了海軍陸戰隊及在鄉軍人與義勇團，並將其第一、三艦隊之軍艦三十餘艘，集中在吳淞一帶。除擁有飛機約三百架外，陸軍亦先後增援向上海輸

謝晉元與部屬合照

運，約有五個師團以上的兵力。（日軍指揮官初為長谷川清，增援到達後，改由松井石根統領）

我方窺破其計，最高當局深察形勢險惡，認為戰爭無法避免，於是爭取機先，令調駐京滬線的王敬久八十七師和孫元良八十八師兩勁旅，兼程開抵閘北及江灣佈防，嚴陣以待，隨後三十六師宋希濂、九十八師夏楚中，又加入陣地。

此時，上海的各國外交使節，深恐大戰發生會遭受池魚之災，雖曾召集了一次國際委員會，擬根據民國廿一年「一、二八」的和平協定，從事調停這次虹口事件，可是日方態度咄咄逼人，難以協調，我外交部知和平已到絕望關頭，乃發表嚴正之聲明云：

「盧溝橋事件以來，日軍種種行為，均屬侵犯我國領土主權，與違犯各種國際條約。我國處此環境之下，忍無可忍，除抵抗暴力實行自衛外，實無其他途徑。今後事態之演變，其一切責任，應完全由日方負之。」

這一篇聲明，立意正大，措詞強硬。可是，日本軍閥一意孤行，那顧及任何後果，從八月十三日上午九時起，便沿着北四川路、軍工路一帶，向我軍展開攻擊。

此時，我軍在上海作戰所受的束縛與牽制太多，一則是位於浦西最繁榮區域的租界特區，尤以蘇州河北岸、外擺渡橋以東江北岸的虹口地區，早為日人的勢力範圍。日本海軍軍艦便倚托這一段江面有利形勢，對我作戰；倘若我軍向其轟擊，砲彈必然會落在租界裡，當遭受到各國的干涉，我軍投鼠忌器，顧慮甚多，要想發揮威力，殊非易事。再則遠在民國廿一年淞滬協定成立之後，日軍便在虹口構築現代化的堡壘陣線；在北四川路天通庵車站建築了一所全係鋼筋水泥的陸戰隊司令部。

這座現代化的建築，極為堅固，非一般輕武器所能動其分毫。由於地近郊區，視線遼闊，屋頂築有高射砲陣地和觀測所，中層為營房，不僅可俯瞰我軍動態，而且對停泊於黃浦江中的日艦，能用燈語聯絡，無被圍困之虞，日本軍艦砲轟我軍陣地，就靠它供給情報而發射。

這一座要塞的構築，在形勢上有利日軍的指揮作戰：由東北六三花園及日本坟山連成一線；西南日本小學、福民醫院，沿蘇州河而西，和戈登路底的內外紗廠，梵皇渡的豐田紗廠連成一線；再繞過滬西和徐家匯的同文書院，祁齊路的自然科學研究所連成一線，將上海整個租界，環繞包圍。復從司令部而東，由日本女學、公大紗廠、匯山碼頭，又連成一線，對虹口也構成孤形的附守線，這座要塞居中指揮策應，能收事半功倍之效。

在戰爭未開始前，日軍仍以「一、二八」為藍本，對今後作戰演習了數次，準備一舉攻佔我閘北陣地，而以持志大學為作戰目標。我軍因受當年停戰協定的拘束，淞滬近郊除了警察和保安部隊防守外，正規軍武力僅能以太湖為根據地，從乍浦到福山構成國防堡壘第一線，另劃江陰到太湖為第二線，鎮江至廣德為內衛線，以拱衛京畿。

八、一三戰役事出倉卒，在京滬線的駐軍僅有八七、八八兩個師急調應戰，由京滬警備司令張治中（不久發表其為淞滬圍攻區指揮官及第九集團軍總司令）指揮，由於我軍戰志高昂，但敵軍因佔盡地利形勢，所以戰爭一開始，便陷入了膠着狀態。翌日，我空軍健兒奉命分批出擊上海日軍軍事基地及敵艦；日軍也以轟炸機十八架，由台灣基地起飛，大舉侵襲我杭州及廣德機場。

我空軍第四大隊高志航，獲悉敵機進襲情報，立即率領鄭少愚、李桂丹兩機羣廿七架，緊急升空迎戰，分頭攔擊，一場空中奮戰結果，我機在杭州筧橋上空，旗開得勝，造成了零比六的空前大捷，為中國空軍史上開創光榮的一頁，這便是日後「八一四」空軍節的由來。謝晉元原是陸軍第八十八師五二四團的團附，（該團原任團長係韓憲元，後在雨花台陣亡，由謝普元代理以後，軍事委員會於該團困守時給予孤軍團名義並予眞除。）七七事變前，該團駐防於江蘇無錫，盧溝橋掀起了神聖的全面抗戰後，始奉令調防於上海閘北車站一帶。虹口事件發生，孫元良將軍率領的八十八師五二三團，早於上海情勢緊張時，分批潛駐滬上，於八月十一日夜，以保安隊移動名義，秘密集中上海眞茹，師司令部設在譚家橋附近，將兵力作下列之部署：二六二旅轄五二三、五二四兩團，進入北站、寶山路、八字橋一帶為攻擊的右翼；二六四旅轄五二七、五二八兩團，進入八字橋以左，持志大學、愛國女校以西地區，為左翼攻擊部隊；師直屬部隊則為總預備隊。

孤軍營中升旗禮後高呼口號

八一三戰起，我軍固守眞茹、閘北、江灣、吳淞一帶，當日上午九時半，日軍沿北四川路、江灣路一帶向我開始攻擊，槍聲由橫濱路響起，初則攻我天通庵一線，午後即延及八字橋、寶山路、北站全線，迄晚，八字橋七次爭奪戰至為激烈。我軍憑天時、地利、人和等有利形勢，迫使敵軍步步退卻，造成抗日史上輝煌的戰績！

是日下午三時，八十八師首先奉令向永豐大樓、八字橋、持志大學、愛國女校敵陣，發動猛烈攻勢，當時日軍猝不及防，五二三團之易瑾營官兵首先衝入敵陣，因爭奪八字橋引起戰火，我軍乘勝肉搏，敵屍堆積如山，這便是八十八師首捷的第一回合。

精神訓話

八月十五日，日轟炸機六十餘架，又分批大舉瘋狂襲擊杭州、嘉興、曹娥、南京等地；我空軍第九大隊健兒，大顯身手，又在曹娥上空，一舉擊落了九四式日轟炸機四架；我第四大隊健兒，亦不甘落在人後，仗着其飛行技術的精湛，不費吹灰之力，也擊落了九四式轟炸機十六架，後來在飛抵南京上空時，又協同了第三、第五大隊及航空學校暫編部隊兵力，擊落了日機十四架，一日之間共擊落敵機三十四架，戰績輝煌，使敵軍膽怯。

八月十六日，敵機再以轟炸機二十餘架分襲各地，又被我第三、第四、第五大隊的空軍健兒們，分別在杭州、嘉興、句容、揚州、南京上空截擊，擊落了日機八架。三天的空戰搏鬥，我空軍揚威藍天白雲間，共擊落日機四十八架，日本最稱精銳的鹿屋及木更津空軍聯隊，經此一役後，被我空軍殲滅殆盡。而上海日軍根據地的公大紗廠，這一天也受到我空軍健兒的襲擊，虹口敵區中彈起火；我軍右翼部隊之八十八師，更逐步向粵東中學、愛國女學、日本坟山和上海法學院一帶推進；八十七師也攻下了日本海軍機廠及海軍俱樂部，並逐漸縮小了包圍圈，迫使浦東日軍放棄了幾個據點，而紛紛敗退。

八月十九日，我軍由西安亟調宋希濂之三十六師、夏楚中之九十八師，兼程南下，加入淞滬戰場，我軍攻佔了虹口日軍陣地，一度會接近匯山碼頭。祇是此一地區，洋樓大廈林立，易守難攻，急切之間未予佔領。廿四日晨，金鷄報曉時，日軍援兵趕至，第三師團、第十一師團，及第八師團之第四旅團，第一師團之第一旅團，分別在獅子林、川沙口登陸，向我瀏河、羅店、寶山之線南犯，於是戰鬥重心遂自虹口轉移至月浦、羅店之間。

我軍為了應付此一趨變的形勢，立即以陳誠所部的第十八軍增援，並於廿四日開始對日軍展開猛烈反攻，惟以敵海軍砲與陸空軍之協同容易，火力過猛，終未奏效，當時雙方鏖戰的激烈，實前所未有。

軍事委員會為了統一這地區的作戰，特將上海劃為「東戰場」，由蔣委員長兼司令長官，馮玉祥副之；不久改番號為第三戰區長官司令部，以馮玉祥為司令長官，顧祝同副之。長官部以下，並將淞滬戰區劃分三個指揮中樞，陳誠被任命為前敵總指揮，張發奎為右翼軍總司令，張治中為左翼軍總司令，後由朱紹良接任（編者按：此處記載有誤），陳勁節為兵站總監，鄒作華為砲兵指揮……以及工兵通訊、交通各兵團司令作戰機構。

八月廿五日，敵海軍第三艦隊司令長谷川清，宣言封鎖自上海至汕頭之中國沿海；廿六日敵飛機在京滬公路上逞兇，襲擊英駐華大使座車，英使許閣森受傷，卅日復砲轟停泊黃浦江上之美艦奧加斯日打號。中國國民黨中央常務委員會決議，授權軍事委員會委員長蔣中正，行使陸海空軍之最高統帥權，並對於黨政統一指揮。

廿九日，日軍以主力進攻我軍羅店陣地，其進攻之初，先用艦砲、重砲與飛機，集合三軍火力，以立體式掩護步兵猛轟，企圖摧毀我軍陣地。這一戰日軍稱之為「血肉磨坊」，我軍英勇應戰，一心一德，共抗強寇，用血肉之軀築成壕塹，全營官兵殉難者有之，雖陣地化為灰燼，而我士氣高昂，軍心仍如鐵石，臨陣之勇，死事之烈，實足以昭示民族獨立的不屈精神。

我軍前仆後繼，源源而至，將日軍團團圍住，敵方亦大量增援，又將我軍反包圍起來；而我軍又急調援軍，再對日軍施以包圍。如此層層重疊包圍，雙方短兵相接，反復衝殺，傷亡皆極慘重。綜計參加上海保衛戰之役，我方出動兵力達八十餘師，名將朱紹良、羅卓英、薛岳三個集團軍，在陳誠將軍指揮下，以弱勢的裝備抵抗達經月之久，遭受日本海陸空猛烈的立體戰，尤以八字橋之役七次爭奪，戰績極為輝煌，事後敵人慄於我軍神勇善戰，壯烈成仁，整隊的官兵隨着日本同盟通訊社戰地記者，同往憑弔，在我烈士塚前獻花，深深的致以九十度三鞠躬，表示無上崇敬，我將士犧牲之慘重可想而知。這場戰爭在軍事實力上吃虧雖大，但是在轉變國際間對我的觀感，和刺激國內民心士氣的振奮，却收到難以估計的代價。

戰爭相持到十月間，日軍聚集在上海附近之部隊，已有三十餘萬之衆，由上海派遣軍司令官松井石根指揮，藉海空軍的支援，再度向我發動大戰。日軍當時的進攻方式，是以飛機、重砲爲前奏，連續猛轟猛炸之後，再施放烟幕，於是用坦克車爲前驅，步兵則緊隨跟進。

當時，京滬制空權已經喪失，我機祇能在夜間活動，以致我軍白晝要捱砲轟，而夜間又須趁黑暗來修築戰壕，如此日復一日，困頓艱辛已極。延續到這個月的廿三日，因爲日軍砲火愈加兇猛，我軍傷亡慘重，被迫退往小顧宅、大塲、走馬塘、新涇橋、唐家橋一帶。

這時，日軍再挾戰勝餘威，繼續向我大塲守軍猛攻，激戰到二十五日，大塲陣地已呈瓦解狀態，終於被迫失守。

大塲既不保，閘北地區受到側背之威脅，完全陷入敵人鐵蹄之下，政府爲長期抗戰，乃採取新的戰鬥方針；於是戰區司令長官，配合戰局新發展情勢，作戰略上之轉移。廿六日晚間下達命令，國軍五十萬人從閘北退守眞茹；另以第八十八師孫元良所部五二四團，留置閘北、彭浦，以掩護我左翼部隊的撤退。

謝晉元團長臨危受命，率領其所屬楊瑞符的第一營官兵四百餘人，轉守蘇州河北岸，然後佔領四行倉庫（上海有大四行、小四行兩個倉庫，大四行爲中央、中國、交通、農民銀行所有；小四行爲大陸、金城、中南、鹽業銀行所有。這小四行倉庫爲五層鋼骨水泥所砌成，屹立於蘇州河以北）。

四行倉庫三面受圍，其後瀕臨蘇州河，河的南岸是租界，倉庫的右邊隔一條馬路，便是英國兵營的所在地，左邊和前面就是「華界」。當國軍主力完成轉進後「華界」已被敵人的炮火和燃燒彈，燃成一片火海。敵人對轉進中的我軍，緊追不捨，甚至他們的主力，超越了謝晉元團長的後衞據點。

謝團完全被孤立於四行倉庫彈丸之地，四面受敵，糧食械彈的補給線中斷，謝晉元此時如虎離山，英雄已無用武之地，他深深瞭解自己的處境，整整一夜未閉上眼睛，在腦海中盤旋着出路，驀然發出一聲：「我們要戰鬥！」的呼聲。

這時，已是二十七日的清晨，約摸二時許，天未破曉，志决立行，於是對團附上官志標下達分配行動的命令：楊瑞符營長因傷已隨後方醫院撤退，（編者按：此處有誤。）由第一連連長陶杏春兼代營長殿後，二連連長鄧英擔任前鋒、三連連長唐棣緊隨跟進、機槍連連長雷雄以倉庫三樓掩護各連。

當第二連第二排錢振華排長身先士卒，首先發動，剛剛躍出側門時，即被敵軍一陣密集輕重機槍所封住，跟隨而來者又是連發的迫擊砲彈，火焰環繞着四行倉庫，將星夜長空照耀得十分明亮。

從華界出擊照說是順理成章之事，毫無顧忌，然而敵人對我閘北的最後據點，勢在必取，謝團若從此出擊，敵軍當以密集火網發射，傷亡慘重乃在意料之中，而且更將華界同胞帶來了許多無謂犧牲。於是謝晉元團長立即改變方向，命令第二連從右邊側面出擊。因爲這一方向，是英國的兵營所在地，敵軍不敢以迫擊砲轟擊。同時機槍火網由於發射角度受到限制，無法嚴密封鎖。

這時，與我有邦交的英租界駐軍，亦激於義憤，派了一個通譯，以戰況情報相告，認爲謝團長已經深陷於日軍縱橫包圍之中，果若强迫出擊，事必遭受慘敗，與其無謂重大犧牲，不如暫時固守，等待有可乘之機，再行設法出擊。

再說，團與旅之間的聯絡，早已中斷，而國軍亦都奉命轉移陣地，既無外援又乏退路，謝團長急如熱鍋中的螞蟻般，心中忖度着將遭受什麽的後果；而這後果正是他投筆從戎，進入黃埔時一直夢寐以求的目標。想到這裡，他那張疲憊而却亢奮，憔悴而精神閃爍的臉上，却露出一絲笑意，於是咬緊牙關，握住拳頭，發出一聲堅決的怒吼說：「我要死守，死守四行倉庫！」

那位英軍通譯很友善的勸告謝團長，

請他率領所部，解除戎裝進入英租界，願保障其安全。可是這位出身黃埔搖籃的革命幹部，深受校長訓誨：「革命軍人不成功便成仁」的感召與薰陶，懍於軍人以保國衛氏爲天職，頭可斷血可流，而志不可屈，他謝絕英軍通譯的勸言後，婉拒其盛意，並慷慨激昂的回答說：「武器是軍人唯一的生命，我身可死，而槍則不可以離，未奉命，誓死不屈也！」

當初，謝晉元進駐四行倉庫的目的，是掩護國軍主力後撤，俟任務完成後，則隨我軍主力退至新陣地；然而虎困海灘，孤軍無援。此刻，既然奉命死守，唯一能做的，祇有堅保這彈丸之地的據點——四行倉庫。

因此，這個建築物將與孤軍發生密切的關係，謝晉元和孤軍弟兄們的生命，將與這棟五層的建築物鑄熔在一起。戰爭的藝術，非僅是以一己的犧牲，去擷取輝煌的戰果，而且還得在有利的條件下，去向敵人索取更高更大的代價，以點線的戰爭的成功，帶轉爲全面戰爭的成功。謝晉元決心以此爲死守據點，這是孤軍唯一的戰場，也是孤軍視爲求仁得仁，軍人無上榮譽的最後歸宿。四行倉庫既是八百壯士生命的命脈，於是，他用黑布蒙着手電筒，以微弱的光線，先去勘察這座建築物的構築狀況，以便據險扼守。他一層又一層的由下而上，發現它是一座以堅固鋼筋水泥凝結的牆壁，每一層面積大約七十餘公尺寬，成長方形，而且這是一棟用以堆積貨物的倉庫，所以很少隔間，除了一些剩餘的器具和木材外，早在戰爭初起，全部貨物都已搬運一空。頂樓上尙有平台，謝團長和幾個軍官們，站在水泥堞墻邊，瀏覽鋒火中大上海的夜景，憑高遠眺，刼後慘景，盡入眼中。

這時，天尙未黎明，滿眼是一簇簇的火光，爲閘北附近的長空，到處曳着嘯音的槍砲聲、建築的崩潰聲，以及婦女和兒童的啼哭、呻吟、哀號聲。雖然，這個不夜天的十里洋場之大上海，現已不復以前的謐甯恬靜，處處已被侵畧者的砲火所籠罩。可是，戰爭的邊緣租界裡，却呈現着另外的一個世界，同在祖國的一塊土地上，僅一河之隔，却有兩個截然不同的分野，成爲一幅非常尖銳的對比。

那高聳天空中的國際飯店裡，從窗口中還放射出强烈的燈光，那裡還有人在通宵達旦的婆娑起舞，或者呼盧喝雉，這些鬢光釵影或者醉生夢死的仕女們，不盡是外國人，他們和她們，居然會在接近戰爭戰爭的邊緣，沉迷不醒，失去良知，而在租界庇蔭之下作樂尋歡？無怪人們說上海是「冒險家的樂園」是藏汚納垢之地，是罪犯的淵藪！謝晉元團長看過閘北刧後的慘景，也聽到同胞慘厲的呼號，更忖度着租界那種荒唐淫亂的情景，不由得血脈僨張，磨着牙齒準備跟敵人一拚，同歸於盡。四行倉庫曾經充作八十八師的司令部，底和屋頂以及各層窗口，還堆積着難以計算的沙包，可以當作固守的憑藉；謝團長面臨困難的問題，是兵力的補充和糧彈的接濟，這兩大問題，如果得不到支援，據點縱或成爲金城湯池，也是無補於事。

謝團長下樓後，立即以口頭佈達防務命令，以一二兩連擔任左右兩方防衛，第三連擔任北面華界一線，團部和機槍連全部堅守二樓，利用窗口沙包構築掩護，以火力作機動性運用。營部駐紮底層中間，以鄰接英國兵營的馬路口，用沙包堆積固强而深厚的掩體；後面沿蘇州河一線，從第三連抽出一個班，由該連第一排中尉排長王佩高負責指揮，擔任河岸及河面的警戒；屋頂及每一層樓窗口的瞭望警戒，由第一連第二排少尉排長楊德海，從權作適當的安排，如發現任何情況立即報告團部。各連的主力一律配置于門窗附近，分批輪流休息，並各自指定負責消防人員，以防止敵人汽油彈攻擊所引起的燃燒。

各連的警戒任務配備妥善後，謝團長又命令所有官兵到底層，成講話隊形集合。陶代營長發出立正口令，向謝團長行過舉手禮之後，他以畧帶廣東鄉音而深沉的語音向大家訓話說：「現在我們是孤軍，委員長曾訓示我們，甯爲玉碎，毋爲瓦全，軍人的天職是以一死報効國家，中華民族的存亡續絕，是在我們的手中，我們必須死守，戰至最後一兵一卒，也不屈降！……」

杜月笙出身寒微，崛起市井，言重季諾，行儗陶居，由平淡而臻於絢爛，夠得上是一位多姿多采的傳奇人物。民國四十年八月十六日，其夙疾益厲，病逝香港，他那一篇膾炙人口，騰傳一時，被各地報章一再讚揚的遺囑，開頭便坦然的說：

「余樸實無文，生平未嘗參加實際政治，然區區愛國之懷，不敢後人。……」又云：「……誠以余出身寒微，所受國家社會之恩賜殊多，義之所在，不敢不盡力以赴之也。」

誠然，這是紀實之句，細觀他的一生，從未擔任過政府的公職，接受過國家的俸祿，然而以他未曾飽讀詩書的如此之人，居然能望重東南的廣泛人緣，忠黨愛國的一腔衷誠，前後四十年間，以一介平民而大義凜然，爲國家社會所盡力量之多，恐怕在野之輩，實無人可與其比擬。當北伐軍興，今 總統蔣公揮戈北向，他聯絡志友秘密響應；十六年竭力游說奉系軍閥畢庶澄，放棄淞滬，同時並組設共進會協助革命，參加清黨，粉碎共匪暴力組織，企圖攫奪上海之陰謀；九一八事變，馬占山孤軍抗敵，又籌欵十萬匯往慰勞；其後「一、二八」變起，淞滬淪爲戰場，他挺身而出籌組地方維持會，供應軍需，撫輯流亡，開軍民合作共禦強侮之先河；二十六年抗日軍興，他爲盡國民天職，更成立抗敵後援會，自告奮勇出任籌募委員會重責，復組蘇浙行動總隊、忠義救國軍，發動全民支援前線，籌募救國公債數逾七千五百萬元等等，不勝枚舉，眞不愧爲忠義之士。

八、一三中日大戰，整個上海烈焰騰霄，濃烟蔽天，淒厲恐怖的戰爭景象，使黃埔灘五百萬人觸目驚心，同樣的也讓滬上的中華兒女熱血沸騰，義憤塡膺。以杜月笙爲例，他是有生以來最繁忙緊張的一段時期，每天從早到晚，通宵達旦的，有數不清急於晤面的訪客，也有其無數的事情等待他去料理。

別動隊的成立和編訓急如星火，救國公債的募集也勢同燃眉，抗敵後援會更百事如麻，在他主持的籌募委員會號召之下，從腦滿腸肥日進斗金的大老闆，到三餐不繼形容憔悴的黃包車夫，個個爭先恐後，踴躍捐輸，於是黃金、美鈔、法幣、銅元、和醫藥器材、毛巾肥皂等，無以統計捐贈，把籌募委員會的佑大辦公室，堆積如山，眞是五花八門，應有盡有，成爲一個百貨公司，杜月笙指揮所屬一批又一批的逐日裝車，送上前線，支援抗戰。

在開始之初，因勸募甫在進行，會中並無餘欵，青黃不接；而一切支銷，費用浩繁，杜月笙只好個人墊代，反正呼風喚雨，原是他的特長；而熱烈贊助者亦樂於借墊，故能逐步推動，水到渠成。及至捐欵雲集，庫存日豐時，吳開先提議撥還墊欵，却又堅決不受，他說：「市民捐欵原爲抗敵勞軍，怎能扣低墊欵！這是我千載難逢的一次賠墊受點累算不了什麽？」他不僅因公賠累，而且捐欵出名不爲己私，一律以全體常務委員署名捐送，其急公好義如此。

其時，張治中所率部隊駐紮眞茹，缺乏交通器材，希望多捐助電話用具及機器脚踏車等，杜月笙獲悉後，獨由私資購買電話總機一具、分機十具、機器脚踏車四部，星夜專人送往。又右翼軍總司令張發奎，駐在浦東督戰，杜月笙、錢新之、吳開先等，擬往慰勞，事先商量以致送何種慰勞品爲宜，杜說：「我和張向華是熟人，知道他是位勇將，論地論人，我們似應爲他另籌個比較安全的禮物相贈。」旋即主張除贈送一般日用品外，另購一輛裝甲保險汽車，免得他在槍林彈雨中過份冒險，以策安全。

杜月笙這個提議，使大家猶豫不決，未便贊同，月笙已覘衆意，拍着吳開先的肩膊說：「這種裝甲車，市面現品稀少，且價値昂貴，你不必擔心，全由我私人出資購買，免爲外界物議，而由後援會名義捐送，更富意義。」

過了數日，一輛簇新的裝甲保險車，

由杜月笙邀同錢新之、吳開先、潘公展、陸京士、陳定山等人，攜同其他大批慰勞品，由外灘渡江送到浦東前線，實施精神與物質的雙重慰勞。

上海戰事再起，社會上却呈現着一種畸形的現象，喪心病狂的敗類漢奸走狗，在郊區活動得很厲害，如偸剪我軍的聯絡電話線，夜間施放信號彈，爲敵人刺探情報等等。而另一面愛國的同胞，却不畏戰爭的殘酷，都興奮熱烈得捲起瘋狂的愛國抗戰的高潮，猶如猛烈颱風眼一般的情緒，表現得如火如荼，緊張驚人。

上海市的女學生、工人、商民、少爺、小姐、太太、歌星、舞女、和尚、醫生、護士，甚至販夫走卒，都紛紛自告奮勇來協助國軍作戰。並組織慰勞隊、歌詠隊、話劇隊、宣傳隊、救護隊和運輸隊等等，冒着槍林彈雨，送茶送水，工作不分日夜，他（她）們既不怕危險，也不顧疲乏，穿揷在各個陣地裡；即如公私車輛也自動參加軍運，慰勞信件更如雪片飛來，可歌可泣的事時有所聞。

八百壯士孤守四行倉庫，名聞中外。上海各界抗敵後援會有組織的慰勞，前文畧予報導，固辦理得有聲有色，而民間出於自動自發的慰勞隊，更是接踵而至。當謝晉元的五二四團尙未到達宿營地時，大塲附近的婦孺，由一位古稀老太太率領，帶着十幾位少奶奶和小姐們，來到這個團展開慰勞。

她們看到弟兄們全身沾滿了泥漬，都七歪八倒的躺着，或者坐在地上倚靠牆壁，作片刻的假寐，還有些同志鼾睡呼呼作聲，數天來通宵達旦的緊張，此刻他們能輪班獲得稍許的休憩，這短暫而甜蜜的時光，猶如大旱之得甘露。

慰勞團的婦孺們，目睹這烽火中的戰鬥英雄，忖度着他們正需要休息，她們此刻的慰勞，非是物資上的援助，而是精神上灌輸，當他們展開工作時，首先爲睡醒的弟兄們，所換下來的戎裝爲之洗濯，年輕的小姐們則分配爲正在睡夢中的弟兄，以毛巾蘸水輕輕拭抹他們的手臉。

團裡那位崇明籍僅十七歲的小戰士，中學剛畢業後，他憎恨日本的侵畧，未獲家中的同意投奔軍旅，也正惺忪搖擺的睡着，老太太輕輕地替他抹去臉上的泥漬，盯着這一張兒稚和秀癯的臉龐，不禁怔怔出神，喃喃自語，於是她想起在聖約翰大學讀書投筆從戎的兒子，「幼吾幼以及人之幼」，觸景生情，母親對於自己孩子的想念、憂慮、祈禱，此刻使她淚水簌簌的流着。

老太太以顫抖的手指，撫摸小戰士的臉龐，突然他似乎是在夢中似的，握着老太太的手，喃喃發出夢囈的呼喚：「媽媽，媽媽！」

老太太心裡猛的一震，安慰地說着：「孩子，好好睡，多睡一會吧！」

小戰士定神醒後，却非自己的母親，而是一位年邁龍鍾白髮蒼蒼的老太太，以慈祥和藹的眼光注視他。他記起在半睡半醒的夢鄉裡，明明是自己親生的母親，瞬間，那兒稚而純樸的蛋臉上湧出紅暈，使他難以爲情，無言對答。

老太太臨別時，以她娘家傳下來的寶物——漢玉戒，以一根紅頭繩把它串在小戰士的頸子上，並叮囑說：「帶着它可以護身避邪，平安無事。」這一幕感人的事，使八百壯士產生了强烈的印象。

那位受過老太太祝福的小戰士，却在一次勇敢的防禦戰中，身上綑綁手榴彈攻擊敵坦克車，轟然一聲同歸於盡，陣地始轉危於安，這事實當時申報的戰地記者報導以後，全國各報立即轉載，小戰士犧牲奮鬥殉職的精神，可能是受老太太漢玉戒指的觸發，刺激他完成使命的動力。

今年二月廿五日，慶祝中國童子軍創始六十年紀念，舉行「思源會」後，曾參加戰區服務四十多位兩鬢斑白的老童軍，假台北市第一酒店餐叙，羣英會中回憶往事，豪情未減，有談不完的話題，更有說不盡多彩多姿的動人故事。

曾任僑委會副委員長的李樸生，師大教授夏煥新，以「負翁」筆名經常撰稿的杜召棠，都參加了這次別開生面的餐聚，最引人注目的，莫過於當年在四行倉庫向國軍獻旗的女童軍楊惠敏，鼻樑上架着老花眼鏡，雖然她的老伴朱重明病臥醫院（按朱教授從台大退休，最近不治已病故），亦抽空分憂趕來參加盛會，彼此交談中，這位當時正是玉貌年華，如今却秀髮霜侵的巾幗英雄，「秋霜明月照寶劍，如君不愧軒轅孫」，其豪情勝概，依然流露出其滿腔的愛國熱忱！

八一三淞滬抗戰爆發的第二天，楊惠敏和一千五百多人，志願參加了上海童子軍服務團，她配上了四十一號臂章，隨同唐麗惠、連秀月、李慈妮三位女性，編入前線救護組，在周天民組長領導下，白天分發在醫院裡爲傷兵護理、寫家信、講故事、縫補衣服，晚上則持着小旗，走入歌榭酒樓，向那些紙醉金迷沉醉在溫柔鄉中的紅男綠女勸募。

上海浴血保衛戰結束，國軍撤離外線後，大批難民湧入公共租界內。這時，楊惠敏被派在難民服務隊担任小隊長，她率領男女童軍共七人，在蘇州河畔的尼姑庵內，爲那些驚惶失措的千百婦孺難民服務。她分配着服務項目，並與難民們生活打成一片，幹得有聲有色。

這位雙十年華的女童軍，利用機會獨自出外察看。當她沿着蘇洲河行抵西亞橋附近時，英軍警戒哨兵以槍口對着她，前進的楊惠敏非常聰明而機警，立即行童軍舉手禮，並以簡而響亮的英語回答，並乘機向英兵懇求說：「我是中國童子軍，我愛國家，愛我們的國軍，請本着世界童子軍智仁勇的精神，幫助我去看看他們吧！」那位英兵過去也是童子軍，果然受楊惠敏愛國精神的感動，乘黑夜把她帶過橋，到達距離四行倉庫僅四五百碼的茶葉大樓英兵休息處，伺機而行。

這時，英國兵營裡僱用的兵士，不時把麵包、罐頭、水菓等食品，包紮得結實，投擲到四行倉庫那邊去；接近兵營的上海市民，知道了這件事情之後，亦以大批的日用品和食物，經由英軍手裡輾轉的傳遞給孤軍充饑。那個英兵軍營，第成爲食品轉運站，遺憾的是英國不肯支援械彈。

楊惠敏從英軍雇用的兵士口中，獲悉八百壯士死守四行倉庫的消息，又目睹他們拋送物資援助孤軍的情形，激起她一股同情心，趁守軍不注意時，連忙寫着字條：「親愛的將士們，我是童軍四十一號，你們的困難告訴我，我要設法幫助你們。」

她把字條夾在一包香烟裡，請英軍丢進去，苦守到天色破曉時，尚未獲得對方的答覆。楊惠敏藉機溜出碉堡，舉起童軍帽頻頻揮舞；不久四行倉庫內，依稀有人影移動，她以手勢告訴烟盒中有字條，果然不一會，同樣用紙包丢出紙條：「我們迫切需要擦槍油水和糧食、彈藥！謝晉元敬覆。」

楊惠敏把它撕碎丢開，向碉堡守軍辭別，沿原路回到尼姑庵，向大家報告了這個消息後，立刻騎着脚踏車，找到市商會會長王曉籟求援，她說明來意後。王會長認爲國軍全部撤離，以她係撒謊而未獲得結果。但她並不灰心，又溜到萬國商團的俱樂部，趁機找到了電話機管理人聊天，於是觸發了她的機智。

楊惠敏的判斷，認爲四行倉庫的物資雖然搬遷，對外通訊的電話可能存在，經她探定市商會的電話號碼後，再度回到橋頭，如法泡製，將此號碼丢入四行倉庫告訴謝團長直接求援的唯一門徑。事情辦妥後，王曉籟會長接到謝團長求援的電話，他立刻通知各電台廣播，發動上海各界援助。

不到數小時，整個上海都轟動了，於是市商會的慰勞品已堆積如山，而且還源源不斷地從四面八方運來，王會長面對這情形却半喜半憂，喜的是國人慷慨捐輸，共赴國難，憂的是這些物品如例運送？倒是聰明果決的楊惠敏，大胆的拍胸對着王會長說：「我有辦法！」

楊惠敏左思右想，忽然靈機一動，帶着七個女童子軍，整裝向英租界司令部進發，她們排成一行縱隊，楊惠敏持旗領先，挺胸昂首，神氣十足的邁進大門，兩旁的衛兵莫明其妙瞪着眼，未便阻止。她們找到司令辦公室，喊聲報告，不等對方答話，又如法泡製的全衝了進去。

楊惠敏舉手敬過禮後，將一封事先準備的英文信，雙手遞過去放在桌上，那位駐滬皇家陸軍司令哈里少校，看完了信，臉色大變，說着：「那怎麽行，現在我們是中立國，未便照辦。」她們八個童子軍便吼着答覆說：「你不幫忙，我們今天就不走！」說畢，便索性坐在地毯上，慢條斯理的看起畫報來。

英軍司令哈里少校見她們鬧得一團糟，想發脾氣，却看到他們那些天眞模樣，又覺得可笑，彼此之間爭論了一陣，哈里少校莫奈之何，以其勇敢熱忱所感動，便翹起大拇指敬佩着說：「勇敢，我願意幫助你們！」於是楊惠敏向他請教接運的辦法，哈里少校約定次日晚間九時，將慰勞品載到垃圾橋旁，她們目的已達，便排成一字隊形，在楊惠敏發令下，向英軍司令行童子軍禮，哈里也起立還個軍禮，然後握手而別。

第二天晚間，驚心動魄的搶運工作便開始了，楊惠敏率領四十名童軍，趁着朦朧夜色，將慰勞品一袋袋的搬上英軍的十輛卡車，每車分派四人押運。這時，市商會已有電話通知謝團長，四行倉庫的側門正開着，敵人發現搶運，爆發了一陣激烈的槍戰。

四十名勇敢的中國童子軍，在槍林彈雨中，冒着生命的危險，迅速的將慰勞品卸下，從軍車停靠處至四行倉庫的側門，每五步站一人，互相傳遞的拖運，楊惠敏站在中間指揮，她們的腦海中非常冷靜而機警，動作勇敢而快捷，整整花了四個小時，方完成了這次艱巨的光榮任務，八百壯士獲得了各界同胞的關懷，士氣益爲振奮。

王曉籟在市商會擺着豐盛的酒席，爲楊惠敏等舉行慶功宴，席間彼此交談言歡，極爲興奮。偶而，從收音機傳出此一搶運慰勞品的新聞，大家更的手舞足蹈，樂上眉梢。楊惠敏在如此熱烈的場面中，難免舉杯祝賀，畧帶幾分醉意，她在無意間，從窗口的視線遠望，驀然忽視彈痕累累的四行倉庫周圍頂端被三面太陽旗和一面米字旗環繞着，猛然觸發她一個愛國迫切的意願，爲了鼓勵上海市的人心，表現我中華民族的凛然正氣。她在凝思：如能以一面青天白日滿地紅的國旗，豎在四行倉庫的頂端，隨風飄揚，對於八百孤軍的喋血奮戰，必然會增加壯士們無比的勇氣。

於是，楊惠敏向大家提出了這個建議，獲得全場的掌聲；王曉籟立即拿起電話，訂製一面十二尺寬的國旗，酒席尚未散離，那幅鮮艷美麗的國旗，由專車送到了市商會。王會長最初的意念，擬由男士担任這一光榮的任務；之後，覺得責任重大，更恰當的人選還是委託提議者去完成。當王會長宣佈授旗的時候，楊惠敏的兩臂被激動得微微發抖；王曉籟凛凛的注視，臉上泛着莊嚴的神情說着：「你知道國旗代表的意義嗎？」楊惠敏雙手捧着國旗道：「我知道，我願意達成這個任務，即使是壯烈犧牲！」王會長低頭吻着她的面頰，楊惠敏覺得一陣濕熱，抬頭敬禮，模糊一片，王曉籟的眼角也掛着淚痕了。

楊惠敏將外衣脫去，把國旗緊緊的藏在內衣外面，然後穿上童軍制服，入夜以後溜到茶葉大樓的俱樂部，夜半天空黝黑，英兵單調的皮鞋聲，踩在馬路面叮叮作響，聽來格外刺耳。她趁機溜了出去，觀察應走的路線和地形。若是照搶運慰勞品的原路，必然會被英軍發現而阻止；唯一可行的辦法，祇有泅水渡河，沿着四行倉庫鐵絲網的工事，利用缺口葡萄爬行。

這時，忽然槍聲大作，彈藥的火舌在她頭頂上飛舞，楊惠敏急忙利用工事堆躲避；不久槍聲沉寂，她繼續前進，終於爬到東側的樓下。四行倉庫早已獲得王曉籟會長的通知，利用繩索將她拉進窗口；謝晉元團長和上官志標團附等，迎面向她握手，弟兄們都圍攏起來爭看。

楊惠敏解脫外衣，從腰間將浸透了汗水的國旗呈獻，在朦朧的燈光下，所有八百壯士因受她的壯舉所感動，淚如雨下。謝團長吩咐立刻準備升起，這時，東方已呈現魚肚白，弟兄們利用竹竿紮成旗桿，在重重敵人包圍中，沒有軍樂的伴奏，沒有隆重的排場，以神聖而肅穆的氣氛，單調而悲壯的場面，將國旗徐徐升起，飄揚在四面都是砲火的空中，晨色曦微，視線展露，鄰近避難的祖國同胞們，朝着屋頂遠遠望去，那幅飛舞飄拂，鮮艷眩目青天白日滿地紅，象徵中華民族偉大而莊嚴大道，不禁熱淚盈眶，頻頻舉手狂呼：「中華民國萬歲！」使週圍白底紅膏藥旗，都暗然失色；而目睹這情景突然出現的敵人，也都感到非常的震懾。

八百壯士的弟兄們，臉部很久沒有笑容，這時軍心大振，個個神采奕奕，即使躺在血泊中呻吟的戰鬥英雄，也咬着牙關流露出無比的喜悅與興奮。

謝團長以楊惠敏任務已達，為了其生命安全，堅持催促她迅速離去。於是，楊惠敏要求索取八百壯士名冊，以便携出呈獻政府，萬一英雄們與四行倉庫共存亡時，不幸全部殉難，使他們的英名得以萬古流芳。軍人馬革裹屍，戰死沙場，是一件光榮的壯舉，謝團長深受革命洗禮，求仁取義，原是他投効軍旅所許下的宏願，此刻他未作第二志願打算，祇是堅守這彈丸之地，非奉令決不撤退。面對着楊惠敏的一片摯誠，他樂意以八百壯士名冊一份交給她，然後握手互道珍重而別。

楊惠敏隨着原路爬過鐵絲網，却被日軍哨兵發現了可疑人影，立刻發槍猛烈掃射，她反應靈敏，用力猛衝躍下穌州河，潛入深水中，利用平日游泳技能，始化險為夷。

楊惠敏游至對岸公共租界登陸，抬頭一望，穌州河畔站滿了歡迎的人，而從人羣中擠出為她而慶賀的王曉籟，此刻亦因其完成壯舉，興奮得揮着熱淚伸手向她道賀。楊惠敏不及說話，乃以啣在嘴裏緊啣的一份名冊，遞給了王會長，請他設法轉送到大後方。

四周觀看的人羣，目睹迎着朝陽招展的國旗，楊惠敏泅水往返的壯舉，以及她帶回孤軍名冊的機智，大家情不自禁的發出陣陣的歡呼，響徹雲霄。她在淚眼模糊中，發現英軍租界的河畔上，一排大英帝國的駐外軍隊，以整齊的行列，面對着我國旗行莊嚴的致敬禮，如此益使環繞她四周的羣衆，紛紛向四行倉庫的孤軍揮手，高呼着：「英勇國軍勝利萬歲！」弗止。

由於四行倉庫毗鄰外僑，租界當局惴惴不安，為了居民的安寧，駐滬的外交使節聯合上電 蔣委員長籲請孤軍退入租界，以免波及民衆的傷亡。十月廿九日，戰局日益惡化，眞茹我守軍業已後撤，國民政府正決定遷都重慶；八百壯士的孤軍在敵人重重包圍中，皆抱不成功便成仁的決心，士兵們都草立遺囑，以明心志；謝團長亦上書對師長說：「晉元一日不死，決與寇作殊死戰，成功成仁，早熟計矣。」又說：「晉元決心殉國，誓不輕易撤退，亦決不作片刻偷生之計；在晉元未死前，全營官兵必向寇取償相當代價，決不負校長及師座，不負國家。」等語。

迨謝團長上書孫元良師長表明決心後，翌日 領袖手令孤軍退入租界；然是夜九時，寇復來攻，八百壯士以機槍奮擊，又斃敵五十餘人。至是，敵屢攻受挫，乃大加報復，發揮其兇殘獸性，於次晨（三十一日）以平射砲每秒鐘一發砲轟倉庫，同時敵空軍更輪番集中轟炸此一彈丸之地。

這時，適逢最高當局下令撤退的命令到達，孤軍戰士在「服從為軍人的天職」原則下，乃遵令整隊揮淚退出了四行倉庫。撤退的路線，係由租界當局事先協調，由英國兵營協助指引，沿着倉庫與英國兵營間的馬路，通過新垃圾橋而進入公共租界的跑馬廳。

撤退的序列，是由上官團附志標率領第二連鄧英部在前；次為第一連的陶杏春部，和機槍連的雷雄部，由陶代營長指揮；第三連的唐棣部殿後，由謝團長親自指揮。

第二連伍傑中尉的排，還沒走出門口，就被敵人輕機槍的密集火力所封住，謝團長親自帶了機槍排，立刻趕登二樓，據高臨下，以絕對密集的火力，對敵軍予以制壓，然後始順利撤出，進駐膠州路營房。

孤軍進入租界後，爲履行公共租界的規定，必須解除武裝，清繳槍械，壯士們顯得十分憤慨，羣情洶湧，大有一觸即發之勢。謝團長從腰間槍套中抽出手槍放在台上，雙手在劇烈的顫索，眼眶中不由得擠下兩顆熱淚，咬緊牙關壓抑內心激動之情緒，勸導自己出生入死的伙伴繳械。

謝團所繳出的武器，計有步槍兩百餘枝，輕機槍廿餘挺，駁殼槍廿枝，左輪手槍一枝，毛瑟手槍二枝，彈藥十二萬餘發。當武器點繳完畢後，八百壯士已名符其實成爲孤軍。這時，謝晉元團長內心的痛苦，實不可言喻，軍人保國衛民的憑藉，除了血肉之軀所引發的革命勇氣精神以外，唯一視同自己的生命，就是武器，此刻全部武器業經繳清，他久經磨鍊成鋼，本是個性堅强的英雄好漢，男兒當自强，有淚不輕彈，可是到了此時此景，眞使謝晉元難過到極點，逼得他情不自禁的說：「我們總有一天再站起來！」

十一月一日，孤軍由跑馬廳進駐膠州路的意國兵營中，這便是世人咸稱爲「孤軍營」，這地方佔地十餘畝，週圍由公共租界所豢養的白俄，負責警衛輪番監視的。起初，對手無寸鐵的壯士僅作一般管理，不敢有所非禮；由於整個遠東形勢日漸惡化，孤軍並非俘虜，而白俄却把孤軍們當作俘虜看待，戒備得極爲森嚴。

謝團長爲了團結軍心，訂出了每天作息的程序，他黎明即起，督導整理內務、清潔環境、早操跑步，雖則孤軍營內不准升旗，但謝團長依然如故集合全體官兵，作五分鐘的精神升旗禮；此外，也辦了讀書班，使教育水準較低的戰士，得以隨營補習。

廿七年八月十一日，是八十八師駐在無錫營地，誓師抗日週年紀念日，謝團長的心情，雖歸於平靜，但愛國報國之志，依然未減，他沒有一天忘記祖國。這天，東方發白，他率領孤軍弟兄們舉行一次正式的升旗禮。這是一個感人的場面，在敬禮口令之後，號兵吹奏莊嚴的國歌，一面代表中華民國精神的國旗，在歌中冉冉上升。

白俄警衛受了日軍的賄通，平常時予刁難，這時目睹孤軍升旗，又橫加阻止。本來，壯士們的心情已是十分悲憤，一經白俄干預，自然火上加油，滿懷憤怒。開始時，謝團長委婉說明這天升旗的意義，並且解釋說，在中國自己的國境的所謂「租界」內升中國旗，並無不當之處，希望他們諒解，不料白俄蠻不講理，於是羣情憤怒起而反抗；豈料白俄羞惱成怒，竟在光天化日之下，對赤手空拳的壯士開槍射擊。

弟兄們看到自己的國旗，無端的被人取下，怒火中燒，激動的情緒像一個點燃的炸彈。加上白俄的猛烈射擊，槍殺孤軍四名，壯士們情不自禁，便奪槍自衛，把幾個白俄打得頭破血流，形成一場混戰。

全團壯士爲了抗議這種不人道的遭遇，開始絕食五天；上海市民聞悉，立刻響應孤軍，除了贈送大批急救藥材、日常食用品外，並發動罷工抗議。租界方面深悉「八百壯士」係國際間聞名的英雄，現已闖下了大禍，如再過份凌辱，必遭各方指責，若是因此而激怒整個上海市民，來個同歸於盡，租界當局豈能擔當起這個責任。於是，在孤軍絕食的第五天，他們便派員出來調停，安撫孤軍，設法平息罷市風波，保證嚴懲兇手，局勢始緩和而平靜。

日本侵華妄想速戰速決，「三月亡華」的目的未達，無法迫我作城下之盟，而我方戰略之着眼，在求以空間換取時間，避免與敵決戰，以消耗及疲憊戰力。到了廿八年，日軍的侵華戰爭，已陷於膠着狀態，進退兩難。日軍爲拔除這「心坎的利劍」，運用外交關係要求引渡謝晉元、上官志標等幹部。

租界當局雖則斷然拒絕日方的請求，謝團長探悉此情，乃預先寫就遺囑，遙寄其雙親以期能求仁求仁。遺囑全文云：

「雙親大人尊鑒：上海情勢日益險惡，租界地位能否保持長久，現成疑問，敵人刼奪男之企圖，據最近消息，勢在必得心。敵會向租界當局，要求引渡未果，但野心仍未死，且有不惜任何代價，必將謝團長刼到虹口（敵軍根據地），只要謝團長答允合作，任何位置均可給予云云。似此刼奪，乃欲迫男屈節，爲仇敵作牛馬耳。

大丈夫光明而生，亦必光明磊落而死。男對生死之義，泰山鴻毛，熟慮之矣。今日縱死，而男之英靈，必流芳千古。故此日險惡之環境，男從未顧及，爲敵刼持之日，即男成仁之時，人生必有一死，此時此境而死，實人生之快事也。唯今後對家庭，不能無一言，萬一不幸，大人切勿悲傷，且應聞此訊以自慰。大人年高，家庭原非富有，可將產業變賣以養餘年。男二子女漸長，必使其入學，平時應嚴格教養，使成良好習慣，幼民弟妹均富天資，除教育費得請政府補助外，大人以下應宜刻苦自勵，不輕受人分毫，男屍如尋獲，應歸葬抗戰陣亡將士公墓。此函候男殉國後即可發表，亦即男預立之遺囑。男晉元謹上。廿八年九一八於上海孤軍營。」

又附註云：「現租界戰局對男住地戒備非常嚴密，依目前狀況，刼奪恐不可能，但國際風雲，變幻莫測，租界地位是否能保持？倘被佔據，必落敵手無疑。總之，不論如何，男心神泰然，毫不爲慮，生必爲英傑，死而爲英靈。幼民弟妹，平時應以管教嚴格爲宜，使其活潑自愛自動。抗戰期間，家鄉必無慮，絕不可輕易搬動。男處此危險，自能應付餘裕，決不負黨國之培養，與蔣委員長之教誨，及父母之生育也。此函六月廿五日最危險時書就未即寄發，延擱至今者，恐大人得信，心有不安。今日情勢所迫，不得不將此函發出，上帝必佑老人也。」

函中語語是血，字字是淚，忠孝仁勇壯烈之情，躍然紙上，讀之令人凄敬。其後，他的母親在原籍逝世，聞表泣踊，墨縗紀哀。死國之志更切。

民國二十九年三月廿九日，汪偽組織在南京成立，這批認賊作父的漢奸，在敵人刺刀尖下，與虎謀皮，適足禍國殃民。孤軍營的情勢，一天比一天複雜，尤其敵偽勢力，曾透過那班白俄走狗的關係，對八百壯士們百般利誘威脅。上海的漢奸們，第放出一道謠言，說是「南京政府」將收編孤軍，作爲汪記偽政權的基本武裝力量。於是有人曾向謝團長示意，祇要他改變意志，汪逆擬發表其爲陸軍總司令。

謝晉元對於這些甜言蜜語，豈能聽入耳裡，他說：漢賊不兩立，簡簡單單的五個字，將他的立場，表示得十分明白。

租界的局勢，愈來愈不安寧，日軍南侵跡象益爲顯明，旅居租界的外僑，已開始感到不安，孤軍營內的情勢更爲險惡，而汪記偽政權始終對孤軍不肯放手，總想拉攏孤軍作爲他們的政治工具。

汪逆派小丑張友三，幾度偽裝市民自動樂捐求見，言談之間，謝團長發現其偽裝身分，於是爲了表達自己的立場說：「在陷區裡，中國人有兩種：一是忠貞不屈之士，一是出賣國家的漢奸。孤軍官兵雖然受到不人道的待遇，但是我們的精神是獨立的，雖然壯士們的行動，受到拘束了，然而我們的意志是自由的。我謝晉元是堂堂正正的大丈夫，全體孤軍官兵都是鐵錚錚的男子漢，豈是高爵厚祿收買得了？祇要我們還剩下一口氣，決不做民族罪人。」因爲他早決定，在任何險惡中，以一死而明素志，從上述的一段談話，即知其襟懷坦蕩自若，毫無所懼。

這年的四月二十四日清晨五時，謝晉元團長循例集合全體壯士，精神式升旗後早操、跑步，其中第二連的郝精神，彎腰抱着肚子叫痛，從跑步行列中退出來，張國訓、尤耀亮、張文卿，相繼跟着郝走開。

謝團長立刻跑到他們身邊察看，就在這個時候，那個裝病的郝精神，從懷裡抽出一柄利刃，向謝團長胸口刺去，接着張國訓、張文卿、尤耀亮，四個兇徒竟喪失人性，瘋狂的揮刀猛刺，身中六刀要害，當塲殞命。上官志標見狀奮而上前搶救，與暴徒格鬥，亦受重傷，而兇手却在混亂的情形下，逃出了孤軍營。

四百多個壯士如天崩山折般，悲痛哀號，使孤軍營中瀰漫了一片濃厚的憂傷，他們爲失去的憑恃、希望，都流下傷心淚。而全上海數以千萬計的愛國市民，亦默默地肅立在孤軍營外，向這位民族英雄致哀哭號

謝晉元字中民，廣東蕉嶺人，世居同福鄉蕉坑村，幼年就讀育民小學及三圳公學，以後入梅縣省立第五中學，曾在廣州中山大學預科肄業兩年，以志在國家，乃入黃埔軍校四期受訓，接受革命搖籃的薰陶。畢業後歷任排連營長等職，曾歷各次重要戰役，並經保送入廬山軍團第二期受訓。八一三戰前，他原任二六二旅的參謀主任，當戰爭開始，該旅能先攻佔閘北八字橋，其贊畫之功最多，因而由團附而擢升爲二五四團長。生前國民政府曾授以青天白日勳章；及歿，政府以其忠貞亮節追贈爲陸軍少將，明令褒揚，以彰忠藎，並給卹有加。

遺妻凌維誠女士，撫子女各二。蕉嶺各界以晉元爲國殉軀，特召開追悼會。陳果夫先生時在重慶陪都，寄以一聯輓曰：「不成功，便成仁，五千里外魂來格；可奪帥，難奪志，八百人存島不孤。」詞意深摯，足慰英靈。

上官志標經過兩個多月的醫治，始傷癒出院，繼承謝團長的艱鉅責任，支持孤軍的忠貞。這年的十二月八日，珍珠港事變爆發，日軍進入租界，八百壯士眞正成爲戰俘，被押解到寶山的俘虜營囚居。

租界的法院由汪僞政權接收，他們爲了收拾陷區民心，平抑全國的軍民的憤怒，雖然將兇手郝精神、張國訓在蘇州接行絞刑，而尤耀亮、張文卿仍逍遙法外。但對孤軍仍百般折磨。上官志標因遭受殘酷的奴役生活，刀傷復發，准予保釋前往無錫醫治，終於在我地下工作人員協助之下，逃離魔掌，潛往蘇浙皖邊區，參加江蘇保安第四縱隊協助游擊工作。如今流光已逝，八百壯士雖多已謝世，然而他們孤守四行倉庫的戰功與精神，將永遠遺留人間，光燦史冊不朽。

張柏亭將軍追憶淞滬戰役

女演員徐楓開鏡時向張柏亭將軍獻花

一、枕戈待旦

三十九年前的事了，日本軍閥自九一八侵佔我東北以來，得寸進尺，貪得無厭，到民國二十六年七七盧溝橋事變，我們實在忍無可忍，眞正到了「和平絕望，犧牲最後」的關頭了。於是我偉大的　領袖蔣委員長，毅然決然的振臂而起，領導全國軍民，展開抗日聖戰，並爲爭取主動，造成有利戰畧形勢，於八月十三日先機進軍上海，點燃了近代史上有名的淞滬戰役。

上海爲我國經濟中心，亦爲首都門戶，在倭敵侵畧的藍圖中，固早有強襲上海，扼制長江口，以威脅我南京首都的企圖，我統帥部知彼知己，在京滬地區亦早作所要的作戰準備。國軍精銳的八十七師、八十八師、三十六師，教導總隊爲　領袖親訓部隊，聘有德國顧問協助訓練，駐戍於京滬線各要點，孝陵衛、無錫、蘇州、常熟一帶；滬杭路上則以嘉興爲中心，亦駐有重兵。

早於華北情勢緊張時，統帥部就已經用「軍校野營辦事處」名義，在蘇州獅子林設置指揮部，經常召集各部隊長及幕僚，研究策劃對淞滬方面作戰整備的一切事宜，各部隊官兵鬥志昂揚，士氣振奮，枕戈待旦，準備隨時出動殺敵。

二、地形偵察

民國二十一年「一二八抗日戰役」之後，中日停戰協定規定，國軍在京滬線的駐戍位置，不能超越安亭至滸浦口線以東地區，其後上海警備司令部，雖以維持治安爲理由，成立一個保安總隊，轄有二個團，相當於一個步兵旅的兵力，但其裝備訓練不足，沒有多大作戰能力，故爲爭取先機，統帥部指定由八十八師以一個團——吳求劍將軍率領的五二三團，化裝爲保安隊分批潛往上海，利用地方關係掩護，在閘北寶山路、龍華、徐家滙、虹橋、北新涇、眞茹一帶，秘密構築必要工事。

同時，野營辦事處分批集合各部隊營長以下幹部，前往上海偵察地形，認識爾後的攻擊目標。我是第二批，參加八十七師旅長劉安祺將軍率領的那一組，主要偵察範圍爲閘北地區寶山路、八字橋、江灣路一帶，特別對北四川路底、天通庵附近日本海軍陸戰隊司令部四周，詳密反覆偵察，和我同行的有砲兵營營長王潔中校與謝晉元中校等人，我早年曾在江灣路法科大學讀書，住在橫濱橋附近餘慶坊的亭子間裡，整天挾著書包來回好幾次，眞可說是熟門熟路，謝晉元中校則於北伐時期龍潭作戰後，担任廿一師連長時，駐防閘北甚久，也是識途老馬，其餘的同行人員，則光頭西裝，行動有點土裡土氣，多少引起了日軍的懷疑，在公園靶子場附近，發現一批流氓型的大漢，在我們後面指手劃脚，跟踪而來，幸而我們發現的早，我帶著轉幾個灣，在北四川路朋友家躱避風頭，不然的話可能會發生麻煩，以致構成糾紛。

三、孫將軍當機立斷

偉大的日子終於來到了，我們在八月十一日接到命令，向上海出動，由鐵道輸送眞茹集結待命，眞虹離上海北車站約有十餘公里，市郊一片曠野，師長孫元良將軍隨第一列車先行，在眞茹得到的情況，是：原駐上海及由武漢撤滬的日海軍陸戰隊五六千人，並動員居留上海的日僑在鄉軍人共約萬餘人，也已經在虹口區集結完畢，倉卒開始行動；另有敵艦二十餘艘組成的船團，掩護運輸艦五艘，正向上海急駛。

孫元良將軍是「一二八」抗日名將，以廟行一戰成名，他熟諳淞滬地區形勢。上海南瞰黃浦北枕吳淞，阻江而瀕河，地形由楊樹浦西向傾斜而下，從閘北東向建築物亦愈益堅固高聳，在此情況之下，如果遵照上級命令在眞茹待命，則前方作戰要點盡將委於敵手，先機盡失，爾後要採取攻勢，則成爲攻堅、仰攻；若要採取防禦，則眞茹附近一片平原，無險可扼。於是，孫將軍當機立斷，決心指揮先頭到達的二六二旅，以疾風迅雷之勢，向閘北地區推進，佔領北火車站——寶山路——八字橋——江灣路之線。這一英明的果斷，對其後整個淞滬戰局的發展，可說具有決定性的影響，萬一稍有遲疑逡巡，則好機轉眼即逝，閘北軸心陣地，將無法形成，而其後淞滬戰場的形勢，要完全改觀了。

四、淞滬戰役的引火點——八字橋

八字橋是淞滬戰役的引火點，民國二十一年「一二八」滬戰的戰火，從八字橋燃起；最爲巧合的，五年後「八一三」戰後的戰火，仍然由八字橋燃起。

「八字橋」因兩次滬戰而聞名於世，事實上所謂『橋』，只是寶山路與日海軍司令部間，街巷大水溝上架設的通道而已。這個地點在作戰上極爲重要，敵得之可楔入我陣地，阻斷我南北連繫，使我有骨鯁在喉之感；我得之進則可作爲攻擊之據點，守則構成全陣地體系之核心，是以「八字橋」在閘北地區，成爲敵我必爭的要點。

我二六二旅在旅長彭璧英將軍指揮之下，推進至北火車站附近後，以五二四團在右，五二三團在左，迅速展開佔領陣地，這時敵軍也正由虹口地區，沿吳淞路北四川路行動中。先頭進抵八字橋西方時，敵人的前哨部隊也正好到達，雙方針鋒相對，立即發生衝突，由易瑾營射出了淞滬抗日戰役的第一槍，時爲八月十三日午後三時稍過。敵我都沒有佔領八字橋，八字橋通戰役全期，成爲中間地帶，激烈的戰鬥在八字橋周邊進行。

五、攻擊敵海軍司令部

敵軍以虹口區爲根據地，背靠黃浦江，其陣地以滙山碼頭爲起點，沿吳淞路北四川路，以迄江灣路虹口公園對過的日海軍陸戰隊司令部，形同一條長蛇，以海軍司令部為首，而以滙山碼頭為尾，我軍在作戰部署上，亦以打擊其指揮中樞的海軍司令部為優先目標。

我二六四旅於十三日下午到達，為爭取先機，決心不待敵海上增援部隊來到，於翌（十四）日展開攻擊。由二六四旅為主攻部隊，超越二六二旅，集中力量攻擊敵海軍司令部，黃梅興旅長為國軍中有名的勇將，江西五次圍剿戰時，在驛前貫橋一帶，擊破共軍一、三、五軍團主力，迫使共放棄瑞金老巢，而狼狽西竄的諸戰役中，黃將軍厥功最偉。

十四日拂曉開始行動，勇敢的黃梅興將軍率五二七團、五二八團，超越二六二旅向江灣路推進；二六二旅則以北車站為中心，在右翼方面向當面之敵牽制拘束。師長為掌握戰場狀況，在第一線設定二個指揮連絡哨，由副師長馮聖法將軍為右連絡哨，位置於北站大樓；我奉派為左連絡哨，位置於水電廠屋頂，水電廠在閘北水電路，距離敵海軍司令部只有一公里左右，在昨（十三）日的戰鬥中，已被機槍彈與迫砲彈破壞得千瘡百孔，從屋頂展望，江灣路一帶盡在眼底，可以清楚地看見敵軍在虹口公園周邊、持志大學、六三公園一帶活動；我攻擊部隊由愛國女校方面自左翼旋廻壓迫敵軍，逐次前進，敵軍節節後退，利用特製的鋼板防盾沿江灣路頑抗。晌午時分，我英勇的攻擊部隊前仆後繼，已經接近敵海軍司令部附近，敵兵遺屍遍地，一部分退入其司令部，其餘狼狽沿北四川路南竄，後據外國記者報導，有進入公共租界避難企圖。正在此緊要關頭，黃梅興將軍立於陣頭指揮，在愛國女校附近被敵迫砲彈擊中，當場壯烈殉國，同時成仁的，尚有旅部參謀主任鄧洸中校，及通信排官兵三十餘人，時為下午三時許。

黃梅興將軍為淞滬戰役中，我高級將領陣亡的第一人；由於黃將軍的陣亡，指揮頓失重心，攻擊不得不行中止。

我師於滬戰開始後，擴編為第七十二軍，當晚第二師鍾松獨立旅到達戰場，歸入本軍序列，在觀音堂司令部匆匆與鍾旅長及鄧鍾梅副旅長見面後，不稍停留立即增援第一線，接替二六四旅防務。第一天的戰鬥中，我二六四旅傷亡黃梅興將軍以下千餘人，僅五二七團即有連長七人陣亡，戰况之慘烈，可以想見！

六、轟擊出雲艦

作戰開始後，黃浦江內敵艦雲集，多達二十餘艘，以密集艦砲射擊，協同其地面兵力戰鬥，我彭孟緝將軍指揮的砲十團，雖亦在彭浦一帶放列，但不能與敵艦砲抗衡。

世人咸知謝晉元將軍為一員勇將，以率領八百壯士在四行倉庫奮守而名聞中外，殊不知謝將軍智謀深遠，更是一位具有高度修養的參謀人才，滬戰初期他原任二六二旅參謀主任，和我保持業務上的緊密連繫。

江南初秋，氣候仍然燠熱，稱為秋老虎。八月下旬某晚，我不能入睡，正倚窗遙望戰場夜景，敵我曳光彈交互射擊，有如流星；正好我空軍臨空夜襲，敵陣地高射機砲開始射擊，火花噴放勝似慶典焰火，十分壯調。

我正在出神，背後有人招呼，是謝晉元同志來訪。

——中民兄還沒休息！

——有點事來商討。……浦江內敵艦雲集，艦砲射擊構成我們莫大困擾，必須有個應付方法。

——中民兄有好主意嗎？

——今天和王兆槐兄研究，停靠在滙山碼頭的出雲艦為敵方旗艦，為其指揮中心，敵酋長谷川清就駐在上面，擒賊先擒王，打蛇先打首，我們先把出雲艦摧毀，定能獲致重大的效果。

我深以為然，於是談到摧毀出雲艦的技術問題，謝同志有其具體的構想，並謂如果決定進行，王兆槐同志可以為我們協力。

兆槐兄時在警備司令部稽查處負責，我也深知其果斷幹練。於是立將謝同志的建議轉報部隊長，軍長也認爲可行，並即指派謝晉元同志策劃進行。

數日後，謝同志在王兆槐兄的協力下，經過周密計劃，完成了一切準備，當時黃浦江尚未封鎖，民船可以通行，準備了一艘普通的小火輪，携帶特種爆炸物，由南市十六舖附近出發，預期駛近出雲艦三、四百公尺處施放。可惜實施時，執行人員有欠沉着，未達預定距離過早發射，以致未能擊中目標，僅炸毀滙山碼頭一部份設備，我三名技術人員則遭敵火射擊，不及逃離現場，做了殉國的無名英雄。

當時滙山碼頭發生大火。報章騰載，大快人心，謝同志的計劃雖未能達成，但已震駭敵軍，獲致精神效果，其後敵酋不敢再在該艦駐節，而浦江內敵艦，也遠向楊樹浦以東江面移動，艦砲擊一時歸於沉寂。今王兆槐兄同在台灣，當猶能憶及一二也。

七、偉大的鐵拳計劃—劉宏深少校殉國

「鐵拳計劃」是由德國顧問設計，而由謝晉元同志完成參謀作業。

抗戰前中德邦交友好，第一次大戰間德國的最後一任參謀總長塞克特（Hans Von SEECKT 1866-1936）上將，受聘爲我國軍事總顧問，率顧問數十人，來我國協助軍事建設，在各教育機關及京畿附近部隊，如教導總隊、八十七師、八十八師、三十六師等單位，指導教育訓練，一切動作完全採用德式。

戰爭爆發後，因受政治影響—（德、意、日結爲軸心），被召返國，行前向我 領袖辭行時，表示願在淞滬戰場指導一次作戰，作爲在我國服務的最後効力。 領袖接受其好意，派一位德顧問來到八十八師——日久忘其名，時間大約在八月二十日前後，到達後軍長命我與其共同策劃，準備發動一次突擊作戰。

當時德軍正在歐洲戰場採行閃電戰術，德顧問就當時上海戰場形勢，認爲日軍陣地由滙山碼頭經吳淞路，北四川路，以迄江灣路，蜿蜒有如一條長蛇，宜在其腰部選擇一個要點，集中威猛兵力發動突擊，將其攔腰斬斷，首尾不能相顧，而後直向其心臟部進出，則敵抵抗組織自然歸於瓦解。

研究結果，我們選定虬江路爲突擊點，遵從德顧問意見，選拔精壯勇敢的戰士五百人爲突擊隊，携帶輕便銳利的近戰武器，以優秀營長劉宏深少校爲指揮官；同時集中全師砲火，由砲兵營長王潔中校指揮，在附近放列担任掩護，另在突擊位置配置多數自動火器，直接支援。預定拂曉開始行動，先以砲火猛烈轟擊目標地區，再由自動火器支援發起突擊。該計劃定名爲「鐵拳計劃」，由於突擊地區在二六二旅陣地正面，一切參謀作業指定由謝晉元同志負責完成，並由其指導實施。

當夜完成一切部署，翌日按照計劃行動，砲兵密集射擊，虬江路敵陣地附近一片火海，烈焰冲天，所有工事與建築物盡行摧毀，緊接着劉宏深少校身先士卒，率領突擊隊適時衝進，斃傷敵兵無算，橫屍巷，不幸劉宏深同志深入敵陣，中彈陣亡，雖已予敵重創，終告功敗垂成，未能達到預期目的。

劉少校軍校五期卒業，湖南醴陵人，品學俱優，青年有爲，殉國時年僅二十八歲，新婚甫三月，緬懷壯烈，惆悵無已！

八、閘北軸心陣地

淞滬戰場我軍戰鬥序列，最初區分爲左右兩翼，黃浦江以東的浦東區爲右翼軍，中隔市區（南市及英法租界），自蘇州以北爲左翼軍；右翼軍司令官張發奎將軍，左翼軍司令官初爲張治中，旋因指揮不當撤換，由朱紹良將軍接替。左右兩翼軍的作戰負担並不平衡，實際上左翼方面是主戰場，右翼方面只是沿黃浦江岸警戒監視而已。

左翼軍的初期區分，以八十七師、八十八師、三十六師爲基幹，分爲中、左、右三地區，同時八十七師升格擴編爲七十一軍

，八十八師爲七十二軍，三十六師爲七十三軍。八十八師爲主體的七十二軍，位置於左翼，緊靠蘇州河北岸，至江灣路之間爲作戰地域。

戰役初期，我軍居於主動地位，採取攻勢行動，對虹口地區之敵，構成包圍態勢。自從「八一三」由五二三團易瑾營，在八字橋射出第一槍後，十四日攻擊敵海軍司令部，同在那一天，我空軍在杭州上空，擊滅來犯的敵木更津航空隊。十五、六日續由我八十七師、三十六師，由江灣路敵陣北翼，向其側背迂迴攻擊，敵軍退至滙山碼頭附近依據堅固建築物頑抗，縱火阻止我前進，因我軍缺乏攻堅武器，未能克奏全功。這是我軍攻勢的最盛時期。

到八月二十二日，敵酋松井石根率第三、第二十一師團，及第十六、第十三師團各一部，在吳淞附近登陸，向蘊藻濱、吳淞鎮、獅子林一帶推進；同時我增援部隊，也陸續到達戰場，戰區漸形擴大。於是原來的對敵包圍態勢，漸漸改變爲敵我東西對峙的局面；更由於敵我增援部隊源源到達，戰線不斷向北翼延伸，直達揚子江岸。

我軍改取戰畧持久的方針後，閘北地區的八十八師，成爲全戰線旋迴的軸心，依托蘇州河岸，努力加强工事，構成街市戰縱深陣地，並由工兵營營長蔡仁傑少校主持，集合志願服務的土木技術工人，組成工程隊，設計一種分解式的鋼筋水泥掩體，先在後方做好，然後利用夜暗車運第一線，在各要點裝置接合，使閘北陣地很快構成爲鋼鐵般的金城湯池。蔡仁傑少校不眠不休，厥功最偉。（其後蔡同志任張靈甫將軍之副軍長，在魯南孟良崮勦共成仁，永念斯人！）

在八月下旬，敵人曾多次攻擊我閘北陣地，均遭我守軍擊退，迭予重創，敵在廣播中公然稱八十八師爲「閘北可恨之敵！」

自此，敵在閘北正面，直到我軍轉進爲止，不敢再作任何蠢動，轉移目標於我左翼方面，對我江灣以北的友軍陣地，加强壓迫，戰線逐次後移至江灣——顧家宅——劉行——羅店之線；至十月下旬，更後移至小顧宅——大場——嘉定——走馬塘——新涇之線。但我閘北陣地，始終保持軸心地位，屹立不動，也沒有換過防，從八一三直到十月二十六日向滬西轉移，血戰兩月又半，敵軍未能越雷池一步。

十月二十五日，大場友軍陣地被敵突破，我左側背受到威脅，才奉命轉移到滬西陣地，敵軍吃足了八十八師的苦頭，在我離開閘北後的第二天，還不敢放胆前進，惟恐我尚有伏擊部隊，縱火焚燒，大火從北火車站一直燒到恒通路恒豐橋一帶，蔓延數里一片火海，眞是可憐又可耻！

九、指揮位置的秘匿

滬戰開始後，全上海各界市民，充分表現了愛國熱忱，無論男女老幼都與前線戰士一條心，大家同仇敵愾，打成一片，地方人士組織「抗敵後援會」，青年學生與工人組成「抗日救國青年團」，供應車輛、食物、日用品，以至各種作業工具，協力後方工作。很多青年志願從軍，直接上第一線參加戰鬥，眞正做到了「有錢出錢，有力出力」的境地，民心士氣高張到了極度。

但上海五方雜處，居民良莠不齊，不免有極少數的地痞流氓，受日本人收買利用，混雜在都市的各個角落，做通風報信的工作。戰事突發時，閘北地區仍是熱鬧的市街，這些小漢奸混雜活動，擾亂治安，刺探軍情，我們送公事的傳令兵，常遭暗算失踪，或被搶走公文，眞是防不勝防。

中山大道原爲一二八滬戰後，依軍事的着眼而修築，由滬西貫穿到北火車站，成爲閘北戰場的大動脈，作戰初期，我們選定中山大道三十一號橋附近的觀音堂，作爲司令部位置，一時成爲記者羣與熱心地方人士採訪慰勞的目標，機警的孫將軍立即有所預感，當十四日黃昏和鍾松旅長見面後，迅即離開偵察新位置，決定第二天移往福新麵粉廠，正好在我們離開期內，敵艦砲對準觀音堂射擊，殿中佛像打得粉碎，我的床舖炸得無影無踪，殘壁上揷了好幾枚不發彈，不禁捏一把汗。

其後，我們司令部像捉迷藏式的移動，敵砲總是如影隨形，最後移到蘇州河畔的四行倉庫，但對外始終仍以觀音堂爲連絡位置。爲了戰場後方安全，不得不勸導閘北居民遷往安全地帶，市民們毫無怨言，扶老携幼越過蘇州河，避入公共租界。

四行倉庫是金城、鹽業、中南、大陸等四個銀行的堆棧，位於蘇州河北岸北西藏路西側，門前沿河是光復路，左前方即爲新垃圾橋。蘇州河是一條上海通往後方的內河動脈，一般物資經由蘇州河運往內地，同時內地的土產與農作物，也經由蘇州河運到上海；河幅雖有百餘公尺，但河床甚淺，水道淤塞，污亂不堪，漲潮時舟楫通行無阻，退潮時只剩狹隘的泥漿水道，船行要用竹篙撐持。直到閘北放棄，我們司令部位置再沒有移動，最後作爲最後陣地，授命八百壯士奮守，寫下歷史最光榮的一頁。

十、淞滬戰場的最後陣地

平心檢討淞滬作戰，敵我雙方都犯了逐次使用兵力的毛病，我們雖是在自己的國土作戰，但內地交通梗阻，後方部隊赴戰，欲速不達；敵方海上運輸便捷，動員準備良好，但抱輕敵觀念，最初高唱速戰速決，以爲三個月就可以使我屈降，等到不得已時派兵增援，再不得已時再增援，總不肯徹底投入兵力，而期極力節約力量，備爲應付其他方面之用。

白卯口登陸的敵第三師團，向我左側背拊擊，於十月二十五日突破我大場陣地後，統帥部決心調整態勢。二十六日早晨，顧祝同副長官（委員長自兼長官）電話徵詢孫師長意見，有意把八十八師留置在閘北地區，分散據守村落據點，並相機展開游擊，孫師長就戰場實際狀況，具陳所見，認爲徒作無謂犧牲，難收實際效果，但如上級已作決定，自當奮力以赴，克盡革命軍人天職。因在電話中不能詳述，派我去面報種切。

當時大場方面友軍的情況，尙在繼續惡化，失去了連絡的潰兵與傷兵，紛紛由小南翔方面退下來，秩序非常混亂，敵機不斷在上空盤旋，發現目標立即低飛射擊，我沿中山大道乘車前進，遭受多次襲擊，走走停停，沿途一片悽涼，在滬西中山大道五十一號橋附近下車，循小河邊西行，約三里處走過一座小橋，在竹林中茅屋內找到了副長官正在觀看壁上張掛的地圖，我敬了個禮。

我：報告副長官，我是八十八師參謀長，孫師長派我來當面請示。

顧將軍點點頭，招手要我近前，先叫我就圖上指告閘北戰場目前一般狀況，以及各部隊配備情形；我順便報告了來時沿途所見，建議指揮所應該移動到更適當的位置。遂即談到正題。

顧：大場情況變化後，閘北陣地側背完全暴露，必須調整態勢。但國際聯盟十一月初要在日內瓦開會，會中接受我國控訴，將討論如何制止日軍侵畧行爲，所以 委員長有意要貴師繼續留在閘北作戰，把一連一排一班分散，守備市區堅固建築物及郊區大小村落，寸土必爭要敵人付出血的代價；並相機游擊，儘量爭取時間，喚起友邦的同情。

我：統帥的決定，當然絕對服從；不過就任務遂行的效果，有些意見孫師長要我來面報。

顧：你儘管說！

我：閘北除市街外，市郊一片平坦，毫無蔭蔽，地形上不具備游擊戰的條件，至於分守據點，事實上也有困難，因爲本師已經先後補充了五次，目前老兵只有十之二三，這情形正如一杯茶，初泡茶時味道很濃，經過五次冲開水，冲一次淡一次，越冲越淡，新兵未接受訓練，連槍都未放過，目前全靠幹部和幾成老兵，在陣上支撐，對新兵且戰且訓，漸漸在實戰中鍛鍊其戰技，層層節制在各級幹部掌握，以及老戰士帶頭之下，尙可保持戰鬥體系，一旦分散配置，則維繫力頓告消失，期望發揮各自為戰的效果，恐怕難之又難。

副長官沉默了一會，點點頭。

顧：那麼，你們準備怎樣來實踐　委員長的意旨呢？

我：部下的想法，　委員長訓示的是政略目的，是要強調日本軍閥的侵略行為，上海是一個國防都市，中外視聽所集，要在國聯開會時，把淞滬戰場的現實景況，帶到會場去。既然如此，似乎不必要硬性的規定兵力也不必要拘泥何種方式，儘可授權担任部隊，斟酌戰場實際狀況，來作適切的措置。

顧：你具體的說說看，究宜採取何種方式？留置多少部隊？

我：依部下看，留置守備閘北最後陣地的部隊，兵力多是犧牲，兵力少也是犧牲；同時，守多數據點是守，擇要守一、二據點也是守，意義完全相同。

顧：最好授權部隊，以達成此項目的為主，自行適當處理。

我：孫師長電話中，也會提到這些，但沒有說明究竟留置多少兵力，守備何種據點。

我：部下認為選拔一支精銳部隊，至多一團左右兵力，來固守一、二個據點，也就夠了。

顧：時間已經不多了，你趕這回去告訴孫師長，就照這樣辦，今晚要部署完畢，一切我會報告　委員長。

顧將軍為　領袖的得力助手，從容大度，指揮若定，面帶笑容和我握了手，我敬個禮離開指揮所，仍循原路驅車回閘北，但情形更為混亂了，中山路豐田紗廠附近，已被前方退回的輜重車輛阻塞，一位八十七師的排長認識我，他左臂負傷，右手抱著一支輕機槍，走上來向我不斷搖手，告訴我前面已經無法通行，××部隊頂不住了，敵軍正由數輛戰車前導，向我追躡而來。

時機十分緊迫，我急於要返部報告請示結果，不得已只好繞道曹河涇，由租界到蘇州河畔，雇舢舨回到四行倉庫，時間已快下午五時三十分。

孫師長正在室內來回踱步，這是他一貫的習慣，每逢有事時踱步沉思，等到有決定時立即坐下來寫手令，或招致必要人員有所交待。他不待我開口，先就告訴我，顧將軍已有電話指示，以一團兵力留守閘北最後陣地。決定就以四行倉庫為固守據點，但經斟酌實際情形，一團兵力未免失之過多，在給養、衛生、休憩諸方面，反而會感覺不便；因此孫將軍以達成上級意圖為目的，權宜變更為一個加強營，以第五二四團第一營為基幹，配屬必要特種部隊，由中校團附謝晉元，少校團附上官志標，少校營長楊瑞符率領，担當此艱鉅任務。

十一、八百壯士臨危受命

謝晉元團附以下官兵八百人，臨危受命，決心死守此最後陣地，為淞滬戰場留一片乾淨土，他們豪氣干雲，誓言要流盡最後一滴血，射完最後一粒子彈，與四倉庫共存亡，此「八百壯士」歷史壯烈事蹟，近已由中影公司攝成戰爭鉅片，以資表彰。

按當時軍隊編制，團不設副團長，中少校附各一人，中校團附即相當於今日的副團長。五二四團團長為韓憲元上校，廣東文昌人，戰功卓著，後於南京防衛戰時，在雨花台壯烈殉國。原中校團附黃永淮，勇敢善戰，於巡視第一線時負傷入院，故以謝晉元中校調任；黃永淮後於中原會戰守備新鄭時，担任副師長，城陷負傷昏迷，在車運途中蘇醒，奮起搶奪日押車士兵刺刀，刺傷日兵多人後被殺，其事湮沒不傳，在此便筆一提。

謝晉元團附為廣東蕉嶺人，黃埔軍校四期畢業，時年三十三歲，體格魁偉英俊，為人誠摯剛直，沉默寡言，有守有為；上官志標團附，福建上杭人，在中學時代受革命思想薰陶，投筆從戎，從基層工作幹起，其後入軍校軍訓班畢業，平實樸質，勇敢善戰，連長任內多次負傷不退，時年二十七歲；營長楊瑞符少校，黃埔軍校六期畢業，時年三十，性格豪放，坦率熱情，為師內有

四行倉庫

名勇將，奮戰身先士卒，負傷多次。第一連長陶杏春、第二連長鄧英、第三連長唐棣、機槍連長雷雄，以及各排長，都是優秀的青年軍官。

八百位豪氣干雲的壯士，於十月二十六日午夜，完成掩護任務後，迅即進入四行倉庫，就原有四周防禦工事，整理加强，並在四行內部着手部署，構築强固工事，連夜完成初步作業，爾後逐次加强。有關四行戰鬥經過，有上官志標團附手葉之「四行倉庫堅守記」敍述詳確，這裡不多贅述。

十二、撤離四行經緯

「八百壯士」奮守四行倉庫，驚天動地，氣壯山河，不但振起全國民心，更因爲上海是國際都市，在滬外邦人士均身歷目睹，透過外國記者們的報導，一時轟動全世界。

友邦人士對「八百壯士」，一致寄予無限的崇敬與同情，各國使節團曾透過外交關係，正式提出照會，要求我政府基於人道立場，下令孤軍撤離；同時很多外籍婦女代表，也向蔣夫人作同樣的要求。

其時，八十八師轉移到滬西後，在蘇州河南岸，據守豐田紗廠——北新涇——周家橋之線，繼續與敵軍隔河對戰；我奉派在法租界某地，負責與孤軍連絡，八百壯士連日苦戰，但精神愈奮、鬥士彌堅，打到第四天亦即十月卅一日，統帥部認爲已達預定目的，應多方請求命令孤軍撤離。

四行倉庫東、北、西三面環敵，唯一可以撤離的路線，只有越蘇州河通過租界，到滬西歸隊，但是要在戰鬥進行中，如何脫敵？以及如何通過租界？一連串細節，都需商權。

當時，市長吳鐵城因有新職務已去南京，由秘書長俞鴻鈞代行，同時俞先生還兼上海外交特派員職務。我先去找俞先生，又去找警備司令楊虎將軍，我與楊子爲士官先後同學，一向相熟，楊意公共租界外國駐軍由英軍司令斯馬萊特（Gen Smoleet）統一指揮，四行對河的守衛也由英軍担任，此事先須與斯馬萊特交換意見，相約在下午二時到楊私邸會談。

法界環龍路楊寓，是一座豪華的幽靜花園洋房，有一段歷史性的故事，鼎革前原爲我黨上海秘密機關，很多反革命份子神秘失踪，都由楊負責在這裡處理，有的埋在花園裡，有的埋在地板下，所以後來 總理就將這座房子送給了楊。

參加會談的，有斯馬萊特將軍，俞鴻鈞先生，馮聖法副師長與我，楊的英文秘書孫履平担任傳譯，都準時到達，先由楊爲各人介紹，斯馬萊特是一位中等身材的中年人，具有英國人特徵，留着小鬍子，瀟洒中帶點幽默，模樣兒極似前美軍顧問團長蔡斯將軍，他與馮副師長與我握手後，說了句生硬的上海話：「八十八師刮刮叫，頂好！」

話題由楊打開：「最高統帥已有命令，接納友邦人士善意，命令八十八師的四行孤軍立即撤離，但其如何行動，涉及租界關係，特須得到英軍的合作協助，特請各位來商談一切。」

俞先生揷一句：「斯馬萊特將軍知道此事嗎？」

斯馬萊特點點頭，望著馮副師長和我，微笑說：「我的部隊與貴師官兵，數月來隔河相望，我們已經是好朋友，四行守軍撤離時，我當全力支持負責掩護，但不知你們要我怎麼做？」

我說：「目前日軍正在四行週邊，向我孤軍圍攻，撤離的唯一路線，只有越過蘇州河經由租界到滬西歸隊，首先要通過貴軍警戒線，行動程序必須密切協定；再則，日軍在國慶路方面，設有機槍陣地並有探照燈，封鎖著四行後門的北西藏路，行動時須得貴軍掩護，方能順利通過；還有，通過租界時，須有相當的交通工具，應請準備提供！」

馮副師長又强調：「孤軍撤離決不是戰敗退却，或者逃跑遁走，而是應友邦人士的請求奉命撤離，此點須請斯馬萊特將軍特別瞭解！」

斯馬萊特站起來，走到楊身邊拍拍肩膀：「你們放心！楊司令是我多年的好朋友，你們不信我，應該相信楊司令。」

於是，又商談了些撤離的程序，以及有關細節，諸如彼此的連絡方法、對日軍機槍陣地及探照燈的制壓等問題。楊又叮囑俞鴻鈞，有關外交事項的一切，由他負起完全責任，俞表示可順利解決。

我回到法租界某地的連絡位置後，先掛電話報告孫師長，說明協調會談的詳細經過。到黃昏九時許——約定時間，和倉庫內謝晉元團附通電話，告訴他來了命令，準備今晚撤離，謝同志似乎極感驚異，也非常激動，聲言：「全體壯士早已立下遺囑，相誓與四行最後陣地共存亡，但求死得有意義！但求死得其所！請參謀長報告師長，轉請 委員長成全我們！」

我與馮副師長輪番開導，謝團附與上官團附及楊營長也交替接話，態度十分堅決，在電話中隱約可以體味到，激動「聲淚俱下」的情狀。

最後，我以堅定的語氣告訴謝團附：「你們成仁取義的決心，固然十分欽佩，但這是最高統帥的命令，我是命令的傳達者，軍人應以服從爲天職，打日本鬼子的機會非此一時，今後可能還有比奮守四行倉庫更重要的使命，待你們去担當！如果你們違抗命令，那你們的勇敢與犧牲，成爲匹夫之勇而無意義了！

謝晉元團附終於顧全大體，接受命令，於是我將和英軍協定的事項告訴他，今晚午夜後開始行動，由英軍制壓鬼子探照燈與機關槍，探照燈擊毀後迅速衝過北西藏路，由新垃圾橋進入租界，車運滬西歸隊。

一切都照預定進行，斯馬萊特將軍親自在新垃圾橋旁指揮，午夜當日軍探照燈如同白晝時，英軍由橋頭碉堡中使用小鋼砲連續猛射，一舉將其擊毀，但其機關槍實施標定射擊，孤軍衝過北西藏路時，仍有多人受傷，楊瑞符營長左腿也被擊中。

十三、八百壯士羈留孤軍營

我在三十一日晚間，傳達撤離命令後，當夜回到滬西，向孫師長報告處理經過，翌日凌晨率一部分事務人員，到曹河涇法租界邊界附近，準備孤軍到達後，爲他們處理一切問題。

想不到，事情發生了變化，八百壯士通過新垃圾橋後，租界當局要收繳武器，車運膠州路羈留，全體孤軍情緒激昂，聲言武器爲軍人第二生命，不能離手，他們寧願重返四行倉庫，繼續固守到底，僵持了數小時，情形極爲緊張，我在曹河涇久待孤軍不至，心知發生了麻煩，驅車趕到新垃圾橋，看見那種情形，勸阻謝晉元同志暫時忍耐，其中必有原因；同時租界在場人員，也聲言這是租界的規定，只是替孤軍代爲保管武器，當點明數量出具收據，決非繳械可比，情勢才告平息，遂即登車送往預定地點。

我立即去找楊司令，楊打電話給斯馬萊特責其背信，才知道不是英軍作梗，而是日本向工部局提出了嚴重抗議，威脅如果租界准許孤軍通過，則日軍也將開進租界，追擊孤軍，使租界當局不得不苟且應付。

我又趕去找俞鴻鈞先生，那時年輕氣浮，一見面就氣冲冲的問他：「昨天協議時，俞先生也在場，說好有關外交事項由你負責，你辦的什麼外交？」

俞先生態度謙冲，絲毫沒有見怪：「這是臨時發生的情況，我已報告政府，即循外交途徑交涉請轉告貴師長暫時要忍耐，不可節外生枝！」

爲了租界當局輕諾食言，受日方威脅羈留我八百壯士，政府確曾責成上海特派員公署，提出嚴重抗議，但租界當局懾於日方蠻橫，不敢釋放孤軍歸隊；但另一方面，日方要求引渡孤軍，工部局同樣也予拒絕。就這樣「八百壯士」羈留在孤軍營，經過了四年多歲月，他們在謝晉元將軍領導下，自强不息，雖然解除了有形武裝，但却加强了精神武裝；不卑不亢，不屈不撓，雖然離開了現有的戰場，但却建立了心理戰場。孤軍營在上海成爲孤島中孤島，成爲敵後的精神堡壘，成爲淪陷同胞心目中希望的燈塔。無數可歌可泣的故事，可從謝晉元將軍的日記中看到。

就在孤軍撤離四行倉庫的這一天，蔣委員長懷念英烈，明令八百壯士各晉一級，謝晉團長真除上校團長，頒授青天白日勳章，上官志標晉升爲中校團附，機槍連長雷雄遞升爲營長，原營長楊瑞符少校，撤離時負傷住院，已直接歸隊另有任用。八百壯士感激之餘，益自奮勵。

其後，謝晉元團長不幸遇害後——三〇年四月二十四日，中樞悼念忠烈，明令追贈爲陸軍少將。　蔣委員長通電全國官兵效法忠貞，一代完人永垂青史！

十四、奉命西撤守衛首都

八十八師於十月十六日轉移滬西路後，在豐田紗廠——北新涇——周家橋之線，沿蘇州河南岸佔領陣地，繼續與敵軍奮戰，隔河相持。滬西市郊一片曠野，既沒有地形可利用，也沒有建築物可依托，唯一的障碍只有蘇州河，但河幅僅約百公尺，愈西向愈狹窄，周家橋附近只有三四十公尺，障碍程度有限，而且工事構築時間甚短，作戰極爲艱苦，白晝敵機不斷盤旋，地面活動困難所幸官兵用命，仍能阻敵南犯。

支持到十一月十二日，已經達成掩護友軍轉進的任務；同時敵第十軍於十一月五日在杭州灣登陸，已推進到松江附近，側背感受威脅。於是奉命向西轉進，旋又奉命急駛南京，參加首都防衛戰。淞滬戰役起自八月十三日，其後增援部隊陸續到達戰場，國軍精銳盡出，總兵力達八十五師，戰線向北延伸，直抵揚子江岸，八十師八開北陣地成爲全線軸心，始終屹立不動，未使敵軍越雷池一步，血戰三閱月，復奉命以八百壯士奮守四行最後陣地，壯烈事蹟震驚全世界；轉移滬西陣地後，又激戰兼旬阻敵前進，掩護我各部友軍轉移；西進途中，又在青陽港扼守三日，遲滯敵軍追躡。可謂有始有終，盡了捍衛國家的重大任務，柏亭身與其役，實感無限榮幸，惟是事隔三十九載，已記憶不全，倉卒書此，聊以誌念！

六十五年六月一日於台北市

七十年前舊夢痕

□恆　敬□

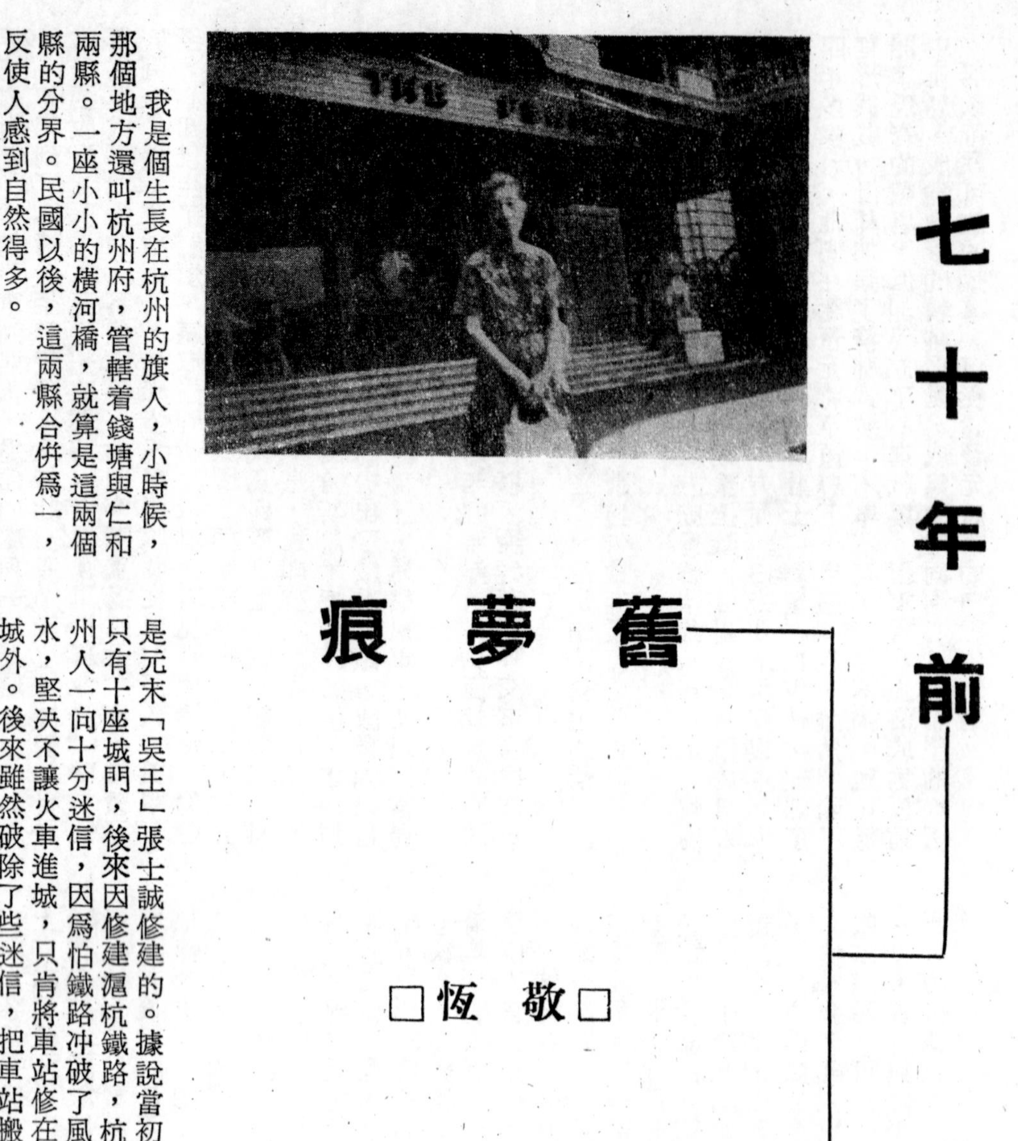

我是個生長在杭州的旗人，小時候，那個地方還叫杭州府，管轄着錢塘與仁和兩縣。一座小小的橫河橋，就算是這兩個縣的分界。民國以後，這兩縣合併爲一，反使人感到自然得多。

杭州城說來很大，全長有卅里以上，是元末「吳王」張士誠修建的。據說當初只有十座城門，後來因修建滬杭鐵路，杭州人一向十分迷信，因爲怕鐵路冲破了風水，堅決不讓火車進城，只肯將車站修在城外。後來雖然破除了些迷信，把車站搬進了城裡，但却是另外開了一座新的城門，專門供火車通過之用，只要等車子一過，門就即刻關了起來，免得洩走了地氣。

杭州這地方人傑地靈，一向文風最盛；但是杭州人却個個倔强得很，在南方人口中杭州是有名的「杭鐵頭」。這一點從他們在清末對付日本商埠問題上，就可以得到很好的證明。當時，正是甲午戰爭之後，日本在蘇杭兩地同時開闢了商埠，堅決要求將滬杭鐵路延長到那個地區。杭州人雖然迫於形勢，不得不照辦。但却只肯修一條二十多里長的支線（江墅支線），而且硬性規定每天只能開早午兩班車，車票且貴得嚇人，每張票要大洋一元二角。那時，買一張車票的錢，可以買到一百多個鷄蛋，人們自然不肯隨便坐車，而遠在拱宸橋的日本商埠，當然怎樣也無法繁榮起來了。

辛亥革命以前，杭州城內有座專供旗人駐卡的內城，叫做「旗下」，也就是所謂旗營。城長九里，從錢塘門，直到湧金門，四四方方，囊括了西湖湖濱的整個精華地帶。宋寧宗、宋理宗、岳飛、韓世忠、林和靖、朱淑貞等歷史人物的故居，也都在這塊城區之內。那時，杭州人要想到西湖去，就非要穿過這旗營不可，每年只有農曆六月十九日這一天，爲了慶祝觀音菩薩的誕辰，旗營整夜開放，普通老百姓才可以有一次遊夜西湖的機會。到時，數不清的善男信女，掛着大書「朝山進香」

，先君更是獨自坐在虎皮椅上，哭得如喪考妣。事後，正好碰上我大哥偷偷在學英文，馬上就借題發揮，說他有叛祖從洋的念頭，提起腦後長辮末，抽打得大哥死去活來。那時，先母向我們解釋：「阿爺吃了朝廷這麼多年的俸祿，又受了老佛爺和皇上這麼多的特恩，看見自己的兒子想跟洋人打交道，當然認爲是大逆不道，該殺該剮！」

那時的所謂「特恩」，就相當於現在的授勛。仔細算起來，至少也有十六種不同的花樣。就是：（一）花翎，（二）世襲，（三）黃馬掛，（四）珍賞，（五）賜宴，（六）賜裘，（七）賜第，（八）紫韁，（九）紫禁城騎馬，（十）紅絨結帽頂，（十一）雙眼翎，（十二）紫錦墊，（十三）開氣袍，（十四）團龍掛，（十五）三眼翎，（十六）寶石頂。

此外，巴圖魯的稱號和巴圖魯背心，也是近似於勛章的東西。這稱號，就是滿洲話裡「勇士」的意思。這背心，有個一字形的衣襟，襟下密密麻麻地釘着二十個鈕扣。一色的，才是正式禮服，複色和鑲邊的，就都不是「正統」，和勛績就沒有什麼關聯了。

還有一種號稱爲「恩賞」，而實際上非常不祥的東西，那就是「御賜荷包」。這是專門用來裝毒藥瓶的。毒藥的名字，叫做「鶴頂紅」，是從仙鶴的紅冠上取出

在三潭印月的地方，也有曾任浙江布政使的「德馨」，題過一聯道：

「宛在水中央，近依蔣經彭庵，到此結隣宜買萬，
空明天上下，照澈寒潭皓月，偶來對影却成三。」

那時離我家不遠的地方，有一座「相府」，乃是內閣大學士王文韶的宅第，他這人很會做官，是慈禧太后駕前最有名的老油條，也許是近水樓台的關係，我們和王家很快就變成了近親，他的孫女兒嫁給了我的二哥。我這位相府快婿哥哥，很有些標準旗人公子哥兒的調調，平生不大做事，只喜歡坐在家裡拉拉胡琴，哼哼京戲，搜集些大大小小的臉譜，除此以外，什麼都懶得動手。有一次，躺在籐椅上休息，看着家裡的用人上菜擺供祭祖，菜剛上了一半，跳出一隻貓來，東吃西吃，好似風捲殘雲，我這位老哥却靜靜地躺在那裡，不出一聲，免得自己費神。等到用人們發現了貓的時候，桌上的菜早已吃得杯盤狼藉，慘不忍睹了。

不久之後，我們又和清末名臣丁寶楨的哲嗣，成了兒女親家。家傳戶曉的宮保鷄，在丁宅全是另外一種做法，而且是只傳媳婦，不傳女兒的秘方。從此，便也成了先君家中宴客的一份正菜。

慈禧和光緒駢駕賓天的那八天，杭州官場中的旗人們，都有點大禍臨頭的感覺

四字的黃布口袋，沿着西湖，步行到靈隱寺，沿途見廟和菩薩就磕頭，二十里路磕下來，每人至少要磕幾百個頭。

按照清初的規定，這座旗營裡，一共駐紮了三千九百多個官兵，全軍的最高指揮官，叫做鎮浙將軍。光緒年間，直到兩宮崩殂，先君一直就是做的這個官。他的將軍署，牆外就是西湖，一邊是個佔地一百二十畝的大花園，另一邊是一百六十間櫛比的房舍。園中百花奇草，競相鬥艷，還有不少南宋時代遺留下來的古木和石刻，那時，我的童年生活過得非常舒服，不要說四季都有吃不盡的園中水菓，就連家裡每天吃的稻米，也都是由「包衣」們特別種出來的。閒時，先君也喜歡坐在園中的高台上，下一盤象棋，棋盤都是用小石子砌成的路面，棋子是穿着不同背心的丫環們。下棋的人，要把棋子放在那裡，那個丫環就到那裡。

杭州的旗人，雖然並不算多，但也在西湖的湖光山色之中，留下了不少騷人墨客的遺跡。我記得在馮小青墓前，就有位「長白女史納拉氏」題的一聯道：

「貞心間若孤山靜，
佳話今同處士傳。」

在青山樹上，也有曾任浙江巡撫的「富呢揚阿」題一聯道：

「新水漲三篙，繞檻波光平似鏡，
好山環四面，開窗嵐翠拱如屏。」

來碾碎成粉末。據說是大毒，舐在舌頭上，不到一分鐘就會嗚乎哀哉。文武大臣，犯了「聖怒」，自知非死不可的時候，就可以拿出來派用場，它和垂在腰間的那兩條白綾「忠孝帶」，都是文武大臣們官服上的自殺必需品，隨時都要佩帶在身旁。

鼎革以後，這些稱號和服飾，自然都一掃而空，只有旗袍和長袍馬掛，受到了特別優待，成爲了現今的民族服裝，甚至於被正式規定成中國人的乙種禮物。

其實，民國的長袍，在淸代只叫做「行裝」和「箭衣」，相當於現代的獵裝和運動裝，並不能夠眞正登大雅之堂。袍的下半截，原是從中間開叉的，用三顆鈕扣絆在一起，騎馬的時候，就解開鈕扣，把下半截袍子掖在腰帶裡，下馬之後，才再放回去扣好。有的長袍上用的是馬蹄袖，袖子翻上去，可以蓋上馬掛的袖口；冷的時候，把袖子放下來，就可以蓋上手背，褁禦風寒，所以冬天的馬蹄袖，有一面是皮毛做的；就連夏天，也要用夾的才不離譜。

至於現在的馬掛，根本名實不符。旗人原叫它做「窩隆袋」，就是表示這是一種窄袖子的衣服，袖口的大小長短，都和長袍完全一樣。而眞正的馬掛，非但袖口要比長袍寬得多，而且照規定非要比長袍的袖口短四寸不可。

旗人穿的眞正旗袍，也和今日的大不相同，一律要用高衣領，長袖子，從兩肩的臀下，直線式的一般齊，袍的下半截，一直要拖到脚背上，手裡還要經常吊着一條一尺見方的大絲手絹，用來作爲點綴儀表服飾之用。

談到旗人的這些老式行頭，就免不得想起了我們那些獨有的風俗和習慣。每家祭祖之前，先要齋戒，然後把一口純黑毛的小猪，牽到神牌前面，由主祭的人手捧酒盃，高聲祈禱，然後把酒倒進猪的耳朵去。猪動了就表示大吉大利，不動的時候，就要高聲問：是不是齋戒得不誠心？是不是碗盞不乾淨？是不是有大災大難？是不是猪毛不純黑？一直要耐心地問到猪動了一下，才馬上在「神牌」前把猪殺掉，煮好之後，把頭尾和內臟，取出一些來，切成小肉丁，放在大銅盤裡，叫做「阿馬尊肉」，三跪叩首之後才能動用。還沒有成年的人，更要非磕响頭不可。被請去吃「阿馬尊肉」的客人，吃完後不必道謝，走的時候，主人也照例不必送。

被包括在「祭祖」範圍之內的神靈，並不偈限於自己一家人的祖先，還會有觀世音菩薩、關帝和土地菩薩。相傳旗人還在關外茹苦含辛的時候，努爾哈赤曾經要求明朝送一個神像給他去供奉，明朝就挑了神仙中位置最低的土地菩薩給他，誰知這正象徵着明朝要把土地送給滿洲人。因此，土地從這時起就受到了旗人每一家的香火和供奉。

有些旗人家裡，還學了皇家的榜樣，在祭祖的時候，也向「萬歷媽媽」祭奠一番。據說，這位老公公，是滿淸皇朝的大恩人，當時，努爾哈赤在撫寧兵敗後被俘，回不了關外，他的臣僚們用重金買通了明朝得勢的太監，轉懇萬歷太后在皇帝面前說情，放了他回去，滿洲人打入關內之後，爲了報答這位太后的大恩，就在紫禁城東北角，修了一座小廟，來供奉「萬歷媽媽」的牌位，而且按照祖制，每天供奉活猪兩口，以及「烏他」，「酪乾」，「密供」，「碗豆黃」，「愛窩窩」，「沙其瑪」一類的有名滿洲點心。到了節日的時候，還要用滿漢全席一桌去祭祀她。

辛亥革命的一場大風暴，就連「萬歷媽媽」也再救不了滿淸皇朝，最後一任浙江巡撫增韞，收了杭州人五千大洋的程儀，抽身遠行。接任先君遺職的將軍德興，也大開旗營，不戰而降。許多旗人，雖然紛紛跟着漢人剪了辮子，却還是得不到安全和財產上的眞正保障，唯一的生路，就是離鄉背井，改名換姓，搬到一個新的環境中去冒充漢人，從頭做起。也就是從這個時候開始，失掉了父親的我們，便在大哥的決定下，改成了姓蘇。據說他的動機還是啓發於杭州人追懷蘇東坡的那句名詩：

「堤上花枝盡姓蘇」。

人世滄桑七十年（下）

鄒瀾清

後將棉紗變賣得欵於十一月初隻身自筑飛滇，親將紗欵掃數面陳李將軍飭由其隨從副官張磊平點收，仍交其副軍長善爲運用，余一生作事，公私分明，從不苟且，到昆明後，李將軍即囑余同往宣威，迎接部隊入滇，此時以辦公廳主任身份，胸懷至感輕鬆，補給重責，既已解除，理宜稍減煩慮，善養身心，每日僅替李將軍撰擬機要文稿，既無金錢枷鎖之束縛，又無物質籌撥之慮患，誰知共軍進逼黔疆，如疾風之掃落葉，貴陽緊急，全眷尚滯居其間，已否離筑，無法得知，乃由畢節同仁，以長途電話至筑寓所詢問，謂全眷已於九日下午離開貴陽，而貴陽於十日爲共軍所陷，僅半日之差，郊區紊亂，可想而知，能否平安到達昆明，則不敢必，十一月十三日晚，李將軍要我擬一至重慶行營電稿，因心緒不寧，屢擬屢錯，李將軍問我今日有何心事，余答以全眷於九日下午離開貴陽，至今已四天半，尚無到達霑益消息，李將軍即屬余速以他名義，迅電孫師長飭平彝蒲營派兵向盤縣方向尋找，以策安全，余以私人眷屬，不肯擬此電稿，而李將軍竟親自擬發一電，果在平彝盤縣間將余全眷護衛安抵霑益，於此可見李將軍愛護部屬，無微不至，沿途土共猖狂，後續陸總及憲兵司令部之官兵眷屬，打得落花流水，公路交通亦斷，後始打通，落後之行李卡車亦安然到達，可云幸矣，乃將全眷送往昆明安置，以爲可以稍舒喘息，豈意時局日壞，謠言四起，一日余由司令部，專車回寓，並穿着全副武裝，警察在家查戶口，余即揮手與之爲禮，竟置若罔顧，心想來者不善，久久在各個房間門口徘徊，益覺疑惑不安，因此始決意送眷赴港，以職責言，現爲一空頭辦公廳主任，可能向李將軍告假數日，定必允准，晚間即打電話至霑益，承將軍欣然允諾，翌日寫一假條，請卓立參謀長代爲批准，即飭副官謝康荃持綏署保防處長沈醉手令，往機場守候飛機，時爲三十八年十二月三日事也，四日恰有自香港跑單幫飛機一架至，遇此良機，即全家辦好購票手續，趕赴機場，而該機又誤降元謀，需將燃料送往元謀後，該機始能飛至昆明機場，因此耽延至五日下午始行離昆，安然到達香港九龍啓德機場，同機來者尚有湖南宿將毛秉文，及其侄婿孟振仁兩家，他們皆是逃抵昆明時，經朋友介紹來找我，爲之代尋飛港機會者，此眞千載難逢的際遇，亦爲最幸運者之一，迨十二月十二日盧漢投共，宣佈叛國，李彌將軍被扣，我亦無法回昆，淪落港九，已爲難民，李將軍經八軍猛攻昆明被釋，而我全家乃暫居九龍鑽石山，僅憑一時機智，不辱父母之身，免此危難，亦不幸之幸也。

亡命港九、生計艱難

天不喪予，憑一時善惡之辨，是非之明，送妻兒逃港，未爲共所乘，雖感倖幸，溯自經理軍中財務以還，公私分明，從不稍存私念，離昆之際，僅將歷年稍存金銀飾物，換來香港復興銀行憑單，數目有限，而一家十餘口，憑此區區之數，祇能在九龍鑽石山五八二號購得小型石屋一所，暫時容身，聊爲避難，而前路茫茫，莫知所措，日居月恆，窘狀已現，幸乾女婿吳興華夫婦及岳父張策之公以無政治關係，皆已各回故鄉，但六個兒女，一個忠僕，連我夫婦倆人一共九口，生活爲之奈何，正百思莫得其解之際，忽接舊屬胡本昌君自滬來信，說上海淪陷後，他們尙能平安度日，餘屋還可分租，于是異想天開，與吾妻商議，由她携幼女香遠先回南京，看看南京寓所現狀，若果和上海一樣，能將住宅分租，或可度日，我個人即留港做難民，豈意此種想法，大謬不然，共早將我之身份調查清楚，等吾妻到南京晒布廠七號去看余宅時，大門上已蓋上代管大印，內屋分租至數戶之多，院內花草全被剷除，種以蔬菜，因時値隆冬，僅在院內觀察片刻，即行離去，幸未被屋內之人發覺，否則，找上麻煩，後果堪虞，嗣由乾親家劉文雲往南京市政府查詢，翻閱余宅地段，赫然寫上僞八軍軍需處長住宅，平時汽車進出，南京解放時，已回江西原籍，此計不售，乃將九龍聊以棲身之小型石屋變賣，急電吾妻趕回香港，偸鷄未成，還丟了一把米，祇好另作求生之策，余于到港之初，即由自粵入台之三十九軍，替我辦有入台證，嗣因李彌將軍來台述職，回港寓，余往謁，他說台灣守是不成問題，若欲反攻大陸，恐不可能，謂政府要他去滇緬邊區，收容舊部，組織游擊部隊，如果政府能給予經費，希望老同事能偕往同甘苦、共患難，余聆其語，心中亦爲所動，忽忽間入境證期間已過，而李彌將軍去後，久無消息，以致陷於前述窘狀，不久李將軍又回港，再往謁，謂由港赴泰必須以走私方式前往，且需自籌費用，余聞此言，內心冷了半截，既無此走私門路和勇氣，又無這筆無法衡量的費用，談何容易，時李彌將軍在台已設有辦事處，由前王耀武之兵站副監鄭希冉主持，余籌圖半響，說我曾有入台證，今已過期，請其將原證囑鄭希冉代爲洽換，李彌將軍欣然允諾，孰知此舉爲石沉大海，全家九口，幾乎陷于絕境，鄭是何用心，殊不可測，迨至四十年初，至友李志鵬將軍獲准入台，因住鑽石山，望衡相對，既爲十數年至交，又有鄉誼，更曾爲國軍袍澤，乃備文呈請國防部，要求入台，請李將軍代爲辦理，未幾，得國防部參謀總長周至柔復文，幷附有入台申請表格，核准辦理來台手續，惟表中規定甚嚴，來台後必需自力謀生，當然復職無望，幷須尋覓較我過去軍職較高或相等階級之現職人員兩人擔保，而我又因特殊機會，最後所任軍職又爲編階之少將處長，此時在台朋友，又對留港人士，多不明立塲，很少願意作保，遊免找上麻煩，弄得得見表興嘆，日夜爲此困惱，終于決定將表寄給李志鵬將軍，除請其代找至友鄭清懷少將外，另由他再找胡翼烜中將，胡爲前七十一軍軍長，又係李將軍直屬部下，與我有國軍袍澤之誼，當不會拒絕，同年三月入境證寄到九龍，稍事料理，六月間我個人先行入台，到後即爲余家申請來台手續，共度艱難，刼後餘生，祇圖團聚，未來生活如何，無從計及，七月中旬吾妻率諸兒乘輪到達基隆，轉車台北，暫居至友鄭清懷兄新店疏散寓所，先行駐足，窮困生活，度日如年，箇中景況，非外人所能瞭解。咸以爲當年身負十萬大軍補給重任，斷不至過于窮困，而自己竟弄得饔飧不繼，有口難言，驚心往事，回首當年，無法自解，然幾經危難，能保此七尺之軀，家人團聚，于心亦甚咸滿足矣。

衣冠渡海、報效無由

來台經過，已如前述，欲復軍職，當不可能，而舊時同事，間有來台者，亦多爲軍職人員，此道不通，已見前文，經商則既無資本，且無經驗，以一生從政從軍，遵守本身崗位，以營商爲恥，今雖退爲平民，仍不能改變初衷，到台之時，僅剩美金三百元，因鄭之屋，自己要住，荷蒙原意，將其所租之餘地，分讓一部份給我，與地主另立租約，自建瓦屋三間，由一山東佬承包，原議全部費用爲八仟元新台幣，後以其未守約而停止，眞是漏屋偏逢連夜雨，破船又遇打頭風，祇得另行籌欵，設法完成，單磚瓦屋竹籬笆，尚弄得如此艱辛，一家九口，聚居於此，聊避風雨，故乙未除夕有句云：兒童未解興亡史，猶說今廬遜舊廬。因諸兒自墜地以來，住的都是寬敞大厦，吃的都是適口菜餚，而今居室如此簡陋，粗米淡飯，尚感不易。四十一年，八七水災後，食米要憑戶口簿購買，數量也難配合食口需要，只得和以蕃薯，台灣又名地瓜，更因手頭拮据，凡能變賣之飾物文料，一律送入拍賣店，故經常出入拍賣店中，一見衣物已賣，負米而歸，連李彌將軍贈我之純金私章乙顆，亦托友人市于肆，一則自己去賣不好意思，再則觸景傷懷，斯時景況，眞不知如何度此難關，友人見狀，欲爲在國防部謀一臨時工作，履歷送去後，因細看過去經歷，即遭婉言謝絕，眞逼得上天無路，入地無門，當時雖蒙李彌將軍，情殷念舊，囑其辦事處送來一紙雲南省政府參議命令，而從未見送過一文薪津，空文一紙，何能當薪作米，憶當年，思往事，凡見生活艱窘之親友，無不解囊盡力傾助，而今家財盡散，無人授手，但人雖窮，志不可餒，目睹一羣稚齡兒女，必須自我堅强，鼓起勇氣。所謂留得青山在，不怕沒柴燒，一日晚友人告我，謂糧食局需要增加會計人員，但他無力引荐，級職也很低，我問他要如何進行，他說如能覓得閔湘帆先生介紹函，實必有效。余與閔先生過去在業務上曾有接觸，我在需校受訓，他爲校務委員，論理有師生之誼，大可拿出勇氣求他爲之介，然我自投身軍旅以後，從未自己去謀過工作，有點膽怯，仍不敢作此想，然生活煎熬，凡能賣者俱賣矣，能食者俱盡矣，又有何方法支持下去，深信天無絕人之路，一日忽遇黃習焜先生，談起謀職事，他滿口答應，他有辦法一定可以辦到。未數日，果獲糧食局耿先生通知約見，言談間多蒙藻飾，以我過去替國家做了很多事，大小要給我安排一個單位，我當對之謙謝，不必重視過去經歷，只要能有油鹽柴米配給即行，因台省公務人員按口派給食物，事成往謁閔先生致謝，一見面閔先生確爲一忠厚長者。他首先說您是我的學生，您未來找我，我還是替您寫信，直弄得我無辭以對。四十二年十二月，臺灣省政府主計處令下，派爲糧食局澎湖分所會計員，閒居臺北近郊兩年，總算勉强支持下去了，生活雖苦，從未向朋友乞貸，窘態未露，致多數戚友中，尚不知我境況如斯之困耳。其間李彌將軍來臺述職，住陽明山蔣緯國將軍寓所，余往謁，原爲作禮貌上之拜候，存心並無所求，而李彌將軍竟手持臺幣千元給余，我堅未受，弄得非常尷尬，兩人涕立良久，淚水皆含在眼眶中，李將軍感嘆而言曰，此係給侄輩用作[illegible]區之數，彼此百般感觸，湧上心頭，既拒未允，祇有伸手接下，長官情重，銘于五中，李將軍自徐蚌歸來後，自己即無經濟支配權，我早已知之，今李將軍撒手塵寰，忠臣良將，鬱居臺灣二十餘年，未爲國家重用，死後晉進上將，死者雖榮，于國何益。余輓李將軍一聯曰：百戰建殊勳，憶當年，虎帳追隨，每覺箴言猶在耳，一朝驚噩耗，痛此日龍蛇厄運，何堪涕淚共彌襟。于此我又憶念成剛將軍，一生謀國之忠，待人之誠，亦爲余畢生崇敬難忘者，在成將軍任新編三十九師師長時，我有幸被邀爲其軍需主任，成將軍生活之刻苦，恐爲黃埔將領中第一人，當時師部主要幕僚，開有公伙一席，每日菜金規定正嚴，只准四菜一湯，一桌十人，吃白飯是常事，副師長谷樂軍將軍，參謀長王凌雲將軍，嘗對我說，軍需處應多發幾文錢買菜，至少要使每人白飯能下咽，我笑而答曰，這是副官處的事，其實我早已告知吳畏功主任，因吳爲成將軍內戚，不敢違成將軍意旨，又憶成將軍任十一集團軍參謀長時，駐節大理，我因公過下關往謁，他一定要請我在下關餐館吃飯，菜算是辣椒炒肉絲、波菜豆腐湯兩樣，飯將半，忽發警報，勢須離餐館避難，臨走時成將軍交付侍者，要他將剩菜留下，等警報解除，還要來吃的，其節儉可知。又三十四年八月我將全眷由昆明送往重慶，時成將軍任遠征軍作戰班主任，天甫明，佩中將領章自駕吉普親來送我一家五口到機場，三個穉齡兒女，他一個一個替我抱上飛機，真是熱情有加，嗣後成將軍晉任十四軍軍長，明令發表時，適余在南京，意欲余往相助，而第八軍正于此時擴編爲十三兵團，投入徐蚌中原會戰，成將軍屬意雖誠，而曾蒙李彌將軍多年厚愛，無法啓齒，祇好婉言相謝。在湘西戰事逆轉中，成將軍護送黃杰將軍入越，困居富國島有年，來臺後籍籍無名，僅以一高參轉任電信總局顧問，而黃杰將軍則由陸軍總司令而參軍長，而警備總司令，而臺灣省政府主席，而國防部長，一帆風順，顯赫一時，黃接任臺灣省政府主府未久，成剛將軍目睹我來臺十餘年，屈居末職太久，意欲將余介之其表弟王履常君，函中對成將軍自己畧帶一言，說他健康已復，請王轉告達公，王和我初見時至爲客氣，以老前輩稱呼，因我在七十一軍以上校會計課長代軍需處長職務時，王甫由西南聯大畢業，在總部任少校秘書，以前輩稱呼，我也當之無愧，不過命運不如人而已，聞此信經告知黃杰主席後，始任成將軍爲華南銀行監察人，月支車馬費七百元，而余則以現職太低，怕人說話了事。官場險惡，一至于此，成將軍秉性剛直，忠心耿耿之人，此時此地，咸皆黃鐘毀棄，瓦釜雷鳴，棄而不用，復國乎，愛國乎，余則不知其中奧秘，成剛將軍治家嚴，謀國忠，其子女皆有驚人成就。所謂忠厚傳家，奕世光榮，成將軍雖啣恨以終，觀其子女蕃衍，當可含笑九泉。四十二年十二月十日，隻身赴澎湖履任，由臺北乘火車往高雄，沿途綠野平疇，風景如畫，堪稱臺灣寶島，復興勝地，企盼全國上下，以孤臣孽子之心情，重振紀綱，摒除奢侈生活，杜絕浪費，以謀復興之道。十二日由高雄乘搭澎湖輪到達馬公，甫到任所，因全所員工只有十二人，無伙食團，在一山東館包飯，中央日報駐澎湖特派員黎世芳君，爲吾贛萍鄉人氏，獨身在此，也在同一餐館包飯，每日相見，結爲知友，到職後，工作至爲輕鬆，有佐理員黃乃弼一人相助，送審時原缺爲委任一級，而省主計處，竟核爲委任六級，而我任軍職半生，早已獲得同簡任職官階在十年以上，并經銓叙部主計人員儲備登記核爲簡任職試用，尚有積餘年資，在臺閒居兩年，早聞主管人事人員類多貪墨之事，如欲任免升遷，黑幕重重，于此可爲明證。嗣經省局申復，才改爲委任一級，大陸淪陷，衣冠渡海，尚不知帶罪蒙羞，各機構主管及人事單位，多爲來自大陸，其良心泯滅，不知家亡國破之恥，賣官鬻爵，毀棄綱常，自愧無能，還要往黑鍋裡鑽，雖云清者自清，濁者自濁，然獨木焉能支大厦，未幾，果然發生假公濟私之不幸事件，上報層峯，佐理員黃君乃弼年幼無知，被誘其頂罪，結果入獄經年，午夜思維，于公自應如此，而部屬無辜，一時爲權勢所逼，自毀前途，于心實所不忍，後我因公赴澎，黃君聞之，特來旅寓求見，深悔未聽我當時勸告，雖然入獄，而對我尚十分崇敬，好在其主辦斯事者父親爲省議員，黃君出獄後，憑其大力推介，已在澎湖電力公司工作，兒女成行，生活不惡，于焉稍慰吾心。四十三年底，奉調臺北碾米廠主計員，單人獨馬，從編預算、製傳票、發簿籍、編月報，以至年度結算、報告等等，均爲一人獨任，好在業務清閒，專碾外銷白米，爲自給自足機構，若無米外銷，員工薪津，尚須向糧局興債，該廠收入，全憑白米加工費，對外并不營業，龐大機器設備聽其閒散。自笑昔年在軍中，主管十萬大軍之補給重任，部屬三千，今日淪爲管理數十萬包白米加工費之收支，處此環境，爲之奈何！徒落得自我清閒，自我解嘲，一幌八年，終于無米外銷而將廠撤銷矣。乃調科員，回局之初，頗獲主管及諸同仁另眼相待，愛護有加，而省府突然改組，仍不能改變一朝天子一朝臣之落伍觀念，忽將耿先生調職，并尋他莫須有之不法事端，將耿先生入獄，後得平反。而來者此君，不但處事毫無經驗，可能別有用心，來時似有意用我爲其爪牙，一日，約余談業務分配辦法，余深知其意向不善，而婉言拒之。此後當然不會如我親密，我也有意避之，恆藉故對我挑剔，或說我出差太多，因我自前任起，即擔任附屬單位查帳工作，既不曠職，又不誤公，其奈我何！後一切我行我素，在此君任內，竟發生一大奇聞，在無法尋找貪污機會中，竟然相互勾結，僞造電話費收據數十萬元之鉅，此種貪污技巧，曠古未有。在任兩年，官官相護，某君調職他去，部屬身陷囹圄，若謂未牽涉在內，法律當無法推斷，惟天良何在，然無愧乎？一代不如一代，一人不如一人，後之來者，一切使用權勢，順我者生，逆我者死，官僚作風，習染太重，是非不明，本末巔倒，一切只重形勢，不求實際，好高騖遠，遇事專橫。余生性梗直，從不逢迎，尤以緬顏事上爲恥，終于以科員之職，于六十一年七月一日提前退休，今雖息影林泉，而策馬中原，雄心未死，反攻復國，企予望之。

歷盡滄桑、獲享高齡

余九死餘生，厚蒙先澤，獲享高齡，猶憶童年溺水不死，滇西抗日，遠渡怒江西岸，深入蠻煙瘴雨之區，經年與疫痢爲伍，敵砲數度險被擊中，皆化險爲夷，海珠輪廈門炸沉，竟未登斯輪而免一難，兩度險些屍沉渤海而安然無恙，膠東四年戡亂，屢次隨軍掃蕩，深入虎穴，未遭暗算，尤以臨朐一役，身陷危城，七晝八夜，得慶生還，徐蚌中原會戰，公出南京，未受氷雪之苦，昆明事變前數日，僅憑一時機智，全家亡命港九，此皆皇天厚我，祖先默佑，能保此七尺之軀，得觀兒女之成，今雖屆七十之年，除宿患氣管炎，晨起多痰外，而健飯如故，耳目如故，身心健康如故，步履如飛，甲寅遠遊北美四月，探視子女，環遊名勝，到處奔馳，毫無倦意。今所缺者金錢，身外之物，與我何傷，半世紀以來，淡泊自甘，珍饈美食，與我無緣，企盼我之子孫，咸知世事之艱，各本良知，心存君國，既皆已自立主門戶，更宜勤儉持家，勿貪意外之財，勿作違紀之事，兢兢業業，力爭上游，保我忠厚家風，善教子女，不爲世風所誘，今日兒童智慧早開，自幼即宜導其向善，絕不可任其習染惡念，毋使劣性已成，難于管束，切宜愼之，更忌重男輕女，摧殘骨肉，兄友弟恭，德澤綿綿，永振家聲，實所企盼。而余餘年有限，樂境無多，因時逢國難，諸兒女多身居異邦，遠離膝下，凡所經歷用以勗勉衆兒女者，盡納斯篇，理宜各手一篇，閒居無事，廻環展誦，亦畧知我一生際遇而有所自勵者也。

結語

斯篇之作，純以七十年之往事，苦、辣、酸、甜，信筆疾書，毫無隱諱，雅不欲無的放矢，傷我忠厚，寫眞寫實，不避嫌咎，盡情吐露，原用以勗勉子女，咸知吾家世系之源，進而知做人處世之不易，忠眞謀國之實難耳。蓋自歐風東漸以來，門戶開放，人心陰詐，此攘彼奪，極盡豪强之爭，弄得舉世滔滔，永無寧日，妻離子散，多無團聚之家，誠人類之浩刼，世道之凌夷，毋有逾于此一時代者，可不懼哉。

科場瑣憶

——蔡愛仁——

科舉考試，大概可分爲三級：第一爲「道考」，是考秀才的；第二級爲「鄉試」，是考舉人的；第三級爲「會試」，是考進士的，——會試後還有一個「殿試」，是考狀元的，考完殿試纔得「賜進士出身」。各級考試時，以科場中一般情形來說，可以「手續繁，關防嚴，形式多，實用少」十二字來形它。可是各級的科場，也各有特徵，我所要談的，就是各種特徵方面。

道考秀才，是分兩次舉行：第一次由州、縣官主持，一共要考五場，才可以定出「榜首」來。每場俱要出榜，前四場的榜是寫成圓形，每五十人爲一「圖」，每圖分內外兩圈，外圈三十人，內圈二十人，中間留一小圓圈，寫入硃筆的「中」字，第一圓完接連寫第二第三……圓，要到第五場，才可以寫成五人一行的方形，理由是一二三四各場，名次還會滾動，所以用圓形。各場取的人數，用「淘汰法」，往往第一場取上幾十圖，到第五場只留得一圖。如果能考完第五場的，可供給便飯一次，所以考生能夠考到「飯」，是不容易的。未考以前，要具切結，找廩保，塡三代；切結上首姓名、年歲、三代（曾祖、祖父、父親，）注明身中、面白、無鬚，並非倡、優、隸、卒的子孫，如有虛僞，爲廩保是問（廩保要兩人，一爲認保，是考生自已找的；一爲挨保，是在各廩生中輪值）。手續辦完送州縣衙門的禮科書吏收受，才得報考。

考試的科目，無非是考八股文、試帖詩。我投考時，已是科舉的尾聲，考到第三場，就改爲經義策論；那時還鬧得這樣的笑話是：在第二場的場中，貼出布告說第三場要改考「時務」，竟誤寫爲「時物」，弄得滿場譁然。原來這位州官，是滿州人捐納出身，識字無多，道地是一個「時物」。不過這樣臨時改變考試科目，考生年齡大一點的，眞不知如何下筆。所以這次所取的榜首，是舞弊得來的，到了道考時，笑話百出，弄得督學使者，大爲震怒，幾乎鬧成「漏榜」的怪劇（州縣試所取的榜首，規定是準秀才，如果不取，名爲漏榜，這是很少有的事）。

州縣試完竣，接着是道考，是由督學使者按臨省以下「道」的行政區域舉行，後來因「道」的區域太廣，改爲分府、州（直隸州）舉行，但一般習慣，仍叫爲「道考」，三年分兩次按臨，一爲「歲試」，一爲「科試」，其餘一年則爲鄉試之用。道考比州縣試還要嚴密。未考正試以前，有一場特考名爲「考古」，是不考八股文，而考各種國學科目，大概分爲經學、史學、詞章、算學等等，最後又加「時務」一科。這種考試，往往能得人才，以補救八股、試帖的空虛。如果童生能考取這一場，到正試時，可以特別「提堂」，對秀才可能有八九成的希望。

現在再來談道考場規的嚴密：第一是點名，督學使者坐在公案上，各州縣的學官(教諭、訓導)及廩生站在兩旁，一律整肅衣冠，自前晚的子時起，要點名到天亮。考生五十名爲一排，在紙糊的排燈上書明排數，由手執排燈的高唱「第一排童生進」，考生列隊前行至公案前五步外，聽候點名領卷，點名的唱「李甲」，考生即應聲「李甲到，某某人保」，廩保也應聲說「某某人保」，才可領到試卷。再前行數步，設有「搜檢處」，除試卷、筆墨外，不准夾帶片紙隻字，遇可疑的還要解開衣服，任其百端檢查，可謂嚴酷之至。亦有比較方便的，隨看即向後撲掉帽子放行。這關一過，才得按照試卷上所編的彌封坐號，覓尋試場。如有「提堂」兩字的，則另設坐位在大堂上，以示優待；何人才可得此優待呢？州縣試列榜首前十名者，以及「考古」取錄者。普通試場，則分爲東西兩場，試桌及坐凳，俱是長木板做的，每兩尺寬便要坐一人，一條長桌長凳，至少要坐十人，寫起字來至不方便。長桌上貼上所編號碼，以「千字文」爲字號，除「天地元黃」不編外，從「宇宙洪荒」編起，如「東宇一」和「西宙一」等等，如果不按照卷面的號碼坐下，便是「亂號」，查出來要「扣考」。坐位既定，天明時「題目」的排燈，在柵欄外傳觀，近視眼非常吃虧，必要向鄰號請教，才得明白。試題出過二十分鐘後，即有人前來「查號」與「蓋戳」。所謂「蓋戳」，即是要先行做成一段文字謄清，大概以六行爲準，否則一字未謄，即蓋在題目上，這種卷子，閱者就要扣分，許多寫作遲鈍的朋友，至此便要提高警覺。

兩篇文章一首詩寫作完，大約已是午後的四時了，你可以叫開柵欄門交卷，領取長竹片一根，到「儀門」等候開門「放排」。在頭排、二排開門時，還有鼓吹相送，二排以後是黃昏，名爲「溜排」，有礙面子；溜排時尚未交卷，即有人來「搶卷」，等於驅逐出門。

這是道考第一場的情形，也即所謂「正場」，過一二天便將取錄的結果公布，名爲「掛水排」，榜上只有坐位的號碼，沒有姓名，要各考生自己才明白。取的名額，大概以該州縣的學額爲定，或加倍取，或少一點，要看試卷好壞爲加減。水排掛過的第二天便是「覆試」，那時人數很少，一律提堂。只要做一短篇論文，時間限得很緊，自二十分至三十分不等，題目還要分雙單號，時間一到，立即收卷，所以特別緊張，秀才的命運，也決定在此一至短時間。午前考畢，中午閱卷，下午即放榜，才正式寫出考生的姓名。還有第三場，那不是考試而是換一本白卷謄清你自己所取錄的文章，至此可以安心樂意爲之，出場時個個俱是容光煥發，好像換過一個人。最後是「獎賞」，如同現在的畢業典禮一樣，個個雀頂金花、藍袍、玉帶、還加上披紅，督學使者說幾句獎勵的話，建立了師生初步的友誼。禮成而後，家家在考棚外的廣場中，預備一匹馬，騎上去在大街上一遊，爆竹連天，眞是「春風得意馬蹄疾」，「幾人奪得錦標歸」了！以上是科舉時代考秀才的情形。

秀才考中了，當然有一段愉快的心情；但次年的「歲考」一到，又要緊張起來。歲考是將上年取錄的秀才，再要嚴格考試；考列一等前幾名，可以補「廩生」，才算正式的「弟子員」。廩生等於大學畢業後的研究生，可以長期給予廩穀，比研究生的津貼，還要優厚些，並且補實了廩生的名額，可以爲下屆考秀才的童生做廩保，收受新秀才的「謝金」。不過州縣學的廩生有規定的名額，名額外叫做「增廣生」，比空頭秀才，名譽上雖然好一點，沒有廩生那樣實惠。歲考考得差的列爲二等，還可以保持「附生」的頭銜。假如考得不好名列三等，不但不能再應鄉試考舉人，連秀才俱成問題，至少要交學官教誡。所以考中秀才後，最怕的是「歲考」，經過這一考，才把秀才分出三種，一爲廩生，一爲增廣生，一爲附生。不要忽視這小小的廩生，滿清時規定不經過廩生出身的是不得「拜相」的。

道考取秀才種種情形說過了，再來說

鄉試考舉人的事情。鄉試是分省考的，依省的大小，規定舉人的名額，是每年八月（農曆）舉行的，所以又叫「秋闈」。每省有一個考場名叫「貢院」，是含考舉人才貢京師的意思。這個龐大的考場，三年才使用一次，長日關閉，鞠爲茂草，到考的前一時期，才委任人員，負責清掃打理一次。貢院的後一棟房屋，有大堂，有官廳，有辦事人員的辦公室，主考人員的官舍。兩旁爲試場，場中分若干小弄的矮屋，有如現在公共汽車的賣票棚。每弄分爲百棚，也用千字文編號，大概爲考生實用的只有九十四、五棚，其餘空的爲大小便所，因爲此中並無衞生厠所設備，只好暫時借用而已。每棚設木棚門，由住在第一號的「號君」（工人）管理啓閉及封鎖事宜。所以稱爲號君者，因爲他俱穿衣冠，戴木頂，儼然一個小小官吏。據聞充當此項差使的，也要花錢捐納或人情關說，因爲他可以管理這一弄的考生，作威作福，並可以得點小小好處呢！

主辦鄉試的官員是一省的巡撫，名爲「監臨部院」，所有一切總務和監察，俱由他負責派。試題及閱卷，是由欽差正副主考官負責，從京師特命到省，巡撫還要去迎接。坐的是八抬綠呢轎，轎門也要加封，以示關防嚴密。所有閱卷人員，先由巡撫在各縣「進士」出身的知縣中揀選有文名的，前幾天到省，寓所門口，俱要貼起「調簾迴避」四個大字，規定不准外出，不准會客，主考官一到，一律送入貢院，要到試事完竣，才可出來。這許多辦事人員，雖然從各方面臨時組合而成，關防却是十分嚴密，很少發生什麼問題。

鄉試時的考生，大家俱叫他爲「科生」。在從前交通不便則時，水則坐帆船，陸則乘獨輪土車。遠的地方要從一個月以前起程，時間正在秋陽燥烈的日子，一般說來，是十分辛苦的，沿途釐金關卡，要查驗才得放行；好在一班科生，俱打着「奉旨鄉試」的招牌，平日魚肉商民的卡官，至此也不敢留難，頑皮的科生反而好向卡官開玩笑，弄得他啼笑皆非。經過長途的跋涉，到省會休息一兩天，便是考期。一切應考要辦的事務，各州縣的學官，已經令所帶的「門斗」（書吏）辦好。

但各人的考具要帶進場中，過三日一次一共九天的生活用品，非自己操心不可。經常是用一隻四方形篾製考籃，所有書籍筆墨、衣物及餐具吃品藥品，俱要納入其中，有似百寶之箱。進場時一到「儀門」便要用特製布帶絡在考籃的兩旁，胸懸卷袋，書明某某州縣的生員某某，肩負手扶，緩緩擠進場內。這種扮相，如果有攝影的留下一張相片，眞是滑稽可笑。從前有人說：鄉試點名時，紅旗亮出，黑旗招進，並且要大呼「有冤報冤、有仇報仇」等語，弄得各科生毛骨竦然，不敢抬頭。

到了我應鄉試時，據說已經改革，試卷由各學官代領給「門斗」轉交揷入科生卷袋中，眞是方便得多。不過一進到場中的矮屋，先行自己整理一番，如洒雄黃水、燃蒼朮末以除穢氣，領號板夾成小床小桌，買河水以備飲料，掛號簾以避風雨，俱要像「魯濱孫」開闢荒島一樣麻煩。

經過一二時後，人已十分疲倦，太陽也近黃昏，屈身小床，一倒便睡。到三更時號，號君傳來「題紙」輕輕說：「新老爺」呀！題目！才睡眼模糊，點起洋燭，仔細端詳，準備查書動筆，以爭取時間。我應考的時候，已號廢除八股，第一場是史論五篇，第二場是時務策五篇，第三場是四書義兩篇、五經義一篇，每篇長不得過八百字，短不得少於三百字，做好了謄寫時，要在每篇下注明「添注幾字，塗改幾字」，或者「添註塗改無」等字樣。懶洋洋地整考籃，準備出場交卷，每場俱如是。如果有人因病或其他事故不得完卷者，則每場於貢院後牆貼一「藍榜」（用藍墨水寫的），凡列有姓名的，下次不得再來。場中的飲食，固然由科生自己帶簡易炊具，自炊自饌，以療饑餓；但公家每場俱有飯菜分送到各弄的號君轉致，飯是西貢米，菜是湘魚，金華火腿，第三場適逢中秋，還有月餅兩個。除月餅是大家帶出來做紀念品外，其餘的飯菜，俱被號君故意弄得骯髒，使科生不敢領用，祇好一律歸號君享受而已。這一筆優待科生的飯菜費，公家不知要花費多少，就這樣浪費，殊爲可惜！

科生的辛苦勞累，已如上述；但亦有苦中作樂聊以解嘲的說：「科塲有三樂：三塲無雨，九日皆陰，一樂也；內不病於塲，外不貼於牆，（藍榜）二樂也；得數十天新老爺，搖擺之（自起程赴省到考試這一段時間見面的俱以新老爺相稱），三樂也。」其實千里奔波，名額有限，求一水中撈月的虛名，得不到的，反而惹出秋季流行的瘧疾病，又有什麽可樂呢？

現在再從考官方面來說，正副主考及房官送進貢院後，試題由主考官出，禮貌上要送監臨部院一閱。試題閱定後，交特設的刻字匠，如法印製，再發下各塲的號君分送，從沒有什麽錯誤。試卷收集即分房評閱，每房約百餘本。評閱時把題紙貼在坐桌對面壁上，左右站兩個傭人，打開試卷，舖在桌上，房官用筆批點。在八股時代，只要看一個「破題」或「起講」，便決定好壞，壞的即行拉掉，再換一本，好的留看全文，如果能看全文的，便有「呈薦」的希望。這樣一拉一推，看起來也很快捷。到了考策論時，便要多花時間了。照規定一房可以「呈薦」十本至二十本，結果至少必須中一名，才不致「漏房」。如呈薦的卷子，不合主考的意旨，便要發還房官，再行覆閱，或在落卷中另找一二本，以表仔細，這所謂「搜房」，房官要失去光彩的面子，但此事很少發生，不過順便一談罷了。

房官呈薦後，主考要親自校閱，照規定比應取的名額，多取二三十本，名爲「堂備」，一律送至大堂上，監臨部院坐中，正副主考分左右，兩旁的房官亦列席。經過三位巨頭，交換意見後，就決定誰爲「中式」者；再於中式的卷中，精選五本爲「五經魁」，最後又於五本中選最優的爲第一名的「解元」。每人桌上放一特製紅蠟燭，點起來取光，如果一房的卷子中了解元，各房的燭枱，俱要送至那一房官桌上，表示祝賀。諸事已定，開始寫榜，是從第六名寫起，因爲前五名要選定解元，不免多費時間。據說有一次於愼重之中，發生疏忽的問題，就是寫前五名時，忽然多出一本爲六本，弄得面面相覷，無法解決，後來由監臨部院提議焚起香燭，禱告天地，用抽籤抽去一本，以示大公，此事才得於無辦法中暫時解決。

此外尙有「謄錄」一事，値得順便一提，鄉試的卷子，爲防止熟認筆蹟、私通關節起見，要招考一班謄錄人員，把原來的卷子，一律重新謄寫，這是何等吃力的事情，並且弊竇也從此而生，有事先囑托代爲改正字句的，有故意匆忙遺落字句的，更有和辦事書吏熟悉者，自僱謄錄混入謄寫的，其流弊不可勝言。

到了我應鄉試時，爲節省用費計，謄錄已經裁除，各科生自己本來面目寫作的卷子，才得入房官及主考之目。房官俱是有文名的知縣，才得「調簾」閱卷；也有親故子弟，預爲「拜房」，以乞特栽培，到閱卷時，放寬尺的，並用「插花」的方法，呈薦入彀的。所謂「插花」，即將次等的作品，夾在其中，以襯托其曾拜房的作品，比較更好，以求僥倖入選，有如女人插花，紅花綠葉相配者，用心可謂良苦。這不是法律所可防止，而是閱卷者人格問題，恐怕現在各種考試，尙未能完全避免。以上是科舉時代考舉人的情形。

最後要談前會試考進士、殿試中狀元的事了。但是我沒有考過進士，更談不到考狀元，因爲光緒末季，科舉已停，改辦學堂，我已經受新教育的洗禮，而爲優級師範學生了。到了將近畢業那一年，是爲宣統元年，舉行最後一科的「拔貢」和「優貢」考試，暑假無事，同學們就以秀才的資格報考，我取錄己酉科拔貢生，因此得以參加最後一次的殿試。拔貢在科舉時期是十二年舉行一次，每縣取一人；優貢是六年一次，每省取六人。（省的大小不同，名額亦異）這是在三年一次的鄉試和會試而外，一種特科考試，任用頗爲優異，所以務必參加殿試，以昭愼重。

向來考優、拔的，要年輕，要寫作快，尤其是書法，要能寫「白摺子」及「大卷」，才有希望。摺子是白宣紙做成，用格子套在裏面，要寫得行格分明，字體勻秀，是準備寫「奏章」用的。大卷是兩張宣紙糊成厚厚的，只有紅色的直格，沒有橫格，可是寫起來要橫格朗列，字體要富麗堂皇，是殿試對策用的，非有經常的練習，特製的紙格，是無法動筆的。

好在我考的時候，已改用普通的卷子，不過比較大一點。主考的官是由提學使担任，巡撫還是用監督的名義來參加。連考兩場，第一場正試，是經義、史論各一篇；第二場覆試，比較嚴格些，於每縣規定的名額，加倍取錄，前者爲正取，後者爲備取，是準備臨時發生父母喪事遞補的，事實上很少發生，還是正取的到次年春天上京「朝考」，再進而參加殿試。

優、拔殿試前，是由禮部任試務，閱卷大臣則由欽命王公大臣担任。開始由禮部考一場，分一等二等取錄，再定期殿試，和考狀元的形式是相似的，此時的試卷是仍舊用厚宣紙的大卷。先晚子時進場，也可以帶考籃，不過這種考籃，由琉璃廠文具店特製，多用洋鐵皮包藍布爲之，佩帶輕巧，比鄉試用的那樣笨拙，是好得多。但應試的一律要穿官服，纓帽緞鞋，居然是一個小小官吏，背起考籃來，又太不像樣。試場是「太和殿」，莊嚴肅穆，望之儼然生畏。至黎明，由大臣點名，沒有特設考桌，由各人將考籃打開，放在兩旁走廊，考籃的蓋面就是桌子，盤走坐在地下，照題寫作，也是經義、策問，大約作的時少，寫的工夫多，並不准如鄉試時可以「添注塗改」，與其說考學問，不如考書法更合。殿中監試的王公大臣，俱是輕咳微聲，態度和藹，好像訓練有素的。

考後經過相當時期發榜，一等的前八名，是七品小京官，派在軍機處學習，八名以下就分發各省以知縣試用；二等原來是分發做各州縣的教諭或訓導，後來因爲科舉停了，沒有秀才可訓可教，就索性將這種官職裁撤，改爲分發各部的錄事，開始學習，比之舉人來考進士的似乎好一點。舉人會試考進士如何考法，我是聞而知之，並不見而知之，也約畧一談，使讀者得以明白科舉考試，自考秀才至考狀元的全貌。會試及殿試各種試務，仍由禮部辦理，而主持考試的大權，則另行欽命王公大臣爲之。會試第一場取錄的爲「貢士」，再經殿士後，選取十本最佳的，呈送皇帝自行決定取錄的先後，慈禧太后專政時，則由太后代皇帝決定，間或鬧出笑話，而莫如之何。殿試的次第，是第一名「狀元」，第二名「榜眼」，第三名「探花」，第四名「傳臚」，其餘，此時也記不清楚，一律賜「進士」出身。此又爲會試考進士、殿試考狀元的大畧情形。

科舉考試，只重空虛的文字而少實用，常爲人所詬病；但它的場規嚴，關防密，不易發生弊竇，而且取錄的人才多屬少年英俊，是不無可取之處。現在科舉已停，改辦學校，考試注重平日成績，不是較一日之短長，當然要比科舉更好；但仍似不免把各學科流爲文字問答，多少還帶幾分「考八股」的習氣，自有逐漸加以改善之必要。試場除考選部已建一考場外，一般考試多無一定場所，關於命題、閱卷、監場等事項，似亦尚須再加研究，以期盡善盡美，希望主持考政的先生們，深切注意，使五權之一的考試權，得以建立而光大。

本刊通信地址畧有更動，各方賜函、惠稿、訂閱、請逕寄香港九龍旺角郵局信箱八五二一號，較爲快捷。（附英文）

P. O. BOX 8521
KOWLOON MOGNKOK
POST OFFICE,
KLN., H. K.

民國初年之四川軍事（上）

·華生·

「最近三十年中國軍事史」一書，文公直著，民國十九年上海太平洋書店出版。民國五十一年六月，由臺北市文星書店編入「中國現代史料叢書」，影印發行。這本書錯誤百出，且爲以後若干研究中國軍事者所引用，可謂遺害無窮。我曾就其中所述「北伐時朝三口號」加以辨正（刋於民國六十三年七月一日暢流半月刋，編入民國六十四年六月出版之行知集）現在想就該書所述「四川軍史」一節，糾其正錯誤，以正觀聽，以明史實。

「四川軍史」屬於該書第二編：軍史；第十章：滇黔蜀康軍史；之第三節。全文共分十段如下：一、蜀軍之革命；二、川軍之編成；三、北軍之入川；四、川軍之再起；五、川軍之分化；六、川軍之混亂；七、川軍之投北；八、川軍之降南；九、川軍之紛亂狀況；十、外出之川軍。爲求研究便互起見，茲先引述文著「四川軍史」的原文。

（一）文著「四川軍史」原文

一、蜀軍之革命　四川之新軍開始編練與各省同時，原定於四川編練陸軍兩個鎮。先成立一個鎮。朱慶瀾爲統制。因四川總督趙爾豐爲漢軍旗籍，心嚮清廷，對於富有朝氣傾向革命之常備新軍，當然不加信任，故趙爾豐在川之時，四川新軍絕無可以擴充之機會，僅有一鎮之形式而已。及清廷將川粵漢鐵路收歸國有，蜀人極力反對，捨命相爭，被趙爾豐屠殺無數。黨人遂乘機鼓盪，激成戰亂，竟屋清社。當時『四川保路同志會』之組織，黨人實陰主之。及戰發。黨人多在行間，謂『其勢不厚，莫如隱其革命之名，藉名「保路同志會」稱兵，較易與民衆合作，而足以難清吏。』六月，榮縣黨員王子襄舉義旗，清兵果出攻之，榮縣處萬山叢中，交通不便。人亦鮮知其事者。八月，而武昌起義，全國震動。九月，黨人夏之時以客軍排長率兵駐省城附近，防保路同志會。至是遂率兵兩連，於行間舉義。趙爾豐令大隊兵勇窮追之。十月十二日，張培爵、朱之洪、楊庶堪、石青陽、謝持舉義於重慶，成立『蜀軍軍政府』以張培爵爲都督，迎夏之時爲副都督。

二、川軍之編成　時端方方駐軍於資州。端方爲滿州旗籍，因四川民衆反抗鐵路國有風潮，奉清廷之命，率湖北新軍第八鎮之步隊第三十二標，並募新兵成立一標，稱爲第三十一標，合計爲二個標，入蜀平亂。因四面皆有民軍，不敢前進。逗遛資州。而端方所部軍隊，遂大半加入三川保路同志會。十月初四日，端方接到武昌及重慶光復之訊。端方擬至成都任蜀督之初志，因道路險阻，而不果達；進退維谷，廼欲圖逃遁出險，爲以後之良策。初六日端方宰猪屠牛，大張盛筵，邀請資州紳士暨其部下之軍官到營讌飲。就席間宣告衆客曰：『現在大漢復權，已得天下。我本性陶，因羨滿人易得高官美祿之故，因而冒入滿籍，〔據傳說端方爲陶文毅逐妾之子歸端父而生者，故號曰『陶齋』，觀端此言，其說或確。」今情願歸宗陶姓，報効軍民。』並擬將髮辮割去，以示無欺言時，端方雖口若懸河，力爲自己辯護，欲結衆人之歡心；奈衆客皆謂其詐，多不信之。至其改姓陶，且有名刺發於外矣。其部下之恨端方，因端方秘匿武漢民軍起義消息，迨漢陽被焚，全城變爲焦土之訊傳至營中，仇恨端方益甚。因端方所部，皆籍隸湘、楚故也。蕭方設筵欲結衆心之計既不行，即命乃弟端競爲說客，懇請其部下保護出險至西安府，願將銀四萬兩爲衆兵將酬。端競衆說項時，第三十二標立於前，故能聞晰端競之言，第三十一標之兵，立於稍後，未能聞晰。於是第三十二第三十一兩標之兵迭起衝突，互相疑忌。第三十二標兵，向爲端方衞隊，而三十一標之兵，係新募成軍者，〔端方之衞隊，曾勸端方就水道經宜昌而至漢口，端方不從。」端方患肝病已久，每每開罪他人。〔時有某員願爲端方出死力，力任保端方出險，端方則疑其爲奸細，將賣己，欲施殺戮。」時，端方決志就陸路至西安府，然後據甘肅爲都督，或回家，其衞隊皆以陸路多險，不若水道，出險甚易。端方力謂『沿水道各城，大半皆在民軍範圍之內，於己不利，不若走陸路之爲愈。』其衞隊信其言，亦即默許；幾行矣，而三十一標兵隊，要求立即平分四萬兩之賞銀。端方面許各兵，先付二萬兩，餘俟安抵西安府後，再付其半；因現銀祇餘二萬兩之數也。第三十二標似已允許，而第三十一標堅執不從。當夜，第三十一標之兵，力脅第三十二標之標統，逼端方將賞銀如數付清，否則擬將第三十二標標統槍殺。初六夜，端方與其弟知軍心已變，相抱痛哭。是夜其部下共謀殺端方之策。初七晨，急預備逃遁，惟其部下全行叛散，祇剩近衞四名未去。端方密備小轎兩乘，將行箱二具纏繫轎後，乘之出險。行未久，突爲第三十一標兵所圍，肩荷快槍預備轟擊。衆兵將端方弟兄所乘之轎，押入神廟。途中衆兵將衣箱用力斫開，箱內之物，揮取一空。端方見勢不佳，乘間自轎中跳出，擬逃入廟中。一兵持刀迎面，向端方猛斫，削去一耳。端方戰兢曰：『你們要殺我嗎？』衆兵大聲疾呼曰：『殺！殺！殺滿奴』並逼命端方跪下，端方不從。衆持刀向端方亂斫，計六刀，頭始斷。端競見衆兵殺其兄，即奔入廟中，擬求第三十二標兵來救援。第三十二標兵，閉門不納。於亂兵命端競跪下，舉刀首落。其屍至初八晨，尚橫臥廟前。旋爲善堂所收殮。端方之首衆兵割下後，視爲戰利品，裝入鉛箱和以石灰，擬携至漢口，因漢口懸有巨金也。端方既被殺，資州乃定。第三十一第三十二兩標，擁尹昌衡爲首領，揚白旗，懸漢幟，稱『大漢軍，』由資州直攻成都。時革命黨人方舉義於廣安州，旋合於蜀軍政府。清吏永寧道劉朝望獨立於瀘州，巡防統領劉俊卿獨立於萬縣。而成都獨立，殺趙爾豐組織『四川軍政府，』迎因路案被捕禁之四川諮議長解元蒲殿俊爲都督，而以同蒲被禁之保路首領羅倫及新軍統制朱慶瀾副之。旋成都兵變，蒲朱均逃，衆公推尹昌衡任四川大都督，成都遂定。時劉俊卿肆行不義於萬縣，黨人熊克武逐之。民國元年，成都重慶兩軍政府合併，尹昌衡仍任都督，改編川軍以熊克武爲第一師師長，劉存厚爲第二師師長。

三、北軍之入川　二次革命失敗，尹昌衡既平定西康，〔見西康軍史〕袁世凱誣以尅扣軍餉下獄論死，終以事無佐證，且尹定康有功，判無期徒刑，〔黎元洪繼任大總統時赦出〕袁世凱乃命其親信陳宧率北洋軍伍祥禎旅馮玉祥旅入蜀。解散熊克武師，縮減劉存厚部。其他部隊亦均消滅之。以陳宧爲成武將軍督理四川軍務，於四年六月就任，排除異己，不遺餘力。旋，袁世凱更調北洋勁旅之第三師師長曹錕所部駐重慶一帶，扼守四川之咽喉門戶。及護國軍起，袁世凱更命第七師張敬堯全軍入蜀攻滇。

四、川軍之再起　蔡鍔率護國第一軍入蜀時，蜀中革命黨人熊克武均隨之同行，間道分赴各地，運動舊部，召集民軍，以謀響應。四川有『棒客』者，游俠之流亞也，類似北地之馬賊。此輩多有器械，團結甚固，爲數不下五六萬人。貪官汚吏爲所痛惡。北軍之荼毒刼姦，尤爲棒客所痛恨。熊克武駐軍重慶時，所部第一師多爲革命時之民軍編成，其中大多數分子爲棒客。及熊克武受命爲四川宣慰使，召集棒客，頃刻成軍。北洋第三師爲所窘，其步兵第五旅全旅爲所包圍，逃出者甚少。熊克武遂以集得及繳之械編爲一軍。同時劉存厚稱『四川護國軍總司令，』擴編所部截擊北軍。北洋軍之入蜀者，幾盡數被繳械。伍祥禎全軍覆沒，僅馮玉祥得全旅退出蜀境，陳宧乃致電袁世凱聲明不得已，而改稱『四川都督。』但護國軍卒以陳宧爲袁黨不足信而逐之。（陳爲湘人，後黎元洪任之爲湘督，湘人亦拒之，不許到任，遂終未得志。）袁世凱死，黎元洪任大總統，六月任蔡鍔爲益武將軍督理四川軍務。但蔡鍔之喉疾已深，不能言語，急赴日就醫，而以蜀事任羅佩金代理，編川軍爲五師：第一師師長熊克武，第二師師長劉存厚，第三師師長周駿，第四師師長劉湘，第五師師長周道剛。未幾，蔡鍔卒於日本福崗醫院。各師均不就範，其他各部亦不服縮編整理。川軍第四師師長劉湘，會合第二師師長劉存厚攻羅佩金。羅氏敗亡，戴戡來蜀，亦死於軍。

五、川軍之分化　四川全省，大於江蘇數倍，出產之富，甲於全國。以故易於取給，能養多兵。抱軍閥野心者，亦因全蜀號稱天府，富庶特甚，咸思獨得；而滇黔貧瘠不能供給多量之軍隊，皆思就食於蜀。坐是之故，乃致四川紛爭惡戰，亘十數年而不止。當羅戴敗亡，適護法之爭方亟，川軍因本身之利害，分爲兩派：一則傾向西南，熊克武等屬之；一則傾向北京政府，劉存厚屬之。自復辟之役，川軍曾一致反對後，迄未有統一之意見，率皆南轅北轍，背馳日甚。民國六年十二月，劉存厚逐督軍周道剛，而自爲『川軍總司令，』於是蜀中傾南之將領分爲兩系：一稱『護國軍，』爲保省主義者，劉湘等屬之；一稱『靖國軍；』爲親滇而加入聯軍者，熊克武等屬之。先是周駿去熊克武而得重慶，降北得代督軍，未幾被逐，北政府任爲駿威將軍，北上入將軍府，熊克武再組舊部成軍。九年十二月。熊克武勝劉存厚，劉遁往西川，熊爲川軍總司令入成都。

六、川軍之混戰　民國十年川軍隨湘軍之後，而援鄂驅王占元。重慶鎮守使劉湘命第一師師長但懋辛出兵，攻宜昌。五月十一日，四川之滇川兩軍不睦。川人反對唐繼堯熊克武。川軍乃舉劉湘爲『川軍總司令兼省長。』熊克武被迫，退出成都。劉存厚入川復聯合熊克武反攻，占成都重慶。劉湘反對北政府及劉存厚熊克武。九月十七日以但懋辛等攻宜昌克之，武漢大震。吳佩孚移兵西向，川軍退却，再圖反攻亦不利。退至南沱。十月十一日，退出鄂境。至是吳佩孚與川軍總司令劉湘湘軍總司令趙恒惕議和成功，各守疆土。民國十一年二月，川軍內訌，夔巫軍隊退重慶。五月二十四日，劉湘辭職。七月五日，第一軍總司令但懋辛與第二軍總司令楊森開戰。第三軍總司令蔡成勳及師長鄧錫侯助但攻楊，楊森攻但懋辛於忠州。但懋辛退守梁山綏定。第一第三兩軍推蔡成勳爲總司令，遣師長鄧錫侯賴心輝田頌堯劉斌反攻。二十六日占瀘州。八月六日，鄧錫侯入重慶，但懋辛占萬縣，楊森敗北。二十八日楊森逃往宜昌。吳佩孚欲乘機統一西南，遂令孫傳芳率盧金山孟昭月張允明趙榮華等旅援助楊森回川。十二年二月，蔡成勳鄧錫侯因爭權而戰。三月吳佩孚聯絡劉湘爲內應，更遣第八師師長王汝勤助楊森回川，遂占萬縣。二十六日，進占梁山。但懋辛退重慶。蔡成勳爲鄧錫侯所敗，退出成都。四月六日，楊森占重慶。五月一日，滇黔軍助但懋辛反攻又敗。二十日，楊森軍占領安岳遂寧資州。六月七日，資州失守。九月十七日，黔軍助熊克武攻川。瀘州劉湘自敘州至重重助楊森。十月，滇軍胡若愚助熊克武攻重慶，楊森等不敵，敗退。十二年十月，熊克武得胡若愚之助，得占領重慶長壽，近逼萬縣。楊森聯合黔省援川軍總司令袁祖銘反攻，占領忠州。十一月二十八日，劉存厚至萬縣，召集楊森等開軍事會議，分路反攻重慶。十二月十四日，與劉湘袁祖銘擊退熊克武軍，占重慶。節節進攻，至十三年一月九日，克江北渝州。二十九日，入成都。以劉存厚督川，袁祖銘爲川黔邊防督辦。五月二十七日，北政府任楊森督川，鄧錫侯爲省長，劉湘爲川滇邊防督辦，劉存厚爲川陜邊防督辦。蔡成勳退守川邊。戰事稍息。十月八日，袁祖銘回黔。十四年一月，熊克武入湖南，攻長沙，占常德，唐繼堯助之。袁祖銘於二十二日入貴陽，接收軍民兩政，以盧燾爲『行政委員長。』二月，袁祖銘與熊克武合作，推唐繼堯爲『川滇黔聯軍總司令，』反對楊森。又聯合駐鄂北軍第八師長兼長江上游警備總司令王汝勤東窺武漢，集兵巫溪。鄂督蕭耀南令旅長寇英傑部駐軍石首嚴防。四月三日，熊克武得唐繼虞〔唐繼堯之二弟〕之助，與湘西趙恒惕軍衝突，嗣因熊克武收編湘西民軍改編川軍之第一第二兩師湯子謨賀龍兩部內訌。與湘西鎮守使蔡鉅猷戰，退於蜀境。四川境內則自三月六日楊森與幫辦軍務劉文輝因爭自流井鹽稅衝突，師長賴心輝鄧錫侯助劉文輝攻楊森。劉湘居間調停，故熊克武袁祖銘約劉湘共取成都重慶。北京臨時執政段祺瑞令劉湘查辦楊森。五月十六日，北政府以劉湘兼川督，鄧錫侯爲清鄉督辦。七月十四日，楊森與反楊派和議決裂。反楊派共推袁祖銘組織聯軍，攻楊森。八月八日，楊森大敗，退至嘉定雅安。蔡成勳鄧錫侯入成都，進攻嘉定。楊森退滇邊。及東南戰起，吳佩孚與聯軍將領商議假道，令楊森率殘部來漢口。議成，楊森到漢。十五年，劉湘排斥劉存厚。吳佩孚令劉存厚入陜。一月二十日，反楊派之師長楊春芳與劉文輝戰於成都。楊春芳敗。二月五日，袁祖銘與鄧錫侯暗襲劉湘，而歡迎楊森回蜀。二十一日，吳佩孚令袁祖銘賴心輝取成都助楊森回蜀。三月四日，蜀戰復起。劉湘自知不敵，急聯合楊森攻袁祖銘，袁大敗。楊森由宜昌抵萬縣，袁祖銘允由重慶退川南。四月二十日各將領咸欲附吳佩孚助劉存厚入陜，但以缺乏實力，未能成事實。五月十一日，楊森擊退涪陵袁祖銘軍，進佔重慶。吳佩孚出任調停，以袁祖銘爲滇黔邊防督辦，鄧錫侯爲四川軍務督理，楊森爲省長。袁祖銘退出四川後，就國民革命軍第十二軍長職，聯合湘軍賀龍，於七月十日占常德攻鄂。吳佩孚當武漢危急之際，調楊森援助。十月十九日，楊森軍入鄂，聯合駐鄂北軍第十八師盧金山進逼岳陽。嗣，楊森見吳軍困守武勝關，不能反攻，孫傳芳防禦軍尚可，決無攻取武漢之可能，遂投黨軍。時，黨軍方整理兩湖，圖攻閩贛，無暇顧及鄂西，遂與楊森接洽，任楊森爲國民革命軍第二十軍軍長。和議成功。十二月十四日，楊森軍回蜀。十六年一月三十日，袁祖銘被殺，彭漢章繼之而亡，蜀戰乃無外軍加入。而本省各巨頭間合縱連橫，爾虞我詐，日事併鬬，迄無寧日。其戰爭改編之經過，非本編所能盡，容專書詳之。

七、川軍之投北　在民國十一年間，蜀中各軍，已極混亂。但其首領猶屈指可數。番號亦尚易計認。當時協商編定者爲：

四川第一軍總司令　但懋辛
四川第二軍總司令　楊　森
四川第三軍總司令　劉　湘
四川第四軍總司令　劉存厚
四川第一師師長　喻培棣　潼川
原熊克武歸第一軍但懋辛
四川第二師師長　唐式遵　夔萬
原劉湘歸第二軍楊森
四川第三師師長　鄧錫侯　緜陽　屬第四軍
四川第四師師長　潘文華　順慶
劉湘系歸第二軍楊森
四川第五師師長　何光烈　綏定
原熊克武部歸第一軍但懋辛
四川第六師師長　余際唐　綏定
原熊克武部歸第一軍但懋辛
四川第七師師長　陳國棟　永川　屬第四軍
四川第八師師長　陳洪範　嘉定　中　立
四川第九師師長　楊森〔兼〕瀘永一帶
第二軍之主幹部隊

四川第一混成旅旅長	劉文輝	敘屬	屬第三軍
四川第二混成旅旅長	張冲	開縣大寧一帶	屬第一軍
四川第三混成旅旅長	李樹勳	萬縣	屬第二軍
四川第四混成旅旅長	袁彬	涪陵	屬第二軍
四川第五混成旅旅長	藍世鉦	成都	屬第一軍
四川第六混成旅旅長	王陵基	江北	屬第二軍
四川第七混成旅旅長	張孝成	新津	屬第一軍
四川第八混成旅旅長	田頌堯	巴中	屬第四軍
四川第九混成旅旅長	劉斌	巴中	屬第二軍
四川獨立第一師師長	楊春芳	酉陽	屬第一軍
四川獨立第一旅旅長	湯子模	酉陽	屬第二軍
四川獨立第二旅旅長	鄧英	廣安	屬第一軍
四川獨立第三旅旅長	林恣	宣漢	屬第一軍
四川警衛隊司令	陳道五	潼川	屬第一軍
四川警衛團團長	蕭笙	萬縣	屬第二軍

旋即各軍火併，競投吳佩孚，受編爲中央軍。是時川軍皆以得中央軍師長名義爲榮。其未得名號者，則仍以『四川陸軍』名義而苟存。軍隊之複雜，眞無可查考。總計其名目之衆，軍隊之多，甲於全國。以派別言，則有劉存厚派，劉湘派，蔡成勛派，袁祖銘派，（袁雖黔軍但所部盡駐蜀中）熊克武派，（熊已率所部湯子模等入湘後轉粵後被解散）等等；又有以學系別爲『軍官派』『速成派』者。以兵額言，合全省內外各軍共有二十八個師，又三十七個旅，十餘個團，（熊克武部下在內袁祖銘部黔軍及邊軍皆因當時在蜀境故亦列入）無慮二十五萬餘人，亦可驚駭聽聞矣。茲爲便利統計起見，特將蜀軍全投吳佩孚時（十三年）之全省軍隊，劃一編制番號，分國軍省軍二項，（袁軍見貴州軍史邊軍見西康軍史）列表如左：

甲、國　軍

中央陸軍第十六師師長	楊森	成都
步兵三十一旅旅長	王正鈞	
步兵三十二旅旅長	王纘緒	
陸軍第十六師騎兵團團長	李鎔	
陸軍第十六師礮兵團團長	吳行光	
陸軍第十六師補充旅		
中央陸軍第二十一師師長	田頌堯	潼川
中央陸軍第二十二師師長	唐廷牧	重慶
中央陸軍第三十師師長	鄧錫侯	重慶
中央陸軍第三十一師師長	陳國棟	遂寧
中央陸軍第三十二師師長	唐式遵	萬縣
中央陸軍第三十三師師長	潘文華	萬縣
中央陸軍第三十四師師長	袁祖銘	重慶

（黔軍詳貴州軍史）

中央陸軍第二十七混成旅旅長	孫震	涪江

乙、省　軍

暫編四川陸軍第一師師長	李家鈺	安岳樂至
暫編四川陸軍第二師師長	李樹勛	長壽忠州
暫編四川陸軍第三師師長	陳鼎勛	合川
暫編四川陸軍第四師師長	楊春芳	瀘州
暫編四川陸軍第五師師長	何光烈	順慶
暫編四川陸軍第六師師長	魏楷	梁山
暫編四川陸軍第七師師長	陳能芳	璧山
暫編四川陸軍第八師師長	陳洪範	嘉屬 被劉文輝所併
暫編四川陸軍第九師師長	劉文輝	敘屬
暫編四川陸軍第十師師長	劉春蕃	綿屬新都
暫編四川陸軍第十一師長	段榮琮	遂寧
暫編四川陸軍第十二師長	朱召南	重慶
暫編四川陸軍第一混成旅旅長	郭汝棟	萬縣

暫編四川陸軍第二混成旅旅長　何金鰲　涪陵
暫編四川陸軍第三混成旅旅長　白　駒　樂至
暫編四川陸軍第四混成旅旅長　包曉南　安岳
暫編四川陸軍第五混成旅旅長　黃毓英　未詳
暫編四川陸軍第六混成旅旅長　羅澤洲　慶安
暫編四川陸軍第七混成旅旅長　甘澤震　未詳
暫編四川陸軍第八混成旅旅長　包治卿　安岳
暫編四川陸軍第九混成旅旅長　蔣紹曾　樂至
暫編四川陸軍第十混成旅旅長　陳蘭亭　重慶
四川邊防軍總司令　賴心輝　內江
以下所謂『邊防』『屯墾』等並非川邊軍隊
四川邊防第一師師長　賴心輝（兼）內江
四川邊防督辦　劉成勛　率以下所部駐雅安漢源榮經一帶
邊防第四師師長　藍世鉦
邊防第十一師師長　張成孝
邊防第一混成旅旅長　劉國守
邊防第七混成旅旅長　藍文彬　原藍文蔚部
邊防第八混成旅旅長　鄭世鈺
四川第三軍第二縱隊司令　陳毓嵩　成都　劉成勳部
川東清鄉軍總司令　朱召南（兼）重慶　即第十二師師長
川南清鄉軍總司令　龔　達　成都　有兵一旅
川西清鄉軍總司令　向康衢　江油綿陽　有兵一旅一團
川北清鄉軍總司令　袁　彬　武勝
成屬清鄉軍總司令　彭光烈　樂至　有兵一團餘
全川江防軍總司令　黃　隱　重慶　有兵一團
川南邊防軍總司令　楊　銳　成都　有兵一旅
北川警備軍總司令　楊國楨　重慶　有兵一旅
川西屯殖軍總司令　張邦本　簡陽　有兵一團
四川第二軍騎兵團團長　楊漢城　有兵一團
四川第二軍警備隊第二團團長　雷忠川　劉湘部
劉湘部

八、川軍之降南　吳佩孚雄據兩湖時代，川軍始終託吳宇下。但，迄無一兵一卒受調離蜀。對外則擁有國軍名義者，咸以首領自居，且競詡為中央軍，凡吳佩孚之所為，一電既出，蜀中諸小軍閥爭作應聲蟲。時人謂吳佩孚獨能收川，實則僅得擁護之虛名耳。其省軍各師旅，漸為所謂國軍者吞併殆盡。於是楊森、劉湘、劉文輝、鄧錫侯、劉成勳、田頌堯、賴心輝等，成為七個巨頭，割據一角，自為雄長。直至國民革命軍誓師北伐，南下長沙。川中各軍因吳佩孚之勢力方盛，不信國民革命軍有出長江之可能，皆存觀望態度。吳佩孚兵敗於武漢，因其昔日庇護川將，乃向蜀求援，力促楊森、劉湘等出兵援救。而楊劉均按兵不動，最後屯兵鄂西，以待時變。國民革命軍出江西，楊森乃首先歸降，受編為第二十軍。劉湘、劉文輝、鄧錫侯、田頌堯、劉成勳等廼知革命勢力之不可侮，紛紛遣代表投誠，受編。當時因長江戰亟，無暇西顧，故且各與以一個軍名義，使就範。於是蜀中乃徧地皆革命軍。嗣後，北伐南征，戰事不息，國民政府迄無暇整理川事。蜀中諸軍亦且苟安，日事系派之爭，（所謂速成派軍官派等學系）以致四川省政府因支配不能平均而不能成立。故四川易幟甚早，而省政府成立爲最後，且至今猶不健全。在川軍全部易幟之時，全蜀軍隊整個總數確已達三十萬人以上。兵額之多，番號之雜，爲一國任何軍任何省所不及。茲將川軍歸編時各軍之番號及軍官姓名列表如下：（時唐廷牧等已就消亡，劉存厚僅賸殘餘流蕩蜀北蜀西一帶）

國民革命軍第二十軍軍長楊森，第一師師長白駒，第三師師長唐莊，第四師師長何金鰲，第六師副師長包曉南，第八師師長，王文俊，第九師師長楊森（兼），第十師師長葉濟，第十二師師長龔達。

國民革命軍第二十軍軍長郭汝棟，（郭部係由楊森部分化）副軍長吳行光，第二師師長吳行光（兼），第七師師長兼川邊防軍總司令范紹增，第五師師長劉公篤，第十一師師長穆瀛洲。

國民革命軍第二十一軍軍長劉湘，副軍長向成傑，第一師師長唐式遵，副師長劉光瑞，第二師師長許紹宗，第三師師長王陵基，第四師師長羅緯，第五師師長王纘緒，第六師師長潘文華，副師長郭勳，第七師師長藍文彬，副師長饒國善，獨立旅旅長楊國楨，機礮司令張邦本，獨立師長兼川東邊防總司令王正鈞。

國民革命軍第二十二軍軍長賴心輝，副軍長李宏錕，第一師師長李宏錕（兼），第二師師長范世傑，第三師師長張英，獨立師師長周化成。

國民革命軍第二十三軍軍長劉成勛，第一師師長李其相，（？）第二師師長（待查）第三師師長。（待查）

國民革命軍第二十四軍軍長劉文輝，第一路司令劉文輝，（兼）副司令向廷培，第二路司令向傳義，第三路司令夏首勛，第四路司令冷薰南，副司令王靖宇。第一混成據旅旅長林澤伯，第二混成旅旅長張志和，第三混成旅旅長唐英，第四混成旅旅長熊次侯，第五混成旅旅長張仲民，第六混成旅旅長覃筱樓，第七混成旅旅長李則民，第八混成旅旅長蔡海珊，第九混成旅旅長徐光普，第十混成旅旅長陳獻周，第十一混成旅旅長陳鳴謙，第十二混成旅旅長劉純成，第十四混成旅旅長楊植亭，第十六混成旅旅長羊仁安，第十七混成旅旅長蘇海澄，特科司令余烈。

國民革命軍第二十八軍軍長鄧錫侯，邊防總司令李家鈺，江防軍總司令黃隱，第三師師長陳鼎勛，第七師師長馬德齋，第十二師師長羅澤洲，第一混成旅旅長楊秀春，第二混成旅旅長陳離，第三混成旅旅長周肇芝，第四混成旅旅長劉乃鑄，第五混成旅旅長謝德堪，第六混成旅旅長鄧國璋，第七混成旅旅長劉丹五，第八混成旅旅長刁世傑，第十一混成旅旅長陳鴻文。

國民革命軍第二十九軍軍長田頌堯，第一路司令孫震，第二路司令董珩，第三路司令王惠安，第一混成旅旅長董珩，（兼）第二混成旅旅長黃正貴，第三混成旅旅長王銘，第四混成旅旅長羅廼瓊，第五混成旅旅長曾憲棟，第六混成旅旅長稅梯青，第七混成旅旅長李偉如，第八混成旅旅長王惠安，（兼）

九、川軍之紛亂狀況　以上各部共計八個軍，三十個師，三十三個混成旅，兵額約三十餘萬（其中除李其相一部所屬待考查，餘均調查無誤）但，此爲各該軍投歸國民革命軍編制時之實數。而各該軍受編時所報又僅報三個師，四個師，（見國民革命軍戰史）迄無據實報告者。至各師旅更時時更易其主，且主將亦任意改編，擴縮無定，番號時易。故川軍之實況的時間性極短。斯僅就其歸編時計之。至其綜錯變化之跡，容當另撰專書詳之。

（未完・待續）

掌故月刊創刊五周年

丁星五敬賀

掌故月刊創刊五周年

香港人人書局有限公司

余鑑明致意

掌故月刊創刊五周年

中業的士公司
益昌徽章公司 敬賀

掌故月刊創刊五周年

岑嘯雷敬賀

掌故月刊創刊五周年

王倫言敬賀

掌故月刊創刊五周年

邱默雷
劉逸閩　敬賀

掌故月刊創刊五周年

楊海
葉玉欽　敬賀

掌故月刊創刊五周年

同德棧
余健謀　敬賀

掌故月刊創刊五周年

陳海威敬賀

掌故月刊創刊五周年

戴鐵肩敬賀

掌故月刊創刊五周年

張仲仁敬賀

掌故月刊創刊五周年

「命相鈎奇觀人於微」作者

硯農居士廖柱天敬賀

設硯香港上環荷里活道二三〇號二樓

北望樓雜記（13）

・適　然・

古今第一長詩

——「天山曲」

古詩最長者皆推「孔雀東南飛」，凡一千七百八十五字。至民國，詩人楊雲史作「天山曲」，咏「香妃」事，長兩千零四十四字，較孔雀東南飛猶長二百五十九字，允稱古今第一長詩，此詩流傳不廣，爰將全文錄后，再述此事之顛末。

玉門風雪拂雲鬟，一曲刀環破虜還，上將功勛開朔漠，美人幽怨念家山。盛朝甲子貞元頌，八表澄清車書統，聖明天子太平年，瀚海鳥梁修朝貢，獨有天方向化遲，東來聲教渡車師，白環詣闕留王母，文馬來庭欵月支。胡兒背德據西域，復拔漢旌寇邊邑，當時妃子不知愁，一笑傾城再傾國。天馬高歌翠輦陪，閬風本自接瑤臺，却從青海呼鷹去，還向河源射虎來。于闐玉煖春煙膩，安息天香容光異，可汗衣佩惹芳菲，靈芸竟體吹蘭氣。可汗雄武復温存，舉國春風笑語聞，雪裡開關連騎出，玉人相並看崑崙。温柔終老宜行樂，掃穴犂庭孽自作，不聞鼓角動伊凉，豈有功名驚衛霍。武皇西顧眷諸羌，數紀承平斥遐荒，驟報姑師遮漢使，更傳胡馬渡前王。河西隴右匈奴臂，屠耆負固兩兄弟，反側難安葉護心，覊縻未就班超議，橐駝東下滿胡沙，三十六城皆虜騎，燉煌烽火達甘泉，渠黎早備窺邊計，明年驃騎取烏孫，西出河湟畧邊地。王師八月下連營，烏壘屯田舊制兵，天子詔增都尉戍，將軍請築受降城。黑水營邊鼓聲寂，貳師失道陷深敵，雪沒人煙古戰場，風搖刁斗大戈壁。絕域三更拜井泉，孤軍百日懸沙磧，夜靜天秋塞雁高，圍城月白吹羌笛，爲覓封侯不肯歸，五千貂錦齊嗚邑。積雪千山與萬山，驅兵再度玉門關，交河總管籌邊策，不斬樓蘭誓不還。朔方健兒渡磧裡，鐵甲無聲風沙起，黃昏萬馬飲金河，亭障悠悠九千里。蛾眉蟬鬢侍氈裘，夜報天戈下火州，國破休教妻子累，大王西去莫淹留。閼氏雨泣單于舞，躑躅提刀不忍去，帳中紅粉抵死催，馬上梟雄頻回顧。旌旗西指拂天狼，垓下歌聲困項王，明日轅門傳獻馘，將軍拜表破高昌。班師郊勞迎笳鼓，詔建安西都護府，酒泉從此靖胡塵，不是窮兵非好武。開疆拓土賀元戎，三箭天山早挂弓，豈似輪臺哀痛詔，天王罪己將無功。當年助順闢蒿萊，別有降王壁壘開，一騎香塵烽火熄，明駝輕載美人來。沙場風壓貂裘重，陣雲滿地衣香凍，祈連山月遠相隨，慟哭爺孃走相送。琵琶悽絕一聲聲，大雪紛紛上馬行，一拍哀笳雙淚落，可憐胡語不分明。

王頭飲器獻天子，妾心古井從今始，何難一死報君恩，欲報君恩不能死。忽到陽關古戍樓，明眸皓齒一回頭，失聲長慟無家別，關下行人盡淚流。牛羊萬里望鄉井，龍沙日遠長安近，呼天不語山茫茫，天已盡頭山未盡。零亂驚魂起暮笳，關山落日暗平沙，憑欄掩面登車去，從此明妃不見家。香輪緩緩朝天去，千乘萬騎昏塵霧，肅州東下又甘州，從頭重數幽州路。入關拂面起東風，百草千花淚眼中，想像翠華三萬里，至今父老憶驚鴻。邊城過盡中原好，風物傷心黯烟草。隴上春寒梳洗遲，驪山月落更衣早。桃花楊柳短長亭，乳燕流鶯京洛道，紫陌雞鳴見漢宮，薊門烟樹雲中曉，薊門煙樹是皇州，閶闔天開擁冕旒，北極河山隨彩仗，長楊車騎滿瀛洲。玉階扶定珠簾捲，天顏有喜催歸苑，愁容損瘦況歡容，昭陽第一春光滿。千門萬戶建章宮，翠輦風飄聞鳳琯，三海恩波無限深，上林花鳥從今暖，瀛台小宴月籠沙，詔遣羊車擁麗華，夜叩金鑰樓殿寂，獨眠人睡閉梨花，青娥阿監爭嗟惻，如此繁華無歡色，君王含笑侍人愁，露似珍珠花似泣，野亭頻侵帝座分，史官夜奏星占急，沉香甲煎到天明，唾壺紅淚終宵濕，洛女空令賦感甄，楚王有意憐細息。官家爲罷未央遊，轉惜傾城怒蔡侯，花自無言春自暖，親裁手詔勸忘憂。清眞賜洗華清浴，御溝水膩凝脂馥，擁入東風海上樓，宮鶯啼遍三山綠，樓高不見故鄉天，馬邑龍城路萬千，上國風華濃似錦，故宮歸夢杳如年。朝朝暮暮愁城閉，自撥箜篌訴哀厲，風和日麗斷腸天，月明花暗消魂地。空房深坐屏侍從，慢撚輕彈凄調縱，忽變流沙塞上聲，游魚棲鳥俱悽慟，部曲夷歌久不聞，家山入屋哀誰共，此時一怒碎箜篌，剪斷鯤絃不復弄，可堪愁苦憶歡娛，往事悠悠來入夢。夜夢天山獵雪回，龍堆火照夜光杯，大王欲看波斯舞，笑酌蒲萄擁膝催。三年日月但悽噓，太后哀憐召相見，中史催朝長信宮，六飛已上祈年殿，温語偏承任姒歡，淡妝不避尹邢面，我見猶憐況至尊，雪膚花貌心冰霰。羅敷結髮有狂夫，國破家亡白骨枯，臣罪當誅妾薄命，覆巢完卵古來無。肝腸慷慨詞決絕，再拜從容完大節，含淚陳情含笑辭，六宮相顧俱悽咽。金闕西廂深閉門，慈雲禍水兩無痕，　全生不感君王意，就死猶啣聖母恩。

　詔賜轀輬從蕃俗，返骨故鄉應瞑目、玉匣珠襦黃竹歌，哀琴細鼓蒼梧曲，舊臣遺老半生存，白馬素車爭迎哭、河山無改故宮平，夜夜啼鵑覓金粟。剪紙招魂度玉關，步虛環珮五更寒，斷無幽恨留青塚，月黑風高行路難。漢城西北回城畔，後人省識湘靈怨，終古冰山鎖墓門，眉痕猶似青峯亂。吳宮花草葬西施，故主相逢地下知，雨濕冬青携麥飯，年年伏臘拜荒祠。返生無計採靈藥，官家惋惜復嗟愕，當時一詠筆命詞臣，不賦哀蟬歌黃鵠。南內霜寒掩洞房，宮人垂淚掃空牀，五更長樂疎鐘盡，鸚鵡猶疑理曉妝。九重不豫多休暇，春色幽幽閉臺榭，羊車重過殿西頭，細雨無人落花下。碧雲無際想衣裳，繡幄經年聞蘭麝，塞上烟消寒食天，宮中火冷清明夜。邊臣褒鄂盡酬庸，紫閣圖形詔畫工，一例承恩留玉貌，寶刀銀甲氣如虹。英姿颯爽驚絕代，物換星移今猶在，明璫翠羽照人間，細骨輕軀來絕塞，故教奇節付丹青，未必英雄非粉黛，聖德珠還古未聞，佳人玉碎今難再。乾隆往事似開元，西苑重遊問內官，水殿雲房都不是，玉人何處倚欄杆。五步一樓十步閣，太液秋哀涼風作，雨鬢烟鬟不可尋，白蘋無際紅蓮落。猶見金莖承露盤，漢時宮闕晉衣冠，馬龍車水千門晚，凝碧池頭一例看。省中吏散蓬壺靚，金屋啼痕覓香徑，夕殿微涼鎖洞天，沉沉雲海煙花暝。此時月浸翠雲裘，省識先皇照夜遊，寶月樓南圓鏡北，扁舟指點水天秋。天章驚拜星雲麗，此地垂裳想遺際，聖代千秋文藻情，孤臣此日攀髯意。仙侶移舟舊跡空，繁華事散大明宮，少陵野老王摩詰，一代詩人涕淚中。興亡到眼淸哀動，石鯨無恙銅仙重，聖武他年紀裕陵，冰心萬古埋香塚。苜宿離宮信有之，羌笳哀亂怨龜茲，至今弱水悠悠恨，長向西流無盡時。

　雲史此詩宛如長江大河奔流直下，一氣呵成，雖二千餘字，無絲毫沾滯，的是佳作。然方之「長恨歌」、「連昌宮詞」固有遜色，即擬之「圓圓曲」亦覺其氣體稍弱。與「孔雀東南飛」相較，兩篇相隔千年，星移物換，人事全非，更不可同日而語。然就當代詩人而言，能與之抗手者實不多，有之，惟湘綺老人之「圓明圓詞」。「圓明圓詞」長不及「天山曲」之半而氣韻則非「天山曲」可及。蓋湘綺老人於學無所不窺，詩特其餘緒。又復肆力於古，雖時人譏其模擬太過，然為長詩則愈古樸愈佳，雲史之不逮湘綺者在此。

述「天山曲」竟，再言香妃之事，雲史為天山曲，旨在為香妃辯誣，誣之所來，乃民初坊間說部，載香妃故事，言其失節，雲史大為不平，以為誣人名節，挺身而出，撰「天山曲」為之辯誣，天山曲前，附「香妃外傳」，較天山曲尤長，以文長故不錄。

雲史辯誣重點，在述清高宗派兆惠征西域非為香妃，香妃入宮並未失節，指坊間某書（今已不知何書，意為滬上文人所撰「香妃艷史」之類）言乾隆帝告大臣「朕已幸之」之語，荒唐無稽，誠然。然雲史此文成於癸亥（民國十二年），是時清史未成，雲史無緣得見實錄，於清代眞史殊不了了。僅憑魏源「聖武記」言「巴達克山酋始獲其屍，并其妻子以獻」，夫獻者乃霍集占（即和卓木）妻子，魏源並未言其妻子即香妃，更未言其妻子曾入宮也。「外傳」又云：「江東楊圻居京師四十年見聞於士大夫者久，誠恐後世傳聞失實，筆札之暇，作香妃外傳」云云。實則雲史所見聞者，與坊間寫「香妃艷史」者本出一源，事既烏有，誣從何辯，雲史乃詩人，非史家，故有此失，吾輩但賞其詩之風華可矣，不必責其史識之腹儉也。

查香妃之事，清史權威孟心史（森）有詳細考訂，茲述其大意。清高宗確有回妃，載於清史后妃傳，姓和卓木，與後來因叛被殺之大和卓木兄弟，同一家族。和卓木氏入宮之初封貴人（妃嬪名位最低者），嗣後晉封容嬪，容妃，至乾隆五十三年始卒，乾隆帝下旨治喪，禮儀豐隆，大小和卓木之死在乾隆二十三年，容妃入宮在二十三年之前，當在大小和卓木歸附時，感中朝助其復國（此事不關本文，故不贅），進妹或女以結歡天朝，亦為事之恒有。容妃入宮侍乾隆帝凡三十年恩寵始終不衰，為築寶月樓居之，自無復仇之事。太后卒於乾隆四十二年，早容妃十一年，又安有太后賜死之事。

夫容妃奉父或兄之命嬪中朝天子，其來也正大光明，何得謂之失節，昭君和番，千載以來，論此事者，憫其遇，哀其志有之，譏為失節者未有也。況昭君和番後，嫁兩代單于，尤為中國宗法所不許，但史家亦從無微詞何也，嫁胡人自應從胡俗也。據此而言則容妃之復仇，盡節，從何說起，雲史晚年居港，若得讀清史，亦當自悔孟浪也。

編餘漫筆

編者

本期內容，重點有二：一爲「八百壯士」之史實，特刊出張柏亭將軍之「光輝日月、永垂青史」，張將軍當時是八十八師參謀長，實地指揮「八百壯士」作戰，紀述自較眞實。一爲劉棨琮先生之「謝晉元與八百壯士」，劉先生爲近代史專家，著述甚多。但兩文均有相當錯誤，茲予以補充。

一、兩文對「八百壯士」均無解釋，一若守四行倉庫眞有八百人，實則守軍是五二四團一個營，當時國軍編制一營最高額五百人，只是指平時而言，戰時皆殘缺不足，五二四團這一營實際官兵是四〇三人，在行軍時收容了四個別部流散士兵，共計四百零七人。在入駐四行倉庫後，隔蘇州河租界一名站崗英軍隔河問：「你們有多少人。」哨兵請示謝團附，謝團附囘答有「八百人」，經英兵傳出人皆知守四行倉庫乃「八百壯士」，由於此，數字已深入人心，官方紀錄並未改正。

二、劉文大錯在認爲謝團附率領之楊營乃掩護退却未能撤退，實則乃我方有計劃留在敵後部隊，向世界昭示上海未失，政畧大於戰畧。而劉文說楊瑞符營長負傷離隊，亦誤，實則楊營長參與守四行倉庫、乃在四行倉庫撤退時受傷，離隊未進孤軍營。

張柏亭將軍之誤在指黃永淮團附後在新鄭殉國。黃永淮團附四川人，每戰必身先士率，站在第一線，所以每戰皆負傷，全身皆傷疤。當五二四團將自閘北撤退時，他騎脚踏車巡視前線被流彈射中，由耳後根進去，鼻子旁邊穿出。居然未死，但負傷入院，師部乃派二六二旅中校參謀主任謝晉元頂其缺。

黃永淮以後入湯恩伯部隊，一九四四年四月中原會戰時任新二十九師副師長，該師奉命守許昌城破與師長呂公良將軍，同時殉國，筆者只知其殉國，今讀張文，始知乃受傷昏迷被俘，清醒後奪日軍刺刀刺傷日軍多人後，被殺，英風浩氣，古今罕見，但事蹟不彰，史政局出版書籍，即呂公良將軍亦未載，經編者查出，列入抗戰殉國二十名師長之內。掌故月刊之作用在此，所以雖歷盡艱難，亦願支撐下去。附帶要提的，當年守四行倉庫的四〇七人，今日生存在台灣的尚有排長錢震華，士兵黃漢卿、翁雍原三人。

另一重點爲前司法行政部長王任遠被控事，以民誣官，近代少見，讀畢全文，可了解一切。就此案而言，王部長自屬無辜，但邱聽龍確有問題，惜乎法院未予追查，居高位者，交友亦不可不愼也。

「七十年前舊夢痕」作者爲清室貴族，所記述之事皆親身經歷，史料翔實，文字優美，乃難得之好文章。

本期因稿擠，許多連載均未刊出，謹向作者讀者致歉。又上月逢本刊五周年，各方友好惠刊賀詞，以作餽贈，雪裡送炭之舉，銘感五中，並此致謝。

掌故　月刊　訂閱單

姓　名（請用正楷）中英文均可			
地　址（請用正楷）中英文均可			
期數及金額	一年		
	港澳	台灣	海外
	港幣二十四元正	台幣二百四十元	美金八元
	平郵免費・航空另加		
	自第　期起至第　期止共　期（　）份		

請將本單同欵項以掛號郵寄香港九龍旺角郵局信箱八五二一號

英文名稱地址：

The Journal of Historical Records
P. O. Box No. 8521, Kowloon
Mongkok Post Office, Hong Kong.

俊人書店遷址啓事

本店已於一九七六年八月二十日遷往九龍旺角上海街623號地下（亞皆老街口）自置新舖營業（電話K九六一九四四・九四四五一二）總代理下列各書

東方時裝（一—三）　每冊港幣七元

服裝裁剪講座選集（一—三）　每冊港幣七元

東方時裝紙樣（No.65—72）　每份港幣1.2元

錦繡中華巨型彩色畫冊　特價每冊港幣150元

畢卡索精品畫集（彩色）　每冊港幣25元

憶祖國河山　每冊港幣14元

謙廬隨筆　矢原謙吉遺著　平裝港幣陸元・精裝港幣拾元

胡政之與大公報　陳紀瀅著　平裝港幣拾元・精裝港幣拾伍元

李嘯風先生詩文集　李夢彪著　平裝港幣拾元

楚辭探賾　文叠山著　平裝港幣拾元

談蟻錄　方劍雲著　平裝港幣伍元

妖姬恨上冊　岳騫著　平裝港幣陸元

各地讀者函購另加郵費二成（限平郵掛號）欵到即奉寄

俊人書店（九龍）一九七六年九月十日

野史·佚聞·
人物·風土·

月刊

63

中華民國六十五年（一九七六）十一月十日出版

掌故月刊 第63期 目錄

※每月逢十日出版※

第六十三期

每册定價港幣二元正

全年訂費 港幣二十四元 台幣二百四十元 美金八元

出版兼發行者：掌故月刊社

地址：九龍旺角上海街六二三號地下

通信處：九龍旺角郵局信箱八五二一號

電話：K八〇八〇九一

The Journal of Historical Records
P. O. Box No. 8521, Kowloon
Mongkok Post Office, Hong Kong.

督印人：鄧少卿

總編輯：岳騫

印刷者：和記印刷有限公司 新蒲崗景福街一一〇號超達工業大廈十樓

總代理：吳興記書報社 香港租庇利街十一號二樓 電話：H四五〇五六一 四五〇七六六

國內代理：何復國 台北郵政劃撥帳號：一〇七四三八

星馬代理：遠東文化事業有限公司 新加坡廈門街十九號 檳城沓田仔街一七一號

印尼總發行：集源公司 Dil Tiang Bendera No. 87A 椰城旗桿街87號A Djakarta, Indonesia.

澳門：可大文具店　羅省：大元公司
亞庇：利民公司　新東方公司
斗湖：光明書局　三藩市：益智圖書公司
漢城：泛亞書籍公社　文化商店
倫敦：香港文化服務社　華盛頓：德昌公司
中藝公司　波斯頓：中西公司
東寶公司　千里達：中華公司
紐約：友聯圖書公司　加拿大：香港商店
友誠公司　溫哥華：僑益書局
友方公司　滿地可：明星書局
菲律賓：華安書局　渥太華：民生書局
芝加哥：文華書店　巴西：興昌公司

對軍事情報工作的回憶

張振國

一、前言

余自黃埔軍校，獻身革命起，跟隨校長　蔣公，轉戰南北，荷蒙恩澤培植，蔣公仙逝，內心之悲戚哀悼，尤不可言喻。竊以我國軍事情報工作，係在　蔣公指導之下所建立，創設歷史雖短，在抗日戰爭期間，其工作的表現，成績的優異，較諸先進國家，並不遜色。

斯時，我是參加軍事情報工作者之一，謹將記憶所及，畧予縷述，願以有生之年，遵奉　蔣公遺志，奮發淬勵，竭盡所能，爲反共復國前途而奮鬥，以慰　蔣公在天之靈。

二、竭盡所能景從遠謀

民國二十七年二月，抗日戰爭，已臨極艱苦階段，京滬相繼失守，武漢保衛戰的序幕，行將揭開，同時第二期全面抗戰工作，亦正在積極部署，這是艱鉅偉大的歷史任務，陳誠（辭修）將軍，即肩負保衛大武漢的重大責任。

余得幸以步兵團長職務，調任武漢衛戍總司令部上校參謀，旋第九戰區長官部成立，陳辭公調升司令長官，余隨改調長官部調查室主任。

徐州會戰終了，軍事會議檢討結果，認爲戰術戰鬥之失敗，導源於軍事情報未臻完善，實爲主要因素，陳辭公爲謀配合長期抗戰的戰畧和決策，決定從本戰區作起，以健全軍事情報組織工作，余奉命策劃，奉命之初，自揣從未學過軍事情報工作技能，誠恐貽誤大事，僨關國家安全，戰爭成敗，與民族生存的保障，也可以說良窳，收關國家安全，戰爭成敗，與民族生存的保障，也可以說能左右一個國家的命運，所以，從事軍事情報工作人員，必須是最優秀忠貞的人員，具備高深的軍事學識的修養，卓越的才能，高尚的品德，睿敏的智慧，和冒險犯難的犧牲奮鬥精神，才能達成這種神聖任務的。」我雖不敏，但爲陳辭公卓越的軍事天才與精神感召，敬謹從命，同時，復蒙我國兵學泰斗徐老師培根將軍，多方教誨和鼓勵，祇有竭誠所能，景從遠謨。

三、我們的訓練過程

戰區情報遵照陳辭公詳確指示，依據我們縝密的計劃，從各軍事學校，軍委會戰幹團，精選一批優秀青年軍官，大專學生（目前在台灣者，計有阮成章、萬華之、李鐵生、楊大龢、宋振文、唐春江、方宇庚等）共一百員，在武昌近郊卓刀泉武漢大學附近，設班施以嚴格的訓練。稱爲第一期。

很幸運，當年我國軍事情報單位，第二廳，正由南京撤退來武漢，加以蘇俄格柏烏情報機關最高負責人瓦西諾夫，也在漢口，武漢成了全國軍事政治的重心。洪懋祥將軍同我（洪是戰區軍事情報課長，也是我的直接指導者之一），隨時有向徐培根將軍聆教和與蘇俄顧問瓦西諾夫及尤利業夫研究的機會。

主教者，有徐廳長培根、施伯衡（戰區長官司令部參謀長），柳際明（長官部參謀處長），二廳鄭介民、鄭冰如、馬策，及戰區洪懋祥、劉雲瀚諸將軍，以及大學教授，外國軍事顧問，專家等多人。洪將軍兼任訓練班班主任，我以副主任負實際訓練全責，個別訓練，則在漢口日本租界一棟獨立洋房裡舉行，僞裝和訓練方式，絕對機密，參加訓練的男女成人，共十四人，藍蘋，就是當時十四人中成員之一。（另文詳述）係採個別秘密訓練方式，所以受訓者彼此都未發生橫的關係，相互並不認識。

民國二十八年南嶽特訓班成立，洪懋祥將軍仍任班主任，我以代主任身分，專責主持訓練，並主講南嶽游幹班的革命技術，游幹班主任係湯恩伯將軍，葉劍英、李默菴爲副主任，葉專研游擊戰術，特訓班學生亦係由各軍事學校，暨青年學生團體，精選而來，先後畢業男女同學共五百餘人。

民國二十九年秋，六戰區長官部，在恩施成立，南嶽特訓班，亦隨遷恩施，訓練規模擴大，受訓人數增多，敵工同志，各部隊情報參謀，爲輪訓對象，斯時，我寫了「諜報參謀勤務」上下共四冊爲主要教材。

陳辭公此時對軍事情報更加重視，不時蒞班訓話和共餐。

民國二十三年，遠征軍長官部，在昆明設立，余又奉調仍主持該戰區軍事情報工作，並負組織指揮東南亞各國地區地下軍責任，在昆明軍事委員會幹部訓練團內，附設「外國語人員訓練班」，「諜報參謀人員訓練班」各一，並在大理另設分班，各訓練班主任，均由我兼任主持，各項訓練，係中美合作，無論經費、教材、裝備，均很充裕，這時幹訓團的教育長，前後是黃杰將軍、梁華盛將軍。

班分四個大隊（一個大隊設在大理分班）十二個中隊，除訓練敵後工作同志外，並分期輪訓各部隊情報參謀，邊疆青年，特別招收印、緬、泰、越、星、馬，暨東南亞各國流亡我國的僑民，與我僑胞，以及愛國歸國參加抗戰的僑生，先後受訓者人數達六千人以上。

由於語言文字各別，生活習慣各異，施教較爲困難，就翻譯人員來說，人數就達二三十人之多。

協助訓練者，除美國軍官，專業教員外，計有萬華之、賓虎顯、余樹林、程準、唐春江、李蘭亭、姚鎮南（以上均在台）孫雪成等。

經常保持有越語（包括高棉、寮國）班一個中隊，胡志明是當時的教官，武元甲是該班一期生，因武喜好足球運動，特派他擔任足球隊長，曾參加昆明足球聯賽。

四、訓練的原則與方式

自武漢設班，訓練軍事情報工作人員起，經南嶽、恩施、昆明、大理、重慶爲止，其性質，地區，理想目標任務，各有不同，致訓練的實施目的方式各異，如抗日戰爭，以日本作對象，戡亂戰爭，自以毛共爲目標。

訓練是短期教育，教育是長期訓練，長期主在奠定學術基礎，短期主在應付當前需要，以工作爲共同目標，以技術爲訓練主體。

我們的情報訓練，約分爲：一、思想訓練，二、敵情訓練，三、技術訓練，四、啓發訓練，五、平凡適應，六、必修課程，七、專業特種技能，八、實習作業等。

「如何進出敵人警衛，封鎖線」，「如何打入敵人的核心內部」，「如何取得敵人的信用信任」，「如何結合敵人的幹部」，這是我們專重的專業必修課程。

所有敵人的生活習慣，談話修詞，活動姿態，服裝表情等，均應熟習，並求自然，俾能於平凡中求適應，於自然中求生存。

揚棄形式主義，表演式，灌輸式的訓練，注重啓發式的訓練，鼓勵研究精神，發揮個人專長，並使能舉一反三，適應時地，運用自如，以收超越效果。

我們不祇重視講授，而注重在實習作業，從現場實習，培養其能力，磨練其經驗，才能近於實用。

曾在湖南、恩施、昆明、重慶，每次同學實習，必製造一個情況，並請軍、警、憲緝捕，如被發現，無論在任何情況下，不得暴露其身份。

不盲目迷信任何既成的金科玉律，於工作中求經驗，在實踐中求發展，採取實質求證態度，以求更好的進步和創造。

如某同學，求教「化裝術」，我說：「不必，必要時你會化裝的」，果然，有一次他從敵後脫險歸來連我都不大認得出來。

每人除必修的學能外，至少按興趣學習一門專業專長技能，還要實施實習，學會為止，俾在敵後具有自立發展的本領，獨立生活生存的能力。

最要緊的，要養成愉快、樂觀、進取的心情，精細、沉着、機警的習性，以及勇敢果決犧牲奮鬥的精神。

同時，我們採用敵後訓練方式，有幾個小型的訓練機構，是經常設在敵後地區，不講形勢，只求實際，就地取材，人數不多，可是收效很大。

以上係一般訓練原則和方式，但情報人員訓練，與諜報人員訓練，迴不相同，諜報人員，以技術訓練為重心，因諜報工作，多在敵方秘密活動，稱為外勤工作，情報工作，多採集體訓練，以內勤為主。

五、考核與任用

軍事情報工作的良否，人的因素特為重要，而工作人員的目的，即在任用，任用是否得當，關係至為重大。

一般人提到情報機關，就感到恐怖和神秘感，對情報工作人員，均視為詭詐邪惡和狡猾，原因是少數素質低劣，良莠不齊所致，加强了誤會的深度，傷害了情報人員的榮譽，事實上，他們是最優秀的國民，最英勇的無名英雄。

他們共同的素質和水準：一、强烈的政治信仰，二、堅貞的効忠性，三、豐富的智識，四、保密的習性，五、永恒的進取，六、卓越的記憶力，七、技術熟練等。

人的整個能力的本源和內容，包括個性、氣質、品德、才器、學識、體格、家庭環境等，其本能一分為學術修養，一分為工作才能，幾乎全由經驗學習中磨練出來。

以是：我們在每期訓練當中，必對每位同學的家庭背景、教育程度、品德學識、個性才能、風度儀表、以及籍貫，都有詳細的分析考核評語，才能因才施教，量才使用，學以致用。

所謂「百將易得，一間難求」，如訓練一位眞正理想的情報人員，眞不容易。

世間上十全十美的完人，百不一見，奇才異能的志士，更萬不一覯，才氣卓越者，多不拘小節，穩重謹愼者，多缺乏創力，而情報工作，是非常的任務，非常的工作，浩浩蕩蕩，漫無邊際，也非常人所能勝任，所以必須因才任用，用其所長，去其所短。

過去，我所領導的同志們，有奮發昂揚的忠勇鬥士，有壯志凌雲的優秀軍官，有恂恂儒者的智識青年，有披肝瀝胆的江湖英豪，有杏林春洲的生佛醫生，有他國流亡我國的愛國志士，有專程回國參戰的愛國僑生，有出家的和尙，有名門閨秀，濟濟多士，包羅萬象。

六、組織與派遣

在武昌訓練的第一期軍事情報人員，組派十幾個諜報小組，於武漢市區，內外圍，及爾後理想的戰場，佈置一嚴密的情報網，均由受訓各同學分別擔任，在武漢保衛戰及第一次長沙會戰進行中，開了花，結了果，而戰區的軍事情報組織工作，從此展開民國二十七年冬，蔣公，召開南嶽軍事會議，針對敵軍戰略，敵我態勢，提出「政治重於軍事，游擊戰重於正規戰，用三分力量置於敵後，變敵後方爲前方」之方針。各戰區變更戰鬥序列，指派部隊，擔任敵後游擊，以加强淪陷區的控制。

爲配合作戰需要，余奉命主管四、六、九三個戰區的軍事情報，同時奉命配合部隊擔任敵後特種作戰任務，南嶽特訓班，先後畢業男女同學，分別加派長江南岸，粵漢鐵路南北兩端，水陸交通要道，湘、鄂、贛邊區，以及敵人軍區附近工作，並延伸到廣、九地區。

民國二十九年，復將恩施先後訓練之男女同學，分別組派，其情報網擴展到鄂北、豫南、江西、安徽等地區，並延伸到京滬一帶，其特訓南嶽青年和尚妙釋磊等四人組織特工小組，潛往日本本土工作。

自我軍由岳陽轉進，長江要鎮沙市宜昌失守，爲阻止敵人繼續進犯，鞏固我指揮中樞的戰時陪都——重慶，及其門戶計，除派大軍加强守備外，並成立長江上游江防總部，加强要塞岸砲，組織七個佈雷大隊，在長江上游，佈置水雷數千具，以資封鎖。

我們復奉命成立特種作戰總隊，實施對敵特種作戰，不時予敵嚴重的破壞奇襲，並在廣州、南昌、武漢、沙市、宜昌以及大小都市，不時發動變亂，當時，敵僞組織及其僞軍，均在我們掌握之中，長江敵艦，不敢輕易進犯。

中製所拍製的「揚子江風雲」（一寸山河一寸血）影片，台視所播「一〇八封鎖線」連續劇，國聯所拍製的「長江一號」，「地下司令」等影片，均是我忠勇同志們浴血奮戰保衛國土的眞實史實。

長沙三次會戰結束後，日本派遣軍司令官阿南維畿向陸軍部所作「戰鬥詳報」中會說：「長沙三次會戰，注定了我軍的失敗，因爲『敵人』太了解我們了。」

我英勇的同志們，在領袖 蔣公精神感召之下，出自愛國赤忱，在武漢保衛戰，第四、五、六、九四個戰區各次大小會戰和戰役中，眞寫下不少驚人故事，血淚的詩篇。同時，也間接地造成崑崙關戰役，長沙三次大捷，鄂西兩大會戰的輝煌勝利。

民國三十二年在昆明先後訓練之六千餘人，除一部分同學返回原部隊擔任情報參謀外，由於中美合作，供給武器經費，分批組派回他們的國家，或僑居地，以及東南亞各地區，展開敵後工作，和作復國運動。嗣後，均成爲配合盟軍反攻作戰的主力，間接養成他們各該國復國的骨幹，對於第二次世界大戰前後東南亞的大局，發生重大的影響，到今天，各國政府，不少顯要，重要僑領，都是該訓練班的學生和教官，如胡志明，武元甲等，都是當時的成員之一。

記得，越南規復，新政府成立時，軍政首要，我們的師生，佔絕大多數。

民國三十四年一月，我遠征軍與駐印盟軍，會師芒卡時，在慶功大會上，我衛司令長官訓話：「此次遠征軍戰役，敵人一舉一動，我們無一不徹底深知，瞭如指掌，這一次偉大輝煌的戰爭勝利，這一篇偉大歷史，是我戰區負責軍事情報敵後工作的英勇戰士們，是鮮紅的血來寫成的。」

民國三十四年，余奉調軍政部工作，主管軍法、監察、保防、情報諸業務，三十五年，全國軍事機構改組，國防部成立，余奉調國防部第二廳軍事情報司代司長職務，後以在陸軍大學深造，復兼任主持廬山夏令營訓練工作，無法兼顧。

七、畧舉壯烈事實

在八年抗日戰爭中，我忠勇的同志們，擔任兩面作戰任務，其艱苦可知，可歌可泣的事蹟，非局外人所可想像，顧其功績，惟長官知之，敵人知之，其壯烈事實，畧舉於下：

一、遠征軍緬甸戰役，於反攻前夕，我最高統帥部，特派專機一架，由空軍中校陳文厚（在台，曾任遠東航空公司董事長）等二人，由重慶加機專送　蔣委員長所頒反攻命令，密電碼，及其他重要軍事文件，直至當日下午五時，下落不明，中美軍事長官，焦慮萬分，我據報誤降落敵人騰衝機場，在請示下，即電令潛伏敵人機場我工作同志（敵機場有我秘密電台兩部），乘敵軍搜機部隊未到達前，神速爆破，任務達成執行爆炸工作時，經我空軍空中照相為證，不久，又搶救出被敵俘擄嚴刑苦打之陳文厚等二人，安全歸來，時間緊迫，處理神速利落，盟軍美籍杜參謀長譽為神奇。

二、曾　誠，在漢口市狙擊日酋，被捕不屈，被日軍以亂刀殺死，充分表現了「中國魂」，引起日軍官兵普遍崇敬。

三、阮成章，因公遭敵機狂炸活埋，經掘起，遍體鱗傷，已成血人，壓斷肋骨七支，經診治兩年始癒，可說九死一生。

四、李鐵生，策反偽軍反正不密，被捕，經日軍予以酷刑，「揚子江風雲」（一寸山河一寸血）影片中有實況演出。

五、李　誠，率潛水伕兩名，在長江上游湖北省之新堤鎮江面，潛水爆炸日艦，結果人雷俱亡。

六、白世傑，黃秀英（現在美國）兩同志，一充敵軍翻譯，一充敵軍憲兵隊長情婦，平日狐假虎威，人民恨之入骨，勝利後，雲南騰衝人民，拘之縛於電桿上，羣情憤怒，指責辱罵，擬處極刑，經公開身份後，肅奸大會改為慶功大會，尊為民族英雄。

七、周言涵，冒充日軍軍官，行踪飄忽傳奇，暗殺日軍軍官及漢奸多人，並報告不少軍事情報，被俘，當時戰區參謀長蕭毅肅將軍，譽為「一個周言涵，可作一支雄兵使用，願出十萬緬幣營救」，終經刦獄方式，救其生還。

八、日軍攻佔香港，越南，星、馬、緬甸時，曾俘擄英法官兵近兩萬人，强迫作苦工，建築泰緬戰術鐵路，因死亡過半，世人稱為「死亡鐵路」，經英、法武官克拉克上校等之請求，特選派緬、泰僑生李卓如、史禮謙（現在台）、馬陳澤、陳濤等二十餘人，千辛萬苦，滲透作工，前後引逃英、法被俘官兵七十餘人，並炸毀桂河大橋（美國影片「桂河橋」，即描寫此事經過），事後，被日軍擊斃我同志陳可、徐少昆等五人。

九、每當盟軍轟炸敵軍基地，必獲有適切之地空連絡，施放信號槍，指示轟炸目標，致使我李明道，李一誠，王必勝，陳華等同志，亦隨之壯烈成仁。

同志們，冒險犯難，出生入死的驚天動地的壯烈事實，眞不勝枚舉。

八、同周恩來鬥口

共黨黨徒，心懷鬼胎，聯合抗日是他們的手段，稱兵竊國，是他們的陰謀，我和我的同志們首先公開反共。

曾破獲共黨許多地下叛亂非法組織，摧毀不少共黨地下武裝力量，清除潛伏在我軍政機關的黨徒，打擊埋伏在我後方的統戰份子，剷除潛伏我軍事工廠的職業員工，監視林彪、江青在渝的一切活動，新四軍軍長葉挺，公開叛國，經捕解扣押在恩施，我們所辦的「民語報」，公開毛澤東到渝偽善的假面具，並暴露毛共同俄共所簽訂的二十條秘密賣國條件，打擊甘心作共黨尾巴的偽民主人士等，以上各項事實，「革命的光輝」，均有詳細的刊載。

因此，毛共對我恨之入骨，時圖加害於我，特在「新華日報」，「文匯報」社論指罵我為「國民的血手。」

民國三十五年一個冬天晚上，適老友羅君生日，飯後玩紙牌，在座有呂國楨（陸軍中將在台），田亞丹（立法委員在台），劉翔（前高雄市長）三人。突然毛人鳳先生光臨，大家相顧一驚，毛先生私語我：「周恩來想找你談談」，我說：「葉挺已奉命解渝交給他了，還有什麽可談。」毛先生說：「談談無妨」，相約第三天上午九時在上清寺周家見面。

自國共合作抗日後，陳辭公兼任軍委會政治部長，周恩來任副部長，武漢轉進後，他以陳辭公的幕僚身份，隨長官部行動，我等朝夕相處，無話不談，長沙大火時，周恩來，葉劍英同我，幾乎一齊葬身火窟，我們有一度「同生死共患難」之雅（詳情見拙作「長沙大火的眞相」）。

應約，在毛人鳳同志陪同下到周家，我同周恩來一見面就展開激辯，針鋒相對，結果是不歡而散。

值得一提的，當時周恩來批評我們說：「你們國民黨犯有三大錯誤：一、是專計劃而不實行，只說不做，二、是有人材而不能用，三、是有錯而不能改，共產黨有錯總會改，等着瞧吧！看誰打倒誰。」這些話，固然是過去多年，已不適於今日，但仍值得我們警惕和反省。

民國三十五年，余奉命兼任廬山夏令營總隊長，訓練全國復原高級幹部，周恩來曾對我們訓練，向馬歇爾進讒汚衊，想借此破壞，其陰毒可見一斑。

九、統御與領導

我是從武昌陸軍中學讀起，從二等小兵幹起，可以說我百分之百是職業軍人，惟一長處是槍法彈無虛發。

幼年追隨革命元勳中州奇俠樊鍾秀將軍，苦戰中原，長期蒙受陳辭公的薰陶，雷霆雨露，所以養成我志節堅貞，冒險犯難，吃苦耐勞，不忮不求，胸無城府，心無宿怨，剛毅堅强以及向艱險危難逆境挑戰的豪放個性。加以秉性愚蠢誠拙，既不心狠，又不手辣，更不會逢迎取巧，有人批評我滿身未有一點情報細胞。

有一次何敬公老師，在昆明主持一重要軍事會議，當衆責我，「張主任：衞長官貪汚枉法，未見你一個報告。」我答：「上峯給我的任務，是做敵人的工作，不做自己長官和同事的工作。」事後，深蒙何敬公嘉勉：「你是一個眞實的情報工作者，又窮又苦，專知道出生入死的工作。」並蒙呈請特准我進陸軍大學深造，令我感激涕零。

有一次戴雨農將軍，同我談工作人員的統御方法，他說：「是你我發現一位有組織天才的同志」，我說：「誰？」，他說：「是你，我在東南亞地區耕耘了七、八年之久，你半年不到，組織發展得這樣快」，我答：「我和我的同志們，有師生和長官部屬，兩重身份，親情有如骨肉，所以注重在精神領導，不以法律來維持紀律，是以情感來維持紀律，敵人在那裡，我在那裡，我的幹部能做的工作，能去的地方，我也能做能去，彼此共生活，共心腹，共生死，絕不站在象牙塔上去指揮」，深爲戴先生嘉許，徒增我汗顏。

陳辭公有一次指示我有關領導問題謂：「以身作則，同甘苦，共生死，才能使部屬心悅誠服，赴湯蹈火，死而無憾」，因此益堅我的信念。

我常常告訴我的部下：「我要是把你們作我的政治資本，作升官發財的工具，你們身邊有手槍，勿論敵前敵後，隨時可以制裁我」，至於工作方面，「越是危險，越是安全，越無問題，越會發生問題」，我的同志們，都會體認此點。

我們大家，都憑着一點愛黨愛國的狂熱，痛恨日本和共黨敵愾同仇的心理，發乎天性，順乎自然，在工作中去學習，於實踐裡找經驗，在刻苦自勵中求生活，憑個人智慧勞力去奮鬥，到生死線上圖發展，在精神眞正做到「親愛精誠」。

十、我的工作回憶

我在工作的過程中，出生入死，履險如夷，玆列舉一二。

民國三十年，宜昌會戰結束，我再度潛赴武漢督導工作，時有一潛伏電台，被敵破壞，行踪暴露，敵酋畑俊六，視我爲「神秘危險人物」，特令追踪，重賞緝拿，當時，我以少將身份，冒充僞軍李太平師日本顧問島田上尉的僕役，在他的掩護之下，到達漢口，在武漢市區，停留三十二天之久，除以各種身份，參加漢奸葉蓬（僞軍政部長，我陸軍中學的老師，後來我有一部秘密電台，就裝放在他公館裡），漢口市長楊揆一（先父的保定軍校同期同學）以及敵酋之各種集會外，並不斷召集敵後各級幹部，指示工作，親手佈置捕殺湖北僞省長何佩溶，破壞敵軍不少軍事設施，預知敵軍向東南亞用兵南進，武漢敵軍準備第三次進犯長沙企圖等，當時，武漢眞被我們鬧得風聲鶴唳，草木皆兵。

最遺憾的，我嗜好平劇，某晚上化裝去欣賞余派老生李少春演戲，被敵憲兵聞報抓去，同志們，爲了搶救我，釀成一次大流血，我始脫險，即國聯公司所拍製之「地下司令」影片的事實。

在未反攻緬甸以前，我親率美軍官兵暨工作同志數十人，携帶特種裝備，偸渡怒江，越高黎貢山，經密支那，江心坡，野人山，沿喜馬拉雅山，過尼泊爾，抵印度蘭孟加，同英、美盟軍，協調交換軍事情報及敵後工作意見，所經之處，大都原始森林，從未開化地區，遍地毒蛇猛獸驚險萬狀，嗣後，我盟軍反攻緬甸，其公路建築，油管敷設，後勤設施，部隊行動，均按此次所測擬之計劃藍圖而實施者。

反攻戰爭進行後，我經常在緬甸敵後工作，有時徒步，有時乘小型飛機降落敵後，除搜集重要情報適切報告統帥部外，在滇、緬、泰、越邊區，建立幾個重要游擊據點，組成龐大的游擊部隊，除在各地區配合我盟軍之作戰外，並支援各該國復國運動。

有一次，我率小數隨員，天黑赴敵後我的故鄉湖北省沔陽縣仙桃鎭，適由宜昌撤退之日本第十三師團部隊，雲集該鎭，使我等進退失據，安全堪慮，我仍挺身往見僞縣長兼維持會長蕭楝臣（蕭係同先父一道留學日本者，爲武漢名醫，娶日婦爲妻），他見我，經通名姓後，非常驚駭，我說：「蕭老伯，請你把我送交交日軍，既可升官，又可發大財，機會難得」，他說：「我不能這樣做，對不起你先父」，我說：「那就請你給我一張路條」，正說話間，敵軍第十三師團長內山英太郎突然來到，蕭惶恐萬分，我促其以堂侄身份介紹，他才引見，師團長好像對我印象不壞，邀同飲酒賦詩，幾次敵我大會戰，我始能見到他的眞面目。

從內山英太郎詩句中，知道他在厭戰，更了解他是猛張飛型的個性，也是日軍將領中奔襲作戰能手，毛病是顧前不顧後，進也快退也速，鑒於該師團參予武漢、長沙、鄂西諸會戰的戰例。

民國三十四年，日軍由湘西，桂南攻佔獨山，有相機攻略貴陽，窺伺四川之勢，我陪都重慶，當時至爲震驚。我統帥部持派何敬公率參謀長蕭毅肅將軍，坐鎭貴陽，率軍堵擊，鞏固陪都。

一天蕭參謀長電話囑我速去貴陽，並說派專機來接，我問此行任務，他說：「進攻貴陽的敵軍，行動快速，敵情不明！」，我說：「參謀長是否知道當前敵軍的番號！」蕭說：「知道，先頭部隊，是敵軍第十三師團」，我在電話中報告該團長內山英太郎用兵作戰的慣性，如派勁旅，給予尾擊，則必速退，幸蒙採納，敵軍果然在兩天之內，退却百餘公里，貴陽之圍始解，重慶威脅掃除，其瞭解敵軍慣用戰法，暨人物誌的敵情判斷，在作戰方面，是何等重要。

重慶附近，我三十多個輕重軍事工業工廠，重要軍事，機械部門，大都被親共工人所操縱，如他們一旦發生暴動，我整個軍事工業，將會毀於一旦，經我精密策劃指導，在同一天同一時間，發動各廠中反共工人，找共黨工人打鬥，再以軍令全體開除，勒令即刻離廠，我被開除的反共工人，早已預發三個月薪金，落得休息，不久各廠互調復業，而親共黨數千工人，全體失業，整天圍困新華日報和周恩來，要求工作和生活救濟，致周恩來對我痛恨欲絕。

十一、從開始到結束

戰區軍事情報組織，是爲適應軍事需要而組成，隨戰爭的演變而擴大，同樣也隨戰爭勝利而結束。

迨至抗日戰爭勝利以後，即遵奉　陳辭公的指示，全部解散，武器器材，繳交國防部，所有工作同志，分別轉業就業，或復員還鄉，工作生活，均有妥善的安置。

在抗戰期間，在軍事情報方面，在我國建軍史上，我們多少有點成就和貢獻，至少有點開拓作用。

當組織發啓以前，陳辭公即告誡五項：「一、竭誠効忠 領袖和黨國，二、發揮高度革命犧牲奮鬥精神，三、專做敵人的工作，四、不作升官發財的工具，和政治資本，要作無名英雄，五、多注重同志們的操守，工作技術和生活技能。」這種忠誠謀國的訓示，我和我全體同志，深受 蔣公，陳辭公偉大精神人格的感召，奉爲指針，遵守不渝。

以是，抗戰勝利時，我們主管全國接收的先遣，自信來清去白，毫無隕越。

以是，我們從未打過一次小報告，未發過接收財，也未發現一次我們被控告的案件。

以是，奉命解散時，大家心悅誠服，毫無怨言。

當時，我深感憂慮的，凡我同志，均具有智慧學能，工作組織活動力很强，富有工作經驗和冒險犯難的習慣，且有身懷絕技者，如用之於黨國，殊屬慶幸，如危害社會國家，將有不可收拾的後果，幸我同志，均能安份守紀，各安己業，而自律很嚴。

有一次陳辭公同我談到過去工作同志們情形時，除於抗戰期間，因工作而壯烈成仁，或致殘廢疾病者外，在戡亂戰爭的過程中，只有犧牲奮鬥的烈士，沒有變節投共的叛徒，只有被毛共萬人公審的「國特」，沒有靦顏苟存的敗類，辭公眷懷强嘆曰：「這些智勇志節健全的革命同志們，對得起 領袖，對得起國家，就是我沒有好好的照顧他們，心實難安。」

接着又說：「情勢所迫，未能讓你們繼續組織工作下去，這對國家，對軍事，是一個重大的損失。」

當時，我眞是惶恐萬端，慚愧無地，我們對 領袖，對黨國的効勞，實在太少，太少了。

有人稱我是「特務頭子」，有人視我爲「神奇人物」，毛共罵我是「國民黨的血手」，日會說我是「危險人士」，仇我敵我，毀譽不計，心安理得，俯仰無愧，惟「一生誤我是虛名」，實在我是誠拙平庸，只知忠貞苦幹而已，也可說陳辭公的言行，作爲了我終生的典範。

憂患餘生，了無他求，國仇家恨，寢飯難安，「苟利國家生死以之，豈因禍福避趨之！」這種豪語，也可作我的自況。

石友三之死

·胡　士　方·

近二十年來，多次看到報章雜誌，談西北軍叛將石友三的文章，大多數都是人云亦云，尤其對石友三的被殺，更是言人人殊。筆者前幾年，曾與一位任過石友三部副團長，而又親睹石友三被殺的張光輝君談起，始確知其內幕，故特將張君口述資料加以整理，撰成此篇。同時為保持資料的眞實性，凡記憶不清，事非親見者，俱未採入，尚乞知道更多的方家們，賜予指正。

石友三，字漢章，東北吉林人，原在馮玉祥部下當兵，後以機緣，得入馮的高等教育團受訓，因此石在西北軍的資歷與韓復榘不相上下。石友三足智多謀，富有膽識。當年豫東大戰，其對手為顧祝同第一師，石曾用大刀隊死拚於商邱，顧軍吃虧甚大，為馮玉祥立了汗馬功勞。石友三治軍甚嚴，比馮玉祥尤過之。後來倒戈，譁變，私生活糜爛，玩女人、吸鴉片，遂漸為馮玉祥所不滿，當時在西北軍中幾乎成為投閒置散的人物。一直到七七事變，舉國抗日之際，石友三始在宋哲元的第一集團軍馮治安部任一八一師師長，歸第一戰區長官程潛指揮，作戰於平漢線河北地區。迨鹿鍾麟任冀察戰區總司令，兼河北省政府主席，並領敵後游擊區，石友三乃又撥歸鹿鍾麟指揮。

當鹿鍾麟在河北的時期，游擊力量，相當强大，最有號召力之領袖為張蔭梧。張字桐軒，河北博野人，保定軍校出身，是閻百川軍中幹將，曾做過北平市長，創辦過北平四存中學，縣政建設研究院。抗日戰起，在河北安國、博野、蠡縣一帶，即有不少志士青年追隨，潛力相當大。所以，張蔭梧被中央委為河北民團總指揮。其次是活躍於大名府一帶的丁樹本，駐於贊皇、元氏一帶的侯資固等；另有朱懷冰、孫良誠、邵鴻基諸部。朱懷冰是保定軍校四期生，任九十九軍軍長，兼河北省政府民政廳廳長，冀察戰區總司令部政治部主任，並兼豫北指揮官。孫良誠字少雲，天津人，過去是馮玉祥第二集團軍第一方面總指揮，是西北軍的宿將。邵鴻基字承彥，河北獻縣人，是以能吏著稱的河北省行政督察專員。當時朱懷冰隨鹿鍾麟活動於冀魯豫邊區一帶，孫良誠與邵鴻基，則在邢台、永年、大名諸地，其他如河北游擊領袖張錫九、尙中業、喬明禮、楊玉崑、趙天清，也分布於元氏、趙縣、隆平等地。

可是自日軍南侵後，未隨中央撤走的東北軍呂正操，張蔭梧的冀西游擊司令楊秀峰，公然投共，民國二十八年八路軍之賀龍、陳再道，又和從魯西流竄河北的徐向前合了流，共產黨的勢力遂日益猖獗。

民國二十九年，共軍之十八集團軍一二九師及一一五師之徐向前、賀龍、呂正操、楊勇、楊秀峰等，乃向冀中、冀南之國軍猛攻。三月中旬，冀察戰區總司令兼河北省主席鹿鍾麟，及朱懷冰、孫良誠，俱受到重大壓力，於是鹿、朱，乃退至冀魯交界之邯鄲、磁縣一帶，而又被壓迫於山西之晉城，以及河南之修武、武陟諸地。此時孫良誠亦退至河北邢台之賀家坪，以及魚鱗溝，而又轉移山西遼縣附近，河北境內差不多已無正規之中央軍。

石友三當時在河北担任冀南行署主任，乃自行在冀魯邊境之慶雲、鹽山、無棣、惠民一帶，招兵買馬，廣攬鄉勇，兵員人數幾達二十萬，民間都呼為石軍團。石友三亦升為三十九集團軍總司令，並以東北講武堂畢業的康鴻泰為參謀長，畢澤宇為高級參謀，下面正式番號係轄兩個軍，一為六十九軍，軍長由石自兼，所屬有一八一師，師長為張雨亭，二十八師，師長為米文和，教導師師長為石的弟弟石友信，第三師師長係孟昭津，山東章邱人，唯後與旅長段海洲脫離石友三去打游擊。另外有個新八軍，軍長為高樹勛。高字建侯，河北省鹽山人，是一位由小兵出身，在西北軍馮玉祥部下爬起的人物。高與石友三向來就不睦，尤其是石友三由冀魯邊區將部隊拉向魯西南時，因高在魯北曾以作戰不利，被石友三嚴厲申斥一次，故對石大為不滿。同時石友三待人手段毒辣，殺人不眨眼，素有「石閻王」之稱，高樹勛就怕石的兇威。自魯北遭石大罵一頓後，便時時對石敬而遠之，每次集團軍總司令部召集會議，高亦藉故不親自出席，更處處小心，怕石對付他。高樹勛經常在戰戰兢兢狀態中，當然對石友三深切懷恨。

按當時石友三在南宮、清河，與共軍作戰後，即駐於山東之濮縣，高樹勛則從清豐過黃河進駐河北省之濮陽，孫良誠亦自山西晉城經大名移防於魯西南附近。孫良誠且時時到石的總司令部閒聊，對石友三、高樹勛兩人的鬧意見，終日貌合神離的情形，也頗明瞭。有一天，孫良誠便在石友三面前提議，大家言歸於好，並向石說：「漢章，我們都是馮老總的老部下，大家就像一家人一樣，何必鬧意見呢？不如大家在一塊見見面，甚麽事都說開，從今兒起和好如初，你說是不是呀！」石友三在未加可否之際，那位高級參謀畢澤宇也在一旁攛掇，於是便決議大家見個面。孫良誠是西北軍的老大哥，無論在資格、地位，以及聲譽各方面都比石友三、高樹勛，一班人為高。所以，石友三遂應承與高樹勛見面和好，並順便向部隊講講話，地點則選定柳下屯。按柳下屯西距濮陽十五里，東距濮縣二十五里，是屬河北省的一個村莊，柳下屯有高樹勛新八軍的一個師駐於該地。石友三當日即與孫良誠騎着馬，帶了二十多名親信衛士直奔柳下屯。北方冬天的原野，一派荒涼清曠，兩人邊走邊談，不到兩個鐘頭就到了柳下屯的莊外，高樹勛因早獲通知，也在莊頭率領部屬佇立迎迓，大家一看見石總司令及孫良誠來到，當然敬禮的敬禮，恭迎的恭迎，顯得熱鬧而隆重。石友三在衆人陪伴之下，即被招待在一大宅中。這座大宅可以說是柳下屯數一數二的磚瓦建造的巨室，庭院深深，比柳下屯的土坯草房可氣派多了。高樹勛這時已殺鷄宰猪，製備了豐盛的酒席，表示敬意，接着便開始肅客入席。大家為了上座，便你推我讓的客氣了一番，最後孫良誠說：「今天不能講資格老嫩，漢章今天是主客，主官，必得坐上座。」石友三這才坐上首席，孫良誠、高樹勛，亦依次入座。

在酒過三巡，興高彩烈之際，高樹勛忽離座說去吩咐廚房加菜，未幾，高樹勛的部下，即將石友三的衛士在院子中繳了槍。有的衛士，不肯就範，且被開槍打傷。石友三在席上正飲得高興，一聽槍響，想走出去看一看，高樹勛埋伏的士兵，立即持槍將石友三團圍住，並控制全屋。石友三見有異動，便大聲喝道：「這是幹什麽？想反嗎？」遂掏出手槍自衛；此時孫良誠自忖係促石友三赴會的主動者，恐怕石疑惑到自己頭上來，於是抽身走避。此時石友三成了孤家寡人一個，呼天不應，叫地不靈，在無可奈何之下，便握着手槍向屋外衝。不料一出門口，即被高的士兵從後面用繩子往石的脖子上一套，三四個人迅速用力扯住一勒，石友三連掙扎的力量都沒有，便倒下氣絕，乃將屍身裝在蔴包裡後，又找了口棺材盛殮起來，放在柳下屯南開裡的土地廟裡，石友三就這樣糊裡糊塗的完結了一生。至於石帶來的二十多個衛士全被解除武裝，每人給了點遣散費，令其各奔前程。

高樹勛將石友三害死後，恐石的三十九集團軍總部有所行動，遂迅雷不及掩耳的將部隊拉向黃河邊的中牟一帶，並立刻通電中央宣布石的罪狀，說石私通共產黨八路軍，陰謀反叛中央，故將之處死。當時駐洛陽的第一戰區長官是衛立煌，因交通不便，收到高樹勛的電報時，石友三早被殺害；衛立煌對敵後的情形不大瞭解，又認爲這些雜牌部隊自相殘殺，難於過問，於是即順理成章的予以批准，不再追究。

此際駐紮於濮縣之石友三總部部隊，亦於濮縣南開外王道村由高級參謀畢澤宇召開會議，十一月天氣很冷，大家都圍着火盆商討，在塲的首腦人員有一八一師師長張雨亭，二十八師師長米文和，及教導師師長石友信等。張是河北人，米是河南人，都是石友三的老部下。兩人亦素講義氣，便認爲石總司令無論怎樣不對，高樹勛不應當用此毒辣手段，使石友三死得不明不白，兩人都主張報仇，立即向新八軍進攻，將高樹勛解決。畢澤宇這時已代替了石友三的職權，高樹勛之殺害石友三，畢澤宇亦極有可能參預其事，故花言巧語，百般安撫米、張兩師長，勿再節外生枝，對石的死事一了百了，兩師長在畢的苦勸下，亦只得隱忍作罷。唯教導師師長石友信，當年學過空軍，且很有志氣，又是受蔣委員長之命來協助乃兄者，堅不肯作罷，非對高樹勛採取行動爲兄報仇不可。尤其是王道村是石友信教導師的防地，於是會議成了僵局，大家亦鬧了個未決而散。石友信在此時便向外走，兩手抄在袖子裡正走到院中時，即遭畢澤宇的一位副官，在背後一槍打死。這位副官姓孫，亦東北人，乃當年董英斌一一一師的庶務中士出身，是畢的親信。這一槍把石友信的生命結束後，畢澤宇便又立刻召開會議，並以教導師副師長文大可升充教導師師長。文也是東北人，是石友三的老幹部，對高樹勛、畢澤宇，殺石友三兄弟的內幕，是由頭到尾都淸楚的，一看這一個互相殘殺的局面，亦灰了心。於是也不聽畢的指揮，自已將教導師全體官兵拉走，盤踞於山東朝城附近，與南京的汪精衛僞政府取得聯絡，被當了皇協民軍。

石友三之被害，高樹勛是主謀，石友信被打死，畢澤宇是主動，高畢兩人，均自以爲了不起，於是乃成勢不兩立，而中央對三十九集團軍總司令一缺之補派，也大傷腦筋。由石友三部下選升吧！誰也不夠格，由中央派員接替吧！誰也不敢來，來了也被這夥人幹掉。所以，中央在無可奈何之下，便令第一戰區長官衛立煌遙兼總司令，一切命令由電訊指揮。副總司令則由高樹勛升任，仍兼新八軍軍長；六十九軍軍長則由畢澤宇繼任。說起畢澤宇來，雖是石友三的高級參謀，但與中央關係頗深。三十九集團軍與中央的一切聯絡，多經畢之手，其人頭腦靈活，手腕圓滑，故一向爲石友三所倚重。早年石友三在鄭州謁見蔣委員長，就是畢澤宇引介的，可是那次石友三竟帶着手槍就進入委員長辦公室，當時蔣委員長並未重視此事，但侍衛人員，都揑着一把汗。由此可見畢對中央的關係，高樹勛是望塵莫及的。同時，高樹勛是鄉村的農家子，自幼出來當兵，完全是個老粗，政治才能，交際手腕，都不如畢遠甚。畢早年跟過吳佩孚，後來又傍過張學良，最後在石友三身邊運籌帷幄，從不把高樹勛放在眼裡。所以，高的命令，畢視同兒戲。高呢？則認爲殺石友三是他的主角，又升爲副總司令，論職權，講實力，都在畢之上，便不把畢放在眼裡。兩人在明爭暗鬥的當兒，畢澤宇乃將石友三的棺材，由柳下屯土地廟裡運到濮縣，舉辦追悼石總司令大會，使地方上的鄉紳父老都來參加追悼，更使高樹勛大爲憎恨。

畢澤宇統帶之六十九軍官兵，都是石

友三的舊部，且多係老粗，如二十八師師長米文和，一八一師師長張雨亭，根本只知拿槍桿直來直往，對畢澤宇那套拐彎摸角的作風，便有些合不來。這時三十九集團軍司令部的參謀長康鴻泰，也被兩位師長擠走，由保定軍校六期出身的二十九集團軍參謀處長趙成凱升任，於是畢澤宇對這些行伍出身的師長們起了反感。

民國三十年六月間，畢澤宇與各處長計議，在濮縣城裡召開軍民運動大會，想藉此機會解決掣肘的異己分子。當時張雨亭駐濮縣北十七里的一小村莊中，米文和則駐城東，兩人都騎着馬應邀而來。可是剛一到場，便有一個小傳令兵，過去曾跟米文和很久，跑來對米大叫說：「快點轉回哇！」米一問之下，這小孩便將從畢等開會旁聽的消息，一五一十的告訴米文和，米聽了，立即把小孩拖曳上馬，又吆喝張雨亭及隨身衛士，一齊跑回駐地。畢澤宇一看計劃失敗，也只好故作鎮靜，將運動大會草草結束。

米文和與張雨亭回到駐地後，知道畢澤宇手段兇狠，遂即向高樹勛靠攏。高樹勛一見兩師人歸己所屬，眞覺如虎添翼，心情馬上豪壯了。於是立即以副司令身份召集會議，並電召畢澤宇到柳下屯參加。畢一看自己實力已失，想强硬都不可能，接到高的電話後，便想前往。有的親信則說，以不去爲妙，但畢澤宇還是決定前往，及畢預備上馬時，這匹馬忽然直跳起來，叫了兩個衛士幫忙牽韁，馬仍是兩足亂踢，畢亦始終未能騎穩馬上。左右的人，都講起迷信來，說此行定有不利，還是不去爲佳。此刻畢亦掃興，乃決定作罷，改派一位姓陳的高級參謀，帶了兩位隨員代表到柳下屯出席。

陳高參到柳下屯時，高樹勛並親自迎接，總算完成會議而返。據陳高參來說，在一進柳下屯村莊時，便有異樣迹象顯出，原來高樹勛早已埋伏了士兵，想幹掉畢澤宇，及至看到不是畢本人，乃轉變暴戾面目，虛爲迎接一番。有人說：畢澤宇命不該死，才有馬的暴跳，不受羈勒一回事。

高樹勛在誘殺畢澤宇失敗後，隔了幾天，便公然下令，要畢立刻自動辭職，否則便以武力對付。這時畢自米文和，張雨亭投向新八軍後，部下僅有二十八師未走的一個杜團，及一個特務團。杜團長早年是劉多荃一一一師的老幹部，跟畢多年，是一位親信，該團駐濮縣南門外。特務團團長張如同，以前是石友三的隨從副官，是當年出名的打手，忠誠尚義，可共患難，但衆寡懸殊，非高樹勛的對手。畢澤宇在無辦法可想中，只有將部隊拉走一條路。於是便召集幹部會議，立刻決定率領官兵及眷屬約三千多人，由濮縣向南開拔，計劃到山東曹州近河南地區打游擊，初時，在日軍佔領區的邊緣游來游去，後來該部隊輾轉於山東舘陶附近之柳樹屯時，與日軍發生遭遇戰。日軍火力强盛，人亦衆多，柳樹屯四周是土圍子，都圍滿了日軍。畢澤宇一看大勢已去，只得命令部下放下武器，表示不抵抗。日軍便用牛車將畢澤宇部隊的所有捷克式步槍，三八式槍，六五的輕機槍，和七門迫擊炮，一齊拉走。並將畢之部隊遣散，不論官兵眷屬，每人發給僞華北聯合準備銀行發行的聯合券七元，令其各自歸家。畢澤宇此時，成了光桿一個，曾一度到南京，由東北系的舊將領胡毓坤、鮑文樾的介紹，見過一次汪精衛，但不得要領，後又設法到後方重慶。勝利後，發表東北哈爾濱市長。大陸淪陷，又到台灣担任國民大會代表。前幾年才逝世。

高樹勛勒死石友三後，官運亨通，曾官至冀察戰區總司令。直到勝利後，尚任第十一戰區副長官，爲孫連仲的副手。民國三十四年，高樹勛與馬法五的四十軍，魯崇義的三十軍，由河南新鄉，沿平漢線北上，於是年十月三十日軍行於邯鄲之馬頭鎭，高竟向共軍投了降。本來高殺石友三，是爲洩私忿，却給石安了個通共罪狀，石友三實在並無私通共黨之事，而今高樹勛眞的親率全軍，及河北民團，向共黨稱臣，事之幻化眞不可思議。尤其高樹勛當時之投降，引致大軍潰散，十一戰區副長官兼四十軍軍長馬法五，四十軍副軍長劉世榮，長官部參謀處長鄭曉嵐，都作了俘虜。三十軍軍長魯崇義，長官部參謀長宋肯堂，亦僅以身免，累得孫連仲更是幾乎被免職。高樹勛「起義」有功，後來被紅朝委為河北省副主席，並因民國三十五年的積極表現，共產黨為獎勵來茲，乃批准高樹勛為眞正共產黨員。民國六十一年一月十九日，死於北平，年七十四歲。

石友三被害後，家人也七零八落，有一女兒在香港作電影明星，十幾年前嫁與同業某。石友三最後收的一位小太太，係早年被張宗昌槍決的林白水的女兒，北平某校外文系畢業，現在美國某大學任教。

還有當年與石友三共事的孫良誠，抗日時一度投日，任汪精衞偽南京政府的第一方面軍總司令，及蘇北綏靖主任。勝利後，則改編為一〇七軍，孫任軍長，徐蚌會戰時，歸第七兵團黃伯韜指揮，以部隊潰散被俘，後在蚌埠逃出，投劉汝明部，大陸淪陷，不知下落。

最後再提一提，石友三舊部米文和等情況，米在抗戰後期升為六十九軍軍長，一八一師張雨亭，和二十八師陳光然，暫二師石祖德，暫四師徐經濟，警衞旅樓秉國，都成了米的部下。勝利後，米文和又升為第四綏靖區劉汝明的副長官，現在米文和恐怕和曹福林俱在台灣安居了。

國軍文庫

彭歌

熟悉國內出版市場的人士大都瞭解，讀書和買書最熱心的兩大集團，就是學生和軍人。無論是知識性的書或文藝性的書，如果得不到「文武青年」的欣賞，不合他們的需要和興趣，往往很不容易成為所謂暢銷書目。

軍中讀書風氣相當濃厚，這是一種可喜的現象，現代軍人與現代國民一樣，都需要不斷追求新知，陶冶心性，走在時代的前面。

多年以來，國防部總政治部就編印了「國軍官兵文庫」。開始時，據說是定名為「書箱」，那是一種很謙遜的說法，最初或祇是一箱一箱書，後來發展成為小型的流動圖書館，一直發到最基層，頗受官兵歡迎。

有一位將軍說，「國軍是革命的武力，我們有精銳的各式武器，我們也要有堅強的精神武裝。」國軍文庫便是精神武裝的一部份。

這文庫的編訂，過去是由軍中自行作業，從選定到出版，有一貫的章法，記得在第二次大戰期間，美軍出征歐亞非各疆場，士卒轉戰良苦，每感精神上需要調劑。於是軍方大量編印袖珍版的書籍，供應前線。這一作法，也就是西書業「紙面本」(Pocket Book)大量風行的起源。一本著作能被選為軍中讀物，不僅作者引為光榮，出版家更是興奮。

今年與過去不同，可能這「國軍文庫」的編印，有候選的書目，先由官兵主動提名，看看他們需要的是甚麼書，這個書單可能很長，集中整理之後，委由一個專家學者和軍方將領組成的小組，一一加以評鑑和比較，作了評語，這還是第二步。最後，候選書目縮小範圍，仍可能有很多種，再由官兵代表去試讀。這些代表乃是不同年齡、不同教育程度、不同官階職級的抽樣。經過這樣的測驗、評鑑與分析，他們所得的結論，相當程度準確地反映出全軍官兵的需要。

這次所選者約五十餘種，其中有思想與哲學類的，如「從認識自己到回歸自己」，「歷史與時代」；有歷史和傳記的，如「民族英雄及革命先烈傳記」、「抗日戰史」、「中外名人傳」和「台灣英烈傳」；有古今中外的小說名著，如「三國演義」「岳飛傳」，和「老人與海」。當代小說有「朝陽」、「龍芊田畝」、「旋風」等多種。有關人生修養的文集有十幾種。大體說來，這是一套相當均衡的文庫。就圖書館學「圖書選擇」的規律而言，均衡是必須考慮的要素。市上優良圖書決不止此，這些是官兵們自己的選擇。

軍中教育和訓練，向來比文學校或一般社會來得嚴格。但從這部文庫來看，毫無「灌輸」的意味，而祇是在「激揚武德，充實新知」的基本要求之下，為官兵選擇一些在工作時間以外的讀物。眞正屬於軍事本業的教材，還不曉得更有多少。

作一個優秀的軍人，首先便是作一個健全的國民，軍中是革命的洪爐，不僅鍛鍊體魄，同時磨礪心魂。軍中汲取社會上的作品；這帶有嘗試性的作法，也將會使純樸剛正的軍風，回頭來影響到當前的文風。

山城憶舊土橋行

·郎魯遜·

土橋這個名詞，抗戰時在重慶是相當嚇人的，到了土橋去，不是好事體，帶有不祥的意思。土橋有點近乎菜市口，犯了軍法才到土橋去。故當時認爲人如到土橋去，不坐牢就有槍斃的危險。土橋是當時軍法審判與軍監的所在地，其實住在土橋的老百姓，都是安居樂業，趕集的日子，各處鄉鎭來趕集，絲毫沒有這種感覺。更以土橋有人傑地靈的榮耀，因爲在那裡服刑的，有極高軍階的將領，都是出將入相的人物。

土橋是在重慶市郊的一個小鎭，我爲應審，曾過一趟，當天上午就回重慶。對我來說，是一生的轉捩點，否則在我後半世，會在宦海裡浮沉。但我知道，我不是一塊做官的料子，故我從此次土橋之行，便從政治崗位上，急流勇退，回復我教書與研究藝術的工作，在目前過一種息影林泉的退休生活，雖默默無聞，但亦心安理得。

同時做官的環境太險惡，可能樹敵太多，和同僚過著磨擦的生活，暗箭難防，土橋之行，就是一個例子。

民國卅二年，我在重慶南岸某軍事機關任內，一個上午，我在辦公室，大出意外的，竟收到軍法機關的傳票。傳票的內容，是傳訊。同時被傳的還有另一位第二科科長婁君，才知道有人在軍法機關，告我「貪污」。我當時驚恐萬分，雖自信清白，但軍法審判，不是好玩的。而且生平連警察局都沒有進過，也從沒有和人打過官司，進過法院。而今竟然要去軍事法庭應訊，當時眞不是味道。一看被傳的日期，是四天之後。因爲本處已有兩個職員被押，悔不當初，來做這個從未幹過的科長。覺得事態嚴重，天下事可失之毫厘，差以千里，你儘可自辯清白無罪，法庭雖明鏡高懸，但法官在辦案時，可自由心證，亦可假設求證，都有權羈押你，而且是合法的。到那時候眞被扣押，有誰來理會你。被押究爲一生污點，跳到黃河亦洗不清。我當時心情緊張，想想祇有找我的上司同學毛兄商量，如何應付。我見他之後，說明原委，他聽了之後，即皺了一下眉頭。

「又是他攪的。」這顯然是有所指，因爲此公已不祇一次誣告人，每次都命他的部下用匿名的方式。因爲當時在重慶，對匿名的密告，一樣要追究偵查的。

「你是否可以用侍從室的名義，行文軍法機關以免牽連無辜。」

「讓我研究一下，請你明天下午六時，再來一趟。」

第二天傍晚，我如期蒞至，他交我最速件公文一件，是以軍委會侍從室名義，致軍法局的公文，主旨是依法辦理的命令，我得此公文，如獲綸音，覺得人格清白，有了保障。第二天清早，囑我一個親信部下，快馬加鞭，帶了公文，去土橋軍法局投遞，囑其取回回執，速去速回。

我在第三天下午下山過江，宿江邊一家旅館，這一晚我沒有好好的睡，因明日去軍法應審，情緒難免緊張。次日上午六時過江，坐滑竿去土橋，在滑竿上，心情反倒非常安定，因那最速件公事，對我是一個有力的保障，再想軍法官一定是公正廉明。不到八時到軍事法庭報到，衛兵看了傳票，將我領到候審室，婁科長已先我而到。

因我們都是校官官階，今天是會審，有三位軍法官，九時開庭，先由書記官說明案情，我才知道是關於三科所擬本處房租津貼草案的事，主要的因婁科長房租津貼的調整，有人控告我涉嫌貪污，因此傳訊婁科長出庭作證，審訊的主要兩點，（一）這預算案，是否已付諸實施。（二）婁科長是否已領到房租津貼。我當時告訴軍法官，「這祇是一份預算的草案，原由本處軍需上士擬具辦法，經我審核後，簽呈處長批示，送呈上級核辦。我祇負承轉之責，且預算尙未經上級批准，怎能說我涉嫌貪污，顯有人挾嫌誣告。」

問婁科長時，軍法官着重婁科長有否按新預算拿到房租津貼，妻告軍法官：「目前仍領取舊的房租津貼，並謂新的房租津貼的預算，根本還未批下來，告郎科長貪污，完全是無稽之談。」

此案因案情簡單，經訊問後，認爲案情已明白。隨後軍法官問我做科長多少時候，在處裡有無仇敵，對此案有無感想。我當時告訴軍法官：「此次初作總務科長，爲同學堅邀出任，爲時不到一年，在作業上祇知奉公守法，與處裡同仁，均能和睦相處，相信不會有仇敵。此次控告我貪污，毫無事實根據，請求軍法官明察案情，對匿名誣告的人，加以懲處。」最後更激動的說：「此次回去，即辭去現職，今後不再做官，回復藝術研究及教書的工作。」

經審判長和一位陪審官商量後，由右面一位書記官諭知：「因我處裡負總務重責，在工作上不能一天無人負責，你可回處，但須覓一保人呈庭，聽候隨傳隨到。」即被飭回。原來深恐被扣押的心理，成爲有驚無險，數日來精神上的壓迫，到此完全消除。此次應軍法訊問，使我一生永遠難忘，由此亦不信一般人描寫土橋的恐怖心裡，因爲經我親身體驗到，軍法官和一般法官，沒有兩樣，把軍法官看成閻王，是不對的。

最使我啞然失笑的，我回到處裡，同僚們都感到驚異，他們相互耳語：「怎麽郎科長馬上回來了，沒有被扣押。」我想主謀的凶嫌，對我一切陷害構想，是白費心機，我沒有被押的道理，對他永遠是一個謎。本來他的算盤，我一經被押，可以暫停我的職務，另換他的人。此案已過去卅餘年，及今思之，尤有遺憾。

說起我任科長的事，也事出偶然，卅一年初夏，我正由西南歸來，因久嚮往關中之勝，有意應西北某大學之聘，擔任教職，殊想先室淑蘭，新病初癒，亟須休養，未便遠行，毛兄知我在重慶小住，堅邀我去某軍事機關任科長職務，交給我的主要任務，是整理財務結構，與建立制度，一再緩謝，未獲邀准，直到派令下達，才去到任。

去了不久，就覺察到內部正副主管，磨擦得很厲害，我原想完全站在超然的立場，實際上我無形間已樹敵了。因爲副座是穿黃袍馬褂的角色，是我同學的妹婿，同僚間背地裡都叫他駙馬爺，太太伏着老兄的勢力，正是八面威風，全處的員工，都要寶她三分的賬。在我未來之前，已將這機關，攬得天翻地覆，曾誣告處長盜寶軍米。如不是我那位同學，迅速處理適當，那位過去在中原大戰紅極一時的黃處長，會蒙不白之冤。故我非常同情處長的遭遇。我這一招，已捲入是非的漩渦裡。我當時初登仕途，不曉得做官的訣竅，更不知親不間疏的道理。否則我有同學强硬的靠山，如與他妹婿及妹妹的合作與支持，眞不愁沒有飛黃騰達的一天。但我不知道奉承，不像一般老官場的圓滑，對這位副處長極力阿訣。當時一部份的同僚，都看副處長的眼色，另一部份則是明哲保身，與萬事不管。而一般人最初把我當成副處長的人，將我看成新貴，我當時正卅出頭，不知見貌辨色，更不知道副座正當我是他的左右手，亦沒有體會出他對我的好意，和同僚們對我的聯絡，其實在骨子裡他們對我都顧慮三分。因爲我初來時，副座對我特別看待，甚至酒酢聯歡，都被同僚們羨慕。但我看這位副處長，平時皮笑肉不笑，胸有城府，且極陰險，尤其對他在內部，製造糾紛，不獨有野心，而且是心狠手辣，當然我對他是貌合神離，不久被他發覺，開始懷疑我，對我冷淡。不久處長奉准辭職，發表副座代理處長，先將我的主任科員他調，我成了光桿科長，對我的作業，不時有指責，處處與我爲難，我覺得他對我探取攻勢，我祇有以環境困難人地不宜爲詞，向我的同學辭職，但沒有邀准。稍遲新任命了一位姓楊的新處長，兼理處務，楊任某單位主任，平日不大來，我想是避免與副座直接衡突，因楊早知道副座的攬權，和這機關糾紛疊起，副處長因處長落空而憤恨，他爲洩憤，將箭頭指向着我。

沉寂了些時，處裡發現攻擊我的匿名傳單，數述我十大罪狀。這種莫須有的罪狀，我雖氣憤塡胸，但仍沉得住氣。我同學甚爲震怒，請示上級查辦，上級認爲此爲敗壞軍風紀，次日即派一高級軍官來處，查對筆跡，對出爲一位任外收發的鮑姓的筆跡，此人爲副座的心腹，翌日即遭逮捕，送往土橋偵訊。我雖爲攻擊對象，但未被傳訊，因鮑某被押，全處人心惶惶，尤其是我，大有山雨欲來風滿樓之感，我不去他們是不會罷休的，故我堅決辭職，並先將家眷送往重慶，以示決心，毛兄以覓人接替望我稍待，我未便離去，但我的敵人，正一波又一波，向我襲擊，隨時有去土橋的危險。過了兩個月，終於有人在軍法機關誣告我，幸我未吃上官司，使我永難忘懷。

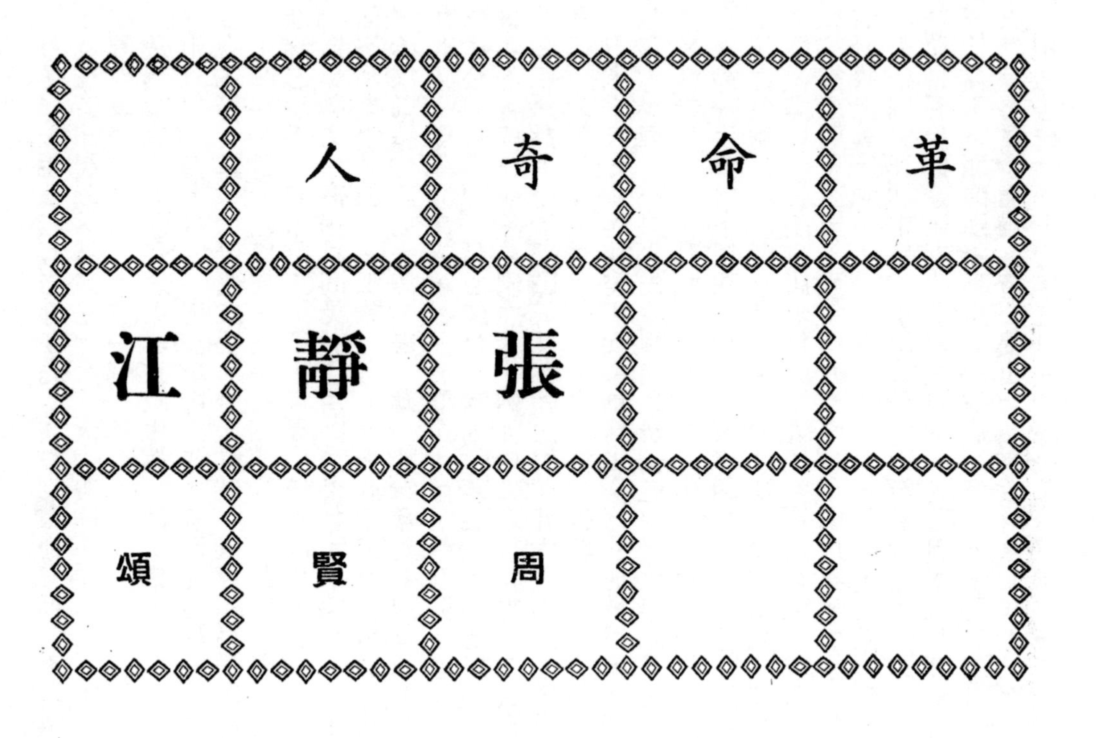

中華民國六十五年九月十九日爲張靜江先生誕辰一百週年紀念日。卅九年九月三日，先生病逝於紐約寓所。總統　蔣公明令褒揚，列舉其對國家、對民族堅貞忠藎之事實，並於十二日在台北舉行公祭，蔣公率中央黨部同志躬臨致祭，哀悼逾恆。賢頌追隨先生，從事鐵道建設十足年，蒙恩沐澤，沒齒不忘。値先生百歲冥誕，謹就個人所知，對政府褒揚所叙，畧加陳述，以紀念先賢，並祈讀者教正。

褒揚令說：「早年追隨　國父，翊贊革命，公爾忘私，弼奠洪基，厥功甚偉。」

民國十六年，政府定都南京，靜江先生與胡展堂、譚組庵先生，寓南京鐵陽池丁家花園樓上，葉楚傖與羅家倫先生住樓下，戴季陶先生住別院。某晚，胡先生對譚、葉、羅三人，大談靜江先生當年故事，胡先生說：「這故事，上半段是孫先生親口告訴我的，後半段是我自己和靜江先生接觸的經驗。」下面就是展堂先生所談的事實：

國父在倫敦蒙難以後，繞道前往日本，在海輪上遇靜江先生，彼時，他是清廷駐法國公使孫寶琦的商務隨員，要求和　國父談話，國父有戒心，廻避他。靜江先生在甲板上攔住　國父說：「你不要瞞我，我知道你是孫文，你不要以爲我是反對你的，我却是最贊成你的人。革命起事，你需要錢，現在我和你約定三個字，將來你需要錢的時候，可打電報給我：拍第一字，是一萬元，拍第二字是二萬元，拍第三字是三萬元，請你記下。」　國父當時記在小本子上，但未認眞放在心裡。若干時後，國父在東京計畫起義而無欵，告訴展堂先生：「我上次在海上碰到一個怪人，脚微蹺，說要幫助革命，約定用三個字，第一字一萬元，第二字二萬元，第三字三萬元，我怕此人是清廷偵探。」胡先生說：「橫豎不蝕本，何妨試一試。」　國父採擇此議，拍出第一字，不多時一萬元居然滙來了。再過幾時，又拍第二字第三字，要的錢亦均如時滙到。」

戴傳賢先生繼續報告靜江先生在辛亥革命資助藍天蔚事，當時，藍在廣州起義，靜江先生送他大砲四門，步鎗三千支，都是他在國外設法買來的。(註一)

褒揚令說：「北伐之際，秉政中樞，勛勩備著。」

十五年七月七日，蔣公率師北伐，靜江先生留守，任中央常委會主席，軍政大計由其決可否，其時，國府主席爲汪兆銘，渠於十四年七月就職以來，誤解 國父聯俄容共策，聽任俄顧問推進滲透陰謀，利用跨黨份子，掌握中央黨政各部要職，太阿倒持，氣焰萬丈，復用離間詭計，迫胡展堂先生出國，製造蔣汪對立局面，到處張貼標語，詆毀 蔣公。十五年三月中山艦落共黨手中，陰謀劫持 蔣公去海參崴，蔣公及時發覺，頒佈戒嚴令，逮捕主動人，繳暴動工人鎗械，收回中山艦。靜江先生在申聞訊，深以蔣公勢孤爲慮，馳赴廣州，幫同 蔣公，支持危局。當時，中央各部會咸在共黨控制之下，例如中央黨部秘書處三負責人，均爲共產黨員。組織部職員廿九人之中，廿六人爲共產黨員，其他各部，大都如此。六月一日，中央黨部改組， 蔣公任組織部長，召陳果夫先生爲秘書，從事重建工作。一切進行，秉承靜江先生指示辦理。(果夫先生撰「民國十五、十六年間黨史——紀念張靜江先生」文，刊載於卅九年九月中央日報，乃清黨史中最翔實之第一手資料，鄭重介紹，請讀者翻閱之)。靜江先生以一柱擎天之精神，應付豺狼當道之俄顧問及專橫跋扈之共產黨員在街頭巷尾滿貼「打倒昏庸老朽之張人傑」標語之下，不顧一切，推進清黨運動。直至十六年四月十八日，國府奠都南京，廿六日頒佈對共產黨叛逆份子，照內亂罪懲辦之命令，清黨運動乃告實行。最後因史達林密令，指示共黨採取激進行動，汪兆銘始知其被莫斯科利用以達到赤化我國之目的，於七月十五日實行分共，鮑羅廷及軍事顧問團團長嘉倫，被遣送返俄。十七年三月四日，中央執行委員會通過 蔣公提出「黨務政治之徹底更始案」，清黨工作乃告成功。十七年五月一日國民革命軍克復濟南，三日日軍爲掩護當地軍閥，阻撓我統一大計，突擊我軍，殺我交涉使蔡公時， 蔣公大憤，密電靜江先生：「二兄，革命軍人，頭可斷、不可辱。」決計反攻，靜江先生復電，勿中敵計，繞道渡黃河，繼續北伐。 蔣公從之，轉道德州，繼續北進，克復河北，直趨北平。(註二)

褒揚令說：「嗣後出主浙江省政，兼長建設委員會，推輪肇始，篳路開疆，碩畫宏規，民生信賴。」

國民革命軍底定東南，公推靜江先生爲浙江省政治分會主席，先生返籍，張氏族人，設筵歡迎，先生即席演講：「革命是破壞工作，現在破壞成功，我要開始建設，請諸公幫忙！」大衆鼓掌，表示一致擁護。南潯多富豪，先生借重他們力量，先在本省，復興長興煤礦，爲其建設事業的開始。(註三)

一、電力

十七年六月，中央政治會議議決，設立中華民國建設委員會，推靜江先生爲委員長，負責研究、設計、籌備、實施全國計畫，凡國營事業如交通、水利、農林、漁牧、礦冶、墾殖、開闢商埠，及生產事業皆屬之。先生欣然受命，在南京西華門建築會廳、籌措經費、廣延人才，開門第一事，接辦首都電廠，全市大放光明。嗣辦戚墅堰電廠供應生產動力，兼事農林灌溉工作，最後，舉辦杭州電廠，規模浩大，後來居上，前後三廠，從其事者爲潘銘新、鮑國寶、陸法曾三先生，皆賢頌在交通大學附中同學也。

二、電訊

同年六月，中央政治會議議決，設立全國無線電台，由建委會負責籌建，先後設立電台廿七所，使全國大城市可以通達無線電者三十三處之多。十二月，設置國際無線電台籌備處，主任王崇植先生，副主任俞汝鑫先生，亦均交大同學，翌年一月廿四日開始通報。(註四)

三、煤礦及淮南鐵路

本文前述靜江先生浙政，下車伊始，復興長興煤礦，該礦原屬民營，停頓多年，十七年八月，先生派員接收，翌年五月開始生產。先生爲求充裕戚墅堰、首都電廠及上海各工廠用煤起見，開發廣興新煤田，鋪設鐵道，十九年十月，全部完成，每月出煤二萬五千噸以上，民股見有利可圖，請求發還，先生從之。詎意，民股接辦之後，經營不善，產量銳減，先生不忍見其日趨萎落，派員協助經營，始見轉機，民股心服先生領導有力，請求收歸國營，先生又從其請再度接收，由建設委員會主辦。觀先生之一予再取完全從事業本身着眼，爲國興利，不與民爭利，目光遠大，氣度恢宏，有如此者。

十八年三月，先生派員在皖北懷遠舜畊山劃定淮南煤礦礦區。翌年四月底，開始採建工作，十二月底即可每日產煤一百噸。爲配合大量生產起見，先生飭建鐵路，從礦區直達蕪湖對岸裕溪。廿二年六月，全線通車，總長二三六公里，產煤量達每日二千噸，由鐵路直達蕪湖，轉長江水運，應上下游各埠之需，淮南遂成爲華中第一大礦。

二十年初，先生派員測勘安徽大通饅頭山礦區，因礦權屬於民間，不願放棄，先生乃募集私人資本二十萬元與之合作，從事開發，六月正式出煤，每日三百餘噸。

先生於廿五年間，派員洽河南省政府，合辦宜洛煤礦，籌辦期間，中日戰爭爆發，全部停頓。（註五）

四、杭江鐵路

淮南鐵路爲先生所創建之第二條鐵路，隸屬於建設委員會，第一條爲杭江鐵路，便由浙江省政府所籌建。十七年，先生主浙政，開始研討鐵道建設，十月省府咨建委會，請派專門委員杜鎮遠先生來浙勘線。十八年二月省府會議議決，自行籌欵，先行建築浙江省境內杭州至江山路線，定名爲杭江鐵路，工程告竣後再謀與江西省合作，展修至萍鄉，以達株州，接通粵漢鐵路。先生提出四大目標（一）浙省自辦、(二)不借外債、(三)不用外籍工程師、（四）先求其通，後求其備。十九年二月開工，廿二年十二月通車至贛境玉山，廿六年十月直達萍鄉，接通粵漢，完成總長一千一百一十公里泱泱大觀之浙贛鐵路，橫貫東西，直通全國，抗戰初期，運送後方部隊，增援前線，達十萬人以上，同時撤退積存淞滬一帶生產資材，包括湘桂、湘黔兩鐵路工程器具材料（賢頌親預其役），在日機到處投彈之下完成前方拆路、後方舖軌之悲壯事工。

五、江南鐵路

靜江先生所修建之第三條鐵道爲江南鐵路，係屬民營，對於該路，賢頌曾草擬「中國新鐵路之父——張靜江先生」一文，刊登於卅九年九月中央日報，恕不贅陳。

總統褒獎令，將靜江先生對國家民族豐功懋績，綱舉目張，大致羅列，並飭國史館，徵集生平事績，永著簡牒，賢頌不揣微末，謹就個人追隨先生若干年來耳聆親炙之經歷，對其治事待人之道，及其崇高偉大之人格與風度，臚陳六點于後，聊共曝獻，爲後人法。

一、傾家蕩產幫助革命，無米之炊，建設中華。

建設委員會直屬各部事業，範圍廣大，有人估計，當該會結束之日，資產總值國幣五千餘萬元，但先生從國庫領到建設經費僅十萬元而已，其餘數字，悉由先生設法籌措。自十七年迄廿二年爲止，歷時四足年，個中辛酸苦辣，不能以言語形容，江南鐵路乃民營企業，根本上無法向國庫請欵，上海十二銀行，蒙受先生死裡逃生之恩，挺胸承諾，要支持先生建設大計，但其結果，不過借到三十萬元而已。賢頌每次與先生談話，必說：「張先生，你辦這許多事，含辛茹苦，多少年了，但沒有像爲江南鐵路更受委屈者，心中萬分不安！」先生笑答：「可是我亦最爲快樂。」這是何等胸襟！

二、統一大計與鐵道建設

先生認爲中華民國必須統一，其根基爲鐵路建設，十數年前，英國史家湯恩比（Arnold Joseph Toynbee）寫一篇文章，其說法與先生的着法，前後吻合。文曰：「世界大國，都是經歷千數百年兼併侵吞而建立起來的，只有兩個國家，在極短時間之內，變成泱泱大國，那就是羅馬帝國與美利堅合衆國，前者成立得快，崩潰亦快。後者則矗立幾千百年，可以永不分散，因爲美國獨立不久之後，從事鐵道建設，人不分白黑紅色，地不分歐、亞、英、法揉成整體，正如一堆磚瓦，加上幾根鐵箍，緊緊地細紮起來，顚撲不破。」記得靜江先生籌建杭江鐵路之初，浙江省庫，羅掘俱空，若干浙人喊出口號：「浙江省出了敗家精！」（註六）中央僚屬亦感覺茲事體大，不可魯莽從事，但廿二年杭江鐵路甫經完工，陳銘樞在福建叛變，組織人民政府。中央出兵，大批軍運，由杭江鐵路南運，如天而降，不旬日變亂敉平，消息傳播，舉國奮興，到處掀起造路運動，甚矣，統一大計，與鐵道建設，如輳如轍，不可分離也，至於開發資源，流通財富，則爲婦孺皆知之事實，毋庸贅言，但興建鐵道，耗資巨億，無國際銀團予以支持，疇敢置喙，亦只有目光如炬、智慧超人，如先生者，乃敢「推輪肇始，篳路開疆」耳。

三、民營、民營、民營

二十年冬，賢頌奉召至南京，商討籌建蕪乍鐵路計畫，展開案卷，第一宗爲靜江先生與鐵道部長顧孟餘先生交換文件，先生一再强調，公營企業，耗費公帑，造路需要大量資本，加上糜費，何來如許資金？廿三年春，英商怡和洋行總經理Tony Kesick（後任滙豐銀行董事長）走訪先生於其私邸（上海馬斯南路九十八號），先生爲其分析中華民國建設大計，謂須以提倡民營爲原則，先生曰：「政府，鐵路應歸公營，余急不及待，提倡試交民營，以啓示後人最經濟、最痛快之途徑。」Kesick爲怡和東人，告先生：「不論英國工黨，唱何高調，我們事業，必須保持民營，此是先君遺命，後輩小子不敢忘也。」靜江先生爲　國父最眞實信徒，爲革命毀家，爲實現民生主義從事建設，爲東方大港籌建蕪乍鐵路，絕對贊成均富，絕對贊成消滅貧窮，但絕對主張民營事業，認爲只有如此，乃能發動人類工作之本能，以建立工商生產事業，累積國民財富，實現　國父遺教。有人問其何以不怕資本集中？先生答：「政府可以運用租稅政策，達成均富之目的，何必細細紮紮弄得大家沒飯吃！」靜江先生抱定提倡民營之原則，說得到，做得到，是以在建設委員會結束之時，將該會路礦事業，移交揚子公司，尹仲容先生即是該公司之幹部人員，負經營之責，試閱當年報章雜誌，曾有何人，說是官商勾結？此類乾坤一擲之作風，亦唯有人格偉大如先生者乃能出之。

四、超人的智慧

靜江先生如巍巍山嶽，浩湃巨川，賢頌愚昧微末，莫測高深，今日提筆寫紀念文字，亦只能從其偉大人格、豐功懋績述其萬一而已。大家公認：先生對國家民族，能做出如許貢獻，最大動力，乃其超人智慧，故能見人所未見，爲人所不能爲者，舉三事爲證「今日中華民國對外貿易，佔國民總生產百分之八｜九〇，如此高度倚賴性，在全世界居第一位，是以我們的口號爲「不出口，不能生存」，七十六年之前，靜江先生去巴黎，開辦通運公司，乃爲國人在國外經營第一家國際貿易公司一也。現在全世界大銀行，從淨值與淨所得而言，不是Bank of America而是City Bank，根據一九七五年該行營業報告書其盈利總額百分之七十，乃在美國以外高利率地區放欵掙來。一九〇八年，先生爲求週轉靈活，寬籌資金，以供應革命需要起見，發動在巴黎設立通義銀行，計劃在法國發行債劵，以其所得，在上海專做道契押欵，利用兩地利息差額，作爲銀行財源，卒因股東意見分歧，銀行解散，嗣後，東方滙理銀行倣照先生原議，設義品銀行，大獲盈利二也。今日台灣、新加坡兩地寸土寸金，租地造屋爲投資家時髦新名詞。民國元年，　國父就任臨時大總統，任先生爲光復軍總司令。

民二，先生協助　國父從事第二次革命，策動陳其美先生等圍攻上海製造局，事敗，黨人散居上海租界，就食于先生家，先生時出奇計，收資得利，以資供應。先生自身有時亦不名一文，利用租地、造屋方法，輒有所得，以濟家用三也。此三事載在狄君武先生所撰「張靜江先生事畧」中，應可徵信。江南鐵路總部設在蕪湖，賢頌每星期一次，偕周君梅先生驅車到南京，參加先生在建委會招待所晚餐會。同席者，皆建委會工作幹部，先生素食，吾儕則魚肉葷腥，狼吞虎嚥，飯後先生廻首喊：「蘭生（招待所侍役、平湖人）把地圖與放大鏡拿來。」兩者來後，先生取桌上火柴梗，開始在地圖上作造路計畫，多少距離？須要多少建築費？可收多少運費？吾儕提筆疾書，先生則用心算，吾儕尚未畢事，先生已得答案，與吾儕紙上數字，毫無出入。三十六年賢頌爲江南復軌，赴美國採購鋼料，去紐約二七四街謁見先生，先生查詢江南鐵路復軌計畫，預測今後業務收支盈虧，列舉十五年以前在建委會招待所所談數字，絲毫不爽，如此頭腦眞神人也！

五、如何挑選人才、培養人才、信任人才

淞滬戰事結束，倭寇橫行，建委會在長江下游一帶事業，咸罹刼運，中華民國經建人員，以移山倒海之精神，搶運生產器材物質，建設自由中國，前方折軌，後方舖路，川滇一帶，工廠林立，佔領區周圍，都有我軍機場，公路縱橫，直達西南邊境，從事人員直接間接爲先生在建委會、浙省或江南之舊部，窮幹、苦幹、不可幹照樣幹，絕對不畏難，絕對不貪汚！先生以建設報國，成績輝煌，更重要者則爲造就數千百位建設人才，報効國家。有人問：先生造就人才，其秘訣何在？賢頌題以個人經驗作爲見證：

廿一年六月，靜江先生在莫干山發起「商辦中國鐵路公司」修建蕪乍鐵路，電北寧鐵路局高紀毅局長調用賢頌，同時飭周君梅先生，私函邀請，賢頌復函同意，但請求薪給與北寧相埒，因須供應弟妹教育費，並還老家債務也。函到上海，先生左右咸稱：「此人尚未到差，先談待遇，殊不可取。」先生答：「我看其光明坦白，不是貪汚之流，同意可也。」廿二年元旦，賢頌到達上海，謁見先生，承示蕪乍鐵路營業收支估計書，相當樂觀，賢頌讀後，報告先生，東方大港尚待建設，過渡時間，倘不在南京與京滬鐵路接軌，必然虧本無疑。同座專家大譁，謂賢頌過於保守，先生見賢頌一人獨排衆議，囑持件細細研究後，再行商討。第二天賢頌出席會議，仍持原議不肯在計畫書上簽名，先生笑問：「賢頌先生，你奉命辦理如何？」賢頌答「不敢」，因此，計畫書迄未發表，先生處之泰然，迄無懟色。一年以後，先生召賢頌告曰：「快來，聽好消息，我已取得顧孟餘同意，讓江南鐵路在南京與京滬接軌！」賢頌問訊，手舞足蹈，喜形於色。此後，先生每逢相識人士，必告曰：「好一個心急的周賢頌！我告訴他我們鐵路可以聯接通南京，他在桌子周圍，繞了三圈。」八、一三戰事爆發，賢頌因江南、京贛、湘桂、湘黔四鐵路大批車輛及材料，均存上海南京兩站，三次進入上海，督同關廣綸站長搶運，舍弟賢言時任京滬駐上海段長，每天於日落後，進入北站，調度車輛轉南京蕪湖、孫家埠各地，每次返京，必去湯山先生寓所，報告前方情形，張夫人在側告賢頌：「先生每天爲你唸經，求你安全！」江南鐵路總工程司容祖誥先生爲交通部長曾養甫調赴四川，測勘成渝鐵路，先生每談容祖誥，面色憂戚：「他患過瘧疾，身體瘦弱，這次測量工作辛苦萬分，恐怕活不成，我只得爲他每天唸經！」祖誥、祖誥，茫茫大地，不知你在何所，願老人家的祈禱與你同在！

先生待人至誠至厚，信任至專，呵護至切，賢頌從事公私事業五十餘年，如此長官，未見第二人也。有一點至今賢頌認是無法解釋之謎！孟子曰「存乎人者，莫良於眸子。」聖人察度智愚賢不肖，要看眼睛，先生近視到了最高度，不說看不到別人的眸子，連耳口鼻都看不清，何以他聘用了這許多建設幹部人才，沒有一個「壞蛋」？

六、假如有佛、靜江先生必然是佛

賢頌曾寫過一篇紀念尹仲容先生的文章，說仲容是「霹靂火脾氣，佛爺的心腸」，仲容先生是一個凡人，不過有了佛爺的心腸而已。假如有佛，靜江先生必然是佛，他的晶瑩淨澈，無量光明的智慧，包羅萬象的氣度與摩頂放踵，普渡衆生的胸襟，完完全全是佛的規範！先生令弟久香在「二兄行述」文末叙一事。「中日戰爭之前一年印光法師來滬，二兄晤謁，印師與二兄耳語，移時，兄遽感悟大哭，同座者不知印師作何語，而感兄如是也？」聞該文係由尹仲容先生捉筆，張尹兩人皆工程師，決不捕風捉影，寫不負責任的文字。卅九年九月三日，靜江先生病逝紐約寓所，易簀前夕，帳內大放光明，異香盈室，張夫人來函報告其事，詢諸弟妹七人（均是美國學校學生）亦云，然賢頌爲基督徒，對於上述兩事，認其未必有過大意義，但敢絕對絕對肯定的說神將靜江先生賜給中華民國，不論其信仰何教，必將降福於他！靜江先生，我們在天上再見，希望到那日我可以帶給你大陸上共黨被消滅的信息，並且報告你中華民國正在組織國際銀團，修造國父要你與我們建設的十萬英里鐵路，讓我在熱淚盈眶之中，再一度看見你的慈祥笑容！

（註一）羅家倫：「敬悼一代奇人——張靜江先生」。

（註二）周君梅先生（靜江先生令壻）口述。

（註三）周君梅先生口述。

（註四）王崇植：「建設委員會創辦國營無線電事業經過」。

（註五）朱謙「張靜江先生對煤廠事業之史蹟」。

（註六）狄膺「張靜江先生事畧」。

（下）

洪憲本末（十）

·鐵嶺遺民·

嚇壞楊度

楊士琦代表袁世凱至參政院發表宣言，强調「改革國體，不合事宜」之後，第一個受到嚴重打擊的人是楊度，一時彷徨莫知所措，此時他又不能去打聽與帝制有關的人，必須找一個局外人問一問，比較能明瞭眞象。

當天夜間，楊度去拜會機要局局長張一麐，因爲張一麐不贊成帝制，人所共知，態度自然客觀，楊度想從他口中查出眞象。見面說道：「我同總統的交情沒有你深，也沒有你久，總統個性你當然比我了解，究竟今天楊杏城到參政院宣讀文告，說帝制不合時宜，是怎麽回事？」

張一麐說道：「你既然把這件事來問我，你就要把全部經過告訴我，我才好替你借箸以籌。」

楊度說道：「我本來要回湖南隱居，是午詒告訴我，總統有大事要我出頭。所謂大事就是籌安會的事，實在此事我也是被動，因爲我一向主張君主立憲，對此事亦樂爲之。不過，今天杏城報告說總統認爲不合事宜，究竟是甚麽意思，我以後還怎麽辦事？」

張一麐說道：「咱們先說兩件前清舊事，一是預備立憲，一是修築滬杭甬鐵路，開始時政府皆嚴厲拒絕，以後就翻然變計，這些事你都知道的。政治上事情向來沒準，你攬帝制，帝制不能進行一定要追究責任，到時任何人皆能推卸責任，祇有你推不掉，我恐怕斬晁錯以謝七國的事又會發生了。」

楊度聽得毛骨悚然，就準備收檔，第二天朱啓鈐約他談話之後，楊度又打起精神幹下去了。

這段經過是張一麐親自記述，此老決非妄言之人，可作信史，由此可見楊度實在是個外圍，他的活動祇到袁克定與夏壽田爲止，與袁世凱未曾直接發生關係，袁世凱除去對夏壽田、袁克定之外，也未對任何人表示有帝制自爲之意，也就預留失敗的退步，以後帝制失敗，未誅楊度，以謝西南各省，還是袁世凱厚道處，但楊度這次舉動，實在不値。

肅政廳出頭

經過賀振雄挺身抗告，肅政廳也提出呈文，請求取銷籌安會，都肅政使本是莊景珂，風骨稜稜，爲當時政海聖人，因此不能安於位，自動辭職回里，都肅政使一職乃由夏壽康繼任。夏壽康號仲膺，湖北人，黎元洪兼任湖北都督時曾任民政長，黎解職入京，夏壽康亦相將入都，初任肅政使，莊景珂辭職後，升任都肅政使，爲人雖不及莊景珂，但在黎元洪手下一批湖北人來說，要算是頂尖兒的君子人。

肅政廳呈稱：「自籌安會成立以來，雖宣言爲學理之研究，然各地謠言蜂起，大有不可遏抑之勢。楊度身爲參政，孫毓筠會任約法議長，彼等倡此異說，加以函電交馳，號召各省軍政兩界，各派代表加入討論，無怪人民驚疑。雖經大總統派員在參政院代行立法院發表意見，剴切聲明，維持共和，爲大總統應盡之職分，並認急劇變更國體爲不合事宜，然日來人心，並不因之稍安。揆厥所由，無非以籌安會依然存在之故。應懇大總統迅予取銷，以靖人心。」

此呈上後，袁世凱却未作正面批復，祇批示內務部說：「世界各國有君主民主之分，要不外乎本國情情爲建設，以達其鞏固國家保全種族之宗旨。中國當君主時代，厲禁討論民主政體，而秘密結社，煽惑不絕，實於共和原理，毫無識解。適潮流所至，一旦暴發，更無研究之餘地。迄至今日，不但人民無共和之知識，即居議政，行政之地位者，眞能透徹共和之原理，百未一睹，而一部份人民，主張君主之說，暗潮鼓盪，已非一日，前車之鑑，可爲寒心。恐其於君主原理，猶之初創共和時代之茫昧隔膜？講學家研究學理，本可自由討論，但具有界說，不可逾越範圍，着內務部確切考查，明定範圍，示以限制，通飭遵照。」

袁世凱這一手太極，竟把責任推給內務部，內務部哪有力量管到籌安會，何況內務總長朱啓鈐就是帝制運動的要角。經過此舉之後，世人更明白了袁世凱的態度。

字林西報之評論

字林西報是當時英國人在上海辦的英文報，因爲是英文報，又設在租界內，老闆又是英國人，言論一向毫無約束，對中國事無論如何抨擊，中國政府皆無力制止。

民國四年九月一日字林西報發表一篇「北京通訊」，對帝制極盡冷嘲熱諷之能事，開始指出「籌安會主張者，與規定之國體相反，於法實爲大逆！共和政府竟容籌安會高唱異說，絕不干預，則上峰固贊成籌安會之活動矣，又何疑焉。」這段話乾乾脆脆，不似汪、梁二公文字，猶爲政府留有絲毫餘地。下面又說：

當此歐戰紛擾，各國人民毫無樂趣時而有一趣事，聞之可助一笑者，即總統於外客來遊時，苟非目不識丁，胸無點墨之人，則即贈以古博士意見書一冊，而求其著述意見是已。」這段新聞祇見此一處，其他報刊及時人筆記均未載。帝制派竟然把古德諾大文印成專冊（當是英文）分送來華外賓及旅客，實屬不可思議，因爲此種行動明顯告知外人，帝制運動發自政府，顯然有意自暴其醜。

該報最後指出：「袁總統實有種種不可作皇帝之理由，方清廷促其出山，授以大權時，袁矢誓効忠滿室，後清廷自知人心已去，遂以組織共和政府之權付諸袁氏之手，今袁氏可以取退位宣統帝之寶座而無愧色乎？袁氏對此問題，已自辯其無他。袁又曾宣誓効忠民國，必不違背共和精理，今袁氏可以自食其言乎？袁氏又自謂決不食言矣。總統命令中煌煌然謂：自束髮從師以來，即醉心共和，今袁氏可以廢除其幼年即已信仰之共和，而使其身爲天下笑罵之的乎？袁氏從事清廷，又傾向共和，今若改其素志，卒踐帝位，殊無以自解矣。」

這些話皆無甚高論，中國人說過的已多，但出之於外國人之手，而這個外個人，又是當時被認爲與袁世凱關係最好的英國人，則帝制運動在世人心目中何如，也就可想而知了。袁世凱若能想到此點，在九月間懸崖勒馬還來得及，過了九月已怒馬脫韁，無法羈勒矣。

外人均不贊同

九月三日字林西報又發表一篇北京通訊長文，對籌安會進行經過，頗多譏評，坦率指出此爲袁世凱及其左右的意見，不能代表大多數中國人的願望，其駁斥籌安會之論點，仍不能脫出汪鳳瀛，梁啓超範圍之外，了無新義可言，但在最後一段說：「然袁氏之得以鞏固其地位者，多賴精神上，財政上之助力，外人於此又焉可無言哉，數年來中國危亂之際，外人勢力影響於中國事者，其功甚偉，難以盡述，就事實言之，外人扶助袁氏使其得有今日，外人固望袁氏善用其因外人扶助而得之權力，以造福於國家也。今若以帝制而改良時局，則非此間多數歐人所敢信者也。不獨信其不能改良時局，且恐時局反因此而愈惡……」這是道地英國人口吻，因爲眞正幫助過袁世凱的外人，也以英人爲主。與論一向代表政府意見，字林西報的言論，當然是英國當局授意而發。

九月七日，申報刊出日人的批評，則尖酸刻薄，與英人之規勸，立場已大相逕庭。日人首先指出籌安會，古德諾都是傀儡，「明眼人當能見之，吾人固無顯爲揭破之必要」。接着又以挖苦的語調稱：「支那之國民性，一面爲平民的，一面又爲非常之階級的，袁總統利用此種心理，多授與滿蒙王公以勳章，又漸唱五等封爵之制，履霜堅冰，帝制之論，今乃若决江河，沛然莫之能禦。」

最後又說：「古德諾博士等之論調，動以墨西哥共和國之前途爲戒，今人談虎色變，不敢不唯帝制是從；然世界之共和國可取法者甚多，何以妄自菲薄，在以墨西哥自況？國家之盛强，在改善國民之素質，僅注意國體，以徒啓國內之紛爭，寧非失計之甚？」這段話倒是言人所未言。實際上帝制派以墨西哥自況，起源不在籌安會，而開始於康有爲，當「聖人」在戊戌政變逃亡後，帶着「衣帶詔」到美洲各埠大賣公侯伯子男封爵時，曾去墨西哥訪問過統治該國三十年的總統爹亞士，不久爹亞士被逐，五總統爭立，國將不國，「聖人」經常以此爲戒，指共和制度之不善，不料此時却被籌安會據爲經典。

日本之態度

洪憲帝制成敗與日本也有些關係，近代史家皆指袁世凱要稱帝故承認二十一條以換取日本之支持，筆者已經指出與事實發展不合，係反袁人士當日之宣傳口號。實際上不必說簽訂二十一條約之前，日人未支持帝制，就在簽了二十一條約之後數月，到籌安會活動正式展開時，日本也未同意袁世凱稱帝。

袁世凱與日本結仇始於朝鮮，以後即始終處於對立地位，民國初年（也可以說直到抗戰），列强對中國的態度有一個極顯明分野，歐美各國極力希望中國能有一個統一的、安定的政府，以便發展貿易。其中尤以英國最爲積極。因此，在辛亥革命時，英國看準袁世凱有收拾大局的能力，故極力支持袁世凱，二次革命時，英國仍然支持袁世凱以打敗革命軍。以後吳佩孚崛起，英國又看準吳佩孚是中國希望所寄，就全力支持吳佩孚。到了國民政府定都南京時，第一個承認國民政府的國家又是英國。法、美、義各國外交態度大致與英國相同，祇是手腕不如英國靈活，眼光也沒有英國人看得準。

日本則不同，日本絕不希望中國有個統一的政府，更不願中國有一個强有力的領袖，因爲中國統一，日本就不能肆意侵略，中國要想統一，也非有一個强有力的領袖不可，所以日本當時政策一面挑動中國分裂，祇要中國發生內戰，日本一定出錢出力，兩面援助，既不讓一方面勝利，也不讓一方面失敗，最好兵連禍結永遠打下去。至於民國以來所產生的强有力領袖，前有袁世凱，後有蔣總統，這兩人皆是日本百端打擊摧毀的對象。蔣總統因爲本身沒有弱點，日本人對他無可奈何，但最後却以舉國之力來打擊他個人，近衛所宣佈不以蔣爲談判對手，即其國策的徹底暴露。袁世凱錯在稱帝，給日本人抓住辮子，最初故意放空氣說贊成，誘袁世凱踞火爐之上，然後再聲言反對，澆上一盆冷水。這是日本人居心最壞之處，當籌安會開始時，駐日公使陸宗輿已密報日本必不贊成，惜乎袁世凱不信。陸宗輿後因五四而身敗名裂，誰知當初有這一個內幕呢？

段芝貴出面

洪憲帝制犯通緝名單中漏了段芝貴，當時朝野皆攻擊政府失刑。今日看來，如果重列帝制犯，段芝貴應列首名，楊度的「勛勞」比他就差得遠了。段芝貴這個人，從清末紅到民國九年直皖戰爭結束，算是眞正告別了政壇，就其一生來說，眞是未作過一件好事。

段芝貴號香巖，安徽合肥人，與段祺瑞同鄉同宗，輩次還長段祺瑞一輩，但世人習慣上稱段祺瑞爲老段，段芝貴爲小段。老與小之分，倒不是因年齡地位而定，主要還是由於兩人的品格，段祺瑞立身處世絲毫不苟，平居對人端重嚴肅，年齡雖不大，已使人有老的感覺，段芝貴一生小兒科，無論活到多大皆不成材，因此外人呼之爲小段，實寓輕視之意。

小段與袁世凱的關係相當密切，小段的父親段有恒曾任南澳鎭總兵，生前與項城袁家幾代皆有交誼，所以袁世凱得意後，就對段芝貴加意提拔，最重要的一件事就是光緒末年，朝政握於慶親王奕劻之手，奕劻及其子農工商部尚書載振是袁世凱的傀儡，唯袁世凱之命是聽，段芝貴當時是一名候補道，清朝制度候補道可以用錢捐，既不需科名亦無須軍功，更不談資歷，祇要有錢，就可以捐一名候補道，因此，清末各省候補道之多，有「羣盜（道）如毛」之嘆。

候補道實在是一件苦差事，捐班的候補道放實缺道台是難而又難，比較有人事關係的可以在省會辦一些特別事務已經不容易，大多數都是窮困至死，當時官場曾有「要得苦，當候補」之諺。段芝貴這個候補道就不同了，在直隸省是紅候補道，身兼好幾項差使，但是也未補實缺，他有錢又善於鑽營，又有袁世凱照應，居然同慶親王父子發生關係，當時天津有個名女伶楊翠喜，色藝雙絕，段芝貴以重價買下贈與載振，不久居然發表署理黑龍江巡撫，候補道一躍爲巡撫，清代並無第二人，當時被御史糾彈未能赴任，載振且因此去職，成爲清末政壇大事。

段芝貴參與密勿

民國成立，袁世凱當了大總統，大權在握，對於段芝貴的提拔已不顧慮御史參劾了。由於段芝貴在小站練兵時担任過統制，也算是正牌軍官出身，所以最初任拱衞軍統領，在北京城內鮮衣怒馬，任意奔馳，使道路側目。由於他公私均接近袁世凱，可以不必通報隨時入府直到後堂，袁世凱也完全以家人之禮相待，當時京中已有「御兒乾殿下」之稱。民國二年底，黎元洪被請到北京專任副總統，原任湖北都督一職就由段芝貴繼任，民國三年改都督爲將軍，段芝貴得到彰武上將軍的封號。

段芝貴任湖北都督時，袁世凱派第二師師長王占元率部隨之赴鄂以鎭懾鄂省軍隊，並授王占元爲湖北軍務幫辦。

王占元原任第二鎭，第四協協統，段芝貴曾任過第二鎭統制，入民國後，鎭改爲師，協改爲旅，王占元由旅長升任第二師師長，袁世凱因爲他是段芝貴的舊部，所以派他隨段芝貴入鄂。誰知王占元此時兵權在手，已不把段芝貴看在眼裡，段芝貴眼見王占元尾大不掉，本身深受威脅，就向袁世凱訴苦。袁世凱雖然厚愛段芝貴，但是也不便輕易去掉王占元，當時就想法更動，恰巧這時奉天將軍張錫鑾到京覲見，張錫鑾號今頗，是袁世凱的把兄，兩人交情雖然不如袁世凱與徐世昌之深，袁世凱對這位老把兄平日也相當尊重，老弟兄見面後，談完公事就談私事，袁世凱偶然提到共和不適合國情，中國有再建帝國的必要，張錫鑾就力予阻止，認爲國體不可隨便變更，眞要改帝制祇有請宣統皇帝復辟，此外任何人皆不可作皇帝。袁世凱當時覺得頗爲掃興，又不便反駁，祇得算了。及至段芝貴受不了王占元壓力，進京訴苦時，袁世凱忽然想起把兩人對調，當時奉天軍權，握於二十七師師長張作霖，二十八師師長馮麟閣之手，兩人在清末受撫[illegible]貴的父親段有恒作保，所以張作霖、馮麟閣十分感激段有恒，袁世凱因此將兩人對調，段芝貴接任奉天將軍後距離北京很近，火車又日夜開班，來往方便，此時段芝貴在北京時間多過奉天，主要事務就是籌劃帝制。

十四省將軍勸進

當楊度君憲救國論寫成後，袁世凱就密令段芝貴印發分送各省將軍徵求意見，當時袁世凱正威權赫赫，不可一世，誰也不敢提出異議。段芝貴認爲既然無人反對，就是一致擁戴，當時秘密聯絡各省將軍，聯名發密電勸進，就是以後有名的十四省將軍密呈速正大位的通電，當時列名的是振武上將軍龍濟光（廣東），署彰武上將軍王占元（湖北），威武將軍陸建章（陝西），德武將軍趙倜（河南），同武將軍閻錫山（山西），開武將軍唐繼堯（雲南），興武將軍朱瑞（浙江），靖武將軍湯薌銘（湖南），昌武將軍李純（江西），安武將軍倪嗣冲（安徽），泰武將軍靳雲鵬（山東），成武將軍陳宧（四川），鎮安左將軍孟恩遠（吉林），鎮安將軍朱慶瀾（黑龍江）。附帶列名的尚有將軍銜甘肅巡按使張廣建，察哈爾都統何宗蓮，綏遠都統潘榘楹，貴州護軍使劉顯世，福建護軍使李厚基。

就這個名單看，可以說大部份包括在內，但是却缺了兩個最重要的角色，一個是坐鎮南京的宣武上將軍馮國璋，一個是虎踞徐州的定武上將軍張勳，此外還有一個將軍銜新疆巡按使楊增新。

十四位將軍連同段芝貴共計十五人，假如這十五人眞的一條心擁護帝制，袁世凱的皇帝倒眞的可以作得成，但內情却不是這麼一回事。

就十四人名單來看大體可分爲五，一種是明哲保身如閻錫山，身處北洋軍包圍中，本身又是同盟會會員出身，此時不贊成帝制馬上位子就不保，不得不暫且低頭。一種是虛與委蛇，另有打一種是由於關係太深，雖不贊成亦無法反對，如陸建章、李純，一種是隨波逐流，如靳雲鵬、趙倜。

眞正傾心擁護帝制的，除段芝貴之外，大概也祇有倪嗣冲、陳宧、王占元及朱慶瀾、孟恩遠等數人而已。

政治本來就是變戲法，但戲法變得好，可以騙騙別人，戲法變壞了，却往往害了自己。段芝貴這次行動，實在害了袁世凱。

陳宧出鎮四川

洪憲帝制失敗，把袁世凱活活氣死，人人皆知送命二陳湯，其實二陳之中的另一陳（陳藩）與袁世凱並無太深關係，他所以排入「二陳湯」，主要是因爲他在陝要奪帥印，趕走袁世凱的心腹股肱陸建章，直接對北京發生威脅所致，若就私人關係而言，尚不致激死袁世凱，眞正使袁世凱精神受到沉重打擊，抱恨而死的是陳宧同湯薌銘兩人，尤以陳宧爲甚。

陳宧是湖北安陸人，出身原是一個文人，後來改行從軍，到了清末已任二十鎮統制，駐防關外，與吳祿貞、藍天蔚並稱爲湖北三傑。清鼎既革，三傑中的兩傑成爲袁世凱的死敵，吳祿貞在民國成立前在石家莊遇刺死，藍天蔚自灤州起事失敗後一直飄蕩無依，祇有陳宧却受到袁世凱的知遇，一帆風順，其中原因何在，頗值得推敲。

依照袁世凱的用人標準來說，第一、應是小站出身，第二、不是南方人。今天還可以算得出袁世凱手下統兵大員，獨當方面的不出山東、直隸、河南、安徽四省，而且皆是小站出身，例外的祇有陳宧與湯薌銘，湯薌銘是海軍出身，當時出任湖南都督是在二次革命之後，袁世凱有意拉攏其長兄進步黨的領袖湯化龍，再加上又有黎元洪的保薦，因此授以湖南節鉞。至於陳宧何以得任天府之國四川的都督，理由至今未有定論。

陳宧入民國後任參謀次長，參謀總長由黎元洪兼領，次長負實際責任，不過，當時兵權在陸軍部，陸軍總長段祺瑞，北洋軍人中地位僅次於袁世凱，陳宧安能與之抗衡，參謀本部實在無事可作。陳宧所以得袁世凱重視，據說由於兩件事，一是民國元年黃興自請裁撤南京留守府，遣散民軍，是受到陳宧的慫恿，還有一件就是黎元洪被請入京也是陳宧的安排，這兩件事為袁世凱去掉了兩個爭天下的對手，袁世凱既相信他的忠誠，又賞識他的才智，這時整個中國令袁世凱放不下心的地方，也祇有川滇黔三省，因此，打出這張王牌，派為四川將軍，原任將軍胡景伊調京解除一切職務。

陳宧出京

陳宧出京時，要覲見袁世凱辭行，辭行經過，目前有兩種傳說，一說陳宧曾跪在地下說：「大總統若不肯稱帝，陳宧此去死都不回，請予明示。」袁世凱當時未置可否，祇說：「你同雲台談談。」陳宧起身去找袁克定，兩人又拜了把子，袁克定也就把一切秘密告訴他，從此成為帝制一名重要份子。一說陳宧臨行時，曾效法羅馬勇士出征時，吻羅馬皇帝之足，而跪下吻袁世凱之足。

這兩項傳說，現在想起來大概是偽造的成份居多，先說前者，陳宧出京赴四川任是在民國四年二月底，當時帝制之說尚未萌芽，袁世凱也正為「二十一條約」事與日本在交涉中，袁世凱內心想作皇帝始於何時，我們無法知道，但在外表上看，民國四年的二三月間，袁世凱固然沒有作皇帝打算，北京政壇也未提到此事，帝制開始醞釀是在五月以後，雖然如此，馮國璋六月間入京覲見，見到袁世凱談起帝制，袁世凱尚且堅決否認，陳宧與袁世凱關係之深尚不如馮國璋，怎會在二月間就開始勸進，此說顯然是故意造謠誣衊陳宧。至於後者更不可能，陳宧也決不致如此無聊。陳宧當然贊成帝制，這是因為他與袁世凱的關係，不容置身事外，但是到了最後，護國軍入境，四川全省鼎沸，陳宧自己也鎮壓不住，不得已乃隨之易幟，因此，袁世凱據說當時正在吃飯，看了電報未動聲色，派人把梁士詒找來，詢問陳宧情況，梁士詒尚力說其無他，袁世凱當時將電報擲給他看，梁士詒剛檢起電報，袁世凱已起身走了，從此病倒。

評論民國人物，為陳宧說好話的甚少，其實陳宧眞是幹才，陳宧入川後治川政績之佳，為民國官吏所無，尤其是消滅四川土匪，統一地方財政兩大德政，最為川人所樂道，名史家鄧之誠也是這樣說法，對陳宧評價甚至在蔡鍔之上，此等處足見陳宧之不凡。

陳宧出京帶了三個混成旅，旅長李炳之、伍祥禎、馮玉祥三人也要覲見大總統，皆是陳宧引領，三人見面皆行跪拜大禮，馮玉祥此舉，以後便留下了話柄，永為敵對方面攻擊的口實。

金門憶舊（六）

·關西人·

無名英雄像、莒光樓

無名英雄像在榜林村的圓環正中，一名士兵型的無名英雄，凝立於三丈五尺高的座台之上，莊靜純一，威武肅穆。建成於民國四十二年，構想則一如上文所述之陣亡將士墓、無愧亭、營房、醫院等及本文所述之莒光樓然；在配合當時國際形勢，國軍大舉反攻之先，把金門建成一座精神堡壘。像座作三角形，鐫刻了三句格言，「把思想變成信仰，把意志變成力量，把理論變成行動」，這其中却有一段深遠的涵意。原來此三句話乃是當時的總政治部主任蔣經國將軍，在發動國軍「克難運動」後，對軍隊政治作戰人員所作的訓詞。我們把這三句話和無名英雄像連結在一起，很顯然的是推崇蔣將軍是無名英雄的典型。

二十多年以前，金門將校何故以蔣經國將軍作爲金門無名英雄的典型？起因是古寧頭之戰的第二天，蔣將軍當時並無任何名義和官職，當然談不上責任。嚴格的說，他僅僅是一名黨員，隨侍在總裁 蔣公左右。可是他到了前線，不但深入戰地，而且撫慰軍民於槍林彈雨之中，前線官兵深受感動，不一日便達成了滅匪殲敵的任務。「兵凶戰危」「出生入死」那並不是一種尋常的事，沒有胆識，沒有氣魄的人絕對不可能走入到生死祇在呼吸間的戰場內去！他也可以像某些高級人員一樣，飛翔在高空，對地面指揮官訓話，以圖振作士氣。戰後論功行賞，勳獎纍纍，蔣將軍却一無所有。不特此也，大陸陷落之際，他經常闖入龍潭虎穴之中，凡是讀過「危急存亡之秋」的人們，都會清清楚楚，茲不贅述。二十六年之後的今天，筆者願意强調的是，當民國三十八年軍事形勢逆轉的時候，那種土崩瓦解，向敵乞降，遠走高飛，唯恐不及的情境之下，一個高貴的同志，能以「竭股肱之力，繼之以忠貞」的情操，力圖挽回狂瀾，支撐傾厦。金門官兵以這三句話，推崇他作爲無名英雄的典型，在我們是事出有因，在他眞是當之無愧。

在未來反攻大陸的偉大畫面上，必須有千千萬萬的無名英雄，來犧牲，來奮鬥，而又默默無言，期期堅持，始可大功告成，大業建立。「精神堡壘」身教重於言教，以東漢開國元勳馮異爲例，一提「大樹將軍」，千百年來的炎黃子孫，便會衷心欽敬，感佩無似。大功不爭的英雄豪傑，必然是大難不避的仁人志士。我們金門的無名英雄像，雖然規模不大，建築質樸，而意義却十分深遠。

莒光樓建築構想在民國四十一年，完成在四十二年秋，設計人是著名建築師沈學海先生，宮殿式而又金碧輝煌，不落俗套。交通部以之作圖案而發行郵票，電視台以之作爲金門的標幟。這是金門費用最多的建設工程之一，除了由金門供應砂石、水泥、鋼筋，還有小工之外，台幣支出是一百零三萬元，在當時確實使一般人驚訝。但「英雄舘」源本於古代的麒麟閣，紀功而且獎勵後進，氣勢必須壯觀，建築必須宏麗，不能遷就，不能寒傖。何況記名記事的英雄人物，是在我們最高統帥總統 蔣公，頒給金門軍民的「毋忘在莒」四字哲訓下，立功得名的。莒光樓，既已爲莒之光，安可不爲人樓互映而光芒萬丈。

莒光樓三字的題名人是賴生明，這也是富有「身教」的意義。賴生明是江西人，立功的年齡是十八歲左右，立功的地點是大担島，立功的時間是民國三十九年七月。在絕對多數的敵人，登陸成功，滿島都發生激烈戰爭的時候，營長爲了安定島的另一端守軍官兵的信心，命賴生明乘夜暗穿越敵人羣中，到那一連告訴連長說：「沉着應戰，抗擊敵人，營長必來救援。」賴生明揹了一枝卡賓槍，混過敵人區域，找到連長，達成任務，回報營長，因此而使我軍打了勝仗。筆者謹按，在古寧頭、大二担、南日島的三次殲滅戰，我們的英雄人物和英雄事蹟很多，爲什麼特別選擇了賴生明作爲莒光樓的題名人？那理由很明顯，很簡單，因爲他的表現十分勇敢，他的成就十分卓越之故。筆者於役行間，歷經戰陣，看到很多次的大勝利，都是由於少數勇士開其端，破其堅，乃澎湃滙集而成爲一個大洪流，冲倒了敵人的宮殿，淹沒了敵人的王朝！「有謀無勇」實力難言。孫權大敗曹操於赤壁的以寡擊衆，是甘寧百騎刧敵營創造下來的士氣。諸葛六出祁山以伐魏的師久無功，是蜀中無勇將而以廖化作先鋒的緣由。兵是陰事，戰要勇氣，沒有冒險犯難的英雄，任憑良謀碩畫，都不容易奏功。賴生明敢衝撞往來於敵人羣中，這可以美之曰：「趙子龍一身都是胆！」金門防衛軍中有了這個趙子龍，若不請其題名莒光樓，誰敢相信今後的趙子龍還有勇氣再到長坂坡殺一個「七進七出」。「少年十五二十時，步行奪得胡馬騎」。金門防衛軍一定要請賴生明享受這一份光榮。

把金門刻劃成爲一個精神堡壘，使被俘重生的敵人變成我們的武力，使動員編組的新兵，變成堅強的部隊，首先是教人明生死。作爲今日反共復國的炎黃子孫，成功則題名於莒光樓，媲美古代的名將留名青史；或則作爲一個無名英雄，和一位典型的無名英雄爲伍，光復河山，拯救同胞。成仁則追隨我國父 孫中山先生的英靈於天堂，馨香萬代。戚繼光練兵平倭，開宗明名義便說明生死都有便宜。紀效新書是中國兵經的典籍，它先從精神教育開始，見「人者心之器也」，練兵練心，古今並無軒輊。艾森豪在他所寫的「歐洲十字軍」中，特別强調「士氣爲贏得戰爭勝利的主要因素」，又說「士氣滋生勝利」。這也說明精神教育的價值，中外觀點一致。

第二編練司令部第十二兵團、金門防衛軍

毛共竊踞中國大陸，奴役中國人民，摧殘中國文化，參加韓戰、揚兵西藏、打殺印軍、反對蘇修、鏖戰北疆，但對毗連閩南之金門，却三戰三北，如芒刺在背，而徒嘆奈何！其故何在？我軍堅强使然耳。筆者自本篇起，將陸續談及金門軍事往事。時已二十餘年，我袍澤大部份已退居山林鄉村，過其隱逸生活，人生如鴻爪雪泥，但回憶一如美夢，每每使人會心微笑。尤其筆者身爲戰地主將，對袍澤之血汗勛勞，從不敢稍有遺忘。有時想到我們追奔逐北，殺敵致果的情景，不禁手舞足蹈而自豪曰：好男兒不當如斯耶？有時想到胼手胝足，骨曝沙礫，又不禁黯然神傷。各袍澤讀到此項記述，想亦有同感！

談金門防衛軍當先談第十二兵團，談第十二兵團當先談第二編練司令部，及上溯到整編第十八軍，整編第十一師，又必須略談陸軍第十八軍及第十一師，庶乎可以探本溯源，而認識到金門防衛軍之戰勝攻取，其來有自。蓋其乃國民革命軍的基本部隊，出身黃埔，系出名門，領袖 蔣公的嫡傳武力之一。本此而談金門防衛軍所成之精神，乃是先賢先烈血汗之結晶，而非一人一時偶然之努力，所可得而成者。

國民革命軍北伐完成，進行整編；原由黃埔編練之第一軍、第九軍改編爲第一師、第二師及第九師，而以總司令部直屬之警備三個團及第九軍一個團與第十七軍合編爲第十一師。十一師經過西征武漢、

平叛確山，到了民國十九年初開始靖亂中原時，已與第一、第二、第九等三個師並列而成爲四大主力之一。厥後攻克濟南，師長陳辭公（誠）榮升第十八軍軍長，不久又首先佔領鄭州，積功與第十四師合編成爲第十八軍，旋即奉命入贛，參與剿匪。

民國二十一年，十八軍以十一、十四兩師解圍贛州，大破朱毛，生擒萬餘。是年秋，軍轄十一、十四、四十三、五十二、五十九等五個師共三十個團，爲當時之大軍。民國二十二年第五次圍剿，以第十八軍爲北路軍之主力，蕩平贛寇，屯兵浙南。二十五年，敉平兩廣事變。二十六年，抗倭上海，挺戰於羅店、寶山、嘉定等地，戰績斐然。二十七年，武漢保衛戰時，十八軍僅轄十一師並指揮六十師，大戰於瑞昌、武寧間。二十八年，軍率其建制部隊十八師、一一八師、一九九師，衛戍重慶。二十九年，宜昌陷落，軍奮間關急援，搏戰至烈；旋担任西陵峽口南岸守備，轄十一、十八兩師。三十二年，倭逼石牌要塞，軍扼險雄鬥，酣戰兼旬，卒大敗之，榮獲青天白日勳章五座。三十三年底，列入美援十三個軍三十九個師之中，此時轄十一、十八、一一八等三個師。三十四年夏，寶慶洞口間戰役，俘獲至豐，是年秋，倭寇投降，由湘入鄂，衛戍武漢。

民國三十五年夏，十八軍改編爲整編第十一師；全師三旅六團，北移徐州，進入剿共戰場，轉戰魯豫蘇皖四省。其間歷經鉅野、南廍、曹縣三次大戰役，均爲匪軍五倍以上的兵力所包圍，酣戰十餘日，終都大敗匪軍。在剿共戰史上，野戰（未有堅城大鎮憑藉）被圍不敗反勝者，此三役乃所僅見，匪亦譽之爲國民黨軍五大主力（新一、新六、第五、第十八、第七十四）之一。其中南廍之戰，最高統帥優獎法幣五億。曹縣之役電獎中有「屢摧强敵，不愧常勝之名」語。

三十六年秋，升爲整編第十八軍，轄整編第十一、八十八兩師。三十七年夏改轄整編第三師及整編第十一師。

三十七年秋，改爲第十二兵團，整編師恢復爲軍。兵團下轄第十、第十四、第十八、第八十五等四個軍，共二十三個團。徐蚌之戰，千里赴援，隨整個戰局之逆轉而覆敗。

民國三十八年二月初，第十二兵團改爲第二編練司令部，收集殘餘，編成第十、第十八、第六十七等三個軍，整補訓練，以期重振。四月底，毛共軍南渡長江，五月中，編練司令部所在地南城陷落。國防部由京入粵，急電編練司令部恢復第十二兵團番號，轄第十、第十八兩軍，担任戰鬥任務。

民國三十八年夏秋間，十二兵團處境十分艱危，前有强敵，後有叛兵，糧械兩缺，任務重重。但上賴領袖　蔣公之德威，上下有安危相伏之袍澤，終乃化險爲夷，以驟成之軍，當方强之敵，且戰且練。九月初，集結潮汕，再度整編：兵團轄第十八軍，軍轄第十一師、第四十三師、第一一八師；第十九軍，軍轄第十四師、第十八師、第十三師；第六十七軍，軍轄第五十六師、第六十七師、第七十五師。此時浙閩淪陷，台海緊張，乃先以十八軍增援金門，兵團主力担任舟山羣島防衛之責。當以六十七軍爲第一船團，增援定海，其餘爲第二船團，繼續跟進。第二船團師次金門海域，厦門即告陷落，乃改駛金門，在戰鬥中接替該島防務，打勝了古寧頭之戰。不久，六十七軍也在舟山造成了登步島之捷。

民國三十九年初，第十九軍移防舟山，十二兵團改爲金門防衛軍；下轄第五軍，軍轄第十四師、第二百師及舟山撤退後轉回之七十五師；第十八軍，軍仍轄十一、四十三、一一八等三個師。三十九年年底，第十八軍調回台灣；第十九軍先由舟山撤還台灣，此時又移防金門，軍轄十八師、四十五師、一九六師。在舟山、海南撤退之前，金門對岸之陳毅，被毛任命爲「台灣解放軍司令員」，提出「堅決打金門，渡海攻台灣」口號，準備積極，訓練緊張。國防部爲加强金門戰力，開來一個名爲幹部師的二九六師，經過防衛部在尚未陷匪之東山縣徵兵充實後，改爲獨立第十三師。三十九年年底，該師移防馬祖列島，以封鎖閩江馬尾。

至後，由第二編練司令部及第十二兵團沿襲而來的金門防衛部所編練指揮之軍隊，有第五軍、第十八軍、第十九軍、第六十七軍，另一獨立第十三師，合爲四個軍，十三個師。徐蚌敗後，第二編練司令部在一無所有，赤手空拳的情況下，不但有了十三個師，而且在大陸全局逆轉，我軍士氣極度低落之際，在金門、在登步、在大担，連續打了三次勝仗。當匪我形勢極不均衡時，這十三個師，可以說「蔚爲重鎭」，替我國民革命穩住了陣脚。今日退居山林鄕野的袍澤，或則白首皓髮，或則兒孫滿堂，想起「赳赳武夫，公侯干城」那句古語，也許會撫髯微笑，當之無愧。

自民國三十九年以迄四十三年夏，金門防衛軍的第五軍、第十九軍共六個師，除第十八師在最後接防馬祖，使十三師担任其他任務，都於韓戰結束後，國軍接受美援裝備訓練時，被換同台，個別加入各部隊，繼續爲國家服務。爲紀念此兩軍五年之艱苦辛勞，茲再分述如次：

第五軍本來是國軍後起之秀。抗日戰爭崑崙關之攻克，與台兒莊之固守，形成國軍兩個出色戰例，該軍便是攻克崑崙關的主角，强打硬拚，俘倭至多，爲我國軍揚眉吐氣。剿共戰場，被匪稱贊爲國軍五大主力之一。陳毅、劉伯承兩股匪軍流竄蘇、魯、豫、皖時，嘗有「消滅第五第十八軍，揹上南進南京」之狂妄口號。第五軍在大陸撤退時，由於失去充實裝備的機會，戰力大減。古寧頭戰役，全軍祇兩千餘人，經由十九軍撥入第十四師，六十七軍撥入第七十五師，合原有之二百師加以補充後，該軍又恢復其矯健身手，豪邁氣慨。大担島之捷，規模雖小，時間雖短，但却在最重要的時刻，打了一個徹底的殲滅戰，振我軍威，挫匪狂焰。李運成軍長的機警處置，史恒豐營長的堅忍沉着，至足稱道。爾後突擊南日島，七十五師的趙少芝及廖發祥兩團長，在汪光堯師長指揮下，三晝夜的輾轉旋迴作戰，逐次消滅了匪軍六個營，生俘近千，又爲第五軍發揚了當年威風，第五軍在建設金門，鞏固防務方面，也出了不少的氣力；中央公路、武夷水壩，就是第十四師的血汗結晶。二百師五九九團長連守仁經營馬山據點，以及該師在小金門的極多成就，那表現了「第五軍精神」，有作法有氣魄，特別是堅忍不拔，凌厲無前的氣勢，使人永難忘懷。第五軍初到金門時軍長是李運成，繼之者是高吉人，最後是薛仲述；都是久經戰陣，着有功勛的將領。二百師師長廝心全、華心權、王文；第十四師師長羅錫疇、劉宗邦、鄭爲元；第七十五師師長汪光堯、李有洪、蕭宏毅；也都是一時才俊，品學兼優的軍人。

第十九軍乃兵團在汕頭再度整編時上峯賦予的番號，軍長爲劉雲瀚，繼爲陸靜澄及胡翼烜。軍在劉雲瀚將軍任內，轄十八師、十四師及第十三師，曾參加古寧頭之戰。十月二十五日十八軍以一一八師之三十一團投入戰場時，劉軍長率所部亦逐漸加入，十八師之孫竹筠團及十四師之李光前團，都有卓越表現。十月二十六日十八師之文立徽團及十四師之廖先鴻團，也分別與一一八師並肩而戰。劉軍長在兩日戰鬥中均身臨前線，躬冒矢石，然戰後論功行賞，劉將軍曾無一言以自稱，筆者每心儀之。該軍由金門增防舟山時，率十三、十八兩師與一九六師。及由舟山撤台再來金門時，改轄十八、四十五、一九六等三個師。陸靜澄軍長任內，曾率四十五師之林書嶠團及袁國徵團另十八師之張彛團突擊東山。陸靜澄乃一于役行間，久經戰陣之軍人。胡翼烜一如陸靜澄，在我國民革命軍戰役中負傷多次，著有功勛。

十九軍之第十八師，乃民國十三年本黨先進譚延闓將軍所率建國湘軍，後改爲國民革命軍第二軍，北伐完成從，整編命名爲陸軍第十八師。師於民國二十八年改隸陸軍第十八軍達十年之久，抗日剿共，戰功赫赫，難以盡述。南廝之戰，苦鬥而得建功。曹縣土山集之役，曾遭匪軍何以祥之突破。但盡殲突入敵人，陣地內血流如渠，筆者目覩該師慘烈獲勝之奇蹟。十八師五十二團王德厚營，於民國三十六年五月中旬，在蒙陰小方山為陳毅第三縱隊第八師二十二、二十四兩團所伏擊，五百官兵傷亡僅餘黃光洛副營長、張金凱排長及士兵一百八十餘人，但雄鬥不衰，全團趕到，匪乃敗北。黃百韜將軍在戰後數日，親到其地，見匪軍陳屍滿山，曾向筆者面賀十八師之英勇精神。古寧頭之戰，該師除以五十三團協防烈嶼，其他兩團戰功至高，使該師獲得榮譽軍旗。師長初為尹俊，繼之者為孟述美，尹俊機警沉毅，孟述美智勇雙全，每戰皆勝。十九軍之第四十五師，本係我空軍機場警衛隊所編成，但因十八師五十四團（改稱一三五團）、一一八師三五四團（改稱一三四團）與四十五師之一三五團、一三四團對調編組後，戰力驟然加强。東山突擊戰，其表現之卓越，幾乎使匪我兩方均稱之為「變不可能為可能」。厥後該師加入我海軍陸戰隊，迄猶為國軍勁旅。十九軍之一九六師，一如第十一師及第十八師，乃國民革命軍第三師所改稱。該師所擴編而成之第十軍，在抗日戰爭中，曾經兩度震驚中外，「長沙第三次大捷」及「衡陽四十八日保衛戰」，世人無不為其英勇表現鼓掌稱贊。後因他故，改稱一九六師，參加金門戍守，表現純樸，成績優良。尤其大担島李營長的「老兵不死」氣慨，每為巡視其地的長官所嘉許。師長張定國、陳德陞保持了第三師的光輝傳統。筆者每到該師視察，即不勝榮幸之感，「予何人斯，竟能與此等光榮歷史的軍隊共同立身前線」。

此外，金門還有一個周庠上校的砲兵團；該團初為要塞砲兵，廈門失守，移防金門，曾參加古寧頭戰役。爾後美軍以其第一次世界大戰時所遺留的一五五加農砲充實該團，迄無機會發揮戰力，直至民國四十七年八月，在最初的砲戰中，一五五神氣十足，振我軍威。另外，獨立工兵二十團的第三營，在金門工事建築與民生建設方面，表現了優異的成績。又特別要大提而特提的是駐金門的戰車營；古寧頭之捷，該營開勝利先河，收勝利尾果，三十輛M5A1型戰車，在今日軍事戰線上，不成一個數目，可是在當時反登陸戰的灘頭，那是難以估計的力量，這一營的官兵曾經和整編第十一師，整編第十八軍在魯豫戰場共同作戰頗久，最後和第十二兵團同在雙堆集失敗。因為有以往情感，所以古寧頭作戰，協同十分緊密，全局大勝，該營功不可沒。筆者在該營慶功宴上，曾以「金門之熊」的錦旗頒贈，以紀其功。永遠使筆者不能忘懷的是金門防衛軍中的兩架TC—6教練機；駕駛員亦多數是筆者的老戰友，一談起山東河南作戰，他們就滔滔不絕，眉飛色舞地說過去陸空協同打敗共匪的故事。在金門，這兩架飛機負担了偵察、掩護和心戰的繁重任務，每天日出便到廈門漳泉一帶飛行，當時的匪軍高射砲對它們毫無作用，有了飛機臨空，便打破了匪軍擴大宣傳的謊言。以後游擊隊小規模出擊，也不時受到TC—6的支援。駐軍官兵常譽之為「金門之鸞」，勇敢敏銳，而且謙虛平易。最後要提到金門的海軍巡防處；金門是海島，應該是海軍用武之區，因此最初五年中，巡防處常担負了沉重任務。民國三十八年以後的兩三年中，我們海軍的巡邏艇，常常和匪的砲艇發生激戰，其中一艘我艇，曾獲得金門官兵的贊揚，送了它一面「金門之鰲」的錦旗。另外海軍艦長中有一位趙德基上校，在筆者腦海中留有深刻的印象，他經常是「向危險處邁進」，但戰場之神每每偏袒勇敢之士，他履險如夷，轉危為安。金門陸軍裡有一句口頭禪：「為長官所鍾愛，為部下所尊敬，為敵人所畏懼，為友軍所欽佩，才是一個英武的軍人。」海軍官兵們自康處長以次迄趙德基艦長，確實是受了金門防衛軍，尤其游擊隊等等所欽佩。筆者是陸軍，不知海軍事，但却知道英國的海軍提督納爾遜，日本的海軍元帥東鄉平八郎，他們都是九死一生中建立大功，贏得世人的崇拜。由於金門海軍巡防處的卓越表現，我相信我們的海軍中，必有偉大軍人產生。

英國名將威靈頓退休後隱居於故鄉，旁其幼年就讀之學校，每見兒童們所作之軍國民活動，會感嘆而自語曰：「滑鐵盧之戰，未嘗不得力於此。」筆者寫完了金門防衛軍英姿以後，要做威靈頓那句話，正告我中華民國的青年：國民革命軍爲實現中國的國民革命所作的努力，將在中國的歷史上萬古常青。近三十年來，我們一直是逆水行舟，任重道遠，前前後後服務在金門的中國青年，恐已超過百萬，金門防衛軍若果像英國軍國民式的國民小學，筆者相信將來總要挺起幾個威靈頓那樣的英雄。毛共想用馬列主義摧毀我們中華民族的傳統文化，它如何可比拿破崙？反之，在邪不勝正，仁者無敵之原則下，祇要有中國的威靈頓出現，必然會滙合大陸內的中華男兒，滅彼醜類。（待續）

馬王堆帛書老子試探

嚴靈峯教授撰　八開精裝一巨冊　定價：台幣四八〇元　特價：二八八元

馬王堆帛書老子試探一書，是名學者嚴靈峯教授以嚴謹的治學態度，將大陸出土的「帛書老子」作一通盤的研究，並取與今傳各種版本老子比觀而成之第一本研究帛書老子的權威著作。

老子一書自古即被視爲道家思想的開山之作，數千年來，無數專家學者加以考訂和注釋，各家見仁見智，說法不一，尤其是傳寫翻刻的譌誤、脫字、錯簡，更是衆說紛紜，莫衷一是，因此帛書之出現，對研究老子的學者而言，不啻撥雲見日，解決了許多爭論不決的疑問。因此馬王堆帛書老子之出土，自然引起海內外學術界之重視，然而它在學術界（尤其是對道家思想研究方面）究竟地位如何？有些什麼貢獻？它眞能解決一切以往研究老子之學者所遭遇的困難嗎？「馬王堆帛書老子試探」一書將提供您滿意的答案。

嚴靈峯教授乃國內知名的研究道家思想的學者，以其對老子思想各種問題研究數十年的心得，將帛書仔細研究，客觀而詳細的加以剖析和批判，並對大陸學者之謬見和曲解加以愼密批駁，文筆老鍊，見解精闢獨到，誠不愧爲名家手筆，權威之論著也。

欲了解本書之成就價值，吾人不難從嚴教授之自序文中見其梗概，茲舉其大要如下：

□帛書老子乃值得重視之古代重要典籍

長沙馬王堆帛書老子之出土，不問發塚者之動機如何？其所獲古代埋藏之重要冊籍仍然値得重視。至於大陸整理人員對於此書之過份揄揚並誇張其功績，則有失客觀之態度；少數海外自由地區的學人之隨聲附和，人云亦云，尤不足取！

□它是一種從來最古的本子，然却非最好的版本

帛書老子鈔寫年代在二千一百餘年前，乃歷史上所保留之珍貴古物；同時使吾人對老子一書產生之歷史年代，提供了重要的研究資料與線索。如就其內容上加以探究，則帛書老子具備了譌字、脫文、衍誤、錯簡之諸種缺點；換言之，它是一種從來最古的本子，然却非最好的版本。

□帛書老子絕非法家傳本

大陸學者高亨等以帛書老子上、下二篇次序的倒置，與今本不同，認定爲「法家傳本」，這種看法是不正確的。高亨據韓非子中「解老」「喻老」兩篇「德經」在前「道經」在後的證據，認爲法家重形下的「德」而忽畧講究形上問題的「道」，所以認定帛書老子是「法家」的傳本，現存本老子「道經」在前，「德經」在後，是道家的傳本。嚴教授仔細研究後對此一觀點，提出駁斥，認爲絕非法家傳本。

□帛書老子對於文字學方面提供了豐富的資料

在帛書老子中①我們發現不少文字爲許愼說文解字所未收者，②省形省聲之字甚多，與現行本相較，只用字之偏傍爲之。倘以帛書之字爲本字，則現行本老子之字爲增形之孳乳字；若以現行本之字爲本字，則帛書之字依許書則皆爲假借字。然許氏說文後於帛書入土二百九十餘年，不少問題似有重新考定之必要。因此，帛書對老子本書的貢獻並不算太大，倒是對於文字學方面却提供了豐富的資料，此乃始料所不及之意外收獲！

河洛圖書出版社
臺北市廈門街14巷1—2號
電話：3218382　3911016
郵撥：101310

平劇淺談

李孔昕

平劇源起

平劇又稱京劇，顧名思義，當然屬於北京地方性的戲劇。豈實追源溯流，京劇是由徽調（安徽地方戲），以及漢調（湖北地方戲）等揉合延變而成爲今日具有代表性的國劇。

平劇的源起時間，根據專家的考證，大約是一七六〇年—清朝乾隆年間，由於乾隆帝喜愛戲劇，因而有四大徽班的崛起。其中之一的三慶班，主持人程長庚，不但是當時的大牌名角，也是對後世京劇的定型，發揚，創新起了極大的作用。到了晚清慈禧太后時代，更把當時的名角，鬚生泰斗譚鑫培召到宮中。凡是宮中有喜慶或是過年過節，就以京劇作爲主要娛樂節目。而當時的一般王公大臣，仕宦官商莫不以能哼幾句皮黃（京劇曲調術語）作爲時尚；同時譚鑫培對於京劇的培植與發展也起了很大作用。隨後就有了正式的科班—傳習所，（富連成與喜連成兩社）又培養出許多優秀藝員，諸如名滿全國的四大名旦：梅蘭芳、程艷秋、尚小雲、荀慧生、其中梅蘭芳曾得到美國大學贈以藝術博士的榮銜。再如老生楊小樓、余叔岩、馬連良、言菊朋、譚富英等都是紅極一時的名角。當時的京劇不但在國內風行一時，就是在國際上甚至穌聯日本，也都予以至高的評價。這段時期可以說是京劇史上的最輝煌時代了！

京劇特性

京劇是唱、作，唸（說白）三者並重的舞台劇，應屬於歌舞劇的範疇。但是和歐美的歌舞劇，在性質上又有所不同，因爲京劇絕大部份是以抽像的動作形像伴以唱唸來表達劇情以及劇中人思想感情。不用佈景和道具，；就是有也極其簡單和象徵性。例如騎馬時，只是手執馬鞭一條，以優美的舞蹈動作來表達騎馬時的姿態；尤其在兩手的長袖（行家稱爲水袖）上，更有一套複雜精巧的技術，來表達劇情所需，諸如少女的嬌羞喜嗔，英雄人物的豪放憂傷，這種表演也正符合於東方人的含蓄思想精神！從抽像的動作上表達出藝術的至高意境！不像外國舞台劇以燈光佈景，衆多的大場面來取勝。不過這些成功的京劇演員都是從小苦練

一九二一年前後北京第一舞台的一張戲單

了七八年；甚至十數年的時光而得來的！因此一個名角的成長絕不是輕而易舉的事！

其次是演員的身段（舞蹈動作）表情，一定要和場面音樂密切配合。一舉手，一投足都有一定的規範，例如武生的起霸（出場身段序幕）有一套固定的複雜動作，稍有錯悞不但不能配合場面（鑼鼓），也失去準確的姿態美，這又和其他歌舞劇所不同

的了。再有，京劇並不是以大型整本戲爲主體，平時多以折子戲（全劇中的某一段）爲主，因爲每段均有其獨立性，例如四郎探母中的坐宮，法門寺的拾鐲，玉堂春的起解，雖然主要演員只有二三人但絕不影响觀衆的情緒，這種規例也是京戲的特色之一。還有一點與其他戲劇絕對不同的：是任何戲劇尤其是電影，隨便它怎樣好，至多看兩三遍，再看就會乏味，但是京劇由於精湛的藝術創造，和每一個演員有他個人獨特的唱作風格和造詣，因此二佰多年來仍是延用舊有劇本，一齣戲可以看過又看，甚至看幾拾次也不覺厭煩，其原因除了上述的藝術造詣外，凡是有興趣的觀衆，在每一次欣賞不同的藝人演出時都會有其不同的感受和收穫！

演員行當類別

京劇行當（演員分類）可分爲生、旦、淨、末、丑五大類，「生」又分爲老生、小生、武生、娃娃生，但演關公或趙匡胤角色則面飾紅色又稱紅生。「旦」是女性演員的通稱，分爲青衣、花衫、老旦、刀馬旦、丑旦。「淨」是大面，俗稱大花臉或黑頭。「末」是二路老生，飾配角或中年以上人物。「丑」是丑角也有文武丑之分。這些演員在初入行時，已由師傅根據各人的條件，志趣以及個人天賦，指定扮演角色，由始至終專一學習，很少中途改變的。學員除了每日規定的功課外，還要天不亮就要去河邊或空曠地方吊嗓（練嗓音）以及武功練習，生活相當艱苦，因此凡是科班出身的藝人，都有一定基礎水準，當然不能與一般票友（業餘演員）相提並論了！

有一點附說明的：一般人多不明白，過去京劇演員多以男性扮演女角，像四大名旦：梅蘭芳、程硯秋，尚小雲，荀慧生都是男性，這是因爲過去封建專制社會的遺毒，使藝人在社會上的地位很低，同時婦女長受禮教的束縛，不敢抛頭露面，一般人誰也不願送女兒去學唱戲，否則就是有辱家門。因此只好以男孩子來代替，時至今日當然不會再有這種不合情理的事情了。不過因爲習慣相延，更因爲個人天賦及志趣，仍有男性學習旦角或女性學習生角的，這當然是另當別論了。

臉譜和化裝

不可否認，京劇除了抽像的意境表演外，誇張的手法也是從長期的經驗積累中得來的藝術結晶。這種誇張主要是在面部的化裝上（扮相），尤其大花臉的臉譜可以說是一種專有的藝術。從臉部的形象，顏色，花紋上就可以分辨出忠奸好壞，例如曹操一張大白臉，加上幾條黑紋，一把白長髯，一眼就能看出他的一付奸雄像。又如包公（包青天）全部是黑臉黑髯，額頭上加了一個小小的日月圖案，看起來就像一個忠心耿耿，大公無私的好人。不過大面在化裝上有一個小小秘密，就是事先在額頭頂部紮上一塊白布，畫上油彩，而把臉部加長到額頭，所以在台下看起來臉部當然大了許多（職業演員多數是剃光頭把油彩直接加於額部），這也是誇張手法之一，像盜御馬的竇爾墩，面部化裝相當複雜，也更能表現出綠林好漢的英雄氣概。又如着名演員裘盛戎，本身雖然瘦小，一開好臉，再換上戲服，就成了魁梧的英雄人物，這當然是京劇化裝手法的成功處了！

老生又稱鬚生，這當然是取義於老生所戴的髯鬚，不論是白色或是黑色，都有相當長度。這種誇張手法有兩點妙用：一是在

余叔岩「洗浮山」劇照

這把髯口上可以做出許多優美的表情動作，一是將口部掩住，在化裝術上倍增演員的瀟灑脫俗。

青衣花衫的面部化裝，一樣借重於誇張手法，除了弔眉（把額頭用頭束紮起將眉毛弔起，眼角就會上斜，倍增嫵媚，和現代女性畫眼角，眼圈有異曲同工之妙）。貼張（在兩頰貼上長髮片，這是古代婦女的裝束，同時更有改變臉型肥瘦的妙用，和現代化裝術並無二致）之外加上畫眉眼和上油彩，就顯得紅白分明，俏麗多姿。一般來說京劇的面部化裝比其他劇種用色較為深濃，因為在舞台燈光下，觀衆從相當遠的距離觀看，應該要誇張點才能突出美的特點，不過燈光很弱，那當然不宜用色太濃了。

關於服裝方面：這在京劇行內也是一種學問，當然有專人執掌，因為古代的帝王將相，服裝廻然不同，絕不能隨意錯穿。例如皇帝的龍袍，豈能着於臣子的身上，又如小姐的長披當然不能讓丫環穿着，否則就要鬧笑話了！至於前文曾提到過的關於水袖問題，這種形式除了依據古代服裝式樣加以誇張外，更重要的當然是強調它的變化多端的表演效果，這在京劇上處於相當重要地位。過去在上海曾有人試創時裝京劇，結果只是曇花一現，很快就被淘汰了。其實問題本很簡單；因為京劇的靈魂完全在於內在的抽像美和實質的唱，作，說白之結合的藝術至高結晶，如果硬改成話劇式的時裝京劇，就等於一幅優美名貴的抽象畫，硬改成工程上的機械圖，不但完全變了質，也失去了藝術上的價值，正如一個京劇演員，除下水袖，就會變得僵手僵脚，一無是處。再像一個演員，穿了一身畢挺西裝，手裡拿了一根馬鞭子，在台下大唱其一馬離了西凉界，那人家不把他當成神經病才怪哩！可見一種藝術結晶，是經過歷代無數藝人的心血培植和天才創造，從千錘百鍊中得來的瑰實，絕不是任何人就可以隨意將之歪曲改變，否則不但會變得不倫不類，也注定了失敗的下場！

曲調說白和音樂場面

京劇曲調：一般分為西皮二黃兩大類。這是以湖北省的地名：「黃陂」和黃崗（漢調的發源地）來取義，同時把陂字減化成皮，故簡稱「皮黃」，而在音樂原理上，是屬於音調區別。不過西皮又分為正板，原板，慢三眼，倒板，流水，散板，南梆子，二六，快板，反西皮等不同的曲調。二黃也分為搖板，倒板，迴龍，正板，原板，慢三眼，快三眼，反二黃，四平調等。但某些個別的戲會用他劇曲調或特種唱腔來演唱，例如：「徐策跑城」用漢調，「販馬記」用崑腔，「活捉張三」用梆子腔，而「小放牛」，「小上坟」則又用吹腔和曲牌小調，這一些都是前輩藝人的遺產，一直延留下來，並沒有什麼特殊理由。

京劇曲調雖有嚴格規定，不能隨便改動（例如上句唱西皮，下一句改唱二黃），但在一節完了後，另行改調則屬正常。但在行腔上每個成名演員，都有他自己所創的獨特唱腔和風格，也就是行家所說的「派別」，例如譚鑫培系統稱為譚派鬚生，梅蘭芳派系則稱為梅派青衣等等。近代個別突出演員又有新的創作，例如不久前曾來港演唱的女性演員趙燕俠，由於她過去曾唱過梆子戲，便把某些唱腔滲入梆子腔的味道，因此聽起來不但新顯也很動聽，這又是一種創新嘗試了！至於說白則分為韻白及京白兩種，韻白類似安徽和湖北的口音。而京白就是純粹的北平土話梆，但一般的多用韻白，京白只用於旦角花衫戲中。

其次是京劇的伴奏音樂（行家稱為場面），也有文武場之分。文場是指絃樂和吹奏樂器，如胡琴，笛子，鎖鈉，月琴等。武場是指打擊樂器，如鼓，鈸，鑼等。這些樂器在整個演出上也處於相當重要地位。其中最重要的首推京胡（二胡只用於青衣及小生與京胡並奏），在演員演唱時除了過門外，必須和演唱者絕對吻合，聽起來才會有牡丹綠葉之妙。因此每一個名角都有他自己的私人琴師，才不至有差錯。其次是板鼓（小鼓）這是全部樂器的總指揮，所有的樂師必須依照他的鼓點和手勢演奏那一隻曲牌和起落。這些樂師不但要熟記曲調，還要懂得每齣戲的內容，因為沒有樂譜可看，不過這一切當然是以演員為主體，塲面只處於伴奏性質，但演員在表演時會用傳統的方法（叫頭或水袖手勢）暗示鼓師要某一曲調或起止等等。

怎樣欣賞平劇

平劇雖是「唱」，「作」，「白」三者並重，但在唱工上應屬第一位。在舊時北京，內行觀衆把看戲稱為聽戲，事實上他們確實是坐在舞台前，泡一盅香茶，閉眼看，歪着頭，聚精會神的用右手食指以下的三個指頭輕扣桌面（舊時劇院設於茶樓，用方桌長凳）拍着板眼在傾聽。台上的演員對於這些老行尊當然要敬畏三分，必須拿出全付本領來演唱，否則稍不小心，荒了腔，走了板，就被喝倒彩，甚至砸了台（失敗）！因為那時懂戲的內行相當多，而伶人之間的門戶之見又特別深，捧角之風盛行，要想成為一個名角殊非易事！時至今日這種風氣早已成了過去。但在欣賞演出時仍脫不了唱，作說白三要點。因此首先必須懂得這齣戲的整個劇情，講些什麼？再進一步弄懂本戲的唱腔類別演員是學那一派，還是大路子（一般性）如老生是馬派（馬連良）還是余派（余叔岩），青衣是學的梅派（梅蘭芳），還是程派（程艷秋），雖然演出的戲碼相同，唱詞也大同小異，但聽起來就是不同，這又和西洋歌劇固定的樂曲，固定的歌譜不能隨意改動有極大的區別了！

至於名角的代表作，諸如：余叔岩的戰太平，李陵碑，魚藏劍，馬連良的草船借箭，桑園會，梅蘭芳的鳳還巢，生死恨，程艷秋的荒山淚，鎖麟囊，荀慧生的荀灌娘，尚小雲碧玉簪，各人都有獨特的行腔或風格。不過最主要的還是要先對京劇發生興趣，而後再由淺入深，就能得到其奧妙！

事實上京劇在本港因為語言上的隔陔，發展困難，再加上環境較西化，老一輩的市民只喜愛粵劇，青少年只喜歐西歌曲，因此雖有熱心人士不斷作業餘性的演出，仍很難普及。近年來因為外省人士日形增加，說國語的機會亦復增多，再加上電台也有定時的京劇播放節目，京劇的前途也稍露曙光了！

故都三閥

白鐵錚

咱們故都北平有三閥，與其說是「三閥」，不如說叫他「三害」。這三閥：是「軍閥」、「水閥」和「糞閥」。這三閥可厲害極了，周處復活，對他們也沒辦法（平劇中有一齣周處除三害）。國民政府統一中國以後，不再有軍閥作孽，囘想在民初一直到民國十幾年，各地人民受盡了大兵的蹂躪，眞是談兵色變。北平是各路英雄爭奪的據點，你來我去的，受害尤深。

我們先說軍閥，在那時候，某路英雄，不論是奉軍、直軍、皖軍、把另外一軍揍垮了，打勝仗的一方，便進軍北平城，先頭部隊找個有局面的地方設立司令部，馬上在大街小巷張貼安民佈告，其詞兒有如七殺碑（張獻忠立的），諸如擾亂居民者就地正法，謠言惑衆者就地正法，擾亂金融者就地正法，搶奪財物者就地正法，看來冠冕堂皇，光明正大，其實他的軍隊，仍然是以戰勝者的心理和姿態，無法無天的亂來，記得某年某帥（編者按：此是張作霖）打了勝仗，入主北平，大帥駐節西城順承王府。在貼安民告示的當天晚上，附近海興地糧油鹽店，去了一個大帥的副官，向掌櫃的老山東兒借幾百塊錢，老山東未能從其所欲，就演了一齣一刀兩洞，白刀子進去紅刀子出來的戲，第二天早晨，小山東關上店門要給老山東辦喪事，八點多鐘，警察先生來了，問小山東爲什麼無故停業不開門兒，有擾亂市面兒的嫌疑。於是糧食店門口兒停了一口棺材，小山東兒們哭喪着臉等候顧主作買賣。

安民告示貼完，緊接着辦軍需的人，沿街號房子。號房子就是軍隊來了，還來不及駐入營房，暫時住在民房，等幾天營房準備妥當，再搬進去。軍需人員拿了寫好的紙條兒或粉筆，找適當的地方，給軍官辦公或官兵找處所，而那倒霉的人家，被選中作旅長辦公處、團長辦公處、某某連某排或某班的住所（小戶人家，至少住一班），便分別貼上條子，或用粉筆在牆上寫上。沒有幾天，駐軍到了，一窩蜂似的擁進了標了字條的所在。

這羣怯（鄉下人之意）大兵，在外邊打了好幾個月仗，至少一、兩個月沒洗過澡，破皮鞋裡的一雙脚鴨子，臭泥有多厚，身上的軍裝，缺袖短領，汗斑多厚，蝨子成羣，開進北平，已經覺得眼花繚亂，一進民房，從心眼兒裡覺得舒服。師旅長分配在大戶人家，也許佔了小姐閨房、少奶奶的綉房、員外安人的臥房，小兵們分配在小戶人家的住房。一班怯大兵十多個人，擠在一明兩暗的三個屋子裡，進得屋來，鎗放在牆邊，破裝備卸下來，先找個適當的地方坐下，解開軍衣的扣子，然後脫皮鞋放鴨子，您想想看，小戶人家房子不會寬敞，突然間一排大兵二、三十隻數月不洗在破皮鞋關了多日的臭脚鴨子，一齊同時放出來，那是一種什麼味道。緊跟着是洗鴨子，大兵們爲目的不擇手段，大家搶盆找水洗臉洗脚，他們不管是洗臉盆、洗菜盆、洗脚盆，弄一盆水先洗臉後洗脚。都洗好了找吃的、找喝的，跑到廚房去搜尋，有現成兒的吃現成兒的，沒有，自己動手，把個廚房弄得亂七八糟，盤碗狼藉，塞飽肚子，還呆不住，跑到屋裡東張西望的尋寶，開了抽屜，打開箱蓋，不要說是錢，是小巧可愛的東西，順手牽羊，往身上掖。照這樣住上三天五天，把人家的家已經糟蹋得不像話了。至於把人家的門窗劈了當柴燒也不希奇。

據說有一位軍官老爺，暫住在一個大戶人家，臨走的時候，異想天開，換了人家主人的便裝，時值冬天，他老人家換上了狐脚皮襖，禮服呢馬褂，水獺三塊瓦帽子，可是沒找到合適褲子和便鞋，他也有主意，便在軍褲上套一條紡綢褲子，鞋則實在想不出辦法來了，於是權穿馬靴。他穿的這身衣服，尺寸全不對勁，走在街上他又拿起架子來，您想想成個什麼樣兒。

至於街上大兵強買強賣，白吃白喝，坐洋車不給錢，仗勢欺人，已成當時微不足道事，見怪不怪了。

那時的北京人，已經有了經驗，聽說某軍把某軍打垮了，某軍退了，某軍要進城了，急也沒有用，慌也沒有用，反正是蛤蟆墊桌腿兒——死挨兒，聽天由命。軍隊眞進城了，沒有號上自己房子，算萬幸，若是眞號上自己房子了，只有該埋的埋，該藏的藏，該拿走的拿走，小男婦女暫時搬到親戚朋友家躲幾天，留下該死還沒死的老頭子老婆子在家支應。等兵老爺走了，再回來。在軍閥時代，這種大兵暫住民房的事，說不定就趕在誰的頭上。

說起水閥，恕筆者到的地方少，不知別的省份有沒有？也許只有早年間北平才有所謂水閥。至北平，每隔三五個胡同，便有個水屋子，也叫井窩子。井窩子是臨街有那麼三、兩間平房，房簷前有一眼井，井前砌有一丈方圓四五尺深的水池，有的用人工用轆轤從井裡從水池裡打水，後來也有用抽水機抽的。一個井窩子都擁有七、八輛獨輪車，兩邊各有一個長橢圓形的水櫃。水車和十來個挑水的工人，北平人公稱挑水的工人爲三哥。而這井窩主人都是山東哥兒們。這井窩子是他們代代傳留的產業，都有官家發給他們「契紙」，也就是所謂「所有權狀」，井主人有水道，一條水道管幾條胡同，別人不能在他水道上打井賣水。北平城裡居民吃水，都由他們送，向井窩子買水，除了自己擔桶去挑，有包月教他們送水的，而包月又分管夠，也就是吃多少，他們供給多少，其次是上滿缸，也就是每天把買主水缸上滿，也有一天教他們送一挑兒（一擔兩桶）或兩挑兒的，倒水的三哥，每天挨門兒送水，他的水桶，是木質的，看起來很大，其實桶底兒釘在桶的半截的地方，一桶水等於半桶水。他們的獨輪車，因爲車軸上有水。推著走起來發出嗞嗞牛牛的聲音，水車子上兩邊的水桶。上面各有一大洞進水，下邊每桶的外下方有一個小圓洞出水，用木塞塞着，倒水三哥雖然厲害，他們對頑皮的小孩子是敬而遠之。假如他們開罪了小孩，或孩子一時高興，把下邊水塞子拔下來拿跑，桶裡水滾滾而出，三哥乾著急，一點法兒也沒有，水車一邊的桶裡的水流完了，造成一邊輕、一邊重的現象，水車一定往重的一邊倒下去，情形嚴重的單輪會切了軸。小孩子在遠遠的大喊三哥，鼓掌大笑，使三哥暴跳如雷，毫無辦法。有的孩子更絕，買個鹹鴨蛋或撿個圓石頭子兒，往他水車上的桶裡一扔，當水往出口流時，鴨蛋或石子兒就把下邊洞洞堵住，水流不出來，三哥乾著急！有關拔水塞子扔鴨蛋的事，老北京都知道，並不是筆者經驗之談，我小時候沒幹過這缺德事，特此聲明。

三哥們賣獨門兒水，不准任何人私自

打井賣水，假如您眞的在您牆邊打一眼井賣水或施水，這眼井的所在地，在他所有權的水道上，他唯一的絕招兒，就是這一條水道包括幾個胡同兒，三哥「罷倒」。也就是停止送水。有人有力氣，自己到井窩子去挑，沒人沒力氣則無法可施，只有向三哥低頭。

民國以來，北平雖也有自來水的設置，可是只有大戶人家，有錢的人裝得起，小門小戶拿不出按裝費免談。街上也有水龍頭，專人看管，您想買水，都得自備水桶，自己去挑。一般人辦不到，所以三哥井窩生涯，一直興隆不衰。

還有一件事，提起來很有趣。就是紫禁城裡的皇帝老官以及后妃王子，向來不喝三哥的水，大內雖也有井和自來水，但只供太監宮女們飲用，而御膳房茶坊用水，則每天自平西玉泉山用驢車拖運。筆者從小時候一直到宣統被迫出宮，經常在西直門大街、西華門大街看見一輛老驢拉着破水車，車上蓋一面破龍旗，晃裡晃蕩的在馬路中間走。前面來車，後面來車，概不讓路，同時半夜要進城，門領（管城門的官）也得起來給他開城門。所以皇上是喝玉泉山的水長大的。

水閥固然霸道，糞閥尤其霸道，北平住戶，雖大戶人家，一直到民國卅年以後，有抽水馬桶和化糞池的，可以說絕無僅有，有錢的人家有茅房（就是廁所），平常人家在後院挖三兩個坑子，兩邊墊兩塊磚了事。講究點的，茅房裡堆些爐灰，大便完了，把爐灰用鏟子鏟兩鏟把大便蓋上，一般人拉完了就不管他的了。所以掏茅房的應運而生。掏茅房的也都是山東哥兒們，您別看他們成天裡在臭味當中活着，每三年二年回老家，眞往家裡揹現大洋。

據說他們也有糞道，把北平城分成多少區道，也有所有權狀，不知是什麼人所發，是聖上旨意、是戶部公文，還是大宛兩縣縣太爺所斷？有時候看見有糞夫侵入他人糞道偸糞，被原糞道所有人碰上，兩個人打架起來，以糞杓當武器，橫掄豎打，沒有人敢勸架，怕弄一身糞。看起來也有個意思。

街上的公廁，糞坑窄長，一般糞杓下不去，這條糞道的擁有人，也有特製爪長杓子自己掏。

糞夫背着糞桶從每一家掏出，到城根兒一個聚處，裝入糞車，結隊的推出城外，到糞場兒加工，製成糞乾，用新麻袋裝了，用駱駝運往口外去賣。相當賺錢。

掏糞的不能得罪，逢年按節還得給他賞錢，假如您得罪了他，他每天過門不入，十天八天之後，您的廁所滿坑滿谷，您只得說好話，請他修個好，積點兒德給您掏。記得有那麽一事，袁良當北平市長，注重清潔衞生，下令教糞夫在糞桶上裝蓋子，並規定糞車每天出城時間，須在早晨六點以前，這下子招翻了臭大爺，宣佈一「罷掏」！一個星期以後，市民受不了啦！家家廁所金山聳起，臭氣臭空，鬧得官方下不來台，只好睜半個眼兒閉半個眼兒，不了了之。

人生在世，不吃活不了，吃了不拉也不行。「拉」，說起來，好像不是檔子大事，可是處理起來，也眞不簡單。三十年前台北也有「黃禍」之災。假如上帝造人時，使人類的消化系統，吃了東西，完全吸收，完全消化，儘吃不拉，既經濟又方便，那該多好？

故都三閥補述

夏元瑜

一般人寫北平全講美的一面，而白鐵錚兒之文却講醜的一面，倒也難得的很。今日家家戶戶全有自來水和抽水馬桶，當然沒有「閥」的現象。不過買瓦斯仍有麻煩。有人原住城中，後搬到郊區，可是仍得向城中的那一家瓦斯店買，那家嫌遠，及沒工夫送。在美國修理電器業的也有固定的範圍，也微有成閥之象了。

白兒寫了故都三閥，其中糞閥最爲霸道，每天挨家來掏廁所是不要錢的。下雨天或逢年過節得給點賞錢——也是無幾。這個桶有二三尺高，旁邊有個弧形的把兒。套在一個肩膀上，於是桶就高聳背上。手執長柄杓一個，不但掏茅坑可用，路上遇見馬糞狗尿也就便一舀，往後一甩，必落桶內，絕不會誤落行人頭上。至於糞車可極爲討厭。形狀和水車差不多。一人推的獨輪車——有人叫它做一輪明月。車上各側有一柳條編的大筐，也與水車的水車櫃大小相似，可是上面敞着口，雖有片蓋子，可是虛虛的蓋着，既通風也通氣。筐中之物黃黃黏黏推起來，一晃一晃。行人只好閉息而過。對它十分恭敬，誰都不敢惹它。軍閥雖兇，在路上也得讓牠三分。車後橫放着那長桶。推的人彎着腰才用得上力，鼻子離桶不足二尺之距。

有一天一輛馬車碰倒了糞車，這是糞夫一天辛苦所得，勃然大怒。非要馬車夫給他舀回去不可，賠他錢都不行。馬車夫倒也忍氣吞聲的替他舀入桶中。舀到了半桶之際，忽舉起往下一扣，正好套在糞夫的頭上，桶又大又深，糞夫連頭帶肩全進去了，直套到腰上。一時掙扎不出來（二臂動彈不得），路人全不敢相助，馬車夫翻身上車，加鞭快馬，飛車而去。這場大臭事，老夫遠遠看見，不敢近睹。以後如何，我也不知——臭不過，我繞路而過了。

城內糞夫有公會的組織，叫做「金汁公會」，每晚羣車出城有一定的路線，在那路旁的房子都不好賣。

金汁在古時是戰爭用品。守城時，在城上大鍋羹着糞湯，用大杓舀了潑那爬城的敵人，挨着皮膚就爛。所謂城池固若金湯就是這東西，比熔化的金屬湯便易而好用。

在明朝李時珍所著的本草綱目中，也有「人中黃」一條，居然入藥治病。

用堆肥做肥料實際並不太髒，因爲堆時經發酵，產生高温，有滅菌消毒之用。

民國初年之四川軍事（中）

．華生．

一〇、外出之川軍川軍之外出，首為十三十四年間熊克武召湘西之流軍湯子模等入蜀圖再起，失敗入湘，輾轉至粵，譚延闓收編之，旋坐嫌解散，熊克武被押，經年始釋。然非正式之川軍也。實際川軍之出蜀，當以國民革命軍第二十一軍副軍長向成傑為始。向成傑因與軍長劉湘不睦，不能和協合作，乃率部下約一萬人，脫離劉湘，另求發展。初入鄂，依唐生智，仍稱第二十一軍，但以副軍長名義，維持所部全軍。駐軍鄂之宜昌，就地取給養。旋，漢寧分裂，武漢再戰。向成傑率所部，服從南京國民政府之命，兼程入湘，克長沙，所部畧有擴展。全部駐防長沙及沿湘江一帶。嗣以湘軍歧視之，假調防為名，迫至長沙小吳門外粵漢路湘鄂段之長沙東車站，全部繳械，向成傑遂下野。蜀省自有陸軍以來，官兵之多，為各省冠。乃迄最近二十餘年間川軍終未出夔門一步。國內歷次戰役，川將皆利用其遠交近攻之策，左迎右承，依違於各方之間，從未正式參加蜀以外之戰鬪。即黔滇兩省，亦從無川軍蹤跡。混戰搏殺咸在省內，實為國內軍閥之至奇特者。總計川軍之外展，祇援鄂之役，曾至宜昌。後，楊森雖亦曾至宜昌，但係託庇於吳佩孚，作鷦鷯之寄。完全率部出川而作戰於異地者，僅向成傑一部分耳，於川軍中實為特出，因特記之。

（二）文著「四川軍史」辨正

上引為文公直著「最近三十年中國軍事史」中「四川軍史」之全文。此書成於民國十九年，所謂最近三十年，約起於民國紀元前十年至民國十九年之間。引錄「四川軍史」全文，以所叙若干部份，亦可供我們的參考。全文十節，茲依次研述辨正如次：

一、蜀軍之革命

辛亥革命四川起義，以陰曆十月初二日重慶蜀軍政府之成立為重要關鍵。在此以前，各縣有先後舉義者；惟成都、重慶為四川之要地，成都為省會，而重慶則據長江上游，文化發達，商賈雲集，交通總滙，財富重心，有所舉動，其影響立即波及全川也。蜀軍起義經過，莫詳莫確於巴縣志所載之「蜀軍革命始末」，編撰者為向楚（仙喬），蜀軍政府成立時任秘書院院長，故能詳述原委。

文著本段大體不差。惟所記榮縣黨員王子襄六月於榮縣起義事，實為七月四日（見向楚著四川黨人革命大事記，子襄應為子驤，名天杰。）以保路運動之轉趨激烈，始於七月一日成都之罷市罷課，七月以前，各縣尚少騷動也。九月十五日，夏之時以陸軍十七鎮排長起義於龍泉驛，取道北路東下，經樂至、安岳、潼南、合川而至重慶，與重慶黨人張培爵、楊庶堪、朱之洪等內外相應，蜀軍政府遂於十月初二日成立。蜀軍政府成立之日為十月初二日而非十二日。

二、川軍之編成

本段有待辨正者如下：

①關於端方被殺：端方所率鄂軍二標入川，此二標幹部多為

革命黨人，後亦與四川黨人發生聯繫，期相機共同舉事，惟謂入川後「大半加入四川保路同志會」，則非事實。端方之弟為端錦，而非文著所謂之端競。文著又謂：「端方既被殺，資州乃定。第三十一、三十二兩標，擁尹昌衡為首領，揚白旗，懸漢幟，稱大漢軍，直攻成都。」實際為鄂軍殺端方後，全軍反正，舉蔡鎮藩為統領，拔隊東下，過內江，助縣人獨立。抵渝，出端方、端錦頭，貯錦頭，貯鐵篋，漬清油其中，以報蜀軍政府。旋以鄂省獨立未久，須實力，率部返鄂。並無直攻成都之事。

②關於成都獨立經過：文著謂：「時革命黨人方舉義於廣安州，旋合於蜀軍政府。清吏永寧道劉朝望獨立於瀘州，巡防統領劉俊卿獨立於萬縣。而成都獨立，殺趙爾豐，組織四川軍政府，迎因路案被捕禁之四川諮議局議長解元蒲殿俊為都督，而以同蒲被禁之保路首領羅倫，及新軍統制副之。旋成都兵變，衆公推尹昌衡為四川大都督，仍以羅倫為副都督，成都遂定。時劉俊卿肆行不義於萬縣，黨人熊克武逐之。」本段敘述，亦多錯誤。實際廣安州之獨立，成立蜀北軍政府，尚早於蜀軍政府一日。萬縣清巡防統帶劉漢卿，反正於十月五日，被推為下東蜀軍副都督，瀘州獨立於十月初五日，推清永寧道尹劉朝望為川南軍政府都督。以上三處，均先後歸併蜀軍政府受統一。成都獨立於十月初七日，舉蒲殿俊為大漢四川軍政府都督，朱慶瀾為副都督，趙爾豐仍留辦邊務事宜，暫住成都。十八日成都發生兵變，蒲、朱出走，軍政部長尹昌衡率兵入城戡亂，並推繼任都督，羅綸副之。趙爾豐密謀再起，十一月三日為尹昌衡逮捕正法，局勢乃定。

③關於川軍之改編：文著謂：「民國元年，成都、重慶兩軍政府合併，尹昌衡仍任都督，改編川軍，以熊克武為第一師師長，劉存厚為第二師師長。」此段記載亦誤。原自十月十八日成都兵變後，尹昌衡即着手整編軍隊，以原有陸軍入城定亂之第十七鎮，編為四川陸軍第一鎮，宋學皐任統制官（後周駿）；以各縣集中省城之同志軍編為第二鎮，彭光烈任統制官；以舊有巡防軍編為第三鎮，孫兆鸞任統制官；以參加雲南起義後回川之劉存厚任第四鎮統制官，召募新兵編成。民國元年二月二十七日，尹昌衡任命胡景伊為全川軍團長，胡將四鎮改為四個師，統制官改稱師長。成渝兩軍政府合併後，並將原隸蜀軍政府之蜀軍第一師熊克武部，改為四川陸軍第五師。故民國元年整編後之川軍，實為五師而非兩個師。

三、北軍之入川

文著此段，亦欠正確。

民國二年秋，熊克武以第五師在重慶獨立，宣佈討伐袁世凱，旋告失敗，第五師因此解散，第二師因淘汰編遣，原第四師改為第二師，故自民國三年起，川軍僅有第一、第二、第三等三師。第五師解散，早在陳宧入蜀之前二年。陳宧於民國四年四月入蜀，率北洋兵伍祥禎、馮玉祥、李炳之三旅隨行，陳以李炳之旅留戍重慶，親率伍、馮兩旅赴成都。此為北軍入川之始，至北洋軍第三師師長曹錕入蜀，為民國五年一月，以是月十九日抵渝，在雲南起義之後，同行有張敬堯所部之第七師，李長泰所部之第八師。

四、川軍之再起

文著本段記載，亦多失實。

「棒客」即土匪之別名，打家刼舍，為人民所痛恨，謂為「游俠之流亞」，顯欠妥當。謂熊克武所部第一師（初為蜀軍第一師，旋改川軍第五師，已見前），其中大多數分子為「棒客」，亦非事實。護國之役熊克武隨蔡松坡入川後，所部係集合呂超、盧師諦等所號召之民軍，多為革命黨人與地方團隊，謂係「召集棒客，頃刻成軍」，不知何所據而云然。熊當時之名義為「四川招討使」，非「四川宣慰使」。民國五年袁（世凱）死黎（元洪）繼，發表蔡鍔督理四川軍務兼四川巡按使，旋改任督軍兼省長。八月初到成都，調整在川各軍，入川北軍各師長，先後復員離川。周道剛繼周駿任四川陸軍第一師師長；護國川軍復員，仍編爲川軍第二師，劉存厚以崇武將軍會辦四川軍務仍兼第二師師長。在川北獨立之鍾體道，恢復川軍第三師名義。陳澤霈、盧師諦收編之護國師，編爲第四師。熊克武所部招討各軍，編爲第五師。其他川中起義各軍，分駐各地。文著謂編爲五師，番號雖同，師長姓名均誤。至羅佩金之役，實以劉存厚所部爲主力。以佩金採「强滇弱川」之政策，爲川軍各部所不滿。當劉、羅衝突之時，川軍各師旅通電一致申討則有之，劉湘其時係第一師旅長，曾領銜各師之旅長通電聲援，未實際出兵協同攻羅也。

五、川軍之分化

文著本段敘述：以民國六年羅佩金、戴戡敗亡後爲川軍分化之分野，實則自民國二年起，川軍早非一致。民國二年八月，第五師熊克武在重慶獨立討袁，其餘一、二、三、四各師則受胡景伊之命對熊；民國五年一月，第二師劉存厚響應護國軍，第一師周駿則受袁世凱之命對劉，是川軍早已化分。民國六年九月，國父在廣州成立軍政府，宣言護法，四川局勢亦起變化。十二月，熊克武起靖國軍於重慶，西上討伐附北之督軍劉存厚，以民國七年二月入成都，劉存厚向陝西邊境撤退。此時劉之官銜爲四川督軍，非如文著所謂「自爲川軍總司令」。亦未有所謂：「一稱護國軍，爲保省主義者劉湘等屬之」。劉湘時任第一師旅長，態度初持兩端，後仍響應熊克武，經熊於四月委爲第二師師長，移駐合川。熊自此主持四川軍事至民國九年，九年五月，川中發生倒熊與驅滇之役。倒熊之川軍，以呂超、石青陽、盧師諦等爲中心，配合滇黔軍；驅滇方面，則以熊克武、劉湘等爲中心。倒熊方面一度獲勝，熊、劉退至川北川陝交界，求援於退陝之劉存厚部。劉組織靖川軍隨熊劉反攻，於九月攻入成都，十月攻入重慶，倒熊方面完全失敗。惟以利害衝突，驅滇聯合陣線，不久即告分裂。民國十年二月，熊克武、劉湘、劉成勳聯合驅逐劉存厚之戰發生，劉存厚敗退陝邊，川局暫告平定。以上概述，如與文著原文比照，即可知其錯誤之所在。

六、川軍之混戰

文著本段爲敘述民國十年至十五年川軍之混戰情形，惟頭緒雜亂，令人無清晰之條理可尋。此原在此數年中，川局演變，本甚複雜而著者未能把持其發展之要點，遂致夾雜不清也。茲特就所知，扼要引述，以與文著作一比照，即可知其缺失之所在。

民國九年十月，熊克武、劉湘聯合劉存厚，反攻成渝，倒熊方面失敗，滇黔軍亦退出四川。惟熊（克武）、劉（存厚）聯合驅滇，原係暫時結合，成渝下後，熊、劉在重慶，成都各設督軍公署，已呈分裂之勢，劉湘、但懋辛、劉成勳等在熊克武影響之下，十二月十日在重慶舉行會議，提出自治主張。十二月三十日，北京政府根據劉存厚之建議，發表有關川事命令，任命熊克武爲四川省長，督軍一職，則維持北洋政府自民六起所任而流亡於陝西漢中近三年之劉存厚，未有新命。另在四川設九鎮守使，意在分化熊克武、劉湘、劉成勳等之勢力。此事引起熊劉方面之激烈反對，因有民國十年二月十八日熊克武、劉湘、劉成勳（文著稱蔡成勳，誤）聯名通電宣佈劉存厚阻礙四川自治大業，共同對劉之舉，結果劉存厚失敗，退駐川北。各軍自九年十二月宣言自治後，曾在重慶設立四川各軍聯合辦事處，以爲聯繫之機構。劉存厚既敗退川北，熊克武亦宣言解除四川督軍職務。十年六月六日，各將領開會推舉劉湘爲四川總司令兼省長，七月二日，劉湘在重慶就職。此時川軍計有第一軍軍長但懋辛、第二軍軍長劉湘、第三軍軍長劉成勳，師長第一師喻培棣、第二師唐式遵、第三師鄧錫侯、第四師潘文華、第五師何光烈、第六師余際唐、第七師陳國棟、第八師陳洪範、第九師楊森、二十二師唐廷牧、及混成旅劉文輝等九個旅，與川北邊防司令賴心輝，川邊鎮守使陳遐齡等。

此時湖北督軍王占元部，在武昌、宜昌相繼嘩變，刼殺居民，鄂人向川、湘請制暴亂。熊克武適遊長沙，因與湘督趙恒惕商援鄂。但懋辛向劉湘建議，以川中各軍組一兵團出川，劉湘以川軍向外發展，可以緩和四川內部之矛盾，遂予同意。八月援鄂軍組成，劉湘任總司令，以唐式遵爲第一路總指揮，但懋辛爲第二路總指揮，率一、二兩軍部隊東進。惟湘軍先發動，當川軍進抵宜昌近郊之時，湘軍援鄂戰事因失敗已告結束，九月一日，趙恒惕與吳佩孚訂立和約。吳佩孚得轉移兵力，親赴宜昌，抵抗川軍，致川軍在宜昌附近苦戰月餘，無功而退。吳佩孚以孫傳芳爲長江上游總司令，電劉湘請派員接洽和議。十二月十五日，川鄂代表在宜昌協議成立，援鄂戰事告一段落。

援鄂之戰雖已告終，但一、二兩軍因此發生摩擦，最後演成一、二軍之戰，更發展而爲一、三兩軍聯合對付第二軍，第二軍楊森敗退出川。原民國十年一、二兩軍聯合援鄂時，劉湘被推任援軍總司令，指揮一、二兩軍主力東下，因之先以劉部主力作前驅，進駐夔府、巫山一帶。時萬縣下川東一帶，本爲第二軍防區；第一軍主力，由但懋辛率領，繼第二軍之後，推進至忠州、萬縣。第二軍出川東下，第一軍大部始終留萬未動。及第二軍於年底由宜昌退回川境，兩軍間開始摩擦。十一年春，一軍方面發動輿論，攻擊劉湘，謂第二軍作戰不力，遺誤川、湘、鄂三省自治大業。第二軍主力在夔巫初挫之後，部隊極爲紛亂，士氣不振。第一軍但部橫梗萬縣，既不開回原防，劉方據報熊（克武）但（懋辛）方面擬就勢消滅第二軍。第二軍之一部在重慶附近者亦兵力單薄，不足以應付第一軍之壓迫，於是劉湘遂於五月二十四日通電引咎稱病辭職，所兼第二軍軍長職，並令瀘縣第九師師長楊森代理。劉湘辭職從，仍在幕後協助楊森調動第二軍部隊。楊森將第九師部隊調至重慶，將永寧駐軍移塡瀘縣。原駐夔巫之唐式遵師，李樹勳混成旅則集中開江，袁彬旅集中涪陵。魏虎臣之第六混成旅，亦派參謀長王陵基接收整理，集中墊江。第二軍經此整理，士氣恢復。劉湘楊森爲先發制人，於七月初指揮重慶部隊，與開縣開江部隊，由東西夾擊，猛攻駐紮萬縣、忠縣之第一軍主力。第二軍攻勢甚猛，第一軍退出忠縣萬縣，一路向梁山、綏定撤退，一路向合川方面撤退。第二軍分路進擊，進擊合川方面部隊，在合川佛耳岩、杜家岩遇伏，損失慘重。此時川局又有劇變，第一、第三兩軍聯合對付第二軍之形勢完成。公推第三軍劉成勳爲川軍總司令，七月十三日在成都就職，聯合各將領發出討楊（森）通電，並任令鄧錫侯爲北路司令，賴心輝爲東路司令，石青陽於襲取涪陵後任南路司令，會攻重慶。楊森聞訊後，急率第九師由梁山返重慶，而留唐式遵部斷後。惟此時賴心輝已抵永川，鄧錫侯部續至。雙方苦戰於永川重慶間，楊森軍不支，一面退保浮圖關拒守，一面急電吳佩孚請援。吳令北洋陸軍第十八師盧金山率部進駐夔府，楊調劉文輝旅自合川來援。文輝馳至走馬崗，經鄧錫侯派黃鰲要求停戰協商，提出保定同學團結，文輝遂不戰而退。八月六日，浮圖關被賴心輝部突破，楊即撤兵入城，率少數部隊搭輪船東下，劉湘則由重慶城內而南岸又新絲廠內暫避，後經劉成勳、劉文輝向各軍疏解，返大邑原籍休養。八月七日，賴、鄧兩部先後進入重慶，九日，一軍進佔萬縣。楊森率部到達宜昌後，奉北京政府令，改編爲國軍第十六師，指定暫住宜昌、沙市，整理補充。十一月，各軍在成都舉行四川軍事善後會議，議決仍推劉成勳爲川軍總司令。十二月二日，四川省議會推舉劉成勳爲臨時省長。

民國十一年七八兩月川戰結束，楊森率部出川，劉湘下野後，東下攻渝各軍：二十一師田頌堯部撤回川北三合、閬中；二十二師唐廷牧部撤回川東資中、內江；第一軍（但懋辛）、第二軍（劉成勳本人留成都，係派兩師兵力參加）、邊防軍（賴心輝）、及第三師（鄧錫侯）、第七師（陳國棟）各部，均雲集重慶。熊克武爲謀統一四川軍政，對劉存厚留川省之鄧錫侯、田頌堯、唐廷牧、陳國棟各師，企圖設法加以消滅。擁劉成勳出任川軍總司令及省長，即爲聯劉以對鄧田等之準備。另一方面，楊森退駐川鄂邊境，受吳佩孚指揮，與川陝邊區之劉存厚，川邊之陳遐齡連成一氣，外結鄂陝甘客軍，內則鼓動川軍自相攻伐，川局暗潮艾起。十二年一月二十三日，川軍第七師陳國棟部何金鰲旅，因隸屬問題，宣佈與陳脫離關係，並露布陳之罪狀，所部向安岳集中，在大足與陳部開釁。劉成勳不值陳國棟所爲，以「佔編軍隊，擅開兵釁」罪名，免陳師長職，委第七混成旅旅長藍世鉦查辦何金鰲。陳表面通電解職候查，而密與鄧錫侯軍聯絡，暗襲藍軍。劉成勳乃令第一軍但懋辛部與邊防軍賴心輝部夾擊陳師。鄧師駐重慶，其地盤早爲但懋辛所覬覦，乘此機會壓迫鄧部；石青陽所部川東邊防軍移駐江津，扼重慶之上游。鄧部處此，遂一面於二月初將所部集中永川與安岳，銅梁、大足間，與陳國棟聯成一氣，以便進攻成都。一面因第一軍之第六師余際唐部，進佔其方始退出之重慶地盤，遂聯合劉存厚、陳遐齡、楊森、田頌堯、劉斌、陳洪範、唐廷牧等，通電申討熊克武、但懋辛等歷年亂川之罪狀。鄧錫侯之移軍，初以武裝調停陳國棟、何金鰲兩軍衝突爲理由，以要求劉總司令成勳懲辦何金鰲爲目的。但劉成勳因此將鄧之第三師師長免職，並令各軍分派勁旅，星夜馳往，强制解兵，與陳國棟並案查辦。而鄧軍在隆昌方面，又與查辦軍藍世鉦、張成孝之第五六兩混成旅開戰。但懋辛、賴心輝等，則電斥陳、鄧，移兵攻擊。鄂邊楊森部，此時奉吳佩孚以武力統一四川之指示，得北洋軍王汝勤、宋大霈、盧金山等之助，向川東夔府，萬縣發展，協助鄧、陳等部。於是川中熊克武、但懋辛、劉成勳、賴心輝等所謂：「一、三、邊」之合作，對付劉存厚，楊森、鄧錫侯、陳國棟、陳遐齡等之聯合陣線，至此形成。經年戰爭，於茲開始。二月至三月，戰事範圍擴大，南起江津，北至遂寧，東起永川、榮昌，西至成都，雙方旅進旅退。三月八日，楊森會同北洋軍佔萬縣，第一軍向重慶、成都方面潰退，楊春芳旅投降楊森。鄧錫侯、陳國棟、田頌堯各部，亦被迫退守三臺，閬中一帶固守，經賴心輝率一、三、邊三部共六師圍攻。四月二日，鄧、陳兩師自羅江、綿陽以急行軍潛襲成都，四日直抵成都北門外。六日，楊森率部及北軍攻入重慶。十日，劉成勳派人到成都城外與鄧、陳和談，雙方暫成對峙之局。惟熊、賴以楊森入渝，川東形勢緊急，亟欲殲滅鄧、陳各部，雙方戰事又起。鄧、陳、田三師長與陳遐齡在新都集議，決定鄧、陳兩師立即由成都撤退，持空槍兼程到下川東求友軍補充，田師則縮短戰線，撤退保寧固守。五月，熊克武等部都因東路失利，集中兵力於成都，重作佈署。惟第三軍劉成勳以成都空虛爲理由，將該軍所屬藍、張兩師留守，不再參戰，原「一、三、邊」三軍合作之形勢，爲之一變。五、六兩月，楊、北兩軍與熊、賴兩軍激戰於沱江兩岸，先後一月餘之久。黔軍袁祖銘奉吳佩孚委任爲援川軍前敵總指揮，率部由重慶西上增援楊軍，以故雙方戰事激烈。六月四日，廣州孫大元帥任命熊克武爲四川討賊軍總司令，劉成勳爲四川省長兼川軍總司令，賴心輝爲四川討賊軍總指揮。四川省議會亦通電反對吳佩孚武力統一之迷夢，主張實行孫大元帥和平統一之宣言。八月，賴心輝、石青陽、呂超等聯名通電，盼北軍、黔軍立刻出境，不失親善；如再利用川人禍川，惟有拚命作戰，謝我軍人。九月，熊、賴等部猛攻重慶，前川軍總司令劉湘由敘府至重慶，意在調和息戰，熊賴等未允，湘亦參助楊森軍，協守重慶。十月十六日，楊森、劉湘、袁祖銘及北軍等不支，川黔軍由江北退至梁山萬縣，北軍由輪船東下。熊賴等部入城後，亦以作戰日久，疲勞殊甚，咸思憩息，未即出兵追擊。楊森、劉湘等退萬縣後，奉吳佩孚指示，約集保寧劉存厚，黔軍袁祖銘，及鄧錫侯、陳國棟等，在萬縣會商反攻計劃，共推劉湘爲四川善後督辦，袁祖銘爲前敵總司令，主持反攻軍事。十一月，楊森、袁祖銘等部於獲得休息補充後，開始反攻，於十二月十一日進至江北。時熊賴等內部意見分歧，各懷觀望，無心拒敵，於十四日夜間撤退。十五日，楊森偕鄧錫侯、袁祖銘等入城。遂數日，劉湘、劉存厚亦至。劉湘由北京政府任命爲四川善後督辦，旋在重慶就職。楊森等進佔重慶後，重慶方面之滇黔軍及石青陽部黔軍周西成師，均向南邊撤囘黔邊。熊、賴、石各部西退永川、榮昌；熊克武率第一軍續由榮昌、隆昌轉向北道遂寧，擬會合撤至三臺之喻華偉師；賴、石兩部，再由榮昌退集資中。楊、袁各軍，則乘勝西上追擊，十三年一月，進至中江、金堂交界之新店舖，鄧錫侯部由合川進抵安岳，陳國棟部至遂寧。楊森聞熊克武在三臺，更由新店舖折向中江突襲熊軍，熊氏越牆逃出，逕趨成都，所部多被繳械收編。由閬中、鹽亭向三臺反攻之田頌堯師，至此亦入三臺與楊森部會合。熊抵成都，欲勸第三軍劉成勳調部加入對楊袁各部作戰。但劉以連年作戰，民不堪命為言，已令所部由成都向西沿雙流新津雅安移動，準備離開成都。熊知劉氏無意作戰，遂再由成都至資中，與賴心輝、石青陽協商，擬定俟楊、袁、鄧各軍西上後，乘虛襲渝，若再失敗，即由川、黔邊境入黔。惟石青陽知川事已無可為，遂將所部交熊指揮，個人出川赴滬。賴氏亦見大勢已去，與楊森等部早有默契，屯兵資中、內江不動。第一軍內部，亦多不願冒險襲渝及入黔，紛紛各求出路。二月八日，楊森、劉存厚、袁祖銘等部攻入成都，熊克武率部向川東南移動，有裁斷蓉渝間聯絡轉攻重慶企圖，劉湘、袁祖銘等因推楊森鎮守成都，劉、袁赴東路督戰。三、四兩月，熊克武率部兩次襲渝，均告失敗，遂退入黔境，旋由黔再入湘西，熊部遂從此退出川境。三月二十九日，北京政府任命祖銘為川黔邊防督辦，劉文輝為四川陸軍第九師師長。四月二十二日，賴心輝率部投降劉湘袁祖銘，二十八日，北京政府任命賴為四川陸軍第一師師長兼四川邊防軍司令。五月二十七日，北京政府裁撤四川督軍一職，特派楊森督理四川軍務善後事宜。特任鄧錫侯為四川省長，任命田頌堯幫辦四川軍務善後事宜，特派劉存厚為川陝邊防督辦，劉湘為川滇邊防督辦。二十八日川邊鎮守使陳遐齡被劉成勳部壓迫，軍心渙散，自請將所部給資遣散。三十一日，北京政府特派劉湘兼籌川邊防務事宜。經年川戰，至此告一段落。

楊森自十三年五月就任督理四川軍務善後事宜後，即積極從事於武力統一四川之佈署，於是反楊者均集中於四川善後督辦劉湘之旗幟下，劉楊對立形勢漸成，四川內戰又成「山雨欲來風滿樓」之勢。十四年初，川中軍事情形如次：楊森入川時之國軍第十六師，原只王纘緒、王兆奎、楊漢域三個旅；至第二軍之唐式遵、潘文華各部，自各軍由萬縣開始反攻共推劉湘任督辦後，潘、唐乃改由直接受劉湘指揮。楊氏自三臺將熊克武大部繳械，即在戰地擴充王纘緒、王兆奎、楊漢域三旅為三個師。入成都後，就成都兵工廠大量製造槍械，再擴充為八個師。第三軍劉成勳自退出成都後，即回駐西路南路雙流、新津、邛崍、大邑、雅州原防區。楊森令駐灌縣之第十師劉斌出兵邛崍、大邑，楊氏出兵雙流，夾攻劉成勳。劉部藍文彬師叛劉，楊委為川師第四師師長，劉氏率殘部退據川邊打箭鑪一隅。第八師陳洪範原駐範樂山，楊森令新委藍文彬師由新津出兵青神，眉山，直下樂山；楊氏出兵仁壽，井研、榮縣、雙方夾攻。陳氏本人下野，令旅長冷寅東代理師長，率部向宜賓撤退，求庇於劉文輝。第九師劉文輝駐宜賓，楊森令進駐樂山之藍師，由樂山，犍為出兵宜賓，並由成都派兵經榮縣，自流井南下夾攻。劉文輝率第九師及第八師冷寅東部向東路撤退，經南溪、富順，到榮昌、永川，向駐重慶之劉湘及袁祖銘靠攏。由第一軍但懋辛叛投楊森之楊春芳部，升為師長，楊森令其進駐瀘縣。至是楊森又令藍文彬師由宜賓移瀘縣，與楊師合駐，即指揮楊師。第十師劉斌駐綿陽、灌縣、新都，楊森於佔據樂山、宜賓後，回師攻劉，劉率部經劍閣，巴中、渠縣退至重慶。劉斌下野，以旅長夏首勳繼任師長，由劉湘撥歸劉文輝指揮。川北三臺，原由田頌堯與楊漢域師同駐，田氏川西屯殖總司令部亦設三臺城內。自楊森攻擊劉斌後，田氏即將屯殖軍司令部先移閬中，原駐三台部隊亦撤至鹽亭，三臺遂完全為楊部雷忠厚部駐地。第七師陳國棟駐遂寧，楊森委王纘緒為四川北路指揮官，由成都出兵川北，進迫遂寧，陳師長國棟下野。楊氏委陳師段、朱兩旅長為師長，以段榮琮為川軍第十一師師長，朱召南為十二師長，另委陳能芳為第七師師長，均歸王纘緒指揮。王自此由成都進駐遂寧。鄧錫侯駐安岳、樂至；王纘緒向川北出兵時，鄧部即向東撤，集中合川。熊克武部原川軍第六師余際唐部，熊氏出川時，大部均留樂至、資陽間之丹山鎮一帶，不願隨去，由向康衢任師長，陳蘭亭任獨立旅長。楊森派王兆奎四川東路指揮官，由成都出兵東路，向部除陳蘭亭歸附內江賴心輝邊防軍外，向率大隊歸附楊森，被委為川軍第八師師長，移駐江油、彰明。邊防軍賴心輝部駐資中、內江一帶。楊森令王兆奎任東路指揮官，由成都出兵上川東，佔領資陽後進迫資中，令藍文彬師由瀘縣、富順向內江、令王纘緒師由遂寧出兵資中，三面夾攻。賴部亦由內江、隆昌向樂昌、永川、江津撤退，向重慶劉湘、袁祖銘靠攏。至此川中各軍，除已遵照楊森命令改編歸隸各師外，均雲集川東重慶附近合川、榮昌、永川、江津一線，求庇於四川善後督辦劉湘，與援川黔軍總司令袁祖銘。

十四年二月七日，北京臨時執政府調整四川軍政人事：特任楊森督辦四川軍務善後事宜，四川督理一職，着即裁撤。鄧錫侯免去四川省長本職，專任陸軍第三十師師長。特任賴心輝為四川省長（於二十日在重慶就職）。劉湘為川康邊防督辦，所有該省區軍隊均歸節制。劉成勳為西康屯墾使兼管民政事宜，劉文輝幫辦四川軍務善後事宜。三月六日，楊森與劉文輝因爭自流井鹽稅，發生衝突，賴心輝、鄧錫侯助劉，劉湘向雙方制止。北京臨時執政府迭據四川省長賴心輝，幫辦劉文輝，西康屯墾使劉成勳等控訴楊森「獨佔兵工造幣兩廠，派兵襲據自流井，獨提鹽欵，三路出兵，請立予罷免，以奠川局」，於四月十七日令劉湘查辦。二十七日，湘請另擇賢員接任川督，其第十六師師長一職，即薦旅長王纘緒升充。五月十六日，臨時執政府特任楊森署理參謀長，劉湘兼署督辦四川軍務善後事宜，鄧錫侯為四川清鄉督辦。七月，楊森與反楊派之和議決裂，楊森分軍三路，向川東重慶進攻，反楊派亦組成聯軍，四川內戰又形展開。原楊森武力統一四川計劃，逐步實施，對川東重慶用兵，為其最後一戰。因令王纘緒任北路總指揮，指揮北路陳能芳、段榮琮、朱兆南各師，由遂寧向合川、重慶出擊。王兆奎任東路總指揮，指揮東路李樹勳、楊漢域、郭汝棟、何金鰲各師，由內江、隆昌，向水川、重慶出擊。藍文彬為南路總指揮，指揮楊德芳、藍文彬兩師，由瀘縣向江津、重慶出擊。並以雲南宿將黃毓成（斐章）為各路軍總司令，統一指揮三路部隊，向永川、重慶、合川方面各軍總攻擊。此時雲集川東各師將領於重慶開會，組織反楊聯軍，共推劉湘、袁祖銘主持。劉、袁決以劉文輝指揮第八師（冷寅東），第九師（劉文輝），第十師（夏首勛）及劉湘軍一部，賴心輝防軍一部，在東道永川、榮昌方面，對楊軍王兆奎部作戰。以邊防軍賴心輝部主力在江津、綦江方面，對瀘縣藍文彬、楊春芳兩師作戰。以鄧錫侯指揮潘文華等師，在合川對王纘緒部作戰。以田頌堯指揮所部二十一、二十二兩師，側擊遂寧王纘緒部，楊森部大軍東下，以東路永川、榮昌方面，兩軍接觸，作戰較為激烈，楊軍北、南兩路，均徘徊觀望，按兵不動。七月下旬，楊氏由成都親赴榮昌前線，督勵士氣，適於此時，北路王纘緒忽由遂寧發生動搖。楊氏部下有主向川西成都撤退再觀變化者，有主先肅清王纘緒再一致對外者。惟黃毓成向楊建議，謂此時內部紛歧，官兵戰志瓦解，再戰只有失敗。不如全軍向樂山、宜賓撤退，集中後進入雲南，先定滇省，以圖再舉。楊氏以黃毓成熟習滇情，遂採其建議，下令各部向樂山、宜賓總撤退。惟軍心因此動搖，瀘縣藍文彬師，遂寧王纘緒師，即歸附劉湘，瀘縣楊春芳師歸附劉文輝，川北陳能芳（第七師）朱召南（第十二師）歸附鄧錫侯，段榮琮歸附田頌堯。其餘楊部東道大軍，均退向樂山、宜賓。鄧錫侯、田頌堯、劉文輝三部則於八月九日進駐成都。（以後數年，成都均為三部合駐局面）九月三日，楊軍自樂山渡青衣江向宜賓南下，忽遇上流暴漲，浮橋衝斷，楊軍有三旅官兵不及渡河，為劉文輝部追及，繳械投降者萬餘人。九月中旬，楊森入滇部隊，已抵鹽津，證實滇北無甚戒備，入滇不成問題。惟官兵聞雲南貧瘠，到宜賓後，多不願前往。經楊氏數度召集軍事會議，最後決定各將領求庇於劉湘，楊氏則隻身乘船出川，前赴漢口。楊氏離宜賓後，所部原與聯軍方面有接洽者，即被分別收編。其整個者，則有郭汝棟、范紹增、白駒、吳行光、包曉南、楊漢域、何金鰲，向成傑八師旅單位，聯名電呈劉湘，請歸附四川善後督辦公署。於是劉湘一面通知追擊各軍，一面派鮮英等到宜賓，掩護此八師旅單位陸續開撥，分駐永川、重慶一帶。九月二十三日，北京臨時執政令免陸軍第二十二師師長唐廷牧，三十一師師長陳國棟職，以賴心輝兼第二十二師師長，劉文輝兼三十一師師長，任王纘緒為第十六師師長。川戰暫告一段落。

民國十四年十月二十一日，吳佩孚在漢口發出通電，謂受十四省推戴，就討賊聯軍總司令職。十二月四日，委楊森為討賊聯軍川軍第一路總司令，令其回川收拾舊部。十五年二月中旬，楊森離漢返川，號召前歸附劉湘移駐重慶、永川一帶之郭汝棟、白駒、吳行光、范紹增、楊漢域、包曉南等六部東下歸建。適於是時，駐渝黔軍袁祖銘扣押劉湘所委城防司令鮮英，激起川中公憤，一致申討。袁氏警悟，亦通電川黔，決定全軍撤出川境，退回黔邊，轉向湖南發展，郭汝棟等即假借東下驅袁為名，以應楊森號召，不聽劉湘阻止，紛向川東開撥，指向黔軍即將撤走之下川東長壽、涪陵、忠縣等縣運動。一面派人與駐涪陵黔軍李軍長燊聯絡疏通，說明東下目的，僅在接防而非敵對。於是郭汝棟等六部順利接收川東各縣，重歸萬縣楊森之節制。袁祖銘亦索開撥費一百二十萬元，於五月二十一部離渝向黔邊撤退，劉湘、楊森等部川軍聯合入重慶。祖銘來川時，有衆不過數千，三四年間，擴充軍隊在四師以上，歲糜軍餉至千萬元之多，川民脂膏，剝削殆盡。祖銘離川後，滇黔軍禍川，至此告一結束。六月六日，劉湘由成都赴重慶，即將川康邊防督辦，四川善後督辦兩署移重慶，省城秩序交幫辦劉文輝維持。臨行通電稱：川省已無黔軍蹤跡，並嚴令川軍不得越境窮追。

民國十五年七月九日，廣州國民政府革命軍誓師北伐。是年底，川軍楊森、劉湘、賴心輝、劉文輝、鄧錫侯、田頌堯等，均表示服從國民政府，奉派為國民革命軍軍長，其詳容後再述。

如上引述，為自民國十年至十五年四川軍政演變之情形，以與文著「四川軍史」比照，宜可得一較有系統之認識。

七、川軍之投北

文著本節主要為兩編制表，第一表未說明其時間，惟其最大錯誤，川軍從無「第四軍」之編制。各軍均稱軍長，亦無某軍總司令之稱。川軍編為三軍，係民國九年四川督軍熊克武於五月十日發表，以但懋辛為第一軍軍長，劉湘為第二軍軍長，劉成勳為第三軍軍長。民國十一年五月，劉湘請辭四川總司令兼省長職，始令楊森代理第二軍軍長，劉湘歷未任第三軍軍長與劉存厚歷未擔任第四軍軍長，其餘師旅番號，錯誤甚多，不必深論。第二表係根據民國十四年一月東方雜誌第二十一卷第二十五期何西亞所著「內戰後全國軍隊調查」一文之記載，較為正確。惟民國十年十一年為四川自治時期，難謂川軍投南或投北，民國十二年至十三年，川軍附南附北者均有。十三年熊克武失敗出川後，四川始可謂為附北時期，實則亦不過據地自雄，難謂有若何政治上之立場也。

八、川軍之投南

文著本節所叙，為國民革命軍北伐後川軍改隸國民政府之情形。惟投北投南，係國內大局對立時之名詞。國民政府北伐，隨即統一全國，川軍效順，「投南」二字，殊欠妥適。述改隸時編制情形，亦多有誤。

十五年七月九日，國民革命軍總司令在廣州誓師北伐。先是十四年七月一日，國民政府成立於廣州，整軍經武，誓完國父北伐遺志。十五年六月五日，特任蔣中正為國民革命軍總司令，統率陸海空三軍，率師北伐。以吳佩孚為禍國之罪人，革命軍軍鋒所指，首對吳佩孚。七月十日規復長沙，沿途勢如破竹，九月六日克復漢口、漢陽，吳軍狼狽北竄。八月十三日，川軍劉湘、賴心輝、劉文輝、劉成勳等，通電反對吳佩孚，表示願出師參加北伐。九月五日，萬縣楊森軍與英商輪發生衝突，英砲艦向萬縣城開砲轟擊，民衆死傷無算，即世所謂萬縣九五慘案。楊部受此刺激，深知非加入國民革命軍，不足以抵禦外侮，十月二十三日，楊森奉蔣總司令委爲國民革命軍第二十軍軍長。楊森未奉委前，以吳佩孚所委四川討賊軍第一路總司令名義駐萬縣。所轄爲第九師（郭汝棟）、第一師（白駒）、第二師（吳行光）、第三師（楊漢域）、第四師（何金鰲）、第五師（向成傑）、第六師（包曉南）、第七師（范紹增）、第八師（王文俊）。混成、獨立、步兵等旅長，有陳光仞、廖澤、劉雨卿、廖海濤、羅君彤、孟浩然、穆瀛洲等。楊部除向成傑駐江北、重慶，同時受劉湘指揮外，其餘八個師分駐下川東忠縣、涪陵、萬縣、奉節、巫山一帶。本年九月一度擴展至巴東，宜昌，旋於十二月仍撤回川境。十一月二十七日，蔣總司令任命劉湘爲國民革命軍第二十一軍軍長，賴心輝爲二十二軍軍長，劉文輝爲二十四軍軍。同日任命劉湘、賴心輝，劉文輝爲川康綏撫委員，劉湘爲主席。時劉湘係以四川善後督辦名義駐重慶，轄川軍第一師（唐式遵）、第二師（羅偉）、第三師（王陵基）、第四師（王纘緒）、第五師（向成傑）、第六師（潘文華）、第七師（藍文彬）。另有獨立第一師（魏楷）獨立第二師（王正鈞）、獨立機砲司令（張邦本）。至其他混成、獨立、步兵等旅長，有佟毅、劉兆藜、李根固、郭昌明、陳基、王澤濬、熊玉璋、廖敬安、章安平、饒國華、郭勳祺、張諤誠、石照益、蔣尙璞、達鳳崗、潘佐、楊國楨、袁彬、王克俊、彭煥章、嚴嘯虎、范楠軒、周成虎，劉樹成等。賴心輝係以北洋政府所委四川省長兼熊克武所委四川邊防軍總司令名義駐內江，轄邊防軍第一師（李宏錕）、第二師（范世傑）、第三師（張英）、獨立師（陳蘭亭）、第一混成旅（黃毓英）、第二混成旅（何濟民）、第三混成旅（甘澤震）；另有獨立、步兵等旅長袁品文、皮光澤、李章甫等。賴部分駐上川東資中、內江、隆昌、榮昌、及川南之瀘縣、合江、川東之江津等縣。劉文輝係以北洋政府所委之四川軍務幫辦名義與鄧錫侯田頌堯合駐成都。轄川軍第八師（冷薰南）、第九師（劉文輝兼）、第十師（夏首勳）、第十三師（費東明）獨立師（楊春芳）。混成、獨立、步兵各旅長，有張清平、唐瑛、林雲根、吳景伯、徐光普、陳獻周、陳鴻謙、陳能芳、唐英、張爲、林梅坡、張仲銘、蔡海珊、劉純成、余松琳、楊學端、曾言樞、余凝虎、余中英、王靖宇、羊仁安、余烈、賈筱樓、張巽中、劉元塘、劉元琮、劉元瑭、石肇五、田鍾毅等。劉部駐區爲上川南（包括雅安）、下川南（包括宜賓）、川西各縣及以川北的南充等地。十二月十二日，蔣總司令續任鄧錫侯爲國民革命軍第二十八軍軍長，田頌堯爲第二十九軍軍長。時鄧錫侯係以北洋政府所委四川清鄉爲督辦名義駐成都。所轄爲川軍第一師（李家鈺）、第二師（黃隱）、第三師（陳鼎勳）、第七師（前陳能芳、後馬毓智）、第十二師（前朱兆南、後羅澤洲）。至混成、獨立、步兵各旅長，有劉翼經、王思忠、楊銳、李清庭、李宗昉、陳紹堂、陳鴻文、劉漢雄、張熙民、何瞻如、葉紹堯、刁世傑、牛錫光、龔渭清、黃慕顏、黃鰲、王士傑、楊晒軒、游宴如、孫賢頌、青翰南、林翼如、盧濟清、劉萬撫、鍾開澤、陳離、楊秀春、陶凱、楊宗禮、黃時英、彭誠孚、謝德堪、鄧國璋，劉丹五、周世英、劉乃鑄、李樹華、孫禮、陳潔等。鄧部分駐川西各縣及川北之遂寧、堯至、南充、川東之合川等縣。田頌堯係以前四川督軍劉存厚所委之四川西北屯殖軍總司令名義駐成都，惟總司令部設於三臺。轄有國軍第二十一師（孫震）、第二十二師（田頌堯兼）、川軍第五師（何光烈）、川軍第八師（前向康衢後王思忠）、川軍第十一師（前段榮琮後王銘章）、獨立師余安民。混成、獨立、步兵旅長，有董宋珩、黃正貴、楊俊清、曾憲棟、羅迺瓊、邢季卿、曾甦元、邱芳如、秦鑫、稅梯青、呂康、楊哲遠、陳亮熙、楊光明、楊特生、胡玉笳、查偉如、趙佩三、謝庶常、馬沛霖、古鳴臯、廖剛、吳暢、田漫孚、陳宗進、敬肇謙、劉鼎基、汪朝濂、鍾光輔、童澄、李鎏陶、王文振、袁子澤、李文、羅紹琳、賈登第、幹德洋、余大經等。田部駐區爲川西北各縣。外劉成勳奉委爲國民革命軍第二十三軍長，至此川軍受命爲國民革命軍軍長者，有楊森、劉湘、賴心輝、劉成勳、劉文輝、鄧錫侯、田頌堯等七軍。劉成勳所部，於民國十六年六月初被劉文輝攻擊，成勳不支，通電宣佈下野，所部爲文輝所改編。

文著在本節中列有兩個二十軍，其軍長一爲楊森，一爲郭汝棟，在郭汝棟下，註明係由楊森部分化。實則其原委爲於十七年一月六日，楊森被國民政府以「縱庇吳逆佩孚在該軍防地，圖謀不軌」，令免所兼各職。同月二十七日，任命郭汝棟繼任。三月十五日，郭就任軍長職。楊、郭間曾發生戰事。以後郭部奉中央命調出川，改番號爲四十三軍，楊森亦於是年十一月六日奉令免予查辦。是在法令上，非同時有兩個二十軍也。

以上爲國民革命軍北伐後川軍先後改隸國民政府之情形，與文著比照，當可窺見其有未確未詳處之所在。

九、川軍之紛亂狀況

文著本節敍述簡畧，文著出版於民國十九年，如從十六年起敍至十八年，四川內戰，此起彼伏，誠極「紛亂」，拙著「民國川事紀要」，敍述頗詳，可供參閱。實則川軍內鬨，自改隸青天白日旗後，直至民國二十二年川戰役結束，始告一段落。此後剿匪戰役，川軍已走出私鬪範圍，於國家民族盡其捍衞之責，不可不謂川軍之一大進步矣！

十、外出之川軍

文著本節謂川軍之外出，首爲十三、四年間熊克武在川失敗後率軍赴湘，但謂熊部非正式之川軍，又謂川軍出蜀，以國民革命軍二十一軍副軍長向成傑部爲始，均與事實有出入。

川軍出川，早有民國七年六月劉存厚部之退駐陝西寧羌漢中一帶，同年十一月熊克武部師長呂超之援陝，民國十年八月川軍第一、二兩軍之援鄂，故文著謂始於十三、四年間熊克武部之入湘，顯非事實。又熊克武所部，其來源爲民國元年之川軍第五師，民國五年護國戰役後仍恢復爲第五師，民國六年十二月靖國軍興，十七年二月熊克武率部克復成都後，於同年四月擴充第五師爲三個師。民國九年五月，熊部已有分化，但其主力仍編川軍第一軍，由但懋辛任軍長。民國十三年熊氏率部退出川境，由黔入湘，其主力仍以第一軍爲中心。故謂熊部非正式川軍，不知何所據而云然，亦應以予以辨正。

(三) 感　想

上述爲文著「四川軍史」之原文著及其應予辨正之處。執筆至此，頗有感想，特畧舉於次，以結束本文：

第一、民國成立以還，川局演變，頗極複雜，又以當時交通不便，內外消息阻隔，以致不明眞象者，有將四川視爲「魔窟」之稱，實則如深入研究，亦自有其演變之跡象可尋。文公直君雖勤於著作，而根據零星材料，彙輯成篇，其謬誤之處，自屬難免。且所著之「最近三十年中國軍事史」全書，不僅「四川軍史」有錯誤，其他部份大體皆然。以一人之力，未能先作廣泛之調查與深入之研究，故有如此結果，當屬必然之事。

第二、所可異者，此書竟一版再版，各種有關記載甚至官方史書機構，不加深究，引爲根據，以致以訛傳訛，久而眞僞莫辨。古人有「盡信書不如無書」之說，證之事實，每每如此，令人深慨！

第三、民國成立，至今六十餘年，治近代史者，引用已成記載竊意宜特加審愼，多方考證，勿以有所根據爲已足。近年若干著作，引證連篇，均註明出處，而按之實際，則原引書籍之記載已有問題，故難有良好之史書，治史重在求實求眞，所望大家切實注意也。

中國西南邊界上的世外桃源

木里王國的獨特風光（一）

李霖燦

序曲

早就聽說在我國西南川康滇三省交界處有一個美絕人寰的瀘沽湖，周圍一百里，水深二百六十尺，當中聳雲疊翠的揷立着五六個海島，不但到過的人少，許多極有名的地圖上也毫無記載。三十一年的春天我爲了考察麽些族的遷徙路線來到永寧，因爲一路上堆積的資料需要整理，便和土司商量好，到瀘沽湖那個美麗的海島上去度過了半個月的神仙生活，證實了瀘沽湖果然名不虛傳。

一天，我隨小土司到南面青山上去打獵，想不到在對面的獅子山後又湧出一列巍峩嵯峨的山嶺，那峯巒的氣勢好極，畫人有眼識山水，我已知道其中必定有丘壑。歸來同海島上的宣言活佛談起，他說那是「木里王國」的南面屏漳，由於「木里王子」不准百姓獵獸，說是怕驚動了山神，所以那屏山上老林中到處都是麂子獐子「馬鹿」。我聽了心中一動，這不是可以「與麂鹿游」了麼？各原始森林中忽然伸出兩枝麋鹿椏角，用牠那雙好奇的黑眼睛和人類對看移時又悠然而逝那情味該多動人，恰巧麽些族的遷徙路線要過木里（木裡或眉里），於是我决定前往一探，對於木里我是神往已久，如今順便之中又可把這一帶的山水收入畫囊。

聽到說我要進木里，許多永寧的好友都來相勸：「李委員，你「家」眞的要進「木里王國」麼？聽說那裡的「規矩」大得很呢！」——雲南話在人稱代名詞後添一「家」字表示尊敬；我有中央博物院的一紙考察護照，便被朋友們亂喊作什麽委員。

問問他們都是什麽樣的規矩，不怕他們久與木里爲鄰，因爲不敢進去，那又何從知道？問得緊了便拿些道聽途說的資料來搪塞：什麽不准吃烟打牌啦，不准種鴉片啦，不准大聲叫喊，說話都得低聲下氣啦等等，我聽了莞爾一笑，這些條件，與我何有哉，要進木里的心更堅决了。

一、木里王國規矩重重

很費了一點事才找到一位肯帶我進木里的馬鍋頭（馬幫領隊），出發的第一天就住宿在他家裡。我同一位麽些朋友才開了個最後商討會，决定把箱子騰出一點地方擺兩升食米進去，因爲假如木里王子下命令不准與某一個客人交易，那旅行者是會有絕糧之虞的。我自信或不至於如此，但過往既有其事，族人一切都向最壞處打算。

第二天的中午我們的旅行隊在前所土司的衙門附近「打响午」，那裡正是亂糟糟地，土司家因分贓不均大鬧家務，二老爺搬來了儸儸黑夷兵，把土司老爺殺死，衙門搶光，現在儸儸兵雖已退去，土司老

爺却仍陳屍大堂之上，無人敢收屍殮葬。衙門口凌亂不堪，附近幾戶人家惶惶不可終日。我們亦趕快草草果腹急急上道，路上又聽說西北噴噶嶺的强人也來洗刼永寧，四面風聲鶴唳。我們一路加鞭把牲口趕到鳥角寺下「開野」（露營），心中才算覺得安定。因爲已經進入木里王國的地界內了。

一進木里境內，我發現到首先這位能幹的馬鍋頭在行爲上有了轉變，在別的土司境內他總是叫他的牲口偸吃人家的莊稼，可是我們一轉過鳥角旁那個小嘛呢堆，（這是用亂石堆成的經堆，上面的石塊刻着藏文的經咒，云繞行可以祈福，在這裡同時又是與永寧土司分界的標識）他一方面放棄了對帳篷貨馱的看守，一方面却加緊了對牲口的約束。我覺得他前後行爲判若二人，便含笑加以問訊。

二、西番娃兒的歌謠

他一面給我們打茶（酥油茶），一面來了畧帶羞澀的解釋：「你到了木里王子的境內，那怕你馱子上駝的是黃金，也只管敞開帳篷開心睡覺去。但是你若偸吃了他們百姓家的莊稼，那木里王子是不會答應你的。你家不是剛纔問我那個西番娃兒怪腔怪調唱的什麼歌嗎？現在得閑，我用漢話解給你聽，這是對我們的一種警告呢。」

過往的客人呀！請不要攀折我們燕麥的穗子。

——那怕你是一隻小小蜜蜂兒，

只要你飛過我們木里的地頭，

我們木里王子也會知道的！

第三天一清早，我們便開始爬上瀘沽湖邊望到的那屏高山，我一個人捨馬先登，彷彿身入雁蕩中，只少了千尋飛沫的大龍湫，却多出了萬綠參天的天目古木，你想世界上還有比這更原始更天然的大公園？——在邊疆作調查旅行常是艱苦卓絕，但有時景色幻麗使人又不禁感謝這難得的珍奇享受。

近午的時分，我望見了絕頂的坳口，一個西番哨兵正荷槍在關上巡邏。我退回去追隨大隊恐怕他滋疑，只好硬着頭皮漫步上去。絕頂上有一所哨房，事已如此，便挾着畫板直接進去。幾個西番兵馬上站起來讓我烤火。彼此說了幾句話都不懂，他們送過來一杯茶後，就這樣相對無言。

一個鐘頭之後，大隊駝馬才迤邐來到關前，就在左近打晌午，我也不知道馬鍋頭怎麼向他們介紹我的身份，總之我們是過了關。

就這樣一路無阻的到達木里大寺的附近。要進木里大寺那天我們都起個絕早，我更奇怪的看到這位一向最不講究服裝的馬鍋頭，忽然把他那頂到處亂丟的破呢帽拿過來彈了又彈刷了又刷，他那條褪了色的破襟襤褸，上半截連袖子向例是纏在腰間的，今天也破例穿上袖子——我一向看慣了袖子上身都纏在腰間的怪樣子，如今好好穿戴起來，反而看着頗不順當，他那支長槍總是倒挂在肩上的，今天却規規矩矩抱在懷中。他一面收拾打扮，一面也覺察到我眼中的詫異，便自作解嘲：『馬上要到木里王子家了，不能不體面一些，他家的規矩是大的。李委員，你家亦要把鈕子扣上才好！』

問訊之下，才知道這也是所謂的木里規矩之一：「既有鈕子，就該扣起。」——我想了一想，此事雖小，意義却深，便欣然從命，索性連風紀扣都扣上，跨上了馬，向半山腰裡的木里大寺進發。

一騎上馬，忽然覺得少了一點什麼的，一推索，原是空山環珮的獸鈴聲。在寂寞的空山裡，這是我旅途中最好的友伴，如今一缺了它，四周青山都顯得太啞靜了。在我低頭向馬身上搜索的時候，馬鍋頭看出了我的意思，笑着說：『鈴鐺在這個皮口袋中呢！木里大寺有規矩，不許叮叮噹噹的串鈴聲擾人清靜，所以我們都不敢挂，只好委屈你家一天了！』

他又告訴我大寺中的許多規矩，如不准高聲談笑，不要說撒野腔吼山歌，就是高聲喊門都不可以，却准許敲門。又絕對不准抽煙打牌，喇嘛只能聞聞鼻煙，平常人（指那特許的幾家商人）只好下下象棋看看小書，住有幾千人的一座大寺院，走進去安靜得像一座尼姑庵，眞的是一點人聲俱無。最後他總結了一句：「這裡的規矩太多，只怕你家要過不慣吧？」——我聽了心中一笑，這正是我求之不得的好環境，人聲吵雜是我生平最怕的一項懲罰，如今得明文規定一概赦免，只怕我欣喜還來不及呢！

下面來了一陣很急的馬蹄聲，我勒馬停在路邊，只見一連上來了五匹白騾子，上面坐着五位披着袈裟的中年喇嘛，最後的一位喇嘛還在騾子背上對我作了一個問訊的禮節，然後超越我們爬上山去，這時我才看見在他們的背上都負有一板「經笈」。

木里大寺建築在半山斜坡上，這時候清晨的陽光剛剛拂上白白的宮牆。由於背山的森林密茂一片黝黑的顏色，越襯得那些喇嘛住宅，白白的土墻黑紅狹長的窗戶簡直就是畫了出來。在晨光逐漸下拂山谷的時候，我看到這五匹白牲口馱着那五位黃衣喇嘛迤邐上升進入琳宇梵宮之中，心中異常感動，覺得這就是畫，覺得宗教眞偉大！覺得木里大寺興旺的氣象果然不同！

馬鍋頭對我說：「剛才過去的是一位很有名的僧官，他在西藏學經九年，得到「格西」學位，這是他回家先看望了母親再回到大寺去任職的！」——怪不得他背上還負有經笈，這大概就是留學西藏的標幟了。

我們追隨那五位喇嘛的後塵，沿着一道斜上山坡的道路前進，漸近木里大寺，景象迥然不同，首先觸人眼簾的是路中間的嘛呢堆越來越多，越來越大，而且上面的經咒，藏文的唵嘛呢叭嘛吽六字眞言越刻得清楚整齊，不怕只是路上的一個經文石堆，處處都表示出這是精心誠意堆砌成的作品。

在一個小小的山坳口上，我遇到了一個最大的嘛呢堆，不但經文石板刻得整齊講究，而且非常新鮮，都像是剛剛安放上去一樣的乾淨，給人一種煥然一新的感覺，不由人不對之注意。這時候馬鍋頭很快地跑到我的馬前站住，說：「我再告訴你家一個規矩好不好？」

——「好。」

——「就請你家下馬一下！」

原來這就是他所謂的規矩，——因為轉過這大嘛呢堆，就平望到木里大寺了，所以「文武官員，到此下馬！」我也遵命滾鞍下馬，轠繩在手上，就這樣進了木里大寺。

三、喇嘛寺院純陽無陰

木里王子既是國王又是教皇，木里大寺既是寺院又是衙門，所以我牽馬走進大寺寺門，心情嚴肅而欣喜。我到邊地來原有兩個目標：一個是西藏的神秘王國，一個就是木里的宗教王國，如今得平安無阻地進入木里大寺，可以想見我心裡喜悅之情。同時一路上聽到說這裡規矩之多及寺院的莊嚴，不由的心中又畧帶嚴肅，唯恐自己有失於檢點的地方，使自己及後來者都不方便。

馬上有一位僧官出來用西番話向馬鍋頭問了幾句話，並沒有留難，我便隨着馬鍋頭來到一家鶴慶商人的門口。寺院之內鴉雀無聲，好說話的馬鍋頭也不再嘵舌，我只見幾棵參天古木的底下，有幾個喇嘛閱經參禪。

馬鍋頭用手敲了幾下門，沒有人答應，他就地檢起一石頭向屋頂上拋了過去，石頭在木板搭成的屋頂上咕嚕咕嚕地一滾，上面的小窗戶中就伸出一個人頭，向我們一張望，馬上就有人下來開了門。

我很不以這種「投石問路」的辦法為然，我想石頭落在天井中是很危險的。然而馬鍋頭低聲對我說：「這也是大寺中的一項規矩，寺內不許大聲喊叫，若呼門不應，可以用石頭投進去，這裡房子建築形式特別，當中的小天井是牛馬牲口的圈房，根本就不住人，所以沒有什麼危險。」這樣說來，又是我少見多怪。

貨馱卸好，我同商號上的李四堂先生才說了兩句話，一位僧官飄然而入，呵！這不是剛才在騾子背上背負經笈的那一位喇嘛嗎？我正在詫異，還以爲他來商號有什私麼事，不料一經通譯，他竟是開門見山的問：『李委員，你家還是願意住在此地還是願意住在大寺的客房中，那邊是一切都已預備好了。』一點也不突兀，我一進入木里境內，這邊就已得到了情報，邊境上那些喇嘛經堂都是情報機構，所以我未入大寺，這裡對我的一切情況都已瞭如指掌，一路關關無阻的原因在此，這位僧官在驟背上向我行禮的原因也在於此。如今再經這麼單刀直入的一問，木里境內一切果然都不平常。

這倒還是一個問題呢，依理我當去住大寺的客房，更多的接觸會有更多的了解，只是言語隔閡十分不便，四堂先生又使眼色留我，再加上已經知道，大喇嘛（即我們所謂的木里王子，由於一切都是宗教第一，所以在木里境內大家都稱他家爲大喇嘛。）不在大寺，現在枯巴地別墅，一切在這裡無從接洽，所以對便對這位唱喋（僧官名）說我願意就留在這裡。

這位僧官走的時候，對我的臨時主人說：「這只能算是大寺方面指定這位委員住在你這裡，你要好好地照應。他家既然急於去會見大喇嘛，我明天早飯後派人送到枯巴地去就是。」

我的臨時主人送走了管事喇嘛，回過頭來對我微微一笑，說：「這都是木里家的官樣文章，你家住在我這兒敢比在大寺客房內要好得多。我進木里好多年了，外邊消息一點也不知道，聽說這兩年來外邊的仗火打得厲害，也不知是個什麼樣子。因名片上知道你家還是一位新聞記者，今天咱們要談上它一天半夜才好！」──中國眞夠得上偉大，那時候對日本血肉抗戰已進入第六個年頭，居然有些地方還只是在「聽說」。

我說：「那是當然，只是你得以此地的經驗來同我交換。」

四、陰森森的喇嘛衙門

吃過茶後，他領我去看大寺的經堂同護法神堂，喇嘛寺我觀光已多，沒有什麼使我驚奇的地方。只是在經堂旁邊，另外有一座城堡式的建築深深引起了我的注意。城門上像蟒蛇一樣的有一根很粗的鐵鍊盤垂在那裡，兩邊列有兩架打人的紅黑板子，一端染成血淋淋的紅色，再加上兵衛森嚴，使人有凛然不可犯的恐懼感覺。幾個喇嘛有事在這裡行動，頭也不抬，疾趨而過。四堂先生強作鎭定，把我拉在一排醜陋的牢房背後，咬着我的耳朵說：「這就是大喇嘛的衙門！」──那些刑板及鐵鍊是爲犯罪的人預備的，並且還告訴我，今天還算運氣好，沒有看見砍斷了手脚的犯人在外面爬行，因爲木里的刑法很重，偷東西就活生生的斬手，偷逃就活生生地砍脚，眞是令人慘不忍覩不寒而慄！

大概四堂先生看出了我神色之間有點不大自在，便又找補上兩句：「不過這些重刑都是對付西番族中的壞人的，對外來漢人從不如此，治漢人用漢法，頂多勒令出境就完事。而且到現在，漢人在這裡沒有犯過木里的大法，誰看到砍手砍脚拖着七八十斤的鐵鍊在地上爬行不感到害怕呢？再沒有人敢在這裡爲非作歹！」

我說：「我們到山頂上去玩一趟吧！聽說大喇嘛在那裡有一座花園很不錯。」

由山頂上下來，經過喇嘛們的住宅區，我看到幾個喇嘛彎着腰背着長木桶在運水，我不禁立脚站住。因爲在那些古宗西番人的地區內，背水向來是女子的專利，身體雖彎，水桶却要永遠保持垂直才能使水不向外溢，這需要長時間的操練，並不是每一個人在短時期內就可以會的一種技巧。麼些族的女郎從五六歲走就用特製的小小木桶背在身上操練，本里的喇嘛從那時起怎麼也學會了這一套專門的技術呢？

四堂先生看出了我的疑問，低聲笑着說：「這也是木里大寺的規矩之一，這裡不准許女人進來，所以喇嘛們也只好自己背水了，他們都很經過一番操練呢！咱們漢人不是有句話麼？未學做和尚，先學做婆娘，用在這裡眞是再合適也沒有了」。

不但是這樣，而且把這一項規矩推演到了極端，女人不准進來還覺得不夠徹底，推而廣之，凡是雌雄性的生物在大寺之內都一律不准豢養。所以寺狗是有的，但清一色的是雄犬，鷄也有的，但只准養公鷄。管事的喇嘛常常會到那幾家商號中來麻煩查訊，說是又聽到有母鷄的叫聲了。——眞是天下之大，無奇不有。

我是剛打永寧過來，那兒是母系社會，一切一切，盡是娘兒們的天下，跋扈到連兒子女兒都是母親的專利品，爸爸兩個字根本就不在語彙中出現。男子們都飄流一世，只盡了雄蜂雄蟻的天職就一無所有的死去，眞是一個「陰盛陽衰」的世界。想不到就在它三四日程外的北方鄰邦，這兒又有這麼一個地域，把世間一切雌性生物一律屏諸門外放之四夷，眞也是物極則反。永寧有名的被人稱作「女兒國」，那這座木里大寺眞可以叫做男子城了。——再也想不到只隔了幾天路程，我便從人間的「陰極」走到了「陽極」。

五、木里王子豐盛饋贈

和四堂先生很痛快的玩了一天談了半夜，第三天剛吃過早飯「唱喋」派來送我到枯巴地的馬匹已經等在門口。對四堂先生道了聲暫別，我便向大喇嘛的鄉間別墅進發。那地方我雖然沒有到過，但是據說很容易辨識，房頂上全蓋的是琉璃瓦，一切都仿故都北平內廷的式樣修建。

下午三四點鐘我在一座山脊上看到下面有一座廟宇，房頂上發出琉璃瓦的光輝，我知道是已接近目的地了。

山坳口上已經有兩位着漢官裝束的人在等候着，一見我到，馬上便說奉大喇嘛之命已在此等候多時。我趕快下馬，他們隨即送上自己的名片，我一看正是我久聞其名尚未謀面的兩位麗江朋友，我聽說他們在木里時曾由永寧寄信到麗江，託麗江老朋友寫信來給我介紹，我把介紹信掏出來回遞過去，他們兩個口中唸唸有詞地先把大喇嘛的客氣話向我背誦了一遍，算是交代了公事，然後拆開介紹信，畧一瀏覽，便哈哈大笑起來，接着握手言歡，眞是一見如故。

這兩位師爺一位姓楊，因爲生在麗江，又有「金生麗水」的故典，所以便名麗生。另一位姓和名復初，寫得一手好顏體小楷。他們把我送到一位喇嘛的樓上，向我說明現在已經四五點鐘，大喇嘛例行會客的時間已過，由於他家每天工作都有一定的時間，不能亂了規矩，所以指定這間房子供我住宿，明天早上六點半是他家會客的時間，那時候由「門公」（木里王國的宰相）派人來接我過去。

他們要回去向大喇嘛復命，我便交給他們一張名片請代爲向大喇嘛致意，這時候我覺得是少了一點「贄見之禮」，但在萬山叢中又有什麼辦法？

我們剛把行李打開理好，楊師爺他們又來了，手中托着一張特大號的名片，向我面前的小几上一放，又是唸唸有詞：「大喇嘛見到你家的名片，知道你家到了，很喜歡！恐怕路途之中食糧蔬菜不方便，又不容易買到，所以叫我們代送來一點菜蔬米麵，希望你家不要見笑收下……」話還未說完，一陣脚步聲，上來十條西番好漢，每人手中都托着一個篩子大的竹籮，上面放一些米、麵、青菜、肉、鷄等。上樓來十條好漢一字擺開，專等我們接收。

我因自己帶的糧食還多，便堅決地婉謝這饋贈。

和師爺看這局面有點僵，悄悄地用麼些語對我說：「這也是他們的一項規矩，你家收下無損於自己的身份，不收怕增加他們的疑心。」——既然又是規矩，只好收下。侍立已久的十條西番好漢這才化嗔爲喜，把食品放好，魚貫下樓而去。

這時我才注意到面前那張特大號的名片，上面印了五個大字：

項扎巴松典

向楊師爺他們請教後，才知道這項是大喇嘛的姓，扎巴松典是名。西藏人多以四字爲名，這裡信奉黃教，屬西藏系統，所以扎巴松典原不奇怪，奇怪的是在這前面還有一個漢人的姓。木里王國地理的位置是在漢藏二族之間，想不到大喇嘛的姓名亦是漢藏合璧的。上一任大喇嘛是「此稱扎巴」，這一任是扎巴松典，那這還是一種奇特的世代聯名制呢！

六、「作王賓客」的等級

晚上我去回看楊和兩位師爺，從他們那兒又知道了許多木里地方的規矩。其中有一項頂有趣的是那位「門公」區分客人等級的方法：在宮庭接待室的對面，每逢有客人來的時候，總會有一排侍應的人在聽候呼喚，這一排侍者與「門公」大人有一個「不成文規定」，他們要知道客人的等級就只看那位「宰相」的手指，假如這位大臣在和客人對談的時候，裝作無意的用中指搔了一下頭髮，於是對面的侍者就心中有數，這是一位不大不小的客人，應該趕快送茶送水過去。假如他用食指搔了一下，這便是一位很重要的客人，茶水之外還需要點心供應。如果宰相動了大姆指，那不得了，把最好的供應全部呈上，全班人馬屏息侍候。反過來說，假如門公大人用小指作了個表示，這就是告訴他們，來者的身份不關重要，侍候都用不到，全班人馬就此散夥回家。

我又探聽了許多他們宮延中的禮節及言談應對上要注意的地方，不過我對這項以指頭分等級的規矩最發生興趣，因為我明天就可以「兌現」，看看這位宰相要把我這位「不速之客」分到幾等幾級之上。

次日天剛有點亮，宮廷派來的人已在等候，我記得走出門時，路也看不大清楚。可是大喇嘛已經在接待客人，我心中想也不知道他家用的什麽鐘錶，一年四季都準確如一日，比起附近各土司把時間不當回事拚命以烟酒賭博來報銷，那眞是天地懸隔了。

路上一個人也沒有遇到，轉過一個灣望到大喇嘛別墅大門的時候，「門公」已經站在那裡了。並不能說看得十分清楚，我只覺得這位宰相面目清癯，竟然充滿了書卷氣。他是藏文的秘書長，想是西藏經典讀得通了也一樣的睟面盎背。一條澗的黃絲帶由腰間下垂及地，頗有點像是戲裝上的打扮。他一見我到，趕快用漢人的禮節，彎着腰用手把我向裡面讓。

進門轉兩個彎，便來到一所大庭院中，這時候天色大亮，我看到四周房頂上全是黃色琉璃瓦，在萬山叢中不知道他家用什麽方法竟能弄來這些罕見珍貴的建築材料。四面看去，很像是一座廟宇，怪不得人家說廟堂之上。四周都是走廊，門窗上及走廊壁上全部彩繪，因為地近西藏，石青石綠容易得到，眞畫得金碧輝煌！畫材倒全是漢人風俗，一面大牆上畫了一壽星蟠桃之類，分明是請漢人畫工來繪製的。

庭院裡打掃得一塵不染，在接待室的進階下，安放了一小綑新鮮的蒲艾。我在研究麽些經典時知道艾是祓除不潔之草，不知道今天放在這兒是不是這個意思，然而這當是一種儀節上的安放，我便從上面跨過去進到大喇嘛的會客室中。我坐下向外一望，果然不錯，一排侍者雁翅一般的已經站在對面廊下了。

七、謁見神秘的木里王

我們這一位「宰相」很不凡，漢語講得相當好，先說了一陣昨天分不開身來迎接的客套話，我畧一寒暄便直赴本題說明是為了一個純學術上的問題：想在大喇嘛轄地的西北方去踏勘一番，那裡是麽些民族的老家，我很希望能到無量河上去覆按他們的遷徙路線。另外若有可能，海拔兩萬尺的噴噶嶺大雪山就在附近，久聞那兒白雪三峯碧湖一涵景色奇絕，徐霞客先生當日曾有往遊的壯志，望大喇嘛能助我代霞客先生完成他未了的心願。

這一下子把題目講到我們宰相的勢力範圍之外了，於是他站起身來，說這些問題應該是由大喇嘛親自來回答，而且他家已經等候許久，待我去請他家過來。

門公出去之後，四周沉寂無聲，那一排侍者立在對面就像一列石彫泥塑的人像。遠處有人下樓的聲音（後來才知道大喇嘛就住在樓上）聽着聽着轉過走廊來了。門公滿面肅然的低聲來向我報告——他家來了！

我剛要出門去迎接，大喇嘛已經滿面笑容地走了進來，他家光着頭穿着一身黃袍，上面還有花紋，是不是蟠龍如今已記不大清楚了。給我的感覺，是胖胖地、光光地、黃澄澄地、笑咪咪地。看着他家雍容大雅的樣子確是很有福份。他把我讓了坐，然後就坐在我的對面。

底下的節目就很有點像是演雙簧，他家滿面笑容地把嘴嚅動了幾下，規規矩矩侍立在他背後的門公就一本正經地把剛才他說給我的那套客氣話重述了一遍，只是把口氣都變成了大喇嘛的。我自不免也隨機應付了一番。

一套客氣話表過，門公用眼（沒有用手）向外面一張羅，一隊侍者就送上「茶」來。看來他們已在走廊下候立多時，宰相一使眼色，便見端盤的、捧盒的、執壺的、持盆巾的、奉茶盞的、供匙勺的、一個一個挨着門壁小心翼翼地把茶供在我的面前，一套極名貴的茶具及一大盤有名的木里「糌粑」（燕麥炒麪）都安放在它們應佔的地位上。

帶頭的一個侍者，他手中捧着一把滿鑲嵌着珠寶綠松石的酥油茶壺，向我面前的茶碗中斟上一杯，然後趕快退去，又背依着壁板屏息地伺候着。

大喇嘛叫門公向我讓茶，客氣地問我吃得慣酥油茶不？當我回答道非常欣賞這種奇異的飲料時，大喇嘛非常高興，說正恐怕我吃不慣酥油茶的怪味道呢！

——其實，這都是他們故意弄的玄虛，我能不能吃酥油茶，他們早有情報，不然他們也不會貿貿然然就端出茶來饗客的。——在這時我想起西番娃兒唱的那隻小小蜜蜂兒的民歌了。

木里的「糌粑」是有名的，由於它的細。我心中想，看看木里王子御用的糌粑又是如何的一個細法？——但是依照規矩，「糌粑」在這場合下是用作下茶的點心的，所以我便端起茶來呷了一口。

茶一入口，我立刻覺到不同尋常，像是沒有黏顎就囫圇地自己滾下了咽喉，卻留落的餘香滿口，口腔內像是奇異地打掃了一遍的清爽，由腦門至全身都特殊通暢起來，古人所謂的兩腋風生，這時我才相信真的是實有其事。

八、好麻煩的酥油茶

我再呷一口茶仔細品味，忽然聯想到湼槃經上所說的如飲『醍醐』。——從乳出酪，從出酪生酥，由生酥出熟酥，從熟酥出醍醐，不是與我面前這杯酥油茶的製造程序正相符合麼？

這全不誇張，你不要小看了這麼一杯酥油茶，在它的背後竟有一個很龐大的機構存在，而且是全盤科學化的管理。原來在木里王子的御厨中單有一位茶官，在西番語中叫做「價沙」，他帶領着一支七八個人的隊伍，卻只管供應這麼一小杯的酥油茶。先由酥油說起，每當百姓們來給大喇嘛磕頭（訴訟或問安），時常呈上來頂好的酥油，不然，大喇嘛自己有犛牛場，每天總有最新鮮的酥油送來。這就先經過茶官的檢驗，選出一餅最好的，叫人稱準了一次的份量備用。另外又把茶葉檢好稱準份量放在鍋裡熬煮，當火候色澤都恰到好處的時候，先很精細地濾過，再倒入酥油筒中，放進定量的鹽，加上選好的酥油。物料齊備，下步一的工作就是用攪拌器使水乳交溶。於是走過來第一條好漢，用手按住酥油筒，一手捏住攪拌器，一上一下，實足打夠一百下，一下也不准多，一下也不准少。一百下打完，走開！又過來第二條好漢，他如法泡製的再打足一百下，又向第三條好漢辦移交。這樣實數打足三百下，水乳完全交溶，這才裝在珠寶鑲嵌的藏式茶壺中獻給大喇嘛飲用，你想這樣的酥油茶還會不好吃麼？——當然，這原是備王子專用的，不過有時「作王賓客」的也可以叨光嚐鼎一臠，我就是以這項奇特的資格才能飲用這杯珍貴的飲料的。

我忽然想到，站在我背後那一位提壺者必非常人，是不是就是那位「價沙」茶官呢？我不禁回頭輕輕地看了他一下。他當然是誤會了，趕快又執壺為我斟上第二杯醍醐。

在事前我已探聽清楚，知道王子饗客以酥油茶那是重禮，客人自亦不應失儀，一杯不飲，怕主人見疑，一連吃上五六大杯又太「饕餮」，所以我是早已成竹在胸，決定小飲三杯取一個中庸的數字。因此在第二杯時我仍沒有把茶呷乾。這是藏人的規矩，不把茶呷乾那就表示你還可以喝，倘若把茶底呷乾，那就表示你不要繼續飲用了。

我把第三杯醍醐喝乾；舉杯向大喇嘛道謝，他見我能吃酥油茶，又知道當地的規矩，「龍心大悅」，於是撤去茶具之後我便把此行目的和請求幫忙的地方簡要提出，一經轉譯，他家異常之客氣，說凡是在他境內我所需要的協助沒有問題的全部供給。

這就不是我原先所敢奢望的，我只希望在木里旅行一趟不受阻攔，因為他家若下了斷絕交易的命令，那旅行者是會有陳蔡之厄的。反過來說，假如他家與你方便，只要說了一句話，你可以不帶任何東西在他國土內暢遊一過。總之在木里境內他家的權力是絕對的，一旦身入其中，那就會知道他家這一句話是如何的重要了。

正事已畢，大喇嘛看看我途中的速寫，又聊上幾句閑話我便乘機告辭。大喇嘛一定要降階相送，我遜謝不遑。他家一再固執，我恐怕又是規矩，便只好先他家而跨下那東蒲艾。猛一抬頭，吃驚不淺，原來這時候滿宮廷都是侍應的人，却一律矮了半截，就像木匠用的「曲尺」，都把上身與下身彎成了個九十度的直角，一點聲音也沒有。這一下連我也鎮懾住了，我正在向門公讓禮，見此情況也驟然一楞。大喇嘛仍是滿面笑容熟視無覩，我却心中歉仄不安，為了使這班廷臣少受罪，我就加快一點步法向外走去。在二門口外又遇到幾個宮廷中人，他們一見是大喇嘛出來了，倉皇失措，躲避不及，就背轉身把臉藏向墻角。這使我知道他家不是常常這樣出門送客的，由他們滿臉恐懼詫異的表情很明顯的可以看出。

大喇嘛要囘木里料理政事，我却先要到一個美麗的風景區夾谷去玩一趟，大家約好在木里大寺再會，我便在別墅門口和他家及門公作禮而別。

最遺憾的是，我到底也沒有看見這位木里宰相用手指把我這位奇特的客人分別在那一個等級之上。

九、你願意當木里王子嗎

大喇嘛約我在木里大寺再見，因為他就要囘木里料理政事，我是要先到距這裡一日程的一個風景極佳的夾谷地方去一趟。

在夾谷玩了兩天後我又囘到木里大寺住了三四天，在這幾天中，我更知道了一些所謂的木里「規矩」：

譬如說出巡，木里地方有三處大經堂和衙門，以三角形的位置分佈在木里王國境內，就是木里、枯魯，同瓦爾寨。每一年大喇嘛住一個地方，搬家的時候叫做出巡，先一個月就叫百姓修路鋪路，這都是有一定的規矩的。出巡的那一天，先派上八名穿豹毛戎裝的壯士，手執豹尾鞭，騎着高大的西寧好馬在前開道，這八名壯士都是揀出來的好漢，一得到出發開道的命令，便都怒目切齒的向前方亂衝，不但只向前，左右幾十步內都是他們的範圍。只見他們怒奔山坡（反正他們是人飽馬壯）舉起豹尾鞭，見什麼打什麼，見到石頭打石頭，見到樹木就打樹木，就這麼像發狂了的一樣怒揮一陣，一直到人仰馬翻才歇手。事後常是有人和他開玩笑，今天你是死了父親麼，這樣的發亂脾氣？——壯士囘答的一本正經：「不要胡說，這是相傳下來的『規矩』」！

這一點我倒似乎有一點明白。這就是所「儀仗作用」，看木里王子出巡的那一天，他家御廐中的二百匹西寧馬全部出籠，衞士全副盛裝，排了無窮無盡的場面，說穿了都是用來「吓唬鄉下人」的。就是所謂的「眞命天子」不也是一介凡夫麼，所以有「十步之內，王不得恃楚國之衆」的明亮話，就是皇帝亦老老實實的是一夫之敵，他做那許多排場做作，亦有苦心，為的就是給人一個「不同尋常」的感覺，他好以此「政治作用」統治他的臣民。拿破崙那矮小傢伙在家庭中是最樸素不過的，但一出門他便要世界上最輝煌的儀仗，那理由是極顯明的。

由這裡講開，有一位久往木里數次躬逢其盛的朋友不禁感嘆了一聲，說：「北京的皇帝咱們沒有見過，只是看到木里王子這副排場享受，人若能如此一日也不虛此一生啊！」

同時另外一位朋友就又提出一個反對的意見，說：當然，假如叫我當一兩天大喇嘛，那無論誰都願意嘗試一下的，但是假如說請你終身來當木里的大喇嘛，我想你假如知道當大喇嘛的那些「規矩」，你也不見得就會爽爽快快答應這件「美缺」吧。試舉幾個小例來給你看：

我們都很羨慕大喇嘛住的華美宮殿，那上面不是有一個平臺嗎？大家都知道這是大喇嘛的瞭望臺，他家每一天有這麽三次幸臨平臺的機會，也可以說他家有三次出來透氣的特權，因為僅僅的只許三次！據說有一天大喇嘛心中高興了，多登臨了一次。當天沒有話說，因為上朝時間已過。到第二天上朝的時候，門公就向大喇嘛行禮請問——大喇嘛，你家是不是疑心我們老百姓他們要造反？

——沒有這回事啊！

——據說昨天大喇嘛，多上了平臺一次，於是百姓們議論紛紜，說是大喇嘛不信任我們，以為我們要造反，所以他家四次上平臺觀察。假如大喇嘛你家原沒有這個意思請以後還是每天登臨平臺三次，因為這是咱們木里相傳下來的「規矩」呀！

不但這樣，我還聽說前些時我們這位大喇嘛到雲南拜會龍雲主席，龍主席送了他一些象牙筷子等。他家很喜歡這套東西，每當吃飯的時候就把這套東西擺在面前，雖不能用，聊以快意。可是後來仍然那一老套，這一批東西到最後都入了庫，仍是用手吃糌粑。因為這都是木里的「規矩」在管着的呀！

還有，大喇嘛每天的工作都那麽合乎規矩，以自身當了菩薩，行動又那麽不自由，所以也不能結婚享受家庭樂趣，老兄！眞請你去當大喇嘛，你肯去幹嗎？

這位朋友把他意見說完，我忽然想到皇帝的「稱孤道寡」，雖然他家的權力是絕對的，但是孤獨的孑然一身，白夜都在有形無形的「規矩」的網織中，這「寂寞」的味道眞是可怕，假如要我當木里的大喇嘛，我這時想全無考慮的必要，一定是乾脆的敬謝不敏。（未完待續）

治療風濕有良方

徐守恕

別人隱藏「祖傳秘方」，作為賺錢的利器，現年已經七十歲的廖貴興老先生，卻公開自己的秘方，負責為貧民患者治病，這是一個默默行善的故事。

廖貴興老先生，家境並不富有，最近三年，卻免費地為兩萬多風溼患者治病。

主要是因為廖老先生的子女，都已長大成人，有了自謀生活的能力，致使廖老先生了無牽掛，專心做他自認為應該做的事，他現在仍在台北市民權西路四十六巷十二之一號住處，繼續為貧民患者免費施醫。

廖老先生世居雲林縣虎尾鎮，五十多年前，他十六歲的時候，就拜在當時極負盛名的醫師廖浪獅門下，專門研習中醫中的風溼病症治療法。

廖貴興老先生，現在虎尾老家中，仍然保留了兩甲農地，專門種植他苦心栽培成功的風溼症秘方——金絲白馬鞍藤，這是他為人治病的主要藥材。

目前這兩甲農地，由廖老先生的長子廖萬鶴負責照顧，藥材收穫後，廖萬鶴自己留下一部份，就在當地為貧民免費施醫，另一部份，就轉送到廖老先生在台北市的住處使用。

廖老先生說：他之所以這樣做，主要是受了先師廖浪獅遺訓感召，「學劍，是為正義，學醫，是為濟世，只要生活無匱，每一個學有專長的人，都該貢獻自己的力量，造福那些不幸的人」。

廖老先生並不僅是自己貢獻力量，還教導他的子女也要盡到一份做人的本份。

這兩三年來，廖老先生免費施藥醫治的風溼病患兩萬多人中，只有極少數未能痊癒。

東濱文集

第二輯 一九七〇年——七五年

作者：徐東濱　出版者：香港中國筆會　頁數：七百頁

總代理：九龍花園街73號友聯書局　定價：港幣二十元、美金五元

本集包括「散文」十五篇、「論說」十八篇、「觀察」一百五十六篇、「其他」十九篇，共七十餘萬字；道林紙精印，二十四開本（六吋乘八吋）。「散文」部份皆係作者以「藕芽生」筆名，在「中華月報」發表之「放平閒話」；「觀察」部份皆係作者以「王延芝」筆名在「星島日報」發表之「灌茶家言」。

在本集所包括六年期間，作者除担任星島日報評論員之外，並担任友聯研究所所長、「中華月報」總編輯、香港中國筆會義務秘書等職。過去二十餘年作者有中英文著述約二十多種。

「東濱文集」之第一輯，包括作者一九五〇——六九年若干作品：「論說」部份分為「思論」（七篇）、「文論」（五篇）、「政論」（四篇）、「觀察」（七篇）、「雜說」（五篇）；「創作」部份分為「小說」（二篇）、「戲劇」（三篇）、「散文」（四篇）、「詩歌」（九篇）；亦係由香港中國筆會出版、友聯書局總代理；「第一輯」三百五十頁，定價港幣十元。

以上二輯皆可向友聯書局總代理，照定價不另收郵寄費用。

梅花調和醋溜大鼓

·丁秉鐩·

京韻大鼓藝人，地位僅遜於劉寶全的，有一位白雲鵬。他是河北省保定縣人，唱大鼓的字眼，雖然京韻，還不能完全祛除鄉音。他的腔調不同於劉，因爲嗓子沒有高、亮之音所以用低徊婉轉的聲口，聽慣了倒也別有風味。

大鼓書和國劇一樣，大部份節目沒有劇本，是用口傳心授的。但是有一位韓小窗，清末人，他寫了不少子弟書鼓詞劇本，其中有一部「露淚緣」，也就是紅樓夢的故事，情節很好，詞藻也非常雅馴。白雲鵬所唱的段子很多，大部份採自韓小窗子弟書的劇本，題材也是才子佳人的故事爲主。像什麽「黛玉歸天」，「晴雯撕扇」等紅樓故事，還有什麽「千金全德」，「霸王別姬」、「紅梅閣」等，劉寶全所不唱的題材。偶有與劉相同的節目，也與劉唱法不同。劉寶全的「戰長沙」分兩本，頭本「關黃對刀」，二本「箭射盔纓」。白雲鵬則還加了三本的「魏延劫法場」。當然白雲鵬對所唱節目的這樣安排，也是煞費苦心，在唱腔、題材上，盡量與劉不同，以示獨有風格。

白雲鵬本人的藝術有相當成就，論起大鼓藝人資望來，第一是劉寶全，第二就想到白雲鵬，以次再談到那些女藝人。但是學他的人却很少，因爲他那帶有一點怯味的腔調，還眞不好學，遇有好嗓子的藝人，唱劉派腔調可以發揮落好兒，倒不便撇低嗓子學白腔了。所以劉腔好像余叔岩，是熱門；白腔有如言菊朋，是冷門。後來只有一個女藝人閻秋霞，學白雲鵬，也是因爲把劉派沒學好，而標奇立異罷了。

另一位大鼓藝人張小軒，他的唱法大路，非劉也非白，只是一個特色，是越唱越快，有如數來寶。於是天津觀衆給他起個外號，叫「趕火車大鼓」，就好像他每次緊張地唱完了要趕到車站上火車一樣。張小軒的拿手活是「華容道」，一般觀衆都會學他那口「原來是關公把守華容道一條。」

梅花大鼓

梅花大鼓又叫梅花調，唱的人也是手敲鼓板，有三弦和四胡伴奏，和京韻大鼓不同的：京韻大鼓的節奏快；以唱爲主，絲弦伴奏只是托、隨而已。像國劇老生的腔調，由西皮原板而流水。梅花調則是抒情式，段子短，詞句少，節奏慢，伴奏份量比重較大。除了托腔以外，還有長過門。有如國劇青衣的腔調，由西皮慢板而二六再轉流水。大鼓不論那一類，都是先慢後快，最後那段叫「上板」。

梅花調分南北兩派，南派宗匠是金萬昌，他原籍蘇州，却南人北相，生得身高魁梧，傻大黑粗。但唱起來却細聲細氣，尤其描寫小兒女態的時候，表情嫵媚，令人啞然失笑。他還有一個毛病，逢到唱一個得意的長腔時，把眼睛一瞇縫，兩隻脚脚趾着地，脚後跟提起來，他本來就身體高，這一來又高了半寸。不過，他唱的技巧，卻是悱惻纏綿，迴腸蕩氣，爐火純青，觀衆激賞嘆服，百聽不厭。金萬昌以梅花調大王的身份，紅了許多年。

學金的人不多，他只收了一個徒弟榮少昌。唱的氣力充沛，不過火候比乃師差遠了。

北派梅花調始自天津的花四寶，她的梅花調原來也是學金萬昌的。後來覺得金的腔調太過沉悶，沒有高潮。就在腔調上加以改良，在柔媚中偶有明朗，突出之處，使人耳目一新，因此觀衆歡迎，蔚成型態，梅花調有了花派，以後一般梅花調女藝人也都宗花派唱法了。花四寶退休以後，出了一個花五寶，嗓子不錯，唱的技巧遜於花四寶。不久又出了一個後起之秀花小寶，後來居上，成了梅花調的紅星。

所謂花幾寶都是藝名，花小寶姓史名文秀，資質聰明，虛心學習，人又生得漂亮，圓圓的臉，兩顆大眼睛，皮膚白皙，體態豐盈，一副十足討人喜歡的相貌，所以出台沒有多久，便很快紅紫起來。花小寶對藝術很認眞，吐字清楚，行腔圓足，唱得滿宮滿調，觀衆極盡視聽之娛，號召力便與日俱增，而也鞏固了票房的基礎。自民國三十年至卅七年這個階段，平津雜耍館競相聘請，聲勢日上，成了雜耍界炙手可熱人物。

梅花調的節目不多，只有「三月三」、「鴻雁捎書」、「黛玉葬花」、「黛玉悲秋」、「摔鏡架」、「吉元和番」等十五段。花小寶後來找人寫了一段「拷紅」，算是她有十六段玩藝兒。每天早晚兩場演唱，一個禮拜就要把節目翻一次頭，一個藝人在台上叫座七八年始終不衰，不是一件簡單的事。

談到梅花調，要談到一位彈弦子的名藝人盧成科。他自幼盲目，便潛心學習弦索。因爲天分高，悟性強，不但會的多，手音好，而且富於創造性。花四寶、五寶、小寶都由他伴奏，事實上花派腔調的創造，就是他同花四寶共同研究出來的；而花五寶、小寶以及其他女藝人的梅花調，也是他教出來的，這個人是曲藝界奇才。

北平鼓壇有個女藝人郎小霞，唱梅花調，宗金萬昌，藝術平平，只是在梅花調地界，佔一席地而已。

西河大鼓

西河大鼓是發源於河北省西部，溯河而上的一種大鼓，因此叫做西河大鼓。

西河大鼓的唱法，唱的人不用檀板，而手敲一對梨花鐵片，所以也叫做梨花大鼓，或是鐵片大鼓。同時伴奏只有三絃，不用四胡。

這是一種民間藝術，腔調簡單，詞句俚俗。最早只流行於鄉下，在茶館、廟會演唱。後來因爲天津是各種曲藝的薈萃之地，西河大鼓便流入天津試一試，因爲通俗容易被人接受，便站住了，以後又流入北平，從此西河大鼓在雜耍界也佔了一席地位

西河調分大書，短段兒兩種。大書是成本大套的演義，節目有「彭公案」，「劉公案」，「大、小五義」，「下南唐」等書說部。全是由男藝人演唱，地點在書館內，後來也進了廣播電台，著名的藝人有馬連登。

短段兒是風花雪月，才子佳人，和耍嘴皮子的繞口令等節目，腔調比較細緻，也有高潮，通常是由女孩子唱，女藝人馬增芬的「玲瓏寶塔」，在平津風靡一時，並且常見於堂會，還灌了唱片。後來她又帶出一個妹妹馬增芳來。

樂亭大鼓

樂亭大鼓，顧名思義，發源於河北省樂亭縣。唱法也是手敲一對鐵片，由三弦伴奏。但腔調與西河大鼓不同，是一種酸溜溜的味道，所以也叫做醋溜大鼓。

樂亭大鼓的所以有名於世，可以說是藝以人傳，因爲出了一位樂亭大鼓的祭酒王佩臣。她是旗人，姓車，人稱車二姑娘，小時候在北平天橋棚子裡唱大鼓，後來到了天津，也是由盧成科伴奏，逐漸紅起來，在雜耍界佔了重要一席。

她有一條清脆而響亮的好嗓子，唱起來運腔有如行雲流水，妙造自然，而且口

才便給，表情豐富，臨時見景生情，揷科打諢，常和台下打成一片，引起共鳴。在打扮和行動上，完全名士派，可以說是吊兒郎當，並且倚老賣老，自稱「王佩老大臣」。同台男藝人，有時稱為「王佩老」，她不以為忤，且引以為榮，因為她紅的時候，已經在不惑之年左右了。這種獨創一格的唱法和作風，為雜耍界放一異彩，自然觀衆趨之若騖了。論樂亭大鼓的節目很少，恐怕也就是十段兒左右，大部份都是青樓題材，像什麼「妓女悲秋」、「妓女自嘆」、「想熟客」等，偶爾唱一段「摔鏡架」，算是最雅馴的啦。王佩臣和一般二十歲左右的鼓娘們同一台，年紀比她們大一倍，風頭却比她們健。不以色相號召，全憑藝術叫座，走紅足有十幾年吧，可稱藝壇奇才了。

王佩臣的年歲是一個謎，誰也不知道，問她也不說。她成名以後，一般人猜測她有四十歲左右了，但是究竟多大，沒有正確的答案。名相聲藝人張壽臣，有一次在台上說一段兒打聽王佩臣年歲的方法：「你要測擊旁敲，故意在她面前，說義和團、八國聯軍的故事，而故意說錯了。她一糾正，就馬上攔她：「咳，妳沒趕上，不許揷嘴。」仍舊繼續說下去。三兩次不許她揷嘴以後，王佩臣說了：「什麼我沒趕上啊，庚子那年我都八歲啦！這麼一算，你就能知道她的歲數啦，喲，庚子那年妳八歲，今年丙子，妳四十四歲啦！」」台下哄堂大笑，可稱謔而虐了。

學王佩臣的有一個靳遏雲，長得豐容盛鬋，倒也富態，唱法畧有形似，其實差得很遠，還是一個小王佩臣，聲口有點相似，神韻毫無。這是所謂王派樂亭大鼓的後進，但王佩臣是天才演員，可以說沒有人能傳其衣鉢。

滑稽大鼓

滑稽大鼓是用大路唱法唱京韻大鼓，加點滑稽動作。所謂滑稽動作，也無非是擠眉、動眼，用脚踢踢鼓架子而已。簡單俚俗，日久令人生厭。

唱滑稽大鼓的有師兄弟四人，藝名全取自蔬菜，他們是老倭瓜、大茄子、架冬瓜，和山藥蛋。老倭瓜資格較老，也有點聲望，久在天津勸業塲演唱。大茄子在地位上遜於老倭瓜，也常在天津。架冬瓜則在北平，地位更差，台上生活也不久，抗戰期間山藥蛋在後方頗享盛名，配合國策，編了點愛國的段子。他的女兒富杏花，也紅了一陣子。但勝利以後，却不知所終了。

杏林漫步

•劉光炎•

想寫這篇東西，已經很久。因為沒有閒空，又因為最近似乎得了與國學大師熊十力先生同樣的「腦空症」，有點怕提筆，所以一再拖延，以至於今。

昨天在衡陽街漫步，邂逅經濟學名家潘志奇教授，他聽見我這寫作計劃，極力鼓勵我提筆，這才又鼓起我的勇氣。

本文分四部份，即：①中醫也有比西醫高明的地方。②西醫比中醫高明的地方③癌症漫談。④對延醫應有常識的提供。

不過，因為提不起精神，一次寫完如此長的文章，實在不易，且讀者對此是否感到興趣，尚不可知，所以先寫一個概念，期能拋磚引玉。

本人是一名新聞界退伍的老兵，根本不曾學過醫學，有什麼資格談醫藥界的事。不過，中國有句古話：「久病成良醫」，本人身體頑健，但余妻梅君女士，却是一位林妹妹似的人兒。本人一生從未侍候過別人，但對醫生則例外。爲陪梅君看病，我曾卑躬屈節地討醫生們的歡心（希望他在診病下藥的時候，能夠多用一點心。因爲有些著名醫師，都是在診第三個病人的時候，報第一個病人的脈案和處方的。雖然他們從未弄錯，但我却不放心），又曾千方百計打聽醫生的脾氣（比方說，有位有名的中醫張棟梁先生，在南京有「活神仙」的稱號，他看病就不依掛號先後的。他的大兒子站在背後，老先生要先看誰，大少爺一歪嘴，後來的病人就先坐下來了。你等了半天，活該！）。同時，爲了梅君的增進健康，我更向許多醫學界的人，請敎有關問題。就這樣，在這漫長的近五十年的婚後歲月中，我也懂得一點醫藥方面有關的事情了。不敢說，要提供些什麼，寫一點下來，作爲這四十多年鴻爪的印痕，和愛的心影，也是好的。

在這一篇中，我要寫的，爲中西醫的比較。講到中西醫的比較，記得在國府定都南京的初年，鬧得非常熾烈。中醫方面的護法，是中央委員焦易堂先生，西醫方面的代言人，是故台大校長傅斯年先生。每當集會碰面時，雙方各持一詞，總是爭得面紅耳赤。本人在這裡，對中西醫並不願爲左右袒。只不過經常聽到許多人認爲中醫不科學，落伍，却有些爲中醫抱不平。究竟是流傳了五千年左右的一種古老醫術，在沒有西醫的時候，也曾治好過多少人。如果照那般專信西醫者的「排斥中醫論」，中華民族那裡還能延續到今天，而仍保持其優秀的素質（如我國少棒、青棒乃至歷次出國女籃方面所表現的）。

我對中醫的感覺興趣，開始於內弟張明烈的漏痔傷寒，那是一件很難治的毛病，當時許多西醫都束手無策，却經無錫一位老醫生鄧星伯先生治好了。鄧先生不但醫術高，醫德也好。他在家設有診所，看病大半不收錢，十分貧寒的還送藥。南京有一位大官（憶爲藩臺）的老夫人病了，慕名來請。這是揚名的好機會，他人求之不得，鄧老先生却謝絕了。理由是：「我不能爲一位達官貴人的老太太而耽誤了日以百計的貧苦病人求診的機會」。他有次坐船到太湖附近某地，途中遇見「湖匪」，上得船來，一問是鄧老先生，不但不取分文，並派弟兄護送到其目的地，以免再受驚擾。

我對中醫發生興趣的第二件事，是在八年抗戰甫告結束，復員還都的時候，劉瑞恒氏所主持的衛生部職員中有王姓夫妻檔，一在庶務科工作（夫），一任會計（妻）。其妻產後，腹痛不止，劉氏關照中央醫院婦科醫士，精心治療，務期治好。但結果愈治愈壞，劉氏再動員衛生部中婦科專家，加入會診。時歷半月，眼看待斃，劉氏乃命其妻休息數日，回家辦理後事。其妻歸後，鄰人告以此類婦科病，在本京三步兩橋（地名），有張姓中醫可治。並云：「前時有劉部長命專人主治，我們不敢亂說。如今他們都宣告無望，不妨且死馬當活馬醫」。劉氏姑許之。張姓醫師來，問狀，曰，「易耳」，出一藥丸，索法幣一元，並命備馬桶及煑稀飯一鍋以備病人服用。藥下後，不二小時，腹中雷鳴，由家人扶上便桶，便淤血半桶，起，覺周身輕快，腹頓飢，索粥，進一碗，次日，其病如失。其妻返署工作。劉氏方撫慰之，並告以不必過悲。其妻乃以實告，劉氏大出意外。劉氏實爲一不堅持門戶之見而能服善之人。他經此挫折，對中醫之成見頓解。當然，他是我國英美派醫學界的開山祖，不便公開說什麼。但是，對於生病的朋友，他總是勸人：如果西醫看不好，不妨請敎請敎中醫。前杭州市長周象賢氏，因爲癌症赴美就醫，劉氏知道美國醫院對他已束手，就勸他不妨回香港來找某一位中醫。

我對中醫感到興趣的第三件事，是前「新生報」董事長王民兄，其夫人關錦芳女士，在十餘年前產後腹痛，經陳故副總統辭修介紹，赴「中心診所」治療。該所名醫，以係陳氏介紹，悉心會診。（其法爲用氷塊鎮腹部，但腹中淤血經氷凝成塊，愈鎮愈痛。復因痛不能止，乃注射嗎啡針止痛。先能止痛數小時，後則時數遞減，最後竟失去止痛作用，於是病人無法支持。）其情形亦如上述劉瑞恒氏所經歷，愈治愈壞，看看待斃。我當以前述經驗相告，乃延已故婦科專家中醫汪飛白氏診治，其結果亦如前述王太太的遭遇，一劑而愈。

後來據汪飛白兄（此後我與飛白兄成好友，常相聚手談）告訴我，他在舊金山亦有一病人，產後腹痛，經常赴醫院治療，內外科治療方法都用盡了，也是全無效果。經人輾轉介紹，寄去了一張藥方，也是一劑而愈。

筆者當時曾向任衞生局長前後達四十年之久的美國約翰霍金斯大學病理學博士王祖祥兄請教。他很坦率的說：「西醫，尤其是英美派的醫生，最重求證。找不出證據，是不會下藥的。而許多病源，却不是普通儀器診治乃至用X光可以找出實證的。比如以氣運血，乃是常識，但西醫因用診察方法（即使是X光照），看不到「氣」，所以不承認它，也不針對它來治療。婦女產後「氣」弱，不能運血，腹內淤血（中醫術語，稱爲『惡靈未下』）未下，甚且凝滯，所以腹痛。不從强氣行血上下手，病如何會好。」倘用冰鎮，是反其道而行，只有愈來愈壞。經過他這一解說，我對中醫的治病，有些地方，爲西醫所不及，又加了一層信念。

最後還有一件事，也是有關中醫方面的，故中央研究院院長朱騮先氏，前幾年患氣逆，終日打嗝不止。那時朱氏已逾七十，老年犯逆打嗝，乃大忌。但久治不愈，羣醫束手，人已奄奄一息。有以詢台中「中醫學院」某教授的。他說：「這很容易治，中國古傳有百驗丹方，不過朱先生是篤信西醫的人，我不敢說，免得自討無趣。」這人說：「不讓朱先生知道，試試也好。」某教授乃告以，將病人指甲，剪下一點，放在香烟當中，給病人試吸。如其言一試，一支烟沒有抽完，病情若失。後來朱先生又活了幾年，才死於心臟病，但他一直不知道他的氣逆打嗝是靠中醫的丹方治好的。

筆者寫了這幾個故事，並無意否定西醫的地位，我只不過認爲中醫既有幾千年的歷史，難道說就沒有一點存在的價值。同時我又想到，一個民族，有一個民族的特殊體質。對於這種特殊體質，由他土生土長地方在演化出來的治療方法，也許會比外來的會更有效些。（按我國昔有南醫不慣爲北人治病，北醫對南人亦然，即此意。）因此，我對日本醫學界的方法，頗感興趣。聽說（詳情我不得而知）日本的醫科學校，對中國李時珍的「本草」，同時也加以研究的。我們只要看日本藥，有些上面寫出「皇漢特方」的字樣，就可以知道日本的醫藥界雖然進步，但對中國古老的方劑，却並不像我們蔑視。

最後，還想寫則小故事來結束本文，有一位晚報總編輯宋先生。有一次，他接到一張重要請柬，非去參加不可。偏巧他患牙痛，而且十分劇烈。萬不得已，他跑到從前信義路未打通時，橫在新生南路與信義路交界處那一大堆違章建築內，找一位台灣針灸大夫紮針（是朋友臨時介紹的）。那人叫他脫下皮鞋，在脚心紮下一針，牙痛立刻消失，這故事的眞實性也是百分之百的。

編者按：廣東蔡念祖兄之夫人李慧羣女士，於民國四十四年經台北某公立大醫院診斷患有腦癌，經住院治療後，宣佈無效，並斷言至多祇能保持半年壽命，後由台北長安西路某一無藉藉名之粵籍中醫診治，一口承認負責治好，蔡兄將信將疑，祇好死馬當活馬醫，以盡人事，服中藥半年後，李女士之病，爽然若失，迄今已二十一年，蔡氏夫婦仍住台南，一切安順，李女士不但健在，且身體硬朗，精神健旺，僅足部偶爾發腫而已，惜此中醫，已不知所往。然而由此一事實，亦足證中醫之不可忽視了。

天聲人語

內子七十生朝手製素筵賸詩爲壽　余少颿

緋桃開燦燦，香溢水仙羣，靜養禪心慧，
經宣佛號勤，古稀壽始疊，五福域彌殷，
且可哦佳句，高厨薦素芬。

新界道中　翁一鶴

難得生涯在澗阿，閒携詩思入烟蘿。
横塘水膩魚爭躍，老樹枝疎鳥懶過。
一往雲如秋士淡，重逢山比故人多。
年來慣領滄州趣，聽罷樵歌聽櫂歌。

重過梅窩　前人

海桑經眼憶前遊，山市茶坊試小留。
雨歇鐘聲初渡水，雲開帆影半遮樓。
勞蹤已負三年約，凉意微生十里秋。
漫道深棲耽寂寞，烟波隨處有盟鷗。

挽曾履川翁　前人

栩庵逝後川翁繼，恍值龍蛇厄運年。
誤逐刀圭輕一瞑，更無毀譽到重泉。
青箱舊業將安託，黃絹新辭信可傳。
名輩於今寥落盡，經壇重過獨悽然。

乙卯仲冬病坊中作　前人

摩詰無言虛示疾，東坡有藥即安心。
任教東國飄桃梗，尙待春風到杏林。
此地宜參生滅相（院中分設產房殮室），
何人不作短長吟。一樓寒雨消殘夢，
瘦影孤燈共夜深。

悼　蔣總統　張江美

北斗星沉我夢迢，國魂喚醒未容銷！
菊支秋色常留淡；松抱冬心未見凋！
千載崇勳尊太廟；萬民餘淚抵狂潮。
且將浩氣還天地，馬踏京塵告九霄。

二

不辭薪胆勵忠貞，南北東西待舉旌。
大陸崗陵將厚祀；慈湖草木已殊榮。
九州未復天如夢；百世猶聞劍有聲！
公論同欽思曠古，豈容瓦缶擅雷鳴！

丙辰重九　文疊山

風雨重陽慨九州，天涯極目怯登樓。
關河落落人思漢，行李蕭蕭雁帶秋。
長望親朋何日會，寧知戰伐幾時休。
滿懷今昔無窮感，漫賦新詩解客愁。

聞蟬（鴻社四月課藝）　陳伯祺

乍驚天籟發清音，又似清音出隔林。
幽咽每隨殘雨後，疎聲時帶暝烟深。
韻緣餐露尤高潔，形向孤枝見遠岑。
野乘早傳齊女化，騷風勵俗到而今。

梨山賓館朝起新晴微步園林口占　文疊山

一雨梨山分外驕，羣巒披綠簇雲翹，
天公造化無私覆，放眼晴空萬里遙。

與乃勛模均車經苗栗訪雨蒼　前人

車經苗栗正微茫，帶雨凝烟訪雨蒼，
几淨窗明無俗感，小樓一角讀書忙。

丙辰四月朔日孟兄敏嫂避壽南來仲兄亦夤夜趕到同入住澄清湖中相思林下小別墅作三日盤桓談今說古忘寢忘餐實大快平生之事因以長詩紀之　徐義衡

初夏漸清和，馥馥思蘭蕙。北市尙苦寒，
南疆仍綺麗。古稀神仙侶，白頭修福慧。
爲卻塵市囂，預作懸弧避。翩然比翼來，
履我容膝地。仲兄不辭勞，午夜飛車至。
先後入澄湖，相思林下憩。林中有小屋，
曲徑諸菲粹。幽蘭吐夜芳，鴛鴦梯渚睡。
呦呦聽鹿鳴，嘉賓神自醉。四老聚一椽，
合齡三百歲。定交五十年，縱論三千界。
娓娓歷晨昏，放懷天地外。談健累忘餐，
苦茗聊作菜。塔影見飄搖，波光觀自在。
堤長柳色新，湖深荷葉大。對此諸美境，
無以愜心志。契濶逾一紀，方成今日快。
同此松柏心，共此芝蘭氣。世事盡浮雲，
相知獨可貴。北望念幽燕，何時登泰岱。
把酒再稱觴，遙向長庚睇。耋耄瞬同登，
期頤如拾芥。殷勤約後期，秋中當再會。

踏莎行　雨零

曲沼殘萍，小園荒草。垂楊堤岸人烟杳。
近寒食雨又瀟瀟，可堪到處聞啼鳥。
霧鎖津涯，神馳嶺表，深山綠蕁迎春早。
一枝誰寄武陵人，烟波路上帆檣少。

臨江仙　雨零

水色山光交映，凝眸無限清凉。隨波逐浪
任帆檣。鷗盟今日踐，塵鞅頓時忘。
把盞還邀明月，依舷小夢黃粱。陶然化蝶
獨翱翔。凌雲朝岱岳，攬勝到錢塘。

蘇幕遮　雨零

綠傘空，金爐暗，玳瑁筵前，鬢影釵光亂。
簾捲香風驚醉眼。豆蔻梢頭，二月花初綻。
向人羞，移步慢，分付笙簧，徐把歌聲按。
一闋新詞腸欲斷，良夜難留，曲了人還散。

編餘漫筆

編者

這一期有幾篇重要文章，張振國先生「對軍事情報工作回憶」，是一篇前所未公開的內幕文字，在過去因爲情報工作要保密，當事人皆不願透露，故鮮爲外界所知。本刊創刊以來，先後曾刊出有關故軍統局長戴笠氏之史料甚多，但皆限於軍統局。張先生此文所述之情報工作，似在軍統局範圍之外，故彌足珍貴。文中所述周恩來對國民黨之批評，至今尤足發人深省。當茲中國國民黨召開十一全大會時，對周恩來所舉出三項缺點，更應切實檢討，他山之石，可以攻錯，勿謂惡言出於仇口也。

張靜江先生確屬近代罕有之奇人，其人不但輸財助黨，輸財救國黨，更捨身衛領袖，曾代國父出席會議，炸斷一腿，由靜江先生爲人，可以看出老輩革命黨人之情操、能力、品格，均非時下可及。而所有革命前輩行事，大率類此，國父所以能赤手空拳推翻清室，豈偶然哉！

李孔昕先生「平劇淺談」內容豐富圖文並茂，本刊一向甚少刊載此類文字，因佳作難得，編者對此又外行，無處約稿，幸得李先生相助，至爲感謝。

白鐵錚先生「故都三閥」，頗有風趣，軍閥之惡，人所共知，但不知世間尚有惡於軍閥之另兩閥在，故都亦大不易居。現代化都市，糞、水二閥均成陳跡。三十年前香港，水閥雖無，糞閥却依稀存在，而今已不可復睹。

胡士方兄「石友三之死」大文，多屬親聞史料，士方兄下筆謹嚴，不妄言一字，前在本刊所撰「淪陷時期之山東」，深獲各地讀者好評。但此文因得之傳聞，其中恐有小錯，如謂石友三曾任馮治安七十七軍一八一師師長，編者不敢斷言必無，但可能性實甚少，因石友三在七七事變時已任冀南保安司令，且其身份地位在西北軍中稍遜宋哲元，較馮治安高出太多，安肯屈居馮部師長，此事仍待查，但亦無損於本文價值。

劉光炎先生「杏林漫步」一文，冷靜探討中西醫學之優劣。中西醫之爭，始於數十年前，至今仍然存在。然爭論者多持極端，少有冷靜中肯之論。希望此文可以領導起一種風氣，使國人在心平氣和的態度下，探討兩者的優劣。若進而促成中西醫者的互相觀摩借鏡，使世界醫學醫術登上一新境界，則爲人類一大幸事也！

「木里王國的特殊風光」一文，描寫中國西南邊境一個特殊地區。若非此文介紹，恐怕一般人皆不知道中國境內，竟然還有如此一個「形同化外」的地方。本刊今後亦會多選刊此類文字，以娛讀者。

俊人書店遷址啓事

本店已於一九七六年八月二十日遷往九龍旺角上海街623號地下（亞皆老街口）自置新舖營業（電話K九六一九四四・九四四五一二）總代理下列各書

東方時裝（一－三）　每册港幣七元

服裝裁剪講座選集（一－三）　每册港幣七元

東方時裝紙樣（No.65－72）　每份港幣1.2元

錦繡中華巨型彩色畫册　特價每册港幣150元

畢卡索精品畫集（彩色）　每册港幣25元

憶祖國河山　每册港幣14元

謙廬隨筆　矢原謙吉遺著　平裝港幣陸元・精裝港幣拾元

胡政之與大公報　陳紀瀅著　平裝港幣拾元・精裝港幣拾伍元

李嘯風先生詩文集　李夢彪著　平裝港幣拾元

楚辭探賾　文叠山著　平裝港幣拾元

談蟻錄　方劍雲著　平裝港幣伍元

妖姬恨上册　岳騫著　平裝港幣陸元

各地讀者函購另加郵費二成（限平郵掛號）欵到即奉寄

俊人書店（九龍）一九七六年九月十日

野史·佚聞·
人物·風土·

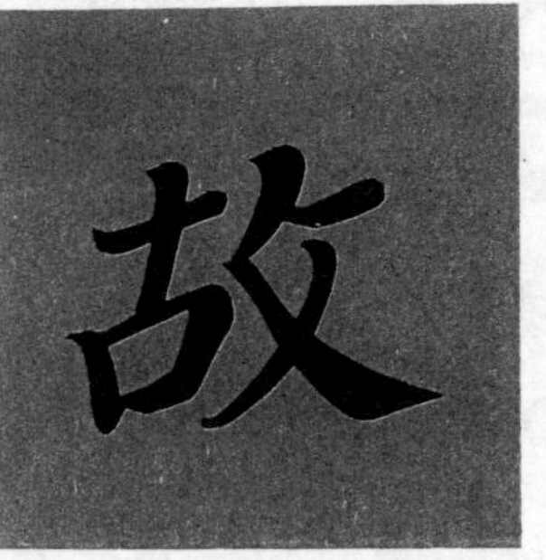

月刊

64

中華民國六十五年（一九七六）十二月十日出版

掌故 月刊 第64期 目錄

※每月逢十日出版※

第六十四期

每册定價港幣二元正

全年訂費 港幣二十四元 台幣二百四十元 美金八元

出版兼發行者：掌故月刊社

地址：九龍旺角上海街六二三號地下
通信處：九龍旺角郵局信箱八五二一號
電話：K八〇八〇九一

The Journal of Historical Records
P. O. Box No. 8521, Kowloon
Mongkok Post Office, Hong Kong.

督印人：鄧少卿
總編輯：岳騫
印刷者：和記印刷有限公司
新蒲崗景福街一一〇號超達工業大廈十樓
總代理：吳興記書報社
香港租庇利街十一號二樓
電話：H四五〇五六一 四五〇七六六
國內代理：何復國
台北郵政劃撥帳號：一〇七四三八
星馬代理：遠東文化事業有限公司
新加坡厦門街十九號 檳城杳田仔街一七一號
印尼總發行：集源公司 椰城旗桿街87號A
Dil Tiang Bendera No. 87A
Djakarta, Indonesia.

澳門：可大文具店
亞庇：利民公司
斗湖：光明書局
漢城：泛亞書籍公社
倫敦：香港文化服務社
中藝公司
東寶公司
紐約：友聯圖書公司
友誠公司
友方公司
菲律賓：華安書局
芝加哥：文華書店

羅省：大元公司
新東方公司
三藩市：益智圖書公司
文化商店
華盛頓：德昌公司
波斯頓：中西公司
千里達：中華公司
加拿大：香港商店
溫哥華：僑益書局
滿地可：明星書局
渥太華：民生書局
巴西：興昌公司

天字第一號女間諜

川島芳子審訊經過

·程　榕　寧·

民國卅五年，石美瑜偵訊號稱「天字第一號」的女間諜川島芳子，目的在取其口供，移送東京遠東國際軍事法庭，作為日軍情報首腦土肥原賢二的犯罪證據。

川島芳子是土肥原賢二的養女，甘為日寇傀儡，喬裝司令金璧輝，屠殺我愛國志士不可勝計。日本投降後，由戴笠將軍逮捕歸案。

石美瑜經過長達數月的技巧盤詰，川島芳子才俯首承認曾受土肥原驅策，殺害同胞是實。

當時，為順利取得口供，給予政策上優待，三十二歲的川島芳子被拘禁在看守所中。起初她為她的國籍處心積慮規避，後來她以為「中國人」會受寬待，便承認是中國人，並接受偵訊。其實原則上，「中國人」被視為漢奸論罪（「日本人」則以戰犯論罪）。

川島芳子陰險詭詐。偵訊工作十分棘手，在下述「川島芳子詢答筆錄」全文中，可見一斑。

川島芳子詢答筆錄

一、問：你的眞實姓名？

答：愛新覺羅氏（中文意譯為金）十代姓憲（旗習代代賜姓）名玗，字東珍，因年幼時寄住日人川島浪速家，並為便于入學起見，又名川島芳子。九一八後，自知為中國人，乃經向乃兄金璧東報由溥儀給名為金璧輝。

二、問：你多大年紀？

答：民國五年（即日本大正五年）陽曆除夕出生，現三十二歲，屬龍。

三、問：在何處出生？

答：在東京出生（母親懷孕八個月因跌了一交而早產）。

四、問：你父母是什麼人？

答：父親是前清世襲八王之一的肅清王，母親是蒙古王的格格（郡主）。

五、問：何時過繼於川島浪速？

答：民國九年四月十四日，因父亡，母又殉夫，依遺言將子女均交川島浪速撫養，乃入川島家。

六、問：你父親與川島怎樣會發生關係？

答：前清時父親曾任民政部大臣（當時卅餘歲），是親王中的革新份子，並奉旨開辦警務學校，其時川島担任清廷顧問，因此過從甚密，成刎頸之交。後來義和團事件發生，父親極力反對頑固派的妄動，挺身保護外僑，已觸西太后之怒，再又因救革命黨人汪精衛（汪刺攝政王），更遭頑固派之恨，朝廷將下旨降罪，得川島浪速之助，乘日艦干田軍艦逃亡日本。俟宣統即位，回居大連，時常來往於兩地間。

七、問：川島浪速如何對待你？

答：川島因年老（今年八十九歲）無子女，故待我如己出，並不告訴我家族的情形。

八、問：你的兄弟當時沒有住在一處嗎？

答：沒有。川島將親兄憲開（後在日本別府為張宗昌所殺）及庶出兄姊等多人收容他處，從未許相見，以防洩漏。

九、問：川島浪速對你是如何教育的？

答：1. 始終把我當作男孩子教養，使我一直到十多歲都不知道自己是女子。

2. 從小送我到日本貴族學校的男子班。

3. 從小就聘了家庭教師日人和法國人各一名担任教育。

4. 本人常對我灌輸武士道的精神，不論何時在語氣中都期望我成為英雄豪傑。

5. 對我的管理是非常嚴格，而又非常溺愛，他期望我無所不能，常以天才教育的方式施之於我。

十、問：你個人自出生日起至現在的簡畧經過如何？

答：1. 生於東京。

2. 二歲至四歲在親父母身邊居大連。

3. 四歲時父死母殉到川島家。

4. 七歲入貴族學校。

5. 十一歲被送到法國轉英國，十三歲經印度回國。

6. 十三歲下半年進鹿兒島中學，後又入貴族學校，十四歲時退學，後遂不入學校。

7. 十四歲隨川島赴大連整理父親財產。

8. 十六歲九一八事變發生，兄憲開向我說明經過始知本身是中國人。

9. 十七歲，因兄憲開及兄友謝君的勸說決心脫離川島家庭，一同回國，在旅館準備中，兄憲開在別府為張宗昌所殺，遂隨謝君至上海，住大中華酒樓，其後謝置我不顧逕自回日本，身邊一文不名，謝之乾娘包太太勸我通知川島義父，乃向駐滬大使館報告。當時大使館武官田代為義父川島之好友，當即電川島，覆電命速送返日，我因恐義父責罰，抵死不肯返日，乃由義父電長春庶兄金璧東（長春市長）親來接我同赴長春，謁溥儀。始詳知過去一切。在長春居住四個月，因感日本軍人壓迫滿州政府，欺負中國人民，遂赴天津，往來於平津兩地，因兩地均有父親的產業和府邸（房屋），並都有庶母在彼處。

10 二十一歲冬，因次年一月七日是義父八十壽辰，往日本祝壽，直至七七事變發生，其間因常發表反日本軍部議論遭忌，最後因在京都公會堂演說，觸怒軍部，下追放令，限三日內離開日本，在監視下回北平。

11 以後就一直居住北平肅王府的舊屋中，過着公子哥兒的生活，雖然在我的性格上是極厭惡這環境，可是始終未能另創一個出路。

12 在北平居住的數年間，因我時常為被欺負的中國人民打抱不平，在北平的日本軍人都說我有反軍思想，最後因我自己監禁了北平軍司令部報導部部長兼武德報社長山家（山家年青曾在義父川島家做過書僮，來北平後作惡多端，所以我用日本式家主的權力，逕自處罰了他）以後，便被憲兵監視了半年，這時已二十七歲。

13 二十八歲春，日本軍部對我下出境命令，押回日本直接送到福岡，由憲兵監禁在九州大學醫院內，更不讓我見川島義父，監禁了兩年，直到三十歲的春季始准回北平。

十一、問：你會說幾國語言？

答：除日本語文外，中國話祇會說北平話，却不能寫文章，其他地方話一點不懂，英語能說一些，法語也能說點，文都不行。在北平時因無事可做，又學過俄國話，也可說一些。

十二、問：你覺得川島浪速的人格氣質和思想如何？

答：我覺得他的人格相當的偉大正直，而富有俠義心，脾氣雖然暴燥（這或許老年的現象）而看不起人，也是因爲大多日本人士不能令他滿意的原故，他是信州藩主的後代，有澈底的武士道精神，忠君愛國的觀念，可是一直反對日本軍人，尤其如土肥原等，故意造成事件對中國用兵，當九一八後，他曾發表過言論，反對日本軍人所爲，因之被送到長野縣鄉間，不容居留東京。

十三、問：除川島外，你常常接近的日本有名人物有些什麼人？對他們的觀感如何？

答：因爲義父的門第和名聲的關係，我認識很多的貴族、外交家和社會名人，一時也說不完，現在祇能提出很少的幾個人來：

1. 松岡洋右—因爲同義父義母有特別友情，自幼叫他爸爸，他是外交家，氣度不像義父那樣嚴正，所以我喜歡常在他的身邊，他曾反對過義父施於我的教育方式，他對軍人的干政和侵華實抱着極大的反感，他時常和我談到中日戰爭問題，都歸咎到日本軍人的無智胡爲，並認爲戰爭的結果十九是日本失敗。

2. 頭山滿—小時常常見到，很喜歡我，是個忠君愛國者，也是一個眞實的親華論者，同時是排斥西洋文化的論者，據我的看法，他祇是中下層中具有偏激忠君愛國思想者的崇拜者，而不是他們所有行動的指導者，對於日本軍人的橫暴侵華，也常有不滿的表示。

3. 近衛文麿—也常見到，當七七事變發生的時候，我年輕，腦筋單純，請他下令制止日軍在華之殘殺行動與轟炸，他說當時國外日軍的行動政府不但無法制止，並且被他們行動牽制着無可奈何。

4. 多田駿—曾做過關東軍參謀，在父親（肅王）手下做過事，和土肥原在陸大同班同桌，內心十分反對土肥原所爲，不願同流合汚，後來裝病辭職，曾留學法國，爲人沉靜品格高尚，在長春時他是我的監護人，我也叫他做乾爸爸。

5. 甘粕大尉—在東京大地震時，因殺死大杉榮夫婦而有名，在九一八當時被選爲溥儀的保護人，雖然濬和土肥原合作，後來因土肥原太不把溥儀當人，十分不滿。我曾親自聽到他和土肥原爭吵過（在長春滿州屋一號土肥原寓所內我正在多田所住的三號內），此後常和我接近，隨時隨地都發表反對土肥原的論調。

十四、問：認識土肥原嗎？

答：看是看到過的，可是沒有說過話，有一次在長春車站上看見他，後來在火車上他叫秘書來喊我去見他，我拒絕未去。

十五、問：你覺得土肥原應該成為戰犯嗎？

答：怎麼不應該成戰犯？要是他不處極刑的話，那麼所有的戰犯都應赦免，我認為他的罪在東條等一切人們之上。沒有他沒有滿州國，溥儀不會去東北；沒有他，也沒有冀東政府，沒有他更沒有七七事變。不但害中國人民遭了空前的塗炭，並且害了日本落到這樣的下場。

十六、問：你也恨土肥原嗎？

答：我是中國人，我當然得恨他。就說我受日本教育長大的吧，因為愛日本，我也得恨他。再說滿清皇室的立場來說，把滿清遺留在中國人民心中的最後一個好印象被壞掉的，就是他。我怎能不恨他呢？我恨他，並不是今日始當他在新聞上露了名字的時候，我的義父就在我腦中印下了一個不學無術、奸狡巨猾、狂妄陰險、兼有着狐狸和狼的二樣性格的土肥原的影子，多少年來我素來就看不起他，不願見他。同時因為恨他，也特別注意他，他的所行所為我都想知道，所以我對他的事知道的很多，愈知道愈使我恨他，他假如能逃免國際法律制裁的話，我想我一定要懲罰，我要他死，我自信我有這樣的力量讓日本人民來逼死他，不但讓他在肉體上受了極刑的報應，並且在精神給他一個嚴重的懲罰，要讓他在死後沒有一個日本人可憐他，嘆息他是失敗的英雄，更要讓他在死以前知道每一個日本人都恨他，鄙棄他，罵他是一個自私的怯懦的陰謀小人，喪失了武士道精神的下流坯。

十七、問：你願意出庭做土肥原罪行的證人嗎？

答：不要說證人，就讓我做原告也可以，有那麼一天，能讓我替我自己、替中國老百姓、替日本人民、替可憐的溥儀和周圍的皇室人們出一口氣，我就死也甘心。

十八、問：你要這樣做，不會怕他反咬你一口，譬如說你曾經和他合作過或者有過什麼關係？

答：怕什麼！沒有的事他敢在石頭上栽松嗎？難道說您也像一般人一樣以為我做過什麼間諜或者做過土肥原的愛人嗎？假如這樣想，對我是個莫大的侮辱，我是我父親的兒子，受着我義父的教訓長大的，能做那樣下流的事嗎？在現時代中，我固不能想做什麼王子公主，可是我却始終要抱着自尊精神，假如認為我是前朝皇室的子孫，留在世上對於國家人民是不利的話，處我死刑，我也不怨。雖然我在北平曾為保護一些老百姓，硬抗過日本軍人，打過許多抱不平，可是現在却認這是對不起國家，因為多少使一小部分的人們有點指望，便不去拚命抗日，可以定得我的罪。總算我因為父親的遺產在日本人保管之下，使我在全國老百姓喪亡痛苦之中，養尊處優的過了三十多年，今後即使在監獄中苦一輩子，我也沒有二話說，但是若要加我一個汚穢的名兒，那眞氣死我，死得十二萬分寃枉，同時也會使我認爲中國人沒有智識，無聊，永遠沒有出息。好罷，爲了我自己，我也願意出庭去和土肥原對質一下，看看他能咬我什麽，讓世界人們看看土肥原和我之間究竟有些什麽！

十九、問：你知道土肥原和炸死張作霖事件有關係嗎？

答：完全沒有，那時土肥原什麽地位都沒有，那有他的事？這事是由張作霖的顧問町野武夫先慫恿張作霖進關，繼續南北對抗，保證日本從中取利進佔滿州，後來張作霖不願這樣做，要退回關外去保守自己的地盤，町野很失望，便出毒主意，打電給田中義一，田中打電給關東軍命令柳樹屯的日本駐軍將炸彈埋到蘇家屯鐵道下，町野本隨同張作霖在車上到了天津，藉詞下車，張作霖的車子到蘇家屯便炸了。實際行動的指揮者是河本大作大佐，是多田乾爸的妻兒，在九一八以後會親口對我講過實在的經過。難道我們中國拿這件事來告土肥原嗎？那便太笑話了，這完全沒有事實的根據，他要根據這個來反駁我們的話，連眞正的罪行都變成說謊了，這是誰調查的？誰報告的眞是荒唐到極點了！

二十、問：關於九一八事件有土肥原參加嗎？

答：九一八出動日本駐軍佔領瀋陽，是坂垣征四郎和石原莞爾（當時兩人是關東軍參謀）所計劃，在瀋陽的瀋陽館一號房間內，由石原用手槍逼着關東軍司令本莊繁下出兵命令，當時本莊曾用鉛筆寫了命令蓋了章，後來被石原用橡皮揩去，重用鋼筆照自己的意思寫了發出，關於這件事的詳細情形在我熟識的人中有很清楚內容的人，至於土肥原是事變發生後再加入合作的。

二一、問：將溥儀挾往東北成立滿州政府是土肥原做的嗎？

答：這完全是他一手做成的事，他藉着串通石友三的便衣隊，在天津作亂，以此爲名恐嚇聽溥儀說在天津有生命的危險，硬要溥儀逃難，由他帶着從天津的大連碼頭上了一個朝鮮裝人參的船「淡香丸」到營口，轉旅順到瀋陽，當時便做了奉天的特務機關長，後來讓溥儀執政登極稱皇帝都是他的主謀。

二二、問：關于這件事，你能出庭作證嗎？不怕他狡賴嗎？

答：我當然可以當庭作證，他有辯解的餘地嗎？帶溥儀走是事實不容否認的。他能說是溥儀請求他的嗎？他要這樣說，我可以指出當時很多的人，來證明他是說謊，甚至於曾同他合作的甘粕大尉我都能使他作證。他要說是日本政府或者上峯的命令讓他這樣做，我敢相信他不但找不出一件證物，也找不出一個證人，至於逼着溥儀當執政做皇帝，都是他和坂垣等計劃的。溥儀不願，他就恐嚇羅振玉說，不幹就要處死溥儀他們。一面脅迫溥儀代行決定一切，一面用既成事實挾持日本政府隨着他們的主意。關於這件事不但我可以證明，假如法庭認我是中國人不肯信的話，我可找出很多的日本人來作證。

二三、問：據你所知土肥原的罪行還有些什麽？

答：1.冀東政府是他促成的，在事前他送了一個日本藝妓給殷汝耕做姨太太慫恿支持他去設立冀東政府。

2.造成華北臨時政府，他和齊燮元是拜過把兄弟，他把齊捧出來成立政府，鞏固他在日本的地位。

3.他曾經把北平宮中古物裝飾完全劫回日本去。

4.爲了在塘沽附近和張家口建造秘密倉庫，用勞動奉什爲名，徵發京津附近很多老百姓去工作，大都一去不回，後來發大水浮出很多被殺的屍體，都是這班工人被殺滅口的。

5.他在特務機關長和師團長任內，據說部下有過很多的殘暴行爲，現在我一時雖說不出何時、何人、何地，可是我要搜求這樣資料，並找出當時的證人決不是難事。

在審判川島芳子期間，石美瑜曾接獲當時國防部次長秦德純將軍的親筆函，詢商有關該案的情形。內容如下：

「可珍吾兄勛鑒頃接

手翰附報告及川島芳子續供筆錄各一紙，均已誦悉，至川島芳子如何處置，請

提下次會議商決是盼　耑

復藉頌

勛綏

弟秦德純拜啓四、十九」

這封秦德純將軍稱石美瑜爲「可珍兄」（石美瑜字）的信函，迄今仍被珍藏中。川島芳子最後是由河北高等法院以漢奸罪判處死刑，由河北高院院長鄧哲熙明正典刑。外傳川島芳子曾藉機遁逃，是不確實的。

國際間諜照空和尚

·益軒·

在四十年前上海出版的「覺有情」第一〇三期有過這樣一段記載：「照空比丘病歿矣：以國際和尚聞名之照空僧，已於一月前病逝。照空近年久居上海，寓靜安寺路西僑青年會，因爲匈牙利籍，一二八後，行動尚能自由。昨聞奧大利醫生夙研佛學之史發詩氏（E. J. Sehwarf）談，照空病後，曾入醫院受手術，結果，不治而死，遺體由萬國殯儀館舉行火化。照空近年孑然一身，並無徒弟隨侍。筆者曾詢史氏以照空所患何病，臨終情形如何？有無遺囑，史氏均不之知云。」

此外，當時各報似乎尚未見登載過同樣的消息。以一個曾爲國際間所注意過的人物，這樣無聲無息地死去，已經不再引起社會人們的記憶，也可見這世界人類健忘之程度了。然而照空和尚的身世却曾在「上海——冒險家的樂園」那本書上佔了一章的地位。看過那本一九三七年（？）世界名著的人，大概總還記得：在那本書中的第十章裡，不是曾以「不操干戈的強盜」的標題而不憚煩瑣地記述過他的事實，和斷然無疑地說，他已看見了現代的一個最傑出的冒險家了嗎？

這裡想就我所看過的關於記載他的材料，約畧敘述來介紹他一下：

據「上海——冒險家的樂園」作者愛狄密勒氏所記：「在一切的時候，每和人講到冒險事業和冒險的名家，我總聽到一個名字。這個名字傳誦於人口，差不多可以說是老少都知道的了。許多的書籍把這一個名字做主題而寫成。在過去幾年的外交文件中，這一個名字也常常看見。你試去翻翻一下在何一國的危險人物的名冊，你總不用愁找不到這一個名字。

擁有這個名字的人究竟是怎樣一個大人物呢？他何以竟能使大英帝國不惜傾獅子的力量來搏他呢？他是不是眞的像一般人所說的，是二十世紀的一個最偉大的奸徒或者一個謎樣的複雜的人物，複雜得使任何人都沒有方法知道他的眞實的面目和心地呢？就是福爾摩斯也弄不清楚，他到底是一個作惡的聖手，這是一個烏托邦的尋覓者，最後才潛身於東方的最神秘奧妙的宗教中，來求取他的靈魂的安寧。這一切都是難於得到定論的。

對於這樣一個傑出的人物，我自然不能不有一個澈底的認識。爲了他，我常常去麻煩英國駐滬使領中的檔案保管員，我收集了許多有關於他的資料，下面的記事就是這些資料的撮要。

猶太商人的兒子

這一個奇人的名字眞多：衣拿歇．鐵木賽，脫萊比許，脫萊比許．林肯，杰克孫．干姆斯，朗不萊希，脫勞脫會，湯達婁，基漢，巴脫列克，勞門西奧廢，托爾乃路得威，海曼路，阿那伽利加，富可山底，這一切的名字合組了今日的照空和尚。就他的家世說來，他是一個猶太族商人的兒子，在一八七九年出生於匈牙利。他年輕的時候受過宗教教育，預備將來做一個猶太教的大祭師。

國外的旅行把他的信仰改變了，據他的戚友傳說，他遠遊回家的時候，曾和他的父母發生過極嚴重的衝突。他們的意見終於調和不來，於是他就離開了他的故鄉，到漢堡去。在一八九九年中，他正式加入路德教會，成爲了一個耶穌教教徒。

這個年青的脫萊比許有一個冒險家的靈魂。他到一處厭一處，老是想望新的地方跑去。德國的路德教會也收不住他的心。爲了滿足他的見異思遷的癖性，他受命到美國去勷助那邊的長老會，做救濟猶太人的工作。在美國，他和英國的教會發生了關係。他就喬遷到加拿大，正式成爲英國教會的一個教士。然而加拿大的生活也不能使他滿意。他拋棄了「新約書」回到德國。但是到了德國之後，他又感覺到英國的空氣似乎更和他合適些。他寫了一封自薦信給肯脫培萊大寺的大主教。回信請他到肯脫郡的亞普爾道城去當副主教。做了十四個月的副主教，他的厭舊喜新的老脾氣又發作了。他辭去副主教之職，遷到倫敦。上帝，聖經，禮拜，信條等，使他的酷愛獨立的精神感到了極大的壓迫和厭煩。他決定暫時失陪教會了，他的善於活動的心智使他拿起了筆，跟報紙打交道。就這樣的，他在倫敦過了兩年。

一九〇六年，他應巧格力糖創造家西龐．胡屈利爵士的聘請，做了他的私人秘書。由於後者的介紹，他和自由黨的幾個著名的黨員發生了關係。他在大林頓城參加一九一〇年的競選，當選爲下議院議員。

站在議員的地位上，他大做其替人說話的生意，他替倫敦的一些石油公司推廣營業，從中收取巨額佣金。

在一九一四年的競選中，他失敗了。他的佣金也賺不成了。他的經濟來源受到了一個極嚴重的打擊。八月裡，歐洲大戰爆發，什麼都頓滯了，他的生活就愈加缺乏了。據說他的經濟狀況在這個時候，非常窘迫。於是他就和英國政府接洽，受任爲匈牙利文與羅馬尼亞文的函札的檢查員。他無疑帶有極濃厚的親德色彩。在同事的檢舉下，他被英國政府一腳踢出了大門。

這一腳把他踢到了荷蘭的鹿特丹。在鹿特丹，他與當地的德國總領事來往很親密。英國的海軍部看了有些不順眼，命令他立刻離開荷蘭。他跨過大西洋，在紐約住了六個月，這時候，他在倫敦做下的舊案子發覺了，他被遞解回英國，在老培萊法院中受審，他犯的是使用假支票。他假冒胡屈利爵士的簽字，騙取了七百鎊的金錢。相訊之下，他全盤招認，得到了監禁三年的處分。三年期滿，他被解回匈牙利的原籍。

匈牙利是一個極淺的池子，那裡容得下他這蛟龍。所以他一到匈牙利，立即轉身作壯游。他與許多政治運動，發生了不可告人的關係。他在歐洲的名氣太大了。他覺得大陸上的空氣太熱，有些使人窒息了，所以決心遷地到旁的大洲去馳騁他的冒險精神。他重渡大西洋，橫越美洲，由溫哥華出發到上海來。

搭上了楊森的路線

在上海，他靠着他的法螺，騙信了幾個中國人。由他們的推薦，他做了四川軍閥楊森的高等顧問。但是他在中國，又想起了歐洲。只須有人出錢，他是不怕風濤險惡的。他說自己在歐洲奧援極多，是路路兜得轉的。他可以幫助中國的軍閥取得他們所需要的一切，軍火和借欵，中國的軍閥聽信了他的無中生有的鬼話，就在一九二三年的十月中，派遣一個代表團到瑞士去。他的隨行當然不在話下。這個代表團的目的是聘請軍事專家，購買新式武器與商借債欵。但是在瑞士奔波了一些時，他們一無所得，只好垂頭喪氣地回去。瑞士的人民都是非常節儉的，也不喜歡戰爭。脫萊比許本領雖然大，還夠不上拿一次中國的戰爭賣給他們。

此處不留人，自有留人處。他在德國不是有很多朋友嗎？到那邊去吧！北洋軍閥的軍事代表團懷着滿腔希望趕到柏林，在柏林住上了一些時，他們照舊空着回中國，花去巨額的川資，換來一個憧憬的幻滅，中國的軍閥是大失所望，然而脫萊比說却是得其所哉了。一個人去，四個人回來，他帶回來了一位太太和兩位少君，舉家團圓，樂哉此行！

中國的內戰生意是不錯的。做了一次就得做第二次。一九二四年六月裡，他又陪一個中國軍事代表團出現於歐洲。同樣的代表團，加上同樣的顧問，當然只能得到同樣的結果。到處碰壁後，他們賦着歸去來。七月中，我們的脫萊比許又在上海的懷抱中了。

這一碗顧問飯滋味還不錯，吃下去再說。因此，他又成爲了吳佩孚的高等顧問，他的後天八卦並不比劉伯溫差。他知道吳佩孚的將星快要落下去了，就趕忙辭了職，到紐約去。一九二四年的八月中，他的大駕常常出現於紐約百老匯的大旅館中。他在美國住上了一年左右。這一個時期裡，他所做的事情沒有一件是順手的，還是上海好，在這一念之下，他又來到了這冒險家的國都。他可以永遠住下去了吧？不，還不能。一九二五年的十一月中，他又借用了湯達斐的名字作錫蘭之游。

他先到菲律濱。把一張舊護照請英國的領事加了簽，一脚跨上了這佛教的樂國。他嘗飽了人世的酸辣味，想懺悔了麽？誰能夠說得定。他在籌劃什麽新的冒險事業吧？只有他自己知道。

在香港被請出境

在錫蘭，他投身於一所寺院中。他的靈魂需要一些安靜和休息。在梵唱唄誦的生活裡，他似乎忘記了世界，忘記了他自己。然而噩耗傳來，使他那靜如止水的禪心又做了重波的古井。他的兒子在英國，因殺人罪被判死刑。他決心到歐洲去，和他的待決的兒子見最後一面。他在一九二六年的春天，拜別了老和尚，向歐洲趕去。

英國的法律眞不近人情。它竟不允許這對賢喬梓在死別之前，作一度生離。同時漢堡的當局也大悖王道，他强迫這位無害的佛教徒出境。

由漢堡，他出發到那布里斯。在那布里斯，他僞做了一張海曼路的護照，啓程到美國去。紐約是他的舊遊地。然而在紐約過日子，不是一件容易的事情，尤其是像這樣的一位非常人物。既然想不出好法子，在紐約獃下去，是不行的。他喬遷到舊金山，在一個佛教會裡，當了一名佛學講師。但是成天講阿耨多羅三藐三菩提的佛學決不是一件愉快的事情，加上他所住的地方離開太平洋又這樣近，與其朝夕對着一本經，不如到太平洋上去逛逛了。因此，在一九二七年九月十日晚上，他和「加拿大皇后」號，一同到了太平洋另一岸的香港。幾天之後，跟着「考勃倫斯」號的靠碼頭，他出現在天津的人海中。然而這個時候，中國的空氣也增加了熱度，他的大名引起了中國當局的注意。一重間諜的黑影籠罩在他的身上，他的背後就不免常有人在跟着了。危險的事情，能避免當然最好，他暫時得找一個隱僻的地方躲一躲。

一九二八年三月十二日，香港的皇家館店中，到了一位名叫杰克·費歇的新旅客，旅客雖然是新來的，面孔却是舊的。四月十九日香港當局毫不猶豫請這位新旅客出境。三十日，乘「馬爾華」號而來的脫萊比許所變的費歇，又在南京路上蹓躂了。

在南京路上蹓躂了一遭，他又突然失踪了。上海不見了他的人形；杭州的某大寺中却來了一個外國和尚。

六月裡，天津又看到了他的行踪。但是一轉眼之間，已由天津到大連去了。

一九二九年六月十二日，他回到上海，住在呂班路五十號的荷蘭飯店中。這一次他又是一個新人了，他的名字叫阿那伽利加·富可山底，他的職業是教師。他在大連等處弄到了一些錢後，他的旅行癮忽然又發作了。一九二九年六月二十五日，他乘「脫利安」號郵船到了漢堡。在夏季將快完結的時候，他的名字出現於荷蘭的報紙中。阿姆斯特丹的警務當局把他看做不是好相識，請他立刻另找安身的地方。

在北平領度牒

歐洲的地面雖不小，可是他竟找不到一個可以容這六尺之身的地方。不如歸去。他於一九三〇年五月七日，趁「薩爾勃盧根」號，又來到上海。由上海，他轉到天津，在天津他担擱了不多幾天，設法弄到了一些錢。七月一日他又匆匆回到了上海。歐洲的路難道眞的走不通了嗎？不見得吧，再去試一下子看。一星期後，他又在然歐的郵船「蒙脫批亞那」號的甲板上徘徊了。和他同行的有一位馮．克萊脫妻博士。這次去歐洲的目的在那裡，至今還是一個謎。

在歐洲勾留了幾個月，他又命駕回上海了。這一回，他眞正成爲一個新人了。他住在南京路的一座廟中。不久之後，杭州的靈隱寺裡，來了一個外國和尚。這一個外國和尚的來踪去跡，廟裡的人都茫然不知道。他吃素念佛，虔誠得很。六根清靜，四大已空，他似乎可以降心參禪了。可是在一九三一年的四月中旬，他老人家又失踪了。

在此之後，他抱定照空這個名字了。照空和尚自稱從一九二五年起，對於佛學就有很深刻的研究，他在一九三一年五月中，在北平的白雀寺受戒，領到了度牒。

豆腐面筋吃厭了，還是到上海去吃幾天牛排鷄炙吧。照空和尚這樣來了去，去了又來，忙着一些人家所不曉得的事情。

一九三二年八月一日，照空和尚乘「脫利安」號郵船到荷蘭的安特衛普，他這次的目的是要使佛法西行。他企圖在歐洲建造一所大寺院。這又有什麼不可以呢，西方的基督教不是在東方建立了許多教會嗎？

他上船的時候，曾聲言和東方永別了。他用一張中國護照，由德國前進到布魯塞爾。但是比利時的當局也不歡迎這位貴客。他們擋住了他的大駕，請他回德國去。德國的當局忽然也犯了同樣的不客氣病。在進退都沒有法子的情況下，他只好取消上船時的誓言，重歸上海。一九三三年七月二十五日，照空和尚的法駕又在上海亂轉了。他既不能在歐洲建立一所佛寺，他只好在中國實現他的宏願。一九三三年七月二十五日到上海的「脫利登」號郵船載來了十三個外國和尚與尼姑。照空和尚把他們接到大西路上他的私寓中。七月卅一日，「台灣」號郵船又送來了三個虔誠的外國和尚。

照空和尚帶着這一羣好徒弟，在上海的那些佛教團體中進進出出。他被尊敬爲上賓。香蕈冬菇儘他往嘴裡塞。他雖然沒有吃得腹大便便，可是很有些面團團了。

在利物浦被捕

但是他的好動心終不容許他在上海安享這豐盛的素宴。新的希望之光在遠方閃爍着。他不由自主地被他吸引過去了。再到歐洲去碰碰機會看吧。上海的報紙登出了一段消息。照空和尚與他的諸大弟子到歐洲去宣弘佛法了。倘使可能的話，他將在歐洲建立第一所和尚廟。可惜照空和尚的希望始終只是一個希望。他去得匆匆，來更忙忙。

一九三四年三月二十五日，照空和尚度了四個男弟子三個女弟子，乘「俄羅斯皇后」號郵船到加拿大去。五月初旬，「約克公爵夫人」號郵船把他們這一批人送到了利物浦。英國大戰時頒發的遞解他出境的命令，到現在還沒有失效。利物浦的當局勸他趁原船到安特衛普去。他謝絕了這盛意的指導。敬酒不吃就得吃罰酒，利物浦的當局請他到監獄中去吃了幾天現成飯。

他的弟子並沒有受到什麼干涉，他們上了岸，寄寓在一家小客棧中，靜候他們的老師出獄。在拘禁時期中，照空和尚曾請英國政府准他在英國作四個月的佛學演講。英國政府却給了他一個不准的批示。

「約克公爵夫人」號郵船從安特衛普回來了。利物浦的當局把他的弟子一起押解上船，請他們回加拿大去。加拿大也不是他們久居的地方，幾天之後，由溫哥華出發的「俄羅斯皇后」號郵船的甲板上，立着一羣外國和尚。他們悵望着這大洋的東岸。久別的上海啊！倦游的照空和尚又回到你的懷抱中來了！路經神戶的時候，他受日本刑事警察的詢問。他宣稱他已把三個天資稍差的不能領悟佛法的弟子擯於門牆之外。他在上海後來得到的消息和這個恰恰相反。

那三個被擯斥的弟子都是法國人。他們受不住他們的老師的壓迫，所以見機而作，趁早脫下袈裟，還俗去了。他們告訴照空和尚。他們將留在歐洲，不再跟着他亂跑了。弟子的叛離是一件不名譽的事情，照空和尚竭力勸他們不要做這中道叛離的事情。歐洲不肯收他們的法駕，無可奈何，還是回中國去吧。同來的人總得同去。在他的再三懇求之下，他們才勉强答應伴他回上海。

在上海，照空和尚犯了經濟困難的老毛病。

大和尚人前吃肉

他帶了六個弟子住在滄洲別墅。滄洲別墅有的是炙鷄、薰鵝濃酪冽酒。大和尚人前吃肉，正是禪門本色。窮和尚住貴旅館，幸虧施主多。挖腰包的施主有男有女。但是施主的金銀只夠修補大和尚們的五臟廟。要解決照空和尚的經濟困難，他們的力量還夠不上。在一九三五年的三月中，這一羣光頭受不住經濟壓迫，只好由滄洲別墅遷到一家小寄宿舍中。下一個月，他們轉到浙江的天台，禍不單行，照空和尚的一個女弟子突然自殺了。外界的猜測和批評，使照空和尚感到了極難堪的壓迫。

天台既非好住處，還是回上海吧。上海的小寄宿舍中又多了一羣外國和尚。

好動的彗星總不肯循一定的軌道，作一定的行動的。這位大法師安息了一定的時間，又感受到另外一個太陽在吸引他了。這太陽就是歐洲。照空和尚始終沒有放棄他的歐洲建立佛寺的宏願，一九三五年的秋天，他宣稱葡萄牙政府已允許他在麥台拉島上建立一所佛寺。他到各輪船公司去接洽購賣船票的事。但是他缺乏買船票的錢，輪船公司又不肯賒賬，所以亂撞了一回，依舊是一事無成。

船票雖然買不到，他的離開上海的心却始終如一。他想出了一個善知識的好念頭。他想買一只一百尺左右的帆船，改造做一所水上寺院，有了這樣一只船，他就可以帶同他那六個忠實弟子航行到麥台拉島去了。一個叫羅明的沒腦子的人願意担任駕駛之勞。他還答應代招三四個大胆的水手。照空和尚佈置好了一切，就去看船。一隻不成功，兩隻不成功，第三隻還是不成功。這不成功並不是由於照空和尚的選擇標準過於苛刻，在中間作梗的，實是他那隻空空的錢袋子。照空和尚在上海的信用早已等於零。這買船的幾千塊錢，他實在沒有地方可以找到。所以他空有好計劃，只好看着它消失於泡影之中。

不能公開的歷史

照空和尚一生的公開的歷史，大約都在這裡了。是好人還是壞人，請讀者自己下斷語吧。

不過在這公開的歷史背後，還有一些不公開的歷史。在英國的情報處的眼光裡，他是一個善於變化的可怕魍魅。在若望．提德利，一個替他做傳記的人的眼光裡，他是一個忙人。下面各點是他的忙的紀錄：

在歐洲大戰中期，暗中布置，轟沉吉青納上將所乘的「亞伯拉罕」號巡洋艦；

在大戰正激烈的時候，向德國貢獻强迫協約國請求議和的策畧；

暗殺意大利的反對法西斯主義的麥諦奧諦；

游說中國的軍閥，發動內戰；

推翻阿富汗的國王阿麥諾拉；

襄贊魯登道夫與希特拉的機密等等。

總而言之，照空和尚一生的豐功偉業，實在罄南山之竹，書不勝書的。上面以列的幾項，不過是其中的幾粟罷了。

這樣一個國際性的人物，自然是我渴欲一見的對象。經過相熟的介紹，他允許和我在他的寓所中談一次話。一天下午，我如約而去，大和尚的聲名雖響，但是他的住處却破舊不堪。五六個外國男女剃着光光的頭，披着暗紅色的袈裟，在念一些莫名其妙的東西。這些都是照空和尚的好徒弟。他們似乎都是富於可塑性的軟泥。奇異的理想把他們變成了馴服的綿羊。至於照空照和尚本人呢？只須看他的照片，你就可以知道他的爲人了。

我們的談話，由空泛而趨於切實。

「在這一個偏重物質的時代，大和尚能夠爲精神的生活而努力，眞値得我們欣敬。我想不透英國政府爲什麼要這樣迫害你。」

「密勒先生，我也曾再三設法改善英國政府和我的關係；但是我的努力始終沒有發生效力。二十年來，我忍受着最不堪的無禮的侮辱，這在歷史上，恐怕很難找得出前例吧！」

「不過事實總勝於雄辯，他們把各種罪狀加在你的身上，假如這些罪狀都是憑空虛構的，你爲什麼不根據事實來辯明白呢？」

「我也曾辯過，無奈他們總是不肯聽信！吉青納上將死難的時候，我正因爲得罪了英國海軍部，被拘在監獄中。麥諦奧諦在羅馬被刺的那天，正是我僑寓在中國的時候。當報紙宣傳我在齊齊哈爾襄贊馬占山將軍的軍機的時候，我正在四川的一所古寺中，閉關養靜。人家說我幫助希特勒在慕尼克起事，不曉得那時候，我正在中國担任吳佩孚將軍的高等顧問。英國人以爲一九二九年十月阿富汗的叛亂事件是我煽發的，不知我那時候正在法國的尼斯做寓公。」

「英國政府不必說了，我不明白歐洲其它各國的政府怎麽會受英國的利用，也和你爲難呢？」

「各國政府也深慚自己爲英國所利用，只是他們不敢明言罷了。」

由本題再扯到閑談，興盡之後，我與他訂了再見之約。這位照空和尚究竟是怎樣的一個人，我還有些不敢下定論。不過有一點已斷然無疑，就是我看到了現代的最杰出的冒險家。

白帝城與八陣圖

・宜　益・

四川爲三國時代蜀漢據以北伐的基地，且以當時政績斐然，故四川各地所留下來的遺跡獨多。

白帝城在夔州北岸灩澦堆側小山上，坐落在一片海拔數千尺的絕壑上，東爲巫山十二峯，雲霧飄忽變幻無常，山巔樓閣嵯峨，紅瓦黃椽，遠望時隱時現，令人幾疑爲海市蜃樓，那便是膾炙人口的白帝城，漢昭烈帝伐吳既敗，不願即回成都，就退駐此處托孤。

白帝城原名赤甲城，據元和志：「白帝城爲公孫述所築，初述至魚腹，有白龍出井，自以承漢土運，故稱白帝改魚腹爲白帝城」。李白詩云：「朝辭白帝彩雲間，千里江陵一日還」語本此。

昔時奉節（即夔府）與白帝兩城相接，現已距數里之遙，奉節舊城遺址，無復可尋，僅有漢昭烈帝祠一座，殆即當年托孤之寢宮，祠已剝蝕不堪，而白帝城之有名，實因蜀漢時，劉先主被陸遜敗于彝陵後，走白帝城，改爲永安宮。

華陽國志云：「先主敗，委舟舫由步道還魚腹，改魚腹爲永安宮」次年四月殂，現城中尙有漢王廟，祀昭烈帝。

白帝城山後亦有八陣圖，一般人叫做陸八陣，以別于魚腹浦的水八陣，不過供人憑弔的都是魚腹浦的八陣圖。

魚腹浦在白帝城西河下，民間相傳諸葛亮入川時爲了阻止東吳水軍，而將許多石頭，拋棄江心，擾亂自然水勢，以造成人爲險灘，依三國演義所說，這八陣的八個門是「休、生、傷、杜、景、死、驚、開」這些當然都是神怪小說的用語，似乎靠不住，而據東坡志林所引的舊注云：「陣勢八爲：天、地、風、雲、飛翔、鳥虎、翼、蛇盤」這便比較的有可能，大概是把軍隊分成八隊，列成複雜的陣勢，並依照規則布列許多大石頭，彼此可以呼應，使敵人走入迷離方向不知出路，猶如現代的碉堡戰壕之類，有掩蔽士兵及阻碍敵人的作用，在水中的八陣圖。大概是阻塞長江水道的佈置，使敵方水軍不能通過，杜甫詩云：「功蓋三分國，名成八陣圖」就是指此。

三國演義中共有二處談到諸葛亮的八陣圖，一次是在魚腹浦陸遜追趕劉備的時候，一次是在祁山諸葛亮和司馬懿對壘的時候，在魚腹浦的那一處，據小說的說法是遠望有「一陣殺氣、冲天而起」近觀則「只有亂石八九十堆，四面有門有戶並無人馬」及至陸遜進入陣中忽然飛沙走石，遮天蓋地，但見怪石嵯峨，槎枒似劍，橫沙立土，重叠如山，江夏浪湧，有如劍之聲……遜急欲回時，無路可出」，這是說在魚腹浦的情形，在祁山的那一處，則係用人馬佈成，及至魏軍進入之後，只見「陣中重重叠叠，皆門戶那裡分明東西南北，但見愁雲漠漠，慘霧濛濛喊聲四起，魏兵一個個皆被縛了。」這是說祁山一處的情形當然不是事實而是神怪小說的筆法。

據說八陣圖很早就有的，孔明係依古法所推演而不是他所發明，蜀志云：「亮推演兵法，作八陣圖，咸得其要」考諸歷史所謂八陣圖實際即爲古之九軍亦即是一種方陣，相傳在黃帝時即制八陣以敗蚩尤，漢代的竇憲也嘗勒八陣以擊匈奴，這是孔明之前已有八陣，孔明之後，史載晉馬隆用八陣以復涼州及魏柔然犯塞，刁雍亦曾上表請採諸葛亮八陣之法爲平地禦寇之方，這是說孔明之後，八陣法也未失亡。

據東坡志林云：「諸葛亮造八陣圖于魚腹平沙之上，壘石爲八行，相去二丈，桓溫征蜀縱觀之曰此常山蛇勢也，文武皆莫識，吾嘗過之，自山上俯視，百餘丈八行爲六十四，東西正圜，不見凹凸處，如日中蓋影及就視皆卵石，漫漫不可辨，正可怪也，「荆州圖副」「永安宮南一里渚下平濆上，有孔明八陣圖，聚細石爲之，各高五尺，廣十圍……凡六十四聚，或爲人散亂，或爲夏水所沒，冬時水退依然如故。」劉禹錫嘉話錄：「三蜀雲消之際，傾湧蕩漾，大木十圍隨波而下，水落川平，萬物皆失故態，諸葛小石之堆行列，依然如是」。按八陣圖遺跡有三：1.在陝西沔縣東南水經沔水注「定軍山東名高平，是亮宿營處，有亮廟，廟近其墓塋東即八陣圖也」。漢中府志：「八陣圖聚沙石爲之，各六十四聚，有二十四聚，作兩層，每層各十二聚，其跡尙存」。

2.在四川省奉節縣南，寰宇記：「八陣圖在奉節縣西南七里，周廻四百十八丈，中有諸葛孔明八陣圖聚石爲之，各高五尺廣十圍，歷然碁布，縱橫相當，中間相去九尺，正中間南北巷悉廣五尺，凡六十四聚」。

3.在四川省新都縣，明一統志：「八陣圖在成都府，新都縣北三十里牟彌鎭。」

川軍受編國民革命軍經過

·周開慶·

一

民國十五年七月，國民革命軍在廣州誓師北伐，川中各軍，先後效順，奉委為國民革命軍者計有七軍，即第二十軍軍長楊森，第二十一軍軍長劉湘，第二十二軍軍長賴心輝，第二十三軍軍長劉成勳，第二十四軍軍長劉文輝，第二十八軍軍長鄧錫侯，第二十九軍軍長田頌堯。惟川軍効順經過，至今史料缺乏。如國防部史政局所編之北伐戰史，共達四鉅冊一千六七百面之多，對此即乏記載。此或因在北伐戰役中，川軍實未動員參加，而史料缺失，終屬遺憾。幸在毛思誠主編：「民國十五年以前之蔣介石先生」一書中，尚有若干有關之記載。

與川軍効順有關者，先有袁祖銘奉委為「川黔國民革命軍聯軍總指揮」。袁祖銘為黔軍，雄據重慶三四年，於十五年五月被川中各軍壓迫，退出川境。七月十一日，蔣總司令電唐生智，謂「袁、彭（按指袁祖銘、彭漢章），早有代表來粵，已盡量與之接洽，及商有具體辦法，曾由政府任袁為川黔國民革命軍聯軍總指揮，彭為第十軍軍長」等語。

次為川軍師長羅觀光接受改編。七月二十日 蔣總司令電唐生智，並轉前敵各將領。謂「頃接本黨四川臨時省執行委員會呈稱：『川軍師長羅觀光，由粵返黔，改編為川黔邊防軍，剋與彭漢章賀龍等部，入駐湘西』。又據其駐渝代表高一白，參謀長石少渠面稱：『觀光所部，願受我北代軍指揮，請為轉報』等語。查羅觀光近曾有電擁護彭漢章，願歸附國民政府，深明大義，殊堪嘉獎。仰該總指揮轉達前敵各將領知照。」

以下為有關川軍効順之重要記載：

八月五日：「與李仲公論川滇黔事。」

八月十三日：「劉湘、賴心輝、劉成勳等，通電反對吳佩孚，出兵北伐。」

十二月十三日：「電任楊森為二十軍軍長。」

十一月十二日「川黔鄂諸將領，皆派代表來請委，公接見之。」

十一月十五日：「下午，公閱報，嘆曰：「現事莫煩於川黔軍事乎，政治乎？其紛亂如此，何日能廓清之也」。

十一月二十三日：「四川及貴州之劉（湘）、楊（森）、袁（祖銘）、周（西成）及其部屬，皆私自通欵，爭前恐後，思謀獨立。」

十一月二十七日：「電任劉湘（兼二十一軍軍長）、賴心輝（兼二十二軍軍長）、劉文輝（兼二十四軍軍長）為川康綏撫委員，指定劉湘為主席。」

十一月二十八日：「楊森在宜昌就二十軍軍長職。」

十一月三十日：「任命呂超為四川宣慰使。」

十二月一日：」電陳銘樞，商委鄧（錫侯）、田（頌堯）為軍長。電曰：武昌陳司令勛鑒：四川情形複雜，三劉與楊賴，皆已委爲軍長。前日劉介藩來贛，亦爲鄧田要求軍長名義，當時以未得四川特務委員會通過，不能擅委，以中央早有此電令在案。今特務委員既不堅持反對，如兄與孟兄（按指唐生智，字孟瀟）以爲可委鄧田爲軍長，即由武昌行營委令，並請介藩兄須能負責，使其不違黨命也。」

十二月九日：「公曰：四川等均派代表求委，各處輸誠者，惟恐我不之許。寄生與首鼠兩全者，皆欲借此投機；昔日畏我，恨我，以及其患得患失之人格，豈不令人生嘆乎！」

十二月十二日：「任命鄧錫侯爲二十七軍軍長，田頌堯爲二十八軍軍長」。

十二月十七日：「下午會客。公曰：四川情形複雜，代表之多，無以復加，殊令心煩也。」

基於上引，我們可以獲得如下兩點認識：

第一：當時四川軍人，代表四出，各方奔競。一方面固可謂爲川軍傾向革命之忱，一方面實亦現川情之複雜。

第二：川中各軍之委任，非由國民革命軍總司令部逕予發表，而係先經有關組織之審議（如所謂四川省臨時執行委員會與四川特務委員會等），可見其愼重之一般。

二

川中各軍受編爲國民革命軍之經過，分述如次：

（一）第二十軍

國民革命軍第二十軍軍長楊森於民國十五年十月二十三日受委，十一月二十八日在宜昌就職，爲當時四川各軍受編最早之一軍。據楊氏在其「九十憶往」中自述：「蓬安陳抱一君，爲余順慶府中學同學，曾任四川省政務廳長。彼爲同盟會老同志，與謝持慧生先生友誼頗篤。」「當國民革命軍開始北伐，余即密派陳抱一君赴羊城晉謁國民革命軍總司令　蔣公，表示端誠擁戴之忱，承任爲國民革命軍第二十軍軍長，番號在四川各軍之先。當蔣公北伐至南昌之時，余命陳抱一前往南昌行轅請示，旋即在萬縣軍次就二十軍軍長職。」楊氏所記在萬縣就職，與前引在宜昌就職有異，惟其時楊部駐萬縣，其前線則在鄂西之宜昌，兩種記載，應非衝突。

楊森未奉委前，以吳佩孚所委四川討賊軍第一路總司令名義駐萬縣。所轄爲第九師（郭汝棟）、第一師（白駒）、第二師（向吳行光）、第三師（楊漢域）、第四師（何金鰲）、第五師（向成傑）、第六師（包曉南）、第七師（范紹增）、第八師（王文俊）。混成、獨立、步兵等旅長，有陳萬仞、劉雨卿、廖海濤、羅君彤、孟浩然、穆瀛洲等。楊部除向成傑駐江北、重慶，同時受劉湘指揮外，其餘八個師，分駐下川東忠縣、涪陵、萬縣、奉節、巫山一帶。本年九月，一度擴展至巴東、宜昌，旋於十二月仍撤回川境。

（二）第二十一軍

國民革命軍第二十一軍軍長劉湘，奉委於民國十五年十一月二十七日，於十二月八日在重慶就職。國民革命軍於七月九日北伐誓師，宣言首要目的，在消滅吳佩孚。八月十三日劉湘領銜川中軍人通電討吳，爲川軍將領響應北伐之最早者。此中奔走接洽，主要爲李仲公。劉奉委後，李亦被派爲第二十一軍黨代表。十二月十七日，劉湘發出篠（十七）電，申明以往因應川事經過，及今後効忠國民革命之決心。同月二十八日發出宥電，列舉四事爲民衆告，並以自勵。

劉湘奉委時，係以北洋政府所委四川善後督辦名義駐重慶，轄川軍第一師（唐式遵）、第二師（羅偉）、第三師（王陵基）、第四師（王纘緒）、第五師（向成傑）、第六師（潘文華）、第七師（藍文彬）。另有獨立第一師（魏楷）、獨立第二師（王正鈞）、獨立砲兵司令（張邦本）。至其他混成、獨立、步兵等旅長，有佟毅、劉兆藜、李根固、明昌、陳基、王澤濬、熊玉璋、廖敬安、章安平、饒國華、郭勳祺、張竭誠、石照益、蔣尚璞、達鳳崗、潘佐、楊國楨、袁彬、王克俊、彭煥章、嚴嘯虎、范楠軒、周成虎、劉樹成等。

（三）第二十二軍

國民革命軍第二十二軍軍長賴心輝，為與劉湘於八月十三日聯名通電討吳（佩孚）川軍將領之一，亦於十一月二十七日與劉湘同時奉委，惟何日就職，無從確查，當與劉湘就職日期先後。賴心輝原為中國同盟會會員，與國民革命軍較有淵源。

賴氏奉委時係以北洋政府所委西川省長兼熊克武任督軍時所委四川邊防軍總司令名義駐內江，轄邊防軍第一師（李宏錕）、第二師（范世傑）、第三師（張英）、獨立師（陳蘭亭）、第一混成旅（黃毓英）、第二混成旅（何濟民）、第三混成旅（甘鎮震）。另有獨立、步兵等旅長袁品文、皮光澤、李章甫等。賴部分駐上川東資中、內江、隆昌、榮昌、及川南之瀘縣合江，川東之江津等縣。

（四）第二十三軍

國民革命軍第二十三軍軍長劉成勳，奉委及就職日期，均已無從確查。惟成勳為於八月十三日同劉湘等聯名通電討吳（佩孚）將領之一。上引十二月一日　蔣公致陳銘樞電，有「三劉與楊賴皆已委為軍長」之語，三劉除劉湘、劉文輝外，其一即成勳。是成勳奉委，當與劉湘同時或稍後，惟「民國十五年以前之蔣介石先生」一書，未見記載。十六年初，凡川中軍人聯名發出之電，署名之七軍長，均有成勳之名。成勳奉委時，為以北洋政府委任之西康屯墾使名義，駐軍雅安，其防地及於雙流，彭山、新津等縣。六月六日起，劉文輝部忽向成勳防地進攻，並通電指斥成勳為軍閥，謂受人民請求，不得已出於討伐等語。成勳於七日發出通電，則云已改編部隊，請命北伐。時負責四川黨務之向傳義、盧師諦，均有通電調解，但無效果。七月十二日，成勳所部不支，通電下野，所部為劉文輝收編，二十三軍番號亦至此消滅。

年來若干史籍記載，有記當時之二十三軍軍長劉存厚者。實則在國民革命軍北伐之後，川中各軍已奉委新命，惟劉存厚則仍以北洋政府所委之川陝邊防督辦名義駐達縣、宣漢等地。直至民國二十二年五月八日，存厚始奉派為陸軍第二十三軍軍長。

（五）第二十四軍

國民革命軍第二十四軍軍長劉文輝，為十五年八月十三日與劉湘等聯名通電討吳（佩孚）川軍將領之一，與劉湘、賴心輝於同年十一月二十七日同時奉委。就職日期未能確查。

劉文輝當時係以北洋政府所委之四川軍務幫辦名義與鄧錫侯、田頌堯合駐成都。轄川軍第八師（冷薰南）、第九師（劉文輝兼）、第十師（夏首勳）、第十三師（費東明），獨立師（楊春芳）混成、獨立、步兵各旅長，有張清平、唐瑛、林雲根、吳景伯、徐光普、陳獻周、陳鳴謙、陳能芳、張為、林梅坡、張仲銘、蔡海珊、劉純成、余松琳、楊學端、曾言樞、余凝虎、余中英、王靖宇、羊仁安、余烈、覃筱樓、張巽中、劉元瑭、劉元琮、劉元瑄、石肇武、田鍾毅等。劉部駐區為上川南、下川南（包括宜賓）、川西各縣以及川北南充等地。

（六）第二十八軍

國民革命軍第二十八軍軍長鄧錫侯，於十五年十二月十二日受任。「民國十五年以前之蔣介石先生」一書載為二十七軍，番號不符，或係當時如此發表，事後改正；或記載有誤，無從查考。其就職日期，亦未見其他記載，當不出同年十二月份。

鄧錫侯奉委新職時，係以北洋政府所委四川清鄉督辦名義駐成都。所轄為川軍第一師（李家鈺）、第二師（黃隱）、第三師（陳鼎勳）、第七師（前陳能芳，後馬毓智）、第十二師（前朱兆南，後羅澤洲）。至混成，獨立、步兵各旅，有劉翼經、王思忠、楊銳、李青庭、李宗昉、陳紉笙、陳鴻文、劉漢雄、張熙明、何瞻如、葉肇堯、刁世傑、牛錫光、龔渭清、黃慕顏、黃鰲、王士傑、楊晒軒、游宴如、孫賢頌、青翰南、林翼如、盧濟清、劉萬撫、鍾開澤、陳離、楊秀春、陶凱、楊宗禮、黃時英、彭誠孚、謝德堪、鄧國璋、劉丹五、周世英、劉乃鑄、李樹華、孫禮、陳澤等。鄧部分駐川西各縣及川北之遂寧、樂至、南充、川東之合川等縣。

（七）第二十九軍

國民革命軍第二十九軍軍長田頌堯，於十五年十二月受任。「民國十五年以前之蔣介石先生」一書載為二十八軍，說明如上節，其就職日期應大約與鄧錫侯相近。

田頌堯當時係以前四川督軍劉存厚所委之四川西北屯殖軍總司令駐成都，惟總司令部設於三臺。轄有國軍第二十一師（孫震）、第二十二師（田頌堯兼），川軍第五師（何光烈），川軍第八師（前向康衢，後王思忠）、川軍第十一師（前段榮琮，後王銘章）、獨立師余安民。混成、獨立步兵各旅長，有董宋珩、黃正貴、楊俊清、曾憲棟、羅廼瓊、邢季卿、曾甦元、邱芳如、秦鑫、稅梯青、呂康、楊哲遠、陳亮熙、楊光明、楊特生、胡玉笙、李偉如、趙佩三、謝庶常、馬沛霖、古鳴臯、廖剛、吳暢、田澤孚、陳宗進、敬肇謙、劉鼎基、汪朝濂、萬選青、鍾光輔、童澄、李鑾陶、王文振、袁子澤、李文、羅紹琳、覃登第、幹德洋、余大經等。田部駐區為川西北各縣。

三

以上為北伐初期川中七軍受編為國民革命軍之概畧經過。此後各軍發展，榮枯不一。二十軍於對日抵戰期中轉戰各地，為組成二十七集團軍之骨幹，楊森昇任集團軍總司令兼第九戰區副司令長官。三十八年大陸剿共戰事逆轉，該軍軍長楊幹才率部苦戰蕪湖，慷慨殉國，該軍至此完成其光榮之歷史使命。二十一軍於民國二十四年十月擴編為三軍。抗戰初期，劉湘率師出川，昇任第七戰區司令長官。劉湘逝世，所部先後擴充為第二十三、第二十九、第三十等三個集團軍，轉戰各戰場，著有戰績。戡亂剿匪期中，其重要將領唐式遵殉國西昌，王陵基被共俘虜，王纘緒則竟投共，使該軍革命歷史，蒙受汚辱。二十二軍於民國十九年出川，部隊番號改為新編第十一師，賴心輝改任師長，旋亦辭職。二十三軍於民國十六年六月為劉文輝所攻擊改編，已如前述。二十四軍劉文輝部於民國二十一年安川戰役以前，兵力最大，駐區六七十縣。以其奸詐性成，為各軍之公敵，二十二年安川戰役結束，百團大軍，所餘僅及十分之一，退守西康。抗戰期中，全川各軍，均奮勇出川，効命疆埸，惟該軍始終未出一兵一卒。三十八年冬共黨侵入四川，劉文輝首舉叛旗，投降共黨，為四川軍人中最卑鄙無恥者。二十八軍於二十四年十月改番號為四十五軍，抗戰初期與四十一軍（原二十九軍）合組為二十二集團軍，出川抗日，鄧錫侯任集團軍總司令，鄧於劉湘逝世後囘川，繼任川康綏靖主任。三十八年冬共黨逼近成都，鄧率部投共，晚節不終，可為嘆息，二十九軍於二十四年十月改番號為四十一軍，原任軍長田頌堯於同年四月因川北剿共失利撤職，由副軍長孫震繼任軍長。抗戰爆發，該軍與四十五軍合組集團軍出川，孫震繼鄧錫侯出任總司令，此後轉戰南北戰場。抗戰勝利後續任剿共工作。至三十八年，編入第十六兵團，於共黨竄川時向川北川西轉進，節節抵抗共黨。十二月九日，孫震奉命飛臺灣，所部陷共。三十九年周靜吾將軍等策動起義，進據安縣北川綿竹一帶之岷山山脈，組反共抗俄救國軍，被共軍圍攻失敗。該軍自受編為國民革命軍後，始終忠於革命，與第二十軍相輝映，為川軍中之光榮。

四

各軍受編為國民革命軍時，均有文電表示，惟史料闕失，今已無從查考。僅劉湘於就職第二十一軍軍長時發出之兩通電，現尚存有，足供參證。

一為十五年十二月十七日發出之篠電，係申明以往因應川事經過，及効忠國民革命之決心。原劉湘自民國九年驅滇之役被推爲川軍前敵各軍總司令起，即成爲四川之重心人物，本電可爲了解當時川事之一重要文獻，原電云：

（銜略）均鑒：湘以疏庸，生際叔世，懼武備之不修，致積弱之難振，投身行間，効命國家，邇來二十餘年矣。乃者兵連禍結，國政日衰，外患愈烈，民生益蹙，每念時艱，發爲深思。始知治軍必先以主義訓練，而後不致以衞民者禍國：武力必須與民衆結合，而後不致以救國者殲衆。常本此旨，冀求有當。曩歲川省歷經北軍滇黔軍暴力憑陵之後，民力凋殘亟待休養，羣情趨向，是在自治。邇時北洋軍閥，竊據北方政學餘孽，盤踞粵中，我 先總理救國大計，亦爲岑陸諸人所阻撓，憤而去粵。湘以此時不妨本分權之義，樹民治之基，以徐待合法政府之建立，共求全民政治之實現，是以有四川省自治之宣佈。一面復汲汲於地方建設之規劃，如教育經費之獨立，成渝馬路之勘測，軍隊之厲行改編，庶政之力求整理，靡不淬厲從事，期於有裨民生。然而民衆武力，既未能以期月完成，而分防之制，又久已積重難返，規模甫具，戰禍重開，始願莫達，不得不辭職以去。是時吳佩孚已坐大中原，方本其武力統一之野心，以助長西南各省之擾，於是吾川遂復陷於水深火熱之中，人民既飽受兵燹之災，將士亦備嘗鋒鏑之苦。各將領以湘素重公誠，乃復責以收拾，義不可避，勉任善後，多方斡旋，戰禍以寧。時曹吳盜國，罪惡已盈，各省義軍，同張申討，川中賢俊，亦協謀有以響應。曹吳慮川中突起義幟，震撼西南，多方挑撥，肆其離間。於是又於乙丑（民國十四年）之役，湘雖不惜以一軍冒疑難之衝，力弭戰禍，歸於和平，然而瘡痍滿目，人民固已創巨痛深矣。經此次兩度之收拾，湘益信武力與民衆結合之必要，時 先總理方倡導國民會議，以爲救國塗軌，不幸未獲實行，賫志以歿。湘既儀國民會議之主張，乃召集全川善後會議，以爲省民會議之預備，更促國民會議之實現。集議匝月，綱領畢具，而停造槍支，縮減軍費，裁免苛捐諸案，湘尤無不努力履行，以爲衆倡。孰知內部之整理甫就，外力之破壞又至。而吳佩孚野心不死，盜弄國權，甘爲帝國主義者鷹犬，益肆其挑撥離間之故智，卒之釀成渝之變，使川局益費收拾。是知國內和平之障礙，若不予以廓清，任何枝節補苴，而阻力相消，仍無以謀永久之和平，解人民之痛苦，故有元日討吳之通電，且毅然拋棄歷年局部改造之因襲思想，而努力於中國和四川亂源排除。所謂中國致亂之源，四川致亂之源爲何？帝國主義之侵略，國內軍閥之肆虐是也。自輪軌發明，交通大開以來，中國既已爲世界之中國，而四川亦決不復閉關以求自保。綜觀川省歷年戰爭，無一次不受國內軍閥之播弄，國內軍閥之作亂，亦無一次不受帝國主義之嗾使。蓋帝國主義者，爲遂其侵略之野心，不得不助長中國軍閥之內亂；而國內軍閥爲發展其兼併之慾望，又不得不挑撥鄰省之內亂。循環牽行，致成今日擾攘之局。吾人苟欲謀國家獨立之自由，斯不能不先行倒帝國主義；苟欲謀一省之和平主義，又不能不先打倒國內軍閥，此國民革命所以爲今日救國之急務也。湘既積頻年企圖之經驗，與世界大勢之認識，深知中國實在帝國主義及軍閥二重壓迫之下，救國之道，惟有集中革命軍勢力，實行國民革命之一途，湘夙志救國，茲本先覺之指導，民衆之要求，謹率所部，爲革命而努力。誓遵守先總理之遺囑，服從全國第一第二兩次代表大會宣言及歷次議決案，効忠黨國，以求貫徹。抑湘尤有不能不鄭重宣言者；國民革命爲實現三民主義之先導，而喚起民衆聯合世界上以平等待我之民族，又爲完成國民革命之要圖。吾人若不完全接受三民主義之理論，以求澈底實現，即不足以復談國民革命；若不努力喚起民衆，聯合世界以平等待我之民族，亦不足以完成國民革命。吾人所以打倒帝國主義，蓋欲謀國際間之和平，使一切弱小民族皆得解放，非徒富國强兵，自或一帝國主義之國家而已。吾人所以打倒軍閥，蓋欲謀政治上之平等，使一般平民皆得運用民權，非徒以己身求軍閥或造成軍閥階級之統治權以荼毒平民而已。若夫打倒帝國主義，打倒軍閥以後，尤須勵行民生主義，力謀經濟上之平等，此三民主義之原則，吾人當竭誠接受，不容割裂篡竊自便私圖者也。至於必先喚起民衆，而後革命勢力得集中；聯合世界上以平等待我之民族，而後足以與國際帝國主義抗戰，此尤完成國民革命之途徑，吾人當力求貫徹，不容懷疑違棄，自壞津梁者也！湘服膺黨義，志在救國，既勤求審慮於前，是當努力奉行於後，惟國民革命之大業，非旦暮之功，而三民主義之完成，實百年之計。湘既以一身獻之黨國，當誓竭誠貫徹始終。惟我袍澤將士邦人君子，同受帝國主義軍閥之荼毒，即留共負國民革命之責任，奮然興起，用竟全功，此尤湘之延踵以待，並爲我國民衆馨香禱祝者矣。就職伊始，謹此宣言，青天白日，實昭鑑之。國民革命軍第二十一軍軍長劉湘叩篠（十七）。

另一電爲十二月二十六日發出之宥電，以就任國民革命軍軍長，特別舉四事爲民衆告，並以自勉。原電云：

頃奉國民革命軍總司令蔣令開：任劉湘爲國民革命軍第二十一軍軍長，等因奉此，遵於庚（八）日在重慶防次就職。慨自巨憝玩法，軍閥專橫，媚外辱國，肆兇作倀，國無寧日，民不聊生。 先總理積數紀之心血，救同胞於塗炭，未竟之志，貯沉九原，不死之神，導我萬衆。今幸雄師北伐，義檄其定；贛鄂肅清，孫吳逃竄；聲威所屆，遐邇同欣。湘早列戎行，夙具孤憤，遽膺重寄，彌惕寸衷，曾於八月元日通電討吳。而一致抗敵，藉應潮流。茲當民氣大振，國民革新；念匹夫有責之言，凛除惡務盡之訓；濟消反側，殲彼兇頑，庶克洗大地之甲兵，出斯民於水火也。願率袍澤：勵我戈矛，勇奮先驅，義不反顧，同仇殺敵，唯力是視，枕戈待旦，用竟全功。謹揭四事，爲民衆告，且以自勵：（一）中國國民黨，爲 先總理給予全民之最大遺產，爲領導國民革命之唯一組織。湘願率所部，竭誠秉承 先總理遺囑，並以至誠，接受國民黨一二兩次全國代表大會宣言，與中央聯席會議決議案。（二）國民革命軍，以農工階級，解除民衆痛苦爲職志，今後一切工作，當先注重農工之利益與其組織，期得革命之最後勝利，一切還諸民衆。（三）此次我革命軍所向有功，固由部曲用命，亦由將士洞明本黨主義，方能奮鬥不斷，此後當注重軍事政治工作，使本軍全然了解作戰之意義，爲忠誠勇敢之革命軍人。（四）長江流域，久在英帝國主義者宰割之下，兇燄所播，雖僻遠如川，且難倖免，萬縣一役，血肉橫飛，至今思之，猶有餘痛。近更肆陰毒，資敵巨金，謀擾我革命新根據地，湘了息尚存，誓殲此虜。凡此四事，盡志施行，息壤在茲，謹電佈達。劉湘叩宥（二十六）

末（11）

·鐵嶺遺民·

段祺瑞反對帝制

當帝制開始醞釀時，段祺瑞曾與梁士詒說過一句話：「我兩人一文一武，萬不可贊成帝制」。段祺瑞平生最大長處是大問題看得清楚，拿得準，所以在他死後，許世英輓以「定大難，決大疑，峙如泰山，渟如止水」，確非過譽之辭，就當時情勢看，如果梁、段兩人眞能始終不贊成帝制，袁世凱的皇帝可能就作不成，也許帝制根本不能出籠。

在袁世凱左右的人，梁、段都不是最親的，袁世凱的心腹話也不會同兩人講，但兩人却實際掌握着大權，段祺瑞掌握軍權，梁士詒掌握財權，無兵無錢，說甚麼都是空談，楊度固不必說，就是段芝貴、倪嗣冲又能變出甚麼花樣來。

袁世凱在稱帝之前，對段祺瑞就不大放心，似乎根本就沒有拉他參加的意思，但是也料定段祺瑞不會公然反對，袁世凱所以有這樣想法，是基於兩點：第一，彼此關係太深，段夫人是袁世凱的乾女兒，闔府皆呼大小姐，袁家公子小姐皆稱段家大姐，雖然段祺瑞堅不肯承認這門親戚，仍以部下自居，但有這個親戚總是事實，段祺瑞決不致於作出太對不起袁世凱的事。第二，段祺瑞聲望雖高，權力亦重，但人在北京，不能造得起反，比起來還不如在南京的馮國璋危險。

可是到了帝制快明朗化時，袁世凱感到段祺瑞這消極抵抗法實在很厲害，決心要解除他的職務。

段祺瑞生平不大理會小事，個性又奇懶，他任陸軍總長時，所居府學胡同住宅與陸軍部後門祇隔一條胡同，三分鐘可到，段祺瑞却從未到部辦公，例行公事皆由徐樹錚代拆代行，有一次袁世凱看到一件公文有了疑問，把段祺瑞叫進府詢問，段祺瑞一頭霧水，說道：「我回去查查看。」

袁世凱當時瞪起眼睛，指着說道：「你自己簽名呈上來的，還查甚麼？」

受了這次申斥，段祺瑞感到陸軍總長幹不下去了，就上呈文辭職，袁世凱最初還假意慰留，給假三月養病，並賞給人參及醫藥費，但這都是作戲了。

以王代段

袁世凱眞正討厭的還不是段祺瑞，而是段祺瑞的親信陸軍次長徐樹錚。袁世凱明知道陸軍部的事皆是徐樹錚主持，十件有八件段祺瑞也不知道，可是，每當袁世凱挑出毛病要處分徐樹錚時，段祺瑞又一口咬定自己的主意與任何人無涉，袁世凱恨透了這一點，給他加了四個字的考語「剛愎他用」，這四個字以後成爲政壇上取笑段祺瑞的材料。有一次袁世凱向段祺瑞提出要換陸軍次長，段祺瑞說道：「請總統把總長也換了吧！」

到了帝制運動漸公開時，袁世凱決心要更換段祺瑞的陸軍總長職位，所以如此，可能與段祺瑞向梁士詒說的那句話有關，如果這一文一武眞的不贊成帝制，即使有一百個楊度，五十個段芝貴都沒有用處，而段梁之間，又以梁士詒最爲重要。大概袁世凱看準了不排去段祺瑞，無法逼梁士詒就範，於是顧不得各種關係，決心要更換陸軍總長。

當時有資格代段任陸軍總長的，祇有兩個人，即馮國璋與王士珍，馮國璋現任江蘇將軍鎭守南京，袁世凱對馮國璋也不放心，因爲馮國章本身也反對帝制，以馮代段，等於未換，同時，袁世凱也看準馮國璋的心理，也不肯以現在握有實權的江蘇將軍，換一個位高而無權的陸軍總長，因此，袁世凱決心找王士珍來代替段祺瑞。

王士珍在北洋三傑中排名第一，被稱爲「龍」。此項稱號本意如何，未見到正確解釋，不過，王士珍爲人不慕名利，恬淡和平，加之操守清廉，生活儉約，在北洋軍人中確實首屈一指。自從民國成立，王士珍就辭去一切職務到正定家鄉隱居，不問世事，倏忽就是四年，足跡未踏過北京，此時袁世凱想到他，就派袁克定去正定迎接，王士珍辭以無心作官，願意終老家園。袁克定當時說：「作不作官是另外一回事，到北京與總統叙叙舊總是應該的。」王士珍無法推辭，祇得隨袁克定一道進京，初到北京，袁世凱就委爲海陸軍大元帥統率處坐辦，地位與陸海軍總長相等而實權過之，到了民國四年五月，段祺瑞呈請辭職，終以王士珍繼任陸長。

徐樹錚被參

王士珍進京後，袁世凱就打算發表他爲陸軍總長，但王士珍力辭不就，認爲此時代段爲陸長有賣友之嫌。中間一直拖了幾個月，陸軍部內又發現炸彈事，懷疑有人圖刺段祺瑞，段祺瑞平日就不到陸軍部辦公，發生炸彈事件之後更絕跡不去，不久又去了西山養痾，陸軍部長職務完全不管，到了五月三十一日，袁世凱强行發表王士珍代理。

當時徐樹錚仍任陸軍次長，袁世凱對徐樹錚最爲厭惡，過去碍於段祺瑞全力護庇，無法更動，現在段祺瑞已離職，正是對付徐樹錚的好機會，就指使肅政廳提出彈劾，指徐樹錚購買外國軍火，浮報四十萬元，同時被參的尚有財政次長張弧、交通次長葉恭綽，就是當時政壇有名的三次長參案。

我們現在不大明白肅政廳提出彈劾案時，究竟有沒有根據，一般文獻對此皆記載不詳，但此事經過撤查確實沒有任何弊端，中飽浮報之事無從談起，按說查無實據，徐樹錚自然無罪，可是就在肅政廳提出彈劾時，袁世凱先下令把徐樹錚免職，時爲民國四年六月二十六日，距離籌安會出現尚有兩月時間，可見帝制運動，確實經過周密佈置，段不請病假，徐樹錚不致去職，陸軍部控制在段、徐手上，帝制運動就不敢公開進行。

至於另外兩位次長被參，說穿了也是一回事，葉恭綽是梁士詒的心腹，當初在交通系坐第二把交椅，袁世凱明白帝制運動，段不贊成尚可，梁士詒如不贊成就不易成功，因此，先參葉恭綽嚇梁士詒，逼其就範，因爲交通系控制全國財權，出入數字之多，無法究詰，眞是徹查，必有弊端，參葉恭綽無非是梁士詒的一個警告，迫其就範。

張弧是熊希齡一手提拔，熊希齡此時雖然在野，仍負清望，參張弧也是要給熊希齡一點顏色看，不過，到了後來，葉、張兩人均未更動，祇去了一個徐樹錚，袁段關係到此益發不可收拾，最後段祺瑞對袁世凱始終懷有敵意，未嘗不是受此案影響。

袁段不和當時雖然表面化，但中國人辦的報紙却不敢提起，祇有日本人辦的順天時報却不理這些，將段祺瑞辭職經過及陸軍部發現炸彈的事，繪影繪聲說出，此事一旦公開袁、段兩人均感尷尬，段祺瑞尤其處於嫌疑之地，恐怕袁世凱會懷疑是他有意把消息漏給日本人的，當時不能再裝聾作啞，八月三日正式發表闢謠電報說：「二十年前，大總統在小站練兵時，祺瑞以武備學生充下級武秩，與大總統素無關係，乃承採及虛聲，立委為砲隊統帶，升任統制。及大總統還山再起，祺瑞復見任湖廣總督，陸軍總長等職，以大總統知祺瑞之深，信祺瑞之堅，遇祺瑞之厚，殆無可加，是以感恩知己，數十年如一日，分雖部下，情逾骨肉。近數年來，祺瑞因吐血失眠，籲請息肩。乃包藏禍心之某國報紙，以挑撥離間之詭計，直欲誣祺瑞為忘恩負義之徒，甚至偽造被人行刺之謠，更屬毫無影響，不得不畧表心跡，以息訛言。」

段祺瑞電報上有許多話是眞的，袁世凱對段祺瑞的知遇確實在馮、王之上，當時小站練兵規例極嚴，軍官升級一定要通過考試，王士珍、馮國璋都通過考試作了統制（即以後的師長，為袁世凱以下最高等職位），段祺瑞考了兩次均無法通過，到了最後，袁世凱不得已事先把題目洩漏給他，段祺瑞考試始過了關。這件事段祺瑞到了晚年提出，仍然感激不盡。

另一方面在孝感通電，請清室退位一事，袁世凱也不交給馮國璋而交段祺瑞，可見彼此關係之深，但政治是現實的，到了此時，兩人沒有辦法再合作了，據說袁世凱不能逼段祺瑞就範，祇有把義女段夫人找進府，要她逼段祺瑞聽命，老段本來懼內，段夫人奉命回來逼老段，罵老段沒良心。段祺瑞逢到這種情形，總是滿臉陪笑拱手說道：「太太，老總統的事，要我出多大力都可以，祇有一點，我不能保他作皇帝。」經過此次闢謠之後，段祺瑞隱居西山不再進京，直到帝制失敗始與袁晤面。

袁世凱無法迫段贊成帝制，就全力逼梁士詒，因為梁士詒領導的交通系，主管全國交通財政，經手的錢既多，弊病自然在所不免，而且有些開支根本就無從入賬，據說袁世凱個人開支（公館用度及賞賚）每月要五十萬，也要梁士詒籌措，梁士詒自不能要總統寫個收條，當然其中有許多騰挪變換，以公濟私，是無法究詰的，一旦認起眞來，當然吃不消。

自從袁世凱步入仕途之後，手下幕府人才一般分為兩派，一是皖系，以楊士琦為首；一是粵系，以梁士詒為首，當然兩系成員並不全是安徽廣東兩省的人。但因楊、梁兩人分隸皖粵，故外界以此稱之，屬於皖系的除楊士琦之外，尚有周學熙、龔心湛，屬於粵系的梁士詒之外，尚有葉恭綽與京漢鐵路局局長關賡麟，京綏鐵路局局長關冕鈞。就兩派立場來說，均不贊成帝制，但是彼此明爭暗鬥却被帝制派所利用。

三次長參案與交通大參案，皆發生在籌安會成立前，但三次長參案，當時就告結束，交通大參案却拖了五個多月，直到帝制運動完全成功，交通大參案始告一結束。這件事關係洪憲成敗至大，必須詳細說一說。

梁士詒出身袁世凱幕府，以後入外交界辦事，光緒三十三年（一九零七）改入交通界，初佐唐紹儀辦理京漢、滬寧、道清、正太、汴洛五鐵路事。清廷於光緒三十二年始設郵傳部（即後來交通部），以湖南人張百熙為尚書，唐紹儀為左侍郎，唐紹儀與梁士詒之間既是同鄉，又同出身袁世凱幕府，唐任侍郎就拉梁士詒作幫手。光緒三十三年二月，張百熙因病出缺，由林紹年署理，派梁士詒為五路（即前舉五鐵路）總提調。不久尚書換了岑春煊，四月間外放兩廣總督，郵傳部尚書換了陳璧，對梁士詒依然倚畀有加。同年十一月，梁士詒又向尚書陳璧建議設立交通銀行，股份官商各半，章程為梁士詒所手訂，奏上即准。當時派李經羲為總理，周克昌為協理，梁士詒為幫理，交通銀行從此成立，到今天將近九十年，交通系名稱也從此而起。

趙慶華被參

辛亥革命時，梁士詒始被推爲交通銀行經理，同時在梁士詒資助下，先後成立之大陸、金城、鹽業、保商等共計十幾間銀行，主事者皆是交通銀行舊人，梁士詒直接間接控制了這麼多的銀行，在國際方面又有高度信用，隨便調動幾千萬現欵祇是一個電話，在北洋政府時代，沒有第二個人有這種手腕，因此財神之名不脛而走。

說來也很有趣，自從光緒三十二年（一九零六）設立郵傳部，入民國後改爲交通部，官職也由尚書改爲總長，直到洪憲帝制失敗，前後十年中間，梁士詒從未當過尚書、總長，也未當過侍郎，次長，可是，任何人提到梁士詒就與交通部聯在一起，好似梁士詒就是交通部，交通部也就是梁士詒，所可如此，因爲實際上交通部大權是握在梁士詒的手上，替他在交通部看守大門的是交通部次長葉恭綽，所以在三次長參案中，把徐樹錚與葉恭綽並列，就因爲徐樹錚是段祺瑞的靈魂，葉恭綽是梁士詒的心腹。

三次長參案的結果，徐樹錚、張弧免職，葉恭綽停職候傳，這個案子來勢雖凶，但不足致梁士詒要害，不能使其屈服，於是放棄交通部及交通銀行，專攻鐵路。這時交通部長換了梁敦彥，次長換了麥信堅，先把梁系從交通部排出，然後進行彈劾鐵路負責人員。

第一個找到的目標是津浦鐵路局局長趙慶華，此公就是以後鼎鼎大名的趙四小姐的父親，爲人勇於任事，並不能算是一個貪官。主持這次大參案的是袁克定，實際出主意的則是楊士琦，先找到原任津浦北段總辦，現任肅政史之孟錫珏及津浦路總稽校金恭壽，擬定參劾大綱，呈給袁世凱，袁世凱就交給國務卿徐世昌，要他交給都肅政史莊蘊寬提參。莊蘊寬看了之後，認爲此事沒有參劾的必要，不肯提參，徐世昌後來說出是主座的意思，莊蘊寬不得已以全體肅政史名義提參津浦鐵路局局長趙慶華，袁世凱馬上批准交平政院審理，平政院長周樹模開庭審訊後，呈稱：「津浦鐵路局長趙慶華舞弊營私一案，交通部次長葉恭綽最有關係，請諭令暫行停職候傳。」

粵匪淮梟擺戰場

趙慶華被撤差查辦後，葉恭綽也停職候傳，接着風潮就波及到京漢、京綏、滬寧、正太各路，加上原來的津浦路，合稱五路大參案，其中情節較重的京漢鐵路局局長關賡麟，京綏鐵路局局長關冕鈞均離職候審。

袁世凱在參案發生後，特地把梁士詒傳進公府，當面告知，「參案本有君在內，我曾去之。」參案屬稿怎會先給總統看，總統又怎能令肅政使從中勾掉一個人，這在法律上是絕不許可的。袁世凱當時講這段話，用意是在向梁士詒市恩，不知却露了馬脚，更使梁士詒了然此次三次長及五路大參案，均出於總統授意。

此時梁士詒處境甚窘，在北京不好意思再見到熟人，索性躲去京西翠華山小住，以觀其變。北京京報在報上發表了六首打油詩前面並加以一段按語稱：「此次三次長參案，涉及陸軍、財政、交通三部，牽連所及，範圍極廣，尤以交通界爲甚，今之五路參案，與清末之五路參案同。所異者，前案則爲梁士詒身當其衝，今案則不屬梁之本身，而五路及其他交通機關，皆在其舊部掌握中，故所辦者皆及門徒戚黨，梁雖未正式牽入，却似通天教主在萬仙陣，目睹衆門人受罪，昔則射人，今則射馬，聞與最近發生某項事件有關云，有署名阿嚴者綴以詩，並小注如下：

遠東交涉罷風雲，讓步猶云講善鄰，公戰怯於私鬥勇，大家留點好精神。豈因門戶起爭端，你想財權我政權，縱使人民能納稅，國家那得許多官。粵匪淮梟擺戰場，兩家旗鼓正相當，便宜最是醒華報，銷路新添幾百張。五路財神會賺錢；雷公先捉趙玄壇，雖然黑虎威風大，也被靈官着一鞭。交通總長競爭忙，擬議無論到老汪，黑幕牽絲提傀儡，杏城活動燕孫藏。上場容易下場難，多少旁人拍手看，最是閑情梁燕老，三年兩度逛西山。詩雖打油，事情却是眞實，其中所說粵匪指粵系，淮梟指皖系，趙玄壇是趙慶華，王靈官是肅使王瑚，黑虎是葉恭綽，因爲葉號譽虎也。

葉恭綽罪上加罪

葉恭綽在三次長參案時，被判停職候傳，罪名已較徐樹錚、張弧免職爲重，此時趙慶華被撤差，又把他添進去，公開罪名是因爲葉恭綽力爭免除鐵路貨捐，有舞弊之嫌。

此事經過，淵源頗久，太平天國起事後，淸廷感覺籌餉困難，創設厘金，所謂厘金，即每兩抽厘，依現在標準說是千分抽一，凡是貨物通過，一律按價抽厘，開始時，抽額確實很輕，並不太病民，而餉源充足，終於擊敗太平軍。亂事平定後，厘金本該取銷，而各省大吏視爲利藪，胥吏又靠此自肥，上下勾結，無法廢止，抽額亦無限制增長，兼之經辦人營私舞弊，商民痛苦不堪，成爲淸末最大弊政。鐵路興建後，貨物交鐵路直運，過去設卡抽厘之法已不能施用，各省當局改設鐵路厘捐，在貨物運上火車時抽稅，貨物運下火車時又抽稅，已經相當苛重，但鐵路綿亘數省，貨物中途並不下車，中間各關卡又不能上車收稅，最後居然想出了一個變通辦法，所有沿途各省厘金局都在鐵路起站終站設有辦事處，貨物上車時就徵收過境稅，火車經過三省交三次稅，經過五省交五次稅。梁士詒一開始主辦鐵路時，就感到這是一個大大虐政，不但病民，也妨碍鐵路事業的發展，就通過上官請求廢止，但此種苛政有上千上萬的人靠此發財，樞府大臣也有份，要廢就斷了大家的財路，自然談不到。入了民國，梁士詒大權再握，仍然要廢除此項苛稅，交通部次長葉恭綽奉到梁士詒命令，向各方交涉，最後算是得到同意暫時廢除津浦線厘捐作爲試驗。這本是一大德政，此時津浦路局長趙慶華被撤差查辦，也就牽涉到廢除厘捐一案，原提倡人葉恭綽因「最有關係」，也牽連在內，罪上加罪。

以上祇是表面理由，骨子裡則是袁克定要脅迫梁士詒就範，非要把葉恭綽罪名加重不可。因爲當時法律沒有準，京兆尹（相當於首都市長）王治馨就爲了貪污的罪名而被槍斃，如果梁士詒眞的不肯就範，袁克定用點力量把葉恭綽殺了也不是奇事。

梁士詒屈服

自從五路大參案發生，梁士詒確實陷於彷徨憂懼之中「三水梁燕孫先生年譜」載梁士詒欲逃不得，恐係文過飾非之言，實際梁士詒當時雖受密探監視，但較蔡鍔自由得多，眞決心要逃，以他的財力之雄厚，聲氣之廣通，外國使館就會掩護他外逃。但梁士詒實在不能逃，誠如京報所說，他此時正如通天教主眼見門從在萬仙陣中受罪，自己安能一走了事，非想辦法解決不可。此本人情之常，何况梁士詒是一個有野心，有抱負的人。

據張一麐記述，正當梁士詒陷於窘境時，突然有人來訪，告知如要解五路大參案，救諸門徒出萬仙陣，唯一辦法就是爲帝制運動盡力。這個去訪梁士詒的人是誰，張一麐未曾明言，目前也無從揣測，但可以斷定決不是楊度一支，也不是楊士琦一系，這個人必然是袁世凱的親信，說話才有份量，根據這幾點來推想，此人若非夏壽田，就是担任內史長的阮忠樞，也可能是朱啓鈐，此外似不會有其他的人了。梁士詒也感到非攤牌不可了，就召集手下親信開會，交通系的要角此時雖然大部掛名彈章，但都是免職候傳，行動還算自由，大家都到了梁公館，梁士詒就把經過情况報台一遍，擺在面前祇有兩條路，一是向帝制派投降，一是學段祺瑞，同他硬挺到底，生死付之天命。但交通系的人皆是文人出身，又都作了多年的官僚，那有殺身成仁的勇氣，大家仍然希望能在兩條路中間找出一條中間路線，既可了結此案，又不牽入帝制漩渦。葉恭綽爲人比較爽快，看事也看得淸楚，尤其是他自己又是待罪之身，吉凶難卜，當時，葉恭綽就說了兩句名言：「今日事要頭就不能要臉，要臉就不要頭，沒有兩全之道。」這兩句話道中眞正癥結，許多人細想了一想，都覺得先保住頭再說，梁士詒也覺得不必爲此拚命，於是決計贊成帝制，違背了當初與段祺瑞的私約。就梁士詒材能而論，爲民國以來有數人才，惜乎一念之差，竟喪所守。

馮國璋反對帝制

袁世凱稱帝，反對的尚不止段祺瑞，馮國璋態度也很堅決，而且就以後的經過看，馮國璋所起的作用比段祺瑞大，這因爲馮國璋在外面手握兵權，進退自如，段祺瑞身在北京，無論如何，也翻不起大的風波。時勢使然，倒不是馮的本領高過段。

馮國璋這個人，不但在北洋三傑中以他爲最差，落了一個「狗」的渾名，就與次一級的北洋諸將比，格調也是相當低，但是祇有這次堅決反對帝制，却是馮國璋畢生最值得稱道的一件事。

袁世凱在北洋諸將中，對馮國璋的感情最差，也最不放他的心，除去密令張勛嚴密監視，又派了一個坐探去。

馮國璋年長袁世凱一歲，原配夫人死了多年，也未續弦，祇有一個老姨太太作伴，民國二年底，袁世凱忽然想起家中一位女教師周砥（號道如）尚是小姑獨處，就指派與馮國璋結婚，民國三年一月正式在南京行禮，這一年馮國璋已經五十七歲，周女士剛剛三十多些。袁世凱派周女士下嫁，就是爲了監視馮國璋的行動，周女士感激知遇，也確實負起這項責任，但馮國璋大事並不胡塗，眞正的政治上的大事，決不回到房內去講，所以周女士雖然對袁世凱忠心耿耿，可是所知道的仍然甚少。

在北洋諸將中，除去張勛外，馮國璋最忠於清室，因此，關於帝制的進行，決計不讓他知道，民國四年六月，梁啓超由廣東回北京，邀馮國璋一道進京，就想勸阻袁世凱，馮國璋見到袁世凱，剛剛提到帝制，袁世凱就一口拒絕，信誓旦旦決不稱帝，馮國璋信以爲眞，到處爲帝制闢謠，誰知不到兩月，籌安會成立，帝制運動公開了，馮國璋認爲袁世凱有心騙他，不把他當自己人，引起反感極深，以後帝制失敗，與馮的態度有很大關係。

此時來論馮、段之所以反帝制，已很易看出眞象，可以推測兩人之反帝制，第一、不願爲袁氏世臣，伺候了袁世凱又去伺候袁克定。第二、袁世凱一旦稱帝，外人再沒有繼承的機會，此點亦是主因。

金門憶舊（七）

·關西人·

古寧頭、大二擔

古寧頭是金門島西北角上最大的村落，其本身又分南山北山兩部，僑居南洋馬來西亞的人很多，所以村莊建築十分堅固壯觀。在金門縣城區附近的居民，對於古寧頭三字，很久以來就心存芥蒂：原來古寧頭的民風强悍，樂於械鬥，尤以少女爲甚，在媒妁之言的婚姻時代，城區居民一聽說是古寧頭的小姐，不問妍媸，不分慧愚，就一口拒絕，不敢結親。却不料民國三十八年十月二十五日以後，由於國民革命軍在這裡打了一次勝仗，古寧頭這個小村子，一夜之間，變成了舉世皆知的名地。這一仗打得乾淨俐落，把敵人的錯誤都捉到手，把我們的長處發揮到極點，決定了金門不被奴役的命運，也樹立了國民革命軍轉敗爲勝的基礎。其實戰爭進行的範圍包括到安岐以南，但人們却把古寧頭作爲這場大戰的地名，多少和强悍這個風氣有些關連。

古寧頭之戰的經過和檢討，國防部史政局已有資料印刷成冊，筆者僅願在此談談大戰場中的小故事，以爲後世青年將校們的參考。誠如衆所習知，小故事常常會影響到大勝敗，也就是中國古哲所謂「星星之火，可以燎原；涓涓不塞，將成江河」之意。明顯的說，幾乎人人都知道打仗是「打將」，但一般的任用將領，每每忽視了「强兵在將」的原則。所以筆者樂意寫小故事，希望由小成大，使後進的青年將校們，在光復故國的戰爭中，有大作爲，大貢獻，創造人類歷史上的大成就。

首先要提起的是指揮官選派恰當。大家都知道金門守備部署，是二十二兵團李司令官良榮負責；李的部署是由十二兵團調來的十八軍負責東守備，二十二兵團的二十五軍配屬八十軍的二〇一師守備島西，二十二兵團的第五軍守備小金門和大二擔島。十二兵團在由汕頭赴舟山途中，改駛金門，接替防務；兵團部及第十九軍正在下船，兵團司令正乘船由台北趕向金門當中，忽然敵人登陸。金門守將乃不顧指揮常規，逕令反擊部隊概歸島東守備區軍長高魁元指揮，實行反擊，消滅來犯敵軍。結果高軍長指揮第一一八師、第十八師兩團、第十四師兩團及第十一師一個團，圓滿達成任務。理由很簡單，高魁元軍長指揮卓越，經驗豐富，再加上第十九軍軍長劉雲瀚，第十八、十四兩師師長尹俊、羅錫疇，尤其是一一八師師長李樹蘭等，都是十二兵團的優良將領。高軍長指揮這些人，在聲望及資歷上都毫無問題，可以充分發揮三信心的潛力。但，有一個前提，若果高軍長不是一個將才，那些軍、師長們也會無所補益；若果不是高軍長而是一個毫無歷史淵源的人，那些軍、師長們也發揮不出潛力。感情、威望產生信心，無形中就變成士氣，因而滋生勝利。

其次要提出的是「能征慣戰」的軍隊和將校，乃是國家的至寶。高魁元軍長使用到戰場上的八個團，團長陳以惠，孫竹筠，沿著海邊，猛打直衝，不但斷了敵人的歸路，而且火燒了敵人的船隻，俘虜了近千人的船伕；團長楊書田、林書嶠、唐俊賢及文立徽，正面攻打敵人，緊迫硬拼，使敵人不能恢復組織，形成陣線；團長李光前、廖先鴻，是側翼的勁軍，在我軍左翼向敵人迂迴包圍，掩襲敵人側背，尤其李光前身先士卒，殉身陣前，而所部依然雄鬥不衰。上述這八位團長，都是筆者在很多將校中，選拔出來的得意幹部，他們的被任命，又都是他們屢立戰功，勳勞卓著中得來的。因此，他們轄下的營連長乃至於士官們，不優秀不忠誠不勇敢也就不能被任用。筆者在林書嶠楊書田那兩團，聽士官們述說作戰情形，得知當敵人登陸，雷開瑄和傅伊仁兩團青年軍正在頑强抵抗時，林楊兩團急前增援，一到戰場邊緣，新兵聽到槍聲，便臥地不動，而且互相聚集，口令信號都不能令其前進。幹部們知道新兵初到戰場，都有如此現象，乃號召士官及若干老兵迅速進攻，在押回俘虜行經新兵臥地之處，彼等見我軍獲勝，乃躍起前奔，找到本隊，參加作戰，戰後亦有新兵而成爲英雄者。這些幹部們若果不是久經戰鬥，必不會了解新兵心理，與其在陣前和這些新兵糾纏，還不如以身作則勇往表率的好。能征慣戰的軍人，都明白「怕死」與「怕敵人」在新兵的意識中是兩回事，「死亡的恐怖，比死亡更爲可怕」。臨陣慣了的人，才能了解到「我不怕敵人敵人就會怕我」。能征慣戰的軍隊，縱然多年不打仗，也會受到傳統的薰陶，所以世界强國的軍隊，都會尊重部隊的光榮歷史遺留下來的傳統；因爲能征慣戰的軍隊是用血和汗凝固起來的，並非一朝一夕所可得成。

再其次是「精神戰力」遠比任何武器都重要。第十四師在這場戰爭中，雖然不像一一八師那樣，始終扮演主角，但其所屬之四十二、四十一兩團的表現，則極爲可貴。該師係由遼寧失利後，再度在十二兵團中倉促組織成立的，所以服裝械彈並不齊全。在金門下船登陸之際，戰事行將發生，金門當局借十二兵團參謀長楊維翰巡視其地，面責楊曰：「前線需兵，何故令民伕先行下船？」楊即答以乃十四師，該當局蹙眉，初不料此師乃果敢能戰，不以軍服不齊而減色。又當筆者查詢四十二團李光前團長陣亡情形時，其第二營一班長告我曰：「本營共有機槍五挺，乃得之於叛變團隊者，兩挺打不響，三挺不連放，團長乃身先士卒，衝鋒而上，攻至林厝村邊而亡。」這充分說明了戰爭的勝敗，人的因素是首要，武器裝備在其次。越南共黨武元甲，於一九六八年在南越對美軍所發動的一連串攻勢，迫使美軍最後不能不從南越撤退，當時雙方的武器裝備優劣至爲懸殊，更是一次事實的證明。古寧頭之戰的致勝因素，二十年後又爲越共所獲得而擴大之，是則今後二十年將會在人間世益顯揚其作用。

又要提出的是「陣前指揮」的功效。德國和日本的陸軍，向以陣前指揮爲指揮官之光榮，亦因此而獲得部曲對長官之尊敬；「身臨前線，直接指揮」，也是指揮官「身教」的高貴品質。古寧頭大戰發生之次日，筆者趕到前線的湖南高地，問高軍長以敵我情勢，高手指安岐村而言曰：「我軍攻克此村，正追向林厝村。」湖南高地到安岐村，不過一千多公尺，陣前指揮乃士氣大振之主因。一則第十二兵團在徐蚌失敗後，此乃第一次與毛共正面作戰；再則此時大局逆轉太快，一般的都是士氣低落。高軍長把他的指揮所推進到李樹蘭的師部，李師長便更向前推進到安岐，前線官兵除了猛攻前進，也無他途可走。

最後要說「師克在和」了。古寧頭之戰發生在十分複雜的情況下，第一是正當十二兵團來接二十二兵團防務的時候；第二是這仗非第十二兵團打不可，而責任却仍在二十二兵團的肩上；第三是十二兵團的司令官尚未趕到戰地，而二十二兵團却沒有打仗的力量。照理國軍的官可以指揮國軍的兵，十二兵團的兵由二十二兵團司令官指揮應無問題，但金門主將由京滬杭警備總司令轉戰到廈門淪陷爲止，飽嘗了指揮上的辛酸，金門不能再敗，所以他勇敢的決定由島東守備軍十八軍軍長高魁元來統一指揮十二兵團可能參戰的部隊。這在該主將的立場來說，他要受二十二兵團李良榮司令官及島西守備軍沈向奎軍長的抱怨，其次要受十九軍軍長劉雲瀚的不滿，因為以劉軍長指揮本軍的十四、十八兩師，另配屬十八軍的一一八師，實行反攻，那才是順理成章的處置。然而事實上，沒有一個抱怨，反之，精誠團結，通力合作，大家一致協助高軍長完成任務。筆者於二十六日到達前線，目見李良榮、沈向奎、劉雲瀚諸位將軍，都在湖南高地指揮所，面色和悅，態度悠然，二十多年來他們也從無一人爭功諉過，「師克在和不在衆」。梁武帝聞曹景宗見韋叡執禮甚謹，乃欣然曰：「二將和，師必濟。」古寧頭之戰，我軍不讓前賢，可以照耀史册。

古寧頭之戰，一如民國二十一年贛州解圍之役，在毛共的文件中不會出現，可是紙包不住火，陳毅在清算饒漱石時，「忍不住講了出來」，現在照抄如次，我們可以在相反方面看看這一戰的眞相和影響。下面是陳毅的招供。

『「進攻金門，全軍覆沒」，我現在告訴各位，我們也遭受過戰爭上的挫折，這一件事，報紙上從來沒有發表過，這本是軍事機密，不該講，不過講到此地，我忍不住講出來，因為在座各位都是領導同志，想來也不會對外傳出去。就在解放上海那年秋天，為了給解放台灣打下基礎，黨中央決定首先解放金門。這是台灣的門戶，三野受命擔任這偉大的任務。可是當時我作為三野司令員，和饒漱石對如何執行解放金門的任務，發生了分歧的意見。一向是失敗主義思想的饒漱石，當時又產生了輕敵思想。這兩種思想看似矛盾，却並不矛盾，勝則驕和敗則餒本質是一樣的，這就是辯證法。饒漱石認為我軍一登陸，金門就會不戰而降，派一、二師人進攻金門就能解決問題。在決策會議上，和饒的意見不同，我認為列寧講的「敵人愈到垂死階段，掙扎越是猛烈」這句話，對於解放金門戰役仍是適用的。因此我的意見是國民黨必定不惜一切犧牲，堅守金門，我軍必須以全力進攻金門，並且在萬一戰局不利時，作最壞的準備。饒漱石不同意我的意見，遵照黨的紀律，我放棄了我的意見。結果，那次戰役，我軍失敗了，損失了一萬多人，責任主要落在饒漱石的頭上，但我沒有堅持自己的正確意見，及時反映給黨中央，我還是犯了錯誤，對此我也作了檢查。』

看了陳毅的招供，我要說明一點，生活在共產黨殘酷統治的圈子裡的軍人，不但沒有男兒氣慨，而且談不到人性的光輝。陳毅在毛共竊國的過程中，確實替毛共立下了很大的汗馬功勞，「勝敗兵家常事」，他在毛共「鬥蟋蟀」的玩樂手法中，還得把「失敗的責任」推到饒漱石的肩上，可笑也可憐。迄後又要受紅衛兵的清算侮辱！在毛共統治下做順民已夠受虐待了，誰知在毛共手下做打手，更是奴才一般；「人為萬物之靈」的靈性，絲毫不能保持，嗚呼陳毅！可憐。這似乎和古寧頭之戰沒有關係，但却說清楚了眞正的「解放」意義。

現在談到大二擔了。時間是民國三十九年七月下旬，地點是小金門西南方的大擔、二擔兩島。我軍是七十五師二二五團第二營史恒豐營長所部一營人中的兩個半連。敵人是二十九軍八十六師二五八團第二營等四個連，共五百多人。戰鬥一日，這個被挑選而來的敢死隊，包括營長鮑成在內，全部被殲，生俘二百多，餘都死傷，大部份落水溺斃。這時候的毛軍還不知潮汐風向風力對登陸作戰有重大影響，仍用人海戰術，蜂湧猛撲。事實上戰爭一開始，我軍即無法彼此通信，小金門的汪光堯師長向筆者報告，但見波濤洶湧，白浪滔天，大擔島上槍火照耀，通信斷絕，不知詳情，這是二十七日黎明的事，其時恰值颱風進入台灣海峽，到了下午，才開始有消息；二十八日運回傷患及俘虜時，才明白全部眞像。這是一場小戰爭，然而却關係著十年後「八、二三」時的大場面，茲分述各事如次：

大二擔島位置於廈門港進出的航道上，封鎖廈門，使之不能作為進攻台灣的集運基地。在中國歷史上，鄭成功、施琅都是以厦門爲出發點而進攻台灣的。大擔島上的一口甜水井，便是施琅屯兵待發時所留下的遺跡；井邊有廟，毀於毛共進攻前的砲擊，聽說也是施琅軍隊祈禱渡海所建立的。因此佔據大二擔島，埋伏下大砲，在功能上不啻一個無敵艦隊，遮斷厦門的交通。反之，若大二擔淪入敵人手中，鑿下山洞，裝上大砲，一直打到金門的南海面，料羅灣、楓上灘就都無法使用。後此十年的「八、二三」砲戰，毛澤東用了六百門大砲，對金門作了一次史無前例的大轟擊，但在截斷我軍的補給戰方面，却大敗虧輸。最大原因是大擔島在我手中，我們的運輸艦隊安全地停泊在南海面，然後由水鴨子TVL絡繹不絕地補運到金門。這樣一來，毛澤東既不敢兩棲登陸强攻，又不能遮斷補給，困死我們，便祇好厚顏遮羞地宣佈停火，自己承認失敗，「彭黃事件」「俄毛分裂」及「文革」的毛劉互噬都由此產生。「八、二三」是直接原因，大二擔島的殲滅戰則具有先導作用。

大二擔戰後的一個星期，共軍觀察員張子玉來降，他的口供十分使人吃驚，內容是①毛共戰車第三師的砲兵十二、十三兩團，都是機械化的一〇五口徑的砲，已到金門北方海岸。②毛之戰車第三師已有戰車到泉州，隨行的尚有水陸兩用戰車一個團。③毛之六管火箭砲將裝於摩托船上，以備攻擊我堅固工事之用。④毛共二十三、二十四兩軍即來金門當面，其第二十五軍已到前線。⑤毛共將以三十一軍攻金門，二十五軍攻小金門。張子玉是國軍被俘的軍人，其口供所述，大致可信。由於我自舟山撤退，浙東毛軍可以自由活動。陳毅被任命爲台灣解放軍的司令員，已爲人所知。另由大二擔俘虜口中得悉陳毅近期之口號是「堅決打金門，渡海攻台灣」。又俘虜文件中也有「打金門戰法十條」，其內容頗屬恰當且都實際。同時，我軍目睹耳聞到在蓮河澳頭一帶共軍，日夜不停地鑽鐵絲網及操練小舟艇隊。刀光劍影，寒風嚴霜，氣氛十分迫人。我軍嚴陣以待，直至民國三十九年秋涼十月，却總不見敵人來犯。事後仔細研討，韓戰是間接因素，大二擔之殲滅戰是主要因素。「一個敢死隊的加强營，登上了『敵』岸，激戰終日，無一生還」。這對陳毅來說，確實是不能疏忽的問題。「古寧頭全軍覆沒」，「大二擔無一生還」，再來一次大規模進攻，勝算到底有多少」？而且，「當面主將何人？」「金門守軍何若」？按筆者率整編第十一師及整編第十八軍，曾與陳毅共軍先後在魯中南麻及魯西曹縣兩次大戰，衆寡懸殊，陳敗我勝；今日島上守軍，第五軍、第十八軍依然當年雄風。故陳毅即或毛澤東本人，亦不能不有所踟躕，大二擔的殲滅戰已給他們提供了現實資料。

表面上這一仗是史恒豐營長的傑作，實際上這一個勝利，應該是第五軍軍長李運成的功勞。原來我高峰的決定是「金門務必固守不失」，但參謀作業認爲「集中兵力、機動使用」爲佳，所以七月中旬我軍曾有放棄金門的計劃。後經東京美軍當局的勸告「與共黨鬥爭，寸土不讓」，我乃仍堅守不搖。正當決定撤守並準備實施時，七月二十三日，國防部忽派專員送命令到來——仍然準備在金門作戰。此命令到達時，十八軍高軍長和第五軍李軍長都在我的司令部，將進午餐，但李軍長却急於回小金門，我怪其何故倉皇？彼曰：「爲了大二擔能與金門同時撤出，我派到大二擔的運輸工具是一艘機帆船，祇能裝載一連半人。因此留在那裡的守軍也是一連半，現在不撤了，我應即刻加兵，以利防守。」我又說「也不在一頓飯的時間」，李以爲「萬一風浪變化，則後患堪虞」。彼回小金門立即備船增兵而去，乃於二十三日晚間完成。此前有汕頭籍新兵，由大二擔泅水逃至厦門，爲共捕獲，訊知我大二擔守軍僅一連半，故以一個加强營的敢死隊來攻，彼以爲確可必得，却未料料到李軍長十分機警，即刻增兵。蓋二十四日以後，颱風即到，我以小船無法冒浪運輸所增加的兵了。二十六日晚間敵即進攻，毛軍不知颱風的危險，固然可笑，但若我軍不曾及時增加，毛共可能得逞，因爲以一連半人抵抗一個加強營，確實是有問題的。「一個馬蹄釘，敗亡了一個大帝國」的故事，在這次戰爭中可以證明。而爭取時間，把握機會的重要性，也於此可見。李運成將軍在野戰部隊服務很久，屢立戰功，良非偶然。七十五師師長汪光堯也是一位智勇雙全的將軍，他鼓勵他的官兵常用三戰三捷這句話，事實是該師二二四團在登步島打的好；以後二二四團、二二五團又在南日島打了一場至足使人欽佩的仗；大二擔二二五團史恒豐營長打的更漂亮。可是依我看，這一仗臨機增兵，行動迅速，李軍長和汪師長的功，都不可沒。一枝百戰百勝的軍隊，就像武俠小說中的英雄論劍，不但要連手，而且要同心。所以在史恒豐營長的功勞簿上，也該大書特書李運成軍長的指揮卓越。

民國卅六年五月十六日夜，共軍陳毅所屬第三縱隊司令何以祥，親自督率其縱隊的基幹第八師，突襲我整編第十一師的五十二團第三營所駐守的蒙陰縣東北小方山，由於該營堅強抵禦，敵軍不支敗走。當在其廿四團團政委的遺屍上，搜出了「打頑十一師戰法」十條，是陳毅通令全軍一體遵行的。整十一師得此文件，便詳加研究，找出對策。在是年七月中下旬南麻攻防戰中，便擊潰了陳毅親率來犯的韋國清（第二縱隊），王必成（第六縱隊）、聶鳳治（第九縱隊）等。此次大二擔之戰，史恒豐營長又在共軍營長包成的身上搜獲「打金門戰法」十條，也是陳毅通令全軍一體遵行的。時隔數年，竟有爲此巧合的事。金門防衛軍當然不會放棄「作出對策」的機會，所可惜的是狂驕的陳毅，這次却十分冷靜了他的頭腦，不會冒然再向金門進犯。茲抄錄其十條如次，以見陳毅及其以次的軍頭們當年對金門圖謀之急切。

共軍海島作戰十大戰術思想

（卅九年七月廿六日金門大擔島殲敵時俘獲之文件）

一、海島作戰，一次成功，只有前進，沒有後退。

二、人人有船，船船突擊。

三、分散登陸，集中作戰。

四、站穩脚跟，繼續前進。

五、登陸突破，要兩面撕開，大膽前進，三面開花。

六、面的攻擊，重點突破。

七、小羣動作，孤膽作戰。

八、奪取重點，鞏固重點。

九、戰前要謹慎小心，戰時要英勇前進。

十、從壞處着想，向好處努力。

大擔島殲滅戰結束後，當時我們的總政治部主任蔣經國將軍，極壯史恒豐營長之英雄成就。曾手書獎勉（原函附後），並贈手錶一隻留念。稍後蔣主任親臨大擔巡視，對史營長慰勉有加。應筆者之請，爲該島題字勒石曰：「大膽挑大擔，島孤人不孤。」意思是雙關的，因爲敵人一直妄想攫取此島，一如我們之堅守不釋然。以後大擔島即易名爲大膽島。

南日島、湄州灣

福建省游擊部隊，配合一部份金門防衛軍，於民國四十一年十月十一日，出動向南日島的一次突擊，其動機有三，第一、「軍隊常見仗則强，少見仗則弱」；孤島久戍，最易使人精神萎靡，士氣低落。第二、我軍退出中國大陸，迄今三年，敵軍戰力如何？我軍戢戎奚似？應該有一次「陣前檢查」及「實兵測驗」。第三、日期選在十月十日國慶節的後一日，乃是對中國國民黨經改造後所舉行的第七次全國代表大會的一種慶祝典禮。這一仗我們打勝了。三天時間消滅了駐守及逐次增援而來的敵軍共約六個營。十一日晨間登陸開始，輾轉來回，打到十三日臨晚消滅最後一個敵兵，即刻上船回航。乾脆俐落，確實顯示了我們的能力，也測驗出敵人的斤兩，若果時機來到，我們進軍福建，原則上將是敵敗我勝。同時也說明了上述三項目標我們都達成了。這一仗敵人被我們消滅的是第八十五師二五五團的第二營及第三營，與師屬的陸戰營，另八十三師二四九團一個連半和二四七團的第二營，再加上民兵兩百多。生俘敵營長高龍實以下八百多人，獲輕重機槍六十多挺，大小砲四十多門，步槍一千多枝。我軍參戰部隊是遊擊隊的章乃安大隊，和朱英其的船舶四十一支隊，再加上第七十五師的二百二十四、五兩個團。詳情請看國防部史政局所編之「南日戰鬥」，茲不贅述。

這是一個小小的軍事行動，但却顯示了一項微妙的國際問題。最初我們選定的目標是東山島，一切計劃妥當，筆者和海軍高級人員同見國防部一位主管將軍，述說來意後，那位將軍開門見山地一口拒絕：「外交部必然通不過，因爲我政府答應了杜魯門總統一九五〇年六月二十七日中立台灣海峽的請求，我若破壞，彼必振振有辭，而卸却保衛台灣安全之責任，問題便牽涉得太大了。」我們兩人碰了釘子，但却仍不甘心；一方面縮小範圍，把目標改爲南日島，把兵力減少到僅可以佔領此島；一方面再向最高當局及軍事負責方面請求。蒼天不負苦心人，兩位長官都答應了，那是十月初一、初二的事。後來我們順利而且毫無枝節地執行了，僅僅是駐在金門援助游擊隊的西方企業公司，沒有派人參加。我推想大概是「韓戰打得不可開交」，「競選正在進行」；杜魯門任期已滿，民主黨的史蒂文生說話無力，共和黨的艾森豪說「要解放鐵幕」，我們便在這個空檔中舉行了一次突擊，當然我們的外交部事先不會知道，事後自然也不必說了。

筆者走筆至此，願鄭重聲明，外交上最大原則是「講信修睦」，我外交當局的立場完全是對的。不過在「中立台灣海峽」這六個字的後面，我們還有理由可以擺在桌面上來談；金門是在台灣海峽的那一面，金門既不受第七艦隊的「保護」，當然也不受中立台灣海峽的「約束」。即或中立台灣海峽，那也是美國人自動提出的，可見也牽涉到美國人的利益，並不純是俠義行爲。反之，當民國三十七年徐蚌戰爭對我們十分不利時，美國人如果派幾師軍隊由海州登陸直指徐、鄭，我們一定歌頌之爲「仁義之師」，中國人必然感恩圖報。所以筆者以一個軍人來談外交，自然班門弄斧，可是天下事脫離不了一個理字，我們要講信修睦，我們也要保護我們的權益，據「理」力爭。南日島突擊戰之後，艾森豪在記者招待會上答覆問題時說：「臨近中國大陸的島嶼游擊隊，由這一島到那一島乃是極爲普遍的行動，不足爲怪……」西洋人常說「勝利就是眞理」，這不是一個很好的證明嗎？二十年後我們中華民國的人，親眼看到北越鯨吞南越時的慘狀，應該知道「國際無道義」這一句話是眞的。平時不堅強本身，臨時向別人磕一萬個頭也得不到絲毫憐憫。話出了本題，可是眞理却在這一仗中顯出。

南日島之戰，使我們想起唐太宗對薛仁貴的獎語「……朕不喜得遼東，喜得虓將……」中國人的諺語「千軍易得，一將難求」；胡林翼也認定「强兵在將」，他曾慨乎言之曰：「古之治兵先求將而後選兵，今之言兵者先招兵而並不擇將。」良將兩字，人人羨慕，位至將軍，亦每自負可爲良將。但良將並不是「得來全不費工夫」，最少應該是天才加上經驗，特別是有事實表現。本次突擊，總管海陸兩軍是王嚴中將，統攬游擊隊和正規軍是柯遠芬副總指揮，但實際指揮作戰乃是七十五師師長汪光堯少將，及其轄下兩個團長，趙少芝和廖發祥。王柯已是宿將，姑不論及，但言汪光堯在這次的作爲，可以確定他是一位能將。他是十二兵團再度組織時自行投効，被任命爲兵團部副參謀長，旋調六十七軍爲參謀長，兵出潮汕，轉任七十五師師長。七十五師是由十八軍擴編而成，素質中等，但在汪光堯領導下便成了三戰三捷，士氣高昂的雄師，在十二兵團的十三個師中漸漸躍居到第四名，「强兵在將」，信然。汪光堯和爾後升到八十四師師長的廖發祥，皆爲天不永年，正當英壯之時，相繼逝世，可是他們在南日島之戰的卓越表現，應該被旌之曰「良將」。趙少芝素有戰功，登步島力挽危局，升到團長；這一次他率領部曲由島西打到島東，又從島東打回島西，結束了戰鬥，可謂之卓越，曾膺戰鬥英雄徽號。

（未完待續）

丁維汾清剛耿介

·芝翁遺著

「七老漢子背叉手，三民主義不離口。親戚本家不提拔，時候時候又時候！」

右邊二十八字的打油詩，是二十幾年前，有一位山東老鄉，信手拈來，以嘲丁惟汾先生的妙句。丁先生生平最恨一般貪緣奔競的人，對同鄉戚友，總是教人以自強自立，多讀三民主義，不要倚賴別人。許多人來請他老人家介紹工作者，十有九回不應。丁先生在他兄弟大排行中，是老七，所以稱為「七老」末句接連三個「時候」，寫丁老勸人守分待時的口吻，聲咳如聞，風貌可想！夏夜鬱蒸，蟲聲如夢，二三燕都舊友，聚談往事，對於丁先生耿介清剛的高超品格，無不深感於耆碩楷模，而興老成凋謝之嘆，蓋距其溘逝之日，已是將近十年了。

丁惟汾先生，字鼎丞，是山東日照縣人。日照在漢代為瑯邪郡海曲縣，博物誌：「海曲，太公望指出，今有東呂鄉。」袁宏後漢紀：「瑯琊呂母，結衆為子報仇，起兵於海曲，今有呂母崮。」到了明清，這日照縣屬於沂州府，和諸城並列，縣城西十里，為海曲故城。這地方是濱海的僻縣，港口僅容小船，水船可通青島，陸地交通尤稱不便，離膠濟鐵路約一百里，其距津浦線尤遠，公路則僅有支路，不常通汽車，而五十年前，更崎嶇坎坷，一般除步行外，都是騎用牲口，或坐轎子。所以風氣閉塞，而民習淳樸而強毅。

丁氏在日照為望族，鼎老的尊人，諱以此，字竹筠，清貧劬學，十七八歲即從游於許瀚（印林）之門。（許氏也是日照人，「以舉人官嶧縣教諭，博綜經史及金石文字，訓詁尤深，校勘宋元明本書籍，精審處不下於黃丕烈顧廣圻。晚年為靈石楊氏校刊桂馥說文義證於清河，甫成而板燬於捻匪之亂，並所藏經籍金石俱盡，悒鬱而歿。）旋以諸生赴鄉試者兩次，均不中式，遂棄帖括之學，治聲音文學益專，博識史書百家雜說，慨於晚清外侮迭乘，時亦論兵，曾北游燕都，西抵太原，所著甚富，以「毛詩正韵」，海內稱為傑作，晚年所訂之「爾雅聲類」，則為其餘緒了。鼎老淵源庭訓，詩宗浮邱，為古韵之學，成書若干卷，又有「山東革命史稿」之作。記得鼎老七十歲時，傅孟眞（斯年）有一篇壽序，八十歲那年，丁似菴（治磐）也寫有一篇，傅於鼎老為同鄉，丁於鼎老為同宗，兩篇都寫得極好，對於鼎老之文章政治，學問品格，均能綜括其生平，而歸於儒術。

傅孟眞的壽序裡，開頭便說：「自來傳經之儒，齊魯為盛，伏生申公，皆以壽考，為西京宗。……」可謂善於頌禱，而紘外之音，殆以描述鼎老的性格，王應麟漢書藝文志考證，引彭侯民之言曰：「申公得詩之約者也，轅固得詩之直者也。以約窮理，以直行己，觀其言以察其行，信有異於毛公韓嬰之所聞也。」窮理以約，行己以直，恰寫出鼎老之個性，而且申公八十餘，奉召至長安問明堂事，對曰：「為政不在多言，顧力行何如耳！」與鼎老之不好說話而重實幹的木訥道氣，也是十分近似的。

鼎老在清光緒末，負笈游學東京，似為劬學一派，但自國父組中國同盟會時，他便投身國民革命，而且從事實行。辛亥那年，他和同盟會同志劉冠三、徐鏡心、謝鴻燾、于洪起、蔣衍升諸人，在魯省進行革命，籌劃起義。八月，武昌義師首倡，傳聞滿清政府擬將山東全省土地，向德國押借鉅款，黨人即乘這機會宣傳活動，濟南學界尤多表同情，於九月十五日召集紳商學各界在諮議局開會，向清廷提出八項要求，清廷不予理會，魯籍京官夏繼泉等回省，鼎老與同志謝鴻燾、侯延爽、王訥以及諮議局議長丁世嶧等，向夏等游說，組聯合保安會，以保安人民為口號，請巡撫孫慕韓（寶琦、致電清廷，稱山東民意堅決，組織臨時政府，凡用人、行政、調兵、理財、暫由本省自行主決，於二十三日宣告獨立，推孫為大都督。）山東駐軍第五鎮步隊第十協統領賈德耀，砲隊第五協統領張樹元，也經黨人的勸導，都同意。這時袁世凱得訊，怕山東獨立了，南北交通便將隔斷，攻鄂的軍隊必致覆滅，於他「欲清廷壓革命」的妙計，大大不利，因密遣吳炳湘張廣建到濟南，勸孫寶琦以「北方團結為重」，取銷獨立，鎮壓新軍。鼎老見此，乃轉移目標，向煙台方面發展。

煙台駐軍，除警衛隊統帶鄭汝成外，餘均受黨人的策動，十一月二十二日之晚，海防營管帶張保泰，首先發難，鼎老率同志等攻入道署，煙濰道徐世光及鄭汝成棄職逃走，海軍練營及警衛隊東西砲臺守軍均降順，二十三日宣佈獨立。恰有海軍舞鳳兵艦，自天津駛到，黨人為籠絡計，推該艦長王傳炯為司令，不料王是個兩面光的騎墻派，或傳他擬請辭開會，要把黨人一網打盡，因之誤會益深戰事又起。袁世凱所派的新任魯撫張廣建，命張樹元為膠東兵備道，率兵攻打烟台，黨人益感不支，鼎老急電滬軍都督陳英士乞援，英士立即派滬軍三千人，由劉成基為統領，南京政府也派胡瑛為山東都督，命杜潛率閩軍三千，先乘海籌海容建威豫章通濟五艦援煙。

那王傳炯畏首畏尾，恐不見容於同志，再聽說五艦開到，這人是海軍出身，一算噸位砲位，自料不敵，只好聞風逃遁（民元，國民黨組織成立，王也有參加，並任幹事）。文登的黨人徐鏡心，這時說動防軍獨立，舉連少臣做都督，旋即進據黃縣濰縣即墨等處。青州黨人王長慶，也把旗營解散了，自立為司令，但不久又被清軍擊破，長慶僅以身免。胡瑛到煙台後，與張廣建徒作名號之爭，於軍事無所發展，於是，民軍此起彼仆，稱號紛歧，為數雖夥，而地不過數縣，又各不統屬，力量自同一盤散沙，袁世凱任大總統後，以周自齊督魯，民軍遂遭各個散滅。而此時丁鼎老，早已到了上海，贊襄組立臨時政府的大計了。

民元，鼎老和彭占元、史澤成、王謝家、于洪起、杜凱之、于恩波、盛際光、穆肇仁、周廷弼、王訥、張金蘭、于座樟、劉冠三等十三個魯籍同志，當選為第一屆眾議院議員。在議壇上，為了黨和國家的利益，也是錚錚有聲，袁世凱與國民黨翻臉後，議員們嚴詞斥質，有他一份。二次革命失敗後，袁世凱佔了上風，北洋幾個草包軍人——倪嗣冲大嚷：「解散國民黨，凡該黨身居要津者，驅之回籍。」張大辮也咆哮着：「勳雖不才，誅鋤叛逆，萬死不辭。」姜老殿、姜桂題罵議員：「新進少年，國民公敵」，主張「取銷黨會，掃除機關。」袁世凱便拿作根據硬指國民黨議員為「亂黨分子」，於二年的十一月四日，下解散國民黨命令，並撤銷列名黨籍的議員，接着順治門外彰儀門大街國民黨本部被包圍了，兩院議員的黨證被迫繳了，議員行動被限制了，離京的還得要五人作保，担保其日後不反袁。在這一連串的反動時間裏，鼎老竟然能免於難，眞是徼幸，實在由於他的機智，早於京師總檢察廳票傳吳景濂時，他覺得苗頭不對，便遊到北京郊外，章瘋子章大師被送到龍泉寺「讀書」時，鼎老已溜出這烏煙瘴氣的北京了。袁世凱幾次叫人想收拾他，總抓不到，便也增加他做地下工作的經驗。

他再度赴日，度着亡命的艱苦生活，但不數月，又秘密回到山東，為避袁系的偵探耳目，匿居於鄰縣親友家中，仍不忘幹反袁工作，洪憲時，他也通了幾封電報討袁。其時不少與以資助的人，使他安然無恙地隱居一些日子，那時他的尊人竹筠老先生，方鄉居研訂聲韻之學，偶回日照省親，也由親友們掩護來往。——所以後來鼎老在南京時，親友有去找他者，他殊無以為報，每怨望而歸。或以為他無情誼，其實政府中之職務，並非私人市恩酬勞之具，豈能隨便安置？鼎老不願以私累公，更為國家愛惜名器，對子弟且然，戚友之不諒，未免所求過奢，所責過苛了。

民國初年，國民黨之山東支部長，為王鴻一。鴻一是曹州府籍，曾擔任曹州中學校長多年，門牆桃李，遍於全省，一度出任山東省教育廳長，這人才具很開展，也是一個正派人物，且一直都是在省裏，所以辛亥以後的前期魯籍的國民黨人，大部份都和王接近。丁鼎老多半在外奔走，而且生性拘謹，又靜默寡言，與王的和光同塵的作風不同，加以曹州沂州的府界觀念，因此隱隱分成兩派，雖不至如冰炭之不相容，但也壁壘森嚴，擁王擁丁，也各有其人。不過在反袁時期，目標一致，丁王二人也不時互有呼應。當時魯省的進步黨領導人，為丁佛言（世嶧），另外一個會在北洋當過袁世凱幕客而為梁啓超所賞識的侯延爽，也是進步黨籍，袁世凱稱帝時，世嶧和侯也在幹着反袁工作，王鴻一和他們合作，但鼎老則反對和這班以賣身投靠為宗旨立憲派蛻變的政客集團，去搞七拾三，鬧什麼聯合戰線。

袁世凱既踣，黎菩薩被提上寶座，丁佛言出任黃陂總統的秘書長，侯延爽也被任津海關監督的潤差事，王鴻一為關顧到一部份同志的工作與生活，也免不了出來和當道敷衍，但對其本身出處，尚有分寸，能守住國民黨立場，不肯做官，惟以山東省紳士自居而已。可是，鼎老一秉其耿介之性，不肯隨便，更不妥協，連普通應酬，也從不來往。這時鼎老似乎又去過日本一次，是否有關中華革命黨，不得其詳，但在此一段時期裏，濟南有個謠傳說：「王鴻一投安福系了」！王聽了大怒，要根究這無根之言所從來，有人乘間進讒，說是丁老七那一班人造的謠。王以為實，便宣言絕交，他兩人都有北方人倔癖氣，一經破臉，便不容再言歸於好，所以民國十三年，中國國民黨改組成立，王鴻一沒有參加組織。平心而論，王之門生故舊，人數多了，不免流品不齊，也不無為着衣食而投身安福之門的，不過和王確無干涉；同時，段祺瑞當政時，對王頗為尊量，有關山東事件，每多函電徵取意見，甚至省政易長，也先向王就詢，屈文六（映光）為周自齊所掣肘，不安於位，終以王鴻一的支持，得以繼續幹了下去，或把這回事，作為王親段的有力佐證，却不知屈也是同盟會舊人，光緒丁未間，與項霈洪士俊周琮唐榮甲等，辦耀梓學堂，為秘密機關，與秋瑾聯絡，作為大通學堂之援應，楊旭東死事，一手料量後事的即是此君，當然也是前期國民黨有數人物，王鴻一對屈支持，更不無為這一層關係而惺惺相惜的。

民國十年，鼎老因父病重回里侍疾，父逝後，喪中極哀盡禮，廬墓百日，並請章太炎為他尊人撰墓表（見太炎文錄中）喪葬畢後，遂赴北京，在龍化門大街，租了一座小房子住下。傅孟眞在壽序裏有一段：「當民國再造於廣州，惟先生鷹揚於河朔，風雲玄感，遂乃負荷世業。於時長淮以北，柳城之胡氛方熾，大江之右，赤眉之餘黨初滋，先生以一介之儒，大極橫流，國是信於衆民，少壯於焉奔赴。……」這是說十三年中國國民黨改組成立後，鼎老負責北京秘密黨務工作，吸收了不少北方青年，胡氛是影射當時的韃子兵，赤眉則指CY和CP等赤化份子共產黨，傅氏熟讀庾蘭成哀江南賦，寫來音調鏗鏘，頗得神似，而寥寥數語，頗足概括鼎老在北京那一段的工作目標。

回溯民國十二年元旦，總理孫中山先生，發表中國國民黨改進宣言，二日，公布中國國民黨總章三十五條，重申本黨仍以三民主義五權憲法，號召宇內。回粵以後，更着着進行改組，於十月二十五日，在廣州召集特別會議，指定林森爲臨時中央執委。辦理改組，並定於十三年一月二十日召集第一次全國代表大會，屆期，大會在廣州高等師範學校開幕，提出中國國民黨總章十三章八十六條，並根據新黨章組織各級黨部黨團，一月三十日大會，總理提出中央執委二十四人及候補執委十七人，監委及候補監委各五人，請衆同意，丁淮汾即二十四位執委之一。閉幕時，總理諄諄更訓勉同志：「此次……議決了許多議案，是已經受了奮鬪的任務，得着奮鬪的材料，散會後，帶回到本地方去，應該分給本地的各位同志，敎各同志都要拿着這種材料分途去奮鬪。……從此以後，有了辦法，就要諸君擔負責任，拿這個辦法去替國人發生一個新希望。……」鼎老是具有責任感正義感的人，黨性之堅韌，與人品之佳，更無問題，而做事又是極小心而有步驟的一個。他秉承總理的訓示，在北京翠花胡同八號的秘密黨部，負起實際責任。這地方，大概取其鄰近北京大學，便於吸收北大學生入黨起見，可是爲了在北方軍閥統治之下，黨務不能公開活動而物質條件也感到缺乏，只好在設備上因陋就簡，房租僅十數元，佔東廂房三間，辦事人員連鼎老在內僅有三個人，一是醫專的學生于振瀛，一是以後因李大釗被捕給張作霖誤認爲共產黨而槍殺的路友于，每月各支三五十元的生活費而已。其時加入的祇是塡了表格，附相片兩張，由介紹人送去，過幾天拿回像名片大小的黨證，即算完成入黨手續。李壽雍，許孝炎，蕭忠貞諸人似加入最早，我和朱綸、朱露莎、陳澤厚、陳澤英、敬虛澄、陳芥子等七八人，即是由蕭之介紹而入的。

中國國民黨的改組成立，革命政綱確定，革命力量集中，象徵着一個新的希望。北方青年羣衆，深感於自辛亥以來，十幾年中，國內外情勢，不但無進步可言，且痛心於江河日下，列强之侵蝕如故，軍閥之專橫如故，經濟崩潰，精神眞空，反映在政治上墨漆一團，何幸南天一隅放出新中國的光芒，由於一點單純的愛國心理所驅使，歸趨於青天白日黨徽之下者，頗爲不少。當時我們南河沿的小報館，是編爲第十三區分部的，每隔十天半月，便開會一次，在極嚴肅極秘密的氣氛之下，由上級指導同志作時事報告，大致都是廣東革命的消息，或演講主義和政策，約二三十分鐘，接着便傳閱油印或手寫文件，有時到北大或法大去聽陳啓修、顧孟餘的演講，看到講堂裏擠滿了聽衆，又想到這些聽衆都是本黨同志，對於革命的前途，感到無限興奮，在這演講會或秘密會裡，都强調「打倒帝國主義」，和「打倒封建軍閥」，此外便是「聯俄」、「容共」的理論，大家又瞭然於我們的黨之內，還「容」着一個「中國共產黨」。後來又看到李守常（大釗）的「加入國民黨的聲明」，很明白的說：「環顧國中，有歷史有主義有領袖的革命黨，只有國民黨可以造成一偉大而普遍的國民革命黨，能負解放民族，恢復民權，奠定民生之重任，所以毅然投入本黨來。……」以及「我等之加入本黨，是爲有所貢獻於本黨，以貢獻於國民革命的事業而來的，是來接受本黨的政綱……」等語，並信誓旦旦的說：「……斷不是取巧討便宜，借國民黨的名義作共產黨的運動而來的。」我們更信賴總理「以革命利益爲前提」的詔示，也許是爲了對於革命的期望過切，儘管有些曾被人指摘過「共產公妻」的分子，此時我們黨都「容」了他們，不免有些忘形，只覺得彼此間應有同志感的存在了。那李守常李鬍子，初時也眞沉得住氣，對新進青年，句句聲聲都是勸加入國民黨，爲國民革命的事業而工作，誰會猜得透是「口是心非」的？

但當時也不無懷疑，「翠花胡同黨部，表面掛着是本黨的招牌，骨子裏是由李守常指揮主持」的，其實是不然的，因爲那時蘇聯政府，認爲孫中山先生是中國革命唯一領袖，國民黨亦爲中國人民所擁護，所以軍械的援助也祇給國民黨，共產黨在當時，還沒有取得被利用的資格。而共產黨那時也在約束他的黨衆，「採取容讓的態度，注意聯絡感情，不宜取敵對態度。……一切宜傳出版，人民組織及其他實際運動，均應用國民黨名義，歸爲國民黨的工作，……可使國民黨易於發展，可使聲勢與功效比較擴大而集中。……」

總理的恢閎廓大的度量，誠如張靜江先生所贊：「中山先生的領袖地位是天生的，別人則非製造不可。」他自信足以駕馭這批盲從蘇俄共產主義的分子，可以民族主義的愛國觀念，去感化他們，不致越出常軌，從事搗亂，曾有「我在一天，共產黨必不敢跋扈的表示」，以及「如不服從吾黨，我亦必棄之」的批語，初期的局勢，確受到總理的德威並用的控制，而不敢公開反動。迨十四年三月十二日，總理在北京因病逝世，蘇俄對這一偉大巨星的隕落，認爲是機會到了，在南方企圖以挑撥離間的技倆，分化國民黨，在北方也在製造瓦解，製造鬬爭。時爲段祺瑞執政時期，馮玉祥之國民軍是一新興崛起的軍事力量，俄使加拉罕看上了他，至譽之爲「中國解放運動柱石」，而加以刻意聯絡，李大釗徐謙（季龍）均受命前往活動。過去蘇俄想利用陳炯明、想利用吳佩孚，都沒有成就，這次馬二却給拴上了，十四年四月的張家口馮的軍部中，即有一包括三十六名軍事政治人員的顧問團，同時運到價值六百萬盧布的軍火，並撥大批以美金作單位的欵項，供給馮的活動，加拉罕派了叫做**Bonovy**的特務人員，駐在馮軍爲聯絡員，而李翳子也派遣一些CP和CY分子滲進去工作。

這一段時間裏，徐季龍—這個以「基督救國主義」標榜的「黃山樵客」，也住在俄使館內，而以蘇聯、中共、國民黨、馮玉祥四方面的橋樑自居，實際各方面都不重視他，對馮亦「畢竟未至無話不談的程度」，這人自不值一談。此外也有一些人，跑跑東交民巷，或喜歡和馮玉祥來往，惟獨丁鼎老則從始至終，沒有去蘇聯大使館，也絕未到過張家口去看過馮玉祥，他的獨立人格是站得起來的。

對一般患着「左傾幼稚病」，或染了流行的「親俄」毒霧有熱心而無眞知識的份子，投機的軍人政客，乃至膚淺浮薄目的在盧布津貼的痞徒，狷介的丁鼎老，對之是很清楚的，胸中涇渭分明，只不過當時對「共」還未破臉，還是在「容」的時期，所以一直沉默着，他是具有正義感的，一切有分寸，倘以表面上的木訥謹厚而遽認爲老實無用，未免太淺見了。

因加拉罕在蘇聯大使館裏邀請在北京的國民黨中委，和李守常于樹德以及「庫倫政府」的外交部長政府委員等相見，而引起鄒海濱的懷疑，而毅然於十四年十一月二十三日，在西山碧雲寺召集會議，公開反共。丁鼎老沒有出席，也沒有表示，但西山會議後，機關是設於翠花胡同，由林森鄒魯二氏主持，他並不是漠然無所關心，而是認爲他自己是負責北方黨務，未便率爾參與。

鼎老辦理黨務，是另一種風格的，絕不耍花槍、繞圈子，對同志祇是說實話，辦實事，以誠意來感動人，即是接觸不過數次的人，對他剛清耿介樸訥持重的作風，也足終身不忘。民國十六年，國民革命軍收復東南，共產黨公然破壞國民革命的野心，完全暴露，監委吳敬恒列舉事實，揭穿共產黨陰謀，具函中央監察委員會，提交四月十日中央聯席會議決定組織清黨委員會，十二日開始清黨。其時丁鼎老已南下在甯，這囘他開腔了：「我們決定清黨不成功是不得了的事，要成功纔是好呢！一旦成了功，蔣先生眞正了不起，今後，吾黨領袖，微斯人其誰與歸？」這種誠與拙的態度，風誼盎然，那能不使人對之肅然起敬？

丁鼎老所領導的同志，是以河北爲中心，初時和顧孟餘合作甚好。鼎老本拉顧在南京，反對武漢政府，而顧却以坐不到專車的小緣故，竟拂袖而去武漢，鼎老談起來，還笑顧爲「小氣！」但顧便以河北一部份羣衆做資本，而投入改組派，因而獲得汪精衛之重視，鼎老便自此在南京任職而沒有擔任獨當一面的實際責任了。從未成大功幹大業，講究的是功成則身退，鼎老是讀書人，自當明白這個用行舍藏大道理，所以他毫不以寂寞爲感。

鼎老一生儉樸，他獨自出門的生活過慣了，又不帶家眷，一直和鄉下土老二一般，做人什麼都好，世故很深，對人也能體諒，從無官僚習氣，只是跟他做事却苦了，他自已生活簡單，不感到錢有什麽用處，所以薪水從不多給。有一次，他要求一位由德國同國的學生助他辦事，名義是秘書，年薪祇批八十元，但秘書之下的總幹事，依照規定是二百元，因此這秘書幹不下去，悄悄地托辭走了。另有一姓潘的，初返國門，也去找他，他允給月薪百元，潘抗議說南京生活太高不夠用。他說：「那末在我名下再支一百元好了。」其實他的中委月薪也不過三百元，潘遂照拿，他也不以爲忤。年餘，潘仍感到不夠，也走了，走時發了許多牢騷，鼎老不慍不怒，徐徐道：「他走，我也好了，從此我一個月可以多一百元了。」

鼎老對事，見解也很切實，但最討厭出賣風雲雷雨的人，抗戰之初，許多「日本通」乘時而起，發言盈庭，有人問他：「對日問題何以您不發表意見？」他說：「人家都是專家，我能談啥？」那人又問：「您不是在日本十幾年嗎？是否忙於革命而不多作研究？」他說：「忙在燒飯呀！幾十個革命而亡命到日的同志，要喫飯呢！難道不要緊？」其實他是在說笑話。他意思是對日本已無可談，而只有打了，談些什麽？

鼎老的德配秦夫人，齊眉偕老，皤髮康彊，有一次他夫人到南京來看他，走到他面前他才知道，失聲道：「咦，你來做什麽呀！」又見她仍是居鄉裝束，這樣打扮多難看呀？」但伉儷感情是不錯，而於子姪輩則不許向各機關要差事。民國四十年，居覺老之喪，鼎老自製輓句云：「與國父久違，此去從長一訴；痛神州未復，何時得返重商。」措詞何等沉痛！往弔時，老淚盈眶，搖着頭道：「眞難說，大家都老了！」聞者爲之黯然。

以上拉什述來，都是說明其狷介清剛的個性的，故不汨於名位權利，而卒獲高年。只可惜不及睹河山之重光，而賚志以歿而已！（完）

西安事變善後問題處理經過（上）

·曾振·

一、前言

①**元戎策馬入潼關，海內澄清指顧間；**
誤信奸謀成大錯，漁陽鼙鼓動驪山。
②**陰圖篡竊僞輸誠，合法共存竟得成；**
假設當年無事變，彼時赤禍已澄清。

上面是筆者有感於西安事變的兩首俚句。爲了撰寫本文，獲取資料，曾經晉謁當時主持解決事變善後問題的西安行營主任顧墨公（祝同）及前國防部部長郭寄公（寄嶠），他是事變時被扣留在西安高級將領之一。前遼寧省府主席王鐵漢兄曾贈給我資料，並曾與洽談多次。此外亦曾向好幾位朋友請釋疑問或請借給資料。我本人在西安事變以後是以顧主任的隨員身份而往洛陽、潼關、西安的。（我是顧主任的上校隨從參謀，在洛陽、潼關時，行營未正式組織成立以前，我並曾主稿草擬作戰計劃，以後行營在西安成立時，我任行營第一廳第二組組長。）茲綜合所得各方資料及我所見所聞所經歷的事，叙述於後，公諸大衆；但是事隔四十年，而且事情非常複雜，當時多數人物，已經不在，在臺諸公，亦未能一一訪問，缺失掛漏之處，自所難免，尚祈閱者有以教之！

關於西安事變，有些事情，每有與外間所傳者及報紙上所登載者，不盡相同，茲舉出兩件事：例如：劉紹唐先生主編之「民國大事日誌」上面所載：廿五年（一九三六年）十二月十七日國民政府令「特派劉峙爲討逆軍東路集團總司令，顧祝同爲討逆軍西路集團總司令。」「顧祝同抵太原轉寧夏，指揮西路討逆軍事。」前面所述的國府命令是事實，後面所述的赴太原，便非事實。顧總司令飛寧夏，確曾有此預定計劃，我們幾個隨員也都摒擋一切，並將到寧夏去的冬季軍服裝備也準備好了；但到了以後，由於西安方面局勢有了轉機，顧總司令便未成行。因爲軍事上的行動，往往嚴守秘密，或者臨時有變動，未必全給外間知道，有時政府公報亦未登載，所以報紙新聞只能知道幾分之幾，無怪其然也。

西安事變在　蔣委員長由張學良於廿五年（一九三六）十二月廿五日陪同從西安飛回南京轉往奉化以後，國人深慶　委員長安然脫險，國本不致動搖，廿七日被扣留在西安的高級將領都出來了，大家一團高興；但是在陝西參加事變的三個集團，仍然負嵎關中，拒絕服從中央，這三個集團：一個是張學良所部，一個是楊虎城所部，一個是共產黨朱毛所部，這三部份兵力合計約二十五萬人（張部兵力不足二十萬人，楊部及共黨各約三萬人。）國民政府在　委員長到京以後，廿九日已明令撤銷了討逆軍總司令部（何敬公任總司令）及東西兩路軍總司令部；可是此時，西安方面對中央處分張學良不令返回西安，深表不滿。楊虎城且於廿六年（一九三七年）一月一日在西安閱兵，聲言決聯合「

紅軍。」主張貫徹中央爲解決此一問題，一面釜底抽薪，安撫張、楊所部，一面使用軍事壓力，促其就範，於一月五日行政院國務會議決議：「顧祝同任西安行營主任，孫蔚如任陝西省政府主席，王樹常任甘肅省政府主席，楊虎城、于學忠撤職留任。」（孫是楊部的將領；王是張部的將領。楊虎城和于學忠的處分也很輕。）

二、中央方面爲處理善後所作的處置

西安方面的強硬態度，中央知道僅是安撫是無用的，除發表顧墨公任行營主任之外，另發表顧主任兼第一集團軍總司令，蔣鼎文先生爲第三集團軍總司令，朱紹良先生爲第二集團軍總司令，陳誠先生爲第四集團軍總司令，衛立煌爲第五集團軍總司令，第一、第四、第五三個集團在潼關正面，即華山南北之線，統歸顧主任指揮。第二集團軍在寧夏，第三集團軍在甘肅。另發表劉峙先生爲前敵總司令。由於從各地不斷輸送部隊向關內集中，這五個集團軍的兵力，約計不下四十萬人。各集團軍向西安進軍，顯然是壓迫張楊所部及共黨部隊必須服從中央命令。顧主任秉承委員長的意旨處理。 委員長對顧主任指示處理的大方針是：「不戰而屈人之兵爲上策，不得已時，以武力解決。」

三、行營指揮所到洛陽後的情形

顧主任奉命後，於一月初旬（大約是一月五日）赴洛陽，主任的辦公室設在洛陽車站十八號房，隨員及警衛住在車站附近。從各地調來的部隊及補給品，不斷的向關內輸送。中央雖屢次促西安聽從中央命令，可是西安方面主戰反抗之聲，高唱入雲，並積極作軍事部署，在其前線及西安附近構築工事，而左傾分子，更是囂張，張學良所部有許多將領如何柱國、王以哲、劉多荃等，都主張服從中央，但在這種情形下，不敢出頭。楊虎城主張反抗最力，但其所部馮欽哉軍長亦主張服從中央，共產黨則惟恐天下不亂，他們自知力量不足以抵抗中央軍，只利用張楊兩部反抗中央，停止剿共，希望得到政治解決，以期「共存」；但如果西安發生混亂，它也可以乘亂取利。西安在這種情形之下，一片混亂，遲遲沒有代表到達洛陽來談判。一直等到一月十三日西安代表米春霖（米係西北剿共總部的辦公廳主任，代表張楊兩部）飛抵南京，見過何部長，何部長告知米氏說，中央已派顧主任全權處理西北善後事宜，要他到洛陽去見顧主任，米氏於十四日飛抵洛陽，顧主任曉以利害，要米回去勸楊虎城、于學忠等服從中央。米氏於十五日回到西安，轉達何部長、顧主任之意。十六日，米春霖、鮑文樾、李志剛（鮑文樾亦代表東北軍，李志剛代表楊虎城）自西安飛抵南京，要求張學良回陝，以張爲陝甘綏靖主任，楊爲副主任，陝甘由張楊部隊及「紅軍」駐防，自由訓練。中央對於這種要求，當然不允許。十九日，在前方中央軍與東北軍在赤水（赤水在渭南與華縣之間）附近發生戰鬥。是日，米、鮑、李自京飛抵洛陽，二十日飛回西安，對楊虎城、于學忠宣達中央意旨。廿一日，楊虎城代表李志剛又到南京，說東北軍、楊虎城及共產黨態度強硬。當時西安方面的軍事部置，根據我們所得的情報，大致如左：

①東北軍主力在西安城附近及其以東至臨潼、渭南、赤水一帶，其于學忠所部在陝甘邊境。

②楊虎城部之孫蔚如部在藍田、藍關一帶、馮欽哉部在渭河北岸大荔一帶。（西安城仍由楊部控制。）

③共黨朱毛所部在渭河北岸三原耀縣一帶，股共徐海東部在商縣龍駒寨一帶。

我軍第一第四第五集團軍兵力集結位置大致如左：

①第一集團軍在潼關、華陰、華縣一帶。

②第四集團軍在渭河北岸（華陰以北

河對岸）。

③第五集團軍在華山以南保安鎮、雒南一帶。

當初行營指揮所在洛陽時沒有正式組織，人員也不多，參謀長、參謀處長也沒有來到，參謀人員最高級的是蕭霖，他是重慶行營第一廳第一組少將副組長，他帶來有幾個參謀和文書電務人員。有一天，顧主任命蕭霖、我和另一隨從參謀吳鶴雲三人到主任室指示，要我們三人草擬作戰計劃；可是我們從主任室出來以後，蕭霖不要我和吳鶴雲參加擬稿，他自己和他所帶來的幾個參謀擬辦去了。這種情形，我和吳鶴雲當然也不便去參加。過了三天，主任又召我們三人去，他問我和吳鶴雲，這個計劃你們參加了擬稿嗎？我和吳便無詞以對。（因爲我們本來沒有參加，便不能答應我們參加了，如果我們說沒有參加，不免給蕭霖面子上難堪，所以我們只是不開口。）良久，主任說：「這個計劃太冗長了，要重新擬過！」（原來那個計劃寫了三千多字。）並明白指示，要我和吳兩人參加。我們出來以後，三個人開始草擬計劃，說來好笑，三個人坐在一起擬計劃，每一個字，每一句話都擡槓，三個人的個性都强，各持己見，誰也不肯讓步，爭執了兩小時，連一個作戰方針還沒有寫成。（當時是用日式計劃的作業方式，與今日美式不同。）於是我出主意，我說：「像這樣的寫作戰計劃，不知何時才能寫成？我看不如先讓我一個人去寫，明天請你們兩位來商量修正。不知兩位以爲如何？」他們都同意了。我就一個人去寫作了。

我寫的計劃，是一個中央突破的計劃，就是東正面三個集團軍主力置於中央之第一集團軍方面，對鐵道正面的東北軍行突破戰，直取西安。其理由如左：

①東北軍是西安三個集團的主力，但在陝北剿共情形看，士氣低落，他們並不見得堅强，而在此時，張學良不在西安，羣龍無首，意見分歧，軍心不固，在精神上已呈不穩定狀態，自易擊破。只要東北軍一垮，其餘楊部和共黨，當難作有力的抵抗。

②就我軍言：第一集團軍左右均有依托，（右翼依托渭河，北面更有第四集團軍。左翼依托華山，南面更有第五集軍團。）兩翼毫無顧慮。沿鐵路公路兩側直取西安是捷徑。

③就地形言，渭河以南，華山以北，是一個長形的小平原，沿途無大障礙，河流冬季水涸，是一個便利各軍種（陸空）兵種（步、砲、坦克等）協同作戰的好戰場。

④部隊指揮與軍需品之補給和後送利用鐵道公路，尤爲便利。

⑤由於第四集團軍（陳集團）之右翼是暴露的，愈前進，暴露愈甚，右側背之威脅愈大，顧慮亦愈多，側後方感受不安全，補給亦多困難，所以主力不宜置於渭河北岸。

⑥華山以南之第五集團軍（衞集團）方面，都是大山地，從雒南至商縣、藍關、藍田，都是很深很高的隘路與谷地，正値冬季山地積雪，部隊行軍困難，如將大軍主力使用於該方面，兵力擁擠展不開，尤以輕重砲兵戰車及補給車輛行於谷道，每在阻礙，軍隊愈多，困難亦愈多。軍種兵種協同作戰及指揮亦多不便，敵人只要用少數兵力守住隘口隘道，足以扼阻我軍多數兵力之前進。我軍仰攻，犧牲亦大。故不宜將主力用於華山以南。

兵力部署，就是根據這種要旨擬定的。全部計劃，不過三百餘字，第二天三人會商，只在詞句上稍加修飾，膽正呈核，顧主任只改動幾個字，批「可」，隨即以電碼譯出，分別用有線電呈奉化 委員長，南京何部長，並複印幾份，派遣專差分呈 委員長及何部長，（此時在南京主持軍事指揮的是何部長。）過了幾天，委員長及何部長均有復電「准予照辦」。接到復電後，並分送前敵總司令部及陳衞兩總部。後來顧主任的指揮所移駐潼關時，五位總司令在潼關開會，蔣鼎文先生和衛立煌提議要修改作戰計劃，他們說三個集團軍的主力，應放在華山以南第五集團軍方面，（這可能是衛立煌的主張。）他們的理由是當年漢高祖入關，進攻秦都咸陽是從南陽入武關，經過商縣、藍田、直趨灞上，進逼咸陽的，那條路比較近些。蔣衛兩人所提的這種理由，顯然是不妥的，漢高祖入關是乘虛而入的，是一種奇襲行動，當時秦軍主力是章邯、王離所部，正在河北與項羽之兵力大戰於鉅鹿，關中空虛，劉邦才得乘其無備而進逼咸陽，今日敵人是有準備的，我軍主力若用於該方面，其不利之點，已如前面所述，且大軍從潼關、雒南、商縣、藍關、藍田而攻西安，路程並不近，還要遠些。漢高祖時代的兵器，是刀矛之類，是輕裝，除吃的糧食以外，不需補給，今日情形，豈可同日而語？不過蔣鼎文先生和衛立煌堅主此議，顧主任和其他各總司令也不便硬說不可行。只好決定照此要旨再擬一計劃呈請 委員長和何部長核示。會議完畢後，蕭霖又來找我擬稿，我即說明此種計劃的缺點，是不可以施行的，我不能擬稿，請他另找別人。蕭霖也沒有去找吳鶴雲，另外找某一位朋友擬稿去了。他們完稿批准以後，照樣分呈 委員長及何部長。過了幾天，委員長及何部長都有回電說：這個計劃不妥當，並令仍應照以前所擬呈的計劃實施。於是進攻西安的計劃才確定了。實際上，中央軍早已依照前計劃在奉核定之後，即已付諸施行。在第一集團軍方面集結的兵力，計教導總隊、卅六師、五十七師、稅警總團、廿三師、九十五、六〇師、一〇三師……戰車營、輕砲兵團、重砲兵營、化學兵隊等（似乎還有，或有錯誤，記不清了。）在渭河北岸第四集團軍（陳集團）方面計有四十六軍樊崧甫軍長所部之廿八師、七十九師、及十四師、第六師……（似乎還有，記不清了。）華山以南，第五集團軍（衛集團）方面計有第十師、八十三師……。（還有，記不清了。）空軍：有各型飛機一〇八架，停於洛陽機場。

四、行營指揮所到潼關後的情形

西安方面既然強硬，不肯服從中央，顧主任爲加强壓力，同時部隊作戰準備，也大致就緒，乃於一月廿一日將指揮所移至潼關。

潼關是天下名關，右面靠黃河，黃河自龍門南下，在潼關北方與洛水、渭水合流後，經潼關北端，折向東流。關對岸，是山西的風陵渡。關左面靠山，由潼關以東至洛陽，大半都是山地，隴海鐵路和公路，就在山中間之谷地盜路中通過，中間還有很多隧道。關以西，便是渭河平原。潼關地勢險要，可以說是一夫當關，萬夫莫敵。假如在西安事變以前，該地區被西安方面之部隊佔領，中央部隊不能進關，那麼西安方面更要強硬，影響政治談判甚大，（西安方面會要求中央軍退出潼關。）就是中央派兵去攻取，也是很困難，即令攻取下來，也要死傷一些官兵。在西安事變發動之時，楊虎城有電報給大荔第七軍馮欽哉軍長云：「大荔第七軍馮欽哉兄：（同）密，此次事出匆促，未及通知吾兄，請原諒，希速派兵三團佔領潼關，盼覆。弟虎城文（十二）叩。」但是此電很慢，至十三日下午才收到，已失時機。正在此時，樊崧甫由潼關打來長途電話給馮欽哉，謂該軍已到潼關，馮欽哉遂放棄佔領潼關的念頭。至於樊軍長的派兵進佔潼關，根據黃惕齋兄（現任輔導會副秘書長，他當時任四十六軍軍部參謀。）說：樊軍長在得到事變發生的消息之後，樊在洛陽與洛陽分校祝主任紹周商酌後，即派黃持公文至洛陽車站，向路局要了兩列火車，押至靈寶載運廿八師董釗所部之兩個團迅速佔領潼關，並一面電令董師長遵照，董部開到潼關時，東北軍（一〇五師）先頭部隊已經到達三河口（潼關以西十五華里。）比廿八師遲到兩小時。以後行政院孔代院長還獎四十六軍法幣五萬元。云云。

潼關雖是有名，可是房屋並不多，顧主任和趙參謀長在列車上辦公，參謀人員則住在城內。城內街道很窄，小街道旁有一棵大槐樹，直徑約五、六尺，樹上有一個洞，老百姓說，那個洞是三國時候，馬超追曹操所刺的一個洞，不知是眞是假？我每天一早從城內到列車上辦公，那時正是嚴冬，天氣大半是陰沉沉的，北風捲地，灰塵蔽空，好在我有一套預備往寧夏去的冬季軍服，倒也不覺其冷，火車上有暖氣，更利於辦公。主任又命我草擬步、砲、戰車、化學兵（烟霧、催淚瓦斯）和飛機聯合作戰攻擊要領，并印成小册子，分發各部隊，準備使用。由於最初中央飛機轟炸赤水一帶的東北軍時，曾誤炸中央軍在華縣之廿八師董釗部，張少傑兄說：（張當時任五十七師阮肇昌師部之參謀長。）「董師被炸後，調渭河北岸，五十七師接董師之防。」顧主任要我寫「聯合作戰要領」，就是要防止錯誤重演。事實上，當時國軍對於軍種兵種聯合作戰缺少訓練和經驗，因此各部隊攻擊行動，非詳細規定不可。

一月廿一日顧主任派劉震東到西安與西安將領接洽，告以如再不聽從中央命令，即以武力解決。劉氏接洽無結果而歸。此時五位總司令都到潼關來開會。（前面已說過。）會議後，各赴防地，準備作戰。

廿三日，中央飛機開始轟炸臨潼、渭南、赤水一帶之東北軍，同時中央軍輕重砲兵亦向赤水一帶東北軍陣地轟擊。

是日　蔣委員長電限楊虎城等於兩日內接受中央命令。

是夜西安方面來電要求停止轟炸攻擊，顧派代表來潼關請示處理。

廿四日，西安代表何柱國、米春霖（兩人代表東北軍），王宗山、謝珂（代表楊虎城，王先生現在台灣）到潼關見顧主任，謂楊虎城等願意接受命令。顧主任指示第一步楊虎城所部孫蔚如開渭河北岸三原一帶，西安城及沿隴海鐵路沿線（渭河以南）由中央軍駐防，東北軍開渭河北岸，共黨部隊應回陝北延安洛川一帶。

廿五日，何柱國等回西安。廿六日楊虎城表示接受中央命令將所部撤至指定地區。廿九日，楊虎城開始從西安撤至三原一帶。卅一日，于學忠、鄧寶珊自蘭州飛抵西安，即與楊虎城下令撤兵。

二月一日，張學良自奉化派人至西安，勸所部遵照中央命令撤防。

二月二日，西安城內東北軍孫銘九等反對撤兵，槍殺軍長王以哲等。原來東北軍在張學良部下之軍長王以哲、何柱國等願意服從中央撤兵，但是西北剿共總部衞隊團長兼西安軍警督察處長孫銘九等和少數左傾軍官（一〇七師之團長高福源亦係共黨份子，彼在以前一一〇師陝北作戰時，曾被俘。）自稱少壯派，主張反抗中央到底，反對撤兵。（在　委員長「西安半月記中」，十二月十二日之記載中有云：圍攻華淸池委員長行轅的也是孫銘九的特務營（後升團長。）孫等知道王以哲等主張服從中央，彼等失去憑藉。時王以哲正臥病在家，孫率衞隊團官兵將王槍殺，何柱國得到消息，逃到楊虎城的新城司令部躲避了，幸免於難。一〇五師師長劉多荃也挨了一槍，受點輕傷。剿共總部參謀處長徐方往總部途中，遇叛兵前來搜捕當時被孫銘九扣留押至軍警督察處槍殺，交通處長兼西安電信管理局長蔣斌，副官處長宋學禮等均遭槍殺，據說殺死王以哲等，楊虎城實與其謀，王以哲被殺後，一〇五師師長劉多荃代表東北軍即以電話警告楊虎城，如不速加制止，逮捕叛變份子，則東北軍即開回西安，將玉石俱焚。楊氏受此壓力，乃召孫銘九等，令彼即刻離開西安，孫乃率少數官兵與其他叛變份子，將軍需處現欵搶刼一空，二月四日向陝北共黨區域逃去了。在抗戰開始以後，孫逆投靠僞山東省政府主席楊毓珣，充任僞山東省政府的保安處長，抗戰勝利後，不知逃往何處？孫銘九等逃走以後，劉多荃逮捕高福源及槍殺王以哲的兇手衞隊團劉連長予以槍決。王以哲是張學良親信將領之一，乃東北軍的中堅份子，在先與陳辭公（誠）是保定八期的同學，並且是時有來往通消息的。何柱國廣西人，日本士官畢業後，就到東北軍中工作，人很幹練，行營到西安以後，他任行營副主任。在抗戰勝利後，這位先生雙目失明。徐方是湖北人，字靖塵，保定軍校九期，以後與我們同期同學，隨張學良多年，精明能幹。我們到西安以後，西安各方面爲王以哲、徐方等舉行追悼會，我曾作一聯輓徐方云：「（上聯）：三載同窗白下，如何用兵作戰，如何克敵制勝，案案費深忠，回首前塵如昨夢；（下聯）：原知當日西安，沒有綱常紀律，沒有是非曲直，人人皆危懼，問君底事不還鄉？」徐方的家屬，現在臺灣。

二日，東北軍及楊虎城部全線後撤，向指定區域開拔。中央軍緩緩推進，四日進抵渭南。

五日，中央軍進抵臨潼，西安城內平靜。

六日，中央軍迫近西安，東北軍將領沈克等通電服從中央。

七日，隴海鐵路交通完全恢復。

八日，中央軍卅六師師長宋希濂所部由西安東門入城，五十七師師長阮肇昌所部由西安西門入城。以後宋任西安警備司令。五十七師並負責西安飛機場之警備。

九日，行營顧主任的列車由潼關開入西安。那天正是廿五年舊曆除夕，天氣降雪，我們踏着雪到西北剿共總部舊址（地名叫南院門），以後行營即駐該地辦公。列車經過臨潼時，教導總隊長桂永清將軍在站歡迎，到西安車站時，除中央將領阮、宋等之外，東北將領何柱國等在站歡迎。楊虎城則在三原老家遲遲不來，後來顧主任派稅警總團長黃杰將軍持顧主任親筆函前往三原，才把他勸來。顧主任在民國十九年（一九三〇年）任潼關行營主任時，曾與楊虎城和馬鴻逵等西北將領有舊，這次委員長派他去收拾西北殘局，（他本來是重慶行營主任，還沒有離職。）也是由於他一向對那些將領，態度比較友善，易於接近，解決問題。楊虎城經勸說後，即回到西安城，回城以後，便在新城（新城是楊虎城的司令部所在地）設讌請顧主任吃飯，有何柱國等作陪。

行營到了西安，沿隴海鐵路從潼關到蘭州沿線均歸中央軍控制。從甘肅南下的中央軍與從潼關西進的部隊在咸陽會師。至此，西安事變在表面上看，似乎已告結束，可是善後的事情，包括政治問題，軍事問題，人事問題，尚待繼續談判，這時東北軍代表何柱國、米春霖、楊虎城代表王宗山、李志剛（王先生在孫蔚如任主席時擔任公安局長），共黨代表葉劍英、林祖涵、周恩來等不斷到行營來見顧主任談判。三三兩兩，時來時去，作馬拉松式的談判，賀衷寒先生亦參與談判，同時在南京方面亦有接洽，又談判了很多時日，逐步獲得解決，東北軍調到蘇北、皖北一帶整訓。楊虎城出國，部隊交馮欽哉率領。談判最麻煩的是共黨問題，最後解決的辦法由共黨提出諾言如左：

①孫中山的三民主義，爲中國今日之所必需，中國共產黨願爲其澈底實現而奮鬥。

②取消一切推翻國民黨政權的暴動政策及赤化運動，停止以暴動沒收地主土地的政策。

③取消現在的蘇維埃政府，實行民權政治，以期全國政權之統一。

④取消紅軍番號名義，改編爲國民革命軍，受國民政府軍事委員會之統轄，並待命出動，擔任抗日前線之責。

共黨陝北殘餘部隊，依其人槍數量編爲三個師之一軍，朱德爲軍長，彭德懷爲副軍長，林彪、賀龍、劉伯誠爲師長，以陝北延安、洛川、宜川等六縣爲其駐地。抗戰開始以後，改爲第八路軍，後又改爲第十八集團軍，令歸第二戰區指揮，開晉北遊擊，那是以後的事。

（未完待續）

閻海文烈士生平

王箭

中央電影公司籌拍的新片，以空軍烈士高志航、劉粹剛、閻海文、沈崇誨等壯烈殉國史實爲劇情的「筧橋英烈傳」，去年十二月三日下午四時在台北市外雙溪中影片塲，舉行開鏡典禮。

住在高雄縣大寮鄉的閻海學，是閻海文烈士胞兄，接到中影邀請，於二日晚搭乘夜快車北上，參加開鏡觀禮，並携有閻海文烈士的佩劍，飛行帽、皮帶、照片等，提供作爲劇情上所需要的史料。

閻海學老先生在北上前夕，接受了記者的訪問，有些傷感地道出有關乃弟閻海文烈士的種切。

傷感的是：他殉國已卅八個年頭了，手足情重，如今國土未復，家園破碎，經常夢見五十年前，在遼寧省北鎮道台子村老家中，童年嬉戲情景。

興奮的是：以血保衛國土，以血克敵制勝的這些壯烈史實，終將透過電影的表現，而使青年們知所效法。當然，中影公司的這種氣魄與手筆，值得敬佩。

閻海學說，他們弟兄五人，老大海瑞早死，老三即是海文，老四海青及五弟海惠，均陷大陸故鄉，生死莫卜。

閻海文的身體健實，外貌英俊，生性聰慧而稍具內向。童年時和海學哥兒倆，同在縣城崇一教會學校讀書，以後又轉入瀋陽文華中學，兄弟均住校。

閻海學回憶這位烈士胞弟：他喜愛打籃球，也喜歡讀書深思，對軍事家及戰將們的傳記，尤其愛讀；連看平劇時，對戲台上的元帥或將軍，都要加以「研究」。

日本侵略東北，「九一八」事變，愛國青年熱血沸騰，海學海文弟兄，立即投筆從戎，跑到熱河承德「投軍」。因爲都是「洋」學生，兄弟倆一個在卅六師當上士錄事，一個則在軍司令部幹上士書記，雖穿制服，幹的仍是伏案搖筆桿的事，倆人覺着不夠味，又轉去北平，進入專收入關來流亡學生的東北中學。民國廿三年，海文考入中央航空學校飛行科，海學則考入中央陸軍官校第十一期騎兵科，哥倆同在南京中央軍校入伍，六個月入伍訓練後，海文才轉去杭州筧橋航校。

弟兄倆在京杭兩地，常在假期小聚，平日通信，相互砥礪，因東北已由日本「導演」成立滿洲國，有家歸不得，仇日懷鄉，情緒激昂。

海文在航校畢業時，校方舉行盛大懇親會，航委會特贈免費火車票及路費，將海文老母及長兄海瑞，自關外接來。當會餐時，每一畢業生一家一桌酒席，蔣委員長偕夫人走近時。閻海學很虔敬地回憶說：「我老娘感動得眼淚流個不止。」

以後，海文駐防南昌，爲少尉飛行員，民國廿六年七月七日抗日戰爭發生，由南昌調來江蘇淮陰空軍基地，隸屬於廿五中隊，當時的中隊長，就有三、四年前擔任空軍訓練司令的胡莊如將軍。

「八、一四」空戰後，廿五中隊爲支援滬戰，消滅駐滬日軍，於八月十七日，閻海文駕驅逐機出發作戰，主目標是炸上海虹口日本陸戰隊司令部，副目標是炸停泊在黃埔江上的日本軍艦。

閻海文投下一彈後，即被日軍高射砲擊中，跳傘降落上海市郊國軍八十八師正面的日軍陣地裡，拔出手槍，打死兩名日軍及重傷一名日軍後，只剩下一粒子彈，對着自己的額頭太陽穴，自戕殉國，時年僅廿二歲。

閻海文之死，我國空軍一直未予證實，僅說：「失踪」。直到一個月後，日本朝日新聞刊出一篇社論，大家才知道閻海文殉國之壯烈偉大。

這篇社論題目爲「今日之中國，已非昔日之支那」，執筆者爲名記者木村毅，當年蕭伯納訪問中國時，他曾代表日本新聞界，來上海迎候蕭伯納，對我國國情頗有了解。

木村在這篇社論裡，一再讚譽閻海文，他說「我將士本擬生擒，但對閻君之壯烈最後，不能不深表敬意，而厚加殮葬。」日本軍人曾在陣地收屍殮埋，並豎一木牌：「支那空軍勇士閻海文之墓」。可惜因砲火而湮沒，我空軍當局曾懸重賞尋找閻海文屍骨，迄無所獲。

閻海文死事之壯烈，堪爲中華民族浩然正氣之典型，當時報章競載，轟動全國，爲青年人崇拜之目標，效法之楷模，其壯烈事蹟，被編成歌曲、故事、話劇，以及編入各級學校教科書中。

據閻海學說，閻海文的生活很嚴肅，絕不浪漫。他只知道跟齊魯大學一位叫趙瑞珍的女生通信很久。另有一位劉月蘭，是蘇北人，在浙江大學畢業後，留校當助教，跟海文如何認識，交誼如何，海學毫無所知，只在海文殉國後，空軍同僚整理遺物，在他的飛行盔中，找出一張劉月蘭照片，上面有閻海文寫的「可憐無定河邊骨，猶是春閨夢裡人」，一語成讖，當然也是閻海文以死報國的決心表徵。

自古英雄，必有美人相伴，閻海文的生命雖僅廿二年，可是他所表現的，無殊於文文山、史可法、成仁取義，不愧爲受革命洗禮的，白山黑水好漢子。有一點羅曼蒂克，更加多采多姿。

閻海學老先生久歷戎行，曾任國軍師長，解甲歸田，仍老驥伏櫪，壯心不已。他關心國家大事，關心社會風氣，更關心他殉國已卅八年的愛弟海文。在去台北參觀「寬橋英烈傳」開鏡前夕，滿懷信心，他相信中影公司的製片水準，一定能把海文的壯烈史實，在銀幕上「很藝術」地表現出來。

中國西南邊界上的世外桃源

木里王國的獨特風光（二）

李霖燦

十、無量河邊之行

三天之後，木里的大喇嘛送我到無量河邊去調查，派來一個能講漢話的僧官護送我。他帶着一個徒弟，一個大帳篷，又派了五個伕子（烏拉制度）我們八個人，四匹馬，兩支鎗就離開木里出發。

護送我的這兩位僧官很有趣，他說他是一位剛卸任的「縣長」——本來不同語言的官級是沒法譯得十分妥貼的，不過我不由得想笑，木里轄地雖寬，依政治地區分，是屬於四川鹽源一縣的。鹽源一縣除本境之外還轄有九個土司地，木里是其中的一個。如今這位僧官又是木里境內的縣長，而且像他這樣的縣長木里土司地共有十八個，這官制不是錯綜紊亂得很滑稽麽？原來木里境內除了大喇嘛輪住在三大經堂外，分佈在邊境共有十八個小經堂，有十八個僧官管着，這就是所謂的「縣長」，實在地除了一點政務之外，還是情報機關，如我進木里時，當我一過烏角小經堂，木里大寺就得到消息，這就是這批「縣長」做的情報工作。

這位僧官雖然他自譯爲縣長使我覺得有點滑稽，然而一離開木里，越走越覺得他的重要，並不是離開京城後越走官兒越大，實在是這些百姓給我的印象不好，簡直壞到了接近可怕的程度，野橫而刁詐。看看這些人的面部表情，和辣毒的態度，我不敢想，在這樣全無一塊平地的高山峻嶺，到處草莽未闢的地方，又生長了這一些身强心悍的半野人，我單獨一個漢人却來到這上不着天下不着地，和外間的聯絡全失的一塊原始地域中，眞有「深入不毛」的竦然恐懼。所依靠的就是對木里大喇嘛的一點信心，假如他們沒有這一點，我相信這裡正是綠林豪傑大顯身手的所在，假如我沒有這一點維繫，我大概是不要想生還文明地域了。看看西北方到處是强盜的噶噴嶺地域就是一個明證，無怪乎我對這位僧官越來越覺得重要。因爲他代表大喇嘛，他一開口說到大喇嘛，那些如此不馴的野人就合掌躬身連連稱是一一照辦，於是我們什麽都有了，反過來說，若失去了他，無疑的我會被活活餓死。這在駱克博士的遊記上（美國地理雜誌上發表1931 July.）亦說到同樣的情況，所以我後來就把一切依靠在這位僧官身上，我相信，他不敢不遵從大喇嘛的旨意把我由無量河邊送囘永寧的。

有了這位僧官，我就在這凶山惡嶺的

不毛之地中像魔術般有了一切。每到一個小村，我有一斗米麵兩隻鷄的供應，他有我的東西的一半。我對他表示不要向百姓家要這些東西，他說不能因此破壞了相傳的「規矩」，而且一經破壞了之後，你就不要想再使後來人得到這些供應了。既如此說我也只好由他，不過我們幾個人無論如何吃不完這些東西，（因爲每每住上一晚就又走向別的地方去調查）剩下的東西總是給了我們住宿的主人家。

在一個名叫里朗的小村我們遇到一件事。有一個喇嘛想偸過一道橋走出木里的邊境去，被守橋的人發覺捉住，因爲當地的小官不敢處理這件大事，看到送我的這位僧官是由木里大寺來的，就送到這裡來處理。

一有「犯人」，送我的這位僧官就擺起他的「官架子」，要用「傳話制度」，這就是他學大喇嘛一樣的高高在房中坐起，叫當地的小官來傳話訊問不親自與犯人對面，最後由他處決打了犯人一頓鞭條，派人押往木里大寺聽候大喇嘛的發落。

他退堂之後對我說：「這傢伙這一回怕要嘗嘗衙門口挂的那根八十多斤重的鐵索滋味了！」——在木里大寺的衙門口挂着幾條八十斤重的鐵索，兩旁揷立着染了紅顏色的打人板子，外面一排堅固矮小的牢房，這些都被我看到過眼中，許多人都說木里家的刑法太殘酷，有時候活生生地砍斷一個人的手，有時候活生生斬斷一個一個人的脚，於是我就問這位僧官這個犯人會受到什麽酷刑？

在我追問之下，才知道木里亦有像約法三章似的幾條明文，首先殺人者死，然後偸東西者砍手，逃跑者斬脚，都是這樣明快直接的法律，不過這位僧官加上一句說：「這都要看大喇嘛他家的意思，因爲他家是最公正的。」

大喇嘛的公正那是可以相信得過的，因爲他沒有「私累」，依照木里的「規矩」，大喇嘛是不結婚的，因此他無積私財之必要，一身在日，大衆供養，圓寂之時，萬事皆休，他又何苦歪曲法律以求生無所用死無所寄的不義之財呢？所以我覺得像上面所說的約法三章以直接見長，以眼還眼，以牙還牙，使土人容易明白，容易記憶，容易執行這都是因地制宜的上上作品，然而最可佩服的還是給大喇嘛定的這條「規矩」。作法者洞悉人間「私」之來源，一開頭就由根本上解決，使你無徇私之必要，由此使身當其位的人自會公正。所以一直到現在，大喇嘛的公正沒有人懷疑，因而在最不容易統治的地方，以這些直接單純的規矩便妥妥當當地統治到現在。

十一、倉官的空城計

又有一天我們宿到一個名叫培辱的小村裡，這是一個官倉，頂有趣的是這個官倉它在唱空城計，並不是倉庫中空空如也，却派了一些儼然的官吏來守空房，反而是倉房中滿滿地都是糧食，而那位倉官，却有事到木里去了，來回要十天的時間，他一個人也不留，只派那幾個封條替他看庫就揚長而去，我們一進房門也是虛掩着，打開之後，鍋瓢盌盞一應俱全，很像是一個完整的旅館，只是主人他去，却把全副傢俱留下來任憑過路客人自由使用。

這使我很感覺到特別，安定住了我便向那位僧官提出了我的疑問，這位倉官是不是有點太大意，他揚長而去，這裡在唱「空城計」，他不怕有後顧之憂麽，假如這裡有賊把糧食偸去，他怎麽辦呢？

木里的僧官這一下可樂開了，給了我一陣哈哈大笑作爲回答，笑過了他說：「賊？木里境內那裡有賊？偸？又誰敢來偸？大喇嘛他家高高地坐在上面啊！」

他又告訴我說：「大概你家這是第一次到木里境內，不然不會這樣的發生疑問，因爲在大喇嘛的境內，你就是馱的是金子，也只管大開着帳篷安心睡覺去好了，決不會有人來偸的。不但不敢偸，你丟在路上一塊金磚也沒有人敢來撿的——怎麽，你家有點不相信麽？這是千眞萬確的事，假如你家眞的丟了一塊金子，只要記得清楚便可以到木里衙門中去報告，說我在什麽一個地方丟了多大的一塊金子，於是就由大喇嘛派人在你丟金子的地方畫上一個圈子，傳下命令，說限三天之內撿來的人把金子放回原來的地方，保管你不到三天，就看見你那塊金子乖乖地放在那個圈兒裡面了——不然，他脫不了手呀！」——他最後的一句話解釋出大部份的理由。

我還有點不相信，說：「假如撿着的人或偷的人他硬是不拿來，那到最後不是要失大喇嘛的威信麽？我知道這在木里境內，依照「規矩」是絕對不許有這樣的事發生的啊！」

——「這你家用不到担心，因爲大喇嘛他家只是命令當地的村官保甲長去辦，這些人一聽到大喇嘛的命令還敢不認眞地去查嗎，你家想，當地人一齊心協力去找，那賊贓還會不發現？說到最後他們眞尋不到，還不得自己拿出來，還敢等大喇嘛再來追問，因爲大喇嘛的命令是再不會辦不到底的，這是我們木里家的『規矩』呀」！

他這樣一說，我當然明白了，到最後眞找不到，也有人來賠，那當然不會使大喇嘛的威信受挫的。

僧官又指着倉門說：「這門是官家修的，可是我們一打就開，你當記得老百姓家的門都是又薄又破，因爲就是開了門睡覺亦不會有賊來偷的，你不是見到里朗那家的門總是徹夜不關的嗎？那，這裡的倉房雖沒有一個人看，還怕糧食自己會飛走不成？」

路不拾遺，夜不閉戶，這些只見於書上恭維太平盛世的話，想不到在四面强盜多如牛毛的木里王國內竟毫不稀奇的出現，我心中有點肅然了！

十二、偉大的立法者

因此我對木里的政治制度發生了注意，便一面走一面處處留心處處詢問：

首先我就想到在這裡一切都以大喇嘛爲中心，爲了免除人性中「私」的根源，給他定出一個「不能結婚」的「規矩」，當然，這給他的「公正」有了保證，無奈却使他的「繼承」有了問題，大喇嘛示寂之後怎麽辦呢，他沒兒子，「世襲」制度不可能，是不是要用「攝政王」的那一套辦法呢？這其中的毛病可就大了，使人不能不爲之担心，選舉在原始人中不容易實行。

我把這問題向那位僧官提出，在這裡木里的立法者就表現出他最深湛的智慧，送我的這位僧官對我說大喇嘛他家若不幸去世歸西，我們就用「世襲」替他，立刻由「世襲」接位，因爲木里一天也離不了大喇嘛啊！

他越說我越糊塗，大喇嘛不結婚沒有子嗣，那怎麽會能有世襲制度的出現呢？經我一再追問之下，才知道他口中所謂的「世襲」就是所謂的「副座」，副總統，副主席都聽到說，「副大喇嘛」却自古未聞，所以他們不知道由那裡找到這兩個字來代替，而且顯然的這裡面有極大的可能性是由漢字借來。

不但有「世襲」，而且同時有兩位「世襲」，就是說木里的大喇嘛他家同時有兩位副座，這兩位副座日夜追隨大喇嘛，從大喇嘛學習儀度及處理政事的方法，一旦大喇嘛往生西方極樂世界，就由這兩位副座中選出一個最好的來當下一任的大喇嘛。

這個辦法當然是好了，既沒有幼主攝政的弊病，又不會有政事中斷的危險，然而這兩位「世襲」又從這裡來呢？

其中又有道理了，在木里境內有一個地方名叫「巴爾」，這裡另有一個衙門，有許多人喊這個地方叫人種衙門，歷代的大喇嘛都是由這裡生出，這也可以說是一種，「家天下」，不過這個家是母系的。在這裡是以女性爲中心，母女相傳，向外招贅這就生出一代一代的大喇嘛。當然在一個輩份中可以同時有幾十個男子，這些男子是都有當大喇嘛的基本資格的，於是就在其中挑出兩個來當「世襲」，隨從現在的大喇嘛學習政事，然後再從其中挑出一個繼承大喇嘛的職位。

這項制度有三個優點，第一政事不因首領去世而有影響，因爲有兩位「後補」

存在，隨時可以接班，決不會有負幼主上朝或垂簾聽政這些事情出現。「世襲」日日追隨大喇嘛，他所料理的事進行到什麼程度也都洞悉瞭然，所以毫無延阻的可以繼續辦下去。這正可以使衆人百姓不會因一人之喪而受到損失影響。其次是根本解除了，「不肖之子」的問題，因爲先在幾十個人中選兩個，受訓練後又在其中選出一個，這總是比較好一點的。有子不肖，第一次就不易入選，即令入選，最後亦不容易當選，這可以說是一種賢君制度。當了大喇嘛之後，又有規矩，使他無家私之累，由此就可保證了他的公正，這是第三個優點。

很像是一種家庭與政治的調和，不過配合得極巧妙，遂使各方面只表現其優點而不容易生流弊。我越向深處思索，越覺得當初那位立法者是個非常人，他怎麼想到這許多好的「萬世型範」的規矩呢？雖然這是一種因地制宜管理小國寡民的政治，但治大國者若烹小鮮，用這心思亦同樣能安天下吧。

不但在大的地方想得好，就是許多小的地方也一一想得精細周詳，譬如說在飲食方面採用分食制度，每人一份食品，不像漢人這樣共食，這無疑的要潔淨得多，我那一天晚上在楊師爺那裡見他們吃飯，每人一個銅盤，托着他應得的一份食品，我忽然有身在外國的感覺，深藏在萬山中的木里王國，決不會有抄襲外洋各國的機會，那麽這是誰想出來的這種合理完善的規矩？——這件事情雖小，關係健康問題甚大，是誰用這般苦心設想得這樣細緻周到，眞可以和默罕默德大教主比美。

其他如辦理政事絕對遵守一定的時間，而且從最高的領袖，以身作則來做起，所發的命令，一定要貫徹到底等等都使人覺得當初創制這些「規矩」的人眞可欽佩，他既智慧深湛，却又精細周詳，肯如此費心的制定這許許多多的好「規矩」，遂收到了現在的好效果。

從進木里王國起一直到要離開爲止，我好像是在「規矩」中旅行了一趟，但見到處處都是規矩，大的到政權轉移，小的到身上一顆鈕扣。廟堂之上，應對之間都有一定的規矩可以遵循，這使一向疏於禮法的我，感覺到眞的是不學禮無以立，在起初我只見到一些瑣碎的規矩，覺得雖可人意，却都是些小巧之作，住得久了所見所聞漸漸增多，使我見到這些規矩不但鉅細兼備而且系統井然，並且這些規矩所表現出來的結果，又如此地驚人，我想假如此地沒有這些「規矩」管住（大喇嘛不過是一個規矩代表人，他自己亦是在規矩之中）那還堪設想？到處是凶山惡嶺深菁老林，人民又强悍野蠻，那還不是到處土匪隨地綠林，結果便是相互搶劫永無寧日，大家都在槍砲縫中戰戰兢兢地爭一條活命而不可得，若和現在的路不拾遺夜不閉戶的安樂景象一比，那豈止天淵之別呢？是誰有這樣大的法力，製定這些「規矩」，遂使「地獄」變成了「天堂」？

而且這位立法者眞深湛圓通，他洞悉人性之私，又通達邊地之情，所以製定出來的法律既細緻又明快，使施行起來沒有毛病又容易爲人所瞭解，眞是佛境界中的權巧方便，聖人境界中的因地制宜，以一人之心遂使千萬人千萬年蒙受其澤，所以我在將要離開木里境的時候，對此「哲人」緬懷不已！

十三、木里王國的開國史

那一晚上月色極好，我又宿在一個木里小經堂的下面，我想明天就要離開木里王國了，我願意在這片「淨土」上多躑躅一下，便獨自出來沿着一條小河的邊上徘徊，遠處的雪山在月光中消失得只剩下幾條銀線虛懸在夜氣空濛中。我想這種潔白崇高簡直就是木里王國那位偉大立法者的象徵，這幾天來我一直在思索他，所以隨時隨地會想到這位哲人的一切——這位哲人的軀殼已消失在衆生死亡的國度裡，却剩下這一點神聖的光輝高高在上的供人景仰！

我正在正襟危坐悠悠沉思的時候，那位護送我的僧官忽然匆匆忙忙來到跟前驚斷了我的思路：

——你家怎麽一個人坐在這裡？幸虧這還在我們木里的地界內，沒有什麽關係，我眞怕你家跑出了我們的地界遇到了什麽事情！現在總算還好，你家這個時候像大喇嘛一樣的坐在這裡想些什麽呢？

——我在想咱們木里國的這許多「規矩」！

——那還用想！你沒有向大喇嘛要那部經典來看麽？所有的「視矩」都寫在那上面了！

我這時候才知道原來有這麽一部神聖的經典，當時未能請求拜觀，眞是失之交臂了！

我又問到我久懸心中的最大問題：『這些「規矩」都是誰定的呢？』

——怎麽？你家連木里開國的歷史竟然會不知道？在這一帶大家都知道木里王國是喇嘛來開闢的，規矩是喇嘛來定的，我還以爲你家早就全部知道了呢！

我向他說明這一些全不知道，並且請求他盡量詳細地把木里開闢的故事講給我聽：

原來是這樣：當初有兩位道德高尚的喇嘛，由西藏這個方向來，一位來到木里，一位走向青海一帶地方，他們約定七年之後在木里見面。

來到木里的這位喇嘛，他找到一個山林靜處，專誠修持，附近的人都很佩服這位喇嘛的道德，但他總是不能了道。

不覺得之間，七年已經過去了，由青海來了那一位大喇嘛，他們兩個遇見了，青海的大喇嘛說「怎麽你還沒有了道？咱們師傅叫你傳的法你傳的如何？」

木里的這一位喇嘛說：「我一到這裡，便專誠修持去了，把宏道傳法這件事竟然忘了！」

青海的喇嘛說：「怪不得你不能了道，因爲你沒有明白佛尊本意，這原是要福利衆生的，如今你只修持一身，那當然不能成就，現在咱們再見，希望你多做些福利衆生的事。」

青海的喇嘛走了之後，住在我們木里的這位喇嘛就不再到深山中去修行，却到處去傳法宏道，這樣一來，原來遍地土匪盜賊的木里（正像現今的噴噶嶺地方一樣）不久大家都皈依了這位喇嘛，境內平靜吉祥，不再爭戰劫奪，原是地獄，從此變成了天堂，因爲四境之內大家都心誠悅服地「投」了這位大喇嘛。

於是大家就互相商議說這位大喇嘛沒到這裡以前咱們過的是地獄生活，不要說安居康樂，就是想安安心心吃一頓飯，放心胆大睡一個覺都是辦不到的，現在依靠這位大喇嘛活佛，他使我們由地獄昇上了「天堂」，我們如今可以不帶刀槍走路，可以不關大門睡覺，我們應該如何崇敬供養這位菩薩？而且我們聽說大喇嘛有回藏的意思，咱們應該如何挽留他家呢？

所有木里境內的百姓，都來到大喇嘛法座前哭求，求大喇嘛來做木里的國王，我們願意一切都聽大喇嘛的法旨，一切所有財產土地全都呈獻給大喇嘛，只求大喇嘛慈悲，來做我們的國王，使我們這些野人不要由天堂又下降地獄！

這位大喇嘛爲這件事到深山中去靜坐了七天。

回來的時候對大家百姓說，假如你們一心皈依我，那邊山崖上有一尊很大的釋迦牟尼佛造像，你們都到那裡對佛宣誓，願意一切聽我喇嘛的「規矩」。

——大家都非常高興地那樣做了。

於是大喇嘛在千萬百姓之前登臺說法，說了現在的這許多「規矩」，現在都在一本經典裡詳細記載着，也可以說都在百姓們的心中記載着。

大喇嘛在崖前說法完畢，說希望大家永遠記着今天，希望大家永遠記着這些規矩。

最後大喇嘛又說到一個問題，他說，在我留駐世間的時候，我當爲衆生造福，只是我去世之時，那又由誰來接替我這個位置呢？

大家都想不出好辦法來。因爲大喇嘛他不結婚。

大喇嘛說，從今之後就以此爲「規矩」，當大喇嘛的當如我一樣誠守法規不能結婚，關於繼承問題，我想到一個辦法，不知你們以爲如何，我有一個妹妹，她住在青海地方去把她接來，由她一代一代地母女相傳，生出一代代的男子來選擇能幹的來接替我的位置，你們看好不好？

大家百姓都同意了大喇嘛的辦法，把他的妹妹接來，就住在「巴爾」地方，這就是所謂的「巴爾」人種衙門。從此就成了「規矩」每一任大喇嘛當他在位的時候都選兩位「世襲」跟着他學習政事，大喇嘛不在了就選出一位來作大喇嘛，——現在你家都明白了嗎？

我明白了，我明白的比他所「以爲」的還多，我似乎明白了這位偉大立法者的「心」。

他爲什麽要到深山中去靜坐七天呢？這裡面一定先經過一番心理上的交戰，做一個出家人原不是爲的要做國王及教皇的，但是佛法的本意不是爲的普度衆生的麽現在擺在他面前的有兩條大道：爲一身之謀呢？爲衆生造福呢？

——這位偉大的喇嘛以他深湛的智慧照明了一切，他决定以孑獨一身爲大衆造福，他史無前例地由一個出家人的地位做了國王同教皇，爲的只是要使境內千萬百姓能安樂地生活下去，他放下了私心，他看破了成例，他直取了佛陀本心。

他既然决定了這爲衆生造福的心，他便想到怎樣要使所造福業能永久存在下去，於是他便竭其智慧的創立了這一套「鉅細不遺系統井然」的大法，這就是所謂的木里家的「規矩」，當百姓們在石崖前對着釋迦佛像頂禮宣誓的時候，他便同摩西一樣把定的「十誡」拿出來，要使百姓們能永久安樂地生活下去！

他想到人性之私的根源，因此他便定出一條既爲國王，便不能結婚的規矩，逐使木里的歷代大喇嘛的公正得到了保證。

他又想到政權轉移時的混亂，這將要影響到億萬百姓的平安，因此他便定出「副座選舉」的辦法，這是一種較近理想的賢君制度，這一項「規矩」遂使木里的百姓不因改朝換代受到惡劣的影響。

他又想到在這萬山之中的子民，應該給他們一種宗教，因此他便爲喇嘛教的僧侶寺院定出了許多的規矩，使之以此作爲精神生活的中心。

他又想到這一帶的人民智識很差，因此他便定出許多「直接報應」的法律，如殺人者死，偸東西砍手，偸跑斬脚等等，這種以眼還眼以牙還牙的辦法最容易爲這種人民所瞭解，因之也最容易被接受而執行。

他又想到這一帶民性極强悍，若不用重刑，使其有所畏懼，那一亂之下，傷人必多，因此他定出許多酷刑，而且盡量的使民望而生畏，以達到他「不殺而敎」的目的。試看他在衙門口上掛着都麽重的鐵索，打人的板子染作血淋淋的紅色，一排醜惡堅固的牢房放在大寺的門前，這些分明都是做給人看的，他的意思很明白，做出可怕的樣子使野性不敢犯法。用一句這一帶常說的話是「現金剛面目，行菩薩心腸」。

在這個原則之下，我們可以看到其他許多規則的眞意，如出巡時的盛大儀仗，訊問政情時的「傳話制度」……這都是爲的增加主政者的威嚴，好以此而領率全體。又恐怕流於專制，便又給身爲大喇嘛者定下許多極嚴格的規矩，如準時處理政事及不得作一點軌外行動等，好以此「以身作則」地，推動全部政治，其他如肅靜保持了寺院的莊嚴，分食制度注意到健康，一顆鈕扣都要扣好表示外部的整肅可以影響內心又同時表示不可疏忽小節以至影響大事等等。

這一切「規矩」有很大的，有很小的，正如上面所說的大的到政權轉移，小的到身上一顆鈕扣，都可以在這一個看法之下全部統貫起來，總之都是這位偉大立法者的「慧心妙用」，目的只在能盡量地「爲大衆造福」。——當然我前後在木里境內的時間還不到一個月，我所知道的「規矩」是極有限，一定有很多我所不知道的不能在舉例，然而這當無大妨礙，因爲我們已探得正諦本意，其他的枝節雖少疏畧應該亦無妨礙。

這又因到我在上面說到的那個問題了

，假如把木里大喇嘛應守的「規矩」告訴一個人，他一定會對這個寶座望而却步的。但是假如把這位「立法哲人」的眞意告許他呢？自己一個人可以使億萬之衆平安吉祥地生活下去，那還有什麽不可做或遵守的呢？——我疑心木里大寺中有這麽一部「秘密藏」，這是只許身爲大喇嘛者一人單獨拜讀的，在這部聖典中告許他爲什麽要如此做和這樣做的本意及可生的功德效果，這是第一位大喇嘛到現今大喇嘛歷代相傳的心印，這部聖典說服了所有的大喇嘛，也能說服一切世間的人！

十四、藝術家向政治家投降

學藝術的我一向有個幼稚荒謬的看法，總覺得所謂「政治」就是「做官」，近乎所謂的「黑漆一團」，覺得這裡面一切不足再問，眞可掩耳而過之，現在一經在木里境內旅行一趟，在這位哲人用智慧結成的規矩之網中經行一遍，我忽然悟到「政治」二字的新意，原來所謂政治者是「人管理人的一種藝術」。

假如木里沒有這一套政治，則人類恐怕已經互相殘殺到大家都不能生活的地步，如今依靠了這些規矩，遂到了路不拾遺夜不閉戶的樂土境界，世界上還有比這更重要更偉大的麽？

政治的目的原來是如此崇高，我對我以往的幼稚看法慚愧恐惶！

從前我也自命清高地有點看不起做「政治」的人，看看木里大喇嘛的一切，這那裡是爲的「享受」，簡直就是純正地「自我犧牲」，不過這是極偉大的犧牲，這裡面有「政治」的最聖潔的本意，任何人都當在這眞理前供獻出他的一切而不能少有保留的。

做政治的人原來的目的如此可敬，我對我以往荒謬的看法歉疚棄並！我願意向負有這項神聖使命的政治家頂禮膜拜！

木里之行的結果想不到是藝術家向政治家投了降，因爲我從此發現政治亦是一種藝術，是使大衆能平安生活下去的最高藝術，藝術是爲了美，政治是爲了善！

在我離開木里樂土的時候，我向我的護送僧官提出最後的一個問題：

「當初那第一位大喇嘛在這裡傳的是什麽法，你能不能告訴我知道一點？」

這時候我們正走到木里同永寧交界的路口上，那裡有一個很大的石經堆，這又是他們的國界又是祈禱的對象，那位僧官用手指一塊刻着藏文經咒的石板，說「就是這一個！」

石板上刻着「唵嘛呢叭彌吽」六字眞言——我更明白了！怪不得木里到處都是嘛呢石經堆，怪不得木里的石經堆都堆得那麽用心，我又想到怪不得那天我初到木里大寺時，要在那一座最大的經堆前下馬，那座石經堆上亦刻的這句神聖的咒語啊！立刻那石刻的一筆一劃都清晰地出現在我的眼前，他的無上深意由這時起永久地銘刻在我的心裡。

（完）

格言 綴錦

面贊人之長。人雖心喜。未必深感。惟背地稱其長。則感有不可勝言者。正常情也。面責人之短。人雖不悅。未必深恨。惟背地言其短。則恨有不可勝言者，此亦常情也。夫人之與我苟無怨，何必背地短之，若與我有忌。雖短之。而人不信。何也。以其出於仇人之口也。即信矣。不能代我而加之以禍。在彼聞之。益增其不可解之怒。是背地短人。愚者不爲。若背地稱人。正忠厚之事。智者所不廢也。（唐彪）

立委艾時對政府交通工程的質詢

—何定棟—

艾時先生字俊階，漢陽人，曾畢業湖北法政專校、黃埔軍校四期、中訓團黨政班，及革命實踐研究院。曾任營、團長、副旅長、師政訓處長、軍校分校政治部主任、行營政治部主任秘書、組長、軍委會政治部副廳長、人事處長、國大代表、國民參政會參政員等職，任官陸軍少將。於政府實施民主憲政之始，艾先生即在湖北第一區當選立法委員，由南京而廣州，重慶而台灣，從事立法工作，以迄於今。

艾先生現任立法院交通委員會委員，幾度担任召集委員，性耿直，惡貪鄙，對交通重要問題之質詢，多能言之有聲，促進政治之改革，喜研究與發掘，對交通建設問題之立法審議，更是貢獻良多，讜論成冊。艾先生於會議之暇，曾著有民生主義經濟學、三民主義提要、人事分類輯要等書問世，實爲立委中受人尊敬者之一。

十大工程是國家建設中大有爲政府的大手筆，工程完成後，我國即將躋於開發國家之列。十大工程所耗之經費，數字龐大，無論是出之國庫，抑或向外貸欵，總是由人民負担的。立法委員艾時說：

「我國全國正在進行十大工程，其中交通工程就佔了六項，我知道各項工程的負責單位與負責人都在盡心盡力去做，這些工程，少則幾十億，多則幾百億，而這幾十億、幾百億，並不完全是國庫拿出來的，也不完全是老百姓投資的，大部份都是向外貸欵，我們知道貸欵是要付息還本的，這就是說我們政府近十年二十年的負担，非常的重。」

十大工程所需要的器材與技術，不一定必須仰賴於國外，艾委員說：

「我記得在十項工程進行之初乎有些原則：①本國有的，不必向外採購，②本國能設計的，不必請外國顧問，③能夠節省的，儘量節省。這些工程大部份都祇進行了一部份，却有會利用關係，會鑽漏洞的小小代理商，代辦了一部份以美金計算的物資進口（並不是交通方面的），馬上花幾百萬買了大廈，當然代理商要賺錢，但是總得有個限度，如果每一部份都如此，我們政府的損失就太大了，主管長官祇注意政策的，而這些事情不注意，輕則謂之浪費，重則似不無圖利他人之嫌。」

在工程單位有幾個屬於政府的公營事業，也承包十大工程的業務，艾委員對這些單位，似乎有不同的看法，他說：

「另外大家都知道台灣有幾個特殊的單位，因爲得到政府支持，比民間資本雄厚的專業組織，設備比較完善，他們有權向政府議價，不必經過招標程序，但是他們所爭取得來的工程，如果是自己做，我們無話可說，而大部份都是轉包給二、三級廠商去做，他們坐收十五%或二十%的管理費用，這與十九世紀發生於美國的托辣斯 Trust 相類似，我們要知道，托辣斯是高度資本主義的獨佔組織，這與民主主義的原則是不相合的，儘管那幾個特殊單位，不會將管理費十五%或二十%列在估價單上，主管單位，也不會口頭承認他們抽取了十五%或廿%的管理費用，但是這個作法是業者大家都知道的，這也是一個鐵的事實。」

有人說，本國的廠商，設備不夠，無法承辦，艾委員也不同意此種說法。他說：

「我常聽一些高級主管說：我國許多廠商，設備不夠，無法承辦，必須進口新機械，方能縮短作業時間，如期完成。但是另有一些事實，證明那些高級主管所說的話，又不十分正確。我們看看現在進行的一些較大建設工程，有幾項不是幾個特殊單位承包，他們承包下來，又有幾件不是轉包給二、三級廠商做的？」

艾委員並且舉例說，無論在港埠、機場、公路都佔重要部分，但大部份都是轉包給二、三級廠商在做，過去小港機場，兩個特殊單位承包下來，轉包給高雄的二、三級混凝土工程廠去做，最近完成的台北國際機場二萬立方公尺混土工程，由中華工程公司承包，轉包給新盛工程公司去做，正在興工的桃園國際機場這類工程約計總在六十五萬立方公尺以上，如果仍由幾個特殊單位承包，再轉包給二、三級廠商，我可以按現在的規格與價目試算國家的損失如下：

據艾委員的計算，是這樣的：

「混凝土抗壓强度三千磅，每立方公尺由承包公司認包為新台幣一千二百六十元（運費以台北郊區為準），中間包括十五%保管費（如以二十%保管費計算當不止此數），假如直接由專業工廠承包，則每立方公尺為新台幣一千零七十一元，以六十五萬立方公尺計算，則國家就損失了新台幣一億二千二百八十五萬元。這僅就桃園機場部份工程而言。我國的十項建設，當初總計為台幣二千多億，以桃園機場的增加為例，現在約計在新台幣四、五千億，這四、五千億工程中，以最低的估計，三分之二是幾家特殊單位自己做，三分之一是轉包給二、三級廠商去做，國家就損失了新台幣二百五十多億，我國未來的農業建設經費也就夠了。」

棲林人

陳嘉驥

棲林人名稱的由來，可能是由於他們始終生活在遮天蔽月的森林裡的緣故。棲林人又稱鄂倫春人，在中國古文獻裡也有稱之為「使鹿部」的。使鹿部的由來，係因棲林人平常生活，離不開馴鹿，而馴鹿以森林裡的蘚苔為食，這也是棲林人離不開森林的原因。

所謂馴鹿並非一般花鹿，其形狀非驢、非馬，亦非鹿，東北人把這種動物叫四不像。在民國卅四年光復初期，曾有人在長春南嶺動物園裡，看到有兩頭馴鹿。迨民國卅五年四月，共軍在俄人支持下侵佔長春，國軍復於五月光復後，這兩頭馴鹿即不知去向。

棲林人多數居住在黑龍江省的大興安嶺、小興安嶺的原始森林裡。在偽滿時期的調查，棲林人共約三千人，仍役使馴鹿生活在林中者，僅約三、四百人；其他棲林人改使用馬匹，在他們來說，這是一項重大的進步。

棲林人平素以在森林裡狩獵為生，使用馬者已經能跳出森林界限之外，作相當遠距離的狩獵了。他們大多以獸皮為衣，冬天皮衣以鹿、獐、山貓、栗鼠、狼、狐等獸類毛皮為主；夏天則多以薄馬皮為主。清朝末年，漢人出關者日衆，昔日黑龍江省荒漠之地，亦發現漢人踪跡；而部份棲林人使用馬匹後，跳出森林界限，遂與漢人發生接觸，給他們帶來若干進步。所以現在的棲林人，因與漢人以貨易貨貿易結果，也有了穿布衣的棲林人；同時他們最喜歡在衣服上綉上粗糙的花紋，這足以證明棲林人是頗富藝術氣質的民族。

棲林人飲食，係以獸肉為主食，佐以麥粉、糜子粉，少食蔬菜，與漢人來往後，多嗜食磚茶。棲林人最喜歡煙酒，煙多係向漢人以獸皮交換而來，酒除了換來的高粱白乾酒外，並有自己釀造的馬乳酒。

韓愈、蘇東坡給與潮州後人的觀感

·干　域·

我國唐代文豪昌黎韓愈，他於唐憲宗元和十四年（西曆八一九年）正月，上「諫迎佛骨表」，旋被貶爲潮州刺史；同年，三月二十五日抵潮，四月二十四日因當地惡溪一帶鱷魚爲患，遂在惡溪焚「祭鱷魚文」；同年十月，遂調任爲江西袁州刺史（今江西省宜春縣），在潮州任職，不超過六七個月。

在唐代潮州社會環境之下，他的政績就算勤政愛民，有爲有守，事實上六七個月的工夫，究竟能做出些什麼成績？實在是値得疑問。如果如宋惠州刺史蘇軾所作「潮州韓文公廟碑」文所說：『始潮人未知學，公命進士趙德爲師；自是潮之士，皆篤於文行，延及齊民；今號稱易治。』『潮人之事公也，飲食必祭，水旱疾疫，凡有求必禱焉。』

蘇軾「潮州韓文公廟碑」對韓愈過份的讚揚，至今一千一百四十多年之久，帶給後人錯誤觀念和潮州人不良之感想；且至今不衰。

蘇軾這篇文章的錯誤觀點，可分析爲下列幾個問題：

一、韓愈被貶在潮州任刺史職，不超過七個月，究竟能做出些什麼政績？據正史與地方文獻紀載，除興學驅鱷魚外，並沒有什麼了不起的輝煌政績。

二、興學——據歷史及地方文獻可考者，所謂興學，不外辦了一兩間官塾，派進士趙德爲師，韓愈曾在這官塾開學時，發表了一篇「進學解」。所謂「趙德爲師」，是委派趙德任當時的教育行政官，等於現在的教育局長一樣。

但進士趙德原籍是潮州人，在當時，潮州已能出進士趙德高士大顚，這樣品學兼優的高等智識份子，可作韓愈亦即亦友的人物，可見當時潮州地方並非烟瘴蠻貊之邦，更非文化落後之地；蘇軾所謂「始潮人未知學」一語，顯屬錯誤。

且根據地方文獻資料，證明韓愈爲人尙不脫古文人風流才子怪習氣，妻妾之外，不免消磨於風花雪月，曾在潮州染風流病，以致體力過度消耗，及後誤信方士琉璜鉛下補劑，離潮州不久，果卒於琉璜中毒，死時亦不過六十歲。

三、祭鱷魚文是韓文公在潮州政績上一宗大事，祭鱷魚地點在惡溪，即今潮安縣東北之意溪，此時，潮安尙爲南海濱地，汕頭沉睡在海裡，尙未露出海面。

鱷魚是一種海中無知無覺的動物，韓文公祭鱷魚文，果能以「精誠感物」？及「强弓毒矢」，令鱷魚般家，實屬疑問。縱非愚民政策，亦屬「迷信」行爲。

四、但韓文公在潮州所占的便宜和美譽却是千秋萬世不朽的美譽：（一）將原名員江，由江西邊境福建汀州南入粵境，經流八縣的員江改名韓江。（二）將潮安饒平邊境原名筆架山，改名韓山。（三）將橫貫韓江，有十八梭船二十四洲的大橋，改稱韓湘子橋（韓愈之姪名）。（四）韓文公祠，惟今之韓祠並非蘇軾碑文中所指之韓文公祠。（五）韓文公廟碑——蘇軾謫惠州刺史任內所寫，是在宋神宗元豐元年。因唐帝詔封韓文公爲昌黎伯，潮人因將廟額改爲「昌黎伯文公廟」，故原日之廟與現在之韓公祠地址已有更遷。按蘇軾作碑文時，距韓愈治潮已二百八十餘年，對唐代實情不能詳悉，文字中不免有語病，亦有可以原諒之處。

惟韓文公「文起八代之衰」，蘇東坡父子文章文章自亦有其不朽之處。

民國六十四年十二月二十五日行憲紀念於壽園

八年抗戰與戴雨農將軍

喬家才

伸張國法整肅漢奸

三十年前三月十七日，京滬一帶的天氣非常惡劣，雲層很厚，低的幾乎壓在人們的頭頂上，令人煩悶，一架從青島起飛的航空委員會C147．二二二號飛機，飛臨南京上空。下午一點十三分，發出最後的電訊，準備穿雲下降，以後再無消息，地面人員着急了，於是中美空軍和地面人員展開搜索，結果在中華門外以南板橋附近的岱山困龍塘發現這架飛機撞毀的殘骸。駕駛人員和七位乘客全部罹難。七位乘客最重要的是軍事委員會調查統計局局長戴雨農將軍。將軍名笠，字雨農，浙江江山縣保安鄉人，出身黃埔軍校第六期騎兵科。這個不幸的消息震驚了重慶最高統帥，也讓延安共產黨高興的慶祝了。

戴笠將軍遺照

抗戰勝利後，戴將軍奉命「肅奸」，席不暇暖，奔波於京滬、平津、青島、武漢、廣州、重慶之間，親自指揮工作。

「肅奸」就是逮捕漢奸，把抗戰期間，不顧民族氣節、國家利益、寡廉鮮恥、奴顏婢膝、擔任偽職，供敵人驅使的重要漢奸們一一逮捕，繩之以法，好對抗戰八年的軍民有所交代。「漢賊不兩立」，是民族大義，神聖的肅奸工作也在爲千年萬世的子孫們，做一次劃清忠奸的工作，樹立一個萬萬不可以做漢奸的嚴正榜樣。這是一種前所未有的工作，全國淪陷過的省市，同時進行肅奸，希望一個也不要漏網，規模之大，可想而知。全國一共逮捕了二千四百五十五位有頭有臉的漢奸，南京和北平因爲有兩大偽組織，重要的漢奸特別多，北平如王揖唐、王克敏、齊燮元、殷汝耕，南京如褚民誼、梁鴻志等，都必須逮捕歸案，所以京滬和平津的肅奸工作特別重要。褚民誼逃到日本，目標太大，隱藏不佳，結果遞解回國。而汪精衛偽組織的宣傳部副部長胡蘭成，逃到日本以後，就沒有抓住，終於漏了網，逍遙法外，眞是一件萬分遺憾的事。

各省市負責肅奸工作的專員，由陸軍總司令部委派，配屬於行營、戰區司令長官部、綏靖公署工作，逮捕令須由當地軍事首長簽署，會同憲警執行。漢奸逮捕以後，須蒐集證據，作成審訊筆錄，移送高等法院，由高院檢察官提起控訴。肅奸工作，千頭萬緒，繁重麻煩，而且必須有一批懂法律的人承辦，在短暫的幾個月內，分別完成兩千四百多個漢奸案卷，實在不是一件簡單容易的事情。幸好，戴將軍手下人才濟濟，能夠應付這種大場面，並不感困難，進行的相當順利圓滿。

我因負責山西肅奸任務，配屬於太原綏靖公署工作，在北平參加過多次戴將軍親自主持的肅奸會報，在會報中得到不少新知識，也學會了肅奸的各項手續。

一次會報中戴將軍指示，過去給政府做過工作的漢奸，也要移送法院。像華北偽組織財政總署督辦汪時璟，曾給國際研究所的王芃生做過好幾年工作，日本投降以前，曾秘密到過重慶，商量將來善後，所以有些人不主張逮捕他。

「漢奸們為政府擔任秘密工作，也是冒着生命的危險，一旦被敵人發覺，必死無疑，他們對於抗戰，應該是有功勞的，現在抗戰勝利了，我們却以漢奸來辦他們，似乎有欠公道。」一位不主張逮捕汪時璟的同志說。

「你知其一，不知其二。」戴將軍說：「他給政府工作，沒有人知道，而他做漢奸，却是十目所視，十手所指，人人都知道。如果我們私自了結，怎麽能使廣大的敵區民衆心服？所以，必須經過法律程序，公開審訊，由政府有關機關出面，證明他們為政府工作，經法院宣判他們無罪，才能洗刷了他們的漢奸罪名，他們的子孫才好做人。」

看了前面這一段對話，可以了解到戴將軍的態度怎樣公正，主張怎樣正確，目光怎樣深邃。因為面聆多次訓示，所以回太原肅奸，逮捕了省長、廳長以下漢奸五十多人，沒有發生絲毫紕漏，得到閻伯川先生的誇獎。而主持司法的胡金波同志，在僅僅三個月內，就把全案移送高等法院，高院對我們作業迅速，案卷整齊，感到十分驚奇。

情報工作正確深入

民國二十年九月十八日，日本軍閥侵略戰爭，侵佔我東北，發生空前國難「九一八」，全國憤恨，都願意同敵人作殊死戰。國民政府軍事委員會委員長 蔣公召集一部分青年軍事幹部，要他們研究國是，提出對付日本軍閥的對策。研究結果，一致主張對日宣戰，理由是：「不戰而喪失土地，喪失民心；而日本軍閥的侵略，又永無止境，可能導致亡國。與其不戰而亡國，毋寧一戰？」

委員長認為他們不切實際，是幼稚的，錯誤的，當即昭告他們：「就我個人來講，最好同敵人一戰，不論戰勝戰敗，我都會成為民族英雄，受到國人崇敬。但是要顧到國家的利益，就不能如此的衝動、盲幹。要知道，我們一切的力量，現在尙不足以對抗敵人，明知戰爭不能取勝，會導致亡國，却要乘快一時，同敵人宣戰，這就是謀國不忠。所以，我寧願忍受全國人民的責備，此時此刻，絕對不能對敵人宣戰，自取滅亡。現在我們應當臥薪嘗膽，確確實實從頭做起，準備一切作戰的力量，這才是我要你們研究的、努力的方向。」

於是戴將軍擔負起對敵情報戰的責任，二十一年四月一日情報機構正式成立。一直到七七事變，全國抗戰，戴將軍領導的情報工作，已經建立了强國的基礎，對敵人的情況，瞭如指掌。抗戰八年中，戴將軍領導的同志深入敵後，以及日本東南亞各地。就我個人所知，即以華北一隅而言，北平、天津、保定、石家莊、邢台、張家口、歸綏、太原、臨汾、長治、開封、鄭州、新鄉、安陽、濟南、青島等地，都有軍統局的秘密電台，情報網遍佈敵區。

當我們獲知日人企圖轟炸英國主力艦威爾斯親王號，立即電話通知英國駐華大使轉告英國，英國人不太相信，等到把他們的兵艦炸沉，他們才佩服中國的情報正確迅速，以後遂有中英情報合作。

再舉一個實例，以證明他的工作成效：

抗戰末期，日本海軍衹保留下四分一的艦隊，準備同美國最後一拚，擊潰美國的海軍。美國對這殘餘的四分之一日本艦隊，想予以致命的一擊，却不知道逃匿到甚麼地方，在太平洋上偵察，遍尋不着。軍統局上海區長陳祖康（現任國代，姜紹謨任區長時，陳任秘書，姜離職後，陳繼任區長），在日本特務機關佈置了一位葉小姐，擔任翻譯工作，有一天特務機關長掘內干城同幾個日本軍官吃酒，吃了個爛醉，剛好這個時候，東京給他一份緊急的親譯電報，葉小姐把電報交給掘內，掘內告訴葉小姐，密電本放在甚麼地方，拜托她替他翻譯一下。這份電報涉及那殘餘的四分之一艦隊隱藏在太平洋琉球附近小笠原島。

陳祖康急電報告重慶，轉告美國，他們在空中偵察，祇發現日本琉球之間多了一個地圖上沒有的小島，並沒有日本艦隊，他們想，太平洋怎麼會出現地圖上沒有的小島？管他呢！先把這個怪島炸沉再說，就這樣把這個偽裝小島的剩餘艦隊炸沉，於是澈底殲滅日軍殘餘艦隊，日本軍閥無力再戰，當時美國總統羅斯福電盟軍亞洲統帥 蔣委員長特表嘉獎。

軍統局從創始到成立，一直到抗戰勝利，都是一年辦公三百六十五天，沒有假日，沒有星期天。工作同志都住在辦公處所，每週輪流休假半天，所以，星期日和假日照常有人辦公。每天上三次班，工作十小時，上下午各四小時，夜晚兩小時（八點到十點）。重要情報，把握時間，隨時處理，天天肅清，案無積牘，工作效率，為任何機關所不能及。能爭取時間，爭取勝利。

情報除來自全國各地及國外各區站組以外，偵譯敵偽無線電，郵電檢查，也可獲得若干情報，檢查郵電原由中央黨部調查統計局主持，後來撥歸戴將軍指揮。其機構為軍事委員會特檢處，處長為黃埔一期劉藩，後為黃埔六期李肖白。各省市及重要城市都設郵電檢查所。戰時檢查郵電，關係非常重大，既可獲得若干情報，也可以防奸防諜。

郵局對於郵檢工作並不重視，對於郵檢人員也不歡迎。廿九年間正是滇緬路切斷，大後方物價飛漲，人心惶惶之際，此時有一位郵檢員檢得曾任成都市長楊全宇囤積糧食居奇，因而破獲正法，人心稱快，頓時物價大跌，郵局頓感驚奇，始知戴將軍為國為民，廉明嚴正，敢於捋虎鬚，打老虎，非同一般，對那郵檢人員由冷淡而變為敬重，故能合作無間。

忠義救國軍在江南

二十六年八月十三日，日本軍閥擴大蘆溝橋事變，進攻我淞滬駐軍，我國遂全面抗戰。戴將軍為發動地方力量協助抗戰，聯合上海有力士紳，呈准軍委會，組織「蘇浙行動委員會」和「別動軍」於上海，進行對敵破壞和襲擊。蘇浙行動委員會委員吳鐵城、宋子文、俞鴻鈞、杜月笙、楊虎、錢新之、貝祖貽、吉章簡、蔡勁軍、俞作柏、劉志陸、戴笠等十二人，戴將軍兼書記，劉志陸兼別動隊總指揮。別動隊轄五個支隊，何行健、陸京士、朱學範、張業、陶一珊分任支隊長。又一特務大隊：青浦及松江兩訓練班。第一、二、三支隊由上海愛國志士及工組成，第四支隊由京滬情報工作人員組成，第五支隊由上海愛國青年組成，總數達一萬人。

國軍在上海抵抗三個月，然後撤退，別動隊張業第四支隊由滬西挺進蘇洲河北岸，擔任掩護，犧牲殆盡。陶一珊的第五支隊、陸京士的第二支隊、朱學範的第三支隊，協助國軍防守至徐家匯一帶，後來一部分化整為零，潛伏上海活動，一部分退到安徽祁門歷口鎮，何行健的第一支隊大部分留浦東建立游擊基地，一部分退到浙江遂安，後又成立浙東支隊於浙江東陽。

二十七年一月，戴將軍在歷口整編別動隊為教導第一團，浙東支隊和遂安的部隊為教導第二團，自任總團長，俞作柏為副總團長。

戴將軍曾說：「別動隊起自民間，無薪餉之俸，官爵之榮，所憑以犧牲奮鬥者，忠義精神也。」五月呈准軍委會，改別動隊為「忠義救國軍」，俞作柏、周偉龍、馬志超先後任總指揮，楊蔚、阮清源、郭墨濤、王春暉先後任副總指揮，徐光英、尚望、徐志道、郭履洲先後任參謀長。二十八年三月一日成立忠義救國軍浙滬指揮部，以副總指揮楊蔚兼任指揮官，轄二十六支隊，兩直屬大隊，人數近三萬人。以常州、無錫、江陰地區為指揮部根據地，展開對京滬、滬杭兩路的破壞和襲擊，對敵威脅甚大，敵遂發動安鎮之役，由常州、無錫、常熟、江陰四路進攻我指揮部根據地。

安鎮之役於十二月上旬開始，楊指揮官擬定內外夾擊，消滅敵軍主力，不意共產黨新四軍陳毅部於二十日夜以四團兵力包圍襲擊我留置此一地區的第二支隊，迫使我忠義救國軍兩面作戰，殲滅敵軍之計劃遂被破壞。

周偉龍任總指揮後，於二十九年三月放棄澄錫虞地區，集中浙江孝豐整編。三十年一月整編完畢，分四路向京滬地區推進：第一路蘇嘉滬區挺進縱隊，以阮清源部為骨幹；第二路澄錫虞區挺進縱隊，以郭墨濤部為骨幹；第三路錫武宜區挺進縱隊，以文德部為骨幹；第四路京丹溧區挺進縱隊，以管容德部為骨幹。展開與敵軍及共產黨新四軍的激烈戰鬥。

三十二年忠義救國軍經中美合作所訓練裝備後，編為四縱隊，以阮清源為淞滬區指揮官，郭履洲為溫台區指揮官，鮑步超為鄞杭區指揮官，張為邦為浦東行動總隊長，管容德為南京行動總隊長，對於抗戰勝利，收復京滬，貢獻很大。

姚鹽內運民免淡食

不明底細的人，以為戴將軍不過是負責特務工作而已，殊不知他是一位事事負責的人，祇要是有利於國家，有利於老百姓的事，不管是不是他分內的事，看見就做，絕不推諉。民國二十七年，武漢撤退的前兩個月，他在武昌遇到史春森，史任財政部江蘇五屬（松江、蘇州、太倉、鎮江、江寧）稅警局局長。十七、八年史任國民革命軍總司令部交際科長的時候，戴將軍任總司令部上尉工作員，担任情報工作，彼此交情很厚。

「我正要找你，」戴將軍很高興地說。

「我見　委員長，打算結束稅警局，在京滬一帶打游擊。」史春森告訴戴將軍晉謁　委員長的目的。

「抗戰是長期的，沿海地區先後淪陷，後方食鹽大成問題。你要知道，食鹽是民生不可或缺的，所謂『開門七件事，柴米油鹽醬醋茶。』所以，敵區的食鹽內運，非常重要，這項重要而又艱巨的工作，除你而外，恐怕再找不到第二人了。至於打游擊，那是人人都可幹的工作，我不贊成你去打游擊。」

史春森聽了這一席話，非常感動，好久沒有說話，心想：「戴雨農是特務工作的負責人，敵前敵後的工作，也已經夠他忙碌，老百姓有沒有鹽吃，不干他的事，他却注意到關係民生的大問題。自己是稅警局長，和食鹽運輸有直接關係，現在放着分內的事不幹，而要去打游擊，眞該死。」

「好的，」史春森說：「我接受你的意見，我去幹。」

「我派在京滬一帶的同志，可以協助你工作，上海的電台可以替你轉發電報。」戴將軍說完，促他趕緊回上海，進行食鹽內運工作。

史春森把他的稅警局遷移到上海租界，他利用過去主持引岸的人不願意放棄他們既得的權利，讓他們組織通源公司作掩護，應付敵人，進行運鹽工作，內部由丁恒負責，對外由周吉甫負責浙江餘姚、岱山存有現成的食鹽五百多萬担，姚鹽內運，足可以維持後方的民食，使老百姓免於淡食。運輸的方法，先用大木船運進長江口，在瀏河鎮入廒（放鹽的倉庫叫廒），再由小木船運往安徽的郎溪和浙江的嘉善。這種工作須熟識路線，了解潮汐，外行幹不來。史春森坐鎮上海，埋頭苦幹，秘密進行姚鹽內運的工作。後漢奸李士羣在滬西極斯斐爾路七十六號組織特工總部，勢力逐漸伸展到租界以內，要接收稅警總局，史春森受到威脅，請求回重慶。

戴將軍着南京方面的負責同志轉告史春森，既然偽組織要接收稅警局，要他乘此機會，打入偽組織，以掩護姚鹽內運。要他忍辱負重，繼續工作，不要使姚鹽內運中斷。史春森祇好照他的指示，繼續工作到三十三年十二月，姚鹽快運完了，終於出了紕漏，十二月二十三日史春森被南京日本憲兵逮捕了。

紕漏怎樣發生的呢？因爲後方的物價比上海貴了好多倍，運鹽的船夫，每一趟都要挾帶一些貨物，埋藏在食鹽裡，運到後方賣出去，掙點外快。這一次合該出事，一隻運鹽的船帶了一桶煤油，不知甚麽原故，煤油桶露了出來，被日本兵看見，懷疑鹽是運往我們後方的，於是，把船夫逮捕，苦刑拷打。船夫受刑不過，終於把史春森牽連出來，而被逮捕。先在南京關了幾天，然後移到浦口日本憲兵隊，開始刑訊，被拷打的遍體鱗傷，連脅骨都被打斷了。

史春森心想，戴雨農交給我的任務，差不多快要完成了，「士爲知己者死」，現在是死的時候了，何必活着受敵人的侮辱和虐待呢？一天夜裡，看牢的敵兵抱着一支上刺刀的步槍，靠着牢房的木柵欄，坐着打瞌睡，刺刀從木柵的空格倒進牢房。史春森看到，認定是千載難逢的自殺機會，悄悄走進木柵，手持刺刀，脖子撞上去，刺刀一偏，雖然受了傷，流了血，却沒有刺中要害。這一次尋死不成，敵人對他倒敬重起來，敵人着重武士道精神，認定他有骨氣，是英雄好漢，才不再對他用刑。抗戰勝利，恢復自由，戴將軍邀他到重慶去，沒有見面，戴已殉職，大陸沉淪前，隻身來到台灣。

殺敵除奸敵偽喪胆

對日本作戰的八年中，戴將軍派到敵後的工作同志，前仆後繼，視死如歸，前後被敵人逮捕殺害，多達兩千多人，這些人以大無畏的精神，在敵後殺敵除奸，給予敵偽的打擊非常重。他們把戴將軍的工作同志叫做藍衣社，在敵區提起藍衣社，不論漢奸，還是敵人，都是毛骨悚然，心驚胆戰的。現在敍述幾件殺敵除奸的故事：

祝宗樑戲院除奸——

「抗日殺奸團」是軍統局天津區長曾澈領導的一個青年組織，曾澈於二十八年被敵憲兵隊逮捕殺害。抗團的青年同志痛恨漢奸們的賣國行爲，立志除奸，偽聯合準備銀行天津分行經理程錫庚，操縱華北金融供敵驅使，已經可惡，而他又慫恿日本人壓迫英租界的英國人，要交通銀行交出我政府存在天津的大批白銀。他們認定這個漢奸非除去不可，分成四組，在程錫庚的住宅四周進行偵察，打算在他出門上汽車的時候，迎頭痛擊，或者攔車狙擊，結果，認定都不可能。後來着手調查他的日常生活，發現他最喜歡看電影，只要好的新片上演，絕不放過，於是，決定在電影院下手。

有一天，平安和大光明兩戲院分別上演蘇夷士和庚戈丁兩部好片子，抗團的青年同志們料定他一定要上電影院，看這兩部片子。遂分兩組，分別守候在兩家電影戲院門口，進行偵察。星期六下午，程錫庚偕同太太乘坐一六〇四號汽車到大光明戲院，看庚戈丁。偵察的同志立刻報告總部，担任制裁任務的祝宗樑、袁漢俊、劉友琛、馮繼美、孫慧書趕到英租界大光明戲院，購票入內。他們知道他每次看電影，都是坐在樓上，於是四位同志分布樓上，一位留在樓下接應，另外一位女同志假裝找人，一會兒銀幕旁邊映出「程經理錫庚外找」字樣。程錫庚看到，立刻站起，他的太太非常機警，趕緊把他按下去，不讓他妄動。就在他一起一坐之間，在他後面的祝宗樑看在眼裡，不慌不忙，給了他四粒子彈，一代經濟大漢奸，爲他的主子日本軍閥，死在地下，一命嗚呼。

劉戈青槍斃陳籙——

陳籙是和南北兩大僞組織都有關係的大漢奸，主持南京僞組織的外交，並負責協調和北平僞組織的關係，聲勢喧赫，住在上海法租界愚園路愚園新村二十五號，一邊是義大利營房，一邊是靜安寺路的法國巡捕房，是一所非常安全的住宅。他家裡又雇用了二十個保鏢，門外巷口有三個崗位，日夜分班守衛。

戴將軍派在上海工作的劉戈青是一位二十多歲的青年，上海暨南大學畢業，滿腔熱血，他認定一個和南北僞組織都有關係的漢奸，關係太重要了，如果除去這樣一個漢奸，就同時給南北兩大僞組織一個重大打擊，於是進行剷除陳籙的工作。已經調查清楚他的生活情形，就差一張愚園新村二十五號內部的平面圖。爲描畫這張地圖，想起他的朋友劉海山，劉做過國父的衛士，做過張學良副官，因西安事變，不滿張的所爲，離開張學良，非常熱心革命，和劉戈青性情相投，成爲莫逆。

陳籙的保鏢有幾個做過張學良的衛士，和劉海山是東北同鄉，所以劉戈青找劉海山設法描畫陳籙住宅圖。劉海山知道他要除奸，不但答應畫圖，還要參加他的除奸工作。保鏢中間有位張國卿，同劉海山關係密切，劉戈青所需要的圖，就由他負責供給。

二十七年的農曆除夕，陳籙一定要由南京回上海，在家裡祭祖，吃年夜飯，明天就是二十八年的年初一，他必須留在家裡，劉戈青選定除夕吃年夜飯以前下手，他偕同劉海山、朱山猿、平福昌、尤品三、徐國琦、譚寶義等，按照商妥的計劃，在黃昏的時候前往愚園路。人們在準備過年，對他們的行動，好像都不注意，劉戈青領頭，劉海山殿後，魚貫前進，天公相助，居然下起毛毛雨來，三個守衛的保鏢已經很疲倦，天氣很冷，又在下雨，於是三個人聚集在一個崗亭裡，抽烟聊天。劉海山經驗豐富，看見這種情景，喜上眉梢，越過大家，一個箭步，跳到崗亭前面，繳了保鏢的槍，監視在崗亭裡。

劉戈青毫無阻攔，走進陳籙後門厨房，留一人看守厨房裡的人。走進客廳，看見陳籙的祖宗牌位前，燃燒一對一尺高的大紅蠟燭，香烟繚繞，陳籙坐地沙發上，看見他走進去，有些驚惶，順手拿起一隻沙發上的墊子，遮住面孔和胸部，劉戈青的一顆子彈穿過墊子，打進陳籙的胸膛，倒在沙發上，他又補了一搶。陳籙的兒子在樓上，聽見槍聲，向客廳開搶射擊，他們趕緊退出，搭乘等候在巷口的汽車，跑得無影無踪。

麻克敵北平殺敵——

日本軍閥侵佔北平以後的第三年，敵華北派遣軍司令官多田駿，向東京報告，說他們已經控制了華北佔領區，佔領區治安良好。於是，敵興亞院派遣多田大佐和高月、乘兼月郎兩中佐到北平視察，這三個寶貝以爲他們的佔領區既然治安良好，毫無顧忌，到處遊逛。

戴將軍派在北平工作的河北遵化人麻克敵，覺得平時敵人戒備森嚴，不容易下手，現在東京來的這三個傢伙既然敢大搖大擺在北平街上亂跑，就給他們一點顏色看看，要他們知道中國永遠不會被征服。北平的治安並不良好，麻克敵曾經担任過團長，射擊技術精良，同仇敵愾，決定做一次轟轟烈烈的驚人壯舉。二十九年十一月二十九日，他守候在東皇城根，高月和乘兼騎着兩匹駿馬，談笑走來，麻克敵舉槍，擊斃高月，乘兼負傷，從馬上滾到地上，假裝已死，沒有給他補上一槍，被他偷眼看到，打槍的人滿臉麻子。

在多田駿所謂已被他們控制，治安良好的北平，一個東京派來的視察官居然被人打死，一個受了重傷，不但多田駿丟盡面子，也震憾了東京的日本軍閥。所以，北平的敵人決心要捉住開槍的人，北平城裡的痳子倒霉，被捉住兩三百人，痳克敵不敢露面，隱藏了一個多月，最後被他的房東出賣，被敵人逮捕殺害。

尹光復兄弟復仇——

韓國雖被日本滅亡，韓國的愛國志士都在想復仇復國。隨着日軍來到中國的韓國青年，很多並不忠於日本軍閥，設法和中國發生關係。他們知道韓國的流亡政府金九就在重慶，策劃復國。戴將軍的韓國工作同志尹光國和尹光復兄弟二人，都是熱血愛國青年，在上海敵軍軍事機關服役，經人介紹，參加了戴將軍的工作。

尹光國少年英俊，爲虹口日本妓院的日妓貞子所迷戀，貞子交際很廣，交接了很多敵軍要人，光國因貞子關係，有機會接近敵軍高級將領，決心殺敵復國。

三十年七月七日敵海軍軍事學校校長任一中將和淸水少將視察華中完畢，返囘上海，上海敵海軍陸戰隊司令武田少將，在妓院設宴爲任一和淸水洗塵。尹光國認爲這是個很好的機會，一舉殺斃三個將軍，也是一件壯舉，於是在酒內下毒，他自己也陪着飲毒酒，當塲毒斃淸水，任一和北昌少佐受了重傷，光國也毒發身死。武田因接到電話，未曾飲酒即離去，得以不死。

尹光復見他哥哥爲國成仁，而讓武田逃脫，心實不甘；決心當街狙擊武田，以擴大影響力量。八月二十七日，光國死後五十天，武田經過北四川路時，被尹光復擊成重傷，光復被捕死難。

懲治貪汚穩定物價

抗戰開始，沿海工業地區，全部淪陷，而英國人又不講道義，討好日本軍閥，封鎖滇緬路。物資缺乏，物價上漲，那是必然的現象，但是物價並沒有暴漲，造成社會紊亂，多少得力於戴將軍懲治貪汚，防止囤積居奇，收到阻遏的效果。

民國二十九年十二月懲辦了一件囤積居奇，操縱糧價的貪汚案件，關係非常重要。曾經做過成都市長的楊全宇任四川銀行的董事長可算是四川的財閥兼土豪劣紳了，財力雄厚，交遊很廣，不但在地方上有勢力，好些中央要人也都和他有關係。因此胆大妄爲，有所恃而無恐。他看準囤積糧食，可獲暴利，以巨欵交給重慶分行經理歐書元，轉托合川萬福臻糧棧經理李佐臣，收購小麥，大量囤積，究竟囤積了多少，雖未查到，但是軍統局根據郵檢線索通知，成都川康的偵察確實，會同有關機關，查封了所囤積的小麥五百石，並將有關人犯予以逮捕。

十二月二十三日戴將軍命第三處處長徐業道（來台前任國防部軍法局長）依動員法，將全案人犯及有關貨單函件押送軍法總監部。事先商妥，迅速處理，以收殺一儆百之效，當夜即組成軍法會審，進行審判，楊全宇自以爲有錢有勢，誰也不敢動他一根毫毛，直認不諱，沒有想到軍法會審判他死刑，歐書元和李佐臣判了徒刑。第二天，二十三日早晨，天剛亮就執行槍決，等到有勢力的實力人物出來營救，爲時已晚。他們沒有想到政府處理這件案子這樣果斷迅速。楊全宇那樣有勢力的人都被槍決，誰不要命，再敢囤積居奇呢？以後四川的糧價一直平穩，收到殺一儆百的效果。

另外一件貪汚案件，曾轟動一時，運輸統制局監察處昆明檢查所偵知大成企業公司章德武在仰光購買了三千萬元的貨物，爲逃避商貨監運登記，企圖走私漏稅，以一百五十萬元賄通中央信託局運輸處經理林世良，以中信局公車公貨辦理內運。三十一年三月四日，裝載這一批貨物的卡車三十五輛，經過昆明，被檢查所扣留。中信局運輸處函監察處，證明被扣的貨物係公物。林士良又勾結中信局購料處經理許性初，補辦押匯手續，說大成公司向中信局押匯一千萬元，中信局派公車三十五輛，裝運來渝，收囘抵押本利。

三月十二日監察處派稽查組第一科科長曾樹勛、督察劉梓林持公函到中信局查詢，許性初也照以上所說的答覆。按照規定，押匯一百萬元以上，就應該呈報理事長（孔祥熙）批准，何況押匯一千萬元呢？所以曾科長和劉督察要求調閱理事長批准的原件，許性初却拿不出來，也說不出理由來，顯而易見，所說押匯一千萬元是假的。第二天，十三日，林士良和許性初又以中信局的正式公函給監察處，依照銀行慣例，這批貨物的抵押權屬於中信局，要求昆明檢查所放行。

監察處已經將此案呈報運輸統制局何兼主任，但是林士良以財政部孔兼部長名義代電，飭令監察處放行，交財政部處置。此時監察處已經證明：（一）運貨的三十五輛卡車，都不是中信局的公車，而係七個商人的貨車；（二）押匯一千萬元既沒有經過孔兼理事長批准，顯係林士良和許性初所僞造；（三）林士良假公濟私，貪污違法，已非一次，僞稱押滙，是慣用的手法。於是將全案經過情形呈報最高統帥委員長 蔣公，奉批林士良扣押，全案移送軍法執行總監部。

輿論對於林士良非常不利，都要求嚴懲貪污。軍法會審於十二月二十九日判處林士良死刑，許性初五年徒刑。

「射人先射馬，擒賊先擒王。」像林士良那種背景硬朗，胆大妄爲的貪官污吏都被槍斃，整肅政風，非常有效，但非遇上戴將軍，絕對扳不倒林士良的。

增加稅收加强緝私

爲了充裕戰時財政，增加稅收，三十一年財政部增設緝私署，由戴將軍兼任署長，各省設緝私處，處以下查緝所及查緝分所。至三十二年秋天，因檢舉林士良貪污案件，戴將軍和財政部有了隔閡，辭去署長兼職，由宣鐵吾繼任。宣僅任職一年，不知何故緝私署和各省緝私處都結束了。因此，關於此項資料，沒有完整的保存下來。

全國緝私情形，我不太清楚，祇能就個人所知，關於西北方面情形，畧加叙述。河南緝私處處長爲劉藝舟，設在洛陽；綏遠緝私處處長爲馬漢三，設在後套陝壩；寧夏緝私處處長爲王孔安，設在銀川市；甘肅緝私處處長爲劉宏烈，設在蘭州市；陝西緝私處處長爲金閩生，三十二年由我接任，設在西安市。

緝私署爲了健全緝私工作，先設班訓練查緝幹部，戴將軍自任主任，由副主任負實際責任。西安查緝訓練班副主任先爲于克儉，後由樂幹繼任。

緝私處立法，非常完善，祇管查緝，不負責處理，西北各地的查緝幹部，都經過這種訓練。所緝獲的案件，移送有關機關處理。進口貨物交海關，貨物交貨物稅局，食鹽交鹽務局，紗布交紗布管理局。就我個人十個月的經驗，西安市有些稅收機關，在三十二年內，稅收增加了八九倍，至少也增加了一倍半，可見緝私工作是有實效的。

當時食鹽公賣，由鹽務局批發給鹽店零售。各省有一定的配售量，不會買不到食鹽。不過各省官定的鹽價不同，河南定的比陝西高了許多。所以如果把食鹽從陝西走私到河南，可獲厚利。不過私鹽充斥，則官鹽賣不出去。商人走私圖利，已夠查緝人員吃力，想不到陝西鹽務局長于鼎基竟和軍人勾結，利用軍車走私；又和走私的商人勾結，貪污賣放。陝西的鹽走私到河南，陝西的鹽自然不夠供應，西安市突然鬧起鹽荒，于鼎基因爲有軍人作靠山，胆大妄爲，貪污不法，有恃無恐。陝西緝私處和晉陝監察使署合作，全力偵破，由監察使署公佈糾舉書，才讓貪污的鹽務局長被撤了職，解除了西安市的鹽荒。

中美合作成就輝煌

三十年十二月八日日本偷襲珍珠港，美國海軍損失慘重，菲律賓也不能保守，日本得以席捲東南亞及南太平洋各島嶼，此時美國人才看重中國戰場。第二年，三十一年美國海軍軍令部長金氏海軍上將（Admiral Ernest J. King）密令梅樂斯（Milton E. Miles）來中國，在中國沿海選擇將來的登陸地點。這是一個非常艱巨的任務，中國沿海已被敵人佔領，怎樣去選擇？他的好友——我國駐美武官蕭勃上校告訴他：「你要完成這樣任務，並不困難，祇要你同戴笠將軍合作，他會幫助你，完成你所希望完成的任何任務。」

梅樂斯聽後，爲了了解戴將軍的情形，到國務院或陸海軍情報署去看有關戴將軍的資料。這些資料如出一轍，說戴將軍是出名的刺客、蓋世太保藍衣社、主持集中營，竟曾殺害他自己的母親兩次之多。他看了這些資料，非常失望，對於蕭勃上校所說的也發生懷疑。後來他到達中國，和戴將軍合作，才知道美國政府機構所保持的那些資料，都是胡說瞎道。實際上戴將軍最講孝道，是一位非常愛國，很少見的中國軍人。他有能力、有作爲、豪爽、講信用、負責任。

等到戴將軍陪他到東南走了一趟，他才知道廣大的敵人佔領區，到處都有戴將軍的工作同志。他不但在浙閩沿海走了一遍，福建的負責人現任監察委員的陳達元還陪他登臨敵人佔領的廈門島，眞出他意料之外，很順利地完成選擇登陸地點的任務。

後來簽定中美合作協定，成立中美合作所，戴將軍和梅樂斯分任正副所長。美國海空軍欲在太平洋活動，必須知道太平洋上空的氣候，極需要氣象情報，因此中美合作所在全國各地建立氣象站，北自內蒙，南至海南島，每天將氣象預報報告在太平洋作戰的海空軍，它們的活動才不受氣候的限制，加速擊敗日本在太平洋的海空軍。

根據協定，美國須供給中國方面自動武器，裝備中國的游擊部隊。中美合作所在全國設立了十三個訓練班。由美國教官訓練使用美國供給的自動武器，一共訓練裝備了戴將軍的游擊部隊五萬零五百人。中美合作所的美國人有兩千多人，好些教官和這些部隊併肩對日作戰，在長江佈雷，長沙會戰時，在敵後破壞襲擊。最北的綏遠大青山上，威爾森和雷諾上尉等四人，隨同戴笠將軍的別動隊和平綏路的敵軍作戰，擊毀敵人的坦克車，使敵軍不敢再進犯大青山。

中美合作所的戰果輝煌，美海軍部都認爲奇跡，幾乎不敢相信，一直到敵人投降時爲止，共擊斃敵人二六、七九九人，傷二、六四二人，俘虜五〇八人；破壞橋梁一八三座，舢板一八三座，車頭車廂四二五節，庫房二七一個，鐵路三〇三段；營救聯合國飛行員一三〇名。

加强部隊諜報業務

孫子：「知彼知己者，百戰不殆；不知彼而知己者，一勝一負；不知彼，不知己，每戰必殆。」

又說：「不知敵之情者，不仁之至也。」

「知彼」或「不知敵之情」，就是指部隊的諜報業務做得夠不夠，能不能完全了解敵人的情況。諜報業務是軍隊的耳目，耳目不靈，不明敵情，打起仗來，等於打瞎仗，白白犧牲自己的士兵，所以說「不仁之至。」

戴將軍深知我們的部隊，缺乏諜報知識，不知道諜報的重要，現在同頑強的敵人作戰，爲避免部隊吃虧，避免部隊犧牲，非加强諜報業務不可，於是設立了軍令部諜報參謀訓練班，爲部隊培養諜報專業人員，先後辦了九期，一共訓練了一千多位諜報參謀。

受訓的學員，選自中央軍校快要畢業的學生，因爲他們已經俱備了軍事知識，可以省去入伍訓練，訓練時間十個月，授以諜報業務的課程和精神訓練。畢業後，由軍令部第二廳分發各部隊，每人發密電碼一冊，重要敵情，直接報告第二廳。

二十九年夏天，諜報參謀訓練班第一期的學員將要分發，戴將軍命我去給他們講幾句話。我想這一次由軍令部派遣專業參謀到部隊，建立健全的諜報業務，可說是一種新的措施，一種創舉。有些不明事理，不識大體的部隊長，對於中央派來的人員，會有所顧忌，怕他們向中央打報告，揭發部隊的黑幕。果然這樣，小則阻礙工作推進，大則危及個人性命。如果第一批派出去的同學，能夠在部隊裡站住脚，紮了根，以後再派出去，順利成章，就容易的多了。

我對他們說了幾句臨別贈言：「過去部隊不注意情報，也可說不懂情報，打起仗來，常常吃虧。現在派你們到部隊裡去的目的，是在建立軍隊的諜報機構，幫助軍隊，使他們的耳目靈活，知己知彼，打起仗來，不再吃虧。所以特別提醒你們，必須同部隊合作，服從部隊長的命令，把你們本身的工作做好，使部隊長了解你們的工作重要，需要你們，你們才能在部隊裡站住脚。如果你們以爲是戴先生的學生，軍令部派出來的，第二廳還發給你每人一密碼本子，到部隊裡，驕傲、自大，以爲來路大，看不起人家，甚至多管部隊裡的閒事，打人家的小報告，說人家的壞話，必然站不住脚，被人家趕回來，甚而至於送掉生命！」

也許我的臨別贈言，提醒他們，發生效果。據我後來所知，甚至我親自看到，參訓班第一期派出去的同學情況非常良好，他們不但不辱使命，因爲他們有朝氣，有能耐，把部隊都帶動的活潑起來。戴將軍在抗戰時期，創辦諜報參謀訓練班，建立部隊的諜報業務的計劃，完全達到了，在國軍建軍史上，應當大書而特書。

搶運物資充裕民生

民國二十九年春天，戴將軍到緬甸佈置工作，當面交代潘其武，要儘量僱用商車，運輸政府需要的物資。又命他透過孔雀公司經理張嘉順，用該公司的名義，向緬甸路局報領一千張「商用大卡車牌照」，費用由他負擔。按照緬甸政府的規定，領牌照必須海關的車輛入口單、車輛噸位、引擎號碼，現在甚麼也沒有，怎樣報領？但戴將軍的命令，一向不打折扣，不能領也得領到。後來潘其武和海關交涉，將美國由海路運到仰光的卡車引擎原箱提出，抄下號碼，交海關登記，有了海關的憑證，才向路局領到一千張商用卡車牌照，交孔雀公司張經理保管，大家奇怪，花了錢，費了很大的事，戴先生爲甚麼要領這一千張無用的牌照？

英國人老奸巨滑，最不講道義，在中國抗戰進入第三年，祇剩下滇緬路一條對外交通路線。他們却討好日本人，落井下石，於這一年七月十八日，在東京簽定封鎖滇緬路的條約，關閉我國對外的交通路線，政府的運輸車一律不能通行。英國還在臘戍加派了一個營的兵力，公路上加了一個大木柵。這個時候，張嘉順保管的一千張商用卡車牌照有了用項，趕快交給婁劍如，釘在整裝待發的軍用物資的卡車上，首批十二輛，以孔雀公司的商車姿態，辦好報關手續，順利進入雲南，這個時候，大家才知道戴將軍爲甚麼要在半年前報領商用卡車牌照。

三十年五月戴將軍奉到最高統帥的命令，搶購搶運敵區物資，向財政部請示，秉承孔鉟部長辦理，從事經濟作戰，但是孔鉟部長以爲財政部之下，已有「貿易委員會」統制桐油、鎢砂、茶葉，並辦理對外貿易；「中央信託局」辦理對外採購，擁有大量資金及運輸工具；經濟部之下已有「花紗布管制局」、「工礦調整處」，不主張另設機構。但是這些機構祇能管制，既不能增加生產，更不能向敵區搶購搶運。遷延半年，職權未定，資金無着，祇好請辭，又不蒙批准。

三十一年四月，呈報此項任務由「貿易委員會」辦理，又未奉批示。九月呈報「輸出入聯鎖原則」，奉批以設局辦理爲宜。十一月孔副院長批示，定名「貨運管理局」下設六個分處。戴將軍主張修改戰時管理進出口物品條例，力求手續簡便。此報告交孔鉟部長，他才知道各管制機構的辦法對商民非常不便，阻礙物資內流，派財政部參事陳端負責召集會商。

王撫洲代表戴將軍提出兩項辦法：（一）經貨運處登記的輸入物資，憑登記證通行無阻，到達後方由管制機構收購；（二）貨運局搶購的物資，一律交主管機關收購，照成本加管理費，不加任何利潤及其他費用。陳參事雖然極力支持這兩項辦法，仍無結果。

三十二年八月十日陳參事和戴將軍晤談後，決定：（一）實物比例結算法；（二）配合調整職權改進辦法；（三）撥給貨運局資金八千萬元外，准向中央銀行借款週轉。九月才開始積極推動工作，已經拖延了兩年多。

貨運管理局在全國所設的六個管理處：（一）豫皖區管理處設在界首，由王兆槐負責；（二）湘鄂區管理處設在三斗坪，由朱若愚負責；（三）蘇浙區管理處設在龍泉，由趙世瑞負責。（四）福建區管理處設在南平，由江秀清負責；（五）廣東區管理處設在韶關，由李崇詩負責；（六）廣西區管理處設在柳州，由楊繼榮負責。

管理處成立後，所收成效有三：（一）凡來登記的商貨，免去管理手續，運輸便利，保護商貨內運，商人稱便。（二）各管制機關接到登記通知單，貨到收購，不削減其法定職權，也感便利。（三）貨運局彙集各處登記表編成每月統計，報告財經各部，得以了解運輸物資概況。

當時後方最缺乏的是布匹，貨運局和杜月笙合作，由杜組織通濟公司，自任董事長，楊管北任總經理，通濟公司得管理、雜費、押運費百分之三十。利用杜月笙在上海與敵週旋的徐采丞，購買敵不認做軍用物資而我所需要的棉紗六千件，每件四百磅，共兩百四十萬磅，兩千磅爲一噸，計一千二百噸。

此六千件棉紗分兩批內運，三千件由船運至浙江淳安交貨。另三千件，由上海啓運，經京滬、津浦、隴海三鐵路，運到隴海路一荒僻小站十字河卸貨。十字河距界首一百五十里，用架子車五百輛裝運，每車運一件，日夜運輸，須六趟才能運完。十字河爲僞軍郝鵬舉的防地，由他負責保護，所以安全順利運往界首，再用汽車裝運洛陽（當時洛陽尚未淪陷）。

交通檢查困難重重

管理處的簡稱）的警衛稽查組。曾養甫、宋子良先後任西南運輸處主任，張炎元任警衛稽查組組長。

二十九年三月，重慶召開運輸會議，委員長 蔣公親臨主持，可見對於軍用物資運輸的重視。四月間成立運輸統制局，由何參謀總長應欽兼主任，錢大鈞將軍任參謀長。下設監察處，先由曾養甫任處長，後由戴將軍兼任，張炎元任副處長，負實際責任，以達成「統一運輸管制」和「統一運輸檢查」。

三十二年春，監察院于院長以監察處和監察院同名，容易混淆不清，力主更改名稱。二月十八日軍事委員會命令，運輸統制局監察處改爲軍事委員會「水陸統一檢查處」，全國各重要地區設檢查所，職權擴大，責任加重。錢參謀長曾經說過：「運輸統制局監察處雖爲人所不滿，但如無監察處，則爲非作歹者，更不知增加若干人。」

檢查工作本來使人不便，自難以令人滿意。實際上，交通檢查，爲戰時不可或缺的工作。不獨我們如此，敵人和共產黨也是這樣。我去過敵區，經過延安，親身經歷，他們檢查的認眞態度，十百倍於我們。二十八年夏天，我從上海乘輪船到天津，輪船剛進大沽口，敵憲兵就上船檢查。上岸以後，乘客排列成兩行，把行李放在面前，一一打開，並須解開衣服，敵人監督漢奸們細密檢查，經過兩個多鐘頭，才讓離開。

我從晉西渡過黃河，到達西岸共產黨的地區，下船以後，共產黨的武裝部隊來檢查，和敵人檢查的方法完全一樣，也要解開衣服搜身。進綏德縣城門時，共產黨王震的守門士兵，也要檢查包袱，查驗路條。由綏德搭乘第二戰區的傷兵卡車南下，路過延安，宿二十里舖，第二天就要開車的時候，共產黨派人來檢查，把傷兵抬下，把卡車上裝砲彈殼的木箱一一打開檢查，從早上七點鐘開始，一直到正午十二點鐘，整整檢查了五個小時，才准開車。我們的交通檢查，還沒有這樣認眞過。

汪精衛離渝投敵，組織南京偽組織以後，過去和汪有關係的人員，重慶一地就有好幾百人。為了保持這些人的清白，不下水當漢奸，有三百多人暗中限制出境，這些任務又落在戴將軍肩上。這些人行動自由，而又不要他們離境，確非易事。水陸檢查和航空檢查，不過可以稍為幫助防止這些人離境而已。

要實施交通檢查，當然要令通過的車輛停止，就因為手持紅旗的檢查人員命令停車，在南岸海棠溪挨過孔副院長的手杖。小龍坎的檢查所長黃埔六期同學勞建白令丁維汾先生的坐車暫停，司機仗著丁先生的勢力，不服指揮，被帶所詢問，勞所長才知車上坐的是丁先生，就因這樣，有人向委員長說丁維汾先生被檢查所扣留，引起震怒，令衛戍司令劉峙將軍查明嚴辦，他查明檢查所並沒有扣留丁先生，勞所長也無錯過，結果還是撤了職，約束兩個星期。可知檢查工作是怎樣困難。

策反偽軍增加戰力

戴將軍眞不愧為「策反聖手」，所有偽軍，經他策反，幾乎全部接受他的指揮和領導。有些適時起義反正，以振奮人心，而給敵人以嚴重的打擊。有些潛伏待命，暗中協助工作。策反工作是化敵人的力量成為我們自己的力量，也就是減少敵人的一分力量，同時又增加我們自己的一分力量，一正一負，剛好是增加了雙倍的力量。這是最高明的戰略，兵法所謂：「不戰而屈人之兵，善之善者也。」

偽冀東保安隊第一總隊張慶餘，第二總隊張硯田，早經戴將軍所派的吳安之策反成功，七七事變發生，為冀東保安隊起義反正的最佳時機。張慶餘和張硯田於二十六年七月二十九日率隊在通州起義，殺死駐通州的五百多個日本人，然後綁上漢奸殷汝耕，直奔北平城，不幸，就在這一天早上二十九軍已經撤離北平，以致遭受敵軍襲擊，全部潰散。但冀東保安隊起義，給與敵人的打擊，至深且鉅，可說是七七事變後，當頭一棒。

日本軍閥對我國侵略的一貫方針，就是以華制華，利用漢奸來統制中國。他們夢想成立效忠他們皇軍的偽軍，為他們看守侵略到手的地盤，以節省他們自己的兵力。有一個莫明其妙的漢奸叫做李福和，在河南彰德成立偽軍——皇協軍第一軍，日本軍閥把他當成寶貝，一意培植，想塑造成標準漢奸，把他送到日本東京鍍了一次金，從日本回到北平，大捧特捧，說李福和是「東方佛朗哥」，對付共產黨的專家，報紙上宣傳的十分肉麻。他們計劃以李福和的皇協軍第一軍為基礎，擴編成第二、第三……軍。

戴將軍不答應日本軍閥打他們的如意算盤，命令軍統局的安陽徂策反李福和部即時起義反正。經過幾個月工作，皇協軍的副軍長徐靖遠、參謀長吳朝漢、第一師師長黃宇宙，都願意歸順中央，接受戴將軍的領導。敵華北派遣軍司令部決定派員校閱以後，即予裝備整編，二十七年八月七日李福和陪着十幾個日本將校到達彰德西曲溝村，準備校閱。副軍長徐靖遠已經把隊伍集合在校閱場，李福和同十幾個日本將校走到隊伍前面，徐靖遠一聲令下，把李福和和十幾個日本將校同時擊斃，把隊伍拉上太行山。日本軍閥以華制華的迷夢粉碎無遺。

戴將軍策反偽軍是全面進行着的，北自「蒙疆自治政府」的蒙古軍李守信部，河南的龐炳勳、孫殿英、張嵐峯，江蘇的郝鵬舉、孫良誠、吳化文、任援道、周佛海，閩江口外的張逸舟，以及華中華南的各偽軍，都成為戴將軍潛伏敵後的偉大力量。日本投降，戴將軍立刻呈准軍委會，委派各地偽軍為先遣隊，負責維持當地的安全，等待國軍到達。假如不是戴將軍棋高一着，着周佛海、任援道、孫良誠維持京滬的治安，則江南新四軍陳毅、粟裕等環伺進窺，南京受降就不會那樣順利，上海、杭州也不能安全接管。徐州不是郝鵬舉負責，日本投降的第二天，就被新四軍竊據了。其他各地能夠等待國軍去受降，也是得力於偽軍編成的先遣軍。所以八年抗戰中，戴將軍策反工作的成效，實非筆墨所能形容，可惜社會上知道詳情的，少之又少。

抗戰期中的江西戰將

·周仲超·

江西省的面積大於江浙小於湘鄂，根據卅六年的官方資料，人口爲一千七百餘萬，少於江浙湘鄂等省一千萬至一千五百萬不等，少的原因一在清末洪楊之亂，一在民初共黨之亂，受害之烈爲各省冠。據最近報載大陸資料，江西迄今人口仍僅二千餘萬，卅年約增千萬，仍較其他各省爲最少，且境內亦如抗戰以前情形，無一正左大學，故從人口與文化水準而言，顯較他省瞠乎其後。

政府遷臺後之政壇贛人，五六年以前曾出現一輝煌現象，如陳大慶主省府後長國防，魏道明長外交，陶聲洋長經濟，賴名湯長三軍。贛人主臺省政者先後爲魏、陳二氏，長三軍首長之參謀總長者爲桂、賴二氏，桂氏早逝，近年陶、陳二氏又先後病故，魏、賴二氏退休，前閱新出版之中華百科全書，中央各部院及省市各部門較高級人員，除政戰部王主任及內政部一次長外，餘已無人，學術界人物尤少，其源一在人口一在文化，相律之下令人不無感慨系之！

贛人入軍校者不少，但崛起者不多，戰抗期中地位在軍長以上者，一期如桂永清、陳大慶、張雪中、黃維諸氏，二期爲方天、沈發藻諸氏，贛人性格保守，不尙宣傳，長於詞說者尤少，有政治頭腦能自創局面者殆唯桂永清爲首，黃埔生當軍種之總司令最早者爲桂氏，當參謀總長最早者亦爲桂氏，桂氏旣具魄力尤富創造，政府遷臺其領導海軍護運及保衞海峽安全數度海戰獲勝，在美軍未協防前對嚇阻敵人渡海進犯，應爲遷臺後有功之第一人，南康王恩華之任唯一之艦隊司令，進賢齊鴻章因海戰果敢擊敵負重傷，王、齊二氏勇於禦敵表現突出，桂氏亦倚爲手臂，惜桂氏死後橋梁頓失而未顯達，贛人之有桂氏誠堪慶幸，奈天不假年令人悼惜！筆者爲宏鄉賢以廣傳揚，曾就劉峙、熊式輝、桂永清三上將功業畧抒所感，因三氏均已作古無利害關係可言，純本史學之客觀立場作持平之論，與作傳阿諛情形不同，如對熊氏於其在東北之貢獻，指揮四平街大捷不宜抹煞，於其主贛之時，因筆者瞭解不多，亦未予恭維，對劉經扶氏一生謂其忠義有餘寬厚太過，對長官對國家有大功，對徐蚌會戰成敗於其無尤，着眼點乃在整個組織鬆懈與社會經濟之崩潰問題，多看史書可體會。抗戰勝利後復員裁軍之情形頗似洪楊亂後裁軍之情形，其時被裁之人找不到出路形成社會問題而投入捻匪集團，因之捻亂取代了洪楊，滿洲人唯一的一支武力僧格林沁所統率之步騎全力施剿，但捻匪得到這些久歷戰場的散兵漸次投入，勢力越滾越大，僧王雖狠能戰，但終於死在捻匪之手，其整個騎兵部隊悉爲捻匪消滅，滿人自此無野戰軍。捻匪嗣雖爲李鴻章等以洋槍洋砲配以堅壁清野縮小包圍的戰術漸次剿平，但代之而起的武力悉爲漢人，袁世凱憑着小站新兵起家，也憑其此一武力逼清廷的宮而當上總統，當年如僧王之滿人軍事力量未被捻軍消滅，袁世凱就起不了作用，滿清之亡嚴格的說亡在裁軍不愼四字。陳辭修氏至東北取代熊天翼氏，因裁編保安部隊不數月即東北遽變，陳氏之失即在不能記取經驗。裁軍只有在敵人均已消滅時才可裁，裁的方式最好屯邊，漸次分以田地使其安定，不使找不到出路而變爲倡亂集團的「法碼」，因爲被裁的人怨憤交加會比敵人還兇，未被裁的人兎死狐悲也會精神崩潰，就是人多但戰志已無，這比人少戰志旺盛要差千萬倍，這也就是失敗的根源所在！某一會戰潰敗無關全局，但政策上的錯誤則難挽回，歷史是鏡子，唐太宗因史書讀得多，諄諄「以古爲鏡可知興替」勉人自勉，乃能有「貞觀」之治而爲「天可汗」，多讀史書對治亂關係委實重要，對問題的看法也可抓着癢處。在此我特引一段歷史來為劉氏辨誣，藉以建立一個正確的是非觀念。

本文介紹抗戰期的江西戰將，為陳大慶、張雪中、方天、黃維四氏，因筆者旨在宏揚有成就之省人，故凡有成就者不限職業地位，以廣傳揚，雖歐陽菲菲將亦在介紹之列，大家不要看不起唱歌唱戲的，斬兩頭蛇的孫叔敖大家都知道，他為楚相死後家無米下鍋，滿朝文武一個個都是官僚鄉愿，不說一句話，只有一個唱戲的優孟扮孫叔敖作歌以動莊王，解決了孫叔敖家人的「民生」問題，這是「優孟衣冠」的典故。又比如秦始皇想擴建他的御花園，滿朝文武一個個拍馬屁都來不及，但唯有一個演戲的優旃諷刺的說：「好！可多養些禽獸在裡面，等敵人來寇的時候用鹿角抗擋就夠了」秦始皇才中止。後來秦二世要漆城，滿朝文武也巴結都來不及，只有他說「佳哉漆城滿滿，寇來不能上，即欲就之，易為漆耳，顧難而蔭室」，二世也停止了漆城的荒謬行為，以演戲的和滿朝文武比較，誰偉大？比如筆者，叫我做兵會開槍，叫我提筆會寫字，叫我肩挑手提也能應付，如果叫我登壇唱歌唱戲，我這輩子無此能耐，「十年可出幾個狀元，但出不了一個戲子」足見藝術成就之難。

對於人物介紹，我只能作重點說明，非為個人立傳，故不直接向當事人索取資料。對故世之人，就其事蹟作較多的述評，凡健在者，非有特殊事蹟力求簡畧，以維立場。

陳大慶將軍

陳一級上將崇義人，黃埔一期，抗戰時任第四師師長，嗣升八十五軍軍長，嗣又升十九集團軍總司令，作戰穩練生活嚴肅，故能始終未離隊職，性格持重不尚宣傳，故其當總司令雖早，但遠不及同時之關麟徵、王耀武、宋希濂、杜聿明等之知名，一直至抗戰勝利後任上海警備司令，因工作上之自然現象，名字才出現報端。來臺後其人不計職位竟又從頭做起，當起安全局鄭介民的副局長來，如鄭仍健在他可能不易突出，因鄭病故，他乃遞升而大展鴻猷，繼則計長警總、陸總、省府、國防部，十數年間出軍入政政績非凡，筆者與其不熟，但極佩其人，蓋：

①他有超時代的民主思想，在政壇上迄至現在為止，能以輿論作政治指標者尚無第二人，故報紙有任何建設性意見他能立即接受，澈底做到了「兼聽則明」的要求，所以他能「以人民之所好好之」而創造省政奇蹟，贏得監察院過去從來沒有之讚譽。

②他能針對實際問題探求解決，而打下藍圖訂下進度表，如對一具有知識之農民意見作簡報，即其工作藍圖之最珍貴資料，他此一作風具有前所未有的創造性和代表性，筆者即以此列入拙著「中國代表性人物評傳」中，即本此旨。比如哥侖布當年以誰能將蛋立起，他將蛋頭輕敲破立起，別人雖說我也會，但已不是「否爾斯特」。他直接為民解決了過去無法解決之陳年老案，一反他人敷衍應付只說不做的作風。

③他對人事道道地地公開，經濟也道地公開，他至各總部不帶總務人員，到任何部門與前任各屆首長調動的人少得不成比例，慾望小不要錢，是極少廉官中之廉官。

試想，一個做大官的人既能博採衆議以輿論領導政治，又能針對實際問題，脚踏實地親自解決問題，而不是一般說得多做得太少的大官做法，又無私心不弄錢，再加上本身的智慧高看法正確，這不等於是個完人？其人如早生百年可為名臣，晚生百年可為名總統，是近半世紀大官中我所僅見的人物。

張雪中將軍

張將軍樂平人，黃埔一期，抗戰前似曾任江西保安師長，抗戰期中任八十九師師長，十三軍軍長，後來調任湯恩伯氏副手，軍長職務交由副軍長石覺將軍接任。勝利後繼任集團軍總司令，綏靖區司令官，是贛人黃埔生中帶野戰部隊最多者之一。張氏發跡最早，作戰亦極穩練沉着掌握確實，與陳大慶氏所參加之戰役大致相同，在國軍中為作戰最多調動最繁戰力最强之機動部隊之一，當師長軍長似畧早於陳氏，當集團軍總司令則在陳氏之後，其與陳氏性格不同，對坐辦公桌可能興趣不高，故來臺後即未參加任何實際工作，其作戰之豐富經驗與穩練作風致無由發揮。他比較重同鄉觀念，其部隊可能是江西人最多的一個。他和黃達雲將軍似有英雄美人之同好，美國人在我國人的心目中應較開放才是，但有些地方顯得特別保守而近乎苛求，比如尼克森總統搜集民主黨之競選情報，照說這是理所當然之事，既非竊財又非貪贓，何醜聞之可言？不意竟因此將總統整垮。又其參議員與女秘書之事，亦竟弄得掛冠，這在我國自古至今都是決無可能的事。曾國藩在丁憂的時候尚納小妾，人咸勸他防參（彈劾），但他不理，足證美國之官難爲。

方天將軍

方將軍贛縣人，黃埔二期畢業，亦國軍將領中能戰慣征者之一，抗戰後期任五十四軍軍長，攻克滇緬邊區之龍陵後調長軍政部軍務司，嗣勝利後軍政部改組爲國防部參謀本部，而出任參謀次長，嗣又爲江西省主席。我總認爲地方官應以當地之人來担任爲最佳，民選省縣市長即本此旨，比如江西當年如非雲南朱培德主政，江西可能不會成爲共產黨老巢，而造成歷史上空前未有之浩劫，就因朱培德不是江西人，將個人的利益置於省人利益之上，因此星星之火成爲燎原，江西人因此寃死八百萬以上。相反的，湖南省主席何健他爲了要對地方父老乃至後代交代，盡量將共黨往省外撵，湖南受災不及江西十分之一。有人臭罵熊式輝當主席不好，但江西如無熊式輝，其後在各省人走馬換將一再的「剃刀門楣」之下，老百姓是不是更糟？熊如手腕，權術、魄力不夠，如何能將省主席從外省人手中爭取回來？又如何坐得久？坐不穩，這主席可能又落到外省人頭上，其結果只會比熊壞不會比熊好，熊以省政經費成立了幾個保安師又成立水上小型艦艇部隊，協助中央漸次剿平共軍，綏靖地方多少有些貢獻，我們只能從比較中評其優劣。如果有人看看當年石友三主皖從恿部隊在安慶選姦良家美婦的一筆帳，（僅安慶一家大鐘表行老板娘，爲石部看中整班兵輪姦幾死）你會說還是本省人治本省好得太多太多。抗戰勝利前後，安徽成了李宗仁的財庫，皖人比贛人團結力強，但他們缺一如熊式輝這樣的人將主席位置取回來，雖然在重慶、南京倒李品仙倒得再盛，但起不了作用，熊自己能穩坐十年不說，又能以胡家鳳從王陵基手中將主席奪回來，王當時派一少校當宜豐縣長爲害地方，宜豐人怎麽倒也倒不動他，可見外省人主政之弊，試想如果無熊式輝，贛人有誰具此魄力？

方氏主贛如何我不知道不便妄評，但其對防守臺灣似有重大貢獻而未爲人重視，因爲守金門的兵兒們都是他在當江西省主席時每縣徵兵一團所補充，對政府可謂有大功，政府宜予酬庸以示懋賞，所惜並非如此。對同鄉而言則難與劉安祺比，蓋劉帶出者是當時須政府照顧之難民，故本省各大小城市做大小生意之山東人特多，政教界亦夥，他帶出的都是當兵爲國犧牲的江西人，始終生活在軍營中，故在社會上很少發現或成就，在各方面之發展上也就顯然不同。

黃維將軍

黃將軍是貴溪縣人，黃埔一期畢業，黃將軍之名我在重慶時，即聞人言其以廉勇名於時，對部隊訓練既精亦嚴，我爲文時曾向周志道將軍等及貴溪縣國大代表桂崇基先生等尋找黃氏資料，但都不大明瞭，惟聞其兵團，乃機械化部隊，爲裝備最精戰力亦强之部隊，惜使用之地形天候對部隊之特性不僅不能發揮，反而不如輕裝備之部隊來得靈活，過去抗戰期中各部隊最喜歡馱馬部隊之山砲配合作戰，而最不喜歡曳引車所拖之15重砲，因爲它最大又重，路況不好橋梁不固無法負荷，不僅不能幫忙而且形成累贅，尤其當年制空權均操敵手，處處要爲它的防護及運動傷腦筋，那有馱馬載的山砲逢山過山逢水過水來得簡便，而並步砲協同架上就打硬是得勁，黃兵團重裝備雖好，其奈天候地形無法施展何？言者惜之！

編餘漫筆

編者

這一期有幾篇特別重要的文章，介紹於讀者。我國旅美學者丁肇中得到諾貝爾獎，國人皆感興奮，報紙介紹其家世甚詳，但只談起其父丁觀海教授，均未談起其祖丁維汾老先生，不知何故？丁維汾老先生不僅是國民黨元老，亦是政黨政治中的聖人。本期特刊出丁維汾清剛廉介一文，評述此老生平，亦足見丁肇中博士之成就並非偶然，家學淵源，祖德深厚，二者兼備。數典不可忘祖，故其他報刊紛紛介紹丁肇中博士，本刊特刊出丁維汾老先生生平。

本月為西安事變四十周年，五十歲以上讀者對此仍有相當印象，國家大禍，實肇於此。最可怪者，此案至今似尚未論定，在大陸，在海外，另一立場之人別有說法，本無足異。但在台灣尚有部份奉系餘孽，拚命爲張學良洗刷，一若張學良之叛，乃不得已，最後悔悟乃有大造於國家、顫倒黑白，混淆是非，至於如此，國人却甚少起而駁斥者，實難索解。

張學良此舉，不問其動機如何，在行爲上有兩點絕不可原宥者，劫持長官是其一，出賣部下是其二。劫持長官之事，人皆知之，不必贅述。只言其出賣部下，東北軍在陝北勦共，異常英勇，陣亡兩師長牛元峰、何立中，臨死時均高呼不成功，即成仁，慷慨就義，是牛何兩師長無負於國，亦無負於張學良也。使張學良稍有血性，當如何淬厲奮發，爲袍澤復仇，但兩師長剛死，張學良即與周恩來秘密開會，商討合作、叛變，劫持統帥事，其人尚有心肝乎？編者一貫認爲國民政府成立至今，五十年中，有兩人竟逃斧鉞之誅，乃國家失刑，此二人即盛世才與張學良。本期刊出會振先生「西安事變善後問題處理經過」大文，對此事有詳細報導，讀後可了解張學良當時叛變之眞象。

川島芳子事，喧騰人口三十多年，寫成專書亦有數冊，最近有電影「黑龍會」上演，亦述川島芳子事，但川島芳子眞象究竟如何，從無可靠報導，本期刊出勝利後軍事法庭審判川島芳子記錄，是眞正可靠史料，讀後對其人其事可有全盤了解。但川島芳子供詞錯誤之處亦甚多，如謂其父因救汪精衞遭忌遠走遼東，宣統登位始回朝，不知汪刺攝政王在宣統三年，此一誤也。如謂土肥原不把溥儀當人，實則「滿洲國」成立時，土肥原即進關活動，脫離「滿洲國」範圍，此二誤也。如謂土肥原掀起七七事變，實則土肥原當時已不在華北，此三誤也。如謂日人行刺張作霖曾請示首相田中，亦無此事，此四誤也。如謂九一八事變時，坂原以手槍指本莊繁，並無此事，此五誤也。又謂僞華北僞政權領導人爲齊變元，實爲王克敏，齊僅担任治安總署督辦，此六誤也。如謂土肥原徵發平津居民建築倉庫事後殺人滅口，查此事發生在戰前，即有名之「海河浮屍案」此七誤也。報紙均有刊載，但原文則甚少人見過，本刊特爲刊出，讀後可對此一奇怪訟事，有所了解。

俊人書店遷址啓事

本店已於一九七六年八月二十日遷往九龍旺角上海街623號地下（亞皆老街口）自置新舖營業（電話K九六一九四四・九四四五一二）總代理下列各書

東方時裝（一—三）每册港幣七元

服裝裁剪講座選集（一—三）每册港幣七元

東方時裝紙樣（No.65—72）每份港幣1.2元

錦繡中華巨型彩色畫册　特價每册港幣150元

畢卡索精品畫集（彩色）每册港幣25元

憶祖國河山　每册港幣14元

謙廬隨筆　矢原謙吉遺著　平裝港幣陸元・精裝港幣拾元

胡政之與大公報　陳紀瀅著　平裝港幣拾元・精裝港幣拾伍元

李嘯風先生詩文集　李夢彪著　平裝港幣拾元

楚辭探賾　文叠山著　平裝港幣拾元

談蟻錄　方劍雲著　平裝港幣伍元

妖姬恨上册　岳騫著　平裝港幣陸元

各地讀者函購另加郵費二成（限平郵掛號）欵到即奉寄

俊人書店（九龍）一九七六年九月十日

野史・佚聞・
人物・風土・

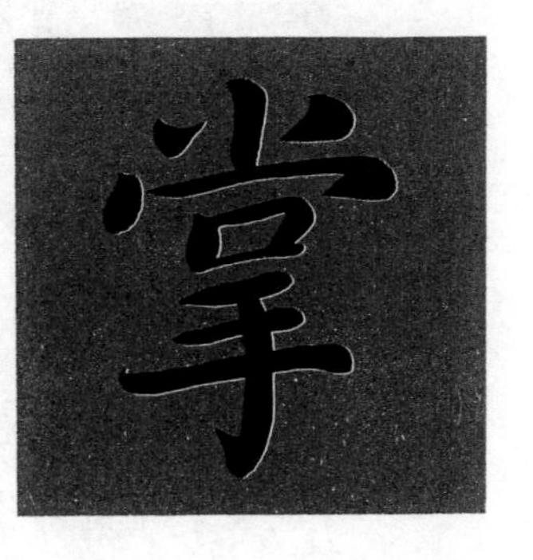
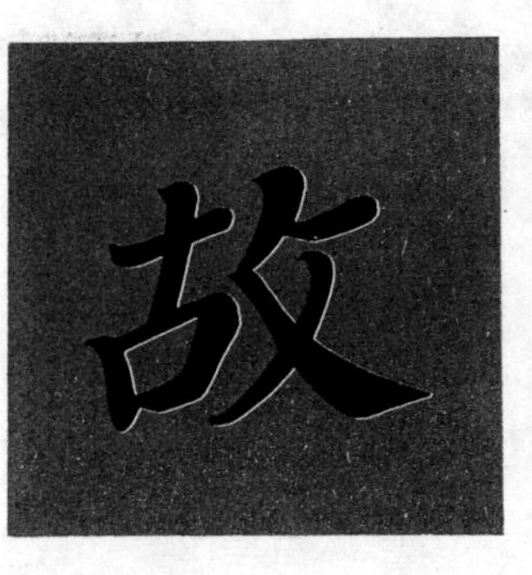

掌故

月刊

中華民國六十六年（一九七七）元月十日出版

掌故月刊

第65期 目錄

每月逢十日出版

掌故

第六十五期

每冊定價港幣二元正

全年訂費 港幣二十四元 台幣二百四十元 美金八元

出版兼發行者：掌故月刊社
地址：九龍旺角上海街六二三號地下
通信處：九龍旺角郵局信箱八五二一號
電話：K八〇八〇九一

The Journal of Historical Records
P. O. Box No. 8521, Kowloon
Mongkok Post Office, Hong Kong.

督印人：鄧少卿
總編輯：岳騫
印刷者：和記印刷有限公司
新蒲崗景福街一一〇號超達工業大廈十樓
總代理：吳興記書報社
香港租庇利街十一號二樓
電話：H四五〇五六一 四五〇七六六
國內代理：何復國
台北郵政劃撥帳號：一〇七四三八
星馬代理：遠東文化事業有限公司
新加坡厦門街十九號 檳城香田仔街一七一號
印尼總發行：集源公司 椰城旗桿街87號A
Dil Tiang Bendera No. 87A
Djakarta, Indonesia.

澳門：可大文具店
亞庇：利民公司
斗湖：光明書局
漢城：泛亞書籍公社
倫敦：香港文化服務社
中藝公司
東寶公司
紐約：友聯圖書公司
友誠公司
友方公司
非律賓：華安書局
芝加哥：文華書店
羅省：大元公司
新東方公司
三藩市：益智圖書公司
文化商店
華盛頓：德昌公司
波斯頓：中西公司
千里達：中華公司
加拿大：香港商店
溫哥華：僑益書局
滿地可：明星書局
渥太華：民生書局
巴西：興昌公司

台灣同胞向日本討還軍郵儲金的面面觀

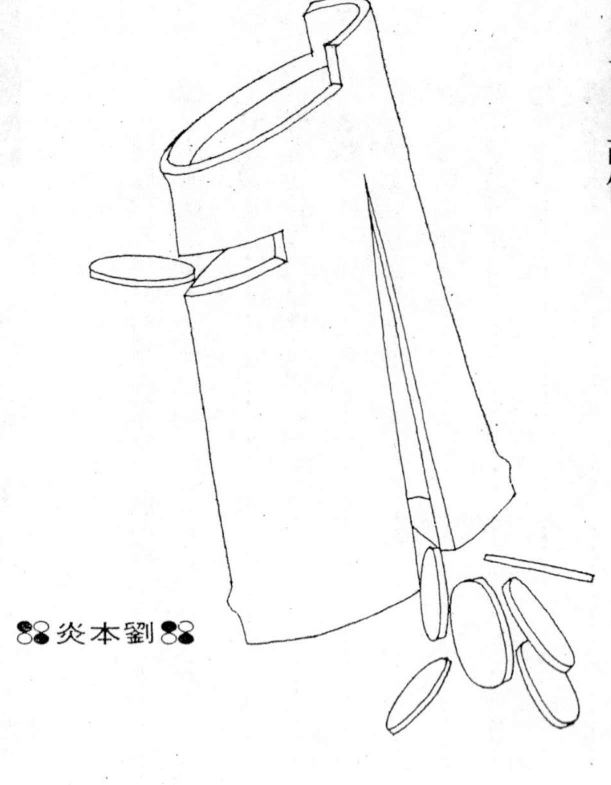

劉本炎

前言

日本軍閥自一九四一年十二月八日發動「珍珠港事變」，把戰火燃向東南亞太平洋後，立即面臨兩個令其深感困擾的客觀問題：

一、兵源不繼：在中國戰場一地，即投入數百萬兵力，無法撤出，發動太平洋戰事後，立即發現兵源不繼。

二、水土不服：東南亞太平洋中的熱帶島嶼，其自然環境，大多與日本本土極爲不同，不僅天氣炎熱潮濕，且遍佈叢林，日本軍隊甚感難以適應，而戰力大損。

日本軍閥爲解決這些對其侵略不利的因素，研討甚多對策方案，其中與我國人民有關而爲我們所重視的，即爲强徵當時其統屬的台灣籍人士服軍役或勞役。此處所說的「台灣籍人士」，包括漢人及台灣土著山地人。

被迫爲日軍炮灰的台籍人士，總數究有若干，因在戰爭結束前後，日本方面資料的散失和不夠精確，以及本省光復前後部份居民姓名的改變，詳細確數於今已難稽考。據日方的估計，係十一萬，但據我民間估算，應在二十萬左右，其中至少三萬餘人，已飲恨異域。

日軍在上次大戰後期所採此一强徵台籍人士充其炮灰的手段，所導致之嚴重後果，至少仍殘存。本文所將加以討論的台灣同胞追討日軍郵儲金一案，即其必須加以解決的嚴重後果之一。

壹、「存日軍郵儲金」的真相

日本在二次大戰期間，軍中設有「軍事郵便局」，由其郵政省管轄，總局原設熊本縣，其任務之一，即爲接受「出征軍人」的存欵。由於其「軍事郵便局」分支很細，所以在駐紮窮荒地域的部隊中，亦有該局之辦事處。

台灣籍人士在當年被日軍强徵後，每月所獲軍餉爲一百零八日圓至一百七十二日圓，其中七〇日圓稱為「安家費」，由他們的家屬在戶籍所在地領取，剩餘之數，則由本人在軍中領取。

這一部份應由本人在軍中領取的薪餉，即被日軍以命令扣儲於各「軍事郵便局」分支機構，而以一紙存摺替代現金償付。此一存摺稱為「軍事郵便貯金通帳」。

據當年曾被強迫儲金的台籍人士黃同吉指出：他在被徵服軍役後不久，即派遣往新幾內亞作戰，每月實得一百零八日圓，七〇日圓由其家屬在台灣領取，剩下的三十八日圓則被扣儲，他雖向軍中官佐抗議申訴，所獲的答覆是怕他們手頭有錢會賭博喝酒鬧事，是以命令他們儲在「軍事郵便局」中。據推測，日軍強迫他們儲錢，理由之一是恐怕他們有了錢後會設法逃亡。

所謂「軍事郵便貯金通帳」是一種採摺頁方式的小冊，共為四摺八頁，列有四十四筆記帳用空欄，每欄為直式記載，上欄為「受入高」，即存欵數目，下欄為「拂出高」，即支出數目。所有帳記的數目表示，用下列寫法標明：「百六拾四圓也」「百拾八圓也」，每筆帳均蓋有「軍事郵便局」戳記，並附有存儲或提出之日期。

該通帳約有四吋長兩吋寬，係由褐色印製，封面有「原簿所管」、「記號番號」，儲金人「名氏」、「住所」（係指軍中隸屬部隊），「摘要」等項。凡儲金人，均人手一冊，並皆註明上述各項資料，確具法律效力。

由台籍同胞現仍保存的若干份「軍事郵便貯金通帳」來觀察，往往僅有「受入高」的帳記，「拂出高」則偶或一、二筆。黃同吉指出：日軍是「強迫儲入，限制提出」，每次想去提錢，總要受到盤詰或阻礙，有時竟不准提。

二次大戰日本戰敗投降後，被迫出征而幸未飲恨異域的台籍同胞，即送返台灣，所存「軍事郵便貯金」，至今仍由日本郵政省儲用，而日本政府亦未否認有此筆債務之存在。

貳、「存日軍郵儲金」債務之性質

當年被迫儲金之台籍人士，一致指控日本軍方係在未得儲金人士同意的情況下，即在應於部隊中分發本人取得之薪金中加以硬性全部扣儲。而此一扣儲，可視為未發之薪餉，僅以一紙「貯金通帳」作為通知或證明。

若就此一觀點作深入之推演，則「貯金通帳」之記載，其性質與欠薪證據雷同，亦可視為日軍所作軍方面之約定，俾使受者可於日後據以換取所積欠薪金。則該筆債務在本質上，即非同一般貸借，而可看作一種為日本政府在戰爭結束後償還之約定的欠薪行為。

因此，除非日本政府已不存在，否則任何不可抗之變故發生，包括日本政府於一九四五年宣佈無條件投降在內，皆不構成可免除此項債務的理由，是以台籍同胞亦不受任何客觀條件之影響，對此筆應得而未得之薪酬，有要求給與償還之權利。

叁、日本政府的拖延藉口——中、日和約第三條

日本政府並未否認有此筆債務存在，亦承認當年被迫儲金之台籍人士的債權地位與要求權利，但却拒絕清償，其藉口是中、日和約第三條。因此在討論有關儲金討還的問題時，必須要對中、日和約第三條作一番探討。

「中華民國與日本國間和平條約」簽訂於一九五二年四月二十八日，同年八月五日互換批准書，即日生效。我外交部長葉公超及日外相河田烈，代表兩國政府簽字。

第三條全文如下：

「均認由於兩國間戰爭狀態之存在，而引起之各項問題，亟待解決。關於日本國及其國民在台灣及澎湖之財產，及其對於在

台灣及澎湖之中華民國當局及居民所作要求「包括債權在內」之處置，及該中華民國當局及居民在日本國之財產及其對於日本國及日本國國民所作要求（包括債權在內）之處置，應由中華民國政府與日本政府間，另商特別處理方法。本約任何條欵所用『國民』及『居民』等名詞，均包括法人在內」。

這段文字中，日本政府以「另商特別處理辦法」爲藉口，在特別處理辦法未另商定之前，即不作任何有關財產之處理。此條文之訂定，並不合國際法之慣例，法理上亦難成立。過去交戰國在戰爭狀態結束之後，此種財產處分，往往由雙方合組特種賠償法庭加以處理。因在法理上，把戰爭賠償分爲三大類：政府與政府間；政府與人民間；人民與人民間。除第一類應在和約中加以規定外，其餘兩類應屬於私權範圍。

這一條文的訂定，在我國而言，亦有不得已的苦衷。該約簽於一九五二年，政府已因大陸匪禍而播遷台灣，簽此約時國際情勢非常複雜，爲換取日後更大的利益，才接受日方此一要求。

至於「特別處理辦法」之「另商」，遲遲未能實現的原因，在於客觀環境和政治上的顧慮。

日本政府曾以向我國提出償還被沒收財產之反要求，以爲阻止我國向其交涉召開「另商特別處理辦法」之會議的手段。

日本所謂「被沒收之財產」，係指其在佔據台澎時期，在台澎之私人投資而言，包括各公營企業中之民股部份。

日本所持之理由，係依國際法一般實例原則而來，即「對於在其領土內之敵國人民私產均予以查封，而不加沒收」。

此一理由實質上並不堅強，試析如下：

上述實例原則尚有但書「以俟條約訂立時再訂處分」這一句話。根據金山和約第十條「日本放棄在中國之一切特權及利益」，以及第十四條甲項第二欵第一目：「每一盟國應有權扣押、保留、清算或以其他方式處分左列一切財產、權利及利益：（甲）屬於日本及其國民者；（乙）屬於爲日本或其國民之代理者；及（丙）屬於爲日本及其國民所有或控制之團體者。而該項財產在本約最初生效時，即受該盟國之管轄者。」

國際法中是否有不許沒收之規則，尚乏定論，學者對此所持意見亦不一致。

中、日和約簽定時所付「同意紀錄（Agreed Minutes）」，日本全權代表河田烈曾謂：「本人了解中華民國既已如本約議定書第一項乙欵所述自動放棄服務補償，則根據金山和約第十四條甲項規定日本國尚須給予中華民國之唯一利益，即爲該約第十四條甲項第二欵所規定之日本國在本國外之資產。是否如此？」我國全權代表外交部長葉公超答曰：「是，確係如此。」

日本政府採此種反要求措施，端係利用我們客觀環境之不利，而出以一種手段之運用，不外寄望於拖延，自與我台籍同胞索償性質截然不同。

肆、「以戰時日人身份向日本政府討還戰時欠債」之交涉觀點能否成立

「存日軍郵局儲金討還團」發起人之一的黃同吉表示：「我現在是中華民國國民，但在日據時代日軍強徵我當兵時，他們視我爲日本人。所以，我可以以戰時日本人的身分，向日本政府討還戰時的欠債，這自然不受中、日和約第三條的限制。

他又指證：「不管我們意願如何，當年日軍視我們爲日本國民，台灣光復前，在法律上我們亦爲日本國民。」

黃同吉的觀點，在於二次大戰後期，日軍強徵台灣同胞充炮灰時，他們並非以中國人的身分被抽走，而是以「日本國民」的身分去當兵，然後被迫儲金。

如果黃同吉所持的觀點能夠成立，那末此件特殊的債務問題，自又有另一角度的看法和處置。現在試來討論黃同吉的觀點能否成立。

討論此一問題，必須由「馬關條約」談起，再談到國際法對

權利與義務之繼承、條約中止及廢棄等問題的一般看法，最後還要一提日據時代的台灣實況，才能有所瞭解。

「馬關條約」簽訂於清光緒二十一年（一八九五年）四月十七日，正式名稱是「中日媾和條約」。條約中第二條第二、三項，載明有關割讓台灣之規定。

第二條：中國將管理下開地方之權，並將該地方所有堡壘、軍器工廠及一切屬公物件，永遠讓與日本：

第一項：（畧）

第二項：台灣全島及所有附屬各島嶼。

第三項：澎湖列島即英國格林尼次東經一百十九度起至一百二十度止，及北緯二十三度起，至二十四度之間諸島嶼。

該條約第五條：清日兩國政府於本條約批准交換後，即各派委員一名於台灣省，交割該省，而於本條約批准後二個月以內，完成交割。

關於台灣居民的國籍歸屬，第五條亦有明確之規定：「割與日本之地方居民，欲居住割與地方以外者，得自由出賣其不動產而去。爲此，自本條約批准交換之日起，予以展緩二年，此年限屆滿時，未離去該地方之居民，日本國得視其爲日本國臣民。

換言之，即期限經過之後（二年之後）台灣省居民國籍之認定，則由日本國「得」或「不欲」視其爲日本國「臣民」。而按日後日本在台總督治事之原則來看，日本政府除特殊因素者外，均將台灣居民視爲日本國民。如民國二十一年日本在台灣總督中川健藏，在到任後向其部屬訓話：

「……日本自領台以來，統治方針早已確立，即以全台民衆打成一片，促進健全之發達，台灣乃日本領土之一部，人爲日本國民，日本之治台，實與列强之殖民地政策不同，望官民咸體會此意。」

這是日本軍閥欲將台灣日化，以爲其所用而實施之陰詭手段。中川健藏所以如此告誡部屬，係受日本政府之指示：「台灣正當南北交會之要衝，獨佔地利，而富於天惠之資源，誠宜加以開發利用。」

又如民國八年，日本首任文官總督田健治郎，在是年十月十二日，由基隆登岸後召開的第一次部屬會議中即指出：

「……夫台灣乃構成日本之一部領土，屬日本帝國憲法統治之版圖，不能視同英法各國之以殖民地祇爲其本國政治之策源地，或經濟上利源地而論。因此，統治方針，皆以此大精神爲前提，作種種經營設施，使台灣民衆成爲完全之日本民臣，效忠日本朝廷，加以教化善導，以涵養其對國家之義務觀念。」

由田健治郎這番露背的表示，可知日本爲完全掌握台灣，使爲日本所用，乃採澈底之日化政策，視台灣居民爲日本國民。

在戰後，據說有許多曾被日本軍閥奴役過的東南亞地方之民衆，曾以如黃同吉所持類似之觀點，向日本政府追討賠償，但日本政府却辯白爲從未視其爲日本臣民，僅係以殖民地居民視之，故日本政府拒絕接受云云。

此一辯白，將不能適用於解決黃同吉觀點之不確，因日本於一九三二至一九三六年駐台總督中川健藏曾鄭重表示：「……台灣乃日本領土之一部，人爲日本國民，日本治台，實與列强之殖民地政策不同」這段紀錄，尚有原案可稽。

再就國際法的觀點來討論：

「馬關條約」簽訂於遜清，民國成立後，因國際法認爲「一個國家內部政府組織或憲政體制之變更，其權利義務之移轉，通常適用『繼續原則』」。所以「繼承之政府應對前任政府之行爲負責」，是故，「馬關條約」並不因革命成功而消失效力，亦即不因此而終止。

條約的終止有下列兩種情況：（一）依照法律的規定；（二）由於締約國的行爲。

條約依照法律規定而終止，有下面三種情形：

一、雙邊條約締約一方的消滅而終止。

二、締約國間發生戰爭。

三、條約得因「情勢的重大變遷」而終止。

中日第二次戰爭爆發後，兩國間以前所締結之一切條約，皆歸無效，或謂「終止」，「馬關條約」自包括在內，那末是否台灣或澎湖在條約終止之日起，亦當然回復為中國版圖？台澎居民亦回復中華民國國籍？此問題當視戰爭結果而定。民國三十二年「開羅宣言」為後人視為中華民國收回台澎的法理依據，亦即中華民國在第次二中、日戰爭中擊敗日本後，始根據「開羅宣言」收回台澎，並非係因「馬關條約」在中、日第二次戰起而告「終止」，乃當然恢復台澎。因此，就中華民國的觀點而言，雖然民國三十年十二月九日中、日正式宣戰，該日以前所訂條約無效，但到一九四五年勝利以前，尚未能即視台灣居民已恢復中華民國國籍，亦即台澎居民在一九四五年勝利以前，至一八九五年「馬關條約」簽訂止，在法理觀點上，應屬日本籍。

黃同吉所持「以戰時日本人的身分，向日本政府討還戰時的欠債」的觀點，在法理上，是應該成立的，雖然在情感上，或許被認為不妥。

伍、中、日兩國斷交後的局面

一九七二年九月二十九日，中華民國與日本正式斷絕外交關係。雙方雖仍透過亞東關係協會及日華交流協會兩國財團法人繼續保持經濟及文化上的來往，但兩國政府間之交往，已不存在。

在日本方面，更片面終止「中、日和約」，以為媚匪之信物。

雖然在一八七一年的「倫敦宣言」與一九三五年四月國聯理事會的決議，「認為」締約一方不得以其主觀的見解，適用「情勢變遷原則」，片面廢止一項條約。但日本政府之所為，事實上已背棄此一為大多數國際法學家所認可的「認為」，而使「中、日和約」失其實際作用，其中第三條自也不再具有約束性。

國內樂觀人士相信，台灣同胞在向日本政府討債時，已解除條約的束縛，而演變為一種純債務的關係，自較前容易著手。

這些樂觀人士所持觀點，並非不對，但他們疏忽了一點，即中、日斷交及日本片面終止和約，固解除條約束縛，同是也使中、日兩國政府無從就此事交涉。因這筆國際債務，並非單純的為民眾對民眾，而係民眾對國家。一個國家，是無法與另一無邦交國的人民作直接而正式的交涉。

雖然近代國際法並不認為僅只「國家」為唯一本體，但我國民眾直接向日本政府交涉請其償還債欠，似並不如想像中之順利。國際法認為，原告國因其人民受到損害，得視為其本國的損害，一旦從事外交干涉，或提出損害賠償要求，則該事件即成為兩國間的交涉，受害人僅得經由其本國政府向負責的國家提出損害賠償要求。」中、日斷交後，兩國政府已無法直接交涉，我政府也無法為受到損失的台籍同胞向日本政府作賠償要求的提出。

也有部份人士，寄望於在斷交後實際負責兩國聯繫的亞東關係協會或日華交流協會，能促成此事。但這兩個組織，在法律地位上，僅不過為財團法人，係屬民間組織，無法作國家的代表進行國與國之間的交涉。

綜合上述各點，吾人可以了解，假若此一債務問題擴大為一件國際交涉行為，則對我方不利，民間直接向日方請求，勢將不被其受理，而政府無法作任何交涉。在此種情況下，除寄望與兩國都有邦交的第三國出面斡旋外，即很難說能得到什麼成就。

陸、日本政府對此事究採何態度？

根據此間的了解，日本政府從未否認有此筆債務的存在，但亦從未明確表示將無條件接受在二次大戰時被日軍迫充軍役或軍伕之我國籍台灣同胞的債還申請，更未肯定其將償還。

在斷交前，日本政府在中日和約第三條保護下採「拖延」政策，而在斷交後，則表現出兩種態度，第一種仍是「拖延」，第二種則是「談可以談，不過……」。

根據日本政府在中、日斷交前所玩弄某些外交手段的前例，實不能不讓吾人提高警覺，以免墜其圈套而不自知。

在此間有一位吳玉貴先生，亦爲日本軍事郵便貯金之債權人。他曾於去年中，寫過一封懇切的信，向日本政府照會有關當年貯金賠償之事。

吳先生的照會，只是一個試探。結果在去年十月二十六日獲得由日本國郵政省貯金局第二業務課課長久保田東志政署名的「貯二第六三七號」回函。

這封回函重點如下：

「關於發還郵便貯金事，中日和約終結後，因爲財產權（郵便貯金亦包括其中）處理的問題，兩國間依然保持未解決的狀態，故目前郵便貯金之償還仍然繼續保留中，因而有關償還事務尚在未定之境，敬請諒察。」

「對於韓國及琉球之處理方式，因屬除當事國以外不應發表的事情，恕難奉告。」

日本政府的這兩種認定，皆與我方不利，除非中、日邦交恢復，否則即無法解決，即使可以解決，亦非我們的立場和原則所許可接受的。

再根據回函重點第二點，足以說明日本對韓國及琉球人民類似之債務，已經有所處理，但他們到底是如何處理的，則「因屬除當事國以外」，恕難奉告。這也說明，不論外界如何評論揣測，日本官方不願證實或否認，亦無以比照處理方式，解決類似問題的義務。

到了今年二月二十二日，外電報導日本外務省某高級官員，亦表示對此事處現的態度。據說該高級官員，在日本衆院外交委員會答覆議員質詢中有如下表示：「儘管日本與中華民國的外交關係已經斷絕，曾爲前日本國民的台灣人個人提出的賠償（包括欠餉四萬六千人及撫卹）要求仍然有效。」日本政府對這一段外電報導，未作任何說明評論或證實，因此有關該報導之眞確性以及背景情況，外界均難明瞭。

姑不論其正確與否，也不論其背景情況，即以此段報導中日本外務省某高級官員所作上述之「表示」來分析，亦並不如樂觀人士所料「是日本政府對這一筆錢有償還之願意，只待登記完畢整理資料清楚，即可提出賠償。」

根據回函重點第一點，我們可以查覺日本政府對此事至少有下述兩種看法和認識：

一、認爲「郵便貯金事」，是中、日戰時「財產權」問題之一，並非一項單獨的非牽涉國際條約因素的債務問題，因此在處理時，亦應夥同戰時發生各項之「財產權」問題一并處理，不能單獨挑出解決。

二、認爲「中日和約」雖然由其片面終止，但並非即意味解除了第三條規定有關各項「財產權」之約束，致使「財產權」之處理問題，依然恢復在一種「未解決的狀態」，所以「郵便貯金之償還仍然繼續保留中」。

更有甚者，上述報導日本外務省某高級官員之「表示」，雖很清楚指出「要求仍然有效」，但並未說出任何一個願意賠償的字眼。日本政府從未不承認此筆債務之存在，但「承認」與「償還」的意義完全不同，日本政府雖認爲「要求仍然有效」，並不一定即表示他們願意照賠，只不過承認我們對此筆債務有要求之權而已。至於爲何「欠債不還」，日本政府必有一套說詞方才所引日本郵政省貯金局所覆吳玉貴先生的回函重點中，已可看出端倪。

而且日本政府是否還有其他花樣，亦不可不防。如上述報導日本外務省某高級官員之「表示」，即有「曾爲前日本國民的台灣人個人提出的賠償要求仍然有效」等詞句。這句話頗令人尋味，懷疑日本政府是否在强調一種有關賠償要求提出之先決條件，即承認「曾爲前日本國民的台灣人」。

雖然本文已討論過討債團代表黃同吉所持「以戰時日本人的

身分來討還日本政府所欠戰時的債」之觀點，在理論上是應站得住脚的，但是，是否能如此進行，或在如何一種先決情況下才如此進行，必須操之在我，而不能讓日本政府設一個先決條件，等我們去適合。

固然日本政府在軍郵貯金一項之下，即積欠國人幾達現值百億元新台幣之鉅欵，這筆鉅欵亦當全力追討，但若在任何一種可符合日本利益或其政府意願而於我不利的條件下，縱使可以討回，亦應堅拒，因為我們立場和原則決不可讓步，要切實認清，我們為了堅持原則和立場，已不惜退出聯合國，與日本斷交，甚至中止中、日航權，但我們仍然屹立壯大。如若我們為追討欠債即可忽視這極量要的一點，則必將招致比討回的債欵還要大多少多少倍之損失。此點必須認識清楚。

柒、我國政府對此問題處理之態度

今年二月間，各報出現巨幅的廣告，係由署名「中華民國台灣地區台籍同胞存放日本軍郵局儲金討還代表團籌備處」所刊，希望在二次大戰期間被日軍強徵而又強儲軍餉的台籍同胞，前往登記，然後一併向日本政府提出賠償。

此廣告刊出後，引起民間及政府的普遍關切。外交部長沈昌煥，在二月二十八日答覆立法委員質詢時即表示「台灣同胞直接向日方索償債務，自然有其提出要求之權利」，這是政府對此事在近年來首次所作之公開表示，由沈部長的表示中，可以看出政府對此事並未有阻止之意。

在三月十三日，政府曾專為此事召集會議，由外次楊西崑主持，出席單位除外交部，尚有內政部和財政部，以及省市政府，這一次的會議，並未商量出什麽頭緒，在第二天的新聞嘱導中，是如此刊載：「與會人士表示：此案多年無人提起，最近民間又發起向日人索還戰時舊債，由於事隔多年，政府各單位負責人對此事均不接頭，不知究竟有多少人有權向日本索還舊債？債欵總數多少？因此與會人士將分別了解整個案子經過後，再商討政府應採取的步驟。」

內政部現對此事之態度，亦尚在尋求瞭解之中。據說該部在日前回答新聞界詢問時，並不承認「中華民國台灣地區台籍同胞存放日本軍郵局儲金討還代表團」是一個人民團體，因該代表團之籌備處在申請登記時，與人民團體組成要件不合。因其並無共同而永久的目的，在討完債後即將解散。

捌、具有債權人身份的台籍同胞之討債行動

在中、日斷交之後，少數熱心而具有債權人身分的台籍同胞，開始發起討債行動，去年十一月，他們籌備組成「中華民國台灣地區台籍同胞日據時期存放日本軍郵局儲金討還代表團」，簡稱「存日軍郵儲金討還團」，於同年十一月二十九日在台北縣中和鄉民衆服務站召開全省第一次代表大會，由發起人之一的黃同吉擔任主席，黃同吉為「中華時刊」週報社社長。

在大會中，曾通過下列三個重要議案：

一、委託「中華時刊社」辦理對日追討儲金登記事項，以明債權人總數以及應得欠債之總額。

二、聘請法律顧問。

三、由黃同吉擔任代表團籌備處之召集人。

黃同吉在第一次代表大會中致詞時，強調下面數點：

日本田中內閣背信忘義，片面廢棄條約，此種純屬私權的債務，自應本於私權自行求償。

時間經過這麽久，當時被征同胞又散處各地，其間也有部分憑證散失，也有部分業已死亡，故必須先行登記統計以後再定辦法。

存日本軍郵局的錢已有很多年沒有討回，現在我們集合起來

並委託律師去討比較方便。

鄭重宣佈下面三點：（一）討回欵項擬提供一部份貢獻政府做爲十項建設之用。（二）登記絕對不收費用。（三）討還的方法絕對遵照政府的政策。

在去年十二月十九日及今年三月七日，黃同吉等人分別在高雄及台北舉行記者會，說明下面數事：

討債動機處於日匪建「交」，田中內閣片面毀棄「中日和約」。

初步連絡調查，二次大戰時被徵充炮灰的台籍同胞，多達二十萬，平均每人強迫存儲欵項，約爲二千餘元日幣，當時幣值比今日高出甚多，此點將在後面討論。

自今年元月五日開始登記後，登記人數十分踴躍，至三月底止，已有一萬七千餘人完成登記。

玖、登記之重要性，貯金簿失落之處理、戰死及死亡者的權益繼承

黃同吉等人在發起討債行動之後，立即在全省各地展開發記手續，可見他們對登記之重視。而事實上，這也是唯一能查清楚到底有多少人被迫儲金於日軍郵局的方法。

造成人數不確知的原因，最主要是日本現存資料，因當時登錄即未精確處理，把琉球人、韓國人和台灣同胞都混在一塊，再加上有些台籍人士迫於現狀而改變日本名字，光復後再又改回，這一連串的混淆，致使無人能弄得清二次大戰時，日本軍閥到底強征了多少我台籍同胞。根據日本方面的估算，大約是十一萬人，但台籍同胞的估算，竟多達二十萬人，兩者相差幾達一倍。

雖說日本現存資料因當初登錄時即不夠精確，但仍是一分可核查的存底，雖未能仔細分辨何人由何處徵來，但却能夠查出某某當年是否被強征過兵役或軍伕。

因此黃同吉等乃在本省各地展開登記工作，凡當年被日軍強征過的台籍同胞，都可持當年的「軍事郵便貯金通帳」前往登記，然後彙寄日本，逐一核對，凡與底案資料相符者，即係被強征並被迫儲金之債權人無誤。

由於二次大戰結束迄今已漸三十年，很多當年被迫儲金的台胞，已經遺失了當年的「軍事郵便貯金通帳」，是否對這筆債務，仍有要求償還的權利？答案是肯定的，因日本政府在接獲請求證實有關貯金通帳遺失的申請函後，均在查明後給予證明。

至於戰死及死亡者，其直系親屬或對其遺產有繼承權之人士，亦可要求繼承該儲金之處理權利，在前往登記時，應憑「儲金通帳」，若已遺失，則應先將有關死者之當年被日軍徵服兵役之資料，如部隊番號、在軍中之姓名、服役期間、以及部隊駐地等，郵寄日本郵政省，申請「儲金通帳」遺失證明，再據以登記，並出示與被繼承者之關係證明。

另關於戰死者之撫卹金償還問題，則不在本文討論範圍之內。

拾、幣值計算之探討

這一個問題，是在日本政府答應賠償之後，始才發生的問題，如果日本政府只承認有此債務存在，而不確實答應償還，則討論幣值換算即無意義。

據黃同吉指出：當年被強征的台籍同胞，是比照日本軍士薪階支餉，每月所得爲一百零八圓至一百七十二日圓，以當時的物價而言，一個四家之衆，可以維持。

日本在發動侵華戰爭後，即實施「戰時經濟動員」，在台灣，則採「皇民化」、「工業化」及「南進基地化」三種措施，來壓榨台灣同胞，使得在民國二十六年至三十四年這八年中，物價上漲甚猛。

在這八年的期間，經濟歷史學家把它分爲兩大階段來分析。

在二十六年七月至三十一年底，這一個階段，是日本軍閥尚未發動太平洋戰爭，戰爭面只是侵略我國的時期。

這段時期，二十六年初，所立的外匯方針，是一日元釘在英磅的一先令二便士之幣值，到了二十八年秋，又釘一個新方針，一百日元釘在美金二十三又十六分之七元的幣值。由這兩個方針來看，即不難推知當年的幣值如何。

在這四年中，日本軍閥為防止台灣物價的騰升，影響其「南進」計劃，所以先後採取了三項手段，經濟史學家即把這三個手段實施的時期，作為細分二十六年七月至三十一年底這一個階段的標準。這三個手段是：「暴利取締令」、「公定價格」、「全面凍結物價」。由日本軍閥採這三個手段看來，即知戰爭使得本省物價上漲甚厲。

在民國三十二年至三十四年，太平洋戰爭掀起，台灣經濟又面臨新的困難，物價比二十六年時要漲了幾達一倍。以三十二年台北市若干物價為例：蓬萊上米一市石十九點十三元，豬肉一百市斤六十六元，花生油一百市斤六十元，棉絮一公斤二點六九元，磚一萬塊二百五十元。

根據這一個物價，及當初社會一般待遇和工資來分析，民國三十四年以前一元日幣，應折合目前三百元日幣始為合理，亦即一比三百，亦即至少應折合一元美金。

根據黃同吉等人在此間蒐獲之資料，日本政府對韓國及琉球有類似債權之人民的補償，在幣值方面的折算，即與上述比例相符。是以假若日本政府應允賠償台胞該筆債務，則幣值之核計，不應低於此數。

前曾根據日本郵便省答覆吳玉貴君之信函中轉述重點，分析日本並無意比照償付韓國及琉球人民的幣值核計方法來償付台籍同胞，因此，即使日本政府有意清償，恐怕在幣值之核計方面，還有不少花樣要耍一耍。

結論

綜合上述各研析結果，我們可獲得如下各項認識：

當年被迫儲金的台籍同胞，有權對此種因日本政府欠薪而產生的債務，提出償還要求。

日本政府在中、日邦交斷絕之前，以中、日和約第三條「另商特別處理辦法」為藉口，對該筆債務之償還加以拖延，在中、日邦交斷絕後，片面廢止中、日和約，認為有關財產權之處理，恢復至條約未定前的混沌狀態，不願加以償還。

日本政府可能會採取種種手段，在符合其政府利益及意願的情形下，償還此筆債欵。萬一出現此種情況，我們必須慎重處理，若有違我國原則和立場的條件出現，我們絕不能為接受賠償而放棄原則和立場。

在中日邦交斷絕的情況下，台籍同胞被迫儲金者，若就「戰時日本國民身分來討還日本政府戰時欠債」的角度來作交涉，將此透過外交關係運用加以討還要來的容易而有利，但在就該一角度交涉時，必須妥善運用，主動在我，絕不能陷入其圈套，而有違反我國利益、原則和立場的狀況出現。

此一債務討還的行為，直接對我國民利益有關，政府在深入瞭解後，似應加以協助輔導，使其更能有力討還，並促其在交涉時，不致違返國家利益、原則和立場。

幣值換算尤應力爭，務使日本政府在願意償還時，係確按當時物價水準之標準計算，而有合理之換算比率。

臨風追憶話萍鄉（11）

張仲仁

話說在我國唐貞觀年間，江西的萍鄉和宜春縣邊境，有一僧一道修煉得道成仙，流傳後世，受當地居民虔敬崇拜；其一是道教的彭祖師，第二位是釋教的余祖師。他倆位均有眞實事跡遺留，且各自建造一座宏偉輝煌的大寺院，矗立在吾鄉，雖經唐·宋·元·明·清·民國六換朝代，仍屹立不倒，是一千幾百年悠久歷史的古蹟，香火旺盛，歷久不衰。

彭祖師是萍鄉北路第六區人民，他建造的寺院，名爲「瑤金山寺」。地點在六區上栗市鎭西北四五華里之瑤金山上。

余祖師建名「慈化寺」。地點在萍宜邊區的慈化鎭。（屬宜春縣）兩座大寺院均取當地名爲寺名。兩位祖師均不將寺院建在深山大嶺之中，也許有他的深意存在。

瑤金山寺位處地勢不高的山坡上，所佔面積廣闊，四週密茂叢林，古樹參天，雖以後經不斷的研伐，樹木逐漸稀疏減少，可是並未因此而影響該處之優美風景，雄壯的氣勢依然存在。凡是建造房屋寺院，一定要選擇風水龍脉好的地方，要看那四週山巒起伏的形狀，以及河水環繞的位置，要與天然的形勢，配合得天衣無縫，才算是上好龍脉位置。以瑤金山寺的四圍風景，眞是「近水繞門藍作帶，遠山當戶翠爲屛」。這兩向話尙不足形容當地風光之萬一，當人們處身其間，可感受的眞如置身於世外仙境，令人驚嘆！使人迷茫！更感嘆造物之奇妙。

寺院前山門牌樓有「第一瑤金山」五字，大門有「東瀛仙境」四字，正殿三棟進身，前殿供奉彭祖聖像；大雄寶殿則供奉三清聖像，即鴻鈞老祖·老子道君·元始天尊。左右有很高大的韋陀佛及觀音殿；後殿還有三十六天君聖像，兩翼偏殿有經堂客廳等，房屋之多，數之不清，好似一處大村落，如無人帶領，就會迷路，轉來轉去，眞會找不到大門出來。

寺中有一兩百頭挽髻的道人，（吾鄉俗稱齋公）部份是自願出家修道，本身帶有一筆錢財，交給寺院應用，一生就在青燈木魚中渡過，至圓寂歸天。其餘的大多數是窮光旦，無路走而來做齋公，那就衣食生活全歸寺院供養，但寺院產業豐富，不愁衣食。祇要你誠心皈依我師祖，一律普渡衆生。吾鄉有句俗話：「學技不成學鋸匠，做人無望做和尙」。雖然如此說，做和尙也並非不好，得道高僧，也是和尙；人各有志，不是世人凡俗的眼光所能瞭解的。

瑤金山寺的大門外，有一塊大坪，中央用廂石疊成一個大石圍，圍住一棵數人合抱在的羅漢古松；在石圍邊沿嵌有一塊石碑，碑上刻着「唐貞觀十三年種植」八字。那棵羅漢松樹保護得很好，松葉茂盛，形態蒼勁，確是珍貴的植物；而且年代愈久，愈顯出古色古香，難能可貴；是遊客必要欣賞的古蹟，也是寺院主持及道人們的寶物；他們對此樹珍之重之，並不亞於寺內的金尊祖師像。所謂「世有千年樹，難逢百歲人」。但眞正能看到一棵千年古樹，也不是容易的事。

瑤金山寺的彭祖師，歷經數朝下來，據說彭家並無後代傳下，而第六區彭姓之人，也是寥寥無幾；而寺中並無彭祖親筆文字及經典遺傳，故而無從考證彭祖的俗家名字及法號，也不知他屬於何鄉何村。唯距離筆者家鄉流江村十華里之班竹山，則建有彭祖師母親的墳墓，墓地四圍及墳墓全是用石板石條石塊疊砌而成，直到千餘年後的大陸淪陷前，還保持完整無損。

該墳墓坐南朝北，面向上栗市鎮，墓碑兩旁刻有對聯一副，還記得上聯是「日有千人朝拜」下聯「夜燃萬盞明燈」。萍鄉全縣以六區上栗市鎮商業最繁盛，外銷有編爆、白硝、紙張、桐油、夏布等；在本縣所銷之貨，以乳豬數字爲最大宗，日間四鄉客商雲集，夜間街市燈火通明，照耀市中心的栗江河面及四圍田野，此聯可說是即景之作。

班竹山是頗爲高大的山脉，也就是共黨最初的盤據之地；山下兩河溪水滙集，直通上栗市鎮的栗江河。彭祖當年選此牛眠地埋葬母親的遺骸，論風水可算得是佳穴。在大山脉中要找尋上佳結穴，非有眞才實學的堪輿師，是不容易尋到結穴所在地。因爲在那廣大的班山上，當人們登臨到半山腰的山坡，環顧四週，已經有「不識廬山眞面目，只緣身在此山中」之感。然而那有本領的堪輿師，就能看出何處是雄壯的來龍和去勢，好山脉的結穴地；左右的青龍白虎護屛障；還有號稱沙手的小山峰。放眼前面，滾滾的栗江河流左旋古轉，如一條白色飄帶，又美又壯闊。（不論風水如何，人生一世，如能永遠安息此壯麗河山，何嘗不是樂事呢？）西望秀麗的瑤金山；連湖南邊境瀏湯縣的大瑤舖，也可遙遙看到；栗江河流中的帆船，成羣結隊的穿梭來去，那船隊直達湘潭長沙的湘江。

筆者外祖父龍家，世居該處山下，附近一家山嶺田地，多數是龍族的物業。在明朝後期，龍象偶然遇到一位風水先生，得他指示，在班竹山上一處地勢稍平的山窩，建造了一座兩進兩翼雙十字廳的大屋。新屋建成遷居後，十代傳下來，居然丁財兩旺。屋塲位置和彭祖師母親墳墓相距很近。論風水，在面積廣闊的大山脉坡地，點穴不容易，也很難分出陽穴或是陰穴的結晶地；如將祖先葬中陽穴，或將房屋建在陰穴，就會變成人丁衰落。以彭祖母親的墓穴和龍家屋塲的情形來看，是不是彭家墓地陰陽有錯？否則何以龍家興旺，而彭家竟無後人？風水的玄妙，又且是我輩能夠推測得到呢。

由此想到吾鄉有個風水佬尋穴的笑話，說來頗爲趣致：有某大戶辦喪事，特聘請一位平日言過其實的風水佬主辦。該戶產業山嶺很多，風水佬登山踏勘選擇，經過一段相當長的日子，才找到一處據說是世代發旺的活龍口。大戶深信不疑，一到發喪前夕，帶領工人登山指穴挖井；誰知挖了半天，底下有大石阻住。風水佬當塲瞪眼結舌，好在他很會隨機應變，忙說：「啊！你們弄錯了，上一點才是佳穴」。工人們無奈，祇好照他們的指示再在上面挖泥土，不料挖不到兩尺深，又被大石所阻，不能續挖。此時這厚臉的風永佬，居然再次撒謊，他說：「對不起，我弄錯了，要下一點才對」。大戶雖覺不對路，到此地步也只有照他的話去做，誰料下一點又有大石。不但如此，連右邊左邊都挖過，一樣有大石阻住。風水佬此時已嚇得面青唇白，毫無主意，兩眼睜得如黃牛，瞪着挖爛的山地，跌足大嘆：「是天亡我也！」

大戶此時忍無可忍，怒氣冲天的大罵烏龍風水佬害人不淺！一方面自行在相隔一箭之遠的地方胡亂擇地安葬算了。誰知「有意栽花花不發，無心揷柳柳成蔭」。主家自己亂擇之處，才是眞正佳穴，後來他家越發興旺。原來石山龍脉結穴之處，是在大石山內中有泥土的所在，問題是風水佬有沒有看佳穴的眼光。那時吾鄉遇有選擇不定之事，就會順口唱出：「風水佬點穴，上面好，下面好，左右更加好」的笑話。

言歸正傳，且說彭祖母親墓地，有兩件奇事，是近代發生的，第一件是龍家傳說，言之鑿鑿。據說有位工人在該墓地不遠處割草，隱隱聽得上面有馬鈴响聲，（吾鄉養馬，喜歡綁上响鈴，放夜馬容易找尋。）割草工人聽到鈴聲，心中大疑，因他從來未見過有馬匹在此山上吃草；於是放下割草工作，爬上去察看，誰料在古墓前看到有點燃着香燭；四處一看，又不見有人和馬匹。這工人驚奇萬分，急忙跑返龍家大屋，將所見之事告知主人；龍家主人聽到後亦認為奇怪，即隨工人趕往墓地，但此時燭光已經熄滅，香烟却還在裊裊上昇。這件事傳說開後，鄉人均相信是彭祖親自來掃墓，但他不會讓凡人看到，故此未等香燭燒完就忽忽的離開。說也奇異，彭家並無後人，而附近村民也不會去拜祭古墓，這究竟是真是幻？確是一件疑問。

古墓第二件奇事，筆者也曾親眼看到。每逢天色晴朗的夜晚，尤其是明月當空之際，住在附近山下的居民，就會看到墓地四圍有無數的火光，好似有人點燃燭火一般，一閃一閃的亮着，看起來確是夜間奇景。可是此奇異火光，並不是每人都可看到的，有的鄉民特意守一整晚，也難遇見火光出現，有的却在偶然一望之間，清楚的看到明亮的火光。有時村民遇到此奇景，即忙登山作實地察看，然而到臨近墓地，此火光即突然無踪無跡。曾有人在墓地四週細心的查看，見到有些石縫中有烟薰痕跡，此外就別無發現了。至此讀者會猜想，「一定是墓地燐火。」但由於筆者有緣，曾親自目睹，深感此火與燐火不同。燐火是帶綠色，而且較小不多。

在民國十八年起，江西共黨為患，禍延贛西贛南二三十個縣份之多；萍鄉北路共黨的支部，盤據在班竹山數年之久，佔用龍家大屋，設立山寨。初期共黨是晝伏夜出，頭一年發出口號：「老鷹不打窩下食」。因此在距離十華里外的村莊富戶打家劫舍，筆者家鄉距離較近，初時不曾遭殃，到第二年開始就遠近不分，從此刀口專指向流江村的張黃兩大族姓；可憐無端百姓，遭受無數次的搶掠、燒死、捉財神的驚恐劫難。那時筆者還在稚齡之時，為躲避共黨捉財神，每晚要去附近的深山叢林避難，因此從小磨煉得不怕深山峻嶺的跋踄辛苦；對燐火、亂葬崗的鬼火，已經見熟見慣；連野獸在黑夜中眼睛的綠色光芒也見過。因此能分辨出燐火和古墓四週的火光是不同的，何況墓地的火光奇景，我曾見過好多次，這是千眞萬確的奇事，吾鄉均稱為「神火」。

班竹山還有件傳奇，順筆記述。據說昔年班竹山下住有一位孤兒，他賴母撫養成人，從小自己發奮讀書，且奉母至孝。一天寡母忽患怪病，飲食不進，身體日漸瘦損，終至臥床不起，兒子見母病情沉重，又不吃食物，眼見生命危急，非常担心，只好跪在床前，懇求母親畧進食物，以求生機；他一再詢問母親：「媽媽想吃什麽？兒子一定做來給你嘗新」。病中的老人家，不忍拂他一片孝心，就順口說了一句：「想竹笋吃」。這位孝順兒子一聽此言，不覺當堂發怔！因竹笋祇有冬春兩季才有，此時是夏末秋初，那裏來的竹笋呢！他想來想去沒辦法解決此難題，又不敢使病母失望，情急之下，跑到屋後山上抱着竹子，忍不住痛哭起來。一面不停的叫着：「媽媽想笋吃！媽媽想笋吃！」眞所謂孝感動天，他的行動竟然感動了神靈，當地的山神土地化作一位老公公走到他身邊，拍拍他的肩頭說：「孩子，不要哭了！你去拿幾隻筷子來，倒插在泥土埔，明早就有竹笋長出來」。他回轉身看到一位慈祥的老公公，竟深信不疑，立即跪地拜謝，並照着他老人家的話去做。

第二天剛天亮他就趕往後山竹林裏，查看之下，不覺大喜過望，竹林裏冒出泥土外的，不是竹笋尖是什麽！後來他母親吃了神靈所賜的竹笋，開了胃口，從此漸進飲食，病體也痊愈了。

說也奇怪，自從孤兒插筷生笋，第二年春季山坡竹林生出的笋，長成竹子後，形狀與其他竹子不同；此竹下截是四方形的，上截至竹尾才是圓形，恰似一隻筷子直插在泥土上一模一樣，而且每年冬天生長的冬笋，味道特別香脆甜嫩，這眞是不可思議的事。該山以產竹笋出名，或者因此改名為「班竹山」。

關於班竹山的事跡，還有一件是在抗戰爆發初期。上栗市的「栗江小學」因恐日寇飛機轟炸，決定暫時遷往班竹山腳下之彈子坑寺院。當時萍鄉縣立中學改制，校長陳贊猷辭職，他回到第六區上栗市籌辦「金山中學」，校址籌劃建在瑤金山寺院側邊的地方。但是新校舍未及建成，學生却需上課，正好栗江小學已搬去班竹山，舊校址空着，於是金山中學就借用來上課，自此上栗市又多了一間中學。至於原來清靜的班竹山，自栗江小學遷來後，一變而爲熱鬧的場所。

栗江小學遷來之第三年，該處發生一件非常有趣的事。彈子坑的前面有一道小河，河對岸有一座小廟；記得是那年夏天，小廟殿上神框前，突然伸出一隻活的蛇頭，眼睛活溜溜的看着來拜神的善男信女，牠不怕燭火香烟薰，還吐信點頭，好似接受拜祭一樣。一班鄉愚看得目瞪口呆，均認爲是活菩薩顯靈。自此一傳十，十傳百，遠及一二十里外的村民，放下一切工作來向蛇神求福；把這座小廟擠得水洩不通，男婦們擠得滿身大汗，眞是攤苦來辛。河邊小路手挽香燭的人川流不息，再加原有的學生們，大家擁塞於途，煞是熱鬧。

這時候湊巧有一位在鄉療養的軍官，他聽到傳聞後大爲不然，嘆息這班鄉下人太過愚蠢，決定要破此迷信！於是携帶手槍，到小廟去要打死蛇魔。說來也眞是怪這伸出頭的蛇頭，好像有靈性一樣，牠預知尅星將到，突然的縮了進去；等軍官到達小廟，已找不到蛇頭所在，而且以後再也不會出現過，一場菩薩顯靈的趣事就此平息。

抗戰第五年，是年夏季六月間，上栗市遭到敵機的蹂躪。那天下午，五架敵機忽然臨空而來，投下了十幾顆炸彈，一時全鎮人民驚得魂飛魄散！所幸炸彈全部落在栗江河中，連河兩岸的街道房屋店舖，都未受波及；祇可憐躲在河邊的幾個市民被炸死。江西老表有兩項迷信，其一是信風水，其二是信菩薩。他們說這次敵機轟炸不成，是得到萬壽宮許眞君及瑤金山彭祖師的保護，眞君祖師顯法力引敵機將炸彈投落河中。這是一班市民談得津津有味的菩薩顯靈聖事跡。他們一面酬神還願，一面竭力稱讚學校當局遷往班竹山下上課的明智決策。

再說瑤金山寺院住有一兩百齋公，每天早晚時間要做功課，數百人的誦經之聲，還參有木魚和磬聲，能傳達得很遠，齋公口誦經文，音調柔和而嚴肅，使人聽來非常悅耳，確有點令善者心領神會；使邪惡有所警惕。更有趣的是鄰近的金山中學，那班天眞的學生，他們也正在上課；有時候讀書聲和誦經聲同時發出，那時附近的人們，在「耳不暇聽」之下，就會發出會心的微笑。雖然學生是追求新知識，而寺院道人誦揚古經典，但這兩種背道而馳的聲音，竟合成一組美妙的交響曲！在青山綠樹的大自然間遙遙飄送，怎不使人悠然神往呢。

瑤金山寺院旁建造金山中學校舍，經費是很困難的，可說是白手創業。反觀栗江小學，經費非常充裕，每年有幾千担租谷收入，學校根本是用不完，可是校產却被管理學校的少數人把持住，不肯撥點出來幫助金山中學。反而瑤金山寺的主持，能爲教育而貢獻，捐出了部份資產作爲金山中學的經費；還對靠近校舍的房屋，亦讓出部份供給學校應用。齋公們雖然不願意清靜的寺院旁，設立一所鬧烘烘的學校，但他們還是同意了地方人士的意見，學校和平相處，並協助發展。論金山中學的創立及成長，瑤金山寺院不無功勞，頗值得讚揚。

（未完待續）

記鄧糞翁先生

·張玲蕙·

我戴我顱

卅六年，一事無成最堪憐，桃紅柳綠春時景，太夫人移步出堂前。

這是一首鄧糞翁在三十六歲時候自題畫像的詩。從最後他套用了汪中用以諷刺鹽商的句子來看，我們便很可以想像得出這位名重士林的金石書畫家是何等富於幽默感了！不錯，鄧糞翁確是相當幽默的，尤其是當他酒酣耳熱的時候。然而在他的幽默背後，却蘊藏着無限的忿恨。他之所以能有今日在藝術上的成就，也就完全是受了「恨」的驅策。

鄧先生是我們的老師，自小他就教我們怎樣寫字，怎樣篆刻，怎樣做詩，可惜沒有天賦，一點衣鉢都傳不到。許多人常常以「他爲什麽要取這個名字」來問我，我的回答是：因爲他恨。恨什麽？這裡面有段故事，說來倒也頗有趣。

他原名鄧鐵，在十多歲的時候，就讀於上海工部局華童公學，學校裡的教員大多是洋人，教育方法也是頂老式的；教師對於學生，可以叱罵痛打。鄧鐵就被一個洋教員打過一記頭殼。這在當時原是極普通的事，但他却認爲是莫大的恥辱，他的心裡燃起了忿怒的火把，當場就把課桌裡所有的英文課本一股腦兒撕掉，昂然地走出教室；從此沒有再到這學校裡來，也沒有進別的學校。他的餘怒未息，便自己起了個「糞翁」的名字，取義佛經「佛頭着糞」的意思，而且這個「糞」字，在說文裡有「糞除」「清除」的解釋，他以「海畔逐臭之夫」自居，還用這句子刻了一個閒章。他在很小的時候，就對書法有偏好，於是便拜了虞山蕭退闇做老師；由於蕭老先生的介紹，又入了趙泥古的門，向趙學篆刻。

在鄧先生對書法和金石都有了相當的成就的時候，他索性連姓也廢了。記得有一次，一個暴發戶到他家去請他寫一點東西，願意照潤例加幾倍給酬，但以他不用「糞翁」這個名字爲交換條件。他非但沒有答應，還一氣把那個來人推出了門去，他說：「你也想附庸風雅，另找別人！」

然而他也曾自動棄用「糞翁」這個名字，那是南京「中山陵」的碑額和「吉祥寺」的橫匾。

很多人都見過鄧先生曾印過一種卡片，正面是名字，反面却是他的「約法三章」，原文我已記不清，大概是：「婚喪喜慶概不往來，酒食徵逐恕不奉陪，諸親好友要刻要寫，事前講好錢銀先惠。」人家說他脾氣古怪，他却以爲自己最爲通達，他說：「婚喪喜慶，做主人的因爲要鋪張而費錢，客人又因爲要充潤而破鈔，兩無好處；至於有些人請我們藝人吃飯，目的無非是把我們當作一件清供，向他朋友炫耀，或者想借酒食來騙取我們的作品，我們在那種場合裡，初無異於『出堂差』，我是無論如何不願奉陪的。再說，我既已豎起了『賣藝』的招牌，自然得把自己的作品當作商品一樣，試問那個商號肯將店裡的貨物白白送人？」他把自己的書齋叫作「廁簡樓」，又曾一度名之曰「三長兩短之齋」。三長是：書法、金石、詩文；兩短是詞與畫。但那是中年前的事，後來他畫得一手好竹，也能塡詞，這個齋名便不能成立了。然而至今他的寓所還掛着玉瑳居士爲他寫的那塊齋匾，他常對我們說：「你們看，玉彦居士的漢隸是了不起的！」看來他之所以不把那塊匾額除掉，完全爲了紀念故人。

鄧先生結婚的時候，我大概還沒有出世，但聽施叔範先生說，他曾把長錠和紙錢掛在新床上，他說：「長錠和紙錢是大家認爲不吉利的東西，我偏不信！」他婚後生活的和諧，證明了世人迷信的可笑。他生了一位小姐；隔了十多年，太太懷孕了，又生了一位千金，他說鄧師母是一個「瓦廠」。他很好客，只是痛恨寒暄客套，他認爲把時間化在互相恭維上最不值得。所以他在會客室的壁上掛了一個「廁簡樓欵客條例」的鏡框，上面寫道：「煙自蓺，茶自斟，寒暄欵曲非其倫，去去幸勿汚吾茵」。

文人大多好酒，他也沒有例外，他酒量之宏，只要是曾經跟他共過席的，都能道之。他曾仿漢官印刻過一方「酒泉令」的章子，自言識飲以來，鮮遇敵手。但我却見他大醉過一次，那是「廁簡樓同門會」成立的那一晚在吉祥寺裡，他一時高興，喝了不知多少杯，結果與大詩人施叔範先生一起扶醉歸去，施先生當晚就睡在廁簡樓，我們第二天一早去看他們，施先生笑對我們說：「我很少看見你們老師有這樣醉過」。

他的賣藝生涯，以敵僞時期最爲旺盛，每開一次展覽會，定件的人爭先恐後，有幾件作品竟被複定了數十次，紅條從上面一直拖到地下。然而他當時的心情是鬱抑的，他日夜盼望着自己的軍隊打回來，解民倒懸；我隱隱約約知道，他似乎與施叔範先生在他的家鄉餘姚、四明一帶組織過游擊隊，施先生還因此差一點送了性命。一九四四年，春天的消息近了，鄧先生便把自己關在家裡，埋頭寫作。有一次他悄悄對我們說：「我要在勝利之後，第一個開展覽會，把全部收入拿來勞軍，軍人們爲我們辛苦了這麽多年，我們也應該報答報答他們。」

明年八月，抗戰勝利了，他高興得好幾夜沒有睡，他對我們說：「我要開展覽會了！」於是，我見他忙着寫作，忙着叫裱褙匠裝裱，忙着接洽會場。可是，不到一個月，他的熱忱降低了，原來他覺察我們有些不爭氣的部隊將領，竟然跟左派人士互相來往，那時共產黨表面上擁護政府，暗地裡却在地下大做其顚覆計劃。

勝利對於他是一個刺激。他好像當頭給人打了一下似的，人忽變得沉默起來了。他從前脾氣很壞，這時都變得隨和了。後來，索性把「糞翁」這名字也棄而不用了，他改名「散木」，又常常喜歡把自己稱做「孟子」，他說「孟子」就是「大兒子」的意思，我是鄧家大兒子，故名。那時，他還常用「山人居士」「居士山人」「散木老人」的筆名，在各大報副刊寫小文和打油詩。這一時期，他喝酒喝得很多，也買進了一大批紹興酒，據他自己的估計，他所有的酒，可以供他喝到八十歲還喝不盡，他說：「我現在是富翁了——酒富翁。」他連年好飲，便得了個酒糟鼻子；這時連面孔也紅了，這使我注意到的頭髮已經開始轉爲花白。「多情白髮三千丈！」他說。我知道即使在一天內喝完了可以喝八十歲的酒，他的憂國之心，也不會被麻醉了的。上海變成紅色，人們的頭腦也變成眞空，大家不知道該做些什麽。鄧先生却在研究一種傢俱：一個八用的櫃，一張四用的桌子。他這思想是「考工記」啓發出來的，後來因爲短於資本，他那成套的計劃和圖樣都被束諸高閣。他曾發狠要寫一部篆書的十三經，他說：「我寫完這部十三經，可以死了。」在他正在寫尚書的時候，我離開了上海。起先，我還常和他通信，漸漸地，直接的消息是越來越疏了。暌違二十多載，偶然翻閱他那：

風檐小立近幽香，夐絕何容問蜜房，
老去却懷文待詔；虛齋題作玉蘭堂。
歲殘凍雀亦難歌，猶見寒江度戰羅，
高格祇應秋菊薦，不須姿媚說凌波。

題畫小詩以及大氣磅礴的篆刻，我盼望早日的打回大陸去，再能見到這位名滿天下的鄉賢、鄉老師在暈黃的燈下，力透紙背的秉筆情境。

西安事變善後問題處理經過(下)

·曾　振·

五、幾個疑問與說明

(一)張學良爲什麼要發動西安事變？

關於此一問題，各方面傳說不一，茲先將「張學良氏西安事變反省錄」中所述者，摘錄如下：「當是時也，(中華民國廿五年——一九三六年)，共產黨之停內戰，共同抗日，高唱入雲，實攻我心，不只對良個人，並已搖動大部份東北軍將士，至少深入少壯者之心。當時進剿再見不能成功，良覺一己主張，自問失敗，徵詢衆人意見，遂有連絡共產黨同楊虎城合作，停止剿匪，保存實力，共同抗日種種獻策。良不能委罪於他人，雖然計出於他人，實有動於我心。但當時，未知共黨眞意何在？研討之下，必先設法同共黨取得連繫，方能知其眞意，而良等皆從未同共黨有來往，遂想到李杜往事，派人到滬，向李杜徵詢，李杜派一代表來，名劉鼎者，彼自稱曾參加共黨，被捕經保釋放，彼可向滬方與黨接洽，並自身非全權代表，由彼介紹，共黨表示，願同良個人一談，但不能來西安。良到滬，在滬西郊外，某西餐館會見一人，(彼未露姓名，據劉言，彼似係潘漢年)。談判未得要領。……返回西安，在當時之先後，有一人(良忘其姓名)持有財政部之公函見良，要求進入匪區，良親爲談詢，彼不吐實，良告以若不露眞實任務，難獲通過，被迫無奈，告良負有接洽任務。良云匪區危險，共匪素不講情面，以當年在鄂招降賀龍之人被殺相告。於是彼吐露係共黨同路人。遂命王以哲將該人送入匪區，俟其返回，告良接洽經過，並與良約，爾後互通消息。……今日思之，可以說，這是共黨最成功的策畧之一也。

共匪將多數被俘軍官放回，聲言東北軍人，內心抗日，彼方認爲同路人……。

當此之時，甘泉自動解圍，共匪表示，不敵視東北軍之誠意。王以哲來電言，共匪派來負責代表一人，到彼軍部，請良親爲接見。……遂飛洛川，會見該人，彼自稱爲李克農，良當時不悉李克農是共黨軍中何等人物，談判之下，所提之請求，與後來共黨所提之條件大致相同，良答覆如彼等眞誠，可以容納轉陳；但彼之地位，是否可能代表該黨，表示懷疑，促其首領如毛澤東、周恩來輩來見，彼答以共黨所提諸事，曾經其全體表决者，如良誠信，彼可商請毛周來見，彼立即北返，得其答覆，周恩來願來會見，請約地點和時日。

……即毅然答覆，約周來延安會見，囑周師長福成妥爲欵待。

……周承認，蔣公忠誠爲國，要抗日必須擁護　蔣公領導之，但左右如何乎？又言彼等亦　蔣公舊屬，在抗日綱領下，共產黨决心與國民黨恢復舊日關係，重受蔣公領導，進而討論具體條件：(大致如下)：

備抗日。①共黨武裝部隊，接受點編集訓，準

②擔保不欺騙，不繳械。

③江西、海南、大別山等地，共黨武裝同受點編。

④取消紅軍名稱，同國軍待遇一律。

⑤共產黨在軍中不能再事工作。

⑥共產黨停止一切鬥爭。

⑦赦放共產黨人，除反對政府、攻擊領袖外，准自由活動。

⑧准其非軍人黨員居住陜北。

⑨待抗日勝利後，共黨武裝一如國軍，復員遣散。

⑩抗戰勝利後，准共黨為一合法政黨，一如英、美各民主國家然等等。

周更提出，如良存有懷疑，彼等言不忠實，願受指揮，願受監督，任何皆可以譴責。當然良慨承充，並表示良有家仇國難，抗日未敢後人，上有長官，不能自主，當向 蔣公竭力進言，以謀實現，各以勿食言為約。

同周恩來會談後，良甚得意，想爾後國內可以太平，一切統可向抗日邁進矣。今日思來，當時良之理想，愚蠢可憐，幼稚可笑。……。

良由洛返陜，答復共黨，一時無法向 蔣公請求實行停戰計劃，遂乃共約商，局部暫停，仍由良向 蔣公從容陳情。共黨曾派葉劍英來見，並提有雙方的停戰計劃和毛澤東的約書。願在抗日前提下，共同合作，軍隊則聽受指導。良要求彼等暫向北撤退，以期隔離，給予時間，容余醞釀，彼等認為河套地瘠天寒，需棉衣和補給，良曾以巨額私欵贈之，令彼自籌，共匪遂撤出瓦窰舖，向三邊北行。該時共黨在西安設有代表處，鄧發已曾到過西安。救國會，學聯會皆有代表。上海日人紗廠之罷工，良亦曾以私欵接濟，彼時陰沉空氣，已籠罩西安矣。

……………

平心而論，西安之變，楊虎城乃受良之牽累，彼不過陪襯而已。但促成事變，彼亦藏有惡緣作用。……當一百十師失利之後，重擬圍剿計劃中，授楊虎城擔任宜川方面進剿任務，彼對良陳述，無錢又無補給……並言以中央軍之數量，東北軍之精銳，皆未能消除共匪，區區如彼之軍隊，能何為乎？……再當一〇九師之敗，良亦曾向彼表露倦於剿匪之心情。同時前後，有一「活路」小冊子出，內主張東北人與西北人合作，聯合抗日。（此冊乃高崇民之作），但此時良尚未明告楊虎城，擬同共黨勾結之計劃。不過在某一時期，良已知之。至於楊虎城到底與共黨何種關係，如何得以結合，良實不知其詳。（彼時楊之幕中有一王炳南，今日方知確係共黨也。）關於停止剿匪，團結抗日，深表同情，力促良向 蔣公進言，以期早日實現，節省雙方消耗。……

當 蔣公在華清池同良兩次談話之後，良心情上十分衝動。……因與楊虎城計議，遂決行強諫劫持之謀，而此時對於共黨方面並未徵詢商議，知此者，除楊外僅少數人而已。事發之後，良一觀察，傷感後悔萬分，痛部屬之無能，驚楊部之無紀。……徬徨束手，問策無人，除成立兩委員會外，立即電請周恩來到西安，共商決策。二、三日後，周偕二人同來，一為博古(秦邦憲)，另一人則已記不清矣。周至此時，儼然為西安之主謀矣。……周遂即參加已成立之委員會，當時西安所謂的「三位一體」：東北軍、西北軍和共黨也。討論當時情況，決議：堅決實現八項要求，勿再使變動擴大，早日和平解決。……同時調動共黨部隊，集中耀縣（三原東北）、三原以備萬一。……致釀成巨禍，百身莫贖，中國今之浩劫，不悉禍延何日？其罪固在良之一身，然小小的張學良，安能造此？此其天乎！此其天乎！良鄭重聲明，非有絲毫委罪於天之意，因迴思再三，微小如良者，個人一念之差而能引起如此之大乎？心哉！心哉！其力如斯乎？後之人，安可不戒慎也。

又據傳記文學叢書之五六李金洲先生所著「西安事變親歷記」（李係河北人，朝陽大學法科畢業，西安事變發生時，任西北剿匪總部秘書兼辦公廳第六科科長，主

管情報及新聞。事變期間曾以張、楊代表身份兩度飛太原，與閻錫山共商方策，待張護送委員長回京時，亦被指爲隨員之一。在京被扣月餘，後奉何部長之命，派往西安，持函晤楊虎城，要楊釋放被扣在西安戰鬥機卅六架，在西安內鬨時，王以哲等被殺，李氏險遭不測。對事變前因後果，細微末節，彼皆親歷其境。）所說張學良之發動事變，約有以下幾點原因：「（一）更換幕僚長種下禍根，在民國廿四年（一九三五年）十月二日，西安剿匪總部成立時，是錢大鈞先生任參謀長，張和錢先生合作無間，可謂水乳交融，許多問題，都由錢先生從中無形化解，從未發生歧見。可是有人做他的小報告，說他『投降張副司令了。』於是改派晏道剛（湖北人，曾任侍從室主任。）任參謀長。錢先生調回任侍從室主任。晏就職後，恐怕人說他投降張副司令，乃一反錢氏態度，處處吹毛求疵，專挑東北軍的毛病，甚至及於副司令本人。(但是否有人授意，不得而知。）且在紀念周時公開批評張副司令，似此情形，渠已變輔佐主官之任務，而爲帝制時代之監軍。東北軍將領，對之情緒日益惡劣。（二）由於以上情形，東北軍軍官不免在張面前發洩不滿情緒，左傾份子趁機包圍張氏，主要份子爲高崇民，（高任交涉科長，事後知其爲共黨黨員，大陸淪陷後，高任僞東北人民政府副主席，爲高崗之副手。張學良懺悔錄中，亦提到此人。）苗劍秋（爲留日學生），應德田（爲東北大學生，任總部秘書），栗又文（在東北任中學校長，爲張的私人秘書，東北淪陷後，任共匪遼北省府主席。）孫銘久（爲日本士官學生，爲張氏二弟天津市長張學銘的同學）任張學良之侍從參謀，其後任衛隊營長，繼升衛隊團長，兼西安軍警督察處長，甚得張氏信任，但非共黨份子，不過於不知不覺中作了共黨的工具，並邀有其他東北青年左傾份子住在張氏官邸，秘密工作。其中有一人，名解如川，爲孫士官同學，事變後，曾搭專機飛往太原，轉往廣西，充張代表，因與廣西之劉斐爲同學，並有私交，劉斐爲共黨潛伏政府中之頭號間諜，大陸淪陷後，曾以共黨之開國功臣爲毛匪之上賓。解某亦共黨之重要角色，韓戰停戰談判在板門店開會時，曾充中共代表（編者按：此人現名解學恭，任中共天津市委第一書記）。上述份子，在張氏面前，宣傳反剿匪理論，謂東北軍之剿匪工作，爲中央之一石兩鳥政策，消滅共黨後，東北軍亦將同歸於盡。幾十萬東北兄弟，追隨副司令，爲的打回東北去，如此犧牲，死不瞑目。共產黨的宣傳方法，就是「假話只管說，說多了變成眞話。」何況當時張氏情緒不佳，他們言之成理，並添枝葉，造些似是而非的謠言，時日既久，任何人都難免動搖。（三）剿匪失利，兩師長殉職，部隊番號撤消。廿五年（一九三六年）春，開始進剿，初時頗爲順利，因前進過速，第一〇九師及一一〇師，幾乎全軍盡墨，（可能是遭圍點打援，或遭伏擊，或遭襲擊。）師長何立中、牛元峰殉職。事後由總部呈請中央補充武器彈藥，以便對該兩師再行整理訓練。對師長忠勇殉職請特卹，每人家屬各十萬元。所得反應是：特卹礙難照准，兩師番號予以撤消，勿庸補充。張氏對此極爲不滿，張曾不勝感慨的說：「我張某人混的不値十萬塊錢了。」而反觀共匪方面將被俘官兵，甚爲優待，利用官兵思鄉心理，宣傳「中央不抗日，專門剿除異己，謂東北軍剿匪，是使兩敗俱傷，同歸於盡。你們永遠不能打回去。」並稱：「共產黨對東北軍處境極爲同情，如能聯合一致對外，北上抗日，收復東北，是東北軍之惟一出路。」此後東北軍如不進攻，共軍決不進犯。」官兵經洗腦放還，這一批人成了共匪義務宣傳員，其中有一〇七師團長高福源，且變成共匪代言人，盡情向王以哲反映。（高福源據說是共黨份子。）（四）閻錫山也贊成停止內戰，一致抗日：在事變之前，張氏曾派代表李金洲到太原，徵詢閻氏意見，閻氏以剿匪非計，理由爲對內則無以對外，但閻氏絕對擁護中央，並無反蔣之意。旋張又令前參謀長戢翼翹與李金洲同往太原，閻氏所表示者亦與前同。以後閻氏、張氏到洛陽祝壽時，兩氏向 委員長進言：「抑止內戰，一致對外。」委座一再說明攘外必先安內之必要，共匪已成強弩之末，只要大家努力，短期內不難澈底消滅，永絕後患，態度正確堅決。張、閻兩氏亦反復申述其主張，最後激怒 委座，厲色質問張、閻兩人說：「你們只答應我一句話，是我該服從你們呢？還是你們該服從我？」張、閻一聞此言，知無可再說。只有當面表示服從 委員長而已。張、閻二人頗感沮喪，晚餐後，摒去隨從，在軍校操場散步，曾作長談，內容無從得知。及至事發後，張氏命李金洲以代表身份飛太原時，臨上機前，告李金洲說：「他（指閻氏）在洛陽和我晚間散步時，會對我說：『漢卿呀！看 委員長態度，我們不能再說話了，只有咱們以後看機會慢慢做罷。』現在我已做了，……看他怎麽辦？」參考事發以後，閻氏致張、楊電中有：「前在洛陽時，漢兄曾涕泣而道：……記曾勸漢兄云：……不洽之爭，與國不利，當徐圖商洽。」可見張、閻之聯合進言及事後密談，皆爲事實也。閻氏寥寥數語，亦爲西安事變之重要因素之一。蓋張、閻二氏既交換意見於前，並會聯合向委座建議，復秘密商談於後，故對西安事變，閻錫山應負一部份道義之責任也。（五）西安軍事會議爲事變之催生劑： 委員長華誕後，即入陝，駐臨潼華清池中國旅行社招待所。決定召開軍事會議，中央將領廿餘人，亦分別應召到西安，下榻西京招待所。此次會議，爲澈底肅清陝北殘餘共匪，傳聞東北軍將調往安徽及蘇北整訓之說，此時張氏左右之左傾份子，作賊心虛，認爲 委員長已知內幕情形，將受到嚴厲處分，即造謠張將被免職，東北軍將改編，不惜犧牲東北軍團體作孤注一擲，極力鼓吹張氏先發制人，免受制於人，追悔莫及。而適逢其會，每次開會，張楊兩人未奉命出席，張楊難免起疑懼之心，未加慎重考慮，誤信謠言，於是會議尚未閉幕，而事變發生矣。（六）楊虎城與共黨有勾結，張氏派共黨分子與楊聯絡勾結：張氏派共黨份子高崇民（前面說過）駐楊部聯絡。楊虎城本人，爲人陰險，對中央僅表面服從，並無誠意，惟恐天下不亂，以便乘機擴張勢力。且左右早有共黨份子潛伏，其機要秘書王炳南，即其中之一。（張學良懺悔錄亦如此說。）高匪奔走於張、楊之間，多方拉攏，上下其手，並與楊左右合作出版「活路」刊物，主張反對剿匪，一致對外。

根據以上張學良氏及李金洲氏之所云，便知張氏發動事變之前，先與共黨早有勾結，但是張學良何以亟亟需要與共黨聯絡勾結？竟自身跑到上海、洛川、延安等地去接洽？是由於他所說的：「共黨之停止內戰，共同抗日，高唱入雲，實攻我心，不只對良個人，並已搗動大部份東北軍將士，至少深入少壯者之心。當進剿再見不能成功，良覺一己主張，自問失敗，徵詢衆人意見，遂有聯絡共黨同楊虎城合作，停止剿匪，保存實力，共同抗日。」他又說：「再當一〇九師之敗，良亦曾表露倦於剿匪之心情。」據筆者到西安以後，與各方接觸所知：實際上停止內戰，共同抗日，是表面的話，而骨子裡根本原因是部隊作戰屢次失敗，軍心動搖，軍隊怠戰，張氏完全失去信心，對上無法交代，狗急了跳牆是實。東北軍經瀋陽事變，入關以後，失去老家，士氣頗爲沮喪，據說廿三年（一九三四年）在豫鄂皖邊區剿匪時，表現得也不佳，以後把他們調到陝西去整訓。陝北原來有股共匪：首名叫劉子丹的，人數約三千餘人。另陝甘邊區有共匪徐海東部約三千人，中央命張部剿辦。廿四年（一九三五年）十月二日國民政府特派蔣委員長兼西北剿匪總司令，張學良爲副總司令，在西安設總司令部，由張負責指揮，派錢大鈞先生爲參謀長，民國廿五年（一九三六年）初，朱毛股匪殘部約三千人亦竄至陝北，與劉子丹股會合，夥協農民，人數漸多，又曾竄入山西，閻錫山部也曾吃了共匪的虧，後經中央軍入晉協剿，共匪又竄回陝北。在陝甘方面，歸張學良指揮共同進剿堵剿的部隊，計有胡宗南的第一軍下轄第一師、第七十八師、及張耀明之第八師、李英之第二十四師、王文彥之第一四〇師等部，以後李及蘭之四十九師亦從陝南調入甘境堵剿，在廿五年（一九三六年）將近一年中，東北軍不但屢次進剿無功，並且迭有損失，官兵喪失信心，共黨早已開始對東北軍進行滲透，提出口號：「中國人不打中國人」，「槍口對外」，「打回老家去」，並挑撥東北軍與中央軍的感情，說：「中央軍待遇好，武器裝備好，損失了有補充。東北軍損失了不補充。」「許多中央軍在休息，只要東北軍來打仗，來送死。」……這樣引起東北軍恨中央軍，不願剿匪，要打回老家去。起先對下級官兵滲透，漸漸及於中級，以後又及於上級。與共匪相約互不侵犯。上峯命令進剿時，東北軍先把進剿的消息與進剿計劃告知共匪；如果上峯命令要進佔某城某鎮時，先通知共匪讓開，然後東北軍開進去。共匪以搜刮民間所得的大洋錢，去交換東北軍的武器彈藥。胡宗南等部與東北軍協同進剿時，東北軍往往網開一面，中央軍每每撲空。這就是張學良所說的「並已搖動了大部份東北軍將士。」但是這種實在情形，張學良不敢向蔣委員長據實報告，如果實說了，便顯得自己和部下無能，失去委員長的信任，影響自己的地位和東北軍的前途。一百十師和一〇九師是東北軍，兩師被共匪打垮，共匪故意示好，把人員先經洗腦然後放回來，也是讓他們回來做宣傳的，作軟化東北軍鬥志的宣傳。張學良受到部下不能戰，不願戰的影響，被部下拖着走，自己心無主宰，亦無好的辦法解決此一重大問題，又不肯認輸辭職，復受到左右共黨份子的包圍，「實攻我心」之心理攻勢，屢向委員長建議停止剿匪，委員長堅決不同意，便異想天開的想出兵變劫持的下策，雖說事變時並未通知共黨，共黨沒有直接參加事變，實際上是共黨導演的。共黨採取「間接路線」造成使張學良墮入陷阱。（戰場上直接打敗東北軍，是「直接路線」；用滲透方法，軟化張氏及所部與楊虎城等的鬥志，是李德哈特的所謂「間接路線」，兩者交互配合雙管齊下的運用。今天越南、高棉等地與共黨鬥爭的情形，共黨所運用的策畧亦復如是，在越、棉的軍事攻擊是「直接路線」，在其國內製造矛盾，運用反對派搗亂，游說美國人民和參衆議員停止援助等等，都是「間接路線。」張學良被共黨玩弄於股掌之上，作了犧牲品，這就是他自己也承認的「愚蠢可憐，幼稚可笑」也。）

吾人可以推想：假如東北軍剿匪勝利了，張學良本人一定是志氣昂揚，部隊士氣旺盛，共匪一套邪說詭計根本不能得售。「物必先腐，而後蟲生之」，西安事變之根本原因是部隊在戰場上作戰失敗了，而後各種毛病便隨之發生了。因此爲將者，一旦作戰，必須竭盡心力而求戰勝，千萬不能大意。作戰勝利了，部隊小疵瑕，也消滅於無形，廢鐵也變成金子了。一旦作戰失敗，部隊什麽毛病都會發生出來的，好的事情也變壞了，金子也變成廢鐵了。至於影響國家前途之大，更不可以道里計也。所以爲軍官者尤其是高級軍官，於此宜三致意焉。又假如進剿陝甘之匪，用江西第五次圍剿北路軍之原班人馬，（勝利之師，先聲奪人，共匪見之必然氣脫而戰慄。）並用第五次圍剿之戰術與部隊之編組方法，敢信半年時間，即可殲共匪盡淨，何至於弄到如此地步？又假如張學良自覺剿匪失敗，無成功信心，「陳力就列，不能者止。」就應該老老實實的向委員長報告。（有些將領，每每喜歡打腫臉充胖子，說大話；有些長官喜歡部下說大話，認爲他是「氣壯」。其實這都是足以達成上下相蒙，虛矯不實的風氣，會發生危險的。張學良即患了蒙上的毛病。）自請辭職，讓別人來幹，亦不致造成如此嚴重之後果。可惜以上三種有利的道路都沒有走，而走了這條最壞的道路，（事變）莫非天意乎哉？

（二）委員長對西安事變是否事前有所聞？

根據委員長「西安半月記」引言中有以下的幾句話：「……中正於二次入陝之先，即已察知東北軍剿匪部隊思想龐雜，言動歧異，且有勾通匪部，自由退却等種種複雜離奇之報告。甚至謂將有非常之密謀與變亂者。」足見 委員長事前是知道西安有事變之危險。據說事變前陳誠和戴笠及政工人員都得到西安方面不穩的消息，曾經報告 委員長。

委員長說不要緊的，他去了給他們開導一番，不會有事的。又孔代院長祥熙的「西安事變回憶錄」有云：「當西安事變發生三週以前，余默察當時陝軍東北軍之政治情勢，已兆危機，曾懇 蔣公加意，並勸其速離陝境，其時 蔣公已駐華清，正邀蔣夫人西行，余即以密札托蔣夫人面達。 蔣公囑夫人覆余，謂謠不必信，然未及十日，而事變遂發。」 委員長在「西安半月記」引言中也說：「中正以國家統一，始基已具，並東北軍痛心國難，處境特殊，悲憤所激，容不免有越軌之言論，如剴切誥諭，必能統一軍心，使知國家利害之所在。同是黃炎胄裔，患在不明國策，豈甘倒行逆施？中正身爲統帥，教導有責，此身屬於黨國，安危更不容計。爰於十二月四日由洛入關，約集秦隴剿匪諸將領，按日接見，諮詢情況，指授機宜。……」 委員長以君子之心，難測小人之腹。在吾國歷史上，被人所誘殺害者，不勝枚舉；以威望入險境而使反側屈服者亦不少，例如漢光武在更始二年，收銅馬、鐵脛、五幡、大彤、尤來、大鎗時，入賊營中，賊咸欽服，願供驅策，並曰：「蕭王（光武）推赤心於人腹中。」又如郭子儀單騎見回紇，皆以威望壓服反側。大凡對方事前無預謀者，爲將者可以大胆前往鎮撫。若對方事前有預謀者，則不可遽蹈陷阱。對方的政治背景與利害有關係，均須事前考察研究。

（三）張學良等何以不敢加害 委員長最後送 委員長回京？

張學良等爲什麼不敢加害委員長最後送他回京？其原因約有以下數端：

①先根據張學良前面反省錄中最後所說的：「徬徨束手，問策無人，除成立兩委員會外，立即電請周恩來到西安，共商決策。二、三日後，周偕秦邦憲等二人同來，周至此時，儼然爲西安之謀主矣。……」當時中國共產黨最大最迫切的目的，是「合法共存」，「准共產黨成爲一合法政黨。」如果加害 委員長，或挾 委員長他去，中央一怒之下，必然大興問罪之師，掃穴犁庭，不稍寬假，即令追到天涯海角，決不會罷休的，東北軍、楊虎城部、共黨部隊，決難抵禦中央軍之攻擊，那時他們一齊完蛋，那還談什麼「合法共存？」「成爲合法政黨呢？」所以共黨不主張加害 委員長，要釋放委員長，以討好 委員長，討好中央，以達到它政治解決，「合法共存」的目的。張學良說周匪「儼然成爲西安之謀主矣。」周匪所主之謀，便在此。又張氏說：「周等遂即參加已成立之委員會，當時西安所謂『三位一體』：東北軍、西北軍、和共黨也。討論當時情況，決議：「堅決實現八項要求，勿再使變動擴大，早日和平解決。」所謂「實現八項要求」就是共黨「合法共存」的目的主要部份，「勿再使變動擴大，早日和平解決。」就是不要加害 委員長，以免使事態擴大而妨礙它「合法共存」的目的。這意思是很明顯的，因爲這樣才於共黨有利。因此恢復 委員長的自由，當然是共黨所主張的。

②蘇俄史達林（第三國際）令中共運用影響力釋放 委員長：關於此節，孔代院長祥熙「西安事變回憶錄」所載：當時我國駐俄大使蔣廷黻先生曾有四次密報：第一次密報云：「……職於十六、十七兩日見李維諾夫（當時蘇俄外長）及鮑大使（當時蘇俄駐華大使鮑格莫諾夫）與談西安事變，彼輩均認爲不幸，對我極表同情……」第二次密報云：「蘇俄眞理報關於西安事變所著社論畧云：『南京政府方團結國內一切力量，向抗日之途徑進行，乃反動派頑强阻遏此種運動，張學良所部叛變之原因，應於此中覓其

解釋。張學良固曾有抵抗日本之一切機會，乃彼抱不抵抗主義，不戰而將東北拱手讓與日本，現乃轉以反日爲號召，此乃投機，事實上將促成國之分裂，淪中國爲外國侵畧之犧牲品。』……」第三次密報：消息報社論云：「……張學良向南京政府要求，包括對日宣戰及聯共等項，此等要求，僅屬發動之烟幕，實際上爲中國人民陣線之打擊，及中國對外抗禦之破壞。自蔣氏執政以來，中國已逐漸集中力量，顯足表示其領導國防之準備與能力，張學良之反動，足以破壞中國反日力量之團結，不獨爲南京政府之危機，抑且威脅全中國，雖假借反日口號，適足以便利日本帝國主義。』……」孔先生根據蔣廷黻先生密電按語有云：「……蘇聯是時之國際策畧，顯爲聯蔣以遏日，而非倒蔣以戰日。」「蔣廷黻先生第四次密報有云：「李維諾夫表示：『中國政府疑慮蘇聯與張學良有關，此種猜疑，實不友誼。余前已告君，自張學讓出東北以後，蘇聯與彼即無關係……』職（蔣先生自稱）告以張逆叛變，影響甚大，如不設法制止，勢將演成西班牙式戰爭，諒非蘇俄政府之所願，故頗望蘇聯能協助解決此事。李云『唯一協助方法，在使中國共產黨知道蘇聯政府態度』……」孔先生論蘇俄當時之態度有云：「……蘇俄並非眞有厚於我，當時歐洲方面希特勒正在整軍，蘇聯方在注視西方，實無力與日本周旋於東亞，……蘇聯政府雖不心喜蔣公統一政府，而却更懼中國政府之聯日，故於執權利害之下，認爲釋蔣爲有利。……外交情態之分析既明，余知此事既不致釀成國際戰爭，乃專意於內部之對付張楊，軍事之壓迫，政治之孤立，與感情之維繫，同時並進。……」從以上孔先生所言觀之：第三國際會命中國共產黨促使釋放 委員長，當屬事實。

③中央的運籌得宜：孔代院長所說：「軍事之壓迫，政治之孤立，與感情之維繫，同時並進。」這的確是適當的辦法。假設沒有軍事的壓迫，張楊和共黨便無所畏懼，就會漫天討價，講條件，甚至加害 委員長；因爲他們爲自身利害計，那樣做，將招致最不利的惡果，覆巢之下，將無完卵。人誰不爲自身利害着想？在國際間及某種團體間，權力鬥爭，就是要有「力」，無「力」，少「力」，說話便不能發生效用。所以軍事壓迫，是絕對需要的。當時有人怕中央飛機炸西安，影響 委員長的安全，中央飛機飛西安上空，不過是示威而已，但決不會炸西安的，是「裝腔作勢」一種壓迫的姿態而已。所謂「政治的孤立」，就是使張楊在國內無人附和同情，自覺孤掌難鳴。「感情的維繫」，就是使張楊受到理性情感的勸導，及時回頭。這都是政治方法的運用。在政治上說，「網開一面」是常常需要的，不會運用政治方法的人，往往逼得別人無路可走，狗急了跳牆，甚至鬧出大亂子出來。所以除掉對敵人軍事、政治作戰之外，在某些軍事政治問題，總以經過談判爲宜，談判每能了解對方，消除歧見，消除由於過份主觀所造成的偏見。當時中央方面，除直接和間接電勸張學良以外，另由端納、宋子文先生、蔣夫人前往西安接洽，動之以情感，都是釜底抽薪，解決危機的辦法。孔先生所說「政治之孤立」，由於西安事變發生時，張學良曾發電並派代表與閻錫山、李宗仁、劉湘、韓復榘、李濟琛、宋哲元等有所連絡，經中央分別予以連繫，除李濟琛外，大多數不同情張氏劫持之主張，而主張恢復 委員長的自由，這也是「政治之孤立」的效果。（其中關於閻錫山、劉湘、韓復榘三人之態度，有不同之說法，茲亦並錄之：據李金洲氏前面所述：在張學良派李氏爲代表前往太原臨上飛機前，張告李

氏說：「閻錫山在洛陽和我散步時，對我說：『漢卿呀！看 委員長態度咱們不能再說話了，只有咱們自己以後看機會慢慢的做罷。』我現在已做了，看他怎麼辦？……」但在事變之後，閻致張電云：「前在洛陽時，漢兄曾泣涕而道……記曾勸漢兄云……不洽之爭，與國不利，當徐圖商洽。」由此看來，在洛陽所說的「只有咱們看機會慢慢的做罷。」及電中「當徐圖商洽」兩句話的意思，不見得就是教張學良反蔣或攪事變。當時閻張兩人在 委員長面前碰了釘子出來，張學良情緒不佳，閻氏既想不出好辦法來說，又不能勸張辭職，只好拿一種含混不清的話來應付張氏一下，勸張氏暫時忍耐，以後看情形再說罷，這是人之常情。在事變以後，閻氏並未有同情或響應張氏發動事變的舉動。又事變之前，張氏代表李金洲及戢翼翹兩次到太原，閻氏表示絕對擁護中央並無反蔣之意，事變以後，張氏又派李氏前往，閻表示：決本愛護國家，愛護領袖，愛護副司令，愛護東北軍四大原則派趙戴文、徐永昌偕李赴西安……後張氏不待趙徐到陝，決心悔過，送 委座回京。（詳李氏西安事變親歷記）如是，則閻錫山與西安事變沒有關聯。四川之劉湘，據李金洲所說：張學良代表宋醒癡到成都時，劉湘表示願為張學良後盾，竟主張對委座斷然處置，後聞張氏送委座回京，又大罵張氏。但孔代院長回憶錄說：事變發生後，孔先生命劉航琛先生回川，將中央之意告劉，劉氏遂於十九日發電勸張學良，促張恢復委座自由。此殆由於孔先生聯繫之力也。山東之韓復榘，李金洲說：韓氏有電與張學良，表示願効前驅。但又電復孔代院長請從速運籌決策，俾得早日脫險。亦可由於孔先生聯繫之故。姑併錄之以為參考。

④委員長臨難之堅強偉大人格及精神懾服叛逆：張學良在發動事變時，以為用兵劫持強諫，委座會依從他的主張，誰知 委員長堅決不理，張氏知 委座非強迫所能屈從，外受壓力及勸告，乃隨風轉舵而悔過送 委助返京矣。

⑤輿論之壓力：自事變發生後，全國各地報紙、名流學者、老百姓、軍人、學生、無不指責張楊禍國，破壞國家統一，各方分電張楊，勸其早釋 委員長。據李金洲說：「就中以胡適之先生的電報影響最大，胡先生電中有警句云：『吾兄此舉，將使中國倒退五十年。』……張氏閱後，甚受感動云。

⑥張楊內部將領之傾向中央：最顯著者為楊虎城所部之馮欽哉軍長，孔代院長回憶錄中亦迭有敘述東北軍之將領亦有不少傾向中央者。由於張楊內部將領有不少傾向中央者，張楊亦不能不有所顧慮也。

張楊等不敢加害 委員長最後送 委座回京，其原因似不外乎以上幾項。

（四）隨 委員長在西安被扣留之中央文武官員是怎麼脫險的？

廿五年（一九三六年）十一月卅一日 委員長的五十華誕，時駐節洛陽，當時有很多文武官員前往祝壽，祝壽以後，十二月四日 委員由洛入關，許多文武官員也隨之到了西安，開會研討爾後進剿事宜，他們住西京招待所。文武官員計有：陳誠先生、錢大鈞先生、（錢先生是 委員長侍從室主任，隨委座駐華清池，後在該地負傷。）蔣鼎文先生、朱紹良先生、郭寄嶠先生、蔣作賓先生、陳繼承先生和他的夫人、萬耀煌先生和他的夫人、陳調元先生、蕭贊育先生、蔣百里先生、邵元冲先生、衛立煌、李基鴻、龔逢陽、機要室毛主任等，蔣百里先生原不是和他們一同去的，剛巧適逢其會。

西京招待所的房子在西安城內，是一所八字形的房子，大致形式如附圖（二）；在事變發生時，是由楊虎城的部隊守衛的，據說張學良原來是規定軍隊不許開槍

附圖一

中央軍第一第四第五集團軍集結態勢要圖

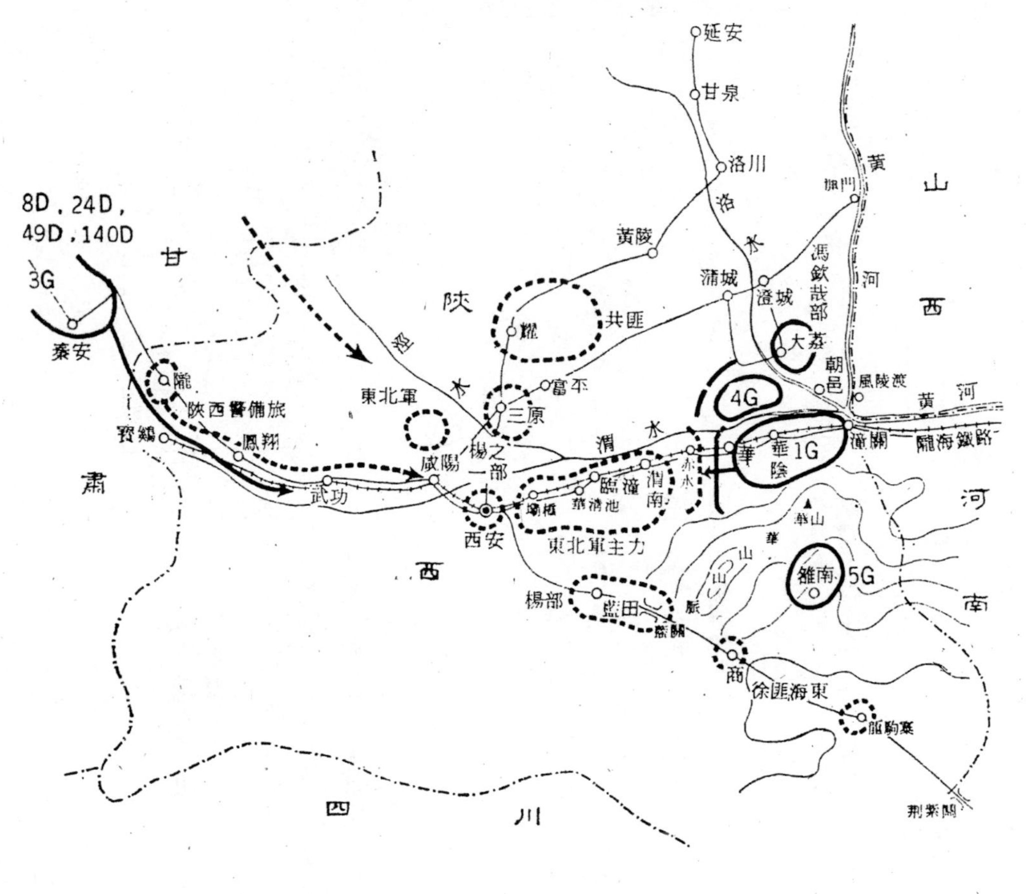

，更不許傷人，那知那些叛兵全無紀律，如臨大敵，隨意放槍，搶劫財物。

他們初到西京招待所時，曾受到張學良的一頓西餐招待（事變前一日），在十二日天明，四面打槍，他們情知不妙，不過大家很鎮定不出來，可是邵元冲先生因為是文人，不免沉不住氣，從臥室的窗子裡跳出來，牆外的叛兵，以自動步槍向邵先生射擊，邵先生連中五彈，死於窗下。既而叛兵入內，要他們一齊進入餐廳，他們便入餐廳，但是外面仍然繼續射擊，郭寄嶠先生問那叛軍軍官，為什麽還要打槍？那叛軍說：「蔣鼎文先生在樓上不下來。」郭先生：「不要打槍，我喊他下來就是。」槍聲乃停。於是郭先生找到蔣先生的隨從參謀，問蔣先生何在？該參謀說：「在樓上廁所裡。」郭先生說：「你報告蔣先生，說我們都在餐廳，請蔣先生下來，到餐廳來吧！」蔣乃下樓入餐廳。於是叛軍搜索各位官員的臥室，凡屬銀錢和值錢的東西，一併順手牽羊的拿去了，足見叛軍紀律之壞。以後，叛軍將各位將軍，各位先生，分別各居一室，每室門外有兩個衛兵分持長短槍各一枝監視他們。第三天，才把他們送到東北軍的宿舍監視。到了廿五日，　委員長離開西安時，原說同機飛京，由於楊虎城和左傾份子留難，廿五日未能離陝，說廿六日離陝亦未成，後來幸王以哲和劉多荃兩人支持，硬派了兩師兵

西京招待所概略形式圖

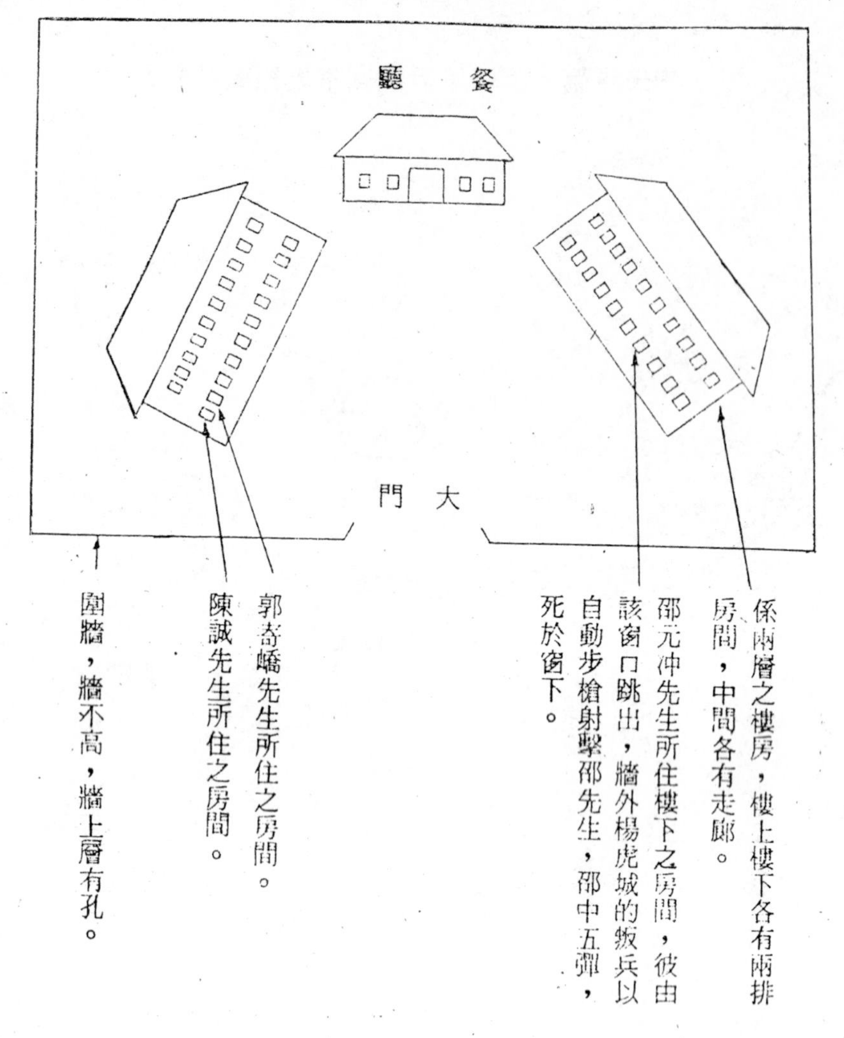

力，從他們的住所到飛機場，沿途警戒保護，才把各位高級將領和先生及夫人送到飛機場，離西安前一日（廿六日）曾受到楊虎城西餐欵待一次。席間蔣百里起立說笑話：「……我們昨天是階下囚，今天又是座上客了。……」楊虎城聽了，覺得很尷尬。廿七日他們登機，飛離西安返京。假如沒有王以哲、劉多荃兩人鼎力保護，他們不能離開西安，留在西安做人質的話，在以後西安混亂局面之下，他們的安全是十分可慮的。

西安爲周、秦、漢、唐幾代盛世帝都之所在，氣魄雄偉，舊籍碑版甚多，碑版多的地方有「碑林」，唐太宗時的昭陵六駿也在該地，其餘碑版不勝枚舉，記不清了。我們在西安行營工作，得暇遊覽名勝古跡，西安附近幾縣的名勝古跡非常多，也記不清了，舊版書籍，我曾購買不少珍藏，後來都遺失了，甚爲可惜，我們在西安僅工作半年，以後上海戰事爆發，我們調到第三戰區去參加抗戰了。回首當年，殊令人感慨系之。

易培基與故宮盜寶疑案

劉心皇

頃閱馬五先生「政海人物面面觀，其中有一節，是敘述「易培基（寅村）」的。關於易培基所涉及的「故宮盜寶案」，頗有肯定之意，他的敘述易培基被任為故宮博物院院長的經過，也是頗具戲劇性的，他說：

「易抵粵後，投入湘軍總部司筆札之役，總司令為譚畏公。越一九二四年，國民黨採取容共政策，毛澤東、夏曦等湖南第一師範畢業生皆在廣州，毛且當選國民黨候補中委，主持農民講習所。易以曾任湖南第一師範校長關係，常與毛、夏接近。毛、夏雖未直接受過易的教（易作校長時，他們已經畢業了。）然仍以師禮事易，呼之為「校長」。後來國民黨遴派湖南黨務工作人員時，易即按照毛、夏所開列的人選，分向譚畏公與汪精衛為之說項，指這些革命青年都是他的及門弟子，汪精衛以易擁有這般青年羣衆，乃不復視易為學究式人物，特垂青眼，引為同志。蓋易經常穿着長袍，足登布履，手持吾國舊式的長烟桿，在新人物的觀感中，認為他是不能革命的老古董呢？

易在湘軍總部的職位是秘書，却非譚畏公的親信幕僚，眞正替譚公掌理文書事宜的，係與譚有葭莩之誼的呂苾籌（蘧生），往後譚在南京任行政院長，即以呂為秘書長。一九二四年秋，湘軍改制為國民革命軍第二軍，譚畏公仍任軍長，易培基亦掌書記如故。一日易在其辦公室門口，貼出「秘書長室」字條，此時軍部並未設置秘書長，同寅見之大譁，指易自封秘書長，羣起攻擊，呂苾籌亦極不愉快。易在羣起非難譏嘲之下，不安於位，乃乞譚畏公向中央黨部商洽，請派赴外省從事秘密革命工作。初擬派往湖南，易以湘省仍係趙恒惕當政，恐趙藉宋板書舊案對他不利，自願北上幽燕于役，從之。汪精衛對易已有好感，特別為易作書鄭重介紹於華北甚著聲望的李石曾先生，書由易面遞，此一九二四年冬初事也。易挾書馳抵北平，晉謁李氏，李與汪友誼素深，對易頗厚遇，易對李亦尊敬備至，過從甚密，寖成親信同志。

越一九二五年春初，馮玉祥倒戈反對直系軍閥曹錕、吳佩孚，潛師自熱河回駐北京，將賄選總統曹錕拘囚於延慶樓，而由原任教育總長黃郛組織攝政內閣，實行首都革命。黃內閣徵辟李石曾出任教育總長，李以生平不作官的素志，婉却之，黃求李舉賢以代，李即推薦易培基，黃雖不識易，然以李既提名保舉，且係來自廣州的國民黨人，當然樂於延攬。於是乎，易以不甘落寞的舊式書生，平地一聲，躍居「文部大臣」的崇高地位了！富貴逼人來，殊非始料所及，他對李石曾先生自然感恩知己，刻骨銘心，旋將女兒許配李氏的侄兒，締結秦晉之好，關係更進一步了。

馮軍推倒曹錕後，再將滿清小朝廷的溥儀廢帝驅逐出宮，所有庋藏故宮的一切古物，原係國家財產，另設「故宮古物保管委員會」管理之，而以李石曾氏總其成，教育總長易培基以職責所在，當然參加，李氏固不願負行政責任，對於管委會的日常事務，皆託易料理，事實上，易才是管委會的主持人。……黃內閣歷時不久，段祺瑞入京主政，成立執政府，各部人事改組，易亦去職，由湘人章士釗繼任，易乃專責料理故宮古物管委會的會務，直到一九二六年初夏，西北軍撤出北京，張作霖、吳佩孚聯袂入京，查緝國民黨人甚急，易才避往天津。迨南京政府成立，易以李親家的推轂，出任農商部。南京政府的高官，皆優學爲之，憑易之才之學，及其對革命的歷史與勞績，固是不配顯達若是的。這除却歸於命運外，很難得到正確的解釋。未幾，中央設置實業部，農商事業併歸該部掌管，易解除了部長職務，而中央決定將故宮古物管委會改組爲「故宮博物院」，範圍更擴充，易又被任爲故宮博物院院長，官運依然亨通，叨的還是李親家之光。易任故宮博物院長的時間甚久，每月發行一本刊物，將故宮的古物分門別類，加以圖片說明而刋佈之，算是一項有益於文化事業的工作。此外故宮所藏的皮貨亦不少，這類毛質品久藏必告窳敗，易乃主張公開拍賣，固屬不錯，大概易的幸運已經告盡了，竟因此而惹禍上身，終身抬不起頭來！

故宮的皮貨當然是特等材料，拍賣這些貨品時，據說不無弊竇，人言嘖嘖，莫可究詰。旋有中央黨部監察委員舉證提出彈章，中樞以事涉刑律，爲表示公正，乃交由高等法院究處，俾息物議。法院傳易到案偵訊，易具呈辯稱此係私人之間的嫌怨問題，否認有舞弊情事，却不肯出庭對質。法院以中樞專案移送的公訴事件，未便因循，非被告到案不可，迭傳而易不應，乃下通緝令。於是，易只好辭去院長職務，避居津滬租界中，法院以被告行蹤不明，無從查緝，亦就停止進行，經過相當時期後，事情淡然若忘了。易久蟄思動，曾在上海江灣創設「勞動大學」，自任校長。迨一九三二年日本軍閥掀起上海「一・二八」戰役，江灣一帶遭受日寇空軍轟炸與砲火進攻甚烈，勞動大學以及易隱居江灣的宅第，一律化爲灰燼了。據說易收藏古硯最多，計有珍品八十餘件，盡已燬於砲火之中，損失殊慘重。洎是易的行蹤即很少人知道，不久乃以下世聞，他究竟在什麼地方逝去的，社會人士多不明白。」

馬五先生在叙述易培基的文中，因欲肯定「故宮盜寶案」，而有幾段很有意思的話，他說：

「易培基（寅村）湖南長沙人，粗讀舊書，好寫嬰兒的漢字，不愧爲三家村的學究，由於時代關係，他對近世的社會科學知識，是極端貧乏的。他有一弟易白沙，少時爲革命而死難了，湘人同聲痛惜，因而視寅村爲烈屬，每加禮遇，民國初元，執教於長沙各中學，講授國文。譚組安先生二次主持湘政時，易曾入幕府供職，旋受命爲省立第一師範學校校長有年。趙恒惕繼任湖南省長後，易卸去師範校長職，改充湖南省立圖書館館長。迨一九二〇年（民國九年）夏，易辭去圖書館事，先叔祖（筱秋）承乏，接任伊始，依照移交的圖書清册，逐一鈎稽，發現一部宋板書籍已非原有版本，即函易查詢，易復謂原書係第一師範借去了，但無借條存案，再致函一師追索，而一師校長堅决否認有借書之事。如此往返究問，遷延若干時日，亦不得要領，而易已離湘前往廣州去矣，此案乃不了了之。是時，筆者適在長沙，親聆先叔祖談及此事，肯定易以普通板本掉換古籍，化公爲私了。」

以上是馬五先生所舉易培基「化公爲私」的一個例證。他又說：

「是時筆者自海外歸來，執教鞭於北京民國大學，常應當時住在張家口的李協和將軍之約，往來張垣與北京之間，而民黨要人張溥泉（繼）先生亦常在張垣與馮玉祥接觸，李、張二公爲着華北的革命問題，不時致書李石曾先生，間亦與易通函，這些信件不便投郵，每由我携至北京面交，因而得識易。一九二五年冬臘某夕，大雪紛飛，我懷着李協和將軍致易總長的信，赴易公館叩謁，易適進餐，囑閽人引我進入他的小客廳暫坐，這是表示對我優徒的禮貌。我在客廳候教時，見牆壁上掛有墨梅四幅，甚高雅，起身撫摸之，知係用絹質畫的，再翻閱反面，絹角上蓋有文淵閣第若干號的紅色鈐字，證明是故宮的古畫，決非民間普通畫件。」

以上是馬五先生所說，易培基「化公爲私」的第二個例證。最後，他又說道：「易氏以一腐儒之資，因緣時會，於窮無所歸的落拓境況中，一躍而驟躋公卿之位，其興也勃焉；得意忘形之餘，竟以細故而招來身敗名裂之禍，抑鬱以終，其亡也倏焉，謂之爲兎起鶻落，不亦宜乎！易氏平日對人接物的詞色氣宇，多虛憍而不自然，故作學者通儒的形象，矜持不逞，而談吐則甚俗。世人疑其在掌管故宮古物期間，不無慚德，事屬曖昧，搢紳先生難言之。但他早年以坊間通俗本換取湖南圖書館的宋版書籍，却係千眞萬確的事實。康有爲遊西北時亦曾盜取敦煌石室典籍，喧騰中外，易不過小巫而已，尙何言哉！」

其實，馬五先生以生花妙筆，將易培基的一生戲劇化起來，看起來，頗有趣味。但是，他所謂的「世人疑其在掌管故宮古物期間，不無慚德，事實曖昧，搢紳先生難言之」的「故宮盜寶案」，却是不能肯定的。

「故宮盜寶案」發生於民國二十二年，當時，易爲故宮博物院院長，李宗侗爲該院秘書長。對故宮古物的保管，極爲愼重小心，每間古物寶庫，都貼有六七個機關的封條，開庫時，必須各貼封條的機關代表到齊，方能開庫，關防如此嚴密，何能「盜寶」？當時，該院有一馬性職員，欲取「院長」而代之，暗中製造是非，並伺機勾結外人，以打擊易、李①。

適有黨國要人張繼者，其妻崔氏，强悍潑辣，張繼畏之如虎，不敢拂其意。崔氏在北平辦一私立××學校，向易、李捐款時，由於數目問題，發生不愉快，雖形之於顏色，而未至爭吵。不久，故宮博物院公開拍賣故宮的皮貨，崔氏得悉後，向該院要求，在公開拍賣前，先行選購一部分，被院中職員婉拒，崔氏大爲憤怒，便欲報復，暗中向該院調查錯失，而馬姓職員遂將該院所藏的清宮所遺留的珠冠事件向崔氏陳述。這批珠冠上的珍珠寶石，自然是眞品，但自清季宣統年間及民初這一段時間，被清廷的近臣及太監宮女之流，秘密將贋品換取眞品，數不在少；而書畫方面，亦有被掉換者。清室善後委員會接受這批古物，登記時，未註明眞品或贋品。而今，這批古物古書畫中，有贋品不少。崔氏聞之大喜，遂誣指易、李以贋品換眞品，而盜竊古物。並勾結該院的職員，向法院控告。至二十三年，由江寧地方法院提起公訴。主要被告，有故宮博物院院長易培基、秘書長李宗侗，認爲他們有以贋品掉換古物眞品的嫌疑。此一事件，乃所謂的故宮盜寶案。

此案發生後，易、李認爲不是單純的司法問題，而是黨國要人張繼及監察委員崔氏的恩怨問題，恐不能有公平的審判，致遭寃獄之苦，便避入上海法租界。

當時，吳稚暉和張靜江兩位先生，爲易、李之事件，曾以中央監察委員身份，致行政院院長汪兆銘書，云：

「精衛先生院長勳鑒：頃得故宮易前院長寄示呈請

貴院文暨呈中監委會文，故宮弊嫌賄疑，是非各執，至今未聞有確實之究竟。弟等亦曾理事故宮，故宮有弊嫌，自應引咎失察，理會曾擬先自調查，終以有礙司法獨立，未能進行，故此案弊嫌，終須俟法院解決，自不待言，易呈所舉賄嫌，貴院曾批逕向法院呈訴，亦屬惟一正路。因而此案爲司法問題，而非行政問題，似已彰明，但賄嫌亦必向法院起訴是也。至於被訴者至爲何等人格，其人爲賄嫌之被訴人，同時又能爲賄嫌之檢舉人，此於人格上關涉司法行政矣。易呈先向 貴院請求救濟，似不無理由，賄嫌所舉諸點，其最明確之兩點，一則爲檢察長致其檢察官之蒸電曰：「張囑尹即來，費先籌給。」一則爲告發人之委託作函人致其證人曰：「頃奉張太太諭，請駕到京，一切花費，均可由張太太付予，到此後，或可就近設法，此機會千萬勿錯過爲要！」易呈證爲張囑尹者，即等於奉張太太諭奏也。費者即等于一切花費，均可由張太太付予也。籌者數量非小，則等於包括設法與機會等之利益在內矣。易呈所證明，是非自待法院審判，弟等自然不能與同情，然亦不能立即否定，故因曾經理事故宮，不忍見前院長於是非未明，裁判未行前，先受人格萬一有問題者之刑辱，故求法治不生缺點起見，貢獻四點如下：

（一）故宮弊嫌，端宜澈究，歸正當法院爲正當裁判，此無絲毫問題者也。

（二）檢察官與告發人之罪嫌，亦歸正當法院爲正當之裁判，此一毫無問題者也。而且于裁判未行前，檢察官自無落職之可能，告發人是否將失去告發人之資格，亦不能定。

（三）檢查官偵查任何弊嫌而起訴之，即審判不實亦不負責任，此奬勵法治之原則也，亦無問題也。

右皆法律之單純問題也。

（四）我國取司法行政屬於行政院，似即救濟法律之窮，亦爲一端，賄嫌者，即法官有不利於被告人民行爲之嫌疑，換言之，在易呈之意，即仇視被告之法官也，易呈已認過去之傳爲仇傳，拘爲仇拘，緝爲仇緝，將來不免仇押，彼疑必將爲仇人庾斃拘留所，故不願以身試仇，此雖爲彼之過慮，然我政府任命檢察長檢察被告人民之一切，是否其人格必爲公正無私，有能肩法治之人格者，或儘可被告指其有賄嫌，其人已有仇視被告之嫌疑者，仍得檢察被仇之被告，此于司法行政上討論官吏人格之用人行政，必生問題者也。易前院長不願以身試仇，造成法治之缺點，亦不無相當理由，如何救濟不令法官失尊嚴，亦不使人民被仇視，此弟等此次惟一貢獻之一點也。干冒法嚴，伏候

鈞裁　吳敬恒　張人傑　頓首

三月十五日」

細閱吳、張兩先生此函之內容，認易、李等之被羅織爲「盜寶」大爲寃枉者。至民國二十四年四月二十三日，傅斯年先生曾致函李宗侗云：

「別來一年，感念何似！故宮事，弟本有寫些文字，投以報紙之意。而大病迄未復原，逡巡未果。三月初在北平，與旭生兄談，可各約集友人，出來作一立場，旭生然之。商之潤章，均謂可行。適之先生，一向佩服故宮之工作，弟就商之，彼於函羅說事，謂可任之。但法律之立點，似宜先研究之。旋故宮新理事會發表，弟本不想來，繼思看看也好，故來。弟原想在會中演說一下，說明：1.故宮工作之成績。2.古物之無恙。3.案件之應了。（就國家大體言）。並約濟之應之。不料開會後全場和氣，溥公（按即崔氏之夫）與張、吳二老（按即張靜江、吳稚暉）一唱一和，（如舉職員，其一也），弟覺必是早有契約矣，弟不便再自己提出岔子也。會散後，弟覺甚好，晚餐因雪艇早有約，未留。次日，聞得當晚又大鬧了，眞不幸也。弟若早知有事，當留下作演說也。弟在京遇人，皆申說故宮歷年成績，古物之無恙，案情之有損國家體面。人多謂然，惜無挺身而出了此事者。不過汪自贛返後之中政會上，大家討論及此，頗有請蔡先生至南京，開一會，了積案之意。孟餘謂訟事爲國家丟人，雪艇謂應設法速了。如此看來，似頗有一線之路。蔡先生大約可一至京，是有何方案，何不謅商？弟有可助者，無不惟力是視也。」

按傅斯年先生函中之人，爲旭生（徐炳昶）、潤章（李書華）、適之（胡適）、濟之（李濟）、雪艇（王世杰）、孟餘（顧兆熊）等學術界人物，都認爲易、李的「故宮盜寶案」之寃枉。因事涉政界的恩怨，遂致遷延，不能「速了此案」。

至民國二十六年九月，易培基因憂憤成疾，逝於上海。主角既亡，轟動海內外的「故宮盜寶案」，自然不了了之。當易病逝時，吳稚暉先生曾輓以聯云：

「最毒悍婦心，沉寃縱雪公爲死，
誤交賣友客，閉官相攘謀竟深。」

易培基，其實並非一昏瞶官僚，對於學術工作，亦曾盡力。其子漱平云：

「先公生平盡瘁於三國志補注、及楚辭補注兩書，國志雖有裴松之注，爲世所

稱，然傳鈔易僞，北宋刋本亦不易見，校補增注，仍爲需要矣。清儒致力於此者多家，然皆零星無爲全注者，先公因欲倣王氏兩漢書例，將前人校注分列於每句之下，然後下以己意，評其是非，更用北宋殘本、南宋各本，及元明諸刋，校其異同，始創於長沙，後至粤至杭，屢往來京平淞滬間，莫不以底本自隨，遇善本則加以校注，如是者，蓋數十年。然至民國二十六年疾卒滬寓時，仍未能繕成草本也。漱平深懼其一生功力淪沒不彰，恰逢藝文刋史部書，求國志善本，乃由嚴一萍金祥恒兩先生代爲整理，因不欲將明翻北宋本原書割裂，乃以號碼注於原書眉上，以校注順序附於後，至於清儒各家校識諸書，多存於滬，在臺亦無從彙列，雖不能達先公之初意，庶幾所校補得以保全，後有作者俾能以爲藍本，尙屬稍幸耳。……」②

這是其子易漱平對致力「三國志補注」的說明，並在臺灣加以影印，至於「楚辭補注」，曾繕有清本，惟漱平來臺時，未予携帶，留於滬寓，爲可惜耳。

關於清季宣統年間，清廷近臣及太監盜竊古物及掉換古物之事，是確實的。宣統皇帝溥儀曾說：「鄭孝胥成了『懋勤殿行走』之後，幾次和我講過要成大業，必先整頓內務府……因此，我破格授這位漢大臣爲總理內務府大臣，並且『掌管印鑰』，爲內務大臣之首席。……攻擊內務府的舉動接二連三地出現了。如內務府出售古玩給日本商人，內務府大臣榮源把歷代帝后册寶押進四大銀行等等，……同時，在清點字畫中，那些被我召集到身邊的股肱之臣，特別是羅振玉，也遭了物議。這些新增加的辮子們來到紫禁城裡，本來沒有別的事，除了左一個條陳，右一個密奏，陳說復興大計之外，就是清點字畫古玩，替我在清點過的字畫上面蓋上一個『宣統御覽之寶』，登記上賬，誰知這一清點，引起了滿城風雨。當時，我却不知道，不點還好，東西越點越少，而且給遺老們增闢了各種生財之道。羅振玉的散氏盤、毛公鼎的古銅器拓片，佟濟煦的珂羅版的宮中藏畫集，都賣了大價錢，轟動了中外……」③。足證，故宮的古字畫及古物，在宣統年間及民初這一段時間裡，被盜去及被掉換去的不少。而在故宮博物院登記時，並未註明眞品或贋品。些事，惟有該院古物館的人，知道有此缺失。而馬衡即爲該館副館長，當然知道得更詳細。自然成爲他誣陷易培基和李宗侗的本錢了。

此案所牽涉的另一人，前已言之，即爲李宗侗。他是故宮博院的秘書長，案發之後，與易同時避入上海租界者。在抗戰時代，易已逝世，而李生活困窘，曾致函其叔父李石曾先生，請求援助。函云：

「若非故宮案故，姪早已入內地，盡抗法西斯一份之力。但現以案故，無法遷居內地，若囘平，則只有作漢奸，則又非姪所肯爲，不作漢奸則平亦不能住。然困居滬上，生活日增，借貸無門，已陷入山窮水盡之時，無已，只有靦顏叩請吾叔設法賜一援助。明知吾叔亦非從容之時，然思吾叔不忍坐視服膺追隨多年之姪之貧困而不援手也。若不能有直接接濟辦法，則請吾叔爲借墊若干，由姪用譯書工作爲報。……」

李宗侗的生活，便證明他絕未「盜寶」，假如有「寶」在手，生活還會貧困嗎？迨民國三十四年，抗戰勝利，政府即對李宗侗予以免訴。自政府遷臺後，即任命李爲故宮博物院理事及管理委員，一直到他逝世時止，大約有二十餘年的時間。李的逝世時間，爲民國六十三年三月十六日。他家境困窘，身後蕭條。到蓋棺論定，李的確是清白的。李爲臺大教授，曾代理歷史系主任，平生對中國上古史、中國古代社會史、中國史學史、清史等都極有研究。他的學生，都很欽佩他。

附註①傅樂成「追念玄伯先生」。②「三國志補注六十五卷」易漱平識語，藝文版。③溥儀：「我的前半生」第一集頁一五三——一五五。

白屋詩人吳芳吉

·芝　厂·

談近代蜀中文士者，對於白屋吳生，無不詡爲近代詩壇怪傑，而未詳其志行節概。白屋一生顛沛，備嘗人世的艱辛，從困苦顛連中，放射出磅礴奔放的光芒，也培成了他愛國愛民的深心，實爲近代稀有的哲人。他的志趣，不是想以「詩」名家，而是想藉詩歌來喚醒人們的自覺，從眞、善、美的程途，去創造人世間的新境界。他的人生哲學，是以孔孟的修身齊家作出發點，更吸收佛家的智慧，和耶教的博愛，來鍛鍊小我，建樹大我。對於細行末節，他都絕不含糊苟且。從體驗中求創造；納創造於體驗。所以在平易中隨時有新境界，而每一新境界中又不遠離平易。他曾自嘆地寫過：「安得讀盡古今書，行盡天下路，受盡人間苦，使我猛覺悟！」如果儒們也有「苦行」的話，白屋應是儒門中的第一個。

他名芳吉，字碧柳，一般人稱他做吳白屋，白屋是鄉居名稱，本是四川江津縣人，出生在重慶。他父親是江津一個小康的商人，在他出生不到十年左右，在巴縣(重慶舊稱)經商失敗，負債纍纍，被有勢力的債權人，串通縣衙門裡的官吏，把他拘押起來，追索餘欠，因爲無錢取贖，就無限期被羈留在監牢裡。他的母親在這種情形下，當賣俱盡，無以爲活，便帶了兒子回到江津鄉下，捱苦渡日。十二歲進了一家小學，好容易請免了學費，每日來回十多里，早出晚歸，中餐兩塊硬麵製成的餅，胡亂作爲一頓。因爲他生來聰穎，所以進步極快，尤其對於作文一科，特別來得出人頭地，遠非其他同學們所能企及，因此深得師長和母親的歡心。他母親是個識大體的婦人，不願刺傷他稚弱的心靈，始終沒告訴他父親羈獄的事情，只說在城裡作生意。有一天，他在學校裡偶然聽到教員們談論他，提到他父親欠債入獄的事。他晚間歸來，跪在母親面前，泣詢經過，他母親迫不得已才在燈前和淚詳告原委。這一晚，舊事新情一齊迸上母子的心頭，偎倚哭泣到了天明。第二天，他堅決要去巴縣探望父親，後來得到師友們的同情，慨然湊集了銀元兩枚，作爲路費。初次單身遠行，他母親送到江干，叮嚀囑咐，他坐了木船到巴縣，却過了探監的規定時間，他神疲力歉地坐在獄門石階上，涕泣哀求，獄吏可憐他小小年紀，天性動人，才勉强得到通融，悄悄引他到監房外，隔着鳥籠般的鐵窗，看到他的父親，蓬頭垢面，衣不被體，鬚髮鬑鬑，已不像個人形，他痛哭失聲，伸手一握，嗷然一句「爸爸」，人已暈厥了。獄吏怕躭干係，急忙把他抱出監外。

吳芳吉昏去醒來，抬頭看已是一天星斗，從石階上翻身坐起，抹乾了淚痕，投到附近一家小棧房裡住下。在旅舍昏燈之下，他竟了一夜之力，苦心構思，寫成了一篇長達千言的辯冤狀，次日拂曉，這個十三四歲的孩子，洗了頭面，整一整衣襟，一口氣跑到縣衙門裡去喊冤，長跪階墀，上了冤狀，引起縣太爺的驚奇和哀憫，接了狀，打發他在外候訊，果然他的父親在幾天後被釋出獄了。父子回到江津，轟動了全縣，稱做吳孝子。遠近播爲美談。後來他能夠免費升讀中學，以及赴成都參加清華留美預備學校在各省招收限額學生的考試，都是由於這事受人同情，得到鄉里佽助。

他考上清華後，溯江到滬，候輪北行，在上海順便走訪一個父執，這個父執早聽說過他是個孝子，便招待他在家裡住下，以爲這小小年紀居然考上了清華，畢業後公費留美，將來學成歸國，飛黃騰達自不待言，因之，對他十分喜悅，欵接殷勤，不特加意稱許，還隱隱在談話間，表示願以膝下弱女許配給他的意思。上天津輪時，買了許多水菓點心，親送到船上殷勤握手，他對這父執自是十分感激！到了學校，和吳雨僧（宓）同班同學，兩人都姓吳，興趣也相近，雖然一個江津，一個涇陽，五百年前總是一家，雨僧大他一歲，他稱他大哥，上課和作息，形影不離，意氣甚投，考績也非常優異。過了不一年，也是合該有事，校中有個學生，不滿校中當局的某項措施，加以批評，被校方知道，開除了學籍。這事引起學生的不平，集會商討，推選代表十一人，每省一個，芳吉自然是四川的代表，向校長請願，請收回成命，那校長認爲是「要挾」竟毫不留情地連這十個代表也一併開革。後來經過教授們的轉圜，校長才准許這十代表寫具悔過書後，恢復學籍。大家祇好照寫，吳芳吉想了想：這是甚麽「過」？又怎樣可以隨隨便便的「悔」？便以「無過可悔」爲詞，拒不肯寫，結果自然是被迫離校，一肩行李，數卷殘書，獨行踽踽，邊海南下。他明白這是飄泊的開始，後來曾在他自叙裡寫了「從茲失所，放蕩江湖」的感慨語句。

春申江畔，舊地重游，在禮貌上他應該過訪先前那個父執，望門投刺，啟候起居，那位父執也是現實得很，晤見之下，聆悉前情，大失所望，先前笑嘻嘻地聽了臉漸漸拉長了，最後當面罵他「不成器」「沒出息」，把他安頓在廚房裡地下睡覺，命他雜在用人中操作，自然「相攸」的念頭早給打消了。

吳芳吉黌宮夢冷，歧路徜徉，在父執家裡最使他難堪的是在每次共桌同食的時候，這父執將他的不幸的遭逢用連譏帶諷地的口吻，一邊吃飯，一邊作爲教訓家人的資料，這種含有侮辱的表演，他只有無可奈何地忍氣呑聲，飯碗放下便急忙躱到僻處去流淚。後來吳雨僧知他逗留客地，無錢返川，才匯了一些錢，幫助他回去。

到了宜昌換船，他盤川却已罄盡，祇有揹着行李步行，循着三峽山谷間小路，沿途乞食，或代人挑行李，以換此一餐一宿，碰着下雨天，躱在樹下崖旁，更免不了整天挨餓。這樣磨難了一個多月，才到達重慶，回里以後，刻苦向學，這時他才十九歲，偶爾試寫一二首短詩，柬候雨僧，並請改正，雨僧以他天性醇厚，又備嘗了人世艱辛，勸他學詩，並殷勤勸勉他：「……險阻艱難，所以磨練英才，亦所以造就詩人，……凡此種種，正佛法所謂因緣。……」他此時只認着這唯一的知己，聽從他的勸告，便决心學詩，處女作是「碧柳歌」，以寓自勉之意。在家裡埋頭苦讀，研究文史，有時也把所寫的篇什，抄寄與雨僧和其他友人請正，或發表於天津國聞週報及成都報刋上，漸漸引起一些對詩詞有興趣者的注意，詩名漸漸地揚了起來。

有一年，成都大學文學院聘他去担任講師，他將沿途的見聞，寫成一篇五言古體的長詩，舊瓶新酒，氣沛時充，那時正是軍閥割據的時期，他對詩充分表達了當時社會狀況和民間疾苦。成大的校長正是那個自詡「民主人士」的「赤佬」張表方（瀾），他對三山五岳的怪物，特別感興趣，在成大文法學院裡，各黨各派鬥爭宣傳，眞是五花八門，攻訐爭辯，亂糟糟鬧得烏烟瘴氣。對於一個平素與人無忤無爭，授課和接談純粹站在學術立塲的純粹學人，爭取不來，便施威脅。果然，在期考臨了的前夜，一個不速之客，來叩芳吉之門，說「吳先生的學問，大家都極佩服，不過自從你來後，我們組織內許多青年，受了很大的影響，思想上發生動搖。我們組織上認爲是個極大威脅，形成絕對對立的地位，考慮結果，只有請吳先生離開成都。」芳吉愕然，便告以個人從不加入任何黨派，何以對貴方有所不便？那人說：「這個無法多說，更不便言明，請吳先生尊重自己的安全，原諒我們的要求。」說着揚長而去。吳芳吉恍悟了這是甚麽一回事，考完之後，便請假回里不來了。

吳芳吉講的課程是「詩詞」，何以會招惹「小赤佬」的麻煩，忍爲會使那些「吞服迷藥」的職業學生發生動搖呢？那是不可思議的。其實，說來也是不足爲奇，大概這位年青的學人，他深研中國文化的精湛處，講到學理的微妙時，興到神來，發爲議論，啓發了人性的自覺。那些學生聽衆，入耳經心，不期而然地激起聖潔的浪花，神往於人生眞美善的境界，把所受的鬥爭，清算：……等毒素一比較，便相形見絀，回味起來便會作嘔，所以被赤佬們認爲「極大的威脅」。

民國九年間，正是所謂新文化運動風起雲湧的時候，赤色毒素偸偸地滲入，把它作爲養菌的溫床。芳吉以純粹文化人的立場對這一運動的見解，如所致上海民國日報某君云：

「耶穌說惡苗結不出善果，文化運動也是一樣。欲求文化運動有很好的成功，首求努力文化運動的人有很好的人格，否則根本一壞，其影響所及，無有不壞。到了壞的地步，就無論提出何種形式上的辦法，都是爲壞人所傳染所利用。那時候整個社會的人，只好在文化運動旗幟之下，外面打起招牌，內面以壞就壞，其禍水之蔓延，恐怕比魏晋清淡之流毒，還要厲害了。」

意賅而簡，語重心長，今事隔五十餘年，迴味吳氏之言，實不勝無窮感喟。芳吉另有一封與友人談世變的信，云：

「夫世變之最著者，至於戰國極矣，至於南北朝極矣，至於五代宋元極矣，然其病根皆甚簡單，從未有聚古今中外人類所有之病，而潰爛於吾儕如今日之甚者！以是吾儕責任之艱鉅，駕乎孔子釋迦耶穌蘇格拉底而數倍之矣。力既不勝，而又强任之，則其悲痛應爲何如！」……

這一副悲痛憫世之感，棟折榱崩之懼，芳吉眞稱得起一個「有心人！」他還有幾首詩，都是鼓勵向上的，如：「痛定思痛行」

「誰云天柱翻，宇宙之間有我存；誰云地維折，我猶獨立懷耿節；人生有志皆可爲，胡爲惆悵空自悲！艱難安足道，男兒不投欲與誰？」又如：「北望詩」

「與君壯且强，去短來方長。天下攘攘者，均是少年場。匆作守夜之寒蛩，願爲折臂之螳螂。崑崙雲蕩蕩，江漢水湯湯，故國博大渺無方，何處不可獨來獨往任行藏！」又如「黃鶴樓放歌」：

「嘆我十載重來，匆匆少壯虛度。空念家國垂危，還將身手辜負。山川倘猶相識，有愧漢陽烟樹。俯仰特摧心肝，茫茫大江東去。又如「壕歌」：

「功利何孳孳，瘡痍復莽莽。殺一人者死極刑，殺萬人者膺上賞。壕兮壕兮悽以悲，吁嗟我心憤以慷！壕兮壕兮歌已終，少年正士爾何往？」

他憤世而能入世，已立而更立人，其生涯之本身已是一篇激昂壯烈的偉大詩章，至於他對舊詩的看法，認爲體制不夠完全適合時代的需要，應將舊的精華全部繼承下來，另創造合乎時代要求的新詩體，收納現代的詩料。他重視音韻，主張力求人天音籟之無間，使能恰如其分地引起廣大人羣之共感共鳴和共賞，發揮詩的作用。

中國文化所孕育出來的精粹，是「特立獨行」。「非但處世特立於一身，亦應獨行於一世」。芳吉是始終保持着這一態度。在西北大學執教時，逢着內戰發生，西安被圍達數十天，城內民食漸罄，他同西大一部份師生集體逃命，走不成，又折返校內，每天在砲烟彈雨下，約同幾個住校的學生，繼續講學不輟。他們所賴以維持生命的糧食，本由學校分配發給，數量一次次的減少，後來只有每天吃一頓稀粥，到他們返校時，學校連稀粥也不供給了，大家只求自顧，有些教職員還因爭米而起衝突，芳吉認爲人生到了這個分際，正是面臨着對自己的一種考驗，當幾天一顆米粒都得不到時，自分必有做餓殍的一天，他和一個名叫柳潛的學生相約，各把個人所有的長袍馬褂穿上了身，相扶着走在大禮堂裡坐着等死，却巧命不該絕，有人送了一碗米來，他師生倆便熬了粥來吃，生命又延續了下去。以後柳潛死了，他有「哭柳潛」的詩，也提到「相邀垂死際，冠服坐堂皇」的事，梁歆冰讀他這首詩大爲感動，稱他有臨亂不驚臨危不苟的賢哲精神。

他持身不苟，對友也不曲阿，吳雨僧和他可以說是情逾骨肉的朋友，困頓時勉勵他，貧乏時賙濟他，因此他對雨僧終身感激。但有兩事因爲基於作人應有的觀點，不肯曲阿雨僧的意旨。一是雨僧主講清華文學系時，邀他前往，他以本身是開除的學生，如果師友間談起往事，他倘歸咎於學校當局，則有傷忠厚，而勉承己過，則又欺騙自己，惟有辭謝不赴，始克兩全。另一事則是雨僧狂戀毛彥文時，要和髮妻離異，芳吉去函苦諍，强調夫婦間感情升降，原屬一時之事，未嘗不可補救，甚至說「願迎嫂入川，與我父母同住一二年，待兄伉儷久別兩情相思時，再送嫂返平。」但因雨僧堅執他的妻子癖性乖强，足障碍其一生成就，無法接納而罷，而芳吉則引爲遺憾。芳吉的太太是一個鄉下女子，知識水準是難以了解一個做聖賢學問的丈夫的，他在長沙女校兼課時，她計算由校返家的程途，規定他到家的時刻，抵家稍遲，她便罵了起來，繼之以哭鬧，芳吉却始終忍受，婉辭解釋，絕不反目相向。他認爲是一個人應該可以接受感化的，尤其是做丈夫的對妻子，也該是一個義不容辭的責任，他更認爲「眞愛原是犧牲，犧牲乃見眞愛」。而他太太却始終感化不來。這應該也是他遺憾之一。

他在湖南時期，寫了一首長歌體的「婉容詞」，是述一個婚變的故事，女主角就是婉容，結婚不久，丈夫出國留學，在歐洲進了兩個大學，在美洲得了一個博士，去了六年，學成不歸，在異國結下新歡，匯了千元回來，叫婉容另嫁。在丈夫所持理由是：「離婚本自由，此乃美歐良法制，」婉容却難堪婆母小姑的譏諷逼迫，又以「殘陽又曉，夫心不回轉」，脆弱的心靈整個給震碎了，自已又無法把它補綴起來，想到這「薄情的世界，何須再留戀」，終於把心一橫，投水自殺。這篇婉容詞，論情則纏綿哀惋，遣詞則淺顯低徊，爲當時川湘潭一帶青年男女所爭誦。這一首動人的歌詞，竟然引動一位湘潭的閨秀，寫信和他論詩，他誠意地寫信答復她，還推荐幾個古今詩人。可是這多情的湘女，第二封信又來了。而且對他表示敬慕，大有願侍巾櫛之意，這個大胆的意思表示，使這位書生大吃一驚，但仍以誠摯的語氣，用詩來婉謝她，句云：

「此間不合美人來，此間窮巷北城限。鎮日生涯多借貸，平居交友祇樵埋。半生貧困難爲飽，華戶蓬門久未開。臥榻豈宜邀上客，十年妻子但荆釵」。

「此間不合美人居，此間祇合老樵漁。一庭春樹啼黃鳥，半畝瓜棚讀古書。想象應如君灑脫，相逢定笑我迂拘。杜陵詩句平生賞，落落乾坤一腐儒」。

「此間不合美人留，此間風俗最澆偷。我輩持身關世運，斯文定論有千秋。人才寥落悲青史，滄海翱翔看白鷗。來日生民方大難，與君道義結綢繆」。

右題爲「再答湘潭女兒」，在詩句中可以看出吳氏的性情，剛健中含着婀娜，温柔裡又透着豪邁，不論做詩做人，他是要追本溯源抓住時代而有志於創造未來的。

他曾計劃創作一部中國完整的史詩，全部都預計爲三萬六千至九千字，用六言韻來寫，計全篇分爲三部，包含過去、現在、未來、三個時代，第一部自唐虞三代起，至近代止，採取歷史上有關民族可歌可泣的事蹟，寫出中華民族由蓽路藍縷起而至創造燦爛光華的信史。第二部包括近百年間民族所歷的痛苦，及有關世界的大事。第三部則專寫未來，寫出中華民族的錦繡前程，附以理想的人類社會的新境界，全篇雖分爲三部，一以貫之，成爲完整的一部中華史詩。他曾擬了一篇計劃書，寄與吳雨僧，徵詢他的意見，雨僧復信，仍是鼓勵他去寫，即不幸中途殂謝，徒賚斯志以歿。

芳吉先後担任過成都大學、東北大學、西北大學、湖南明德中學，以及重慶大學校的講席，死的那年正是做江津縣立中學校長的時候，年才三十六歲。

他之受聘爲江津縣立中學校長，也是一段因緣。當他在西北大學教書時，逢着西安圍城，他就驚受餓了那些日子，和外面音問隔絕，全家的生活費，自然沒有匯囘去，也不可能匯囘去，家裡陷於艱窘。有個呂姓的和芳吉却無深交，路過江津，問悉家中的情形，便送了二百元到吳家裡，又恐怕他父親感到無端受了陌生人的餽贈，引起不安，便借詞說是以前借欠芳吉的一筆欵子，特地來送還的，他家裡正瀕臨斷炊的日子，有這麽一囘事，自是喜出望外，於是把呂姓所送的欵子，全部收下了。

及後，芳吉幸獲生還，到家時他父親向他提及呂姓還金事，他心裡深深地感激這個借端救助的好人。過了兩三年，事有湊巧，這個呂君奉派來做江津縣長。江津是四川一個大縣，民豐物阜，教育發達，縣立中學裡的學生，也比鄰近各縣爲多，但學風却是很壞。呂氏到任伊始，決意整飭學風，要爲縣中子弟延聘一位良師，主持校務。當時就想到這人選定非吳芳吉莫屬，便寫信給那時在重慶大學任教的芳吉，這是民國二十一年間的事。芳吉在重大和學校當局以及學生們相處得很好，同時也是重大創辦人之一，接了呂君的信，他考慮了一囘便答應了下來。當他決意應邀囘江津時，重大師生苦留不讓他去，所持的理由是「辦好一所大學，對於社會國家的貢獻遠比辦好一個中學爲大。何況中學求師容易，大學良師難求，何必捨近圖遠？」芳吉便纔說明了過去呂君一段事實，此行亦以畧酬呂的情誼，以求心之所安，期以三年，再返重大。

他就縣中校長之後，以身作則，與學生共生活，他訓勉學生，絕不用標語式或教條式，全以啓發少年心思爲務，假日即率學生遠足登山，自編一首歌詞，勉勵奮發，歌云：

「爭先復爭先，爭上山之巔，上有金碧之雲天，下有錦繡之原田，中有五千餘載神明華胄之少年。嗟我少年不發憤，何以對彼開闢之前賢？嗟我少年不發憤，何以措汝身手之健全？嗟我少年不發憤，何以慰此絢麗之山川？」

縣中校風原有囂張怠惰之弊，不半年一變而爲協和勤奮，芳吉亦頗自喜，民國廿一年夏，他竟因積勞成疾，逝於校舍。

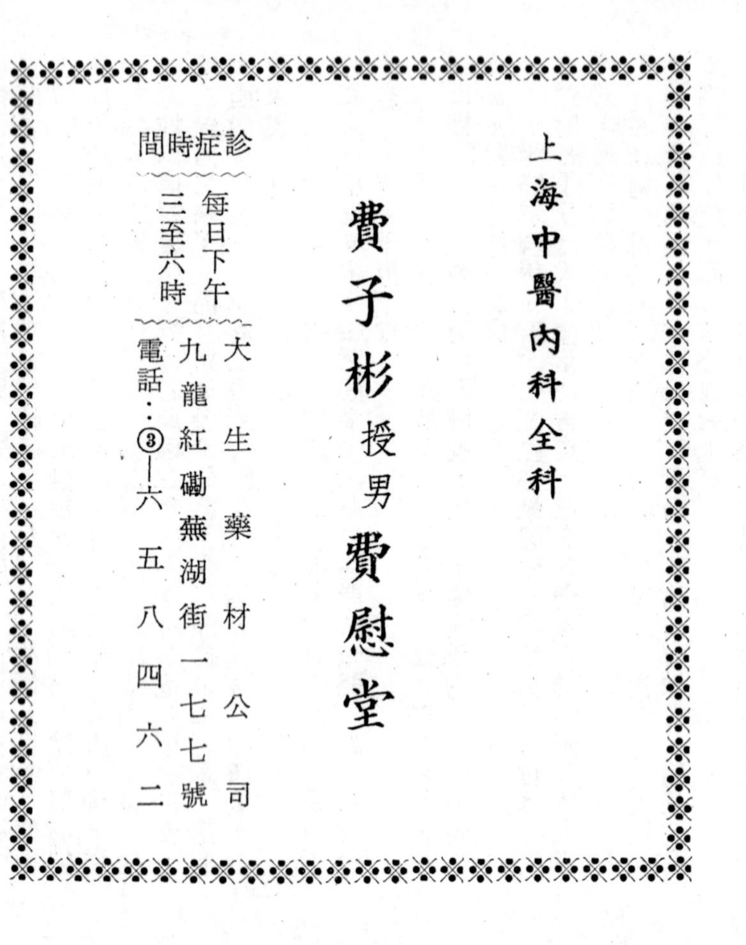

台北市賭場風雲

・黃大剛・

台北市警察局最近連續逮捕了二名頗具歷史的職業賭場主持人蔣阿紹與楊慶順，似乎已有決心用大刀濶斧的方式撲滅職業賭場了。

職業賭場在台灣頗爲猖狂，猶如公開的賭博公司，在固定的地方，日以繼夜的從數千元到數百元輸贏作賭注，其氣勢不僅是普通人不敢招惹，就是一般的警察人員，連碰都不敢去碰一下，其來路之大，可以想見，以這種情形看，又怎能談到取締呢？這一次是因爲連續在本省境內發生了幾件轟動的刑事案件，引起了內政部警政署長周菊村、台北市警察局長酈俊厚的重視，嚴令取締，並查其後台背景，以及少數不肖警察人員的受賄包庇案情事。

由於這二位警察首長的冒火，果然在目前已有了成效，本省的著名職業賭場，大都是收起來了，起碼暫時已經洗手，剩下來的，都是比較規模小的賭場，而這些人又是非靠賭而不能生活者，在那裡東躲西藏的碰運氣而已。

台灣的職業賭場分爲武場與文場兩種：武場中包括牌九、骰子、搖寶、單雙等；文場則有麻將、四色牌、梭哈等。在武場中最流行的是牌九與骰子，牌九又分爲外省牌九與本省牌九，外省牌九中又分爲大牌九與小牌九，至於搖寶與單雙，在本省各賭場中，已是絕無僅有了。文場中的麻將、四色牌、梭哈都很流行，其中麻將又分爲外省式的與本省式的兩類。

外省式的牌九分爲兩種，其一稱之爲大牌九，共分四門，每一門拿四張牌，其前後的點子大小，是自由搭配的，此種牌九由於莊家點吃點，所以做莊的人佔了絕大的便宜，譬如說，下注的人拿了一付牌，前面是地九，後面是天九，這是大九九官，可是莊家拿了一副前面蹩十，後面天九，這叫做獨九，憑那後面一副天九，就可以和掉九九官，而不用賠錢，但是如果莊家拿到了九九官，下注者是拿的獨九，則下的注就被吃掉了！所以大牌九的賭場，輸贏都不會太大，並且賭的人都喜歡做莊，除非是眞正倒霉，否則莊家總是贏面多，輸面少。「海派」賭場絕大部份是賭小牌九，所謂「海派」賭場，因爲賭脚大多數是江浙一帶人士，他(她)們喜歡快，而小牌九是兩張，賭博圈中的術語，稱之爲：「一翻兩瞪眼」。小牌九輸贏很快，莊家一打骰子，四副八張牌翻過來就做輸贏了，不像大牌九是有和局的，說不定十次二十次都不做輸贏，因此，外省人喜歡賭大輸贏的，都是賭小牌九。

擲骰子本省人稱爲「十八啦」，這個名稱目前所有的賭博圈，都已沿用成習。「十八啦」的輸贏更快，其術語稱之爲「丟手窮」，意謂手一丟就窮掉了！其輸贏之快，可想而知。「十八啦」是以四顆骰子，一個大碗，賭者由莊家先抓起骰子，擲到碗裡，除了兩顆同點外，再算點子，譬如兩個四及兩個六，這就是叫做「十八啦」，除了四顆點子相同的豹子，「十八啦」是最大的。同點也是和局，如莊家擲兩個二、一個三、一個四，這樣就是七點，假如下注者也擲七點，就是和局，不做輸贏，如果下注者擲八點就贏了，反之擲六點就輸了，這種賭博，莊家是沒有便宜好佔的，完全靠手氣，碰運氣。

賭「寶」在賭博中是一種很深的學問，此種賭博也是莊家制的，一人搖莊，稱爲「上檔」，很多人下注，稱爲「下檔」，但無論是「上檔」或「下檔」，大多數都拿了紙、筆記錄每次開出的是什麼「寶」，以尋求下注的路子，因此賭「寶」頭三次開出來是不下注的，先要擺出路子來給人家看。所謂「寶」是以二粒骰子，放在一個小盤子裡，再用一只磁製茶杯蓋在盤子上，莊家拿起盤子與茶杯，搖上幾搖放下後，即靜待「下檔」下注，待注統統下完了，掀「寶」者一聲「開寶」的口令後，把茶杯掀開，就看到點子了，於是掀「寶」者又唱起來，兩點「青龍」，或者是四點「白虎」，三點「進寶」、五點「出寶」，如果是「青龍」，於是下注在「青龍」上的都贏了，即使於「龍」有關的，也都贏了，如下在「龍出角」、「龍進角」等，花樣繁多，而沾不上「龍」邊的，則統統輸掉了。搖寶各地的方式頗有不同，不過無論怎樣變，其原則總是一樣的。

單雙比較簡單，其方式與搖寶相類似，不過它的點子只比單點，或是雙點。單雙莊家比較佔便宜，因爲莊家有權選擇要單點或雙點，如果莊家選單點，則下注在雙點的都贏，下在單點的都輸，其不足數由莊家做輸贏，同時莊家還可以聲明只賭一門，或單或雙都可以選擇，這樣，莊家所做的輸贏比較大。

文場中以搓麻將最流行，各階層人士，閑來無事，都以搓上「八圈衛生麻將」爲消遣，若干年前，外省人都是搓十三張，或十二張，所謂是外省式麻將，這種麻將變化多，頗有一些學問，就消遣來說，的確是收到娛樂效果的。但是眞正賭博的人，就不喜歡了，因爲外省麻將太複雜，所用的腦筋太多，目前已在慢慢淘汰中，只有一部份眞正以搓麻將爲娛樂的人，還在間或搓一搓，至於賭場上，則無論外省人或本省人，一律是搓十六張的本省式麻將，原因是十三張或十二張的麻將，一人放砲要三家付錢，這太不公平了！而本省麻將只有放砲的一人付錢，自摸才需要三家付錢，同時十六張簡單，翻數少，賭者只要顧到能成就行，不必去計較翻數的多寡。

四色牌在本省很流行，賭脚也都是本省人，男女老少都有。所謂四色牌是分四種顏色的長方形紙牌，上面印有車、馬、炮、將、士、象、帥、仕、相、兵、卒等，其輸贏可大可小，尤其是本省婦女，對此頗爲迷戀，甚至於置家庭於不顧，亦在所不惜。

其實「梭哈」也不能算文場，它是介於文場與武場之間的賭博。普通賭梭哈最少要有五個人以上，多至九人，以七、八人最爲合適，梭哈的輸贏比較大，也比麻將或四色牌快，它的賭法是每家先發兩張牌，而後各人下注，如果自已覺得沒有希望，可以丟牌不要跟進，否則跟進與出價者同樣數字的錢，再各發一張牌，如此一直發到第五張牌，大家把底牌掀出，比大小定輸贏，所以賭梭哈第一張的底牌（暗牌）最重要了。

在各種賭場中，以牌九與骰子賭場最多，因爲這兩種賭博輸贏又大又快，對於開賭場的人抽頭也相對的很快，並且桌面上都是現錢交易，所以擺賭場的人樂意以牌九、骰子作爲賭博工具。

開賭場並不是一件容易的事，也不是每一個人都可以開的，先決條件主持人必須在黑社會裡吃得開，罩得住，所以賭場都是大流氓開設的。由於賭場抽頭日進斗金，其他各路「英雄好漢」，雖免眼紅，大家部想來分一點好處，等而下之的小流氓「擋藍」（黑話要錢），就已經難以應付了！再加上收取賭賬的困難工作，假如主持人沒有兩下子，大筆大筆的賭賬怎能收回來呢？所以賭場打打殺殺，那是常有的事。

賭場分有內場與外場：內場是專放高利貸的，賭脚如果家財萬貫，信用卓著，可以不必帶任何財物，兩手空空即可到賭場去豪賭一番，所有賭資均由內場供應，其利息爲每一萬元一天二百元，這叫做日息二分，通常都是今天晚上輸了，明天就可以收錢的。次一等是要用支票掉換，但是支票不能超過七天，其利息也較低，普通是日息一分，也就是說一萬元每天百元利息，再其次是以金飾手錶作抵押貸款，利息又可以便宜一些。所以「內場」非常重要，如果內場放出的錢多，所做的輸贏也大，而抽頭也多，因此稍具規模的賭場，每天的內場起碼也得準備上百萬現鈔。

外場專管「插旗」（即把風）賭場的安全，打架殺人、討賭債等，幹外場工作的絕對是一羣流氓，而且是流氓中的狠角色，要能動手就打，舉刀就殺，挨上兩拳不皺眉，通兩刀子不吭聲，因此無論規模太小的場裡，都要準備一些傢伙，如刀、棍、槍等。

每一個賭場，靠它生活的，起碼有百餘人，場內的執事十餘人，「插旗」的十餘人，保鑣的一、二十人，其餘還有雜役、福利社等，以及他（她）們的家屬，所以賭場固然抽頭容易，但是開支也大。

無論大、小賭場，都有福利社，規模小的，賣些雞腿、豆干、麵包、冷飯等，規模大的則有各種食物及洋烟等供應，但是武場絕對禁止喝酒，要喝酒到場外，主要是喝了酒容易衝動，怕發生吵架的情事，假如賭場有人一吵架，則今天的場面就註定冷淸的了，因此，凡遇有吵架，內場的人就把雙方連勸帶拉的弄到外面去，避免在場內吵得亂糟糟。

每一個賭場都有一個最重要的人物，此人就是站在賭桌一角專管吃、賠、抽頭錢的人，叫做「富來子」，「富來子」必須具有眼明手快，頭腦冷靜，處事鎭定的能力，當莊家把四副牌推出時，他馬上催促大家下注，一面把所下的注整理淸楚，不能混在一起，以免夾纏不淸，下注到了一個段落時，他就叫離手，意思是不能再下了，同時叫一聲「拎」，莊家就把兩顆骰子擲了出去，「富來子」把四副牌送到四門，比牌後，他要管吃管賠，在這中間，他們要使出數鈔票的絕招，其速度頗爲驚人，而且準確無誤，相信銀行的櫃枱人員，絕對趕不上他們的。不僅是管吃管賠，並且還要管抽頭，一百元抽五元，照此比例計算，雖然看起來枱面上大疊大疊的鈔票，在他們幾分鐘就處理完畢了，於是第二條牌九再度放出，如此週而復始。擲骰子一樣要用「富來子」，其作業情形相同。

開賭場當然是爲利，所以一個晚上賭下來，抽的頭錢相當可觀，過去是每百元抽取三元，到了二年以前，已經漲價到每百元抽取五元，目前還不止此數。所以經常跑賭場的人，其結果總是輸光。譬如說，某人以一百元作爲賭資進賭場參加賭博，這一百元假如贏了一次，要被抽去五元，而輸出去一次，仍然要被抽掉五元，如此進出二十次，這一百元已經到了賭場老闆的口袋裡了，看起來沒有輸贏，實際上這一百元已經沒有了！試問，常跑賭場，怎會不輸得傾家蕩產，家破人亡呢？

賭場抽頭固然很多，起碼的小場子，每天也有數萬元，大則百餘萬元，可是賭場的支出也很可觀，尤其是他們的安全費用，如果不付出大筆的賄賂，他們又怎能堂而皇之的開賭場呢？他們連警察也不一定會怕，過去有一些警察公開的帶着手槍上賭場賭博，輸了錢乖乖的給，沒有一句囉嗦話，可見來路不小，而這些來路都是以鈔票建立的。

最有歷史的賭場，在同一地區擺上十幾年的已是常事，如果沒有一點苗頭，可能嗎？甚至其他單位聞風前往取締，收了「保護費」的馬上就會通風報訊，等到大隊人馬趕往，賭場早就搬家了。過去李唐抓賭，就遇過很多這樣的情形。

所以賭場最大宗的付出，還是在「保護費」，其次是吃倒賬，黑話說「照子不亮」，此謂看人看走眼了，某人輸了錢，而他又眞還不起，就是殺掉他也逼不出來，只好認了。請客應酬，往往都是開賭場的人大輸，所謂湯裡來，水裡去，因此之故，開賭場的人不一定每個人都是百萬富翁，相反窮到連褲子都沒有穿的還多哩！

就拿最近被捕的著名賭場老闆蔣阿紹與楊慶順來說，剛好是兩個典型的例子，前者窮得連混生活都有問題，據說高利貸虧空一千餘萬元。後者腰纏萬貫，住洋房、坐小包車。蔣阿紹最早是在南門市場一帶拉三輪車的，那時他是一組三輪車班頭，大家在生意淸淡的時候，常以一些簡單的賭博工具，以小賭消遣，慢慢地賭成習慣了，乾脆三輪車也不拉了，找個地方大家聚在一起賭博，然後就成了一個小規模的賭場，由於蔣阿紹做人很四海，自然就由他主持了，南門賭場是如此形成的。但是蔣阿紹既無背景又無後台，而賭場則越開越大，因此只有花錢，所以各路英雄好漢，只要找到他，絕對不會空手回去，加上他自己好賭成性，所以累積的虧下了一千餘萬元的債務，每天討債的不離門，他的太太經常以淚洗面。不過蔣阿紹有一點可取的是，他除了開賭場外，可以說與世無爭，其他不法的事情從不去做。以前曾經有人問他，既然虧了這樣多的債務，而外面別人欠他的多達數千萬元，這些賬何以不去收，他說：「人家沒有錢，即使去也是白跑，徒然增加人家的困擾，甚至看到大人小孩一大堆沒有飯吃，還要掏錢給他買米呢！」所以他也從不打架殺人。

楊順慶是狠出來的，自從他第一次管訓回來，就開始擺賭場，考究的是打與殺，即對待他自己的兄弟也是如此，所以他這一次也就是栽在他的兄弟手裡，如果不是他內部的人告密，眞還不容易抓到他呢！而此次逮捕楊慶順，台北市警察局刑警大隊扒竊組長吳廣澤，統統是帶中央警官學校剛畢業的學生，資深人員都不知道。至於楊慶順的財產，有人說幾千萬，有人說上億，但是不管如何，就警方在其住處搜出的保險櫃裡積財就很可觀，其中有珠寶、黃金、房地產權狀等，足見楊慶順的確是歛財不少。

自從蔣阿紹與楊慶順被捕，目前所有的牌九場與骰子場已經收了十分之九，尚有少數小型賭場在硬撐的原因，是由於這批人既無一技之長，又怕吃苦，平時遊手好閒已成習慣，非以賭博爲生不可，所以甘冒危險。

目前倒是麻將場普遍增加，原來在賭場混的這批人，都轉而在公寓裡開麻將賭場，其輸贏也很大，普通一萬五千元打四圈稱爲一節，也有三萬、十萬、二十萬、三十萬一節的，其輸贏約在數十萬元、數百萬元不等。而抽頭也由數萬至數百萬元，但是文場比武場的生活豪華，除了高級的生活供應外，甚至還有交際花草的陪侍。據說不入流的女星就專幹這種工作。

現在梭哈也很盛行，但是以賭梭哈爲固定賭場的不多，絕大部份都是以請客的名義邀請，因爲請客梭哈抽頭太重，所以一般人都不太願意去賭，可是彼此經常聚在一起賭博，則又不相同了！不僅抽頭輕，而且賭得大，一場下來總是百把萬的輸贏。

這年頭混賭的太多了！別說初到賭場的人必輸無疑，此所謂「凱子」，就是賭混子「來人」，也照常會吃虧上當的，這就是天外有天，人外有人，別認爲自己的賭技高，更高的還多得很呢！

格言

■安莫安於知足。危莫危於多言。貴莫貴於無求。賤莫賤於多欲。樂莫樂於好善。苦莫苦於多貪。長莫長於博識。短莫短於自恃。明莫明於體物。暗莫暗於昧幾。

■能知足者，天不能貧。能忍辱者，天不能禍。能無求者，天不能賤。能外形骸者，天不能病。能不貪生者，天不能死。能隨遇而安者，天不能困。能造就人才者，天不能孤。能以身任天下後世者，天不能絕。

綴錦

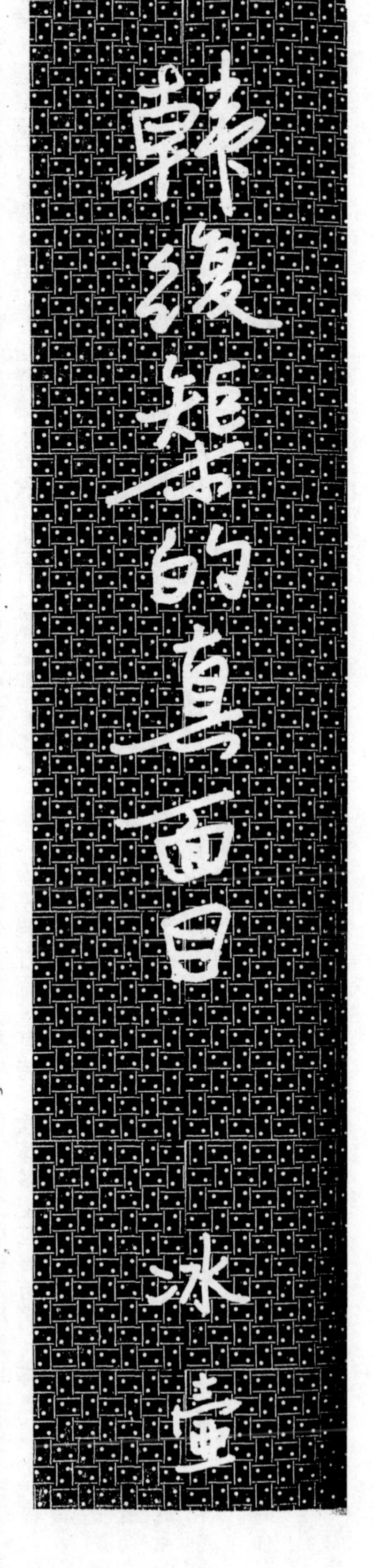

韓復榘這個人，是自民國肇建之後，由軍法處死的第一個封疆大吏。被槍斃了，是罪有應得，但是，這個人犯法，只是一個短時間的事，他犯軍法、受死刑之外的前一段相當長的時間，並非所作所爲都是荒唐無稽。對於一個軍閥，誰也不能保證他不會作過許多壞事，然而，好事確實也作了不少，否則老百姓的眼睛是雪亮的，不見得會輕易的無緣無故送一頂「青天」高帽子給他戴。

山東地方有首小歌謠說：「眼子事（吃虧的事、笨事）都是武大郎幹的；光棍事（聰明、風流、賺人便宜的事）都是唐伯虎幹的。論本領，班爺爺（公輸班）週身八寶；講學問，孔聖人一肚子文章。得了意的小鬼，滿身功德要貼金；倒了霉的菩薩，神檯上拉尿，頭頂上蒙塵！」這一串話的意思，不外是說人們喜愛走極端，對於一個出了名的好人，不惜張冠李戴的將天底下一切的好事都說成是他幹的；對於一個出了名的壞人，却也自自然然的將世間一切的壞事，都往他身上推。雖說是非功過自有公論，但有時公論也有偏差。這種作法，雖未必存有用心去顚倒是非，但人云亦云則難免使人失去了明辨是非的準則。

韓復榘就是一個典型的、「頭戴許多頂別人之帽子」的人；諸如張作霖、張宗昌、孫殿英、孫傳芳甚至袁世凱等等一系列老粗軍閥的糊塗帳、傳說、以及許多虛構的故事，都一股腦兒的堆到了他的身上，致使他成了近代人物中荒謬故事最多的一個人。

筆者「生逢其時」，見過韓復榘數次，在印象及直覺上，只記得他身材高大而魁梧，隆鼻、細眼、有點小鬍子蓋在上唇上，看起來嚴肅、端正，不似個邪惡類型的人。

記得第一次見到他的時候，是民國二十四年的夏季，一個星期天的中午，在濟南城內布政司街上的一家名叫大觀園的戲院門前，當時，市面上繁榮熱鬧，而戲院門前，由於即將開下午場，故而人頭洶湧，異常擁擠。正於此際，人叢中突然起了騷動，原來一個身穿灰色綢質長衫的大漢，正抓着一個打扮時髦女人的頭髮，「左右開弓」的大打耳光。他之如此打女人，女人自然大叫大嚷，正等待着進入戲院的那麽多人中，自然有人上前勸解，也有人上前「抱不平」，而多數人却都在看熱鬧；但也有人大喊：「不要亂來啊！這是主席！」

由於這一聲叫喊，人羣立即安靜了下來，而我也睜大了眼睛，細細的對「主席」欣賞了一陣。只聽主席開口了，他指指點點的對那女人說：「趕快回家『接』長袖子再出來，不是俺不給你面子，這是中央的規定！」——啊！事可眞大了，本來主席出手打人，已經不算小事了，而竟說關係到了「中央」，不禁嚇人一跳，那天恰巧筆者也穿了一件短袖的襯衫，不由人的在人叢中趕快溜了，回到家竟嚇出一身冷汗。就在如此的情況下，第一次見到了韓主席的廬山眞面貌；不過當時却不明白韓復榘爲了什麼要出手打穿短袖衣服的人。

後來纔明白了韓復榘爲何不准人穿短袖衣服，說起來，並不是完全沒有理由。原來，在那個時候，全國正在由政府領導着推行一種叫作「新生活」的運動，這個運動初在濟南展開之際，只不過是一些中小學的學生們、以及公務員等人在胸前掛起了一個盾形、中間有個圓圈圖案、圖案中心的花紋，似乎是個「指北針」的銅質小徽章而已。其外却絲毫沒有感到「生活」如何「新」法！充其量，走在街上，要靠左面牆邊走了，使走路的人，多加一點麻煩和怨言而已，談不上對「生活」能起着點什麼作用。至於能夠使人一新耳目的，是牆壁上用石灰水或煤炭寫了很多：「規規矩矩的態度」「清清白白的人格」等等的短句，夾雜在「禮義廉恥」四個大字之間，——這些，就是初期的「新生活運動」了。然而，不久，這個「運動」竟合了韓復榘的胃口，他竟雷厲風行的幹了起來，因此，就不只空喊喊了。接着不准在街上走右邊之後，事情就多了，多到勝過了法律的條文。那些條例，有些是好的很，甚得民衆支持的，如强令戒賭，嚴治毒販及吸食毒品者、强禁娼戶等等。但也有些條例，就看不出有什麼道理了，諸如：女人不准穿高跟鞋、短袖衫、不准用化粧品。由於這種限制，一時間連戲臺上反串花旦的老倌，都不敢塗脂抹粉了，致令戲臺上所扮演的洛神、昭君之流，在强烈的燈光照射下，使那張刮淸了鬍鬚的靑下巴無所遁形，縱然嗓子都似梅蘭芳，但看在眼裡，却不禁令人感到噁心，造成了「新生活」中的異樣情趣。

韓復榘既如此認眞的執行政府之提倡，新生活運動在濟南就如火如荼的沸騰了起來，一時之間，雖在半夜三更的時間，也會有女人敲開布店的門去買布接衣服的袖子。致而紅長衫上加添袖子或黑長衫加上兩隻白袖子，這等式樣別緻的衣服，在那時的濟南城中，突然流行了起來，滿街盡如此，女人們彼此相對而笑，漸漸地也就見怪不怪了！當這新生活運動達到高潮的階段，許多人的「生活」確實變了樣，比如：一些舊式的富戶，住宅的大門原本都是硃紅色的，此時却皆改爲藍色。每間學校的正門內，也都掛起了一面或數面大鏡子，鏡子的旁邊，大都寫着：「簡單樸素、整齊淸潔」……這些，究竟是政府的明文規定呢？還是韓復榘想出來的玩藝？又或是人們見樣學樣的「集體發明」？大家也就懶得追問了。

但是，大量的吸毒者都被處死，這是韓復榘執行新生活運動的頂峯，不少被處死刑的吸毒者，都不是無名之輩的小百姓，其中不少是富貴之家的老太爺以及姨太太，當然；這些人不能不托出人情向韓復榘求情，但「靑天大老爺」的臉，在這件事上，確實是「鐵面無私」的，不僅求不動，到了後來也沒有誰敢再去請求的了！

被處死的吸毒者，都是被活生生的放進蔴包中，紮起了蔴包口，推上大貨車，車上有監押的軍隊，將車開到×口橋前，就將所有的蔴包，整整齊齊的擺在黃河堤上，經過點查之後，一聲令下，蔴包就被士兵們一個一個的踢進波濤滾滾的黃河中去，有時一次三個五個，有時一次竟多至三幾百名。韓復榘不是嗜殺的人，對於人命的案子是很認眞處理的，但對於毒案，他只看看犯人的臉就判決了，根本不管犯人是誰，至於他對死刑的如此處理，不知是否合法，但他却說：「生死是命中註定的，法律雖判定該死，但如若命不該絕，在黃河裡還有逃生的機會！」他的話是如此說的，然而；事實上，那些仙風道骨的癮君子們，有可能鑽出蔴包，在洶湧的滔天巨浪中逃出嗎？

「新生活運動」在先後不到半年的時間就完了事，成爲過去；但是，「照樣學樣」似乎是一種天性，在以後的日子裡，山東各處，竟攪「運動」而攪成了癮，以致專員有專員的運動，縣長有縣長的運動，甚而致於小學校的校長，也得弄個什麽運動，一時之間，什麽「道德運動」、「良心運動」、「血性運動」……多如牛毛，而韓復榘見此情形，不甘後人，也想弄一項什麽運動，就叫幕僚想個名堂，但是想來想去，好名辭都已被別人用過了，終於民政廳副廳長劉有三提出了建議，弄一項叫做「山東新生活」的「運動」，韓復榘覺得這個名稱不錯，就立即表示同意。

然而什麽是「山東新生活」呢？要是和南京來的新生活完全相同，弄出來也不新鮮了；如若和南京來的新生活不同，那麽，應當怎樣不同法呢？總不能下令「不准靠左邊走，而改爲靠右邊走」吧？那不是太過出爾反爾嗎？不好！中如乾脆靠中間走要好得多，况且俗話早就說過——三條大路走中間；省務會議如此一經討論，一個所謂的「山東新生活運動」就如此的即將出籠了，其後却被教育廳廳長何思源所阻止。

何思源說：「主席推行新生活運動，不遺餘力，成績卓著，而今再創山東新生活運動，不僅內容與中央所推行者有牴觸，而使民間亦無所適從，是容易造成秩序上的混亂；不過，我記得主席在數年來所倡導的進德會，在全省中，已有了輝煌的成果，今天又何必一定要另創一個運動呢？不如擴大加强進德會的事業活動，那麽，主席的功業，在山東可說是必定名垂竹帛！」

何思源的一番話，說得韓復榘摸着下巴半天不語，「山東新生活」就胎死腹中了。何思源之如此做，不一定是爲了韓復榘，而實在可能是爲了他自已，因爲在山東省政府中的高級人員，只有何思源一人是由中央派來的！

關於「進德會」，宗旨是進德修業，這個組織遍佈山東全境，其內容有如後來全國皆設的「中山堂」相彷彿，但却較中山堂的範圍要大得多，其中包括：圖書館、博物館、動植物園、陳列室以及戲院、電影、運動塲等等。各地方的進德會，多半都是將些大廟宇改成的。

由於許許多多的虛構故事之影響，致令很多人們每當提起韓復榘之際，就聯想到了「蠻橫、粗魯、愚蠢以及荒唐」等等；其實，如若如此想法，是欠缺思考。如所週知，韓復榘之出身，只不過是馮玉祥手下，由一個士兵而升起的軍官，但如仔細想想，就當明白到，由一個士兵而竟能提升成爲十餘萬大軍的統帥，不是一件簡單的事，决不是單單憑了勇敢和運氣就能辦到的。因爲由小兵到統帥，中間相隔的距離，實在不短；由小兵而升到統帥，其中間不知要經歷多少次的競爭，倘若沒有一些獨特的材幹和能力，不要說由小兵不能爬上統帥的職位，就算當上了統帥，那十幾萬人，也不是容易掌握的。

能夠想到這一些，就會明白如以一個行伍出身的軍閥來看韓復榘，將不會是完全正確的了！

事實上，這個人並不是蠻暴、專横那一種類型的人。他相當恭敬知識份子，且能順從一般淺近的道德、倫理等習俗。據接近韓復榘的人們說：韓復榘對於他的那幾個師爺（秘書）皆以某某伯、某某叔呼之。韓復榘對於做官之道，是以舊小說及鼓兒詞上的廉潔賢明的人物爲準則，所以他自已算得上是個廉潔的地方官。如果人們不存偏見的話，筆者覺得自從進入民國之後，山東一省最繁榮、最太平的歲月，莫過於韓復榘主魯的那一個階段！

堯舜之世究竟什麽情形，我們弄不淸楚，但韓復榘時代的山東，雖說距離「路不拾遺」、「夜不閉戶」之治世尚遠，但是在這一階段中，山東確實大有「死獄空、姦殺少」之態勢。在目前的任何一個繁盛的城市中，姦殺之事，可謂無日無之，而在當時的山東一百零八個縣的地面中，倘如某地發生了一件刑殺案件，竟可轟動全省，足見當時的太平景象之一般。

標誌着當時山東一般情況的，可說是：「民豐物阜」，無苛捐、無雜稅，大商家只繳營業稅，小商小販是根本不用納稅。農人們一年納一次糧之外，大可高枕無憂了。因此，在這一段時期內，山東成了一個「青天世界」，差不多各州各縣都有「青天老爺」出現；張青天、李青天，其「青天」程度，不下於韓復榘，這正所謂：「上有好者，下必甚焉！」

至於這些「青天」，究竟是眞是假？是很難說的，因爲人心隔肚皮，不易着摸，但是，人的心雖不易知，其外表的「青天」行動，如若能夠自始至終，貫澈下去，也就不能認爲是假裝的了。總之，作官的，能本着這個目標去幹，就得算是好樣的了，這總算韓復榘在政界所造成的一股好風氣！

韓復榘既然以「淸官」自居，就不能不關心民情；爲了表現其關心民情；爲了表現其關心，就不得不經常「出巡」各地。

本來，地方官出巡其所轄的地區，這是一項很平常的事，似乎不值得特別提起；不過，韓復榘的出巡，情節上却與別人之巡，有很多不同之處，說來也倍覺趣味，特此提出談談，因爲不僅在今後，即使是在過去，都是不易多見的了！

韓復榘出巡，一向都是採用「暗造明出」的方式，當然這完全是由「施公案」、「彭公案」等小說上照搬下來的方式，是正牌的「青天大老爺」之標準方式，倘不如此，就不似「私訪」了，那怎能算「青天大老爺」？不過，雖說韓復榘採用了「私訪」式的出巡。但是，那只不過是一種自欺的玩藝而已，因爲，當他由濟南動身外出之前，他將要到達的那些縣份的地方官，早已由他的幕僚們用長途電話通知了。事實上，哪一個作縣長的在省府裡能沒有一點人事關係？所以韓復榘什麼時候動身，什麼時候可以到達，地方官們都一淸二楚，自然皆充份作了準備的了！

有些消息靈通而又愛看熱鬧的人們，都事先在該縣城的必經通衢，安置好了適當的位置，靜待着欣賞「主席私訪」；據曾經見過「私訪」趣劇的人們說：

「韓主席只會扮成賣東西的小販，但又不喊叫，不似那麽一囘事！」

小說中的「青天老爺」們出巡私訪，往往扮成遊方道人或者醫卜星相之流，但是韓復榘光禿禿的頭，無法扮道士，而又胸無點墨，扮演醫卜星相之流似乎也不對勁，所以扮來扮去，總不外是「賣花生」、「賣豆腐」之類，其原因是一來這些小販的「道具」容易找到，二來担在肩上也並非很重，所以韓復榘經常就是扮演這一類了。

在街頭巷尾有利位置靜待着欣賞「私訪」趣劇的人們，突然有發現了，大家相對竊笑，——只見二、三十個身穿鮮明服飾的人們，由車站方面走向城中來了！這些人：有似先生、有似士紳、有似商店老闆，有的穿着長袍馬褂、有的穿着中山裝，他們相互之間都距離三、五步遠，彼此似乎不相識，似乎是各走各的路；但是，就在他們這一堆人羣的中間，夾雜着一個衣衫不整，臉上不潔的大漢，挑着一担豆腐，既不叫賣也不停止，與其前後左右的人們走在一起，相形之下，很不調和，在街上一直過去了，——去哪裡呢？自然是當地較整潔的客棧。

在路旁存心欣賞的人們，看了這等情形，無不掩口而笑。然而，韓復榘如此作法，究竟何苦來？那就要找心理學家來研究了。一般人們的看法，這是自我陶醉，是一種自欺的自娛而已。

山東的縣城，大致說來通常都是直徑五里左右；當然也有些是特別大或更小一些的，在這等縣城裡，一個多鐘頭的時間內，可以由北門至南門，再轉東門至西門各一趟，所以「出巡」的韓復榘，不過一會的時間內，就「巡」完了，之後的下一步驟，就是「私訪」。訪些什麼呢？本來，這是沒有規定的，然而，經驗的累積，韓青天之私訪，大致上不外下列幾點，例如：

韓復榘將豆腐担子放在路旁，就向路旁的閒人開始搭訕了：「老哥，聽人家說，這裡的當官的，都是不好種，這話可眞？」

突如其來的這麼一句問話，被訪問的人聽了，大約會答：「您老哥從哪裡聽了來的這些瞎話？——如果再這樣嚼舌根，提防死了墮阿鼻地獄喲！」

韓復榘聽了這樣的回答，往往點點頭之後又接着問：「咱們這裡，屬山東管，是吧？」

被訪問的老百姓答：「是！」

韓又問：「誰管咱山東？」

老百姓會瞪他一眼之後答：「你眞是個傻鳥！韓青天管咱們山東，你都不知道嗎？」

韓又繼續問：「韓青天這個人，怎樣？」

老百姓答：「奶奶的，眞是個少見的好官！」

雙方訪到這裡，大致來說，「私訪」通常是完了。然而有些時候，韓復榘爲了貪得意，仍會追着問：

你說韓青天是好官，俺却聽說他是不好種！

韓復榘說到這裡，那個被訪的老百姓，就會又一瞪眼的說：

「你再說主席的混蛋話，俺就睡你娘！」

至此，韓復榘才會舒舒服服、高高興興的結束了「私訪」。其實，在街上走來走去的不少老百姓，都是縣政府裡事先安置在街上，專門等待答覆主席問話的！

通常，韓復榘到一處地方，總要私訪一兩天，到第三天上午，就要露面了。當通知送到縣政府專員公署的時候，專員或縣長，都裝作突如其來接到消息的模樣，顯得手忙脚亂的來迎接主席，這樣，韓復榘才高興，因爲如此才顯得「私訪」有些神秘的趣味。然而，縱然省政府的幕僚們和各縣的地方官不暗通消息，那些縣中也會知道韓復榘來了，除非那些地方官都是冥頑不靈的人，否則，韓復榘的衛隊——整個手槍旅近乎五千人，已團團圍着縣城紮下了營，縣長總不致連一點風聲都聽不到的吧？況且手槍旅方面，至少也會派出一個連甚或一個營，駐在韓復榘臨時行營的附近，暗中保護。這些，地方官會盲了目而看不見嗎？

韓復榘爲了表示廉潔，甚至連縣長的招待都是拒絕的，所以他不肯住進縣政府或縣長的公廨裡去，仍舊是住在旅店裡。

除了接受一次全縣士紳的公讌之外，韓復榘在其他的時間裡，只作三件事：一件是回拜士紳；一件是「放告」——接受申訴；另一件就是和當地的駐軍同處一兩日。

說到「放告」，這是和「出巡」、「私訪」一脈相聯的「青天」行爲之一，是韓復榘出巡、私訪之後的一幕壓軸戲，上演這幕壓軸戲的地點，是不一定的，大多數是在他自己所住的旅館門前之街道上，有時是在軍營的校場裡，還曾多次是在火車站上，他自己坐在火車的車廂裡，只將頭伸出窗外，而一切的原告、被告、證人、警察、法官及縣長，並及所有看熱鬧的人們，都坐在火車站的月臺上聽審，不是沒有在法院及政府審過案，但那種情形是少之又少的，還比不上在電影院或戲院審案的次數多。

「坐堂審案」一事，在韓復榘的「青天行爲」上，是一項非常重要而絕不能減少的事，儘管這件事，在司法獨立的時代裡，是一件侵犯司法職權的行爲，也可說是違法的，至少是不合法的行爲，因爲不論任何案件，自有地方法院、高等法院以及最高法院處理，行政官、地方官在這時代已無權過問法律等事務，然而，是韓復榘獨斷獨行呢，還是他根本不懂有司法獨立這等事，那就無人淸楚了。不過，雖然韓復榘就在街頭巷尾審案，雖然韓復榘之審案是越權，然而，山東的老百姓都喜歡向他告狀，或求他申寃，有人研究過這事的原因，得出的結論是：原來：打官司、上法院、一件小案子，往往會一拖三數月而還不一定能判決，有時一場官司，一打就是數年，勞民傷財固不待言，且打來打去，最後還是得不出一個合理的結果，很多官司，那麼一拖再拖，致使原告、被告雙方都會因打官司而打窮了。

有些特別的情況，原告與被告，在官司尚未結束之前而死去了；況且不論原告或被告，上上下下要疏通，律師費、錄事費、差役的打點，不知要花費多少錢和延誤多少時間，雖說法院那種拖延的審訊方法，是爲了詳細調查，是爲了在找人證物證，如此作法是避免刑訊，是力求公正而避免錯誤，但是儘管好處那麼多，然而告狀的老百姓寧可找着韓復榘「攔路喊寃」而不肯去法院投訴，可見多數人們對法院的信任程度，原比不上對韓復榘。韓復榘審案好處是：簡單、明瞭、爽快。

在法院申訴要打半年官司的案件，有時經韓復榘三言兩語往往就可審結了，原告、被告各述自己的情理，可以再三、再四的反覆說，根本不要什麽律師代言。韓復榘審案，唯一與現代法院相同的是「賭咒」一項，原告、被告、證人在發言之前，都是要先「賭咒」的說：「所說的話，都是眞的，如果假了，就牆倒屋塌，過河翻船，出門碰砲子……」諸如此類的誓言，說過之後，才開始發言。當然，有些比較複雜的案子，韓復榘也要暫時押候調查和力求確證的，因此，有時也要找尋鄰里、街坊等人審問。總之，不論多麽繁亂的案子，只在三、五天之內，必定求得出結果，——而絕大多數的案子，都能正確的判了案。（當然，韓復榘的幕僚團，不少人都是幹練的師爺，他們在韓復榘的背後，對於審案，雖不採用新制度，但依然是合於習慣法的，絕對不是胡亂處理，更不會輕易的草菅人命。）

韓復榘審案，還有一件令百姓喜歡的事項，判打、判殺都有可能，但是絕不罰錢代罪。當他每次判完了案之後，就會例行的問原告和被告雙方：「你們服不服？」如果答不服的話，那麽，這場官司可能會另審，如果答：「服了！」但韓復榘還會追問：「是口服呢？還是心服？」一直到原告和被告都答：「口也服了，心也服了！」那才算審完了一件案。在這種審案的過程中，如果旁邊看熱鬧的人們對案情有了疑問或意見，都可以提出來，韓復榘是會准許和接受這種發言的，所以，在這等情況下，憑什麽老百姓不尊之爲「青天」？韓復榘之能得到「青天」的美譽，是天公地道，一點都不過份的！不過，有些被韓復榘判了「打刑」的，却要當場就在街邊大庭廣衆之前，被剝下褲子，翹着屁股挨板子。如此，看起來，却又有點不大文明了！

韓復榘每出巡一個縣，經過了私訪、放告等事之後，就算辦完了公事，在將要離去之前幾日子，就專門拜客。拜客這件事，一般來說，只是一種客氣，或是一種禮貌，但是，對韓復榘來說，拜客却是一件很不平常的行爲，這裡面含有很大的「學問」，因此不能等閒視之。

筆者前已說過，在韓復榘主魯的時代，百姓只要「完糧納稅」之後，就再也不必躭心任何麻煩了。又說過韓復榘是一個以廉潔自勉的官吏等語。這等說法，或許不易使人入信，以爲一個自私自利的軍閥，怎能作到廉潔自守？其實，筆者的意思，不是絕對說韓復榘不要錢或不愛錢，倘若那麽說，對於韓復榘之不僅發了大財，而且不依賴國民政府的軍餉，而自己有能力補養十餘萬大軍之謎，就無法解釋了；筆者所說韓復榘不貪汚，是個清廉的官吏，其意義只是說他不收苛捐雜稅、不自立名目搜括百姓、不經常的騷擾百姓而已。

如若追問韓復榘如何發了大財而將數以千萬銀元計的資產存入日本銀行？又既不賴國府的軍餉而憑着什麽來養着那十幾萬軍隊？答案就在於韓復榘對於生財大有道理了。他的發財、他的養兵，都是他自己的「親戚」支持的，絕不是貪汚和搜括而來的有血有淚的錢！

每當韓復榘到達一縣之後，當地的紳士（大商人、大地主、過氣的官僚、現時的名流等）總是會聯名召開歡迎會、公讌等等，招待一番，而韓復榘的幕僚們，就將這些人們的名字記了下來，並且詳細的一一作了調查，澈底了解清楚了他們的底牌、財力以及家庭狀況、興趣等，當韓復榘公事辦完之後，就會一個一個的回拜這些曾經招待過他的紳士。這種紆尊降貴的拜會，使那些受答拜的人們，無不受寵若驚。事實上，主席是個多麽大的官，而竟親自登門拜訪，這何止是蓬蓽生輝，簡直是一種天大的榮耀，當然對韓之招待是極盡週詳的；而韓復榘就在這等時間內，會對家主的兒子、孫子或女兒等找機會大大的誇獎一輪，又說孩子聰明、又說孩子貴相等等，終於自動聲言愛上這個小孩，願認作乾兒子或乾女兒。主席如此看重自己的兒女，那些有點錢的土包子紳士們，眞是會感激涕零的，在求之不得的情況下，還會有拒絕的嗎？這麽一來，受拜訪的紳士，竟如此這般的和韓青天主席成了兒女乾親家了。

一兩天後，乾兒子或乾女兒就會到韓復榘的下處去給乾爹請安。方到門前，衛士們就呼呼叱叱的大喊「立正」、「敬禮」，並特喊「乾少爺到」等等，這些背着赤皮刀鞘大砍刀、腰中掛着自雷特殼槍而手提輕機關槍的衛士們，對着這些「乾老爺」和「乾少爺」似模似樣的恭維着；那些紳士們，何曾嚐過這種滋味，不會當酒就先醉了。

當然，韓復榘對他們招呼一餐，並送一些在當地買不到的小玩物給乾親家和乾兒子，那些小玩物，大都是外國貨。通常，這等紳士們來訪乾親家時，多數都會帶一、兩個僕人來的，因爲那是一種「排場」，是少不了的體面！

當韓復榘在招待乾兒子的時候，會親自將自己的近衛連一百五十人。一個一個的向乾親家老爺介紹，比如說：這個是張得勝，是我的表外甥，這個是李得標，是我的堂侄……等等，總之，這一百五十人，個個都是他的親戚。並說明爲了都是自己人，所以才會一一介紹；當然，那些乾親家和乾少爺未必都能記得清楚這些人，不過，那是不關緊要的，韓復榘的目的，只是要乾親家知道這些人都是自己的子侄輩就夠了。

乾親家酒足飯飽，受盡恭維之後，就到了告別的時候了，他們臨走的時候，韓復榘會親自當面打賞他們帶來的那些僕人，一出手就是每人一百大洋。這等情形，對紳士來說，是多麽大的情面，因爲主席既招待了自己不算，竟連自己的僕人都如此看待，可見這份乾親，是多麽親切了！紳士就在躊躇滿志的心情下回了家。

可是，不過兩天，韓主席就「想念」乾兒子或乾女兒了，他就派出一位師爺，帶着自己的拜帖，到乾親家去拜望。師爺自會傳達主席打算什麽時候來訪的消息。當然，師爺此際會有許多意見供給紳士，自然都是說得天花亂墜，前程燦爛等等，同時，也少不免要說到主席很注重「人情來往」等等。當紳士問到主席來時會帶多少人的問題時，師爺却說：他那一個連，是走一步跟一步的。到此時紳士的臉上，就開始變色了。師爺自然又會說出許許多多的「假定」來：假定想包辦鹽務、假定弄個民生銀行的分支行幹幹、假定成立一支鄉練、假定……都是有關名利的事。師爺只是說了這些假定，但却並不「許願」，只是空說說，說上一輪，就走了，那些土紳士，幾夜就睡不好覺，經過反覆的思量，衡量了得失，終於覺得和韓青天的親戚關係建好，是利多害少的，許多不自量而又滿腦子幻想的土包子紳士，在這時，無不咬着牙齦出賣田產，換取現金，預備送人情了。

在那個時代，人們的資產，多半都是不能流動的土地和商業，如果周轉一兩萬元現金，在那些小縣城的紳士們來說，除了借貸之外，就只有出賣田產，別無他途，因爲這等人家絕不會存千元以上的現金在家的。一兩萬元，在今日看來，算不了什麽，但在民國二十三、四年的時代來說，是一筆不算少的數目了（該時間，正是美國經濟恐慌的年代，在山東，每袋重約四十斤的麵粉，只能賣四角錢，用這種比例，就可看出兩萬元的眞正價值了）。

爲了要打賞韓復榘的「跟班」，一個土紳士可能因此而破產，或者揹上一身債務，而他們自己吃了這樣的「啞吧虧」，是說不出口的，只有自己心知肚明，韓復榘顯然對於這些攀高結貴的人們，存心就想「吃」他們，所以當紳士招待完了乾親家韓復榘之後，咬着牙、忍痛的也打賞了韓復榘的一百五十名衛士，而此時韓復榘總是向他的那羣「子侄衛士」們說：「謝謝你們乾老爺！」如此一聲多謝之後，很少有可能再次拜訪了，但是，韓復榘也有點好處，倘若這等乾親戚，眞有什麽事須要見他，他是從不拒絕，而眞肯幫忙的。

韓復榘之「拜客」以及「接見乾兒子」和「看望乾兒子」，時間都是安排和預定好了的，因此，他能在一日之中探訪三、四個乾兒子。

一個小縣，不論小到什麼程度，總會有三、五十個紳士，他們不一定都住在城內，也有些人可能住在距城很遠的鄉下，但韓復榘絕不嫌路遠，因此，一次出巡三、五個縣，就會結下了百十家乾親，換言之，也就是一百幾十萬大洋，輕輕鬆鬆的進入了口袋中，山東一百多個縣，如果完全走一遍，就只採用這樣的一個不為一般人所注意的方法，就可容容易易的有五、六千萬大洋的進帳，用這些錢再在漁、鹽業以及發電業等等的正式商業上投資，一年間就有上億數字的盈利，因此，養那十幾萬軍隊，是毫不費力的。後來，在軍事委員會控告他的罪名中，有一項是徵收鴉片烟稅，其實，只正式的合法稅收，在一年中就有數億以上，何須去賺那點贓錢而自毀清譽？所以那種控告顯而易見只是一種陪襯，是畫蛇添足的。在那個時代中，韓復榘的軍隊，雖然也有着國民革命軍第三路軍的番號，但國民政府不會將這些軍隊當作中央軍看待，而韓復榘却也不想自己的軍隊變為中央軍，所以，國民政府並不發給韓部十個師的軍餉（在民國廿三年之後，韓復榘又成立了四十四個獨立旅，作為省警備隊；但其中部份人數不足，訓練及裝備的程度，較韓部原來的十個師，有相當的距離），而韓復榘也不將山東每年的歲收交送國庫，所以，韓復榘手中有充份的費用和力量去培養軍隊、去作地方建設，根本上不須貪污、不必搜刮；有着這些特別有利的條件，所以他能造福地方、諸多設施；能夠討得百姓的歡心，致而獲得「青天」的榮銜！所以，筆者認為：倘若以韓復榘時代的山東經濟情況作為一個標準（山東在中國所有的省份中既不是最大的，也不是最富的），那麼，如果沒有人侵吞盜竊國家的資財的話，中國絕對是富足的，最低限度用不到可憐巴巴的向洋人求幫助。

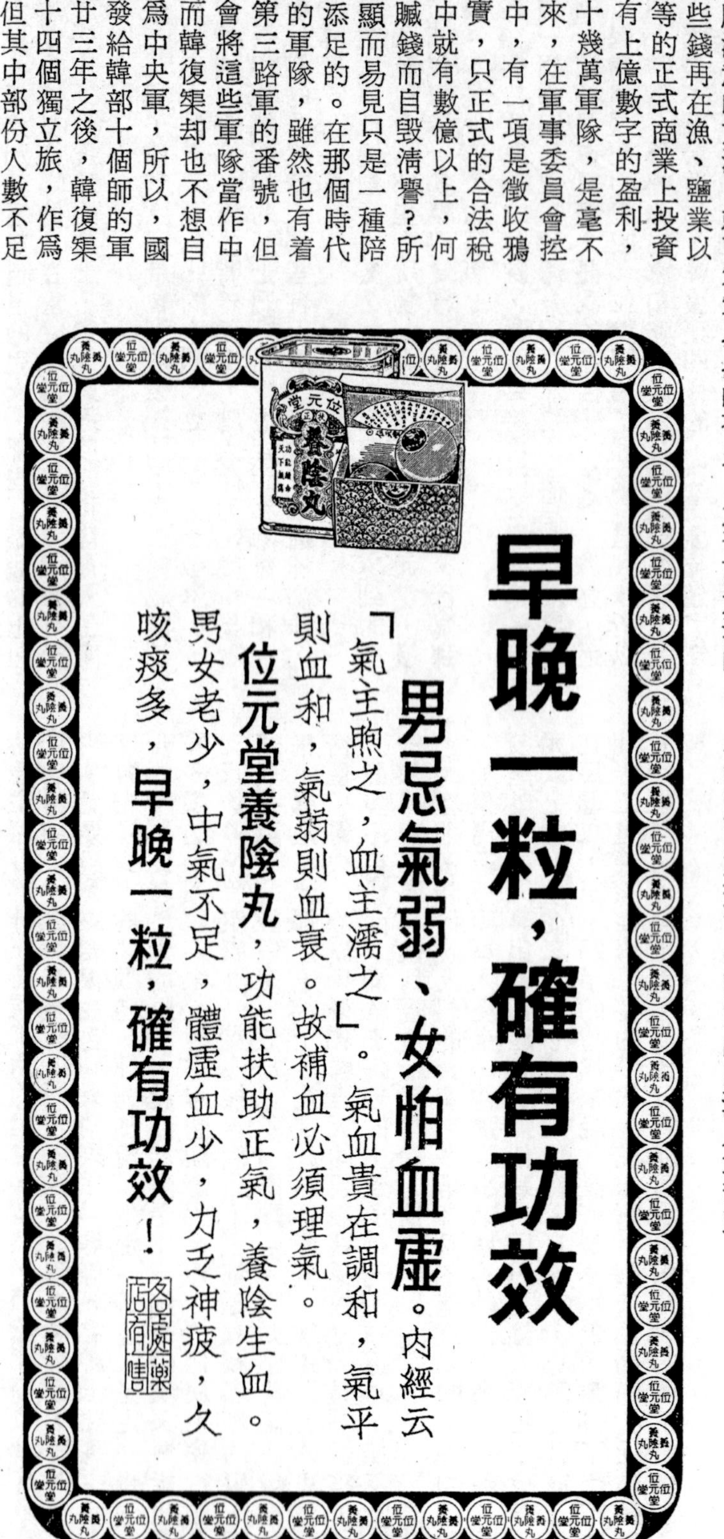

閒話詩鐘

— 楊向時 —

詩鐘的起源

詩鐘始於何時，不得確知。惟據清黃理堂雪鴻初集。其中載有福建林則徐少穆的折枝（即詩鐘）詩句，少穆爲嘉慶進士，道光間歷任疆圻大吏，據此可知詩鐘大概是始於嘉慶、道光的時際。

詩鐘的涵義

詩鐘是文人的一種文字遊戲。爲什麼叫做詩鐘呢？因爲在作這一種遊戲的時候，要燃燒一枝香來限制構思的時間，再用一根線綁一個銅錢，繫在香的上端大約一寸多的地方，下面放一個銅盤，等到香將線燒斷的時候，銅錢就掉在銅盤裡，發出鏗然的一聲，表示時間已到，就要擱筆交卷，如同撞鐘示警，所以叫做詩鐘。這就是古時擊鉢催詩的遺意。擊鉢催詩的故事，見南史王僧儒傳：『竟陵王子良嘗夜集學士，刻燭爲詩，四韻者則刻燭一寸，以爲率；蕭文琰曰：「頓燒一寸燭，而成四韻詩，何難之有！」乃與丘令楷、江洪等共打銅缽立韻，響滅則成詩，皆可觀覽。』

詩鐘又叫做折枝。折枝的涵義有二說：一是折枝乃就七言律詩中項腹兩聯（第三四兩句爲項聯，第五六兩句爲腹聯）摘出兩句成爲一聯，就像折取花樹的一枝：一說是畫中花卉畫法有一種叫做折枝的，畫花卉不帶根，斷如折枝的，就是折枝畫法。如韓渥詩：「猩色屏風畫折枝。」即是指這一種畫。綜合以上兩種說法，意思是相通的，都是指採全體的一部份而言。因爲詩鐘只是律詩中的一聯，就像花樹的一枝。

詩鐘的格式名稱

茲據清人徐珂清稗類鈔所載詩鐘之正格與別格兩種格式，及陳海瀛希微室折枝詩話所載實例，分別條列於後：

（甲）正格

一、鳳頂格（一名鶴頂又名虎頭）現在簡稱一唱，就是將指定的兩字，分嵌在每一句的第一字。如「衰涼」一唱云：「衰意滿林秋一片，涼痕在水月初更。」

二、燕頷格（一名梟頸）現在簡稱二唱：就是將將指定的兩字，分嵌在每句的第二字。如「水歌」二唱云：「照水看成無量我，聞歌念及可憐人。」

三、鳶肩格，現在簡稱三唱。就是將指定的兩字，分嵌在每句的第三字。如「形池」三唱云：「擲我形骸還造化，借人池館過黃昏。」

四、蜂腰格，現在簡稱四唱。就是將指定的兩字，分嵌在每句的第四字。如「羽痕」四唱云：「鄰家燕羽相新故，同巷苔痕有淺深。」

五、鶴膝格，現在簡稱五唱。就是將指定的兩字，分嵌在每句的第五字。如「中十」五唱云：「月明赤壁中流棹，風熳揚州十里簾。」

六、梟脛格，現在簡稱六唱。就是將

指定的兩字，分嵌在每句的第六字。如「重小」六唱云：「疏花白帽吟重九，寒雨鳥篷宿小孤。」

七、雁足格，現在簡稱七唱。就是將指定的兩字，分嵌在每句的第七字。如「壽臨」七唱云：「荔子取爲紅粉壽，鸚歌報道翠華臨。」

除雁足格外，所嵌兩字，可上下更動位置：如「衰涼」二字，衰字可嵌上句，也可嵌在下句，涼字可嵌在下句，也可嵌在下句。

（乙）別格

一、魁斗格，一字嵌在上句之首，一字嵌在下句之末。

二、蟬聯格，一字嵌在上句之末，一字嵌在下句之首。

三、鼎峙格，三字嵌在兩句之中，不可相連或並列。

四、鴻爪格，三字一嵌上句第四字，其餘二字分嵌在下句首尾。

五、雙鈎格，四字分嵌兩句首尾。

六、雜俎格，五字分嵌在兩句之中。

七、四五捲簾格，一字嵌在上句第五字，一字嵌在下句第四字。

八、轆轤格，一字嵌在上句第三字，一字嵌在下句第四字。

九、碎錦格，（一名碎流）四字以上分嵌在兩句之中。

十、分詠格，將兩個不同的人或事物，分兩句吟詠。（此格清稗類鈔中未載，而現時通行。）

上述別格之外，尚有四種：

一、拗體格，如「藥溪」七唱云：「幽人無事出尋藥，小鳥一聲飛過溪。」

按此一拗體，即律詩中的拗體對，係將上下兩句的第五字平仄對拗。上句末三字本應爲平平仄，而故意作仄平仄，下句末三字本應爲仄仄平，而故意作爲平仄平。如杜甫蜀相詩：「映階碧草自春色，隔葉黃鸝空好音。」崔顥黃鶴樓詩：「秦川歷歷漢陽樹，芳草萋萋鸚鵡洲。」皆屬拗對。

二、流水格，如「長薄」五唱云：「乞多天上長生藥，醫盡人間薄命花。」

此即律詩中所謂對水對。上下兩句詞性相對，而語意連貫直下。

三、集句格，如「女花」二唱云：「青女素娥俱耐冷，名花傾國兩相歡。」

按上句爲李商隱霜月詩句，下句爲李白清平調詩句。

四、太極格，如「續橫」二唱云：「斷續鐘聲山半雨，縱橫帆影月中湖。」

按此格或係着重在兩句下三字山半雨、湖中月處，因爲以山對湖就是同是地理名詞，以月對雨，就同是天文名詞，方見工整，現在故意以山對月，以雨對湖，上句山半雨，是順敘，下句月中湖是倒裝（即謂湖中月）如太極圖之分爲陰陽兩半，而倒順不同，所以叫做太極格。

詩鐘舉行的程序

詩鐘舉行方式，分爲「聚吟聚唱」與「散吟聚唱」兩種，茲就目前在台灣所舉行的程式，條述如下：

（甲）聚吟聚唱

一、拈字，由甲取書一本，先問乙要第幾頁、第幾行、第幾字，如此決定一字，再依法決定第二字。如係一、三唱，可以用兩個平聲字，或兩個仄聲字，如係二、四、六、七唱，就必須一平一仄，否則無法符合平仄規格。如遇兩平兩仄字，可以重新前法選取，直至一平一仄爲止。兩字選出以後，再用紙條七張分書一、二、三、四、五、六、七於其上，然後信手抓取其中一條，即係拈鬮以決定其爲幾唱。如抓到一字，即爲一唱，屬於鳳頂格。餘例推。

二、卷數，通常每人三卷，或多或少亦可。

三、立限，以前係燃燒竹香爲限，或盡一炷，或刻幾寸。現在可用鐘錶計時，隨便限定幾時，時限已到，即應投卷。

四、投卷，設置木質詩匭一個，將詩卷投入。如無特製木匭，紙盒亦可。

五、貼榜，俟詩卷收取完畢後，以一紙爲榜，將詩卷貼在紙上，編列號碼，張掛在牆壁上面。

六、選取，參加人均有選錄之權，每

人可選五聯，分別記明元（狀元）殿（殿元）眼（榜眼）花（探花）臚（傳臚）五等，將所選的號碼，書於其下。其計分方法：元爲十分，殿八分，眼七分，花六分，臚五分。以積分最多的爲元，其次爲殿，其次爲眼，其次爲花，其次爲臚，其次爲錄，其次爲監，其次爲斗。

六、取額，通常選取十卷，元、殿、眼、花、臚、錄、監、各一，斗三。遇分數相同的則並錄，例如雙元，雙殿，餘類推。

七、宣唱，宣唱時，先唱殿，以次唱至斗，最後唱元。

八、贈獎，入選的可以得獎，或金錢，或物品。亦有不給獎品，而係以文會友的性質，作爲宴會以後餘興的。

（乙）散吟聚唱

其程序照聚吟聚唱相彷，惟拈字一項，可由召集人自行決定爲何兩字及第幾唱。其用別格的，也可以自行決定採用何種格式，如「魁斗格」，「分詠格」，「碎錦格」等，先期分別通知參加人，至約定的日期集會交卷，每人以交三卷爲原則，多少均可。自投卷至宣唱，其手續與聚吟聚唱大致相同。

撰擬詩鐘須知

詩鐘的製作，規律甚嚴。其平仄規格與對仗方法和律詩相同，而所受限制比做律詩還要嚴格。玆據陳海瀛希微室折枝詩話所載，關於詩鐘應忌避的地方，凡十二點：

一、動靜無別，動字宜對動字，靜字宜對靜字，如讀書對沽酒，遊山對看月，讀沽皆動字，故可相配。若以讀書對名酒，遊山對好月，則不相配，因名好皆靜字。犯此者謂之內外科。

以現今之詞性而言，即名詞對名詞，動詞對動詞，形容詞對形容詞。書酒山月，都是名詞，故可相對。至讀與沽都是動詞，名與好皆屬形容詞，若以形容詞對動詞，故不相稱。在古人的律詩裡面常有用動詞對形容詞，或形容詞對動詞的，雖然有人對這種地方說他差了「半個字，」但是並不十分嚴格。

二、虛實難稱，虛對虛，實對實，此一定之例。如平小第六唱云：「遂非我見承平遠，亦既人憐少小孤。」孤字乃指孤兒而言，非孤高，孤芬等義，不得與遠字對。

因爲孤字的詞性有幾種。孤兒的孤屬於名詞，孤高的孤屬於形容詞，「承平遠」的遠字，是形容詞，「少小孤」的孤字，屬於名詞，所以不能相稱。

三、畸形不整，兩句中有三字用同一類之字者，謂之三足蟾。例如：「去棹如飛移岸走，有山無數渡江來。」即犯畸形之病。因岸、山、江三字爲同一類之字。

四、同音相犯，兩句中用同音之字者，例如：「星影滿江將眼亂，秋聲在樹已心驚。」其中星、心兩字同音應避，尚有同韻相犯者，如成城同在庚韻，新辛同在眞韻，皆於吟詠時聲韻不諧。

五、字異義同，同一義之字，不能相對。如：「閒似白鷗滄海客，健於黃犢少年人。」所以用於字不用如字，即避異字同義之病。

六、義同詞異，此謂之合掌。例如：「棲寂不教投衆濁，避囂但要賞孤芳。」凡此類皆犯合掌之病。

七、左右牴觸，兩句中如有在出句用天文類、地理類，或其他各類之字，在對句非與之相對，而又用同一類之字者，便爲左右牴觸。例如：「頗疑風露花前立，最愛湖山雪後看。」出句用風露在上，對句雪字在下，即犯此病。

八、子母相失，排比字有子母性，有非子母性。例如：「盛衰」「勞逸」「異同」是子母排比字。「歡樂」「富貴」「飢寒」非子母排比字。兩類應各自爲對。如：「斑獸西還看早晚，崖州南望泣孤寒。」「早晚」子母排比，例不得對孤寒，因孤寒乃非子母排比字。

盛衰、勞逸、異同，爲相反複詞，歡樂、飢寒、富貴，爲相類複詞。此即謂相類複詞不能對相反複詞。

九、屬人屬物　兩句中語氣動作屬人

則同屬人，屬物則同屬物，此一定之例。例如：「開遍山花春欲老，坐殘牆月夜將闌。」開字屬花不屬人，坐字屬人不屬月，不能相對。應將開字改爲看字，以與坐字對，則均屬人。或將坐字改爲照字，以與開字對，則均屬物。

十、聯上聯下，兩句中不得一句聯上，一句聯下。例如：「微徑得從新鹿迹，寒林失却舊鶯聲。」出句用倒裝法，謂從鹿迹得微徑，乃屬聯上。句用順序法，則直謂寒林失鶯聲，乃屬聯下。應將出句改爲「微徑留多新鹿迹」方合。

此即謂上下兩句句型應屬一致，如上句用倒裝，則下句亦應用倒裝；上句用順叙，則下句亦應用順叙。

十一、總稱別稱，凡一事物皆有總稱別稱之分，應各自爲對。如鳥可對花、蟲、魚，以其皆爲總稱。若以魚對梅、蘭，蚊、蠅、鱸、鯿則不可，此數者皆屬別稱。例如：芳草送春無限碧，杜鵑勸客不如歸。」芳草爲總稱，杜鵑乃屬別稱，例不得相對。

十二、通用專用，通用名詞不得與專用名詞相對。如：「人海歸來空有夢，白門遊後恨無詩。」「人海」爲通用名詞，「白門」爲專用名詞，即犯此病。

詩鐘的品評

詩鐘以對仗工整爲基本要求，有白描及用典兩種風格。白描派刻畫微妙，神致高超。如陳篤秋「感臨」三唱云：「黃菊感秋如我瘦，碧桃臨水爲誰妍。」清新蘊藉，風致宛然。用典派運用典故，下語必用出處，下字必有根據。如樊樊山「既不」一唱云：「既白鶴猶來赤壁，不前馬亦渡藍關。」上句用蘇東坡赤壁賦結句：「不知東方之既白。」而與後赤壁賦：「適有孤鶴橫東來，」相貫通。下句用韓昌黎左遷至藍關示侄孫湘詩：「雪擁藍關馬不前，」而翻用其意。自成機抒，眞斲輪老手。至以藍關對赤壁，詞尤工絕。

此外集句一格如第三節所引「女花」二唱：「青女素娥俱耐冷，名花傾國兩相歡。」固爲難得，然據悉此尚爲第三名，當時同作集句的，共有三聯，其第二名爲「商女不知亡國恨（杜牧秦淮詩句）落花猶似墜樓人（杜牧金谷園詩句）」其第一名則爲：「神女生涯原是夢（李商隱無題詩句）落花時節又逢君（杜甫江南逢李龜年詩句）」第一名所作，將上下兩句聯成一氣，而韻致天然，精妙無比，眞是「妙手偶得」之作。

據陳海瀛希微室折枝詩話所載，詩鐘佳妙的地方，尚有六端，茲引錄如下：

一、神之超逸者，如黃鄉洲微寒一唱云：「寒宵坐似滄浪裡，微曙看猶混沌初。」

二、理之完足者，如陳篤初高大一唱云：「大發芳菲無幾日，高飄埃壒亦層霄。」

三、氣之雄渾者，如林畏廬天馬六唱云：「黃河冰塊兼天下，白嶽雲綿夾馬飛。」

四、味之雋永者，如吳韻珂古空六唱云：「何必有花行古徑，不如無月坐空堂。」

五、聲之洪亮者，如陳澤觀雨詩七唱云：「翰林銀手歸耕雨，樂府珠喉起讀詩。」

六、色之鮮妍者，如林彤餘海年六唱云：「桃花人面俱年少，茘子官聲並海南。」

鐘社的組織

鐘社昔在福建最爲盛行，同治光緒間，橋南的可社，爲鄭淑璋、羅義合組織；水部的瓊社，爲林畏廬、楊文增所組織，最爲有名。此後諸社林立，其風不替。近年香港、台灣，亦有類似組織。據張惠康先生相告：「早年在香港曾與梁寒操、易君左、熊式輝等舉行鐘會，曾印有『海角鐘聲』集行世。」在台灣所有鐘會，想必亦多，茲據所知，如台北市的弧觴會，本以「慶生」爲主，乃取懸弧舉觴的意思，而每次集會，必以散吟聚唱方式舉行詩鐘遊戲，以爲餘興。

・鐵嶺遺民・

請願聯合會

梁士詒既決定贊成帝制，就同交通系人員商量大幹一下，不能像楊度的作法，徒惹人攻擊，成事不足，招謗則有餘。梁士詒當時的辦法，首先組織請願聯合會，推動全國民衆向參政院請願，要求變更國體，參政院可以根據全國人民的請願書，開會決定是否變更國體，如此則帝制方能實現。

請願聯合會在交通系推動下，很快就在北京成立，推定正會長沈雲霈、副會長那彥圖、張鎮芳；文牘主任謝桓武，副主任梁鴻志、方表；庶務主任胡璧城、副主任權量、烏澤聲；交際主任鄭萬瞻、副主任袁振黃、康士驛；會計主任阮忠桓，副主任蔣邦彥、夏仁虎。

請願聯合會組成後，發表宣言稱：「民國肇建，於今四年，風雨飄搖，不可終日，父老子弟，苦共和，望君憲，非一日矣，自頃以來，二十二行省及特別行政區域，暨各團體，各推舉會宿，結合同人，爲共同之呼籲，其書累數萬言，其人以萬千計，其所嶄向，則君憲二字是已，政府以茲事體，亦嘗特派大員，發表意見於立法院，凡合於鞏固國基，振興國勢之請，代議機關，所以受理審查，以及於報告者，亦既有合於吾民之公意，而無悖於政府之宣言，凡在含生負氣之論，宜有舍舊圖新之望矣，惟是功虧一簣，則爲山不成，鍥而不舍，則金石可貫，同人不敏，以爲吾父老子弟之請願者，無所團結，則有如散沙一盤，無所磋商，則未必造車合轍，又況同此職志，同此目標，再接再厲之功，胥以能否聯合進行爲斷，用是特開廣坐，畢集同人，發起全國請願聯合會，議定簡章，凡若干條，此後同心急進，計日成功，作新邦家，慰我民意。斯則四萬萬人之福利光榮，匪特區區本會之厚幸也。」就請願聯合會宣言來看，遠不如籌安會宣言文字動人，但政治是講力量的，手無寸鐵，坐而論道，無論有多好的文章，皆不能成事，楊度的毛病就在一味亂嚷，而拿不出實際的辦法，所以籌安會成立一個多月，毫無進展，請願聯合會一旦出現，局面頓時不同。

楊梁作風不同

由請願聯合會的組成，可以看出楊度與梁士詒兩人之優劣，政治手腕之高低，相差更不可以道理計。

楊度籌安會鬧了一個多月，始終祇有六個理事，六人中負重望的首推嚴復，也並不是楊度所有意延攬，而是袁世凱的意思，楊度不敢不遵，因此嚴復儘管不肯，仍然要硬拖他下水。至於其他四人，孫毓筠名雖高而沒有實力，此時又困於鴉片烟癮，不能有所作爲，餘下三人更要唯楊度馬首是瞻，所以籌安會就是楊度一人包打包唱，變成了一台獨脚戲。楊度雖然唱得很賣力，但影響並不大。

請願聯合會就不同了，雖然人人皆知此一團體是梁財神所支持，但中間却找不到一個交通系的大將，會長沈雲霈是一位不見經傳人物，副會長那彥圖是外蒙喀爾喀親王，民國元年六月，袁世凱任命那彥圖署理烏里雅蘇台將軍，兼辦理圖謝圖汗、車臣汗兩盟事宜，爲最受禮遇的蒙古王公。民國二年四月，共和、民主、統一三黨合組爲進步黨，推黎元洪爲理事長，張謇、湯化龍、那彥圖均爲理事。此人雖是蒙古王公，但住在北京已久，生活完全漢化，梁士詒所以把他拉出來，無非是表示五族一致擁戴之意。

另一副會長張鎮芳號馨菴，是袁世凱表弟，淸末任長蘆鹽運使，入民國後，當過河南都督，爲人貪財無能，袁世凱並不喜歡他，但由於總角之交的至戚，當袁世凱被載灃逐回彰德時，中間有三年的生活全靠他支持，因此，對張鎮芳不能不予照應，梁士詒所以安排他當副會長，是借重他同袁世凱的關係，隨時隨地可以見面談論一切，比較自己去報告，要方便得多。其他職員方面，皆不是有名人物，驟看確實像是民間團體，這一批人中間後來成名的，有庶務副主任烏澤聲，此公原是國民黨健將，據費子彬老醫師見告，民元孫大總統在南京就職時，司儀就是烏澤聲，此爲費老醫師親見，而爲任何書所未載。惜乎此公功名心切，以後一變爲帝制要角，再變爲安福黨徒，斷送了自己，另一位是文牘副主任梁鴻志，以後也成爲安福健將，抗戰時任僞政府行政院長，勝利後被處死。

洪憲請願團體

請願聯合會組成後，請願團體頓時風起雲湧，波瀾壯濶，當時在北京城內出現之請願團體即有：人力車夫代表請願會，乞丐代表請願團，婦女請願團，公民請願團，籌安會請願代表團，商會請願團，教育會請願團，北京社政進行會，旅滬公民請願團（在上海）。以地區分，則有京兆、直隸、奉天、吉林、黑龍江、江蘇、山東、山西、河南、陝西、甘肅、四川、湖北、湖南、安徽、江西、浙江、福建、廣東、廣西、雲南、貴州、新疆、熱河、察哈爾、綏遠，以種族分，有滿洲、新疆蒙回王公、前藏、華僑聯合會、蒙古王公聯合會、滿洲各旗、回疆八部回教促進會，以社團分，有北京學界，全國商會，河南新社全體，京兆內外水會團防，湖北教育會，北京市民代表，蔚豐厚票商，直隸學界，河南旅京代表，安徽旅京代表，南京學界，河南學界。

以人而論，其中倒不乏知名之士，所謂知名之士，倒不是位高權重的人，如段芝貴身爲上將軍，算是知名之士了，但是請願名單中發現了段芝貴的名字，並不使人驚奇，値得驚奇的是有些人不應該列名的竟然名在其中，如湖北請願代表第一名是藍天蔚，此公爲革命黨人，從始至終皆與袁世凱對立，何以在湖北領銜請願，與他並稱湖北三傑的陳宧（另一人爲吳祿貞，已故）反居第二位。又如湖南請願代表第三名葉德輝是名儒，也是反袁之士，第五名曾廣鈞，爲曾國藩之孫，名門儁才，既不想作官，又何必勸進，又如京兆第一名之惲毓鼎爲淸室遺臣，曾寫「崇陵傳信錄」一書，對光緒史事紀載頗詳，被推爲信史。又如京兆第二名王芝祥，也是革命黨人，民國元年就因爲發表王芝祥督直被袁世凱反對，總理唐紹儀因此掛冠，他又怎麽會勸進，又如湖北省的哈漢章、金永炎，皆是黎元洪的靈魂，黎元洪反將帝制始終如一，這批人反怎會請願改行帝制，若不是有人强行栽誣，倒眞是天與人歸了，但看到洪憲失敗的情況，所謂請願者，完全是一個騙局。

國民會議事務局

國民代表大會，由參政院代行立法院建議，於民國四年十月七日正式咨文大總統提出，並附該院通過之國民大會組織法，次日即由袁世凱正式公佈，國民代表大會名義乃告確定。

就整個帝制運動來看，中間顯然分爲三個階段，第一個籌安會時期是鼓吹階段，第二個請願聯合會時期是活動階段，到了第三個國民代表大會時期，已經是實行階段，計從八月十四日楊度發起籌安會起，到十月八日大總統正式公佈國民大會組織法爲止，前後不到兩個月，快是夠快的了，但也未免太草率，任何人都可以看出決沒有如此迅速表達之民意，完全是官意所推動。

國民代表大會組織法通過後，先成立國民會議事務局，爲發號施令機關，發電與各省將軍聯絡，設法遴選可靠人士出任代表，電文稱：「於未舉行初選之前，先將有被選舉資格之人，詳加考察，擇其性行統和，宗旨一貫，能就範圍者，預擬爲初選當選人，再就選舉人設法指揮，妥爲支配，果有窒礙難通，亦不妨隱以無形之強制，庶幾投票結果，均能聽我馳驅，將來選舉國民代表，及選舉國民會議議員，自可水到渠成，不煩縷解。」這項電文後來經獨立省份宣佈，自然成爲帝制派一大罪狀。

國民會議事務局由朱啓鈐任局長，所有向各省通電皆出朱啓鈐領銜，其餘聯署的有周自齊、梁士詒、張鎮芳、阮忠樞、唐在禮、袁乃寬、張士鈺、雷震春、吳炳湘等人，這是帝制的核心人物，像楊度、孫毓筠不但沒有資格署名，帝制派究竟進行到何種程度，他也一樣要從公開的文件中才能看到，所以後來通緝帝制犯把楊度列爲第一名，實在是高抬了他，他實際扮了一個陳勝吳廣的角色，眞正爭天下的是項羽、劉邦，到了劉項爭天下時，陳勝已成了古人，到了帝制眞正進行時，楊度也成了一個閒員。

不過，梁士詒並不是每一通電皆署名，祇是特別重要的通電才有他的名字。

袁世凱表明心跡

當各省紛紛推出國民代表，決定國體時，政事堂發出袁世凱面諭的一通電報稱：「國體不宜，彰明較著，賢愚共見，中外同聲，倘有墨葡之變，必爲越韓之續，慕虛名而賈實禍，稍有常識者皆能言之，中國介處列強，危機四伏，國基未固，人心不安，蓋時局之危，無有過於今日者矣。予昔養痾洹上，無志問世，乃不幸全國崩解，環球震動，我不自理，必有出而代之者，恐四萬萬神明之華胄，將爲異族之牛馬，悲天憫人，捨身度立毅然以救國救民爲己任，無論如何艱險，不敢稍有諉卸之心，四載支持，凡歷未有之變幻，一一躬親，堅忍圖成，務使赤縣神州不淪異域，苦心孤詣，當爲天下所共諒。至於國體不宜，危險在後，此數年來，言之者衆矣。予亦非有意因循，置根本大計於不顧，但欲規復故主，則中外大半反對，事有難言，欲別求賢能而理，而環顧海內，又乏統治全局之才，熟思審處，不敢置議。今京外文武官吏，鑒南美中美之禍，籌久安長治之方，文電交馳，情詞迫切，自係出於愛國熱誠，予之愛國，詎在人後，而意有所躊躇者，實因國體定已數載，對內對外關係重要，不得不格外審愼，且予飽經變故，心力已盡，恒思避賢自逸，稍卸仔肩，度不能副軍民之嚮望，羣情既動，不能復靜，因勢利導，冀得全國多數正當之名義，以定從違，現經代行立法院決定議案，以國體問題，決諸國民代表大會，係屬法律上正常之辦法，各國亦多贊服，京外文武官吏，務各保守治安，維持秩序，靜候國民之最後解決，倘防範稍疏，釀成變亂，難保外人不藉端思啓，返諸各官吏感國之初心，適成相反，實亦重予之咎也。」

這封電文電尾署文印，沒有月份，估計當是十一月十一日發出，要爲當時文件中最猥瑣之一封電報，理不直則氣不壯，袁世凱此時既不能慷慨拒絕帝制，又不能爽快接受，處於夾縫中，進退失據，言不由衷，因此電文亦支離破碎，了無生氣。此電有一大特色，即袁世凱亦不稱本大總統，改稱予，實在已放棄總統職務，「予」一變就是「朕」了。

張謇勸阻

當帝制已經公開進行時，國內名流與袁世凱交情深厚的仍圖勸止，首先是張謇，張謇與袁世凱在朝鮮吳長慶軍中相識，當時是光緒七年（一八八一），是年袁世凱二十三歲，張謇二十九歲，袁世凱去登州投奔吳長慶，想謀個出身，不久，就跟着到了朝鮮，張謇則是吳長慶的幕府，深受吳長慶倚重，袁世凱到登州投奔吳氏，因爲其父保慶與吳長慶是金蘭兄弟，此時袁保慶已死，吳長慶念及故人，將袁世凱留下，但吳長慶本意仍然希望袁世凱好好讀書，將來在功名上出身，就令袁世凱作文呈給張謇批改，袁世凱因此就喊張謇爲老師。

張謇看了袁世凱文章，覺得他很難從正途出身，就向吳長慶保薦袁世凱，請派給他一份差使，因此袁世凱才正式得到帶兵機會，及至吳長慶奉召回國，把部隊帶回一部份，留一部份在朝鮮交袁世凱統率，奠定了後日的功名，但袁世凱一旦得志，對張謇就改變了態度，此時張謇已回南通，袁世凱寫信致候，已不稱老師，始而稱季直先生，後來竟稱季兄，張謇忍無可忍，去信與之絕交。雖然如此，張謇對袁世凱還是寄以厚望，自己不便直接與袁世凱去信，特地致信袁世凱堂叔保齡（子久），信中譽袁世凱爲「君家之謝幼度，方戍亂國，囑其愼之。」

張袁復和，是在辛亥起事之前，張謇入京經過彰德下車至洹上村與袁世凱作了一夕長談，以後南北議和，清室退位，都在兩人預計中，此時前嫌盡釋，師生名份雖未恢復，却成了好友。袁世凱當了大總統後，硬邀張謇在熊希齡內閣當了一任農商總長。熊閣倒後，改任水利局總裁。帝制議起，張謇見到袁世凱詢問究竟。袁世凱此時並不堅決反對帝制，祇是聲明自己不作皇帝。張謇追問：「大總統不作皇帝，誰作呢？」袁世凱說道：「當辛亥革命時，有人主張擁孔子後人爲虛君制的皇帝，如此可請衍聖公孔令儀作，還有人主張恢復明後，像內務總長朱啓鈐，浙江都督朱瑞也可以。」張謇大笑道：「這樣說法，唱小旦的朱素雲也可以了。」袁世凱也爲之苦笑，張謇不久就出京回南通，張袁之交，也告一段落。

衆未叛親已離

在帝制進行時期，眞正負重望的北洋派巨頭首推徐世昌，徐世昌當時又擔任國務卿，上下皆呼爲相國，由來已久，而且據傳說兩人少年時曾有舊約，一旦袁世凱作了皇帝，徐世昌一定作宰相，現在袁世凱作皇帝了，第一個應挺身而出，輔佐袁世凱作皇帝的應是徐世昌，但徐世昌却始而假作痴聾，不聞不問，繼而稱病不到職，職務由楊士琦代理。此等處足見徐世昌風骨，所以到了民國二十八年才能堅拒日本人邀請出爲華北傀儡政權的首腦，含恨以終。近代一些別有居心的人，硬指徐世昌所以不贊同袁世凱稱帝，是因爲覬覦大總統職位，假如論人可以用「自由心證」，就沒有是非可言了。

其次要說到段祺瑞，從八月間交卸陸軍總長之後，養疴西山，足跡不再履城市，對帝制既未作一字的抨擊，也絕不贊成，抱着隔洋觀火的態度，其立場之堅定，較徐世昌尤有過之。袁世凱在初期並未把段祺瑞放在心上，以爲祇要段祺瑞不反對也就算了，到了後來，才發現非得到段祺瑞的擁護，還眞的不易成功，對段祺瑞威脅利誘，絲毫未發生效果，這也是帝制失敗的一大因素。

北洋諸人中，最不濟的是馮國璋，一向重視名利，也沒有遠大眼光，可是對帝制的反對却始終如一，據說馮國璋於六月間在北京見到袁世凱，未容他開口，袁世凱就否認得乾乾淨淨，馮國璋並且向報界發表談話，爲帝制活動闢謠，誰知他到了南京尚不到兩月，籌安會出籠了，當時馮國璋跳脚大罵說：「他（指袁）做工眞好，連我都騙，他哪裡把我當自家人。」以後的討袁戰役，馮國璋實在也暗予助力。尤其促成廣西獨立，功勞尤大。

最後再說到王士珍，帝制進行時，王士珍任陸軍總長，袁世凱傳諭各省的電報，也說陸軍總長王士珍彙呈陸軍部人員請願書，似乎王士珍擁護帝制，但觀於以後大封五等功爵時，封公者六人，有馮國璋、倪嗣冲、段芝貴而沒有王士珍，可知王士珍贊成帝制，也是揑造的了。北洋三傑加徐世昌（此四人乃袁世凱小站練兵時四大股肱）一致反對，帝制若能成功，倒眞是奇蹟了。

選舉頗費周章

帝制運動在請願聯合會出現後，已有必成之勢，但進行選舉亦煞費周章，因爲此事本身要循法律手續，就要按照步驟辦事，全部經過一點也錯不得，而其中有許多小節又最易出麻煩。

當時出名辦理選舉事宜的是「辦理國民會議事務局」，這一組織並未明文規定由何人負責，何人辦事，但有關通電凡署名時，第一名朱啓鈐，第二名周自齊，推測可能是朱啓鈐任局長，因朱啓鈐是內務總長，有辦理選舉的責任，周自齊是財政總長，負責財政支銷，梁士詒雖是掌舵人尙居第三名，並不是梁的重要性不如朱、周，乃體制使然。

根據國民大會選舉法的規定，國民代表由各縣推定初選人投票選出，大體是每縣一人。選舉事務局要求所有代表皆一致投票還舉袁世凱爲皇帝，不得有一票參差，致損及大皇帝威嚴，因此密令各省對於國民代表人選，一定要提出百分之百可靠的人，萬不能有一人携二。但問題又繼之而來，國民代表由各縣初選人投票選出，如果初選人投票所選的不是省當局選定的人，又怎麽辦，這一點就很費斟酌，「事務局」當時通告各省在初選人到省時，一定要請吃飯，拉關係，勸導他們選出省方提出的候選人，從這一點來看，當時的選舉並非全用霸力，其中也煞費心機。

國民代表選出，就在各省督軍公署投票，由將軍及巡按使親自督選，票面印上「君主立憲」四字，採用記名投票方式，凡贊成君主立憲的就寫贊成，反對者就寫反對，因爲是記名投票，誰也不敢寫反對字樣，即使有人寫了反對，相信監選的將軍、巡按使也一定勸告重選，改寫贊成，因爲任何一省出現反對者，將軍、巡按使也擔不起，在這種選舉形式下，當然收到了劃一的作用，既無人反對，亦無人棄權，全國共計推出國民代表一千九百十三人，投票結果，數字完全相符，贊成君主立憲的也是一千九百十三票。袁世凱一生得了兩次全票，一次是民國元年三月臨時參議院選舉大總統，共計十七人得了十七票，中山先生致賀電譽爲華盛頓以後第一人，這次又得了一次全票，則前無古人了。

一致擁戴

國民大會確定君主立憲祇是變更國體，並未確定誰作皇帝，下一步就要推戴皇帝了，乃由國民代表出面，推戴書各省自擬，但開首却規定「必須照叙」：「國民代表等謹以國民公意恭戴今大總統袁世凱爲中華帝國皇帝，並以國家最上完全主權奉之於皇帝，承天建極，傳之萬世」等四十五字，絲毫不得更改。此項通知並非「事務局」通知，而由朱啓鈐、周自齊、梁士詒、張鎭芳、阮忠樞、唐在禮、梁乃寬、張士鈺、雷震春、吳炳湘等十人聯名發出，是最緊要之件，始有梁士詒署名。

直到今天，仍有人認爲民主制度害了中國，其中是非與本文無關，不必多說，但就袁世凱稱帝一事而論，不能說不是受了西方民主制度之誤。袁世凱稱帝，是百分之百不該，不但背叛民國，也背叛清朝，兩代叛臣，千古同笑，亦屬自取。但稱帝而偏要經過這麽多的手續，今天看來仍覺得莫名其妙，在辛亥年南北議和時，倪嗣冲、段芝貴曾有意把黃袍加於袁世凱之身，爲袁所拒，到了帝制進行時，第七師師長張敬堯就在陸軍部大嚷，總統要作皇帝就作皇帝，繞這麽多的彎子幹麽？當時曾受到袁世凱申斥，但張敬堯的話畢竟還算爽快，袁世凱後來實行的皇帝民選辦法眞是不成話，要說眞由民意選出，絕沒有一千九百多人票數一致，更沒有全國二十多省區推戴書一字不易的，像這樣的民選，比起黃袍加身的舉動，不僅氣慨不逮，即以天與人歸來說，也差得很遠。

大概袁世凱對於這次選擧過程也不能自安，由事務局密電各省焚燬，電文提到「當事實進行之中，彼時公私函電，或有出於法律範圍之外者，雖經權並用，係出於愛國之熱忱，而事過境遷，則皆爲無用之陳蹟，此項文電無論如何縝密，終貽痕迹，倘爲外人偵悉，不免妄肆品評，更或史乘流傳，遂留開國缺點，中央再四思維以爲不如一律查明燒燬，庶足以淸案牘，而免遺憾。」但人有千算，天祇有一算，當時已心懷異志的滇黔兩省即未遵令銷燬，終致「史乘流傳」，供後人品評。

雲南表示冷淡

當各省選擧國民代表進行正熱烈時，雲南省却顯得很冷淡，對於「事務局」發表電報，始終未覆，當時一度引起主辦帝制各人焦急，因爲如果雲南反對，不但皇帝選得不體面，更重要的是雲南方面如果把重要電報公文公佈出來，可就眞眞留下開國的汚點了。因此在十月十六日，事務局會有電致雲南當局，催促速將「各處籌備國民大會形式上辦法先行聲明，俾便協商，如何進行等語，撮要彙呈一次，庶對內對外藉以振起代表投票制度之精神，萬望先將現辦情形，迅即賜示。」這封電報首列「滇將軍巡按使鑒」，下署「辦理國民會議事務局」，仍是官式公文，雲南當局收到後，仍然置之不覆，到了二十一日，「事務局」又致雲南將軍巡按使一電，催促「將關於選擧投票一應辦法」，從速電知，大概到了此時，雲南方面才決定遵照辦理，以後雲南也選出國民代表九十六人，參與擁戴。及至選擧完畢後，事務局人員又致電雲南將軍唐繼堯，巡按使任可澄，預擬投票後推戴慶賀各書格式，要求雲南照辦，這封電報是打給私人的，首列蓂賡（唐繼堯）志淸（任可澄）仁兄大人，下面署名的是朱啓鈐到吳炳湘十人，一個也不少，大概到了此時，北京方面對雲南已經放心，認爲「雲南人不復反矣」，所以才放胆以私人名義，通知辦理帝制的事。

此中經過以後無人提及，首義的唐、任二公對此亦無一言道及，不過，目前可以猜測到，在帝制進行之初，雲南即有反帝意圖，後來所以又隱忍下來，若非已同在北京的蔡鍔有所聯絡，就是自覺力量不足，佈置未周，不得不虛與委蛇。以後雲南起義討袁時，袁世凱即咬定雲南本已贊成帝制，以減低首義諸人聲價，到了帝制撤銷，徐世昌、段祺瑞出來收拾殘局，勸西南罷兵，也以曾贊成帝制爲言，可見此舉就雲南唐、任二公來說，是處於不利之地，不過，雲南若在帝制進行時就通電反對，也許可以推遲帝制成功的時間，但決不能阻攔袁世凱稱帝意志及帝制派諸人的決心，蔡松坡也很難在北京走脫，今日讀此段歷史，覺得雲南方面的措置還是對的。

膀胱結石驗方

1化石草（另名眞管草，在青草藥店可買到）一小把，約五—六兩，2紅糖（白糖不可用）二兩。以水二飯碗合煎，於飯後臨睡時服之。在服藥期內，凡有刺激性食物如薑、辣椒、胡椒以及鹽分等，須禁忌食用。輕症者，約二，三服即癒，較重者，亦不過服藥五次，「結石」即會自然排出，使你有意想不到之功效。如果與膀胱病有連帶關係的尿道患「法石淋」症，或「血淋」，即患者小便淋痛，或沙石脹痛，甚至尿血。患此症者，每逢勞即發，與膀胱結石症狀頗爲相似，須請醫生診斷確定。如係沙石淋可用「牛膝」五錢，（中藥店有售）如患血淋，另加「乳香」一錢，（即牛膝五錢，乳香一錢。）以二飯碗水煎一飯碗水溫服；晚間臨睡時再服一劑更佳。服後，約經五小時，溺次和血淋便告減少，疼痛也大減。連服三—五劑便可痊癒。筆者按；患沙石淋，西醫必須剖治，似尚無內服之特效藥。

金門憶舊（八）

·關西人·

或者是才長數奇，上校退役，居恒怡然。「有功未賞，有力未伸」；筆者身為上將，理應激濁揚清，但却疏忽及之。此外營長曾治及羅漢清，也在戰爭進行中被評為名列前茅。消滅敵人易，能在戰鬥中考取可以消滅敵人的人難；方面之將百不一得，然偏裨不得其人，這個方面之將一定為之減色。諸葛每被阻於司馬，高歡終被滅於宇文，兩個敵體，興衰存亡，全在將材的多寡。唐太宗一代雄王，在「王珪論治」中，已見其朝廷中人才之盛，然猶以得遼東為輕，而以得薛仁貴為喜，英主風格，自足千古。每念「中興以人才為主」，不禁低徊不已。

章乃安、朱英其的游擊部隊，登陸南日之初，即由東部與七十五師分庭抗禮，在全戰役中，也有卓越表現；登陸在前，撤退殿後，尤具特色。該兩人之良材已在另文中提出，今茲不再。

我軍撤退時，遺棄食米二百包，迷失士兵十二名，上峰曾對汪光堯師長大事申誡。「綜理密微，克勤小物」，筆者深為感動，我軍今後要縱橫疆埸，攬轡中原，大勝不驕應寓其要於細務不遺之中。

中國國民黨第七次全國代表大會的代表們，曾提議組織慰勞團慰勞此役之傷患及立功人員，「勝利無價」，我們的黨以其光榮加之於一個步兵師及游擊部隊，改造後這是第一次。

湄州灣在莆田惠安外海，對此島之突擊，前後舉行兩次，一次在南日之戰以前，一次是南日之戰以後。第一次是測驗章乃安突擊大隊的編制、運用及兵員素質，可否擔負我們對它的期望，即在反攻大陸時，它迂迴鑽隙於叢山峻嶺之中，滲入毛共區內，打亂毛的後方，打瞎毛的耳目（情報）。行動時章大隊在前，四十五師一三四團賈懷祥營在後支援，從登陸到消滅來犯的敵人——毛共八十四師的一個加强連，走路需時四小時，結果連打帶走共費四小時，一百八十名敵兵，無一漏網，活捉同來九十多名。章乃安這一個大隊所表現的一切都符合我們的理想。賈懷祥營祇是跟着行軍。第二次我們撲了空。因為二二四團、二二五團立了功，二二三團團長金少石和他的官兵，非常抱怨汪光堯將軍。金少石是一位優秀軍官，抗日戰起他由安徽大學投入軍校十六期，畢業後不願分發到後方部隊，和在古寧頭之戰陣亡團長李光前結伴來宜昌前線投効十八軍，由排長積功升到團長，美風姿，極勇敢。七十五師三戰三捷，每次都輪不到他這一團，官兵們磨拳擦掌，亟思一試身手。但兵到湄州一日一夜，當地敵軍逃逸，對岸敵軍不敢來犯，最後他們失望而歸。筆者看到他們垂頭喪氣的樣子，曾撫其背曰：「找到岳飛傳，細讀良馬對。」金少石一如趙少芝，上校退休，肝病逝世，豈造物忌才乎！

南日、湄州之突擊後不久，艾森豪被美國人選舉為總統，因為他是第二次世界大戰時歐洲聯軍統帥，曾經飲馬萊茵，破敵柏林，被共產暴徒奴役的國家和人民，都對他抱有極大希望，中華民國自不例外，身在金門的軍民，尤其跂足而望好音，準備更大的突擊行動。「人逢喜事精神爽」，金門人的面孔，正和印度田青一般，人花爭妍。

管・教・養・衛

我軍剿共作戰所以常常受挫的原因，是一般戰爭除了天候地形之外便祇有敵我雙方。而剿共則夾雜着「民衆」這一個重大的因素。共黨的首腦們特別強調說「軍隊是魚，民衆的水」「軍民合作，如魚得水」。所以共黨作戰對地區內民衆是否爲彼所控制的選擇，居於首要地位；「打土豪，分田地」「窮人翻身」便是共幹滲透、殺人，進而控制人民，以爲其作戰工具的響亮口號，和有效手段。我們常以對付一般敵人的條件衡量共軍，因而每每吃虧。初到金門的幾年中，劍拔弩張，時有爆發大戰的可能，根據經驗，對當地居民必須加以適度管制。因此，便在每村設置了連絡和管理員，一方面防止共黨的滲透或已被滲透者的活動，一方面教導民衆在戰事發生時如何防護其家人老小的安全，當然就是軍民合作的橋樑，也担任軍民糾紛的仲裁。這是「管制」也是服務。立意本屬良善，反應却極惡劣。

由於大局急劇逆轉，中央正在播遷，古寧頭戰後的金門，得不到台灣的支援。爲了要打敗敵人的再度大舉進犯，構築防禦工事，便成爲軍隊中要務的要務。但構工的材料那裡來？金門無樹可砍，不得不借用民間門板，軍民雜處，室無門以分內外，民衆當然發生反感。有的海岸邊已無門板可借，便祇有拆毀民屋。加上軍民之間爭草燒，爭水吃。以及管理連絡員，今天清查戶口，明日盤問底細，民衆自有不勝其擾之感？民國卅九年四十年期間，筆者巡視軍隊到了鄉村，人民見到我無不投以厭惡眼光，好像我就是當年山東河南人心目中的孫殿英、劉桂堂——「土匪頭子」。有一天我從沙美到瓊林的路上，看見一位老媼工作陌頭，我趨前致候，慰其辛勞，媼對我却大發雷霆，指手劃脚。我不懂金門話，但可以瞭解那是責難，側面一位青年農夫，向媼介紹：「他是司令官。」媼怒更甚，詬亦加厲。問彼青年以媼何云？青年曰：「彼謂彼知你是司令官，故意罵給你聽的。又謂你的士兵擾民太甚，田埂上的石塊，都被搬上海岸構工。雨季來到，水冲禾失，民食何來？」我默然而去。亂世的帶兵官的苦況，我已明白的太多，想起道家的「三世不可以爲將」及「善戰者服上刑」那些古代成語，我又從何說起。

在政治中樞呆久了的人，每每把政治兩個字看做一種權術。吃了政治大虧的人，又把政治看的十分惡濁。筆者是儒家信徒，深深服膺 國父孫中山先生對政治的解釋「政是衆人的事，治是管理，管理衆人的事，便是政治」。因此認爲政治祇是先知先覺的人，對後知後覺、不知不覺的人服務的一種名詞，祇要誠意的服務，必可以事實使人不再誤解你的善意。由於有了這種體認，我便督同軍隊及地方行政機構，全心全力做好爲民服務的工作。民國四十二年以後的金門民衆，對筆者漸漸有了好感，彼此相見，笑容滿臉，可以體會到他們的意思：「你還不錯」。但祇限於不厭惡而已。到了民國四十四年筆者視察軍隊到頂堡的六十八師，村民羣集，圍着我歡笑呼叫。我以爲周中峯師長的部下開罪了他們，經過台灣籍新兵翻譯，始知其意是兩年不見，思念殊殷。到了民國四十六年，筆者又回主金門防務，民衆們知道了消息，首先便十分驕傲地向士兵們說：「你們的司令官要走了，我們的司令官又來了。」似乎得意非凡。上段描述，殊有自詡之嫌，但爲了證明「嚴而不苛」的管，祇要是以誠心善意爲出發點，正是政治兩個字的具體實踐，便容易得到民衆的支持和愛戴。金門是一個試驗，有一天，兵臨中原，再復河朔，我們戰地政務的推行，千萬不能忘記開誠心佈公道的重要。

本段要結束的時候，談到政治必須以一個誠字爲之立心爲之貫串，不禁感念萬千！我們聽到毛共黨徒們說：「林彪是毛主席的親密戰友」、「林彪是毛主席的接班人」。等到毛澤東的政敵被打倒，林彪失却利用價值而被殺，毛澤東還心猶不甘的羅織罪名加於林彪身上。在共產黨徒們的人性辭典中，除了欺騙、殘殺之外，根本找不到誠心，也不會有善意的存在。金門在早期十年中的管理施政中，確實是受了一些不是故意的委屈，但眞理終不磨滅，事實勝了雄辯。

「人之初，性本善……苟不教，性乃遷……」襃昔兒童發蒙的三字經，第五句便說到「教」字的重要。金門島由於被日軍霸佔八年，教育荒廢，無書可讀。光復不久，又變成了兵荒馬亂的戰地。筆者除了領導軍隊，從事讀書之外，始終沒有忘記這裡的三萬七千個民衆，他們的子弟也該有接受教育的權利。原有的國民小學除了金門城和沙美鎭兩處還有校址教員之外，其餘各地偶然也有學校之名，實際上比三家村的私塾還可憐。

民國三十八、九年到民國四十二、三年的金門人力財力，都不可能面面顧到。所以祇能重點整備。首先是充實修建這已有的兩所國民小學校，其次是在莒光樓前興建另一座金門城的國民小學校，爲了這座學校的建立，在下市港築堤造橋，頗費了一番工夫。進行到一半的時候，筆者調職回台。所以這一段時間，可以說是心有餘而力不足，開其端而未樂其成。

民國四十六年的金門，不但獲得上級政府大力支援，而且當地的財務狀況，也比以往大有改善，有能力興建學校，改良設備。所以先在太武山南建築了金湖國校，是當時的政治部主任尹殿甲少將所促成的。沿着這個成就，軍事備戰之餘，在料羅灣，由防衛部砲兵指揮官郝柏村上校設計督導，而且和官兵們共同工作，不到兩個月利用構築砲兵掩體的剩餘材料，完成了包括校園佈置，圍牆整修，連同教室內桌椅設置在內，可以容納兩百多小學生的一座鄉村國校，面山背海，氣象昂揚。花費很少，不到三十萬元的台幣，這是郝柏村指揮官的智慧魄力，也是一個好的開始。爲了紀念，也爲了鼓勵，筆者給這座學校命名爲「柏村國民小學校」，在當時的料羅村，眞是「鶴立鷄羣」。第十師馬安瀾師長在陽宅以北，建築了同樣而又改進了不少的「安瀾國民小學校」。第九十三師雷開瑄師長和馬安瀾師長同時完成在小徑雙乳山間的「開瑄國民小學」。正當第廿七師林初耀師長，第卅二師張聞聲師長，及第十軍張國英軍長等的「初耀」「聞聲」「國英」等國民小學校計劃完成，即將開工的時候，「八、二三」大砲戰爆發了，「打仗第一」，上述那些待建的學校，祇好終止。戰後，金門更變成了時代寵兒，中央政府、農復會、大陸救災會、還的有台灣省各界，一齊伸出「支援前線」錦上添花之手。在「百廢俱舉」的氣氛下，學校的建設，連古寧頭這個砲彈窩，也築成了「地下國民小學校」了。厥後，在國民義務教育由六年改爲九年的時候，金門反而走在台灣省的前邊。金門的兒童，不但不會「性相近，習相遠」。而且在近乎卅年的歲月中，大學畢業，留學國外，到國外去留學的，每人補助美金陸百元。（在那時的福建籍的留學生也得了同樣待遇）書是越念越多，程度越來越高，要和當年科甲鼎盛，人才濟濟的時代爭爭長短了。

（未完・待續）

治黃胆病驗方

蜆（即蛤蜊）治黃胆症有奇效。西醫叫做肝病，也有人區別爲黃胆病與肝病。黃胆病有急性和慢性之分，勿論急慢性，皮膚均會較平常顯得更黃，如其爲急性，首先從皮膚突然起黃，兩三天後即連眼珠亦變爲濃深黃色，若不及時醫治，不但皮膚和眼珠的黃色更深，小便亦從黃色更顯濃黃，進而再轉變爲血紅色。所謂蜆——酷似蛤蜊（蛤蜊是海產的，而蜆是淡水產的）菜市場均有出售，極易購得。一次用蜆一斤煮湯連肉食之，兩三次可癒；海產的大蛤蜊也並非不可，只其效果較差而已。又黑子菜對此症亦甚效。

楊柳青的版畫

·楚戈·

中國是最先發明版畫的國家，記載上最少在隋代即已有版畫流傳在民間。版畫的發明，完全是爲了幫助知識的傳播，主要是爲社會大衆的需要而創造的藝術。

中國人爲何會創造版畫的呢？因中國五千年的文化傳統，一直是以圖畫來傳播知識的，史前的抽象畫雖然也是一種「紀事」的語言，但討論起來，頗爲費事，我在這篇短文中便只有畧而不論（讀者可參閱拙著「中國歷史文物一書」），最少在三千年前的商周時代，我們有充份的資料，證明那時的圖畫，一種含有社會功能的爲大衆而藝術的藝術。

依據左傳宣公三年（西元前六〇六年）的記載，中國人創造了青銅藝術，青銅器的裝飾，其目的是要使人民獲得一種知識，使人有能力應付生活上所遭逢的不幸，這樣上下協和，就好像承天的保佑一般，過着和平幸福沒有意外事件發生的生活。因銅器上的圖畫，多半是代表各地風俗人情的氏族族徽，好比現代的國旗代表了各國的民族性一樣。這種爲大衆着想的藝術，叫做「鑄鼎象物」，物者，族徽圖案也。

然而！這種知識是須要當時的宗教家（巫師）來解釋的，我稱這種爲大衆設想的圖畫爲「藝術表現語言中的『文言紋』」。

到了春秋、戰國秦漢間，中國的圖畫藝術產生了一種革命，即是不經過老師的解釋，任何人一看就能瞭解「白話」般的圖畫，革掉了圖畫中的「文言紋」的命，這就是春秋時代方出現的所謂寫實主義的「狩獵紋」。同時飲宴、採桑、舞蹈、戰爭、音樂演奏也出現了。從少數漆畫和絹畫中，我們可以想像當時寫實性的圖畫，對大衆的生活產生了多麽重要的影響。春秋戰國學術上的百家爭鳴，和「圖畫的白話化」大衆化不能說沒有直接的關係。

漢代建築中的畫像磚、畫像石所表現的題材，對社會大衆的影響就更用不着說了，讀者可從雄獅出版的漢拓，和筆者的「歷史文物」中皆可看到這些資料。

中國民間、祠廟的建築物，是不識字的大衆獲取知識，塑造性格的中心，裡面的壁畫，是長期不收門票的公開的藝術廳，不但有造型美術的設備，是專爲倫理道德，勸善規惡形成善良風俗的憑藉，就是舞台的設備也是用活的圖畫來影響大衆。

這種傳統，在唐以後開始沒落。如何沒落的呢？文人講性靈，講超脫的美學興起以後，在繪畫上以「文人畫」代替了「故事畫」，小圈子自我陶醉的審美觀壟斷了社會功能的審美觀，社會性的美術自然日趨式微。

楊柳青版畫的出現，就是對文人畫的一種反抗，一種爲民間大衆的需要而創造的美術，價錢便宜，人人可買，色彩鮮艷大多數人都喜歡，題材也都是流傳民間的故事，大家都熟悉，如此，我們的社會大衆，在被文人畫家不加理睬的情形下，在寺廟遭沒落的情形下，仍然有機會獲得精神上的審美的需要，又可從這些畫中也獲得向上向善的影響。

楊柳青的版畫（也可說是鄉間的文化事業公司）在中國人的生活中所扮演的角色無疑的是非常重要的了。特別是在節慶的時候，一張套色的新版畫，在鄉下人心目中像一件新衣一樣，在內心必可引起一陣喜悅，也增加了年節的歡樂氣氛。

唐山浩劫話地震

·唐魯孫·

去年七八月間，筆者在曼谷時，去帕德雅海濱度假，遇到四十多年前，曾經在北平地質調查所工作過的老友漢彌爾登博士。異國相逢，兩鬢同皤，歡然道故，彼此都有說不完的往事。當時正是七月二十八日唐山大地震之後，他是地質學專家自從離開北平，就到美國科羅拉多州美國國家地震觀測中心去工作。一直到他七十歲退休，才偕同老妻到世界各國觀光遊歷。他既是學識經驗和地震都有關係，所以我們的話題不知不覺，就指向了唐山大地震。一夕長談，他是越說越高興我是越聽越有味，邊聽邊記等於上了一堂有關地震的課。

他說：「中國本來是屬於多地震的國家，因爲中國處於兩個全球性地震帶之間，東邊是環太平洋地震帶的一段，西南是地中海至喜馬拉雅地震帶的一段，因此深受這兩個地震帶的影響。根據地球物理學家研究所得，他們把整個中國版圖劃分爲二十三個地震帶。①炎城—盧江帶、②燕山帶、③山西帶、④渭河平原帶、⑤銀川帶、⑥六盤山帶、⑦滇東帶、⑧西藏察隅帶、⑨西藏中部帶、⑩本南沿海帶、⑪河北平原帶、⑫河西走廊帶、⑬天水—蘭州帶、⑭武都—馬邊帶、⑮康定—甘孜帶、⑯安寧河谷帶、⑰騰冲—瀾滄帶、⑱台灣西部帶、⑲台灣東部帶、⑳滇西帶、㉑塔里木南緣帶、㉒南天山帶、㉓北天山帶。

除了這廿三個地震帶以外，別的地方並不是就不會有地震發生，祇是沒有地震帶發生的頻繁激烈罷了。依據學者統計顯示，從一九〇〇年到一九七五年初在以上的地震帶六級和六級以上的地震，就有四百五十多次發生。」讓我這外行人聽起來，實在覺得有點駭人。

我們又談到地震的級數，我請教他震級是怎樣分的。他說：

「震級是根據儀器記錄上的地震波而測定。在物理學的意義上來說，震級的大小，是由地震時候放出來的能量大小而確定的。放出能量越多，震級也就越大。譬如在堅硬的岩石裡，用兩三千噸的炸藥來轟炸，也不過等於一個四級地震；可是一個五級地震呢，它的强度，是十倍於四級地震所放出的能量，也就是說等於兩三萬噸炸藥的爆炸力。六級地震放出的能量更大，約等於二三十萬噸的爆炸力了。如果把一次八・五級强烈地震放出的能量換算電能，那就相當於一座一百萬瓦特發電廠十年所發總電量，由此可見，一次强烈地震所放出來的能量，眞是雷霆萬鈞非常可怕的。」

談到此處他又把烈度和震級的不同，給我解說了一番。他說：「烈度是指地震給予地面的强弱影響，或是破壞的輕重，衡量地震烈度，要用烈度表來測量，不過世界各國使用烈度表的標準，雖然大同小異，可是多少有點出入，中國和歐美國家多數都採用芮氏十二度地震烈度表，也就是說這種表的震度極限是十二度，超過此限，就設法分度啦，可是自從有了烈度表，還沒有發生過十二度以上的烈度呢。烈度表的分度標準是：

一——二度：人們一般感覺不到，房屋建築也不致有損壞。

三度：屋內少數人在完全靜止中，能有輕微感覺。

四——五度：人們有不同程度的感覺，屋內陳設有點搖動，屋頂牆壁可能有泥土駁落。

六度：較爲古老或建築稍差的房屋，多數要崩裂坍塌，疏鬆的地面，會發生細小裂痕。

七——八度高樓大厦以及大部份房屋，大部份受到嚴重的損害，人畜也有少量的傷亡。

九度：房屋幾乎半數毀壞，湖泊會有大浪，水庫崩潰，鐵路軌道彎曲折斷。

十一——十二度：房屋全部倒塌，各處引起火災，山崩海嘯，地形發在鉅大變化，造成無法估計的浩劫。

任何一次地震，當然極震區的烈度最大，隨着距離極震區愈遠，烈度也逐漸降低。不過有時同一震距，可能受害程度，相差很大。因爲地面下是岩石，岩石的組成不同，深淺各異，所受的壓力也不一樣。震源可能離地面很近，也可能很遠，最深的有遠到離地面四百哩的距離。同時地下水的分佈，地上建築物的耐震力又有各性的差異，加上地球自轉速度的變動，放射元素發熱量，對岩石強度的影響等等關係，地震到現在還是一個有許多未知數的非常複雜問題，仍然需要世界各國專家學者把各自經驗融匯交流，互相切磋，再作進一步的探討，才能得到肯定的結論呢。」

中國幅員遼濶，按照地球板塊浮動情形（海底岩盤）中國大陸大大小小的斷層不斷鼓盪，中國應當列爲多地震的國家。根據漢彌爾登博士所搜集的資料統計：「從一三〇〇年起，到一九七二年止，八級以上大地震，中國就發生了十七次之多。

一三〇三年九月十七日：山西洪桐趙城大地震，震級八。

一五五六年一月廿三日：陝西關中華縣大地震，震級八。

一六〇〇年十二月廿九日，福建泉州海外大地震，震級八。

一六六八年七月廿五日：山東莒縣郯城大地震，震級八·五。

一六七九年九月廿一日：河北三河平谷大地震，震級八。

一六九五年五月十八日：山西陽曲大地震，震級八。

一七四一年七月十九日：陝西渭縣大地震，震級八。

一九〇二年八月廿二日：新疆維吾爾河岡什附近大地震，震級八·二五。

一九〇六年十二月廿三日：新疆維吾爾馬納斯西南大地震，震級八。

一九二〇年六月五日；台灣花蓮東南海中大地震，震級八。

一九二〇年十二月十六會寧夏回族海原大地震，震級八·五。

一九二九年五月廿三日甘：肅古浪大地震，震級八。

一九三一年八月十一日：新疆維吾爾富蘊附近大地震，震級八。

一九五〇年八月十五日：西藏察隅附近大地震，震級八·五。

一九五一年十一月十八日：西藏克什米爾高原大地震，震級八。

一九七二年九月廿四日：察哈爾康保大地震，震級八。

這十七次八級以上的大地震，人民生命財產的損失，是無法以金錢數字來估計的。今年七月廿八日唐山的大地震，和一六七九年北平附近平谷大地震。地脈貫串，是十分相似的。這種現象表示中國華北地區的地盤，經過二百八十年靜止狀態，從這次唐山大地震開始，可能又是一個頻繁巨震大時代來臨了。」我跟漢彌爾登的談話，因爲彼此都是客居，各有各事，談話也就到此爲止。可是地震的一切，讓我增加不少的聽聞。八月間回到台灣，又遇到一位來台灣觀光的日本地震學者松崎達二郎，他說：「中國照世界地層來看，是屬於多震地帶，測震儀上顯示，五級以上地震，每年都有四至五次之多，世界上巨大地震，列入滔天大劫的，一五五六年在陝西發生的關中大地震，就是其中之一，雖然那次是八級震，可是受害面積廣達一百一十萬平方公里，死難的人有八十萬之多。比日本關東七·九的大地震，死亡和失踪的人數，也有十四萬之多，但是還不能列入世界最大巨震範圍呢。照目前情形觀察，非洲大陸受地球板塊推動的影響，不斷的把中國大陸板塊往北推，另一方面，太平洋板塊則向西推，這兩種力量破壞了部份地殼，所以引起了中國不斷的地震。華北唐山到北平地區，有不少活動性斷層，受了大地震的震撼，壓擠活動性斷層，使得地層要重新調整，也會再次發生地震，如果級數愈來愈小就是餘震。如果級數忽大忽小，可能又是一次新的地震發生。據一般地球學者專家的論斷，華北地區從一九四四年進入靜止期，到了一九六六年三月邢台附近地震開始，又進入一個新的活動期，接着一九六七年三月廿七日在北平以南一百多里的河間六・三級地震，一九六九年七月十八日渤海灣七・四級地震，以及一九七五年遼寧海域七・三級地震，五月廿九日雲南西部七・六級大地震，現在都可以證明是活動期開始的正確現象了。」

筆者曾經問過這位日本專家松崎，近幾年世界各地地震頻仍，專家們對於地震預測預報研究有沒有高度進展。他說：「地震預測預報可以分為四個階段，就是長期，中期，短期，臨震期。長期是幾年前就能測知預報，中期預報則是一二年之內，範圍三百里左右，短期頂報則是半年左右，範圍幾十公里至一百公里，臨震期預報則是在地震幾天之前，範圍在五十公里以內。不過在一般工業城市，人口稠密，工廠林立，大廈揷雲，車輛震動，地下水的抽取過度，以及種種人為的噪音，都對測震有絕大的干擾，因此現在還無法達到預期準確度。如果是在寧靜空曠的原野鄉村，那就情況不同啦。」

筆者當時曾經聯想到一點，就是世界上擁有核子的大國，此仆彼起，不斷的進行殼底核爆，累積之下對於地殼的變動，有沒有推波助瀾的作用。按松崎的答復是說：「核子發熱量，對岩石的強度影響地球自轉速度的變動，地形磁性變態都有直接或間接的關聯，是一個非常複雜的問題，現在凡是設有地球研究機構的國家都在把這一個問題積極着手研究，據他個人看法，照情理推斷，影響一定是有的，祇是影響程度的究竟有多大，沒有得到確實的證例，無法解答罷了。」

綜合東西兩位學者的說法來看，大家研究所得大致是相同的。也都同意中國華北地區，地震又從靜止期又進入活動期了。卅年來大陸同胞處在共黨暴虐毫無人性的控制下，已經是過的水深火熱的地獄生活，希望不日王師北指，隨着大軍而來的是海宴河清，天災人禍一掃而光，重享安和樂利的新生活。

中國國民黨第十一屆中委名單

中國國民黨於一九七六年十一月十二日，召開十一全大會，選出中央委員一百三十人；候補委員六十五人。並由十中全會推出常務委員二十二人，茲將本屆中委名單列後：

十一屆中央委員名單

一百卅名中央委員名單如下：

嚴家淦　谷正綱　張寶樹　李　煥
倪文亞　袁守謙　高魁元　宋長志
楚崧秋　賴名湯　沈昌煥　羅友倫
鄧傳楷　徐晴嵐　鄭彥棻　余紀忠
周書楷　楊西崑　梁永章　易勁秋
林挺生　費　驊　瞿韶華　林洋港
薛人仰　汪道淵　張繼正　吳俊才
黎世芬　張豐緒　司徒福　徐　亨
葉霞翟　沈劍虹　李鍾桂　王多年
唐振楚　李元簇　許素玉　阿不都拉
柯叔寶　谷鳳翔　呂錦花　嚴孝章
黃鏡峯　施啓揚　張訓舜　吳伯雄
陸寒波　張希哲　孫治平　梁尚勇
謝東閔　黃少谷　趙聚鈺　秦孝儀
王　昇　沈之岳　孫運璿　李國鼎
馬紀壯　王惕吾　馬樹禮　俞國華
劉玉章　閻振興　潘振球　鄭爲元
胡　璉　陳裕清　林金生　郭　驥
錢劍秋　徐慶鐘　唐　縱　辜振甫
張宗良　王任遠　鄒　堅　錢　復
蔡鴻文　毛松年　趙自齊　邱創煥
王亞權　上官業佑　胡木蘭　周菊村
陳履安　何宜武　李登輝　楊寶琳
夏功權　鄭玉麗　倪　超　丁懋時
倪文洞　張建邦　梁子衡　李白虹
蔡　頤　柯文福　陳守山　蔣廉儒
張其昀　黃　杰　羅雲平　賴順生
黎玉璽　蔣彥士　張希文　唐君鉑
彭孟緝　宋時選　陳水逢　胡健中
周宏濤　曹聖芬　王玉雲　王　民
馬安瀾　陳建中　羅　衡　劉先雲
徐　鼐　劉季洪　趙筱梅　連　戰
郭　澄　王唯農

六十五名候補中央委員名單如下：

洪壽南　侯彩鳳　王章清　曾廣順
魏　鏞　李哲明　羅才榮　胡新南
王先登　魏綸洲　劉介宙　王澍霖
達穆林旺楚克　林淵源　耿修業
邵恩新　陳桂華　陳鳴錚　陳正雄
趙耀東　清巴圖　陳端堂　莊懷義
許文政　董世芳　朱澤熹　陳孟鈴
楊家麟　陳時英　黃尊秋　李長貴
汪敬煦　盧光舜　許水德　李　荷
李存敬　方賢齊　趙守博　郭婉容
俞　諧　孫義宣　吳香蘭　陸京士
郭啓明　蕭繼宗　周旋冠　李鳳鳴
楊宗培　劉裕猷　路國華　曾恩波
林恆生　陳惠夫　楊振忠　李連墀
崔垂言　韓忠謨　李本京　傅　雲
唐樹祥　札奇斯欽　林保仁　孫　震
梁肅戎　胡美璜

中央常務委員二十二人

嚴家淦　谷正綱　謝東閔　黃少谷
張其昀　黃　杰　倪文亞　袁守謙
高魁元　宋長志　孫運璿　李國鼎
蔣彥士　沈昌煥　鄭彥棻　林金生
郭　驥　林挺生　費　驊　徐慶鐘
郭　澄　蔡鴻文

附第十屆中央委員九十五人

嚴家淦　蔣經國　谷正綱　沈昌煥
王任遠　蔣彥士　袁守謙　郭　驥
郭　澄　黃少谷　孫運璿　謝東閔
李國鼎　林挺生　張其昀　徐慶鐘
高魁元　黃　杰　倪文亞　鄭彥棻
賴名湯　劉季洪　閻振興　羅雲平
劉先雲　彭孟緝　周至柔　馮啓聰
羅友倫　黎玉璽　劉玉章　胡　璉
劉廣凱　周中峯　唐君鉑　胡健中
曹聖芬　王惕吾　余紀忠　王　民
李白虹　楚崧秋　陸寒波　楊寶琳
葉霞翟　張希文　李鍾桂　呂錦花

羅　衡　錢劍秋　胡木蘭　許素玉
谷鳳翔　唐　縱　傅　雲　瞿韶華
徐　鼐　辜振甫　上官業佑　翁　鈐
高　信　查良鑑　趙自齊　酆景福
陳達元　阿不都拉　唐振楚　趙聚鈺
周宏濤　周書楷　楊西崑　陳勉修
沈之岳　李　煥　王　昇　潘振球
俞國華　毛松年　倪文洞　陳裕清
柯叔寶　黎世芬　張寶樹　薛人仰
賴順生　梁永章　徐晴嵐　易勁秋
鄧傳楷　焦金堂　陳建中　詹純鑑
葉翔之　秦孝儀

中央常務委員二十一人

嚴家淦　蔣經國　谷正綱　沈昌煥
王任遠　蔣彥士　袁守謙　郭　驥
郭　澄　黃少谷　孫運璿　謝東閔
李國鼎　林挺生　張其昀　徐慶鐘
高魁元　黃　杰　倪文亞　鄭彥棻
賴名湯

將兩屆中央委員名單對照，可以發現上屆中委落選者計十四人，即周至柔、馮啓聰、劉廣凱、周中峯、傅雲、翁鈐、高信、查良鑑、酆景福、陳達之、陳勉修、焦金堂、詹純鑑、葉翔之。

上列十四人，傅雲當選本屆候補中委，翁鈐與焦金堂兩人無下文。

查中國國民黨選舉中央委員在十一月十四日，當日上午宣佈評議委員名單，並宣佈中央委員提名，共提名二百六十人。是入選評議委員之十一人，未被提名競選。中委，其餘三人可能被提名，傅雲當選候補，翁鈐與焦金堂則因票少而落選。

常委亦有變更，上屆常委二十一人，包括蔣經國在內，蔣氏被選為主席後，常委只有二十人，本屆增二人。計新任者：宋長志、林金生、費驊、蔡鴻文。

落選者：王任遠、賴名湯。

國民黨中常委皆代表本身職務入中常會，故宋長志繼賴名湯為參謀總長，便依例代為中常委。費驊也以財政部長資格當選中常委。

例外者是卸任財長李國鼎仍任中常委，原由司法行政部長王任遠担任之中常委改由交通部長林金生担任。台灣省參議會議長蔡鴻文入選中常會亦為首次。

附第十一屆中央評議委員名單

中國國民黨第十一次全國代表大會，十一月十二日上午舉行第八次大會，通過中國國民黨主席蔣經國所提中國國民黨第十一屆中央評議委員會議主席團主席人選。

依黨章規定，中央評議委員凡經總裁聘任者繼續連任，現有一百十五位。昨日經全會通過由本黨主席聘請六十九位，名單如下：

張發奎　李宗黃　余俊賢　周至柔
葉公超　劉潤才　戴炎輝　周百鍊
劉廣凱　陳顧遠　徐培根　鄧翔宇
方　天　于豪章　陳勉修　馮啓聰
鍾皎光　張國英　端木愷　羅英德
臧元駿　崔之道　朱如松　郭登敖
魏景蒙　余凌雲　蔣緯國　蔡維屏
余夢燕　蔡英才　烏　鉞　王永樹
姚　記　葉翔之　酆景福　劉伯驥
陳錦濤　李連春　查良鑑　張軍光
張導民　張清源　高廷梓　周紹成
蕭一山　陳達元　許金德　薛本貴
林永樑　張祥傳　任覺五　周昆田
螘　碩　高　信　張彝鼎　周慕文
黃天驥　杜椿蓀　周中峯　周天翔
馬兆奎　陳廣深　吳笑安　陳奉天
沈木以　戴仲玉　張炎元　吳化鵬
詹純鑑

中央評議委員會議主席團主席名單為：

蔣夫人　張　羣　何應欽　陳立夫
薛　岳　張維翰　顧祝同　田炯錦
楊亮功　余俊賢　連震東

第八次大會是十一月十二日上午九時三十分，在中山樓中華文化堂舉行，由蔣主席主持，並提出了第十一屆中央評議委員名單，請大會公決。

蔣主席說：依本黨黨章規定，在第十次全國代表大會經　總裁聘任的各中央評議委員，繼續連任，希望各位先進，仍如總裁健在時一樣，繼續給大家指導、勉勵，並貢獻豐富反共經驗，使黨的力量更日益壯大。

大會秘書長張寶樹，宣讀了蔣主席所提中央評議委員暨主席團主席人選案。全體出席同志一致熱烈鼓掌通過。

北望樓雜記 (14)

·適然·

詩僧

中國歷代詩僧極多，全唐詩，全宋詞均有方外一門。但詩僧之詩詞，多爲悟道之言，能以禪入詩，讀來無說教氣氛，斯爲上選，就筆者所見，已故青山寺月溪禪師要爲個中翹楚。筆者在月溪上人生時曾兩度拜謁，只見其披頭散髮，胸前大部無皮，知爲翦肉燃臘供佛，更肅然起敬，但不知上人乃詩僧也。

近見某報載其所著詩詞，如「浣溪紗」詠「太白山檜松茅篷」：「塔瘦林寒月上遲，滿樓空翠濕僧衣，夜鐘聲裡獨支頤。旋撥芋艿添舊案，細研松柏寫新詞，此情還恐白雲知。」「鷓鴣天」詠「九華天台頂」：「呼吸疑通帝座低，身臨萬仞一凝思，樹因風起衝冠怒，泉待雲歸掩面啼。天未老，士胡悲，夕陽紅欲上人衣，千山萬水徑行遍，歸去寒窗寫小詩。」漁家傲詠「昆明湖」：「燕子一聲湖面溜，風來水殿波微皺，九十韶光都在手。香滿袖，碧桃枝上斜陽瘦，又是惱人春色候，荼薇架上烟輕透。昔日如花今在否，休感舊，疏松隔水笙簧奏。」「如夢令」——「客中得徒來書」：「涼意紗窗初透，窗外月光如畫，扶杖上危樓，滿眼葉紅花瘦，知否？又到深秋時候。」「玉樓春」——寄章太炎：「雕鞍偶向城東駐，正値狂風落絮，待將春色說多情，祇恐情多無着處。人間離合誰能估？往事猶如花隱霧，一生酣夢幾番濃，小住玉樓應有數。」鷓鴣天——「普陀山望海亭」：「策杖行吟又一時，盟鷗無恙好相依，數峯天外垂垂老，一鉢山中緩緩歸。千古事，寸心知，扁舟老我更何疑，眼前自有無生句，題上空虛識者稀。」「點絳唇」——「排雲殿」：閬苑蓬壺，此身直向夢中變，絳桃千樹，盆是嬌嬈處，百尺樓頭，擬共排雲去，壽無數，半天黃土，斷了仙源路。」曹溪南華寺詩：「休從末法論宗支，一勺曹溪冷暖知，我亦風塵隨獵隊，短衣匹馬拜前墀。」茅山掛錫石洞七絕詩：「袈裟和露立蒼苔，烟磬敲殘未肯回，雲鎖巖腰風掩路，應無塵夢入山來。」癸酉三月在濟南說法：「萬緣非實亦非空，踪跡奚妨任轉蓬，早有菩提生宇內，了無色相滯胸中，月明午夜烽烽白，日落荒山樹樹紅，盛代唐虞今在否，人間何世問漁翁。」所舉各篇無一首不佳，歷代高僧文學有此造詣者，實在不多見。

詩讖

據傳明太祖某次帶了皇孫允炆（即建文皇帝）、皇四子棣（即燕王，篡位後稱成祖），在御花園散步，見風吹馬尾，即時出了上聯：「風吹馬尾千條線，」要兩人對，建文帝詩思敏捷，張口而出「雨打羊毛一片氈。」燕王少傾對「日照龍鱗萬點金。」朱元璋當時頗爲失望，覺太孫出口寒酸，究非君人之家，將來帝座恐爲燕王所奪，眞情是否如此，則無可考。

又南通狀元張謇幼年在私塾讀書時，塾師見人騎馬自門外經過，因出一聯：「人騎白馬門前過，」要諸生屬對，張謇脫口而出「我踏金鰲海上來」，塾師大爲激賞，認爲他年必中狀元。

李後主被俘在汴京，作落花詩有句：「鶯狂應有限，蝶舞已無多。」未幾遂去世。

宋徽宗在金人入侵前，因宣和院奏金芝生，徽宗賦詩有：「道德方今喜造興，萬邦從化本天成，定知金帝來爲主，不待春風便發生。」當時宋金之間尚未啓兵戎，朝野皆不知金國事，徽宗居然寫出金帝，到七年後金再南下破汴京，北宋亡，是眞眞「金帝爲主」了。

又一次徽宗在宮中種荔枝，賞賜鎮守北方邊將王安中，附一詩：「葆和殿下荔枝丹，文武衣冠被百蠻，欲與近臣同此味，紅塵飛鞚過燕山。」以後被金兵所虜，眞的紅塵飛鞚過燕山了。

清季南京鄉試，試期適在中秋之前，某年有八名士子出場後，中秋夜宴於酒樓，即席聯句：「宴罷文場筆陣收，客途無意過中秋，天開銀漢三千界，人醉金陵十二樓，竹葉酒添名士興，桂花香插少年頭，（以下二句不能記憶，但甚佳）。發榜後，八人皆獲擧，但第二人賦「客途無意過中秋」者中副榜，詠「桂花香插少年頭」者則中解元。

此等事在目前而言自屬迷信，但古人却深信不疑，故作詩詞最忌作衰頹語，家長更以此測量子弟之福壽。紅樓夢賈政見薛寶釵製燈謎「竹夫人」有「梧桐落葉分離去，恩愛夫妻不到冬」句，凄然淚下，亦即此意。

歌謠與天籟

中國文學以眞爲貴，宋詩所以遜於唐詩，因宋詩缺乏唐詩之渾成，陶淵明詩之爲後世所重，亦因其純樸自然，無絲毫人工修飾，依此而論，民間歌謠便接近自然，是爲天籟。

猶記以前看到某筆記載，乞丐哭母詞：「叫一聲，哭一聲，兒的聲音娘慣聽，如何娘不應。」此詞純呼天籟，字字從肺腑發出，哭者固不理文字優劣，但聽者必受感動，是爲眞不可及。

又曾在上海某報見一首歌謠：「濛濛雨兒漫天下，偏偏情人不在家，若還在家，任憑老天下多大，勸老天，住住雨兒，叫他回來罷，淋濕了衣裳事小，凍壞了情人事大，常言道，黃金有價玉無價。」

此詞眞乃千狐之腋，萃而爲裘，好到極處，但相信決非出於文人雅士之手，因爲一涉風雅，就不成其爲天籟矣。詩三篇中佳作甚多，實則亦是民歌，故近乎天籟。近代人提倡白話詩，以爲接近自然，其實經過細意雕琢，比舊詩更難懂，其他不論，即以筆者所見名句，某詩人在台灣某報紙或詩刊發表詩篇，其中有句：「過境的風景啣着灰鼠的尾巴，」被讀者斥爲荒謬，新文學名家謝冰瑩女士曾爲文駁斥，此詩人曾寄信要認眞對付，謝女士本是女兵出身，自不怕恐嚇，聲言即是寄子彈來，亦不能說此詩是通順也。

中間有十年時間，此種現代詩盛行一時，風頭之健，不可一世，而今則漸沒落，各報刊發表現代詩者漸少，現代詩作者亦多數改寫其他作品。現代詩所以受淘汰，並不全由於不受社會歡迎，實則社會從來亦未歡迎過此種詩，現代詩之讀者多數仍是作者。現代詩之所以沒落，在於作者本身也失去寫作興趣，因爲現代詩既不能爲人欣賞，亦不能爲己欣賞，一股勁過後，漸漸提不起寫作興趣，亦不知再寫甚麼？故不得不擱筆也。

文體需要變，歷代都在變，但是向眞善美方向變，凡不向此方向者必受淘汰，是以詩人所爲現代詩，反不如民間歌謠受歡迎也。

（未完待續）

天聲人語

丙辰冬初大嶼山悟園紀遊　文叠山

微生無所尙，寄迹若閒鷗，相約三艮友，飄然物外遊，舟次聯吟句，瞬覺過坪洲，朝暉迎遠客，爽氣駐初秋，大嶼同登岸，車經山路悠，楓葉丹如火，田禾碧似油，甫抵觀音寺，漫步各自由，拾級沿溪往，嵐光逐水流，凌風攀絕巘，堪與白雲儔，俯瞰懸岩下，悟園望眼收，層巒聳翠色，飛閣隱荒丘，亭樹波連影，魚兒餌戲浮，奇花雜異草，梅鹿共清幽（園中有梅花鹿）盤桓拋世慮，曠浩豁余眸，夕陽冉冉落，宿鳥向林投。此際知時晚，蒼茫未可留，下山道犖确。遍野布松楸。青葱拔地起，盤屈若龍虬，迷途問樵女，邁步不可休，談笑忘疲倦，須臾達平疇，仰視游蹤處，暮靄掩高樓，相顧斯行樂，重臨必再謀。吾儕腰脚健，何爲懼白頭。

丙辰冬初遊大嶼山舟中口占一截敬貽吟友新雷詩壇壇主林仁超兄　前人

新意從知蓄古今（新雷倡白話詩），風雷欲起自龍吟，靈均慧業詩千載，一脈騷壇契遠岑

遊大嶼山八首　張江美

千重磴道遠塵埃，踏遍雲根眼界開，借問悟園何處是，韋山休笑我初來。

竹林滴翠擁天梯，龍仔峰巒壓日低，寄語路人休誤解，仙遊豈可作留題。

虛谷幽蘭自託根，似嫌世上有兵痕。勸君愼莫輕移種，秋露春風自曉昏。

曲橋留影倚闌干。一角池塘樹色寒，極羨眼前魚樂國，幾人流徙未能安。

春芬堂接一池清。石畔奇花各問名，此地此遊堪記取，有生初聽鹿兒鳴。

利慾禪心各一天，執迷不悟也徒然，園中難了塵中事，夢覺回頭已百年。

大嶼同稱序作漁，蘭頭山號世疏書，笑我隨人成習尙，醉來大澳買鹹魚。

萬壑松濤壯鳥喧，下臨大澳舊漁村，遊人野草同爭路，雲裡回看失悟園。

大嶼山遊次叠山兄以新雷詩壇掀字成詠依韻即答　張江美

新潮古道並於今，喚起風雷壯我吟，詩意欲尋林壑外，詞壇結伴入高岑。

澎湖雜咏十九首丙辰中秋後三日偕內子槐青同訪澎湖并以俚詩紀之

徐義衡

（一）澎湖懷古二首

螺洲六十古方壺。衆島成環抱碧盂，環外洶濤環內靜，不稱滄海只稱湖。

西瀛風島亦同呼。宋末才歸我版圖。七百年來名未改，而今設縣治澎湖。

（二）媽宮城（僅存順承門）二首

馬公原是舊媽宮，一鎮五鄉氣象雄，五島四橋連巨市。漁村艮港兩相融。

百年媽祖猶留廟，劫後馬公只剩門，此日登臨無限感。清波翠嶼畫烟村。

（三）孔子廟原爲文石書院留有學約十條有助文風

登瀛樓畔拜先師，一院青松夾道滋。榕蔭大成廊穆穆，文風道統喜長垂。

（四）總統　蔣公銅像

一像巍巍然立馬公。萬民泥首頌豐功，雙橋跨海留餘蔭。風雨晨昏祭祀同。

（五）西瀛勝境二首

觀音亭畔望湖亭。廟貌巍峩倚望潮。銀潔飛舞月圓宵。西瀛詩老多佳句，吟到長虹第幾橋。

落日西灣海映紅。晴波遙送晚來風。餘霞燦爛冲霄漢。都在潮亭一望中。

（六）成功水庫

一堤如帶隔汪洋。瀦雨功成世澤長。嘉惠市民眞不忝。澎湖食水可無荒。

（七）林投公園

千樹麻松已長成。細沙碧水見晶瑩。園亭能再添遊憩，他日林投有勝名。

（八）臨門機場

臨門一望衆岡低。綠野萋萋宿草齊。正是機羣升降地，不須另築短長隄。

（九）中正橋　橫跨中屯島與本島

長橋千仞接中屯。本島新關跨海門。省去渡船風雨苦。贏來多少太平村。

（十）永安橋　橫跨中屯島與白沙島

中屯跨海白沙洲。兩島今成並蒂儔。不怕冬來風浪惡。長橋漫步自悠悠。

（十一）大榕樹

一樹留奇迹，長生四百年。鬚根成廣厦。翠葉蔽青天，據地方千丈。開山結萬緣。漁歌今古唱。風雨吼門邊。

（十二）吼門跨深海長橋　連接白沙漁翁二大島

長橋過十里，橫跨吼門前。兩島沙漁接。千秋陸海連。狂濤成逝水。大力已回天。偉跡人同仰，東南我占先。

（十三）小門島長橋　連接小門及漁翁兩島

第四橋成接小門。碧漪綠野隱漁村。鯨魚洞外岩千丈，猶見洪荒萬古痕。

（十四）澎湖特產之綿菓即哈蜜瓜由西班牙移植成功

花生綿菓魚蝦美，文石珊瑚世早誇。若對海豚能豢育。民生樂利更無涯。

（十五）澎湖特色　蜂巢田與蒙面女郎

半年佳日半年風。蒙面嬌娃任百工，花木及時籠巨袋。蜂巢牆護菜青葱。

（十六）明春再來

兩日遊蹤遍水限。却遺風櫃與西臺。望鄉七美無船去，明歲邀春結伴來。

（編）（餘）（漫）（筆）

編者

這一期可讀的文章甚多，冰壺先生「韓復榘的眞面目」一文，言人所未言。民國以來文武大員，張宗昌之外，韓復榘被人談論最多，北方流傳韓復榘演說一段，如：「今天天氣很寒暖的，各位來的很茂盛，兄弟心裏非常繁華。」編者有位朋友，能作此類「韓復榘演說」三十分鐘，及今思之，眞不可及。

實則韓復榘在馮玉祥西北軍高級將領中，是文化水準最高的，別人初入伍都是當兵，只有韓復榘開始是當師爺（即以後的文書上士），可知韓復榘決非百分之百的老粗，其冬烘容或有之，決不致不學。世人將韓復榘與張作霖，張宗昌並列，實在委屈了韓復榘。

但冰壺先生說韓復榘部下有十個師，也許有其根據。只是當時第三路軍（韓任總指揮）編制，實轄四師一旅，四師長爲孫桐萱，曹福林，展書堂，谷良民。手槍旅長初爲雷太平，後爲吳化文，若果有十個師，其餘六師以後何以未有下落，故此點待考。冰壺先生此文無疑爲談韓復榘的文字中，最忠實也最客觀的一篇，實在難得。

日本發動侵略，在各地殺人放火奸淫之外，還留下許多爛汚債，香港因軍用票問題要求賠償，屢次開會交涉，均無結果，台灣省同胞也發生一件大同小異的事，要向日本索欵，但同樣無結果。本期特別刊出此一事件經過，可見日本人雖發了大財，仍不肯還債，是其民族性如此，但此筆債遲早總要索還也。

中國國民黨召開十一全大會，所選出中央委員名單已經各報公佈，但第十屆中委名單，未曾正式公佈，本刊特將兩屆名單刊出，此亦歷史，若干年後再想查閱，比較方便。

台北之賭，規模龐大，組織嚴密，報章亦有零星報導，但語焉不詳，此次因最大賭場主持人楊順慶被捕，全盤暴露，據聞不肯警官牽連者十餘人，也算是一件重大新聞，本期所發表之「台北市賭場風雲」對此有詳細介紹。俗語謂行行出狀元，賭國出了楊順慶，也是狀元了。

西安事變善後問題一文，本期已全文刊出，對張學良叛變劫持長官事有深入分析。此段歷史至今仍無人作有系統整理，一任奉系餘孽造謠，殊爲可惜。

金門憶舊一文愈寫愈精采，有關金門作戰經過，非外界所知，皆珍貴史料，最爲可貴。

張仲仁先生應編者之邀，續寫「臨風追憶話萍鄉」，自本期刊出，想爲讀者所樂聞。

新書介紹

談蟻錄　方劍雲著

本書原在香港時報連載備受讀者歡迎，現應讀者之請，出版單行本，每册定價港幣五元，美元一元。

妖姬恨上册　岳騫著

本書以小說體裁，敘述中共文化大革命事，自一九六五年文革前夕寫起。讀後對文化大革命來龍去脉，有相當了解。定價港幣六元，美元壹元陸毫。

兩書均已出版，本社代售，讀者函購，八折優待。

掌故（十一）

數位重製・印刷　秀威資訊科技股份有限公司
https://www.showwe.com.tw
114 台北市內湖區瑞光路 76 巷 65 號 1 樓
電話：+886-2-2796-3638
傳真：+886-2-2796-1377
劃 撥 帳 號　19563868　戶名：秀威資訊科技股份有限公司
讀者服務信箱：service@showwe.com.tw
網 路 訂 購　秀威網路書店：http://store.showwe.tw
國家網路書店：http://www.govbooks.com.tw

2020 年 7 月
全套精裝印製工本費：新台幣 35,000 元（全套十二冊不分售）

Printed in Taiwan　ISBN:9789863268130 CIP:856.9

ISBN 978-986-326-813-0
9 789863 268130 35000